宋克夫自选集

元明清文学考论

宋克夫 著

中国社会科学出版社

图书在版编目（CIP）数据

元明清文学考论：宋克夫自选集 / 宋克夫著 . —北京：中国社会科学出版社，2019.9
ISBN 978 – 7 – 5203 – 4903 – 1

Ⅰ.①元⋯ Ⅱ.①宋⋯ Ⅲ.①中国文学—古典文学研究—元代—文集 ②中国文学—古典文学研究—明清时代—文集 Ⅳ.①I206.4 – 53

中国版本图书馆 CIP 数据核字（2019）第 184084 号

出 版 人	赵剑英
责任编辑	刘志兵
责任校对	李　莉
责任印制	李寡寡

出　　版	中国社会科学出版社
社　　址	北京鼓楼西大街甲 158 号
邮　　编	100720
网　　址	http://www.csspw.cn
发 行 部	010 – 84083685
门 市 部	010 – 84029450
经　　销	新华书店及其他书店

印刷装订	北京市十月印刷有限公司
版　　次	2019 年 9 月第 1 版
印　　次	2019 年 9 月第 1 次印刷

开　　本	710×1000　1/16
印　　张	29.75
插　　页	2
字　　数	501 千字
定　　价	138.00 元

凡购买中国社会科学出版社图书，如有质量问题请与本社营销中心联系调换
电话：010 – 84083683
版权所有　侵权必究

目　　录

自序 ……………………………………………………………… (1)

上篇　明清小说考论

第一章　章回小说论析 …………………………………………… (3)
　　论中国古代长篇小说的伦理特点和发展线索 ……………… (3)
　　论章回小说的人格探索 ……………………………………… (15)
　　论章回小说中的人格悲剧 …………………………………… (28)
　　论章回小说对宋明理学的超越 ……………………………… (35)
　　宋明理学与章回小说的价值取向 …………………………… (43)
　　进化论与《中国小说史略》 ………………………………… (52)

第二章　《三国演义》论析 ……………………………………… (64)
　　论《风云会》的"尊王贱霸"倾向
　　　　——兼论罗贯中的理学思想 …………………………… (64)
　　论《三国演义》的思维方式
　　　　——兼及《三国演义》的研究方法 …………………… (72)
　　论《三国演义》仁政思想的悲剧实质 ……………………… (83)
　　在历史与伦理之间
　　　　——从"庞统献策取西川"看《三国演义》的思维方式 … (90)
　　论毛宗岗对曹操形象的评改 ………………………………… (97)

第三章　《水浒传》《西游记》《金瓶梅》考论 ……………… (109)

乱世忠义的悲歌
　　——论《水浒传》的主题及思维方式 ……………… （109）
金批中的小说艺术辩证法
　　——读《第五才子书》札记 …………………………… （120）
吴承恩与明代心学思潮及《西游记》的著作权问题 …… （129）
主体意识的弘扬与人格的自我完善
　　——孙悟空形象塑造新论 ……………………………… （141）
人欲的正视和人生的困惑
　　——《金瓶梅》价值取向论析 ………………………… （153）

第四章　《红楼梦》《小五义》考论 ……………………… （166）
论贾宝玉的悲剧心态 ……………………………………… （166）
贾宝玉性格的人性解析 …………………………………… （177）
正续《小五义》作者考论 ………………………………… （192）

中篇　明代诗文考论

第五章　明代诗文考论 ……………………………………… （205）
论晚明文学思潮消歇的原因 ……………………………… （205）
明代万历前后的湖北文坛研究 …………………………… （217）
王畿与中晚明文学思潮 …………………………………… （234）
宋濂朱学渊源考 …………………………………………… （249）
何心隐人欲观论析
　　——兼及中晚明人欲观之流变 ………………………… （261）

第六章　唐宋派考论 ………………………………………… （273）
唐宋派考 …………………………………………………… （273）
论唐顺之的天机说 ………………………………………… （283）
徐渭与阳明心学 …………………………………………… （295）
徐渭与唐宋派 ……………………………………………… （309）
论徐渭的狂狷人格 ………………………………………… （327）

第七章　袁宏道"性灵说"论析 ………………………………… (344)
试论性灵说 ………………………………………………… (344)
对于袁宏道"性灵说"的哲学思考 ……………………… (357)
从理想的人格到理想的文格
　　——论袁宏道对人生价值观念和文学观念的变革 ……… (374)
论袁宏道的通俗文学观 …………………………………… (385)

下篇　古代戏曲考论

第八章　诸宫调及戏曲考论 ………………………………… (399)
诸宫调体制源流考辨 ……………………………………… (399)
从《张协状元》和宋代曲体的关系看戏文的起源 ……… (412)
中西古典悲剧人物探异 …………………………………… (421)

第九章　《精忠旗》论析 ……………………………………… (431)
试论《精忠旗》的悲剧冲突和主题 ……………………… (431)
试论岳飞的悲剧性格
　　——《精忠旗》悲剧特征研究之二 ……………………… (442)
试论《精忠旗》的悲剧艺术
　　——《精忠旗》悲剧特征研究之三 ……………………… (454)

后记 ……………………………………………………………… (466)

自　序

文学研究实质上是对文学现象进行文学判断。文学判断主要有两种方式：一为事实判断，一为价值判断。自选集名曰《元明清文学考论》，其中所谓"考"，即考证，着眼于事实判断；所谓"论"，即论析，着眼于价值判断。而在文学研究中，事实判断是基础，价值判断是提升。

文学研究必须建立在真实可靠的文学事实基础之上，而弄清文学事实的主要方式就是考证。尤其是从事古代文学研究的学者，考证应该是基本功。在元明清文学研究领域，王国维的《宋元戏曲考》、胡适的《章回小说考证》堪称现代戏曲小说研究的奠基之作，在戏曲小说研究领域，奠定了学科的基础，一直影响到现在，而且直到将来的戏曲小说研究。在这个意义上，文学研究中事实判断的价值是永恒的。正是基于这种考虑，在我的学术生涯中，重视以考证的方式，对文学现象进行事实判断。自选集中所收录的《诸宫调体制源流考辨》《从〈张协状元〉和宋代曲体的关系看戏文的起源》《正续〈小五义〉作者考论》《宋濂朱学渊源考》《唐宋派考论》都是着眼事实判断，对元明清时期戏曲、小说及诗文中的文学现象进行实事求是的考证。即使是一些以论析为主的文章，如《吴承恩与明代心学思潮及〈西游记〉的著作权问题》《徐渭与唐宋派》《徐渭与阳明心学》等，也是在考证了基本事实的基础上进行论证分析。在我的学术生涯中，注重宋明理学与元明清文学关系的研究。而在论证宋明理学与元明清文学关系时，一个必不可少的环节，就是考证明代文学作家和宋明理学的关系。如《论〈风云会〉的"尊王贱霸"倾向——兼论罗贯中的理学思想》《宋濂朱学渊源考》考证了罗贯中、宋濂与程朱理学的关系；《吴承恩与明代心学思潮及〈西游记〉的著作权问题》《论唐顺之的天机说》《徐渭与阳明心学》等，考证了吴承恩、唐顺之、徐渭与阳明心学的关系，在考证基本事实的基础上，再论宋明理学对明代作家创作的影响。

价值判断是文学研究的另一重要方式，而价值观念在不同时空条件下处于不断的变化之中。从"五四"时期的打倒孔家店，到当下全球皆是的孔子学院，近百年来人们的价值观念发生了急剧的变化。这种变化引发我思考这样一个问题：人类是否有终极价值？如果有，这个终极价值又是什么？纵观人类的历史，人类活动的目的即在于作为整体人类的发展与幸福，而这即应该是人类的终极价值。古代即有"天下为公""天下大同"，现代提出的"同一个世界，同一个梦想"，所表达的就是这一思想。因而，在我的学术生涯中，始终把整体人类的发展与幸福作为文学研究的终极价值。并以此为基点，建构自己的文学价值观。

在我看来，人类历史，实际上是人类生存状态演进的历程；而文学史则是文学表现、反映及设计人类生存状态的历程。人类生存状态构成了文学的全部内容。一方面，价值观念决定着人的生存状态，同时，人格风范则是人的生存状态的典型体现。作为创作主体的作家和文学作品中的人物形象的价值观念与人格风范成为我进行文学研究的重点。自选集中所收录的《论中国古代长篇小说的伦理特点和发展线索》《论章回小说的人格探索》《论章回小说中的人格悲剧》《主体意识的弘扬与人格的自我完善——孙悟空形象塑造新论》《人欲的正视与人生的困惑——〈金瓶梅〉价值取向论析》《论贾宝玉的悲剧心态》《贾宝玉性格的人性解析》《论徐渭的狂狷人格》《从理想的人格到理想的文格——论袁宏道对人生价值和文学观念的变革》《试论岳飞的悲剧性格——〈精忠旗〉悲剧特征研究之二》等，都是以相应的价值观念为切入点，分析创作主体和文学形象的人格风范。

我在1995年出版《宋明理学与章回小说》一书时曾提出：价值体系构成了哲学与文学这两种样式联姻的中介。一方面，哲学上的价值体系潜在地支配着作为文学观照对象的人的生活，作为对生活的观照，文学在反映生活的同时无疑还会反映潜在控制着这种生活的价值取向。另一方面，哲学上的价值体系又为作者认知、观照、表现社会生活和世俗人生提供了评价准则，左右着作者的创作过程，并进入文学载体。因而，我始终把宋明理学与元明清文学关系的研究作为我学术研究的重点。早在1983年，在《武汉师范学院学报》发表了我的第一篇学术论文《金批中的艺术辩证法——读〈第五才子书〉札记》，即开始从哲学的角度研究文学。自选集中《论章回小说对宋明理学的超越》《宋明理学与章回小说的价值取向》《论〈风云会〉的"尊王贱霸"倾向——兼论罗贯中的理学思想》《吴承恩与明代心学思潮及〈西游记〉的著作权问题》《论晚明文学思潮消歇的原因》《王畿与中晚明文学思潮》《宋濂朱学渊源考》《何心隐人欲观论析——兼及中晚明人欲观之流变》《论唐顺之的天机说》《徐渭与阳明心学》《对于袁宏道"性灵说"的哲学思考》等，都着重探讨哲学与文学的互动，以及宋明理学与明代文学的关系。

今年，我年届花甲，这本自选集正好成为我一生从事学术研究的记录与见证。是为序。

上 篇
明清小说考论

第一章　章回小说论析

论中国古代长篇小说的伦理特点和发展线索

我国古代，以伦理思想为核心的意识形态构成了中国文化心理的特质，这一特质一方面深刻地影响着社会生活，同时也严密地支配着人们的审美方式，这二者的碰撞给古代长篇小说留下了鲜明的伦理印记。中国古代长篇小说产生、发展并取得辉煌成就的明清时代，正是伦理观念发生急剧变革的时代。如果我们把古代长篇小说放在这广袤的文化背景中，从最能体现这种文化背景特质的伦理角度入手，对审美主体的审美方式、审美对象的基本特点作一个宏观的考察，也许能使中国古代长篇小说的发展线索更加清晰地展现在我们面前。

一

在真、善、美之间，如果说古代的西方人强调的是美与真的联系，那么，古代的中国人更着重的则是美与善的统一。在中国古代美学文献中，用以表述艺术和伦理关系的"美善相兼"之类的说法简直是汗牛充栋。美学思想和伦理思想、美与善从降临到人世起，就似乎有一种先天的血缘关系。中国古代美学的这一显著特点，体现在主体之于对象、艺术之于社会的审美关系上，形成了道德评价取代美学分析的倾向。而古代美学的这一传统对长篇小说伦理特点的形成产生了深刻的影响。在古代长篇小说的审美过程中，伦理判断构成了审美方式的重要形式，而中国古代长篇小说的伦理特点，首先在审美方式上得到了充分的表现。

从创作过程上看，伦理判断直接制约着艺术对现实的审美关系。小说作家运用的审美标准是道德的尺度，他们往往通过善恶标准来认识、评价、反映社会生活，褒贬作品中的人物这一点，正如闲斋老人在《儒林外史序》中所言：

> 稗官为史之支流，若读稗官者可进于史；故其为书亦必善善恶恶，俾读者有所观感戒惧，而风俗人心庶以维持不坏。①

在古代作家看来，"善者可以感发人之善心，恶者可以惩创人之逸志"。② 小说创作的目的，就在于通过善恶分明的艺术形象实现作品的伦理功能，使读书者"读到古人忠处，便思自己忠与不忠；孝处，便思自己孝与不孝。至于善恶可否，皆当如此"。③ 而实现小说伦理功能的前提，就在于要求作家在创作过程中"一字予者，褒之；否者，贬之。然一字之中，以见当时君臣父子之道，垂鉴后世俾识某之善，某之恶，欲其劝惩警惧，不致有前车之覆"。④ 小说作家只有评价、反映社会生活时运用道德的尺度，对作品中的人物进行鲜明的褒贬，才有可能形成作品善恶分明的伦理倾向，以实现作品惩恶扬善的伦理功能。

从接受过程上看，伦理判断直接地制约着主体之于对象的审美关系。在古代长篇小说的阅读、批评过程中，读者和批评家对审美对象的褒贬态度通常取决于伦理标准，他们往往用善恶的尺度去评价人物，表明自己对人物的爱憎背向。在对宋江形象的评价上，李贽和金圣叹的争鸣很能说明这个问题。李贽在《忠义水浒传序》中认为：

> 谓水浒之众，皆大力大贤有忠有义之人可也。然未有忠义如宋公明者也。……身居水浒之中，心在朝廷之上，一意招安，专图报国，卒至于犯大难，成大功，服毒自缢，同死而不辞，则忠义之烈也！⑤

---

① 闲斋老人：《儒林外史序》，曾祖荫、黄清泉、周伟民、王先霈选注《中国历代小说序跋选注》，长江文艺出版社1982年版，第168页。

② 绿园老人：《岐路灯序》，曾祖荫、黄清泉、周伟民、王先霈选注《中国历代小说序跋选注》，长江文艺出版社1982年版，第196页。

③ 庸愚子：《三国志通俗演义序》，罗贯中《三国志通俗演义》，上海古籍出版社1980年版，第2页。

④ 同上书，第1页。

⑤ 李贽：《忠义水浒传序》，刘幼生整理《焚书》卷3，社会科学文献出版社2000年版，第102页。

李贽对宋江的高度评价,遭到了金圣叹的猛烈抨击。在《水浒传序二》中,金圣叹说:"后世不知何等好乱之徒,乃谬加以'忠义'之目。"①并在第十七回总批中说:

> 宋江,盗魁也。盗魁则其罪浮于群盗一等。然而从来之读《水浒》者,每每过许宋江多义。……宋江而诚忠义,是必不放晁盖者也,宋江而放晁盖,是必不能忠义者也。②

在对宋江的评价上,尽管李贽和金圣叹的态度大相违背,然而,他们所运用的判断标准却是一致的,都是通过伦理准则对宋江作出自己的褒贬。在审美方式上,也都体现了古代长篇小说在接受过程中以伦理判断为其主要形式的共同特点。

作为中国古代文化特质在审美心理上积淀的产物,审美过程中的伦理判断决定着古代长篇小说的伦理特点。一方面,伦理判断直接制约着小说作家的创作过程;另一方面,伦理判断又左右着主体对小说的接受过程,并通过批评和理论的形式,影响作家的审美方式,间接地支配着长篇小说的创作。因此,使古代长篇小说的人物形象、基本主题都呈现出鲜明的伦理风貌。

遗憾的是,在近几十年的文学研究中,人们对古代小说在审美方式上的这一显著特点并没有予以应有的正视,而习惯于把各种复杂的文学现象纳于政治判断的框架。于是,政治判断代替了美学评价,简单的阶级、历史分析成了古代小说研究方法的唯一模式。殊不知政治判断在古代小说的审美过程中并不起支配作用,阶级分析更难以左右古代小说的创作和接受。因之,审美方式在不同时空条件下所存在的差异和矛盾,使古代小说研究中的混乱局面不可避免地发生了,随之而来的是隔靴搔痒,难解人意的分析和喋喋不休,打不完的笔墨官司。如曹操形象的评价,《水浒传》的招安问题,《西游记》的主题,等等,这些小说史上复杂的文学现象依

---

① 金圣叹:《水浒传序二》,陈曦钟、侯忠义、鲁玉川辑校《水浒传会评本》,北京大学出版社1981年版,第6页。

② 陈曦钟、侯忠义、鲁玉川辑校:《水浒传会评本》,北京大学出版社1981年版,第325页。

然将作为永久性的难题向人们发出不断的挑战。而对古代长篇小说伦理特点的注重,则是对近几十年文学研究现状反思的必然旨归。

每一部长篇小说都是一个世界。这个世界一方面是弥漫着以伦理精神为核心的意识形态的古代封建社会生活的反映,同时也是主体以伦理判断为其主要审美方式对现实世界的观照。经过主体以伦理意识对充满伦理精神的社会生活评价、反映而创作的古代长篇小说,自然地要打上深刻的伦理印记。

这种伦理的印记,首先在古代长篇小说的艺术形象上得到了充分的体现。艺术形象是主体根据一定的审美方式评价、再现生活的产物。由于伦理判断左右着主体的创作过程,古代小说的艺术形象也不可避免地染上了浓郁的道德色彩,呈现出鲜明的善恶倾向。伦理属性因而成为古代小说人物的本质特征。

这里姑且以聚讼近30年的曹操形象为例。从历史真实出发,有的论者认为《三国演义》"歪曲历史,贬斥曹操",是"曹操的谤书"。出于对艺术真实的强调,有的论者认为曹操的形象"广泛地概括了长期封建社会的权臣、政治家的复杂而真实的精神面貌"[①],达到了历史真实和艺术真实的统一。上述两种观点似乎根本对立,但在判断方式上却都是用政治历史评判取代伦理分析。从政治历史判断出发,曹操确实不失为一个雄才大略的地主阶级政治家和军事家;但如果从伦理判断着眼,曹操则是一个欺世盗名、狡诈虚伪、凶残狠毒的奸雄。而在《三国演义》的创作过程中,作者是以伦理判断为其审美方式的:从"忠"出发,作品批判了曹操"挟天子以令诸侯";从"义"出发,作品揭露了曹操狡诈奸猾;从"仁"出发,作品鞭挞了曹操狠毒凶残。出于对历史的忠实,《三国演义》也确实描写了曹操"雄才大略"的性格和统一北方的大业,然而,这些为政治历史判断所肯定的性格大业,在道德的解剖刀下则往往显现出其欺世盗名、伺机篡位的丑恶灵魂。因而,着眼于伦理评判,历史上的曹操和艺术中的曹操并没有实质上的差异。造成曹操形象聚讼的根本症结,也不在于历史真实和艺术真实之间的背离,而在于今人的政治判断和古人的伦理判断在观照历史和艺术中所形成的差异。

《水浒传》中的宋江是古代小说研究中另一个聚讼纷纭的人物。权威

---

① 宋培宪:《毛泽东与〈为曹操翻案〉》,《文艺理论与批评》1999年第6期。

性的意见认为：宋江的形象具有反抗性和妥协性的双重性格。最后，妥协性占了上风，从而酿成了招安的悲剧。这是用政治判断对宋江形象做出的分析。诚然，宋江的形象确实具有双重性格，但把这种双重性格归结为反抗性和妥协性，却不免失之于皮相。事实上，制约着宋江双重性格的本质属性，是在"官逼民反"的历史条件下两种伦理力量——忠和义——之间的矛盾。出于"义"，他担着"血海也似干系"，私放了晁盖。在擒何涛、俘黄安以后，他又着眼于"忠"，认为这是犯了"弥天大罪"，"于法度上却饶不得"。宋江一生都徘徊在"忠""义"之间，一生都在寻求统一"忠义"的途径。最后，他终于找到了这样的途径，那就是接受招安。在宋江看来，只有这条途径才能在保证"忠"的同时，又顾及"义"，既"忠于大宋天子，尽忠竭力报国"，又可以使兄弟们"去边上一枪一刀，博得个封妻荫子"，"青史留名"。因而，受招安的结局，不是宋江性格中反抗性和妥协性分裂的产物，而是宋江性格在"忠"和"义"的表现上相互矛盾统一的结果。宋江形象因伦理特征和积极意义所构成的丰富性也正是在这里才得到充分的显示。

既然伦理属性构成了古代长篇小说人物形象的本质特征，那么，各种伦理力量的冲突就必然成为作品的基本矛盾。古代长篇小说往往通过善和恶的矛盾冲突，以及对善的讴歌和恶的批判，表现作品惩恶扬善的基本倾向，寄托作者各自的伦理理想。

正像伦理判断左右着艺术形象的创造一样，古代小说作家不是用阶级的眼光看待纷繁万变的人事关系和错综复杂的社会矛盾，而往往习惯于把这些关系和矛盾纳入伦理的框架，用伦理的观念加以解释。这种思维方式直接制约着古代长篇小说主题的形成。

《水浒传》的主题是古代小说研究中引人注目的热门课题。立足于阶级分析的"农民起义说"一向被认为是《水浒传》主题的定评。不错，《水浒传》是描写了梁山好汉和贪官污吏的斗争，也揭示了"官逼民反"的现象，但这些是否能构成"农民起义说"立论的确据，仍然有慎重商榷的必要。且不说施耐庵是否有用阶级观点做文章的可能，也不谈江湖好汉被"逼上梁山"是否有"权居水泊，专等招安"的权宜之计，更不提宋江们是否具有农民起义必须具有的土地、政权要求，仅此"只反贪官，不反皇帝"，只反高俅、童贯，忠于大宋天子一条，就足以动摇"农民起义说"的根基。在笔者看来，《水浒传》所着力描写的是内忧外患的历史条件下，以宋江为首的江湖豪侠、梁山英雄和以高俅为首的贪官污吏、恶霸劣绅之间正义与邪恶的伦理冲突，并通过这一冲突，深刻地揭示了奸邪专权、误国殃民、迫害忠良的黑暗现实，热情歌颂了梁山英雄全忠信义、辅国安民、替天行道的正义事业，从而表达了作者在封建乱世中的伦理理想。正如李贽在《忠义水浒传序》中所言："《水浒传》者，发愤之所作也。盖自宋室不竞，冠屦倒施，大贤处下，不肖处上。……其势必至驱天下大力贤而尽纳之水浒矣。"① 这种"大贤处下，不肖处上"的客观情势，使作品的矛盾冲突不可避免地走向了悲剧结局。从"逼上梁山""宋公明全伙受招安""宋公明神聚蓼儿洼"的悲剧结局中，我们不难看到在封建乱世中"全忠仗义"所付出的巨大代价和艰辛，也正是通过这些代价和艰辛，作品向人们有力地展示了封建社会的黑暗现实和"全忠仗义"的伦理规范之间难以调和的矛盾，从而表现了作者对封建乱世的极大愤懑和对传统道德的深沉迷惘。也正是在这个意义上，笔者认为，《水浒传》实质上是一曲"乱世忠义"的悲歌！

二

在谈到中国古代长篇小说发展的时候，人们往往过分地强调《金瓶梅》在小说史上的地位：第一，《金瓶梅》是第一部由文人单独创作的长篇小说；第二，《金瓶梅》打破了历史神话题材垄断长篇小说创作的格局，开了以描写家庭日常生活为题材的"人情小说"的先河，从而认定"《金瓶梅》的出现，标志着我国古典小说已进入一个发展的新阶段"。② 笔者决不想否定《金瓶梅》创作和题材上的特点，但是，这些特点并不能从基本规律上说明古代小说的发展，也不能涵盖古代小说发展过程中的一切艺术现象。因为，中国小说发展史毕竟不是由集体创作到文人单独完成的小说创作演变史，也不是由历史、神话到家庭日常生活的题材嬗变史。那么，制约着古代小说发展规律的内在机制究竟是什么呢？回答仍然应该是：伦理观念。

伦理道德是调剂个体和群体之间关系的行为规范。明清时期，是伦理

---

① 李贽：《忠义水浒传序》，刘幼生整理《焚书》卷3，社会科学文献出版社2000年版，第101—102页。

② 北京大学中文系编：《中国小说史》，人民文学出版社1978年版，第183页。

观念急剧变革的时代，伦理观念的变革导致了审美方式的变革，并通过审美方式，潜在地制约着古代长篇小说的发展。在最能体现古代小说成就并代表着古代小说发展主流的《三国演义》《水浒传》《西游记》《儒林外史》《红楼梦》的发展过程中，新的道德观念日益兴起和旧的道德观念逐步衰败，个体意识的不断强化和群体意识的逐渐削弱构成了古代长篇小说最为基本的演进线索。

《三国演义》《水浒传》的出现，是中国古代长篇小说发展的第一阶段，个体人格的伦理化是这一阶段伦理判断的主要特点。

在古代小说研究中，人们似乎不大情愿去注意《三国演义》《水浒传》和程朱理学的联系。而在事实上，任何一个时代的统治思想始终都不过是统治阶级的思想。① 元明时代，在伦理思想史上据正宗地位的程朱理学，不可能不对当时人们的审美方式和《三国演义》《水浒传》的创作产生影响。在对人性的理解上，朱熹把人的本质属性分成"天命之性"和"气质之性"。具有"天理"的人性叫作"天命之性"；"理""气"相杂的人性叫作"气质之性"。"气质之性"有善有恶，形成了不同的伦理属性。对人性的划分和"天理"的强调，直接关系到对"人"的观念的理解：伦理的人性取代了个体的人性，个体意识让位于群体意识，伦理属性则成了人的本质属性。对伦理人格的强调必然导致个体人格的削弱。程朱伦理思想反映在审美方式上，构成了以儒家的善恶观念作为伦理判断的主要准则，解释人的本质属性的创作倾向，从而剥夺了超脱于伦理人格之外的个体人格独立存在的天地。于是，人物形象的塑造，主要在于区别"某之善，某之恶"，把典型的创造当成善恶类型的再现；小说创作的目的在于"合天理，正彝伦"② 使人们知道"忠孝节义必当师，奸贪谀佞必当去"③，把伦理教化作为审美功能加以追求。这种审美方式直接影响到《三国演义》《水浒传》的创作。

个体人格的伦理化，体现在人物塑造上，必然导致人物性格的类型

---

① 参见［德］马克思、恩格斯《共产党宣言》，中共中央马克思、恩格斯、列宁、斯大林著作编译局编《马克思恩格斯选集》第1卷，人民出版社1972年版，第270页。

② 庸愚子：《三国志通俗演义序》，罗贯中《三国志通俗演义》，上海古籍出版社1980年版，第1页。

③ 修髯子：《三国志通俗演义引》，罗贯中《三国志通俗演义》，上海古籍出版社1980年版，第3页。

化。伦理属性既然构成了人的本质属性，善恶观念无疑会成为典型人物的基本共性。因而，在《三国演义》和《水浒传》中，典型人物的主要性格特征，往往是某一道德品质的典范的表现。如曹操的奸诈，刘备的仁厚，高俅的奸狡，宋江的忠义，诸葛亮的忠贞智慧，关云长的义重如山，黄忠的老当益壮，林冲的义勇善战……这些人物在精神气质和道德面貌上，无不有着浓郁的理性色彩和突出的共性特征，无不有着鲜明的伦理特点和爱憎分明的善恶倾向。

审美目的的功利化体现在作品内容上，必然导致小说主题的伦理化。既然小说的目的在于"裨益风教"①，惩恶扬善，势必会构成作品在思想上的基本倾向。《三国演义》和《水浒传》所表现的都是个体和群体，以及不同的群体之间的伦理关系。其中，《水浒传》所着力表现的是统治者和被统治者，以及被统治者之间的伦理关系。《三国演义》所着力描写的则是统治者之间的伦理关系。作品以儒家伦理为评判标准，通过对曹操所代表的恶势力的批判和对刘备所代表的善势力的讴歌，表现了作者对统治者的爱憎背向，寄予了当时人们对统治者的道德要求和理想。值得注意的是，这两部作品都以悲剧作结。"关云长败走麦城""刘先主遗诏托孤儿""诸葛亮秋风五丈原""宋公明神聚蓼儿洼"，体现了伦理美德的正面人物往往免不了悲剧的命运。尽管作者对形成悲剧原因的回答不很明确，却用真实的描写向人们揭示了儒学伦理自身的矛盾及其和封建社会黑暗现实之间的矛盾，从而用伦理的武器实现了对现实的批判，同时又对这种武器自身表现出极大的困惑。

审美意识一经形成之后，就具有相对的独立性和稳定性。《三国演义》《水浒传》中个体人格伦理化的审美意识产生之后，对后来的审美方式产生了深远的影响。这种影响在鲁迅先生称为"讲史小说""侠义小说"及"公案小说"中都有着不同程度的体现。而这两部作品之所以长久地得到人们的喜爱，其根本原因也在这里。

《西游记》的出现，把中国古代长篇小说的发展推进第二阶段，伦理人格的个体化是这一阶段伦理判断的主要特点。

在《西游记》研究中，悟一子、悟元子之类的《西游真诠》《西游原

---

① 修髯子：《三国志通俗演义引》，罗贯中《三国志通俗演义》，上海古籍出版社1980年版，第3页。

旨》一向被视为野狐外道。然而也正是在"《西游》即孔子穷理尽性至命之学"①"《西游》……即是一部《心经》"② 这类近乎参禅谈玄、梦中呓语的启迪下，我们才把《西游记》和王阳明心学拉上关系。明代中叶，随着商业、手工业的发展和资本主义生产方式的出现，封建式的生产方式以及建构在这种生产方式基础之上的意识形态受到了冲击。要求个性解放，主张人格独立，重视人的价值，作为一种新的意识形态和社会思潮向被统治者捧为官方哲学的程朱理学发出了强有力的挑战。在这场挑战中所涌现出来的包括王学左派在内的王阳明心学，正是当时新的社会思潮在伦理学领域中的反映。如果说，程朱理学注重"天命之性"和"气质之性"的对立，那么，王阳明心学则强调"心"与"理"的统一。"心即理"，"心外无理"，"吾心之良知即所谓天理"构成了王阳明伦理思想的哲学基础。程朱理学中作为"客观精神"的"天理"，在王阳明心学那里则成了主观精神的"良知"。由于王阳明把"良知"作为伦理思想的最高范畴，从而取代了"天理"最高本体的地位，打破了"天理"主宰一切的格局；又由于王阳明认为"良知只是个是非之心"③，把"良知"作为伦理判断的主观标准，从而突破了程朱理学以"天理"作为伦理判断客观标准的限制，在客观上为异端思想家反对"以孔子之是非为是非"④ 提供了"可乘之机"。也由于王阳明主张"心即理""心外无理"，把"良知"作为"吾心"所固有的主体道德精神，从而否定了主体之外"理"的存在，在客观上打破了"天理"对人性的强制，大大提高了个体人格的地位。于是，个体意识和群体意识，个体人格和伦理人格得到了和谐的统一，这在客观上为个体意识和个体人格的合理存在与充分发展提供了广阔的天地。伦理思想的变革直接导致了明代中叶以后主张个性解放，注重个体情感的美学思潮。在诗文创作上，吴承恩认为"音生于感，感生于天，油然而

---

① 刘一明：《西游原旨读法》，朱一玄、刘毓忱编《西游记资料汇编》，南开大学出版社2002年版，第346页。

② 张书绅：《新说西游记总批》，朱一玄、刘毓忱编《西游记资料汇编》，南开大学出版社2002年版，第323页。

③ 王守仁：《传习录》下，吴光、钱明、董平、姚延福编校《王阳明全集》卷3，上海古籍出版社1992年版，第111页。

④ 李贽：《藏书世纪列传总目前论》，刘幼生等整理《藏书》，社会科学文献出版社2000年版，第7页。

生,直输肝肺"。① 他的诗文作品"师心匠意","率自胸臆出之",表明十分注重个体人格的发展和自我意识的表现。这种美学思想体现在小说审美方式上,就构成了强调个体人格与伦理人格和谐统一的审美的特征与注重主体内在道德修养的伦理功能。从睡乡居士"师弟四人,各一性情,各一动止"②和谢肇淛提出,鲁迅先生认可的《西游记》的大旨"盖亦求放心之喻"③ 的议论中,我们不难看到,《西游记》的出现,标志着古代长篇小说审美方式的重大变革。在人物塑造上,古代长篇小说由注重某种善恶属性的典型类型转化发展为强调人物典型性格化;在伦理功能上由强调外在的教忠教孝的模式中解脱出来,转而注重个体人格内在的道德自我完善。

当我们走出"阶级分析"的圈子而从伦理的角度对孙悟空这一形象做一番平心静气的考察,便不难发现《西游记》所着力描述的,乃是孙悟空身上所体现出来的高度的个体人格以及这种人格自身在道德上的不断完善,从而表现了作者对作为个体的"人"的信念和礼赞。作品的前七回,作者着力描写了孙悟空求仙访道,大闹三界,并通过这些情节展现了孙悟空反对束缚、追求自由、解放个性、尊重人格的强烈愿望,突出了孙悟空身上所体现出来的强烈的个体意识;后八十七回,作品通过取经过程中一系列斩妖除怪的斗争,着力描绘了孙悟空身上所体现出来的冒险精神和个体的力量,表达了作者对作为个体的"人"的价值和"人"的尊严的重视与赞颂。而高度发展的个体人格构成了前后两个部分中孙悟空性格的基调。当然,个人意识的无限发展也会导致私欲的膨胀。作者在突出了孙悟空个体人格的同时,又表现了这个人物在取经过程中以修身、利民、治国为善恶判断准则的、对自然社会所幻化的邪恶势力的斗争,并在斗争实践中使孙悟空的个体人格在道德上得到不断的自我完善,达到了个体人格和伦理人格的和谐统一,从而寄托了作者的人格审美理想。

显然,较之于《三国演义》《水浒传》中的理想人物,孙悟空身上的伦理素质再也不是外在的、类型化的,而是根植于这个人物个体人格之中

---

① 吴承恩:《留思录序》,刘修业辑校,刘怀玉笺校《吴承恩诗文集笺校》,上海古籍出版社1991年版,第120页。

② 睡乡居士:《二刻拍案惊奇序》,曾祖荫、黄清泉、周伟民、王先霈选注《中国历代小说序跋选注》,长江文艺出版社1982年版,第114页。

③ 鲁迅:《中国小说史略》,齐鲁书社1997年版,第133页。

的。他的伦理行为，不是外在道德规范对人性的强制，而是个体自身内在的道德欲求外化的体现。人再也不是道德规范的奴仆，而是伦理观念的主宰。也正是在这里，《西游记》把中国古代重视群体的人道主义发展到了一个新的高度，显示出强烈的反理学意义。

《西游记》的出现，打破了个体人格伦理化审美方式垄断长篇小说创作的一统格局，开辟了一个审美方式多样化的崭新局面。这在"神魔小说""人情小说"的创作中都得到了不同方式、不同程度的反映。而中国古代长篇小说的进程，也随之发展到一个新的阶段。

《儒林外史》《红楼梦》的出现，把中国古代长篇小说的发展推向了第三阶段，人文人格的个体化构成了这一阶段伦理判断的主要特点。

如果要问，在贾宝玉和贾政之间，谁在精神实质和伦理面貌上更接近《三国演义》中的刘备或《水浒传》中的宋江，回答应该是后者。然而，在《三国演义》和《水浒传》中被歌颂的人物，在《红楼梦》中却成了被鞭挞的对象，这不能不是一个富于喜剧意味而又发人深省的变化。而导致这种变化的根本原因仍然在于伦理观念的变革。清代是中国封建社会的最后时期，在所谓"雍乾盛世"的繁华外衣下，封建社会已经走上了穷途末路，随着封建专制的日益崩溃，建构在封建经济关系之上的伦理思想已经显示出腐朽的本质。于是，批判被统治者捧为官方伦理思想的程朱理学，建立新的伦理思想，成了迫在眉睫的时代使命，这种使命历史性地落在了王夫之、黄宗羲、颜元、戴震等启蒙思想家的肩上。宋明理学强调"天理"与"人欲"的对立，而他们则强调"天理"和"人欲"的统一。"欲即理""私欲之中，天理所寓""理者存乎欲者也"，在清代启蒙思想家那里，"天理"由人性的主宰一降而为"人欲"的附庸。主体的感性欲求得到了充分的肯定，程朱理学"以理杀人"的残酷本质得以深刻的揭发，"存天理，去人欲"的禁欲主义伦理观遭到了尖锐的抨击。尽管清代启蒙思想家的思想体系没有完全超脱儒学伦理的范畴，但是，从黄宗羲"天下之大害者，君而已"和唐甄"凡帝王皆贼也"的愤怒谴责中，我们不难发现作为封建纲常核心的"君为臣纲"的道德教条在动摇；从颜元"男女者，人之大欲也，亦人之真情至情也"的慷慨陈词中，我们不难看到体现封建礼教内容的"男女之大防"在崩溃；从戴震"耳目百体之所欲，血气资以养，所谓性之欲也，原于天地之化者也"的侃侃而谈中，我们可以察觉封建禁欲主义的枷锁正在被冲破……陈腐不堪、扼杀人性的程朱理学日趋瓦解，代之而起的是重视人的存在，肯定人的欲求的人文精神，以及体现这种精神的、崭新的，当然也是不成熟的伦理思想。伦理思想的变革导致了古代小说审美方式的又一次重大变革。曹雪芹公开宣称："《红楼梦》大旨不过谈情"。惺园退士明白概括："《儒林外史》一书，摹绘世故人情。"[①] 在人物塑造上，古代小说由强调以儒学思想为基础的伦理美，转而追求体现人文精神的个性美；在审美功能上，古代小说由强调实现以儒学思想为基础的伦理功能，转而注重探索以人文精神为基调的理想人生。

批判戕害人性的程朱理学，肯定人的合理欲求，探索理想的个体人格构成了《儒林外史》和《红楼梦》在主旨上的共同特点。《儒林外史》通过那个牵着老婆游清凉山的杜少卿以及王冕、荆元等理想人物显示了这一特点。"逍遥自在，做些自己的事"，可以说是杜少卿的人生哲学，本着这一基点，在杜少卿身上，体现出主张平等自由，维护人的尊严，追求个性解放，反对束缚人生的进步要求，表现了对束缚人性的仕途功名的鄙视和对扼杀人性的程朱理学的批判。而作品正是通过对杜少卿等一系列理想人物的塑造，概括出讲究"文行出处"，蔑视"功名富贵"的行为规范，并以此为准则，揭露了以程朱理学为思想基础的科举制度对人性的戕害和扭曲，表现了具有初步人文精神的伦理思想。而《红楼梦》则主要通过贾宝玉这一人物显示了上述特点。对"情"的注重，可以说是贾宝玉的性格核心。这种建构在个体人格基础之上的"情"体现在人际关系上，就形成了贾宝玉反对男尊女卑的陈腐思想和封建人性等级观念，尊重独立人格、主张平等博爱的人文伦理思想；体现在人生道路上，就形成了贾宝玉厌恶贵族生活、蔑视仕途经济、主张个性解放、追求生活自由的人生理想；体现在婚姻观念上，就形成了贾宝玉反抗"父母之命"的传统婚姻说教，主张恋爱自由，强调婚姻自主，注重心灵契合的近代婚姻思想。因而，以"情"为中心的人生理想，实质上是与程朱理学相对立而又具有人文精神的伦理思想。而《儒林外史》和《红楼梦》正是通过杜少卿和贾宝玉这两个具有人文主义色彩的形象，向人们展示和赞美了一种与程朱理学相背离的人格，一种洋溢着人文精神的人格。

---

① 惺园退士：《儒林外史序》，曾祖荫、黄清泉、周伟民、王先霈选注《中国历代小说序跋选注》，长江文艺出版社1982年版，第174页。

应该指出的是，《儒林外史》和《红楼梦》在理想人生的探索方式上是有区别的。如果说，前者着重从儒学传统中吸取人文主义营养，在探求过程中表现得更多的是对传统文化的依恋，那么，后者则从儒学、佛学中吸取了人文主义因素的同时，更注重把探求的触角伸向崭新的空间，表现出更为强烈的开拓精神。探索方式的差异在一定程度上决定了杜少卿和贾宝玉不同的个性特征及两部作品不同的美学风貌。当然，正像清代启蒙家在思想体系上不可能完全超脱儒学伦理范畴一样，作品所描写的人文主义理想人格在杜少卿和贾宝玉身上还不同程度地带有封建社会母体的胎记。至于说《儒林外史》中市井奇人的出现和《红楼梦》中宝玉出家，更是反映了作者在理想人生探索中的苦闷与迷惘。因为，不成熟的理论，是和不成熟的资本主义生产状况，不成熟的阶级状况相适应的。①

鲁迅先生说过："自有《红楼梦》出来以后，传统的思想和写法都打破了。"②《儒林外史》和《红楼梦》的出现，不同程度地打破了以儒学思想作为伦理判断标准主宰小说创作的一统格局，开创了具有人文主义精神的伦理判断支配小说创作的崭新局面。随着人文伦理判断在审美方式上对儒学伦理判断的取代，中国古代长篇小说也步入它最后的发展阶段。直到近代，人们才开始由强调文学与伦理的关系逐渐转向有意识地注重文学与政治。让文学服务于改良主义运动，在小说创作中实现了伦理判断与政治判断的融合，从而完成从伦理判断为主要审美方式的古代小说到以政治判断为主要思维格局的现代小说的过渡。

（原载《湖北大学学报》1988年第4期，

《文教资料》1988年第6期转摘）

论章回小说的人格探索

德国学者恩斯特·卡西尔曾经指出："作为一个整体的人类文化，可以被称之为人不断自我解放的历程。语言、艺术、宗教、科学，是这一历

---

① 参见［德］恩格斯《反杜林论》，中共中央马克思、恩格斯、列宁、斯大林著作编译局编《马克思恩格斯选集》第3卷，人民出版社1972年版，第299页。

② 鲁迅：《中国小说的历史的变迁》，《中国小说史略》，齐鲁书社1997年版，第382页。

程中的不同阶段。在所有这些阶段中，人都发现并且证实了一种新的力量——建设一个人自己的世界，一个'理想'世界的力量。"① 作为中国文化的一个表征，古代章回小说发展的历史，也是对人生不断探索，并寻求人自身的不断解放和人格的不断完善的历程，是不断设计人的理想生存状态和理想生存环境的历史。随着古代小说的发展，章回小说的人格探索可以分为对伦理人格的困惑、对主体人格的弘扬和对人文人格的追求三大历程。从古代人格的发展来看，这三大历程在中国文化史上具有重要的意义。

一　对伦理人格的困惑

《三国演义》《水浒传》以对伦理人格和社会政治关系的思考，表现了对伦理人格的困惑。

作为古代"天人合一"思想在人与社会的关系的逻辑延伸，传统儒学认为，人的道德修养是政治统治的根本。这一思想在作为儒学经典之一的《大学》中得到了典型的体现：

> 古之欲明明德于天下者，先治其国；欲治其国者，先齐其家；欲齐其家者，先修其身；欲修其身者，先正其心；欲正其心者，先诚其意；欲诚其意者，先致其知；致知在格物。格物而后知至，知至而后意诚，意诚而后心正，心正而后身修，身修而后家齐，家齐而后国治，国治而后天下平。自天子以至于庶人，壹是皆以修身为本。②

在"格物、致知、诚意、正心、修身、齐家、治国、平天下"这八个条目中，"格物"是基础，"修身"是中心，"治国平天下"则是目的。所谓"格物"，按后来朱熹的解释："格，至也。物，犹事也。穷至事物之理，欲其极处无不到也。"③ "所谓致知在格物者，言欲致吾之知，在即物而穷其理也。"④ 强调的是对以伦理道德为主要内容的"理"的体认。而

---

① [德] 恩斯特·卡西尔：《人论》，甘阳译，上海译文出版社1985年版，第288页。
② 《大学》，朱熹《四书章句集注》，中华书局1983年版，第3—4页。
③ 朱熹：《大学章句》，《四书章句集注》，中华书局1983年版，第4页。
④ 同上书，第6页。

所谓"修身",强调的则是人格的道德完善。按《大学》的解释:"所谓修身在正其心者,身有所忿愤,则不得其正;有所恐惧,则不得其正;有所好乐,则不得其正;有所忧患,则不得其正。心不在焉,视而不见,听而不闻,食而不知其味。此谓修身在正其心。"① 道德修养的根本,在于克制人的情欲,以达到"为人君,止于仁;为人臣,止于敬;为人子,止于孝;为人父,止于慈;与国人交,止于信"②的道德境界。只有通过"格物""修身",才能达到国家的治理和天下的太平,实现"治国、平天下"的政治目的。因而《大学》在阐述治国之道时说:"所谓治国必先齐其家者,其家不可教而能教人者,无之。故君子不出家而成教于国:孝者,所以事君也;弟者,所以事长也;慈者,所以使众也。"③ 正是在"修身"达到个人道德完善的基础上,才能推而广之,"一家仁,一国兴仁;一家让,一国兴让"④,实现社会的和谐安宁。按照《大学》的思路,国家的治理与社会的太平取决于包括国君在内的全体社会成员的道德修养。实现了全民的道德修养,就可以使社会保持和谐以求得天下太平。伦理人格因而成为孔孟以来传统儒学极力推崇的价值人格的最高境界。

但是,孔孟以来的儒学大师们回避了这样一种不可调和的矛盾,那就是伦理人格和封建专制制度,道德人生和封建社会现实的矛盾。一方面,封建统治依赖于人们的道德完善以保证社会的安宁和统治的稳固;另一方面,封建专制和黑暗现实又没有为伦理人格和道德人生提供必要的生存空间。《大学》强调"自天子以至于庶人,壹是皆以修身为本",并要求统治者在道德上为人表率;"所谓平天下在治其国者:上老老而民兴孝,上长长而民兴弟,上恤孤而民不倍,是以君子有絜矩之道也"。⑤ 劝导统治者"民之所好好之,民之所恶恶之"。⑥ 但这只是儒学大师们一厢情愿的善良愿望。因为封建专制制度本身又为统治者"以为天下之利害之权皆出于我,我以天下之利尽归于己,以天下之害尽归于人","以我之大私

---

① 《大学》,朱熹《四书章句集注》,中华书局1983年版,第8页。
② 同上书,第5页。
③ 同上书,第9页。
④ 同上。
⑤ 同上书,第10页。
⑥ 同上。

为天下之公"① 提供了可能。在除了为满足更大的私欲而故作姿态的情况下，统治者怎么会以"修身"的方式，以道德规范去限制自身欲求和既得私利呢？封建专制制度所造成的黑暗现实与伦理人格的矛盾不可避免地发生了。于是，有了善与恶、美与丑的冲突；有了"信而见疑，忠而被谤"② 的屈原，精忠报国、含冤被戮的岳飞；有了《精忠旗》中"缘何忠义难伸志，伸得志的偏生忠义无"③ 的愤慨与不平；有了《三国演义》《水浒传》对伦理人格的思考和困惑。

在《三国演义》中，作者揭示了伦理人格所面临的不可逾越的双重矛盾。一是伦理人格和黑暗现实之间，即善与恶之间的矛盾；二是伦理人格和政治利益之间，即义与利之间的矛盾。正是这双重矛盾，决定了《三国演义》伦理人格的悲剧。作为"仁君"的典型，刘备身上所体现出来的善和曹操所代表的恶构成了《三国演义》的主要冲突，这种冲突决定了《三国演义》的悲剧实质。而作为蜀汉集团的最高统治者，刘备身上所体现出来的作为伦理的"义"和体现蜀汉集团政治利益的"利"形成矛盾，这种矛盾又促成了《三国演义》的悲剧结局。"刘先主兴兵伐吴"是导致蜀汉衰亡的重要转折。作者对蜀汉在彝陵之战中的失败表现出深切的惋惜，但对刘备忠实于桃园结义的伦理美德却进行了热情的赞扬。关羽败走麦城，刘备一听到噩耗，当即"大叫一声，昏绝于地"④，"一日哭绝三五次"，"三日不进水食，但痛哭而已"⑤。即帝位之后，刘备所想到的第一件事，便是"起倾国之兵，剪伐东吴，生擒逆贼，以祭关公"。⑥ 尽管诸葛亮、赵云、秦宓等皆以"国贼乃曹操，非孙权也"和"天下者，重也；冤仇者，轻也"⑦ 为理由对刘备进行劝谏和开导，并严肃指出，兴兵伐吴属于"非所以重宗庙"的感情用事，但仍然没有动摇刘备伐吴复仇的决心："孤与关、张二弟在桃园结义时，誓同生死。今云

---

① 黄宗羲：《原君》，《明夷待访录》，中华书局1981年版，第2页。
② 司马迁：《史记》卷84，中华书局1996年版，第2482页。
③ 冯梦龙：《精忠旗》，王季思主编《中国十大古典悲剧集》，上海文艺出版社1982年版，第247页。
④ 罗贯中：《三国志通俗演义》，上海古籍出版社1980年版，第747页。
⑤ 同上书，第748页。
⑥ 同上书，第776页。
⑦ 同上。

长已亡,孤岂能独享富贵乎?""朕不与弟报仇,虽有万里江山,何足为贵?"① 在蜀汉利益和兄弟情分之间,刘备执着地选择了后者,这无疑体现了传统儒学理想的道德境界。《三国演义》正是在歌颂了刘备的伦理人格的同时,又通过刘备及蜀汉集团的悲剧,揭示了伦理人格和现实政治的矛盾,表现出对伦理人格的深刻思考。

而在《水浒传》中,宋江的伦理人格也面临着双重矛盾。一是伦理人格和黑暗现实之间,即忠与奸之间的矛盾;一是伦理人格内在规范之间,即忠与义之间的矛盾。也是这双重矛盾,决定了宋江的人格悲剧。一方面,构基于"忠义双全"的"替天行道"与皇上昏昧,奸邪满朝的"天下无道"的矛盾,决定了《水浒传》的悲剧实质。同时,"天下无道"的黑暗现实又使本应"双全"的"忠义"在客观上难以统一,以形成宋江伦理人格的内在矛盾,并使宋江形象具有浓重的悲剧色彩。"忠"和"义"作为调整个人和不同群体之间的行为规范具有不同的内容。余象斗在《题〈水浒传〉叙》中说:"尽心于为国之谓忠,事宜在济民之谓义。"② 在《水浒传》中,"忠"所强调的是个人和统治者之间的行为规范,而"义"所强调的则是个人和被统治者之间的行为规范。在"天下无道"的黑暗现实中,由于统治群体和被统治群体之间的对立,使"忠"和"义"这两种着重于不同群体的行为规范在事实上难以达到统一。这种情势使宋江处于徘徊于"忠""义"之间的两难境地。而宋江的人格悲剧在于他一生都在寻求事实上难以统一的"忠"与"义"之间的统一,以实现"忠义双全"的人格理想。正如他临终之前所言:"我为人一世,只主张'忠义'二字,不肯半点欺心。今日朝廷赐死无辜,宁可朝廷负我,我忠义不负朝廷。"③ 正是由于追求"忠"与"义"之间的统一,才形成"朝廷负我""赐死无辜"的悲剧结局。"忠"与"义"两条人生之路的交会,正好构成悲剧之路的起点。在"忠义双全"的宋江身上,无疑体现出强烈的伦理人格精神,但"天下无道"的黑暗现实却是"自古权奸害忠良,不容忠义立家邦"。《水浒传》正是通过宋江的人格悲剧,

---

① 罗贯中:《三国志通俗演义》,上海古籍出版社 1980 年版,第 776 页。
② 余象斗:《题〈水浒传〉叙》,陈曦钟、侯忠义、鲁玉川辑校《水浒传会评本》,北京大学出版社 1981 年版,第 33 页。
③ 施耐庵:《水浒传》,李永祜点校,中华书局 2005 年版,第 917 页。

向人们昭示了那个本应依赖伦理道德维系的封建社会，怎么吞噬、毁灭了它赖以维系的伦理道德。也正是在这里，《水浒传》对伦理人格自身表现出深沉的困惑。

二 对主体人格的弘扬

《西游记》《金瓶梅》以对主体人格和伦理道德关系的思考，表现出对主体人格的弘扬。

"天人合一"思想的本质是重天轻人。《中庸》中"天命之谓性，率性之谓道，修道之谓教"① 所强调的实际上是"天"对"人"的决定作用。作为这一思想在人与社会关系上的体现，传统儒学重视的是人对社会的责任，忽视的是人的自由与欲望。孔子在《论语·颜渊》中提出的"克己复礼"就典型地体现了这种倾向：

> 颜渊问仁。子曰："克己复礼为仁。一日克己复礼，天下归仁焉。为仁由己，而由人乎哉?"②

一方面，孔子意识到作为主体的"己"的存在，同时，又要求主体接受作为伦理道德的"礼"的规范。通过作为伦理道德的"礼"限制了作为主体的"己"，才算实现了"仁"这一伦理人格的最高境界。孔子的这一思想在后来的程朱理学那里得到了哲学化的阐释并发展到极端。朱熹在《论语集注》卷六中解释这段话时说：

> 仁者，本心之全德。克，胜也。复，反也。礼，天理之节文也。为仁者，所以全其心之德也。盖心之全德，莫非天理，而亦不能不坏于人欲。故为仁者必有以胜私欲而复于礼，则事皆天理，而本心之德复全于我矣。归，犹与也。又言一日克己复礼，则天下之人皆与其仁，极言其效之甚速而至大也。又言为仁由己而非他人所能预，又见其机之在我而无难也。日日克之，不以为难，则私欲净尽，天理流

---

① 《中庸》，朱熹《四书章句集注》，中华书局1983年版，第3—4页。
② 《论语》，朱熹《四书章句集注》，中华书局1983年版，第131页。

行,而仁不可胜用矣。①

在朱熹看来,作为主体的"己"即为"私欲",作为道德的"礼"则为"天理"。所谓"克己复礼"即"胜私欲而复于礼",实际上就是"灭欲存理",使"私欲净尽,天理流行"。如果说孔子的"克己复礼"还注意到主体的存在,那么,朱熹则把超越于伦理的"己"一概斥为"私欲",列为"克之"之列。于是,伦理人格成为价值人格唯一合理的表现形式,超脱于伦理道德之外的主体人格因之失去了合理存在的天地。而《西游记》《金瓶梅》的人格探索意义主要在于:通过主体意识的弘扬,把主体从道德的束缚中解脱出来,把主体人格交还给本应属于自身的人自己。

《西游记》是一部极富象征意味的神话小说。作品通过孙悟空身上强烈的自由意识,巨大的人格力量和高度的人格尊严的象征描写,高扬了主体人格。在《西游记》的第一回,作者通过须菩提祖师为孙悟空命名,寄寓了孙悟空率性而真的自由意识:"狲字去了兽傍,乃是子系。子者,儿男也;系者,婴细也。正合婴儿之本论。教你姓孙罢。"② 并且提示说:"猿猴道体配人心,心即猿猴意思深。"③ 其实,这里的"婴儿之本论",即相当于后来李贽《童心说》中作为"人之初"的"童子",强调的是超脱于伦理束缚的自然人性,这种自然人性构成了孙悟空率性而真,任性而为的自由意识的人性基础。在《西游记》中,最能体现孙悟空人格力量的是他那七十二般变化、十万八千里筋斗云和广大神通。但值得注意的是,这些本领的发源地却在隐括着一个"心"字的"灵台方寸山,斜月三星洞",这无疑说明孙悟空的修道过程,实际上是指修心过程。孙悟空后来在黑风洞对黑熊精夸耀自己本领来源时解释说:"老孙拜他为师父,指我长生路一条,他说身内有丹药,外边采取枉徒劳。"④ 孙悟空的本领显然是"心性修持大道生"的结果,是人对自身潜在力量认识、发现的产物。作者对孙悟空本领的描写,实质上是通过神话的方式突出了主体的人格力量,表达了对人的信念及礼赞。在《西游记》中,最精彩的情节自

---

① 朱熹:《论语集注》,《四书章句集注》,中华书局1983年版,第131—132页。
② 吴承恩:《西游记》,人民文学出版社1980年版,第13页。
③ 同上书,第79页。
④ 同上书,第216页。

然是"大闹天宫"。而促成孙悟空"大闹天宫"的主要原因，则是他高度的人格尊严和天宫等级制度的冲突。当孙悟空初上天宫之际，面对至高无上的玉帝，不但"挺身在旁，且不朝礼"，而且目无尊卑，自称"老孙"。当他发现玉帝所封的"弼马温"只是"未入流"的"末等"官衔，意识到自己的人格受到侮辱，"不觉心头火起，咬牙大怒道：'怎么哄我来替他养马？'"① 一怒之下，打出南天门，回到花果山，竖起"齐天大圣"的旗号，公然要和玉帝分庭抗礼。二上天宫后，也是由于王母娘娘的蟠桃会不曾"请我老孙做个尊席"，人格尊严受到贱视，他才盗仙丹，偷御酒，大闹蟠桃会，又一次反下天宫。到了"八卦炉中逃大圣"，孙悟空公开提出："灵霄宝殿非他久，历代人王有分传。强者为尊该让我，英雄只此敢争先。"② 这种"强者为尊"的思想，无疑是孙悟空主体人格的强烈体现。

主体人格的强化必然会导致对外在束缚的冲突，孙悟空和紧箍咒的冲突即具有这样的象征意味。紧箍咒又叫"定心真言"，如来曾就其作用对观音说："他若不伏使唤，可将此箍儿与他戴上，自然见血生根。各依所用的咒语念一念，眼胀头痛，脑门皆裂，管教他入我门来。"③ 后来，观音又对孙悟空说："若不如此拘系你，你又诳上欺天"，"须是得这个魔头，你才肯入我瑜伽之门路哩"。④ 显然，紧箍咒象征着制约主体的外在束缚。作为贯穿整个西天取经过程的一个矛盾冲突，是孙悟空为实现人格解脱，要求摆脱紧箍咒束缚的斗争。为了摆脱紧箍咒的束缚，孙悟空曾当面质问观音："你怎么生方法儿害我"，"哄我戴在头上受苦"。并多次要求唐僧、观音、如来"把松箍儿咒念念，退下这个箍子"。即使成为斗战胜佛之后，孙悟空还没有忘记对唐僧说："师父，此时我已成佛，与你一般，莫成还戴金箍儿，你还念什么紧箍咒儿揹勒我？趁早儿念个松箍儿咒，脱下来，打得粉碎，切莫叫那什么菩萨再去捉弄他人。"⑤ 孙悟空最终实现了对紧箍咒的解脱，这意味着主体人格对外在束缚的超越。

如果说《西游记》以主体人格和伦理道德关系的思考，表现了主体

---

① 吴承恩：《西游记》，人民文学出版社1980年版，第45页。
② 同上书，第81页。
③ 同上书，第92页。
④ 同上书，第193页。
⑤ 同上书，第1262页。

人格的弘扬，那么，《金瓶梅》则表现了主体人格脱离伦理的规范而极端发展所导致的人欲的放纵。作为一个市井商人，"好货好色"，对物质财富和纵欲享乐的追求构成了西门庆人生的全部要义。一方面，《金瓶梅》的作者以真实的笔触描写了西门庆对金钱财富的狂热追求和人情色欲的尽情宣泄，在客观上表现了人情物欲对伦理道德的冲决，体现出作者对人情物欲的大胆认识和勇敢正视。但是，人情物欲一旦超出一定社会相应的行为规范而发展到损人利己，人欲横流，必然会引起人际关系的失调和社会秩序的混乱，加速社会毁灭的进程。作者又可怕地意识到，《金瓶梅》里这样一个损人利己、人欲横流的社会，并不利于社会的正常发展和人类自身的完善。因而，作者对西门庆的贪赃枉法，损人利己表现出极大的不满，对《金瓶梅》所展示的纵意奢淫、人欲横流的社会表现出一种深沉的忧患。用怎样的行为规范以矫正人欲横流的社会现象，成为作者认真思考并力图回答的问题。

《金瓶梅》的作者所想到的是伦理道德，希望用伦理道德匡正世风。置于《金瓶梅》全书之首的《四贪词》中，作者即希望以"疏亲慢友多由你，背义亡恩尽是他"[1]，"亲朋道义因财失，父子情怀为利休"[2]之类的劝诫，来矫正酒色横溢，道德沦丧的社会风气。于是有了欣欣子《金瓶梅词话序》中"兰陵笑笑生作《金瓶梅传》"，"无非明人伦，戒淫奔，分淑慝，化善恶"，"关系世道风化，惩戒善恶，涤虑洗心，无不小补"[3]这类评价。的确，在《金瓶梅》中，特别是置于每章之前的回前诗中，"酒色多能误邦国，由来美色丧忠良"[4]，"贪财不顾纲常坏，好色全忘义理亏"[5]，诸如此类的道德说教可谓每回都有。但是，这些道德说教在整部《金瓶梅》中通常停留在观念形态的层面上，而没有渗透于形象的具体描写中以左右《金瓶梅》的创作过程。一方面，作者不厌其烦地指责西门庆"贪淫无耻坏纲常"，以伦理纲常为标准对人物做出道德评判；另一方面，又以连篇累牍且带有几分玩味的笔调，具体描述西门庆"贪淫

---

[1] 兰陵笑笑生：《金瓶梅词话》，戴鸿生校点，人民文学出版社1985年版，第2页。
[2] 同上。
[3] 欣欣子：《金瓶梅词话序》，兰陵笑笑生著，戴鸿生校点《金瓶梅词话》，人民文学出版社1985年版，第1页。
[4] 兰陵笑笑生：《金瓶梅词话》，戴鸿生校点，人民文学出版社1985年版，第45页。
[5] 同上书，第409页。

无耻"的性过程，以显示"真个偷情滋味美"，自身又表现出对伦理纲常的突破与违背。一方面，作者希望以"天理""纲常"来拯救那个人欲横流的社会；另一方面，又真实地展示了那个人欲横流的社会怎样冲决"天理""纲常"的樊篱一步步走向败德丧伦。从《金瓶梅》所展示的一幅幅"贪淫无耻"的真实生活图景中，人们看到的是，在如潮似浪的人情物欲的强烈冲击下，"天理""纲常"和伦理道德对于《金瓶梅》中西门庆之类的人，甚至包括作者已经失去了束缚人心的力量。

三 对人文人格的追求

《儒林外史》《红楼梦》以对初步具有人文主义色彩的新的人格的探索，表现出对人文人格的追求。

论证《儒林外史》《红楼梦》新的人格探索和杜少卿、贾宝玉新人格特征的前提，是必须说明这两部小说的人文人格和历史上的魏晋风度的区别。毫无疑问，《儒林外史》《红楼梦》的创作对魏晋风度存在着承继关系，在杜少卿、贾宝玉身上，也明显地体现出以阮籍、嵇康为代表的魏晋名士的遗传基因。这在"越名教而任自然"，张扬个性，任性肆志等方面都有明显的体现。但是，《儒林外史》《红楼梦》的人文人格和历史上的魏晋风度毕竟属于不同时代的产物而具有本质上的区别，这种区别集中体现在以下几个方面。

第一，越礼任性的原因不同。

尽管《儒林外史》《红楼梦》的人文人格和历史上的魏晋风度都体现了"越名教而任自然"的越礼任性倾向，却构基于不同的历史原因。嵇康所提出的"越名教而任自然"，是对于司马氏集团以标榜礼教之名，行杀伐异己、践踏礼教之实的黑暗现实的变态反抗。关于这个问题，鲁迅先生在《魏晋风度及文章与药及酒之关系》一文中做过中肯的分析："嵇阮的罪名，一向说他们毁坏礼教。但据我个人的意见，这判断是错误的，魏晋时代，崇奉礼教的看来似乎很不错，而实在是在毁坏礼教，不信礼教的。表面上毁坏礼教者，实则倒是承认礼教，太相信礼教。"[①] 正是由于这个原因，阮籍和嵇康都不希望自己的儿子效法自己。据《世说新语·

[①] 鲁迅：《魏晋风度及文章与药及酒之关系》，《而已集》，人民文学出版社1980年版，第109页。

任诞》记载：阮籍的儿子阮浑气度风韵极似阮籍，想效法阮籍的放达，阮籍不同意，说："仲容（指阮籍之侄阮咸）已预之，卿不得复尔。"①而嵇康在《家诫》中则要求儿子"临朝让官，临义让生。若孔文举求代兄死，此忠臣烈士之节"②，做循礼守法的忠义之士。由此看来，嵇康、阮籍提出"越名教而任自然"，并不是从根本上否定礼教，而是为了反对司马氏集团利用"名教"进行种种罪恶活动。

杜少卿、贾宝玉的越礼任性则导源于明代中叶以来商业经济的发展以及在此基础上兴起的个性解放思潮。这就决定了《儒林外史》《红楼梦》的人文人格区别于魏晋名士风度的不同本质特征。在《儒林外史》中，杜少卿对于程朱理学的批判，主要着眼于对自由生活的追求。《溱洧》一诗，按朱熹《诗集传》的说法，"此诗淫奔者自叙之词"。③ 而杜少卿则认为："《溱洧》之诗，也只是夫妇同游，并非淫乱。"④ 通过对朱注的批判，表达了自己追求自由生活，反叛礼教束缚的人生态度。杜少卿夫妇同游清凉山，就是这种人生态度的感性体现。而在《红楼梦》第十七回中，贾宝玉关于园林艺术的一段议论，也反映了他崇尚自然，率性而真的人格思想：

> 此处置一田庄，分明是人力造成的：远无邻村，近不负郭，背山无脉，临水无源，高无隐寺之塔，下无通市之桥，峭然孤出，似非大观，那及前数处有自然之理，自然之趣呢？虽种竹引泉，亦不伤穿凿。古人云"天然图画"四字，正恐非其地而强为其地，非其山而强为其山，即百般精巧，终不相宜。⑤

在贾宝玉看来，园林艺术应该体现"自然之理，自然之趣"，反对"非其地而强为其地，非其山而强为其山"的矫揉造作。同样，人的个性也应当尊重天然，天真无伪，而不能非其性而强为其性，非其人而强为其人。

---

① 刘义庆撰，刘孝标注，朱铸禹汇校集注：《世说新语汇校集注》，上海古籍出版社2002年版，第615页。
② 嵇康：《家诫》，殷翔、郭全等注《嵇康集注》，黄山书社1986年版，第342页。
③ 朱熹：《诗集传》，上海古籍出版社1980年版，第56页。
④ 吴敬梓：《儒林外史》，人民文学出版社1977年版，第401页。
⑤ 曹雪芹、高鹗：《红楼梦》，山东人民出版社1980年版，第194页。

这个情节，体现了贾宝玉反对伪饰矫强、禁锢扭曲、崇尚天然、爱好真率的思想。贾宝玉"重情不重礼""一味随心所欲"的生活态度，显然是这种思想在人生实践中的体现。由此看来，阮籍、嵇康的越礼任性是出于对黑暗现实的不满，因而具有更强烈的抗争精神；而杜少卿、贾宝玉的越礼任性则出于对个性解放的追求，因而具有更浓重的人文精神。

第二，不乐仕宦的动机不同。

尽管杜少卿、贾宝玉和阮籍、嵇康都表现出"不乐仕宦"① 的人生趋向，但在不乐仕宦这一相同的表征内，却潜藏着不同的人生态度。阮籍和嵇康本来都是具有济世志向的人物。嵇康是曹操孙子沛王曹林的女婿，曾为中散大夫。曹魏灭亡后，嵇康拒绝出仕晋朝，主要是出于对司马氏集团的仇视与不满。而阮籍的不乐仕宦，导源于对黑暗现实的清醒认识，带有明哲保身的倾向。据《晋书·阮籍传》记载："籍本有济世志，属魏晋之际，天下多故，名士少有全者，籍由是不与世事，遂酣饮为常。"② 正是由于这个缘故，阮籍"尝登广武，观楚汉战处，叹曰：'时无英雄，使竖子成名！'登武牢山，望京邑而叹，于是赋《豪杰诗》"。③ 流露出的是时不我遇，功名未成的感慨。

在《儒林外史》《红楼梦》中，杜少卿、贾宝玉的"不乐仕宦"，鄙弃功名，固然不排除对黑暗现实的清醒认识，但起决定作用的还是人生价值观念。在《儒林外史》中，杜少卿拒绝征辟是出于对自由生活的追求。当巡抚李大人荐举他参加"博学鸿词"科考试时，他推辞说："小侄麋鹿之性，草野惯了，近又多病。"④ 推辞不掉，干脆"装病不去"。娘子问他："朝廷叫你去做官，你为什么装病不去？"杜少卿回答说："你好呆！放着南京这样好玩的所在，留我在家，春天秋天，同你出去看花吃酒，好不快活！为什么要送我到京里去？"⑤ 并且表示："我做秀才，有了这一场结局，将来乡试也不应、科、岁也不考，逍遥自在，做些自己的事罢！"⑥

---

① 刘义庆撰，刘孝标注，朱铸禹汇校集注：《世说新语汇校集注》，上海古籍出版社2002年版，第611页。
② 房玄龄等：《晋书》卷49，中华书局1997年版，第1360页。
③ 同上书，第1361页。
④ 吴敬梓：《儒林外史》，人民文学出版社1977年版，第391页。
⑤ 同上书，第395页。
⑥ 同上书，第396页。

在《红楼梦》中，贾宝玉对科举功名的批判，则主要着眼于人性的自由。在贾宝玉看来，"夫不志于学，人之常也"①，从自然人性的角度出发，对八股功名进行了尖锐的批判："更可笑的是八股文章，拿他诓功名，混饭吃，也罢了，还要说'代圣贤立言'！"② 因此，同样是"不乐仕宦"，阮籍、嵇康主要着眼于对黑暗现实的清醒认识和强烈不满，而杜少卿、贾宝玉则主要由于在个性解放基础上的对自由生活的热烈追求。

第三，对等级制度的态度不同。

《儒林外史》《红楼梦》的人文人格和历史上的魏晋风度还有一个重要的区别，那就是对封建等级制度的不同态度。尽管魏晋名士在言行上越礼任性，但他们却并不从根本上否认上尊下卑的封建等级制度。在《通易论》中，阮籍认为："圣人以建天下之位，守尊卑之制，序阴阳之适，别刚柔之节，顺之者存，逆之者亡，得之者身安，失之者身危。"③ 从而论证了封建等级和封建秩序的合理性。在《乐论》中，阮籍又强调："刑教一体，礼乐外内也。刑弛则教不独行，礼废则乐无所立。尊卑有分，上下有等，谓之礼。人安其生，情意无哀，谓之乐。……礼逾其制则尊卑乖，乐失其序则亲疏乱。"④ 从礼乐的角度，强调了封建秩序和封建等级对实现社会和谐的重要作用。

在杜少卿、贾宝玉身上，虽然体现出强烈的个性意识，但这种个性意识并没有发展到唯我主义的地步。他们张扬自己的个性与人格，同时又尊重他人的个性与人格，从而在不同程度上表现出平等思想。在《儒林外史》中，高翰林对杜少卿"和尚、道士、工匠、花子，都拉着相与，却不肯相与个正经人"⑤ 的谩骂，即从反面说明杜少卿无视尊卑有序的封建等级制度的平等思想。而在《红楼梦》中，主张"世法平等"，则是贾宝玉平等思想的集中体现。在第六十六回，兴儿向尤二姐介绍贾宝玉说：

---

① 曹雪芹、高鹗：《红楼梦》，山东人民出版社1980年版，第1101页。
② 同上书，第1069页。
③ 阮籍：《通易论》，阮籍著，李志钧等校点《阮籍集》，上海古籍出版社1987年版，第27页。
④ 阮籍：《乐论》，阮籍著，李志钧等校点《阮籍集》，上海古籍出版社1987年版，第42页。
⑤ 吴敬梓：《儒林外史》，人民文学出版社1977年版，第398页。

也没个刚气儿。有一遭见了我们，喜欢时，没上没下，大家玩一阵；不喜欢，各自走了，他也不理人。我们坐着卧着，见了他也不理他，他也不责备。因此，没人怕他，只管随便，都过的去。①

在主仆关系的处理上，贾宝玉这种"没上没下"的态度，无疑也是无视尊卑有序的等级观念的平等思想的体现。在《红楼梦》中，贾宝玉的平等思想还突出地表现为对女儿的推崇。"他便料定天地间灵淑之气，只钟于女子，男儿们不过是些渣滓浊沫而已。"② 贾宝玉对女儿的推崇，无疑是对"男尊女卑"的等级观念的反拨。由此看来，《儒林外史》和《红楼梦》的平等思想，以及在这种思想基础之上的对封建等级制度和"男尊女卑"传统观念的冲击，初步体现出人文主义精神。

正是因为《儒林外史》《红楼梦》的人文人格和历史上的魏晋风度在越礼任性的原因、不乐仕宦的动机、对等级制度的态度等方面存在着本质的区别，所以，这两部小说的人文人格不是对魏晋风度的简单承继，而是在新的层次上对人格的探索。杜少卿、贾宝玉身上所体现出的对个性解放的追求和无视封建等级制度的平等思想，初步具有人文主义精神，而《儒林外史》《红楼梦》的人文人格探索意义，也正体现在这里。

（原载《湖北大学学报》1997年第2期，人大复印报刊资料《中国古代、近代文学研究》1997年第6期转载，1999年CSSCI收录）

论章回小说中的人格悲剧

明清章回小说中，尤其是《三国演义》《水浒传》《儒林外史》《红楼梦》这几部在中国小说史上具有划时代意义的章回小说巨著中，有一个值得注意的现象，那就是以悲剧作为其最终结局。无论是《三国演义》中"刘先主遗诏托孤儿""孔明秋风五丈原"，还是《水浒传》中"宋公明神聚蓼儿洼"，无论是《儒林外史》中"泰伯祠遗贤感旧"，还是《红楼梦》中"中乡魁宝玉却尘缘"，主要人物都没有摆脱痛苦的命运或死亡

---

① 曹雪芹、高鹗：《红楼梦》，山东人民出版社1980年版，第856页。
② 同上书，第235页。

的结局，都笼罩着浓重的悲剧气氛。这不能不说是一个值得深思的现象，而对这种现象的探讨，对于章回小说文化内蕴的揭示，无疑具有极为重要的意义。

一

谈到悲剧，鲁迅先生在《再论雷峰塔的倒掉》中所说的"悲剧将人生有价值的东西毁灭给人看"[①]，这一悲剧论断是人们所熟知的。在这里，鲁迅先生把悲剧的本质归结为人生价值的毁灭。而价值作为一种需要的满足，是构成价值人格的基础。人们是根据一定的价值观念确立自身生存状态，设计价值人格。不同的价值观念导致不同的价值人格。如果着眼于人的社会价值，必然强调人对社会需要的满足，重视人对社会的责任、义务等，形成群体人格。如果着眼于人的自我价值，必然强调对自我需要的满足，重视人对自身的自尊、独立等，以形成个体人格。在这个意义上，价值人格是人根据相应的价值观念对自身存在状态的态度和要求。既然价值观念构成了价值人格的基础，那么，人生价值毁灭的悲剧，主要表现为价值人格的悲剧。在章回小说中，价值人格的痛苦或毁灭无疑体现了悲剧的基本特征。

每一部小说都是一个相对独立的世界。在这个世界中，作者是以自己的价值观念去塑造、评价人物，表现、设计不同的价值人生，从而形成不同的价值人格。尽管章回小说反映了丰富多彩的人生，但是，群体人格和个体人格仍然构成了章回小说最为基本的人格模式。《三国演义》《水浒传》强调的是群体人格。在这两部作品中，价值人格集中体现为伦理人格，以传统道德为轴心的社会价值构成了理想人格的核心内容。《三国演义》主要通过对统治者之间的伦理关系的描写，表现了作者对统治者的人格要求；《水浒传》则主要通过对被统治者之间及其和统治者之间的伦理关系的描写，表达了作者的人格追求。《儒林外史》《红楼梦》注重的则是个体人格基础上的人文追求。在这两部作品中，价值人格集中体现为个体人格和人文人格的统一，以具有人文精神的自我价值构成了新的人格理想。《儒林外史》主要通过杜少卿等形象的塑造，以及传统文化中人文

---

① 鲁迅：《再论雷峰塔的倒掉》，《鲁迅全集》第1卷，人民文学出版社1981年版，第192—193页。

因素的发扬，表现了作者新的人格理想。而《红楼梦》则通过贾宝玉这一形象的创造和新的人文精神的探索，表现了作者对人文人格的追求。

章回小说不仅根据一定的价值观念设计并表现了相应的价值人格，更重要的是，还通过价值人格与社会现实，以及不同价值人格之间的悲剧性的矛盾冲突，揭示了价值人格的毁灭及其毁灭的原因和过程。一方面，章回小说通过价值人格和社会现实的矛盾冲突及悲剧结局，表现了作者对价值人格的探索和社会的批判；另一方面，又通过不同的价值人格之间的矛盾冲突及其悲剧结局，表现了作者对新的价值人格的赞美和对传统的价值人格的批判。正是通过悲剧性冲突的描写和悲剧成因的揭示，章回小说充分显示了其社会批判意义和伦理批判意义。

二

在章回小说研究中，章回小说的社会批判意义是一个早已引起人们充分注意得以普遍深入探讨的课题。近代，王钟麒就通过章回小说的当代观照，高度肯定和评价了章回小说的社会批判意义。他在《中国历代小说史论》中认为，章回小说的批判精神，"一曰愤政治之压制"，因为"吾国政治，出于在上，一夫为刚，万夫为柔，务以酷烈之手段，以震荡摧锄天下之士气"。作为对封建专制政治的批判，古代小说的创作"设为悲歌慷慨之士，穷而为寇为盗，有侠烈之行，忘一身之危而急人之危，以愧在上位而虐下民者，《七侠五义》《水浒传》皆其伦也"。章回小说的批判精神，"二曰痛社会之混浊"，因为"吾国数千年来风俗颓败，中于人心，是非混淆，黑白易位。富且贵者不必贤也，而若无事不可为；贫且贱者，不必不贤，而若无事可为"。作为对黑暗现实的批判，明清章回小说"描写社会之污秽浊乱贪酷淫渫诸现状，而以刻毒之笔出之"。[①] 黑暗的封建专制和污浊的社会现实构成了章回小说价值人格悲剧最为本质的社会根源。这一点正如陈忱在《水浒后传论略》中评价《水浒传》时所言：

《水浒》，愤书也。宋鼎既迁，高贤遗老，实切于中，假宋江之纵横，而成此书，盖多寓言也。愤大臣之覆竦，而许宋江之忠；愤群

[①] 王钟麒：《中国历代小说史论》，郭绍虞主编《中国历代文论选》第4册，上海古籍出版社1980年版，第260页。

工之阴狡，而许宋江之义；愤世风之贪，而许宋江之疏财；愤人情之悍，而许宋江之谦和；愤强邻之启疆，而许宋江之征辽。①

章回小说的价值人格寄寓了人们对封建社会黑暗现实的愤慨，而封建社会的黑暗现实和章回小说价值人格的矛盾，又规定着章回小说价值人格的悲剧实质。正是通过价值人格的悲剧，章回小说体现出强烈的社会批判意义。

章回小说的社会批判意义首先在于通过群体人格和社会现实的矛盾冲突以及群体人格的悲剧结局，表现出对封建社会黑暗现实的批判。章回小说的这一悲剧特征在《三国演义》中得到了典范的体现。群体人格的显著特点是强调人的社会价值，以道德规范作为价值人格的基本内容。在《三国演义》中，体现作者人格理想的人物，不论是刘备，还是关羽，或者诸葛亮，都体现了这一特点。作为"仁君"的典型，"仁慈宽厚""躬行仁义"构成了刘备性格的基本特征，通过这一特征，寄寓了人们对最高统治者的道德要求。而作为"贤臣"的典型，诸葛亮的性格集中体现为超人的智慧和对蜀汉的忠贞，这种性格也体现了作者对臣僚的人格要求。而作为"义友"的典型，"义重如山"是关羽的主要性格，通过这一性格表达了人们在人际关系上的人格理想。仁君、贤臣、义友这些以伦理规范为内容的价值人格，形成了一个理想人格体系，表现了作者和当时的人们对统治者的道德要求与人格理想。而作为矛盾冲突的另一方面，曹操在《三国演义》的总体构思中是作为理想人格体系的对立面出现的。残忍狠毒，阴险狡诈，损人利己构成了曹操性格的主要特征。尽管在他身上也有着"雄"的一面，但着眼于伦理价值，曹操仍然是"恶"的象征。"宁教我负天下人，不教天下人负我"，就是曹操价值观念的集中体现。他那种对上不忠，对下不仁，对友不义的恶德和《三国演义》中仁君、贤臣、义友的理想人格形成鲜明的对立。这种对立，与其说是一种政治的对立，还不如说是一种伦理的对立，是善与恶、群体人格和黑暗现实的对立。就总体构思而论，《三国演义》正是通过善与恶的矛盾冲突以及理想人格最终毁灭的悲剧结局，在表现了对群体人格热烈赞颂与深切同情的同时，又对封建社会的黑暗现实表现出极大的愤慨，从而实现了对"是非

---

① 陈忱：《水浒后传论略》，曾祖荫、黄清泉、周伟民、王先霈选注《中国历代小说序跋选注》，长江文艺出版社1982年版，第156页。

混淆，黑白易位"的混浊社会的深刻批判。

　　章回小说还通过个体人格和社会现实的矛盾冲突与个体人格的悲剧结局，表现了对封建社会的批判。如果说，《三国演义》的悲剧典型地体现为群体人格的毁灭，那么，《儒林外史》中杜少卿的悲剧则表现为个体人格的痛苦。个体人格的显著特点是强调人的自我价值，以人的独立作为价值人格的基本内容。而在杜少卿身上，正好体现了这种人格特点。从杜少卿那"逍遥自在，做些自己的事"的宣言中，我们看到的是对自由生活的向往；从杜少卿牵着老婆的手游清凉山的举动中，我们看到的是对审美人生的追求；从他"大捧的银子与人用"的"大方举动"中，我们看到的是超脱物累的潇洒；从他拒绝应征"博学鸿词"的行动中，我们看到的是对功名富贵的藐视；从他对沈琼枝的同情中，我们看到的是对人格平等的张扬。要求个性解放，主张人格独立，追求自由生活，构成了杜少卿个体人格的核心内容。作为对自己真实生活的写照，在杜少卿这位"海内英豪，千秋快士"身上，无疑表达了吴敬梓的人格理想。而杜少卿的个体人格必然导致污浊腐败的社会和江河日下的士风的悲剧性的矛盾冲突。就像吴敬梓的价值人生在现实中"乡里传为弟子戒"一样，在《儒林外史》中，那位以正统自居的高翰林就斥责杜少卿为"杜家第一个败类"，并在子侄的书桌上贴上"不可学天长杜仪"的戒条。杜少卿与高翰林之类的对立，既是两种完全不同的人生价值的对立，也是个体人格理想和腐朽社会风气的对立。而杜少卿身上最终流露出浓重的悲剧色彩，正是这种矛盾的必然产物。杜少卿送别虞育德时所说的，"老叔已去，小侄从今无所依归矣"。[①] 正是杜少卿的个体人格和腐败社会的矛盾中所形成的彷徨人生与孤独心态的真实流露。而《儒林外史》就是通过杜少卿这种悲剧心态的描写和这位时代先行者苦闷心态的揭示，表达了对那个扼杀个体人格，戕害美好人生的污浊社会和腐败世风的鞭挞与唾弃。《儒林外史》的社会批判意义也由此得以深刻的昭示。

三

　　伦理道德自身是一个动态系统，处于不断发展变化之中。这种发展变化在以下两个层面上得到突出体现。第一，具体道德规范之间的相互消

[①] 吴敬梓：《儒林外史》，人民文学出版社1977年版，第531页。

涨。伦理本身是一个抽象的概念，它必须通过具体的道德规范，如忠、孝、节、义，才能起到调剂人际关系的作用。但是，在不同的时空条件下，各种具体道德规范之间也存在着对立统一的关系。对某一道德的肯定，有时会导致对另一道德规范的否定。如"忠孝不能两全"之类的说法，就是这种情形的写照。第二，新旧道德规范之间的转化。道德的本质是调整个体和群体之间关系的行为规范。作为一种意识形态，最终受制于经济基础。由于经济关系的变化，个体和群体之间的关系得到不断的调整，从而引起道德观念的变革。而新的道德观念的出现，必然导致对旧的道德观念的批判。因而伦理道德的发展过程，也是一个不断实现自身批判的过程。体现在章回小说的发展中，尽管伦理判断是章回小说价值判断的主要形式，并直接影响到章回小说价值人格的建构，但由于伦理本身是一个动态系统，处于不断的发展变化之中，所以，章回小说价值判断的发展和价值人格的演化过程，也是实现对传统伦理的批判过程。而章回小说正是通过价值人格自身和不同价值人格之间的矛盾冲突，以及理想人格的悲剧结局，实现了对传统伦理的批判。

章回小说的伦理批判意义，首先在于通过群体人格的内在冲突和悲剧结局，揭示了道德规范之间的对立。《水浒传》中宋江的悲剧为证实这一观点提供了典型的范例。道德规范的主要作用在于协调群体关系，由于不同群体之间对立，必然引起具体道德规范的矛盾。而宋江这一形象的悲剧根源也正在于此。一方面，宋江"全忠仗义"的人格理想和黑暗现实之间存在着难以调和的悲剧冲突。这一点，诚如王钟麒在《中国三大小说家论赞》中所言：施耐庵"痛社会之黑暗，而政府之专横也，乃以一己之理想，构成此书。设言壮武慷慨之士，与俗有所迕，愤而为盗"。[1] "全忠仗义"和黑暗现实的矛盾直接导致了"逼上梁山"的悲剧。但这只是宋江悲剧根源的一个方面。而另一方面则来源于宋江群体人格理想内在的矛盾，即"忠"和"义"之间的冲突。"忠"和"义"作为调整个人和不同群体之间的行为规范具有不同的伦理内容。余象斗在《题〈水浒传〉叙》中说："尽心于为国之谓忠，事宜在济民之谓义。"在《水浒传》中，"忠"所强调的是个人和统治者之间的行为规范，而"义"所强调的则是

---

[1] 王钟麒：《中国三大小说家论赞》，郭绍虞主编《中国历代文论选》第 4 册，上海古籍出版社 1980 年版，第 266 页。

个人和被统治者之间的行为规范。而在封建社会中，由于统治群体和被统治群体之间的对立，使"忠"和"义"这两种着重于不同群体的行为规范在客观上难以达到统一。这种情势使宋江徘徊于"忠""义"之间的两难境地。而宋江的人格悲剧在于他一生都在寻求事实上难以统一的"忠"与"义"之间的统一，以实现"忠义双全"的人格理想。正如他临终之前所言："我为人一世，只主张忠义二字，不肯半点欺心，今日朝廷赐死无辜，宁可朝廷负我，我忠义不负朝廷。"正是由于追求"忠"与"义"之间的统一，才形成了"朝廷负我""赐死无辜"的悲剧结局。"忠"与"义"两条人生之路的交会，正好构成了宋江悲剧之路的起点。尽管《水浒传》的作者对宋江的"全忠仗义"进行了热情的歌颂，但同时又以客观的描写，展示了宋江理想人格中所存在的"忠"与"义"的矛盾，并通过宋江理想人格的悲剧，揭示了封建社会"忠"与"义"难以兼容的事实，对"忠义"道德表现出极大的困惑。

　　章回小说还通过个体人格和道学人生的矛盾冲突及个体人格的悲剧结局，表现了对封建道德的批判。明代中叶以后，随着个性解放思潮的兴起和主体意识的弘扬，重视人的存在，肯定人的尊严，追求自由生活形成了新的人格价值取向。这种个体人格思想在贾宝玉这一形象上得到最为突出的体现。在这个时代的先行者身上，"重情不重礼"，"一味随心所欲"，构成了贾宝玉价值人格的核心。这种价值人格体现在人际关系上，形成了贾宝反对"男尊女卑"，否定封建等级观念，主张人格平等的人格理想；体现在人生道路上，形成了贾宝玉厌恶贵族生活，蔑视仕途经济，追求自由生活的人格理想；体现在婚姻观念上，形成了贾宝玉反抗"父母之命，媒妁之言"和"门当户对"为主要内容的封建婚姻观念与婚姻制度，强调自主婚姻的人格理想。贾宝玉的个体人格理想不可避免地导致和封建道学人生的冲突。贾宝玉和贾政之间的矛盾就是这种冲突的直接体现。在《红楼梦》中的贾政身上，典型地体现了正统的道学人生。作品的第二回就借冷子兴之口介绍说："贾政自幼酷喜读书，为人端方正直。"作为官僚，他"居官更加勤慎"，"人品端方，风声清肃"；作为家长，他"训子有方，治家有法"；更重要的是，"贾政最循规矩，在伦常上也讲究"。贾政的人生是按照封建道德规范设计的正统的道学人生，而作为两种不同价值人生冲突的结果，贾宝玉的人格理想不可避免地走向了悲剧结局，宝黛爱情悲剧和宝玉中举出家就是这种结局的具体表现。而《红楼梦》正是通过贾宝玉人格的悲剧和理想的毁灭，揭示了封建伦理道德以及以此为基础的道学人生对个体人格的窒息与扼杀，作品的封建伦理批判意义也在这里得到深刻的体现。

章回小说一方面通过群体人格和封建专制的矛盾及群体人格的悲剧，提示了封建社会对伦理人格的戕害，另一方面，又通过个体人格和封建伦理的矛盾及个体人格的悲剧，反映了封建道德对自由人生的扼杀。封建专制、伦理道德和理想人生错综复杂的矛盾构成了章回小说价值人格的悲剧之源。在封建专制制度下，不论是群体人格，还是个体人格，不管是伦理人生，还是自由人生，都失去了生存的空间。章回小说的人格悲剧所昭示和批判的，正是这样的残酷现实。

（原载《文艺研究》2002 年第 6 期，人大复印报刊资料《中国古代、近代文学研究》2003 年第 4 期转载，2002 年 CSSCI 收录）

论章回小说对宋明理学的超越

一　章回小说与宋明理学的分野

宋明理学是南宋至清代居于正宗地位的儒学。南宋以后，宋明理学相继出现了程朱理学、阳明心学和清代气学三个重要的学术流派。作为明清时期具有主导作用的哲学社会思潮，宋明理学无疑会对章回小说的创作产生影响。关于这个问题，拙著《宋明理学与章回小说》进行了专门论述。但是，文学作为意识形态中一个独立的领域，不是哲学的附庸而具有自身的特征。正是由于章回小说具有自身的特征，在对人的认识、设计和表现上才形成区别于宋明理学的分野。而这种分野为章回小说实现对宋明理学的超越与批判提供了可能。

章回小说与宋明理学的分野首先取决于这二者对人的认识、设计和表现上的不同方式。在对人的认识、设计和表现上，哲学采取的是科学的方式，而文学遵循的则是艺术的方式。"诗性语句是凭情欲和恩爱的感触来造成的，至于哲学的语句却不同，是凭思索和推理造成的，哲学语句愈升共相，就愈接近真理；而诗性语句却愈掌握殊相，就愈确凿可凭。"[①] 尽

---

① ［意］维柯：《新科学》，人民文学出版社 1987 年版，第 105 页。

管文学和哲学都把对人的认知和设计作为目的和归宿,但在这一过程中,哲学重视的是理性,文学强调的是情感;哲学采取的是推理,文学发挥的则是想象;哲学强调的是共性,文学看重的则是个性;哲学以抽象的概念表达对人的思考,而文学则以生动的形象实现对人的观照。较之于哲学,文学按照自身的规律和特点反映社会人生。文学的自身特征决定了章回小说作家无意于像宋明理学那样以理论的方式,津津乐道地去解释人性善恶的本质,而更重视以形象的方式向人们展示善恶纷呈的现实世界,去展示构基于相应人性基础上的人的思想、情欲、行为以及生存状态。文学比哲学更长于深入人的心灵和生活深处。别林斯基曾经说过:"每个民族都有两种哲理:一类是学究式的,书本的,郑重其事的,节庆才有的;另一类是日常的,家庭的,习见的。这两种哲理在某种程度上彼此接近,只要谁想描写一个社会,它必须认识这两种哲理,尤其是必须研究后一种。"[①]章回小说的创作也是如此,一方面,它吸收了学究式的宋明理学的哲理,同时,也参照了日常生活的哲理,这两种哲理的彼此接近和相互区别构成了章回小说和宋明理学的联系与分野的基础。《金瓶梅》在观念上接受理学家"存理去欲"的训诫的同时,又在实际创作中表现出对人欲的正视就是这种情形的写照。在观念上,尽管兰陵笑笑生一再强调:"酒色多能误邦国,由来美色丧忠良","贪财不顾纲常坏,好色全忘义理亏",表现出对"存理去欲"观念的认同;但在实际创作中,却以日常生活的形象描写,生动展示了一个追金逐银和男欢女狂的人欲世界,以对人欲的大胆正视,表现出对"存理去欲"观念的背离。

  章回小说与宋明理学的分野还取决于章回小说对人的认识、设计和表现上的创造特性。章回小说的创作是对宋明理学的参照和现实生活的表现,却不是对宋明理学演绎式的因袭和现实生活的机械式的模拟,而是在特定的文化社会环境中的创造。这种情形,正如当代英国文化学家理查德·霍加特在《当代文化研究:文学与社会研究的一种途径》中所言:"文学是一种文化中的意义载体,它有助于再现这个文化想要信仰的那些事物,并假定这种经验带有所需求的那类价值的。它戏剧化地表现了人们是如何感受到延续的那些价值的脉搏,尤其是如何感受到源于这一延续的是什么压力和张力。它有助于确定那些所信仰的'东西'。只要具有一种

---

① [俄]别林斯基:《别林斯基论文学》,新文艺出版社1958年版,第86页。

展望生活的形式和力量的更好的观念，就有助于确定这种展望。由于艺术自身中创造了秩序，这种揭示要么是通过反映，要么是通过拒绝现存价值秩序或提出新的秩序。"① 一方面，章回小说"通过反映"，揭示宋明理学中"现存的价值秩序"。同时，章回小说的创作也是一种创造，完全可以"拒绝现存价值秩序或提出新的秩序"，以实现对宋明理学的超越与批判。《红楼梦》中贾宝玉的自由意识的"意淫"意识以及与之相关的"水泥骨肉"观，不仅意味着对程朱理学道学人生观的拒绝和反叛，而且标志着新的价值人生和价值秩序的诞生。曹雪芹正是通过对新的人生价值的创造和人的生存方式的探索，实现了对宋明理学的超越与批判。

　　正是因为章回小说实现了对宋明理学的超越与批判并形成了明显的分野，章回小说和宋明理学才分别得到不同人的不同对待。统治者和道学家对程朱理学百般推崇，而对《三国演义》《水浒传》《金瓶梅》《红楼梦》则屡加禁毁，就是这种分野的产物。明思宗朱由检在崇祯十五年（1642）曾诏令："先儒朱子称先贤，位汉唐诸儒上"②，对朱熹推崇备至。而也是这个明思宗，也在崇祯十五年，则下诏"严禁《水浒》"："大张榜示，凡坊间家藏《浒传》并原版，尽令速行烧毁，不许隐匿。"③ 康熙五十三年（1714）清圣祖爱新觉罗·玄烨推崇"杏坛、紫阳之心传"的同时，下令严禁"小说淫词"："朕惟治天下，以人心风俗为本。欲正人心，厚风俗，必崇尚经学，而严绝非圣之书，此不易之理也。近见坊间多卖小说淫词，荒唐俚鄙，殊非正理；不但诱惑愚民，即缙绅士子，未免游目盅心焉。所关风俗者非细，应即通行严禁。"④ 正是因为章回小说和程朱理学将会产生相反的社会效果，所以，清代统治者屡次严令："一切淫词小说……立毁旧板，永绝根株；即儒门著作，嗣后惟仰我皇上圣学，实能阐发孔、孟、程、朱之正理者，方许刊刻。"⑤ 明清统治者对章回小说的禁毁和对

---

　　① ［英］理查德·霍加特：《当代文化研究：文学与社会研究的一种途径》，周宪等译《当代西方艺术文化学》，北京大学出版社1988年版，第36页。
　　② 《朱子世家》，《婺源县志》卷18，清康熙刻本。
　　③ 东北图书馆编：《明清内阁大库史料》上册，第429页，王利器辑录《元明清三代焚毁小说戏曲史料》，上海古籍出版社1981年版，第17页。
　　④ 《大清圣祖仁皇帝实录》卷8，王利器辑录《元明清三代焚毁小说戏曲史料》，上海古籍出版社1981年版，第27页。
　　⑤ 琴川居士编：《皇清奏议》卷22，王利器辑录《元明清三代焚毁小说戏曲史料》，上海古籍出版社1981年版，第24—25页。

程朱理学的提倡，从一个侧面说明章回小说与程朱理学的区别和分野。

二 章回小说对宋明理学的历时性超越

章回小说对宋明理学的历时性超越，突出地表现为对程朱理学的批判和对阳明心学的纠正。

章回小说对程朱理学的批判突出体现为对主体意识的弘扬。程朱理学的本质就是通过对"天理"本体地位和主宰作用的强调，体现出对人的独立存在的价值和人的主体意识的贱视。明清时代，随着阳明心学的兴起，弘扬人的主体意识，肯定人的价值成为一股进步的时代思潮。"心即理""心外无理""吾心之良知即所谓天理"构成了阳明心学思想的核心。程朱理学中作为客观精神的"天理"，在王阳明那里则成了主观精神的"良知"。由于王阳明以"良知"取代了"天理"最高的本体地位，从而打破了"天理"主宰一切的格局，高度肯定了人的主体意识和独立人格。作为这股时代思潮在章回小说创作中的体现，对人的独立存在价值的肯定和人的主体意识的重视，是《西游记》《金瓶梅》《儒林外史》《红楼梦》的共同特点。《西游记》通过对孙悟空的主体意识和人格自我完善中的能动作用的肯定，表达了个体人格与群体人格、主体意识与伦理意识统一的人格理想。《金瓶梅》则通过西门庆之类的人对金钱财货的极力追求和人情物欲的尽情宣泄，表现了对主体意识的正视，同时又对主体意识片面发展所造成的价值倾斜进行了严肃的思考。《儒林外史》则以人们对"功名富贵"的态度作为价值判断的基点，对在"功名富贵"面前保持独立人格的真儒奇士进行了不同程度的肯定，同时又对由于热衷追求"功名富贵"而导致的种种扭曲的人生予以严肃的批判，从而表现了对独立人格和主体意识的弘扬。《红楼梦》的主体意识在"重情不重礼"，"一味随心所欲"的贾宝玉身上得到突出的体现。建基于自然人性基础上的自由意识和"意淫"意识构成了贾宝玉主体意识的内容。《红楼梦》通过贾宝玉的自由人生和以贾政为代表的道学人生的冲突，表现了对主体意识的礼赞和程朱理学的批判。

章回小说对程朱理学的批判还突出地体现为对人情物欲的正视。在哲学上，程朱理学对主体意识的漠视，体现在伦理学上则表现为对人的合理情欲的遏制。"存天理，灭人欲"这类道德箴言就集中地反映了程朱理学禁欲主义的本质。阳明心学的出现，意味着对程朱理学的反拨。王阳明认为："日用间何莫非天理流行，但此心常存，则义理自熟。"① 提出"天理"体现于"日用"之中。尽管王阳明在"天理"与"人欲"的关系上，仍然主张"存理去欲"，但这一观点却为王学左派提供了哲学依据而得到世俗的发挥。"百姓日用即道"，"天理者，天然自有之理"，"圣人之道无异于百姓日用"，"百姓日用条理处，即是圣人之条理处"。② 把"百姓日用"抬高到与"天理"平起平坐的地位，从而打破了"天理"对世俗生活的禁锢，人的正常欲望得到合理的肯定。体现在章回小说的价值取向上，必然形成对人情物欲的认可和正视。于是，章回小说的创作由感性欲求的简单否定转而注重人情物欲的合理正视，由偏重道德人生的理性观照转而注重世俗人生的感性显现。不损害他人利益为前提的人情物欲受到前所未有的正视。正是从这种价值判断出发，《西游记》以不乏调侃意味的笔调描写了猪八戒好色贪财、爱吃好睡的世俗性格的同时，最终还是让如来佛封这位"色情未泯"，"口壮身慵，食肠宽大"的八戒适得其所地做了个"受用"的"净坛使者"，表现出的是当时的人们，也包括西方极乐世界的最高统治者，对"人欲"的认可和宽容。而在《金瓶梅》的第一回，作者就开宗明义地指出："情色二字，乃是一体一用。故色绚于目，情感于心，情色相生，心目相视。亘古及今，仁人君子，弗合忘之。"③ 表现出的是作者对人情物欲的勇敢正视和程朱理学的大胆反叛。

对"存理去欲"的批判是清代气学的重要内容。宋明以来，无论是程朱理学，还是阳明心学，都强调"天理"与"人欲"的对立而主张严守"理欲之辨"。清代气学则强调"天理"与"人欲"的统一，而认为"理存于欲"。王夫之提出："私欲之中，天理所寓。"颜元认为："男女者，人之大欲，亦人之真情至性也。"④ 通过对禁欲主义的批判，充分肯定了人欲的合理。这一思想体现在章回小说的创作中，形成了对人的正常

---

① 王守仁：《答徐成之》，吴光、钱明、董平、姚延福编校《王阳明全集》卷4，上海古籍出版社1992年版，第145页。

② 王艮：《心斋语录》，黄宗羲著，沈芝盈点校《明儒学案》卷32，中华书局1985年版，第711—718页。

③ 兰陵笑笑生：《金瓶梅词话》，戴鸿森校点，人民文学出版社1985年版，第1页。

④ 颜元：《存人编》卷1，颜元著，王星贤、张芥尘、郭征点校《颜元集》，中华书局1987年版，第124页。

情欲的审美观照和热情礼赞。如果说,《西游记》对人情物欲的描写,是以善意的嘲弄表现出对人欲的合理宽容,《金瓶梅》对人欲横流的再现,是以无可奈何的态度体现了对人欲的勇敢正视,那么,《儒林外史》《红楼梦》对人的真情至性的观照,展示的则是对审美人生的热情礼赞和执着追求。这里,用不着对人情物欲善意嘲弄,也没有对人欲横流无可奈何,体现出的是人性美、人情美、情爱美,以及对这些美的赞美。在《儒林外史》中,尽管作者反对功名富贵,强调淡泊人生,却通过牵着老婆游清凉山的杜少卿,肯定了对感性人生的尽情享受。而《红楼梦》则通过"一味随心所欲"的贾宝玉以及宝黛爱情,体现了对美好人生和美好爱情的热烈寻求。

　　章回小说对阳明心学的超越主要体现为对经世实学的提倡。明清之际,阳明心学空谈心性的流弊引起了一些进步思想家的不满。重视经世实学,反对空谈心性成为清代气学,尤其是颜李学派的重要思想。在《习斋记余》卷六《阅张氏王学质疑评》中,颜元指出:"王学诚有近禅。""果息王学而朱学独行,不杀人耶!果息朱学而独行王学,不杀人耶!"①并通过对经世实学的倡导,以纠正阳明心学空谈心性的流弊。李塨在《颜习斋先生年谱》卷下转述颜元学术思想时说:"如天不废予,将以七字富天下:垦荒,均田,兴水利;以六字强天下:人皆兵,官皆将;以九字安天下:举人才,正大经,兴礼乐。"②与吴敬梓过从密切的程廷祚是颜元的再传弟子。戴望《颜氏学记》卷九《征君程先生廷祚》介绍程廷祚学术思想时说:"先生之学以习斋为主,而参以梨洲、亭林,故其读书极博,而归于实用。"③受颜李学派学术思想的影响,吴敬梓在《〈尚书私学〉序》中指出:"俗学于经生制举业之外,未尝寓目,独好虚谈性命之言,以自便其固陋。"④对空谈心性的程朱理学和阳明心学进行了批判。

---

　　① 颜元:《阅张氏王学质疑评》,《习斋记余》卷6,颜元著,王星贤、张芥尘、郭征点校《颜元集》,中华书局1987年版,第494页。
　　② 李塨:《颜习斋先生年谱》卷下,颜元著,王星贤、张芥尘、郭征点校《颜元集》,中华书局1987年版,第763页。
　　③ 戴望:《征君程先生廷祚》,《颜氏学记》卷9,李汉秋编《儒林外史研究资料》,上海古籍出版社1984年版,第205页。
　　④ 吴敬梓:《〈尚书私学〉序》,李汉秋编《儒林外史研究资料》,上海古籍出版社1984年版,第37页。

体现在《儒林外史》创作上，尽管吴敬梓在批判程朱理学、张扬个性精神等方面受到包括左派王学在内的阳明心学的影响，但又以对经世实学的重视和以对礼、乐、农的提倡，表现出对阳明心学空谈心性流弊的纠正。作品中的王冕对"天文、地理、经史上的大学问，无一不通"。虞华轩也精通"一切兵农、礼乐、工虞、水火之事"。凡此种种，都体现了吴敬梓对经世实学的重视。而无论是众儒士祭泰伯祠，还是萧云仙治理青枫城，都体现了《儒林外史》对经世实学的重视和对阳明心学的超越。

三 章回小说对宋明理学的共时性超越

伴随着不同时代宋明理学思潮的不断发展，章回小说实现了前一阶段理学思潮的批判，尤其是程朱理学的批判，表现出对宋明理学的历时性超越。同时，由于文学自身对人的认识、设计和表现上的艺术特性及其创造特性，章回小说在创作上尽管受到同一时代理学思潮的影响，却能克服同一时代理学思潮中某些传统观念和保守因素，形成与同一时代理学思潮的分野，以实现对宋明理学的共时性超越。《三国演义》《水浒传》以群体人格和伦理人格悲剧，表现出对传统道德的困惑，导致了对程朱理学的反思。《西游记》《金瓶梅》则以对人情物欲的正视，克服了阳明心学在伦理上的保守。《儒林外史》《红楼梦》则以对平等意识的强调和"男尊女卑"观念的突破，显示出较之清代气学更为充分的人文精神。《三国演义》《水浒传》之于程朱理学，《西游记》《金瓶梅》之于阳明心学，《儒林外史》《红楼梦》之于清代气学，都实现了不同程度的超越。这里，我们且以吴敬梓与程廷祚在思想和性格上的区别为个案，对这种超越做出具体说明。

作为清代颜李学派在南方的代表人物，程廷祚对吴敬梓的思想曾产生过极为深刻的影响，这在批判程朱理学、提倡礼乐兵农、抨击科举制度等方面都有较为突出的体现。但是，两人在性格和思想上的差异也是显而易见的。

在性格风度上，吴敬梓具有诗人气质，而程廷祚则更着重学者风范。吴敬梓的思想来源是复杂的。一方面，他深受清代气学思想的影响，同时又承继了魏晋风度。程晋芳在《勉行堂文集》卷五《寄怀严东有》一诗中描述吴敬梓的性情说："敏轩生近世，而抱六代情。风雅慕建安，斋栗怀昭明。"① 金兆燕在《寄吴文木先生》一诗中形容吴敬梓狂放不羁的风格说："有时倒著白接䍦，秦淮酒家杯独持。乡里小儿或见之，皆言狂疾不可治。"② 吴敬梓在《减字木兰花》词中说自己是"乡里传为弟子戒"的人物。这种任性率真的性格和放浪形骸的作风无疑是对魏晋风度的发展。较之吴敬梓诗人式的狂放，程廷祚的性格却更具有学人式的庄重。据程晋芳《勉行堂文集》卷六《绵庄先生墓志铭》所载，程廷祚幼年时，其父"日闭户课两儿，俾习洒扫应对之节"。这种严格的教育使他"髫龄时，不妄语言，好正襟危坐论古今忠孝大节"。终其一生，"其状貌温粹，志清行醇，动止必蹈规矩，与人居不为崖岸而自不可犯"，"德望行业，卓卓为乡人表"。③ 其号"绵庄"就是其性格的象征。

在思想观念上，吴敬梓趋于激进，而程廷祚则倾向于稳重。尽管程廷祚以对程朱理学的批判显示出其哲学思想的进步，但在伦理观念上仍然较为保守。而较之于程廷祚学人式的保守，吴敬梓在伦理观念上则表现出诗人式的激进。这种情形，在两人对松江女子张宛玉的不同态度上得到了明显的体现。据袁枚《随园诗话》卷四所载："有松江女张氏二人，寓居尼庵，自号'文敏公族也'。姊名宛玉，嫁于淮北程家，与夫不协，私行脱逃。山阳令行文关提。"④ 对于这个拒绝"嫁俗商"的才女张宛玉，吴敬梓给予了同情与支持。而程廷祚则在《与吴敏轩书》中认为：张宛玉"乃昧三从之古训与中馈之正理，而孤行一意"。怀疑张氏"居可疑之地，为无名之举，衣冠巾帼，淆然杂处，窃资以逃，追者在户，以此言之，非义之所取也"。希望吴敬梓"抱义怀仁，被服名教，何不引女士以当道，令其翻然改悔，归而谋诸父母之党，择盛之士而事之"。⑤ 尽管此信的主旨是为吴敬梓着想，担心朋友招惹是非，但对张宛玉的评价仍然流露出正

---

① 程晋芳：《寄怀严东有》，《勉行堂文集》卷5，李汉秋编《儒林外史研究资料》，上海古籍出版社1984年版，第10页。

② 金兆燕：《寄吴文木先生》，《棕亭诗钞》卷3，李汉秋编《儒林外史研究资料》，上海古籍出版社1984年版，第14页。

③ 程晋芳：《绵庄先生墓志铭》，《勉行堂文集》卷6，李汉秋编《儒林外史研究资料》，上海古籍出版社1984年版，第202—203页。

④ 袁枚：《随园诗话》卷4，李汉秋编《儒林外史研究资料》，上海古籍出版社1984年版，第221—222页。

⑤ 程廷祚：《与吴敏轩书》，《青溪文集续编》卷6，李汉秋编《儒林外史研究资料》，上海古籍出版社1984年版，第18—19页。

统的伦理观念和保守的妇女思想。而吴敬梓则并没有接受朋友善意劝告，对张宛玉采取了与程廷祚不同的态度。据平步青《霞外捃谈》卷九载："沈琼枝即《随园诗话》卷四所称松江张宛玉。"① 在《儒林外史》中，对于沈琼枝敢于反抗盐商，追求独立人格，予以热情赞扬，并通过杜少卿之口说："盐商富贵奢华，多少士大夫见了，就消魂夺魄，你一个弱女子，视如土芥，这就可敬的极了。"② 对张宛玉表现出的是理解和敬重。

由此看来，由于清代气学思想的影响，才使吴敬梓的思想和《儒林外史》具有鲜明的时代特征，以实现对程朱理学的批判，达到对宋明理学的历时性超越。而正是因为对魏晋风度的继承，并在章回小说创作中发挥文学自身创造特性和作者的创作个性，吴敬梓和《儒林外史》才有可能克服清代气学思想中某些保守因素的影响，以实现对清代气学的共时性超越。

（原载《明清小说研究》2008 年第 1 期，人大复印报刊资料《中国古代、近代文学研究》2008 年第 7 期转载，2008 年 CSSCI 收录）

宋明理学与章回小说的价值取向

张岱年先生在《中国哲学大纲》中指出："自南宋至清代的哲学，主要有三大派，即理学、心学、气学。"③ 而作为宋明理学的主要流派，程朱理学、阳明心学和清初气学构成了明清时期最重要的哲学思潮，并分别对《三国演义》和《水浒传》、《西游记》和《金瓶梅》、《儒林外史》和《红楼梦》产生了深刻的影响，这种影响，在章回小说的价值取向上得到突出的体现，并左右着章回小说的发展进程。

一 程朱理学与《三国演义》《水浒传》的价值取向

庸愚子蒋大器作于明代弘治七年（1494）的《三国志通俗演义序》

---

① 平步青：《霞外捃谈》卷 9，李汉秋编《儒林外史研究资料》，上海古籍出版社 1984 年版，第 220 页。
② 吴敬梓：《儒林外史》，人民文学出版社 1977 年版，第 480 页。
③ 张岱年：《中国哲学大纲》，中国社会科学出版社 1983 年版，第 381 页。

是迄今为止所能见到的最早评价《三国演义》的文字，通过这段文字，我们可以更清晰地看到程朱理学对《三国演义》《水浒传》价值取向的影响。在这篇序文中，蒋大器极为中肯地指出：

> 夫史，非独纪历代之事，盖欲昭往昔之盛衰，鉴君臣之善恶，载政事之得失，观人才之吉凶，知邦家之休戚，以至寒暑灾祥，褒贬予夺，无一而不笔之者，有义存焉。
>
> 吾夫子因获麟而作《春秋》。《春秋》，鲁史也。孔子修之，至一字予者，褒之；否者，贬之。然一字之中，以见当时君臣父子之道，垂鉴后世，俾识某之善，某之恶，欲其劝惩警惧，不致有前车之覆。此孔子立万万世至公至正之大法，合天理，正彝伦，而乱臣贼子之惧。故曰："知我者其惟《春秋》乎，罪我者其惟《春秋》乎！"亦不得已也。孟子见梁惠王，言仁义而不言利；告时君必称尧、舜、禹、汤；答时臣必及伊、傅、周、召。至朱子《纲目》，亦由是也。岂徒纪历代之事而已乎？……
>
> 予谓诵其诗，读其书，不识其人，可乎？读书例曰：若读到古人忠处，便思自己忠与不忠；孝处，便思自己孝与不孝。至于善恶可否，皆当如此，方是有益。若只读过，而不身体力行，又未为读书也。予尝读《三国志》求其所以，殆由陈蕃、窦武立朝未久，而不得行其志，卒为奸宄谋之，权柄日窃，渐浸炽盛，君子去之，小人附之，奸人乘之。当时国家纪纲法度坏乱极矣。噫，可不痛惜乎！矧何进识见不远，致董卓乘衅而入，权移人主，流毒中外，自取灭亡，理所当然。曹瞒虽有远图，而志不在社稷，假忠欺世，卒为身谋，虽得之，必失之，万古奸贼，仅能逃其不杀而已，固不足论。孙权父子虎视江东，固有取天下之志，而所用得人，又非老瞒可议。惟昭烈，汉室之胄，结义桃园，三顾草庐，君臣契合，辅成大业，亦理所当然。其最尚者，孔明之忠，昭如日星，古今仰之；而关、张之义，尤宜尚也。其他得失，彰彰可考，遗芳遗臭，在人贤与不贤，君子小人，义与利之间而已。观演义之君子，宜致思焉。①

---

① 蒋大器：《三国志通俗演义序》，罗贯中《三国志通俗演义》，上海古籍出版社 1980 年版，第 2 页。

蒋大器对《三国演义》的理解，集中地代表了包括罗贯中、施耐庵在内的当时的人们观照历史、评价社会、表现人生的价值观念，中肯地道出了当时的章回小说《三国演义》《水浒传》在价值取向上的基本特点。

第一，伦理意识是《三国演义》《水浒传》观照社会人生的准则。

在程朱理学那里，"理"作为宇宙万物的本源，是人类社会的最高原则。体现在人际关系和社会关系上，"理"就是规定人类行为原则的道德规范，支配着人生和社会。而作为程朱理学影响文学的结果，在《三国演义》《水浒传》的创作中，作者必然要以伦理意识观照社会人生，解释社会关系和历史现象。不论是"君臣之善恶""政事之得失"，还是"人才之吉凶""邦家之休戚"，甚至是"寒暑灾祥"之类的自然变化，无不"有义存焉"，都潜在地接受着"理"，或者"义"这类伦理观念的支配和左右。如果说，《三国演义》着重表现的是统治者之间的伦理关系，那么，《水浒传》着重表现的则是统治者和被统治者，以及被统治者之间的伦理关系，也就是书中反复强调的"忠"和"义"。伦理意识实质上是《三国演义》《水浒传》的作者解释社会和人生的解剖刀。

第二，善恶观念是《三国演义》《水浒传》人物形象的基本属性。

程朱理学把人性分为"天命之性"和"气质之性"，以解释人性的善恶倾向及其来源。在人性的认识上，把善恶属性作为人的本质属性。这种人性学说对《三国演义》《水浒传》的创作产生了深刻的影响。在人物形象的塑造上，《三国演义》《水浒传》着力表现的是"某之善，某之恶"，存在着把典型人物的创造当作善恶类型的再现的倾向。因而，在《三国演义》和《水浒传》中，作者虽然创造出大量个性鲜明的人物，但这些人物从本质上讲，仍然善恶分明。"叙好人完全是好，坏人完全是坏的"[1]，具有鲜明的善恶属性和类型化典型化的倾向。伦理属性因之成为《三国演义》《水浒传》人物形象的本质属性。

第三，"理欲之辨"是《三国演义》《水浒传》价值判断的基本内容。

"理"作为人类社会最高的伦理原则，体现在价值取向上，必然会成为价值判断的基本准则。在人类社会和人类历史上，"仁义"与"功利"、

---

[1] 鲁迅：《中国小说的历史的变迁》，《中国小说史略》，齐鲁书社 1997 年版，第 381 页。

"仁政"与"暴政"、"王道"与"霸道"、正义与邪恶的对立，本质上是"天理"与"人欲"的对立，"理欲之辨"因之成为价值判断的实质。而《三国演义》《水浒传》正是从这一准则出发评价社会人生，观照历史现象的。"人贤与不贤，君子小人，义与利"，构成了这一时期章回小说评价人物，判断是非的基本标准。从这一标准出发，《三国演义》对刘备之仁，"孔明之忠"和"关、张之义"予以热情的歌颂；而对"假忠欺世，卒为身谋"的曹操进行了无情的鞭挞；对"天理民彝荡扫地，鼎昧争如蕨昧馨，志士仁人空抱恨，几番血泪渍衣痕"①的黑暗现实表现出深沉的忧患。"贤与不贤""义与利"的关系，本质上是"理"与"欲"的关系在人生、社会层面上的体现。价值判断的实质，就在于从伦理的角度分清"理""欲"，严守"理欲之辨"，伦理判断从而成为价值判断的基本内容。

第四，"存理灭欲"是《三国演义》《水浒传》伦理功能的主要内容。

程朱理学主张以"格物穷理"为人格修养的手段，以"存理灭欲""与理为一"为人生的理想境界，强调对"理"的体认以达到人性对"理"的回归，实现道德上的人格完善。这一思想，影响到《三国演义》《水浒传》的伦理作用和社会功能的确立。在当时的人们看来，章回小说的创作目的，就在于"合天理，正彝伦"，"万古纲常期复振"。②而实现这一目的的前提，是通过褒贬分明的小说创作，"以见当时君臣夫子之道，垂鉴后世"。使章回小说的接受者"因事悟其义，因义而兴乎感。不待研精覃思，知正统必当扶，窃位必当诛，忠孝节义必当师，奸贪谀佞必当去。是是非非，了然于心目之下，裨益风教"。③ 在章回小说的接受过程中，"若读到古人忠处，便思自己忠与不忠；孝处，便思自己孝与不孝。至于善恶可否，皆当如此"。通过章回小说的接受，以达到对"善"的体认和"恶"的鄙弃，"须知善恶当师戒，遗臭流芳亿万年"。④ 从而实现章回小说"裨益风教"，"劝惩警惧"，惩恶扬善的社会作用和伦理

---

① 张尚德：《三国志通俗演义引》，罗贯中《三国志通俗演义》，上海古籍出版社 1980 年版，第 4 页。
② 同上。
③ 同上书，第 3 页。
④ 同上。

功能。

二 阳明心学与《西游记》《金瓶梅》的价值取向

阳明心学的出现，引起了传统价值观念的变革。也正是在阳明心学的影响下，对主体意识的强调，个体人格的注重，人的价值的肯定和人情物欲的正视，构成了《西游记》《金瓶梅》的突出特色。而这些特色在这两部作品的价值取向上得到了充分的体现。

《西游记》《金瓶梅》在价值取向上的突出特点之一是伦理人格的个体化。

阳明心学主张"心即理"，"心外无理"，"吾心之良知即所谓天理"，把程朱理学作为客观精神的"天理"变为主观精神的"良知"，把超脱于万物，高高在上的"天理"纳入人的主观世界，从而使伦理意识和主体意识、群体意识和个人意识得到了和谐的统一，在客观上为主体意识和个体人格的发展提供了广阔的空间。作为阳明心学影响章回小说的结果，《西游记》《金瓶梅》的价值取向上，形成了伦理人格个体化的倾向。于是，章回小说的人物创造由以往注重某种善恶属性的典型类型化，转而发展为强调人物的典型性格化，由以往注重群体人格的伦理化，转而发展为强调伦理人格的个体化。这种转化在孙悟空、西门庆这些人物身上可以得到充分的印证。在《西游记》中，孙悟空身上虽然不缺乏伦理意识，但这种伦理意识再也不是传统道德对人性的强制，而是主体的道德欲求的外化。在《金瓶梅》中，西门庆身上虽然也不缺乏善恶倾向，但这种善恶倾向再也不是善和恶的简单拼凑，而是血肉丰满的人性、人欲的显现。

《西游记》《金瓶梅》在价值取向上的突出特点之二是伦理判断的主体化。

阳明心学认为，"良知只是个是非之心"，"吾心之良知即所谓天理"，把"良知"作为价值判断的主观标准，从而打破了程朱理学以"天理"作为价值判断客观标准的限制。价值标准由客观"天理"变化为主观的"良知"，人的主体意识在价值判断上得到了充分的显示。这在客观上为当时的人们冲破传统的价值体系，形成新的价值观念提供了余地。体现在这一时期章回小说的创作上，必然形成价值判断主观化的倾向。于是，《西游记》《金瓶梅》的价值判断，由以往单纯地肯定群体意识转而注重个体意识，由以往简单地注重对传统价值体系的皈依转而倾向对新的价值观念的表现，从而更强调群体意识与个体意识、伦理意识和主体意识的统一。正是从这种主体化的伦理判断出发，《西游记》的作者对放纵"人欲"的猪八戒和谨遵"天理"的唐三藏表现出一定程度的善意批评，而对"理欲合一"的孙悟空则给予了热情的歌颂。如果说《西游记》体现了由单纯地肯定群体意识转而注重个体意识，强调群体意识与个体意识的统一，那么，《金瓶梅》则表现了旧的价值体系的不断解体和新的价值观念的日益出现。对金钱财富的追求，繁华生活的享受和人情色欲的放纵构成了《金瓶梅》中人们普遍的价值取向。

《西游记》《金瓶梅》在价值取向上的突出特点之三是人情物欲的合理化。

基于"吾心之良知即所谓天理"，王守仁进而认为，"日用间何莫非天理流行，但此心常存不放，则义理自熟"①，指出"天理"体现于"日用"之中。尽管王守仁主张"存理去欲"，但这一观点却为王学左派提供了哲学依据而得到世俗的发挥。"百姓日用即道"，"天理者，天然自有之理"，"圣人之道无异于百姓日用"，"百姓日用条理处，即是圣人之条理处"。② 把"百姓日用"抬高到与"天理"平起平坐的地位，从而在客观上打破了"天理"对世俗生活的禁锢。李贽却进一步把这一思想发展向异端，提出"穿衣吃饭即是人伦物理"③，并且认为"如好货，如好色"，"皆其所共好而共习"④。人的正常欲望得到合理的肯定。体现在章回小说的价值取向上，必然形成对人情物欲的认可和正视。于是，《西游记》《金瓶梅》的创作由对感性欲求的简单否定转而注重对人情物欲的合理正视，由偏重道德人生的理性观照转而注重世俗人生的感性显现。不损害他人利益为前提的人情物欲受到前所未有的正视。正是从这种价值判断出发，《西游记》以不乏调侃意味的笔调描写了猪八戒好色贪财、爱吃好睡

---

① 王守仁：《答徐成之》，吴光、钱明、董平、姚延福编校《王阳明全集》卷4，上海古籍出版社1992年版，第145页。

② 王艮：《心斋语录》，黄宗羲著，沈芝盈校点《明儒学案》卷32，中华书局1985年版，第714、715页。

③ 李贽：《答邓石阳》，刘幼生整理《焚书》卷1，社会科学文献出版社2000年版，第4页。

④ 李贽：《答邓明府》，刘幼生整理《焚书》卷1，社会科学文献出版社2000年版，第36页。

的世俗性格的同时，最终还是让这位"色情未泯"，"口壮身慵，食肠宽大"的八戒适得其所地做了个"受用"的"净坛使者"，表现出对"人欲"的认可和宽容。而《金瓶梅》则以对人欲的尽情渲染和真实再现，向人们展示出一个人欲横流的世界，表现出对人情物欲的勇敢正视和程朱理学的大胆挑战。

《西游记》《金瓶梅》在价值取向上的突出特点之四是伦理功能的自省化。

如果说，程朱理学的"格物穷理"是通过外在的"天理"的体认，以达到人格的强制完善，那么，阳明心学的"格物致知"则是通过对自身"良知"的自省以达到人格的自我完善。道德修养由被动地对"天理"的服从转而主动地对内在"良知"的发现。"天理"对人性的桎梏受到有力的突破，人在道德完善中的主观能动作用得到充分的肯定。体现在《西游记》《金瓶梅》的价值取向上，必然形成伦理功能自省化的倾向。于是，章回小说的伦理功能，由强调外在的教忠教孝的模式中解脱出来，转而注重个体人格内在的道德自我完善。这种转化自孙悟空身上可以得到显著的印证。在《西游记》中，孙悟空最后成为"斗战胜佛"，达到人格的最后完善。但这种完善，显然不是那个象征着程朱理学的紧箍咒对人性强制的结果，而是孙悟空在西天取经、伏魔除邪的过程中，使其个体人格在道德上自我完善的产物。而在《金瓶梅词话序》中，欣欣子一方面认为，《金瓶梅》具有"明人伦，戒淫奔，分淑慝，化善恶"，"惩戒善恶，涤虑洗心"的伦理功能，同时又认为"人有七情，忧郁为甚。上智之士，与化俱生，雾散而冰裂"。[①] 主张通过自身情欲的排泄以达到人性的净化，实现人格的自我完善。

三 清初气学与《儒林外史》《红楼梦》的价值取向

清代气学思潮的出现，导致了价值观念继明代心学思潮之后的又一次重大变革。在清代气学思潮的影响下，重视人格独立，强调人的个性，追求人道精神，探索新的人生构成了这一时期章回小说的共同特色。这些特色，在《儒林外史》和《红楼梦》的价值取向上得到了集中的体现。

[①] 欣欣子：《金瓶梅词话序》，兰陵笑笑生著，戴鸿生校点《金瓶梅词话》，人民文学出版社1985年版，第2页。

第一，《儒林外史》《红楼梦》在价值人格上的突出特点在于个体人格的人文化。

在本体论上，清代气学的突出特点是强调"气"的本体地位。王夫之的"理在气中"，黄宗羲的"理为气之理"和颜元的"理气融为一片"，无不通过"气"的强调，否定了"理"的本体地位，使在程朱理学那里作为宇宙万物本源并能主宰一切的"理"一降而为客观实在的附庸。"理"随之失去了桎梏人性的力量，而人的存在得到充分的重视。这在客观上为个体人格的发展提供了理论依据，从而导致了这一时期章回小说重视人的存在，强调人格独立，张扬自由意识的创作倾向。如果说，《三国演义》《水浒传》强调的是个体意识对群体意识的服从，《西游记》重视的是个体意识和群体意识的统一，那么，《儒林外史》《红楼梦》张扬的则是个体意识和人文精神的融合。不论是"逍遥自在，做些自己的事"的杜少卿，还是"重情不重理"的贾宝玉，无不闪烁着个性自由的光辉，无不意味着个体意识的弘扬，标志着理想人生对传统人生的超越和伦理人生向审美人生的转化。值得指出的是，与《金瓶梅》不同，《儒林外史》和《红楼梦》对个体人格的张扬并没有导致私欲的膨胀和人欲的横流，以造成人际关系的失调。作者在强调自我人格的同时，也注重对他人人格的尊重，如杜少卿之于沈琼枝，贾宝玉之于众丫鬟，在人际关系上，主张平等博爱、相互尊重，这不仅是对男尊女卑的传统思想的反叛，而且体现了一种新型的人际关系和具有近代色彩的人文伦理思想。

第二，《儒林外史》《红楼梦》在价值取向上的另一突出特点是价值判断人性化。

作为"日新之化"的辩证思想的体现，王夫之把"气质之性"作为人的"本然之性"，并提出了"日生则日成"的人性学说。这一思想直接影响到吴敬梓和曹雪芹对人性的看法。在《〈尚书私学〉序》中，吴敬梓认为："日月照临之下，四时往来，万物化育，名随其形所附，光华发越，莫不日新月异。"[①] 即以变化的思想阐释包括人性在内的万事万物。在《红楼梦》第二回中，曹雪芹借贾雨村之口通过"气质之性"来解释贾宝玉的"聪俊灵秀"和"乖僻邪谬"，无不意味着对传统人性学说中以

[①] 吴敬梓：《〈尚书私学〉序》，李汉秋编《儒林外史研究资料》，上海古籍出版社1984年版，第37页。

简单的善恶倾向阐释人性的超越。在人性学说上对传统善恶观念的超越为新的人生价值取向提供了理论基础，必然引起人生价值标准的变革。体现在《儒林外史》和《红楼梦》的创作上，形成了价值判断人性化的倾向。于是章回小说的价值判断由单一的伦理判断转化为多元化的人性判断，由传统的道德判断转化为体现人文精神的伦理判断。在《儒林外史》中，吴敬梓既肯定了庄绍光的"恬适"，虞博士的"浑雅"，又歌颂了王冕的"恬淡"，杜少卿的"狂放"，无不意味着构基于人性基础上的价值取向向着多元化方向的发展。而《红楼梦》中，对扼守传统道德的贾政的批判和对体现人文伦理精神的贾宝玉的歌颂，更是意味着具有启蒙色彩的人生价值取向的出现。

第三，《儒林外史》《红楼梦》在价值取向上又一突出特点是人类情欲的审美化。

对"理欲之辨"的批判是清代气学的主要内容。宋明以来，无论是程朱理学还是阳明心学，都强调"天理"与"人欲"的对立而主张严守"理欲之辨""存理去欲"。清代气学则强调"天理"与"人欲"的统一，而认为"理存于欲"。王夫之提出，"私欲之中，天理所寓"，"终不离欲而别有理"。颜元认为："男女者，人之大欲，亦人之真情至性也。"[①] 通过对禁欲主义的批判，充分肯定了人欲的合理。这一思想体现在《儒林外史》和《红楼梦》的创作中，形成了对人的正常情欲的审美观照和热情礼赞。如果说，《西游记》对人情物欲的描写是以善意的嘲弄表现出对人欲的合理宽容，《金瓶梅》对人欲横流的再现，是以无可奈何的态度体现了对人欲的勇敢正视，那么，《儒林外史》《红楼梦》对人的真情至性的观照，展示的则是对审美人生的热情礼赞和执着追求。这里，用不着对人情物欲善意嘲弄，也没有对人欲横流的无可奈何，体现出的是人性美、人情美、情爱美，以及对这些美的赞美。在《儒林外史》中尽管作者反对功名富贵，强调淡泊人生，却通过牵着老婆游清凉山的杜少卿，表现出对感性人生的尽情享受。而《红楼梦》则通过"一味随心所欲"的贾宝玉以及宝黛爱情，体现了对美好人生的热烈寻求。

第四，《儒林外史》《红楼梦》在价值取向上的又一特点是理想人生

───────
① 颜元:《存人编》卷1，颜元著，王星贤、张芥尘、郭征点校《颜元集》，中华书局1987年版，第124页。

的感性化。

在人格完善的方式上，较之于程朱理学的"穷理"，阳明心学的"明心"，清代气学强调的"践形"。王夫之所主张的"性焉安焉者，践其形而已"，颜元主张的"据性之形以治性"，强调的就是在实践活动中达到人格的完善。人格的完善由抽象的"天理"或"良知"的体认转化成为对感性实践的注重。尽管清代气学中的"性"与"形"带有先天的善的痕迹，但由于强调人格完善中感性化和实践性环节，在客观上为章回小说理想人生的感性化提供了发展的条件。体现在章回小说的创作上，《儒林外史》《红楼梦》由以往小说强调理性人生转而注重感性人生，由以往对抽象道德体认与皈依转而发展为对人生实践的强调。在《儒林外史》中，吴敬梓通过各种正面人物的社会活动以探索人生理想。而在《红楼梦》中，曹雪芹通过贾宝玉的人生实践，表现了对理想人生的艰难寻求。

（原载《长江学术》2012年第1期）

进化论与《中国小说史略》

一　进化论对鲁迅的影响

达尔文在1859年出版的《物种起源》中，明确提出了遗传与变异、生存斗争、自然选择等生物进化论观点，沉痛地打击了物种不变论和神创论，奠定了进化论的基础，他所提出的生物进化论，被恩格斯称为19世纪自然科学领域具有决定意义的三大发现之一。但这一思想最早在中国得到广泛的传播，则是通过严复的《天演论》而完成的。

严复于1898年出版的《天演论》实际上是通过翻译达尔文学说的支持者赫胥黎的著作《进化论与伦理学及其他论文》而完成的，在翻译中，严复强调了"物竞天择"这一进化论的核心内容。"物竞"即达尔文所说的生存斗争，而"天择"则是指自然选择。同时严复又强调了"变"的观点，认为天地是不断发生变化的，只是这种变化很缓慢、很细微，不容易察觉到，这种看法来源于达尔文关于物种不停地发生着变异的观点。严复关于进化论的学说对当时中国思想文化界产生了巨大的影响。

五四新文化运动期间，许多知识分子都以进化论思想作为指导，以研究社会与文学。如陈独秀在《新青年》1卷1号上发表文章就明确提出：

"近代文明之特征，最足以变古之道，而使人心社会焕然一新者，厥有三事：一曰人权说，一曰生物进化论，一曰社会主义，是也。"① 以说明进化论思想对"人心社会"的重要影响。陈独秀在《文学革命论》中则概括了进化论在思想文化领域的全面影响："故自文艺复兴以来，政治界有革命，宗教界亦有革命，伦理道德亦有革命，文学艺术，亦莫不有革命，莫不因革命而新兴而进化。"② 胡适在《文学改良刍议》里则用进化论思想观照中国古代文学的发展："文学者，随时代而变迁者也。一时代有一时代之文学：周、秦有周秦之文学，汉、魏有汉、魏之文学，唐、宋、元、明有唐、宋、元、明之文学。此非吾一人之私言，乃文明进化之公理。"③ 进化论思想成为当时的学者观察社会，研究文学的重要思想方法。

鲁迅先生从少年时代起，就深受进化论思想的熏陶。鲁迅先生在晚年所写的《朝花夕拾·琐记》中回忆自己少年时期在南京求学时说过，当时"看新书的风气便流行起来，我也知道了中国有一部书叫《天演论》。星期日跑到城南去买了来，白纸石印的一厚本，价五百文正。翻开一看，是写得很好的字，开首便道——……哦！原来世界上竟还有一个赫胥黎坐在书房里那么想，而且想得那么新鲜？一口气读下去，'物竞''天择'也出来了……""一有闲空，就照例地吃侉饼、花生米、辣椒，看《天演论》"。④ 而且，他还评论严复说道："一方面又佩服严又陵究竟是做过赫胥黎《天演论》的，的确与众不同：是一个十九世纪末中国感觉敏锐的人。"⑤ 可见鲁迅先生早年就接受了进化论的思想。

鲁迅先生不但深受进化论思想的影响，并且学以致用，自觉地将进化论思想运用于自然科学和人文科学研究。1903 年，鲁迅先生发表的《中国地质略论》即用进化论思想研究自然科学，在这篇文章中，他明确说

---

① 陈独秀：《法兰西人与近世文明》，《陈独秀文章选编》（上），三联书店 1984 年版，第 79 页。

② 陈独秀：《文学革命论》，《陈独秀文章选编》（上），三联书店 1984 年版，第 172 页。

③ 胡适：《文学改良刍议》，欧阳哲生编《胡适文集》第 2 卷，北京大学出版社 1981 年版，第 7 页。

④ 鲁迅：《朝花夕拾·琐记》，《鲁迅全集》第 2 卷，人民文学出版社 1981 年版，第 295—296 页。

⑤ 鲁迅：《热风·随感录二十五》，《鲁迅全集》第 1 卷，人民文学出版社 1981 年版，第 295 页。

道:"地质学者,地球之进化史也。"① 他自觉运用了进化论的观点研究地球的变化,分析了生物在不同的地质年代上分布的变化以及中国在不同地质年代中的地质状况,预测出中国是世界上第一石碳国。1907年,鲁迅先生发表的《人之历史》,则是全面系统总结生物进化论思想的重要论文。在其中,鲁迅先生首先指出,进化论的形成是一个长期的过程,通过林那、寇伟、兰麻克、瞿提等科学家的努力,渐渐向世人证实,并改变人们原先对于物种不变论的看法,直"至达尔文而大定"。② 他高度评价达尔文《物种由来》(《物种起源》)一书,认为其中的学说"盖生物学界之光明,扫群疑于一说之下者也"。③ 在《人之历史》一文,鲁迅先生还阐述了达尔文的治学方法即归纳法和进化论的主要观点,即"因悟物种所由来,渐而搜集事实,融会贯通,立生物进化之大原,且晓形变之因,本于淘汰,而淘汰原理,乃在争存,建'淘汰论',亦曰'达尔文说',空前古者也。……盖生物增加,皆尊几何级数……如是递增,繁殖至迅。然时有强物,灭其奭弱,沮其长成,故强之种日昌,而弱之种日耗;时代既久,宜者遂留,而天择即行其中,使生物臻于极适"。④ 物种进化的原因是由于淘汰原理,这个原理决定动植物不可能都生存下来,必须进行生存斗争,长此以往,将造成强种日强、弱种日弱的局面,而自然选择存在于生存斗争中则可以避免这一局面,使得动植物的数量永远保持均衡状态。

既有五四新文化运动背景下思想界对进化论的极力推崇,又有自己对于进化论深刻的理解和深入的研究,鲁迅先生自然很自觉地运用进化论的观点来观照中国古代小说。进化论思想因而成为鲁迅先生考察中国古代小说的思想方法与价值准则。1924年他在西安讲授《中国小说的历史的变迁》时,在第一讲中就说明了他对中国古代小说的基本看法:

> 我所讲的是中国小说的历史的变迁。许多历史家说,人类的历史是进化的,那么,中国当然不会在例外。但看中国进化的情形,却有

---

① 鲁迅:《中国地质略论》,《鲁迅全集》第8卷,人民文学出版社1981年版,第4页。
② 鲁迅:《人之历史》,《鲁迅全集》第1卷,人民文学出版社1981年版,第8页。
③ 同上书,第13页。
④ 同上。

两种很特别的现象：一种是新的来了好久之后而旧的又回复过来，即是反复；一种是新的来了好久之后而旧的并不废去，即是羼杂。然而就并不进化么？那也不然，只是比较慢，使我们性急的人，有一日三秋之感罢了。文艺，文艺之一的小说，自然也如此。①

二 进化论与《中国小说史略》的发展观

进化论思想奠定了鲁迅先生的中国古代小说发展观。达尔文在《物种起源》的绪言中指出："我充分相信，物种不是不变的；那些属于所谓同属的生物都是另一个并且一般已经绝灭的物种的直系后代，这与任何一个物种的公认的变种是该物种的后代，是同样的情形。"② 在这里，达尔文提出了物种变化的观点，并且认为一切物种都处在发展变化之中。鲁迅在《中国小说史略》中充分贯穿了这一以变化为核心内容的进化思想，以进化的观念研究中国古代小说史上的小说现象和小说作品，确定了中国古代小说的研究方法和研究领域，探讨中国古代小说的发展与流变，从而建立中国古代小说发展体系。

着眼于变化的进化思想，首先体现在鲁迅先生对中国小说发展体系的建构上。鲁迅先生在论述六朝志怪小说时指出，这类小说的创作特点主要在于"大抵一如今日之记新闻，在当时并非有意做小说"。③ 而在论述"唐之传奇文"时则进而指出：

> 小说亦如诗，至唐代而一变，然叙述宛转，文辞华艳，与六朝之粗陈梗概者较，演进之迹甚明，而尤显者乃在是时则始有意为小说。④

唐代传奇较之六朝志怪小说的根本变化，在于由创作上"并非有意做小说"发展为"有意为小说"。正是由于在创作上的这一根本变化，唐代传奇一方面"虽尚不离于搜奇记逸"，继承了六朝小说的传统，另一方面则

---

① 鲁迅：《中国小说的历史的变迁》，《中国小说史略》，齐鲁书社 1997 年版，第 348 页。
② ［英］达尔文：《物种起源》，周建人、叶笃庄、方宗熙译，商务印书馆 1981 年版，第 19 页。
③ 鲁迅：《中国小说的历史的变迁》，《中国小说史略》，齐鲁书社 1997 年版，第 355 页。
④ 鲁迅：《中国小说史略》，齐鲁书社 1997 年版，第 59 页。

在艺术上"叙述宛转，文辞华艳，与六朝之粗陈梗概者较，演进之迹甚明"，从而推动了中国古代小说的发展。也正是构基于着眼于变化的进化思想，鲁迅先生在论述宋元话本在小说史上的地位时说："这类作品，不但体裁不同，文章上也起了改革，用的是白话，所以实在是小说史上的一大变迁。"① 而在论述《红楼梦》在小说史上的地位时，鲁迅先生强调："自有《红楼梦》出来以后，传统的思想和写法都打破了。"② 在中国古代小说发展体系的建构上，始终都贯穿着着眼于变化的进化思想。

着眼于变化的进化思想，还体现在鲁迅先生对中国小说史上的小说现象研究中。在《中国小说史略》中，鲁迅先生把明清时期的章回小说划分为"神魔小说""人情小说""讽刺小说""狭邪小说""侠义小说""谴责小说"等，在介绍这些小说时，鲁迅先生通常从进化的角度，对上述小说现象的形成做一番正本清源的梳理。如《中国小说史略》第二十七篇《清之侠义小说及公案》中，鲁迅先生即从着眼于变化的进化思想，对晚清侠义公案小说和儿女英雄小说的盛行原因进行了探讨：

> 明季以来，世目《三国》《水浒》《西游》《金瓶梅》为"四大奇书"，居说部上首，比清乾隆中，《红楼梦》盛行，遂夺《三国》之席，而尤见称于文人。惟细民所嗜，则仍在《三国》《水浒》。时势屡更，人情日异于昔，久亦稍厌，渐生别流，虽故发源于前数书，而精神或至正反，大旨在褕扬勇侠，赞美粗豪，然又必不背于忠义。其所以然者，即一缘文人或有憾于《红楼》，其代表为《儿女英雄传》；一缘民心已不通于《水浒》，其代表为《三侠五义》。③

从立足于变化的进化思想出发，鲁迅先生从小说的发展流变和受众的审美心理两个方面，对以《三侠五义》为代表的侠义公案小说和以《儿女英雄传》为代表的儿女英雄小说的盛行原因，做出了令人信服的分析。

在探讨中国小说史上的某些艺术表现手法时，鲁迅先生通常也是从着

---

① 鲁迅：《中国小说的历史的变迁》，《中国小说史略》，齐鲁书社1997年版，第364—365页。
② 同上书，第382页。
③ 鲁迅：《中国小说史略》，齐鲁书社1997年版，第216页。

眼于变化的进化思想出发，梳理这些艺术表现手法的发展与演变。在论及《儒林外史》的讽刺艺术时，鲁迅先生指出：

> 寓讥弹于稗史者，晋唐已有，而明为盛，尤在人情小说中。然此类小说，大抵设一庸人，极形其陋劣之态，借以衬托俊士，显其才华，故往往大不近情，其用才比于"打诨"。若较胜之作，描写时亦刻深，讥刺之切，或逾锋刃，而《西游补》之外，每似集中于一人或一家，则又疑私怀怨毒，乃逞恶言，非于世事有不平，因抽毫而抨击矣。其近于呵斥全群者，则有《钟馗捉鬼传》十回，疑尚是明人作，取诸色人，比之群鬼，一一抉剔，发其隐情，然词意浅露，已同谩骂，所谓"婉曲"，实非所知。迨吴敬梓《儒林外史》出，乃秉持公心，指摘时弊，机锋所向，尤在士林；其文又戚而能谐，婉而多讽：于是说部中乃有足称讽刺之书。①

在这里，鲁迅先生立足于变化的进化思想，探讨了小说史讽刺艺术的发展演变。明代以来的小说在使用讽刺手法时有两个方面的不足：一是"私怀怨毒，乃逞恶言"；二是"词意浅露，已同谩骂"。而《儒林外史》则发展了古代小说中的讽刺艺术：针对以往小说的"私怀怨毒，乃逞恶言"，《儒林外史》讽刺艺术的一个重要特点是"秉持公心，指摘时弊"；针对以往小说的"词意浅露，已同谩骂"，《儒林外史》讽刺艺术的另一个重要特点是"戚而能谐，婉而多讽"。正是在这个意义上，鲁迅先生指出，《儒林外史》的出现，"说部中乃有足称讽刺之书"。着眼于变化的进化思想，鲁迅先生高度评价了《儒林外史》的讽刺艺术在小说史上的地位。

鲁迅先生在小说作品的研究中，也体现了这种着眼于变化的进化思想，如在论述《水浒传》成书过程时，鲁迅先生指出：

> 宋江等啸聚梁山泺时，其势实甚盛，《宋史》（三百五十三）亦云"转略十郡，官军莫敢撄其锋"。于是自有奇闻异说，生于民间，辗转繁变，以成故事，复经好事者掇拾粉饰，而文籍以出。宋遗民龚

---

① 鲁迅：《中国小说史略》，齐鲁书社1997年版，第175页。

> 圣与作《宋江三十六人赞》……足见宋末已有传写之书。《宣和遗事》由钞撮旧籍而成，故前集中之梁山泺聚义始末，或亦为当时所传写者之一种。①

也正是着眼于变化的进化思想，鲁迅先生在对《水浒传》的研究中，探讨了这部作品成书之前"水浒"故事的流传与演变，以说明《水浒传》的成书过程。

因而可以说，整部《中国小说史略》都贯穿变化的基本观念。正是着眼于变化的进化思想，鲁迅先生确定了中国古代小说的研究领域，建构了中国古代小说发展体系。

三　进化论与《中国小说史略》的方法论

进化论思想还为鲁迅先生的中国古代小说研究方法提供了借鉴。达尔文在《物种起源》中论述物种进化时，还提出了生存斗争和自然选择的方法论。他说道："因为所产生的每一物种的个体比可能生存的多得多；因而各生物间便经常不断地发生生存斗争，那末，任何生物如果能以任何方式发生有利于自己的、纵使是微小的变异，它在复杂的而且时常变化中的生活条件下，将会获得较好的生存机会，因而它就自然地选择了。"②"生存斗争""自然选择"在中国多被译为"物竞天择，适者生存"，强调的是物种的生存与变化与其生活条件之间的密切关系。这一思想对中国古代小说研究具有方法上的借鉴意义。正是基于这一思想，鲁迅先生在探讨小说现象和小说作品产生、存在的原因时，特别注重这些现象、作品与当时社会文化环境的关系。

首先，鲁迅先生在探讨小说现象时，通常要对产生这些现象的原因做深入分析。如在探讨"六朝之鬼神志怪书"盛行的原因时，鲁迅先生指出：

> 中国本信巫，秦汉以来，神仙之说盛行，汉末又大畅巫风，而鬼

---

① 鲁迅：《中国小说史略》，齐鲁书社1997年版，第112—113页。
② [英] 达尔文：《物种起源》，周建人、叶笃庄、方宗熙译，商务印书馆1981年版，第18页。

道愈炽；会小乘佛教亦入中土，渐见流传。凡此，皆张皇鬼神，称道灵异。故自晋讫隋，特多鬼神志怪之书。其书有出于文人者，有出于教徒者。文人之作，虽非如释道二家，意在自神其教，然亦非有意为小说，盖当时以为幽明虽殊途，而人鬼乃皆实有，故其叙述异事，与记载人间常事，自视固无诚妄之别矣。①

正是从秦汉以来神仙之说的盛行、巫风的大畅及佛教的传入等社会文化环境入手，鲁迅先生分析了六朝志怪小说盛行的原因，以说明志怪小说"非有意为小说"的创作特点。同样，鲁迅先生在论述志人小说产生的社会文化环境时指出："汉末士流，已重品目，声名成毁，决于片言，魏晋以来，乃弥以标格语言相尚，惟吐属则流于玄虚，举止则故为疏放，与汉之惟俊伟坚卓为重者，甚不侔矣。盖其时释教广被，颇扬脱俗之风，而老庄之说亦大盛，其因佛而崇老为反动，而厌离于世间则一致，相拒而实相扇，终乃汗漫而为清谈。渡江以后，此风弥甚，有违言者，惟一二枭雄而已。世之所尚，因有撰集，或者掇拾旧闻，或者记述近事，虽不过丛残小语，而俱为人间言动，遂脱志之牢笼也。"② 汉末注重品目、魏晋盛行清谈的社会文化风气为志人小说的产生提供了土壤，形成了志人小说"掇拾旧闻""记述近事"的创作特点和"丛残小语"的文体特征。此外，鲁迅先生在论及明代神魔小说、人情小说，晚清狭邪小说、侠义小说、谴责小说的盛行时，都深入分析了这些小说产生的社会文化环境。

同时，鲁迅先生在探讨小说作品时，通常通过对社会文化环境的分析，揭示小说作品的某些特点。如在论及《金瓶梅》中性描写所产生的社会文化环境时，鲁迅先生指出：

故就文辞与意象以观《金瓶梅》不外描写世情，尽其情伪，又缘衰世，万事不纲，爰发苦言，每极峻急，然亦时涉隐曲，猥黩者多。后或略其他文，专注此点，因予恶谥，谓之"淫书"；而在当时，实亦时尚。成化时，方士他孜僧继晓已以献房中术骤贵，至嘉靖间而陶仲文以进红铅得幸于世宗，官至特进光禄大夫柱国少师少傅少

---

① 鲁迅：《中国小说史略》，齐鲁书社1997年版，第39页。
② 同上书，第52页。

保礼部尚书恭诚伯。于是颓风渐及士流,都御史盛端明布政史参议顾可学皆以进士起家,而俱借"秋石方"致大位。瞬息显荣,世俗所企羡,侥幸者多竭智力以求奇方,世间乃渐不以纵谈闺帏之事为耻。风气既变,并及士林,故自方士进用以来,方药盛,妖心兴,而小说亦多神魔之谈,且每叙床第之事也。①

在这里,鲁迅先生从明代成化、嘉靖年间方士献房中术以贵,士流进"秋石方"以显的事实,论述了当时"不以纵谈闺帏之事为耻"的社会风气,并以这种社会风气对《金瓶梅》中"每叙床第之事"这种文学现象做出了符合实际的诠释。

四 进化论与《中国小说史略》的价值观

达尔文认为:"'自然选择'在生物与其它的有机和无机的生活条件的关系中改进了生物体;结果,必须承认,在大多数情形里,就引起了体制的进步。"②"各种生物对于各种条件关系日益改进。这种改进必然招致了全世界大多数生物体制逐渐进步。……脊椎动物里,智慧程度以及构造的接近人类,显然表示了它们的进步。"③ 在"自然选择"的规律下,任何物种都存在着一个进步的过程,而进步的物种更能适应"物竞天择,适者生存"的法则。这一进化论的思想极大地影响了鲁迅先生的小说价值观,正如他自己所说"没有冲破一切传统思想和手法的闯将,中国是不会有真的新文艺的"。④ 进化论思想成为鲁迅先生小说价值观的思想基础。正是从进化论思想出发,主张求变求新、反对拟古守旧成为鲁迅先生衡量小说现象和小说作品的价值标准。

首先,在对古代小说现象和小说作品的评价中,体现了鲁迅先生主张求变求新的价值思想。

在论及志人小说时,鲁迅先生首先探讨了志人小说不同于志怪小说的

---

① 鲁迅:《中国小说史略》,齐鲁书社1997年版,第146—147页。
② [英]达尔文:《物种起源》,周建人、叶笃庄、方宗熙译,商务印书馆1981年版,第150页。
③ 同上书,第143页。
④ 鲁迅:《坟·论睁了眼看》,《鲁迅全集》第1卷,人民文学出版社1981年版,第241页。

文体特点："或者掇拾旧闻，或者记述近事，虽不过丛残小语，而俱为人间言动，遂脱志怪之牢笼。"然后又把志人小说与文学史上"记人间事"的作品进行比较，以探讨志人小说的开拓意义："记人间事者已甚古，列御寇韩非子皆有录载，惟其所以录载者，列在用以喻道，韩在储以论政。若为赏心而作，则实萌芽于魏而大盛于晋，虽不免追随俗尚，或供揣摩，然要为远实用而近娱乐矣。"① 正是从求新求变的观念出发，鲁迅先生肯定了志人小说的审美价值。而对唐代传奇的成就，鲁迅先生给予了极高的评价，认为唐传奇的出现，"在小说史上可算是一大进步"②：

  胡应麟（《笔丛》三十六）云，"变异之谈，盛于六朝，然多是传录舛讹，未必尽设幻语，至唐人乃作意好奇，假小说以寄笔端"。其云"作意"，云"幻设"者，则即意识之创造矣。……幻设为文，晋世固已盛，如阮籍之《大人先生传》，刘伶之《酒德颂》，陶潜之《桃花源记》《五柳先生传》皆是矣，然咸以寓言为本，文词为末，故其流可衍为王绩《醉乡记》，韩愈《圬者王承福传》，柳宗元《种树郭橐驼传》等，而无涉于传奇。传奇者流，源盖出于志怪，然施之藻绘，扩其波澜，故所成就乃特异。③

在这里，鲁迅先生通过对唐传奇与其他散文的比较，论述了唐传奇的一个重要特点，"幻设为文"。并从"意识之创造"出发，清理了唐传奇的渊源，高度肯定了唐传奇的成就及在小说史上的地位。

  与这一价值思想相关联，鲁迅先生还对那些拟古守旧、缺乏创造的古代小说现象和小说作品进行了批评。

  鲁迅先生论及《世说新语》时说："记言则玄远冷隽，记行则高简瑰奇"④，对《世说新语》给予了极高的评价。而对后来《世说新语》的仿效之作则进行了批评："至于《世说》一流，仿者尤众，刘孝标有《续世说》十卷，见《唐志》，然据《隋志》，则殆即所注临川书。唐有王方庆

---

① 鲁迅：《中国小说史略》，齐鲁书社1997年版，第52页。
② 鲁迅：《中国小说的历史的变迁》，《中国小说史略》，齐鲁书社1997年版，第359页。
③ 鲁迅：《中国小说史略》，齐鲁书社1997年版，第59页。
④ 同上书，第53页。

《续世说新书》（见《新唐志》杂家，今佚），宋有王谠《唐语林》，孔平仲《续世说》，明有何良俊《何氏语林》，李绍文《明世说新语》，焦竑《类林》及《玉堂丛话》，张墉《廿一史识余》，郑仲夔《清言》等；然纂旧闻则别无颖异，述时事则伤于矫揉，而世人犹复为之不已。"① 从主张求变求新、反对拟古守旧的小说价值观出发，鲁迅先生对小说史上形形色色"别无颖异"的《世说新语》的仿效之作进行了批评。而在论及宋代文言小说时，鲁迅先生说："宋一代文人之为志怪，既平实而乏文彩，其传奇，又多托往事而避近闻，拟古且远不逮，更无独创之可言也。"② 对宋代志怪小说和传奇作品批评的原因，主要在于宋代的文言小说一味拟古而无独创。

《三国演义》在中国小说史上具有突出的成就和重要的地位，而鲁迅先生对这部小说巨著却颇多微词。在《中国小说史略》中，鲁迅先生批评《三国演义》说：

> 皆排比陈寿《三国志》及裴松之注，间亦仍采平话，又加推演而作之；论断颇取陈裴及习凿齿孙盛语，且更引"史官"及"后人"诗。然据旧史即难于抒写，杂虚辞易滋混淆，故明谢肇淛（《五杂俎》）既以为"太实则近腐"，清章学诚（《丙辰札记》）又病其"七实三虚惑乱观者"也。至于写人，亦颇有所失，以致欲显刘备之长厚而似伪，状诸葛之多智而近妖。③

在鲁迅先生看来，《三国演义》的故事情节"排比陈寿《三国志》及裴松之注，间亦仍采平话，又加推演而作之"缺乏创造与变化，《三国演义》的"论断颇取陈裴及习凿齿孙盛语，且更引'史官'及'后人'诗"，在思想上也缺乏创新。尽管鲁迅先生对《三国演义》的评价还值得讨论，但这种评价本身所体现出来的仍然是鲁迅先生主张求变求新，反对因循守旧的小说价值思想。也正是因为这个原因，鲁迅先生对"讲史"小说的总体评价不高："讲史之属……大抵效《三国志演义》而不及，虽其上

---

① 鲁迅：《中国小说史略》，齐鲁书社1997年版，第58页。
② 同上书，第88页。
③ 同上书，第105页。

者，亦得复拘牵史实，袭用陈言，故既拙于措辞，又颇惮于叙事。"① 这也应该是进化思想在鲁迅先生小说价值观上的体现。

（原载《明清小说研究》2006 年第 1 期，
2006 年 CSSCI 收录，与张尉合作）

---

① 鲁迅：《中国小说史略》，齐鲁书社 1997 年版，第 121 页。

第二章 《三国演义》论析

论《风云会》的"尊王贱霸"倾向
——兼论罗贯中的理学思想

在古代的中国,以儒家伦理为核心的意识形态构成了中国文化的基本特质。这一特质与政治交融与渗透,"仁政"抑或"王道"曾被正宗的儒学思想家们推崇为理想的政治。早在战国时代,孟子就在《梁惠王下》中把孔子所提倡的作为伦理观念的"仁"引入政治领域,明确地提出"仁政"的概念:"行仁政而王,莫之能御也。"把"仁政"作为理想的政治模式的统治措施。朱熹则继承了这一思想,把"仁政""王道"纳入以"天理"为核心的哲学体系,在《孟子或问》中明确提出"王霸之辨":

> 古之圣人致诚心以顺天理,而天下自服,王者之道也;后之君子能行其道,则不必有其位,而固已有其德也。故用之则为王者之佐,伊尹、太公是也;不用则为王者之学,孔、孟是也。若夫齐桓、晋文,则假仁义以济私欲而已。设使侥幸于一时,遂得王者之位而居之,然其所由则固霸者之道也。[①]

在朱熹看来,"王霸之辨"的基本准则就在于"天理"与"私欲"、"仁义"与"功利"之间。实行"仁义之政","以德行仁,则其仁在我而惟所行矣",即是"王道";实行"功利之政","以力假仁,不知仁之在己

[①] 朱熹:《孟子或问》卷1,《四书或问》,朱杰人主编《朱子全书》第6册,上海古籍出版社、安徽教育出版社2002年版,第923页。

而假之矣",便是"霸道"。并以对"行仁义而顺天理"的"王道"的推崇和对"假仁义以济私欲"的"霸道"反对,表明了"尊王贱霸"倾向。在《朱子语类》卷八三中,朱熹指出:

> 正谊不谋利,明道不计功,尊王贱伯,内诸夏外夷狄,此《春秋》之大旨,不可不知也。①

通过对"王道"的推崇和对"霸道"的批判,表现了程朱理学的政治思想。并把这一思想作为观照历史、评价人物的重要准则。正是从这一准则出发,朱熹在编撰《通鉴纲目》时,"用习凿齿及程子说,自建安二十五年以后,黜魏年而系汉统"②,尊蜀汉为正统,列魏、吴于僭国。作为一部"合天理,正彝伦"③,且"折衷于紫阳《纲目》"④ 的历史小说,《三国演义》的创作无疑受到了这种思想的影响。而本文则旨在通过《风云会》"尊王贱霸"思想的考察,探讨罗贯中和程朱理学的关系,从一个方面说明罗贯中的理学思想。

关于罗贯中的生平与思想,由于资料的限制,目前所知甚少。在这些本来少得可怜的资料中,明代无名氏的《录鬼簿续编》中有关罗贯中的记载,是最为可靠的:

> 罗贯中,太原人,号湖海散人。与人寡合。乐府、隐语,极为清新。与余为忘年交,遭时多故,天各一方。至正甲辰复会,别来又六十余年,竟不知所终。《风云会》(《赵太祖龙虎风云会》),《连环谏》(《忠正孝子连环谏》),《蜚虎子》(《三平章死哭蜚虎子》)。⑤

---

① 黎靖德辑,郑明等校点:《朱子语类》卷83,上海古籍出版社、安徽教育出版社2002年版,第2867页。
② 朱熹:《凡例》,严文儒等校点《资治通鉴纲目》附录一,上海古籍出版社、安徽教育出版社2002年版,第3476页。
③ 蒋大器:《三国志通俗演义序》,罗贯中《三国志通俗演义》,上海古籍出版社1980年版,第1页。
④ 毛宗岗:《读三国志法》,罗贯中著,毛宗岗评《三国演义》,内蒙古人民出版社1981年版,第2页。
⑤ 佚名:《录鬼簿续编》,钟嗣成《录鬼簿(外四种)》,上海古籍出版社1978年版,第102页。

这里的"至正甲辰"是元惠宗至正二十四年,即1364年,离元朝灭亡只有四年。由此可知,罗贯中生活的年代是在元末明初。

罗贯中生活的元末明初,正是程朱理学在思想文化领域中的统治地位得到空前强化,在意识形态领域占主导支配作用的时代。早在延祐年间(1314—1320),程朱理学在元代意识形态领域的统治地位就得以确立。元仁宗在延祐二年(1315)下诏恢复科举考试,钦定朱熹《四书集注》以试士子。元惠宗在至元元年(1335)下诏兴建朱熹祠庙,"诏立徽国文公之庙",评价朱熹"圣贤之蕴,载诸经义,理实明于先。……爱君忧国,负其经济之长,正学久达于中原,涣号申行于仁庙"。① 入明以后,程朱理学在意识形态领域的统治地位得以进一步强化。据《松下杂钞》卷下所载,朱元璋登基的第二年,即1369年,便诏天下立学,命礼部传谕,立石于学,刊定条约十二款。其中第一款明确规定:

> 国家明经取士,说经者以宋儒传注为宗,行文者以典实纯正为主。今年务须颁降《四书》《五经》《性理》《通鉴纲目》《大学衍义》《历代名臣奏议》《文章正宗》及历代诰律典制等书;课令生徒讲解,其有剽窃异端邪说,炫奇立异者,文虽工,弗录。②

并确立了八股取士制度,从四书五经命题,以朱熹的注解为标准答案。生活在这个时代的文人,能超脱程朱理学的影响,恐怕是微乎其微的。王利器先生在《罗贯中高则诚两位文学大师是同学》一文中,据《赵宝峰先生集》卷首《门人祭宝峰先生文》下署有"罗本"之名,论定罗贯中是元代理学大师赵宝峰的学生③,虽然稍嫌证据不足,但罗贯中受到程朱理学的影响,大概是不成问题的。

由于资料的限制,现在已经很难对罗贯中的理学思想做出更为全面的考察。但是,从杂剧《赵太祖龙虎风云会》中,我们还是可以窥出罗贯中大致的思想倾向。作为一部历史剧,《风云会》通过赵匡胤建立北宋王

---

① 宋濂等:《元史》卷77,中华书局1997年版,第1923页。
② 佚名:《卧碑》,《松下杂钞》卷下,《涵芬楼秘笈》第3集,商务印书馆1917年版。
③ 参见王利器《罗贯中高则诚两位文学大师是同学》,《社会科学战线》1983年第1期。

朝过程的描写，以及对赵匡胤以宋代周的合理性、黄袍加身的被动性和平定四国的正义性的强调，把他塑造成一个顺应"天理"，躬行"仁义"，施行"仁政"的仁君形象，从而表达了作者的"王道"思想。

《风云会》的"王道"思想，具体体现在以下几个方面。

第一，从顺应"天理"出发，肯定了赵匡胤以宋代周的合理性。

在对君权来源的解释上，程朱理学继承并且改造传统"君权神授"的观念，提出了"天理君权"的命题。据《朱子语类》卷一：

> 问：上帝降大任于人，天佑民作之君，天上物因其才而笃。作善降百祥，作不善降百殃。天将降非常之祸于此世，必预出非常之人以拟之，凡此等类，是苍苍在上者真有主宰如是邪，抑天无心，只是推原其理如此？曰：此三段只一意，这个也只是理如此。①

作为"天理"哲学观在政治学说上的体现，在这里，朱熹从"天理"的角度解释君权的来源。并从"天理"出发，说明了君权的合理性。而正是从"顺天时，达天理"②着眼，罗贯中肯定了赵匡胤以宋代周的合理性。

为了强调这种合理性，罗贯中主要通过两个层面的具体描写，即"上应天心"和"下合人望"。第二折，正当陈桥兵变之际，作者通过星士苗训之口说"主公（指赵匡胤）上应天心，下合人望，乃真命之主也"。③

首先，罗贯中通过天象征兆的描写，具体说明赵匡胤以宋代周"上应天心"。在作品的第一折，"自幼习周易之天数，兼通星纬之学"④的苗训就预言："岁在庚申天下定，乾元九五见真龙……我见王气正兆大梁，必然有真命帝主出世。"⑤当苗训见到赵匡胤时，就立即断言："主公尧眉舜目，禹背汤肩，真乃帝王之相也。"⑥ "主公正应九五飞龙在天之数"⑦，

---

① 黎靖德辑，郑明等校点：《朱子语类》卷1，上海古籍出版社、安徽教育出版社2002年版，第118页。
② 罗贯中：《风云会》，隋树森编《元曲选外编》，中华书局1959年版，第629页。
③ 同上书，第622页。
④ 同上书，第617页。
⑤ 同上书，第617—618页。
⑥ 同上书，第618页。
⑦ 同上。

"乃九朝八帝班头,四百年开基帝主"①。为了强调赵匡胤真龙天子之命,作者还通过赵普之口,介绍了"龙虎风云之梦":赵匡胤"游随州时,客于董宗本家。其子董遵诲常梦黑蛇十数丈变龙飞去。既而群虎乘风随之。人见紫云如盖,凝结城上"。陈桥兵变之前,苗训等又看见"日下复有一日,黑光相荡",并由此断定:"此天命也。"② 通过这些描写,作者所要说明的无疑是赵匡胤乃"天命有归"的"真命帝主"。

同时,罗贯中还通过对天下战乱的描写,具体说明赵匡胤以宋代周"下合人望"。在作品的第一折,罗贯中就通过赵匡胤之口,揭示了五代时期群雄争霸,四海分裂,战乱不息,生灵涂炭的混乱局面:

〔混江龙〕见如今奸雄争霸,漫漫四海起黄沙。递相吞并,各举征伐。后汉残唐分正统,朝梁暮晋乱中华。豺狼掉尾,虎豹磨牙,尸骸遍野,饿殍如麻,田畴荒废,荆棘交加,军情紧急,民力疲乏。这其间生灵引领盼王师,何时得蛮夷拱手遵王化?③

〔寄生草〕传正道无夫子,补苍天少女娲。因此上黎民饿死闾阎下,贤能埋没林泉下,忠良枉死刀枪下。乱纷纷国政若抟沙,虚飘飘世事如嚼蜡。④

在这种天下混乱,生灵涂炭的历史背景中,中华一统,天下太平无疑是人们众望所归的期待。而"周世宗登基,国步多艰",继之孤儿寡母主政,"四方扰攘不宁"。在"传正道无夫子,补苍天少女娲"的条件下,以"涂炭生民谁拯救,何时正统立中华"为己任,且"威望素著,人心推戴"的赵匡胤最后以宋代周,无疑是"人望已归"的选择。

第二,从重义轻利出发,突出了赵匡胤黄袍加身的被动性。

作为"天理"论哲学观在道德与功利关系上的体现,程朱理学继承了孔子以来的儒学传统,主张严守"义利之辨"。在《孟子集注》卷一《梁惠王章句》中,朱熹提出:

---

① 罗贯中:《风云会》,隋树森编《元曲选外编》,中华书局1959年版,第618页。
② 同上书,第620页。
③ 同上书,第618页。
④ 同上书,第619页。

> 仁义根于人心之固有，天理之公也。利心生于物我之相形，人欲之私也。循天理，则不求利而自无不利；殉人欲，则求利未得而害已随之。所谓毫厘之差，千里之谬。此《孟子》之书所以造端托始之深意。①

"仁义"与"功利"的关系，是"天理"和"人欲"的关系的具体体现。正是因为如此，朱熹主张"重义轻利"："窃闻之古圣贤言治，必以仁义为先，而不以功利为急。"②"其心有义利之殊，而其效有兴亡之异，学者所当深察而明辨之也。"③ 从国家兴衰存亡的高度，强调了"重义轻利"的必要。正是从这种思想出发，罗贯中在《风云会》中强调了赵匡胤重义贱利的仁君风范。

我们知道，历史上的赵匡胤以其取天下于孤儿寡妇之手而颇受后人非议。对于这一有悖"仁义"的事实，《风云会》中的赵匡胤也流露出对后世评价的忧虑："却不道君子不夺人之好，把柴家今日都属赵，惹万代史官笑，笑俺欺负他寡妇孤儿老共小，强要了他周朝。"④ 作为一部严格的历史剧，《风云会》在强调赵匡胤仁君风范的创作过程中，对"陈桥兵变"这一有悖"仁义"之道而又不可回避的历史事实的处理，是一个颇为棘手的问题。

在《风云会》中，尽管赵匡胤志在兼济，意在救民，但在"仁义"与"功利"的关系上，则以施行"仁义"为己任，而绝无"功利"之想，更无取代周朝之心。因而，在对"陈桥兵变"这一历史事实的处理上，罗贯中从重义贱利的思想着眼，强调了赵匡胤"黄袍加身"时迫不得已的被动性。据《宋史·本纪一》：

> 七年春，北汉结契丹入寇，命出师御之。次陈桥驿，军中知星者苗训引门吏楚昭辅视日下复有一日，黑光摩荡者久之。夜五鼓，军士集驿门，宣言策点检为天子，或止之，众不听。迟明，逼寝所，太宗

---

① 朱熹：《孟子集注》，《四书章句集注》，中华书局1983年版，第202页。
② 朱熹：《送张仲隆序》，戴本扬等校点《晦庵先生朱文公全集》第75卷，上海古籍出版社、安徽教育出版社2002年版，第3623页。
③ 朱熹：《孟子集注》，《四书章句集注》，中华书局1983年版，第341页。
④ 罗贯中：《风云会》，隋树森编《元曲选外编》，中华书局1959年版，第623页。

入白,太祖起。诸校露刃列于庭,曰:"诸军无主,愿策太尉为天子。"未及对,有以黄衣加太祖身,众皆罗拜,呼万岁,即掖太祖乘马。……太祖进登明德门,令甲士归营,乃退居公署。……召文武百僚,至晡,班定。翰林承旨陶谷出周恭帝禅位制书于袖中,宣微使引太祖就庭,北面拜已,乃掖太祖升崇元殿,服衮冕,即皇帝位。①

历史上,赵匡胤"黄袍加身"已经具有某种被动倾向。《风云会》在这一情节的处理上,一方面较为严格地依照正史的记载,表现了这种被动性。同时,又做了两点重要的改动,强调了这种被动的迫不得已。第一点改动是强调"黄袍加身"的不可制止。在历史上,"黄袍加身"是在赵匡胤起床之后,因而,赵匡胤拒绝"黄袍加身"不是完全没有可能的。而在《风云会》中,罗贯中则是这样处理的:郑恩"〔扯黄旗盖末(扮赵匡胤)身上呼噪科〕〔正末(扮赵匡胤)惊醒科〕"。②"黄袍加身"发生在赵匡胤尚未觉醒之前。这样,赵匡胤完全没有制止"黄袍加身"的可能。第二点改动是强调周太后禅位的主动性。在历史上,周恭帝禅位是"陈桥兵变"后,赵匡胤引兵回朝,群臣就范的情况下进行的,完全出于被迫。而在《风云会》中,罗贯中则淡化了这种被迫性。当周太后得知"陈桥兵变"的消息后,立刻主动带着周恭帝、陶谷等急赴陈桥,明确表示:"我想来,四方不宁,必得真主抚驭。今赵点检威望素著,人心推戴久矣。何不就同往陈桥,效尧舜故事,禅位一遭。"③并主动对赵匡胤说:"五代乱离,人民涂炭。将军功盖天下,堪居大宝。老身母子情愿禅位。"④尽管赵匡胤一再推辞:"臣名微德薄,岂堪居此大位"⑤,周太后仍然坚持:"幼子孤弱,不能抚驭四方。将军德过尧禹,正宜受禅。"⑥通过以上两点改动,《风云会》更进一步强调了赵匡胤"黄袍加身"完全是迫不得已的"应天顺人",从而突出了赵匡胤重"仁义",贱"功利"的仁君风范。

---

① 脱脱等:《宋史》卷1,中华书局1997年版,第3—4页。
② 罗贯中:《风云会》,隋树森编《元曲选外编》,中华书局1959年版,第622页。
③ 同上书,第622—623页。
④ 同上书,第623页。
⑤ 同上。
⑥ 同上。

第三，从施仁除暴出发，强调了赵匡胤平定四国的正义性。

作为哲学思想在政治学说上的体现，主张"仁政"，反对暴政，推行"王道"，反对"霸道"，是程朱理学的重要内容。正是出于这种思想，朱熹在《孟子集注》卷一《梁惠王章句上》中概括该章内容时说：

  此章言人君当黜霸功，行王道。而王道之要，不过推其不忍之心，以行不忍之政而已。齐王非无此心，而夺于功利之私，不能扩充以行仁政。①

正是从这一思想出发，罗贯中通过对赵匡胤平定四国过程的描写，表达了他对最高统治者"推其不忍之心，以行不忍之政"的道德要求和政治理想。

在历史上，赵匡胤平定吴越王钱俶，南唐王李煜，南汉王刘鋹，蜀王孟昶，本来是宋王朝建立后，巩固赵宋统治，推进中国统一的必然政治举措。而作为政治举措，其功利倾向是不言而喻的。灭南唐时，赵匡胤有"卧榻之侧，岂容他人鼾睡"的名言，就是这种"霸道"倾向的生动写照。而在《风云会》中，罗贯中则把平定四国作为赵匡胤推行"王道"，施行"仁政"，"推其不忍之心，以行不忍之政"的必然结果。以宋代周之后，赵匡胤尽管"贵为天子，富有四海"，却"不肯逸豫"，贪图安乐，仍然以天下国家、黎民百姓为己任，乃于"晓夜无眠，恐万民失望"。②这一点，正如赵匡胤在第三折中所唱：

  〔倘秀才〕但歇息想前王后王，才合眼虑兴邦丧邦。因此上晓夜无眠想万方。须不是欢娱嫌夜短，早难道寂寞恨更长，忧愁事几椿。③

  〔滚绣球〕忧则忧当军的身无挂体衣，忧则忧走站的家无隔宿粮，忧则忧行船的一江风浪，忧则忧驾车的万里经商，忧则忧号寒的妻怨夫，忧则忧啼饥的子唤娘，忧则忧甘贫的昼眠深巷，忧则忧读书

---

① 朱熹：《孟子集注》，《四书章句集注》，中华书局1983年版，第212页。
② 罗贯中：《风云会》，隋树森编《元曲选外编》，中华书局1959年版，第625页。
③ 同上书，第627页。

的夜守寒窗，忧则忧布衣贤士无活计，忧则忧铁甲将军守战场，怎生不感叹悲伤！①

而之所以民不聊生，生灵涂炭，按照作者的理解，"百姓困苦，只因四方多事"，天下未一。"西川孟昶，金陵李煜，南汉刘鋹，吴越钱俶，彼各仁政不施，百姓怨望。"②"他每都无仁政万民失望，行霸道百姓遭殃。"③因而，平定四国的过程，实际上是推行"王道""仁政"的体现。所以，赵匡胤反复叮嘱前往收平四国的石守信等："休掳掠民财，休伤残民命，休淫污民妻，休烧毁民房。恤军马施仁发政，广钱粮定赏行罚，保城池讨逆招降，沿路上安民挂榜，从赈济任开仓。"④

正是从"天理君权"思想出发，罗贯中肯定了赵匡胤以宋代周是"顺天应人"；也是从重义贱利着眼，罗贯中表现了赵匡胤"黄袍加身"的迫不得已；还是从尊崇"王道"，施行"仁政"着手，罗贯中赞扬了赵匡胤对四国的平定。通过赵匡胤建立、巩固赵宋王朝的过程，表现了作者对最高统治者的伦理要求和政治理想。也正是在这里，我们可以清晰地看到程朱理学对《风云会》杂剧和罗贯中创作的影响，而这种影响，在《三国演义》中得到了一脉相承的体现。

（原载《〈三国演义〉与罗贯中》，中州古籍出版社2000年版）

论《三国演义》的思维方式
——兼及《三国演义》的研究方法

艺术创造中的思维方式，是创作主体根据一定的审美意识认识、反映、评价审美对象的方法和手段。在创作过程中，它直接制约着作家对社会生活的态度，支配着作家对表现对象的褒贬倾向，左右着作家对反映对象的基本评价。因而，探索创作主体的思维方式，是准确地把握一部作品

---

① 罗贯中：《风云会》，隋树森编《元曲选外编》，中华书局1959年版，第627页。
② 同上书，第628页。
③ 同上。
④ 同上书，第629页。

必不可少的前提。

一

　　早在《三国演义》成书之前，三国故事就已经在民间广泛流传。到了宋代，三国故事已是说话艺术的重要题材，并具有了鲜明的拥刘反曹倾向。据苏轼《志林》所载："涂巷中小儿薄劣，其家所厌苦，辄与钱，令聚坐听说古话。至说三国事，闻刘玄德败，颦蹙眉，有出涕者；闻曹操败，即喜唱快。以是知君子小人之泽，百世不斩。"① 这里拥刘反曹倾向的思想基础是道德的评判，薄劣小儿之所以在听三国故事的过程中能和刘备休戚与共，就在于这个故事显示了"君子小人之泽"。刊行于元代的《三国志平话》，可以说是集三国故事说话艺术之大成，较为完备地保存了说话中三国故事的面貌。也是从伦理判断出发，《平话》揭露了曹操"挟天子之势"，"杀害诸侯"的不义行径，而热情歌颂了刘备"言貌仁德可观"，温厚爱民的美德。金元戏曲继承了说话艺术的这一传统。关汉卿的《双赴梦》以极大的热情讴歌了刘、关、张之间生死不渝的友谊，《单刀会》则高度赞美了关羽为捍卫蜀汉利益而体现出来的大智大勇。现存的元代三国戏《隔江斗智》《连环计》《襄阳会》《三战吕布》《博望烧屯》《千里独行》等作品，都在不同程度上存在着以伦理判断为准则而造就的拥刘反曹倾向。三国故事在民间演化的历史表明：在《三国演义》成书之前，这个故事在民间流传的过程中就已经渗透了人民群众的审美理想和爱憎感情，形成了以伦理判断为主体的思维方式，以及建构于这种思维方式之上的拥刘反曹倾向。作为一部"据正史，采小说，证文辞，通好尚"②，在集体创作的基础上最后写定的小说，《三国演义》对民间说唱艺术的继承，不仅体现在题材上，更重要的是还体现在思维方式上。正是从伦理判断出发，以善恶标准作为评价、反映历史生活，褒贬历史人物的主要依据，才形成作品拥刘反曹的基本倾向。

　　在论及伦理判断时，很自然地使我们把《三国演义》和程朱理学拉上关系。在以往的研究中，人们已经注意到《通鉴纲目》对《三国演义》正统思想的影响，却不大愿意正视《三国演义》和程朱理学在思维方式

---

① 苏轼撰，王松龄点校：《东坡志林》卷1，中华书局1981年版，第7页。
② 高儒：《百川书志》卷6，古典文学出版社1957年版，第82页。

上的联系。在程朱理学那里,"理"是超脱于客观事物而又能主宰一切的宇宙本体,它不仅是宇宙的本原,而且是人类社会最高的道德原则。作为理学思想在人性学说上的体现,朱熹把人的本质属性分为"天命之性"和"气质之性"。"理"构成了人的本性,具有"天理"的人性叫作"天命之性";"气"构成了人的形体,"理""气"相杂的人性叫作"气质之性"。但是"理"作为不依赖客观物质世界的精神本体必须借助"气"的派生才能形成具体的人性。由于"气"有清浊昏明的差别,"禀气之清者,为圣为贤","禀气之浊者,为愚为不肖",所以人性有善有恶,形成了人们不同的道德倾向,伦理属性因之也成为人的本质属性。既然伦理属性是人的本质属性,那么,伦理判断自然成为人们行为的评价标准。作为理学思想在伦理学说上的体现,朱熹认为:"所谓天理,复是何物?仁、义、礼、智岂不是天理?君臣、父子、兄弟、夫妇、朋友岂不是天理?"[①]所谓"天理",体现在伦理学说上,就是以"三纲五常"为主要内容的道德规范,而"存天理,灭人欲"的一个重要途径就是"格物穷理",通过道德认识和道德评价达到"存理灭欲"的目的。以"三纲五常"为主要内容的伦理判断因之而成为认识、评价人们行为的重要规范和准则。任何一个时代的统治思想始终不过是统治阶级的思想。[②] 在《三国演义》产生的元明时代,朱熹的理学被统治者奉为官方哲学。朱熹的《四书集注》,被定为科举考试的标准答案,朱熹的牌位,也被抬进了孔庙和先圣先哲们共享人间香火。作为那个时代的统治思想,程朱理学在思想史上居于正宗地位,在当时的意识形态领域起着支配、主导作用。罗贯中是元代理学大师赵宝峰的门人。在思维方式上不可能不受程朱理学的影响。

当然,由于资料的限制,我们还没有办法全面考查罗贯中的伦理思想。但是,从稍晚于罗贯中的庸愚子蒋大器的《三国志通俗演义序》和修髯子张尚德的《三国志通俗演义引》中,仍然可以发现当时的伦理思想对《三国演义》思维方式的制约和影响。在《三国志通俗演义序》中,蒋大器指出:

---

① 朱熹:《答吴斗南》,徐德明等校点《晦庵先生朱文公文集》卷59,上海古籍出版社、安徽教育出版社2002年版,第2837页。

② 参见[德]马克思、恩格斯《共产党宣言》,中共中央马克思、恩格斯、列宁、斯大林著作编译局编《马克思恩格斯选集》第1卷,人民出版社1972年版,第270页。

吾夫子获麟而作《春秋》。《春秋》，鲁史也。孔子修之，至一字予者，褒之；否者，贬之。然一字之中，以见当时君臣父子之道，垂鉴后世，俾识某之善，某之恶，欲其劝惩警惧，不致有前车之覆。此孔子立万万世至公至正之大法，合天理，正彝伦，而乱臣贼子惧。……至朱子《纲目》，亦由是也，岂徒纪历代之事而已乎！①

《三国演义》的创作，就是在上述伦理传统的基础上，对历史人物做褒贬予夺。区别"某之善，某之恶"，其目的是使人们"读到古人忠处，便思自己忠与不忠；孝处，便思自己孝与不孝"②，"研精覃思，知正统必当扶，窃位必当诛，忠孝节义必当师，奸贪谀佞必当去。是是非非，了然于心目之下，裨益风教"③。基于这一认识，蒋大器进而分析了《三国演义》的主要人物和拥刘反曹倾向：

　　曹瞒虽有远图，而志不在社稷，假忠欺世，卒为身谋，虽得之，必失之，万古奸贼，仅能逃其不杀而已，固不足论。……唯昭烈汉室之胄，结义桃园，三顾草庐，君臣契合，辅成大业，亦理所当然。其最尚者，孔明之忠，昭如日星，古今仰之；而关张之义，尤宜尚也。其他得失，彰彰可考，遗芳遗臭，在人贤与不贤；君子小人，义与利之间而已。④

正是从"遗芳遗臭，在人贤与不贤；君子小人，义与利之间"的伦理判断出发，蒋大器对刘备之仁，孔明之忠，关张之义给予了高度的肯定，而对"假忠欺世，卒为身谋"的曹操进行了无情的贬斥。蒋大器对《三国演义》的理解，集中地代表了包括罗贯中在内的当时的人们观照历史的思想方法，较为中肯地道出了《三国演义》在思维方式上的特点。《三国

---

① 蒋大器：《三国志通俗演义序》，罗贯中《三国志通俗演义》，上海古籍出版社 1980 年版，第 1 页。
② 同上书，第 2 页。
③ 张尚德：《三国志通俗演义引》，罗贯中《三国志通俗演义》，上海古籍出版社 1980 年版，第 3 页。
④ 蒋大器：《三国志通俗演义序》，罗贯中《三国志通俗演义》，上海古籍出版社 1980 年版，第 2 页。

演义》的创作，正是在吸取了三国故事在民间流传过程中所渗透的人民群众的道德理想的同时，又接受了程朱理学伦理思想的影响，从而形成了这部作品以伦理判断为主体的思维方式。

二

作品的思维方式存在于作品的创作实际之中，分析《三国演义》的思维方式，更重要的还是从作品本身出发。然而遗憾的是，在近几十年的《三国演义》研究中，人们对这部作品在思维方式上的特点并没有予以应有的正视。而习惯于把作品中复杂的文学现象纳于政治历史判断的框架之中。于是，简单的政治历史分析代替美学评价，成了小说研究的唯一模式。尽管这种研究方法在发掘作品的政治历史意义上有着其他研究方法难以代替的功能，但是，也正是在政治历史观念的解剖刀下，最能体现《三国演义》本质的伦理特征却轻而易举地遭到了人们的漠视。殊不知生活在 600 年前的罗贯中并不善于用政治历史观念分析复杂的社会关系和艺术现象，而习惯于把这些关系和现象用伦理观念加以解释。在《三国演义》的创作过程中政治历史评价并不起支配作用，它只有通过伦理分析才能得以体现。思维方式在不同时代所存在的差异和矛盾，使《三国演义》研究中聚讼纷纭的局面不可避免地产生了。如曹操形象的评价和历史真实与艺术真实问题、拥刘反曹倾向和正统思想问题，这些《三国演义》中复杂的文学现象将作为永久性的难题不断地向人们发出挑战。而对《三国演义》思维方式的注重，则是对近几十年文学研究现状反思的必然旨归。

以伦理判断为主体的思维方式，首先在《三国演义》的艺术形象上得到了充分的体现。艺术形象是作者根据一定的思维方式评价、再现生活的产物。由于伦理判断左右着创作过程，《三国演义》的艺术形象也不可避免地染上了浓郁的道德色彩，呈现出鲜明的善恶倾向。伦理属性因而成为小说人物的本质特征，相应的善恶观念则构成了典型人物的基本共性。在《三国演义》中，典型人物的主要性格特征，往往是某一道德品质典范的表现。如刘备之仁、孔明之忠、关张之义、赵云之勇、董卓之暴、曹操之奸，等等，这些人物在精神气质和道德风貌方面，无不有着浓厚的理性色彩和突出的共性特征，无不具有鲜明的伦理特点和善恶倾向。

这里姑且以聚讼近 30 年的曹操形象为例。从历史真实出发，有的论者认为《三国演义》"歪曲历史，贬斥曹操"，是"曹操的谤书"。出于对艺术真实的强调，有的论者认为曹操的形象"广泛地概括了长期封建社会的权臣、政治家的复杂而真实的精神面貌"，达到了历史真实和艺术真实的统一。上述两种观点似乎根本对立，但在判断方式上却并非有异，都是用政治历史评价取代伦理分析。而在事实上，历史上的曹操有过统一北方的伟业，也干过杀吕伯奢、借王垕头之类的勾当。如果从政治历史判断出发，曹操确实不失为一个雄才大略的地主阶级政治家和军事家；如果从伦理判断着眼，曹操则更是一个欺世盗名、狡诈虚伪、凶残狠毒的奸雄。正如古代的人们对秦始皇统六合、安天下的丰功伟绩往往视而不见，而对其施暴虐、戮诸侯、焚书坑儒的恶德则斤斤计较一样，《三国演义》的作者在创作过程中不是用政治历史判断观照历史，而是用伦理的眼光评价人物。从"忠"出发，作品批判了曹操"欺君罔上""常怀篡逆""挟天子以令诸侯"；从"义"出发，作品揭露了曹操狡诈奸猾；从"仁"出发，作品鞭挞了曹操狠毒凶残。出于对历史事实的忠实，《三国演义》也确实描写了曹操"雄才大略"的性格和统一北方的壮举，然而，这些为政治历史判断所肯定的性格和壮举，在道德的解剖刀下则往往成了欺世盗名、伺机篡位的恶德和劣行。曹操谋刺董卓，固然显得正义凛然，但作者所着力表现的，则是他行刺过程中的机诈；讨张绣时的"割发代首"，固然是曹操军令严肃、赏罚分明的体现，但作者着力刻画的，则是曹操"能用心术"；破袁绍时得到部下暗通袁绍的书信焚而不咎，固然说明曹操善于用人，但在作者看来，这只不过是"捞笼天下之人"，"赢得山河付子孙"的一种手段。正如董昭对曹操所言："夫行非常之事，乃有非常之功。"在作者看来，曹操统一北方的"非常之功"不过是"行非常之事"的一种手段。作者所着力表现的，不是曹操统一北方的壮举，而是在统一北方过程中所体现出来的"欺君罔上""窃国弄权"、欺世盗名等一系列恶德和劣行。因而，着眼于伦理评判，历史上的曹操和艺术中的曹操并没有实质上的差异，否定和贬斥曹操就成了《三国演义》的必然旨归。造成曹操形象聚讼的根本症结，也不在于历史真实和艺术真实的关系，而在于今人的政治历史判断和古人的伦理道德判断在观照历史与艺术的过程中所形成的差异。

伦理属性既然构成了人物形象的本质特征，惩恶扬善必然会成为作品的基本倾向。在《三国演义》的创作过程中，作者是用伦理的眼光解释、评价纷繁万变的社会关系和错综复杂的历史现象,这种以伦理判断为主体的思维方式直接导致了作品拥刘反曹的基本倾向。为了说明这一点,我们不妨对《三国演义》研究中另一个聚讼纷纭的问题:拥刘反曹和正统思想的关系做一个简要的剖析。在论及《三国演义》正统思想时,章学诚《文史通义》卷三《文德》中的一段话是人们所常常引用的:

> 陈氏生于西晋,司马氏生于北宋,苟黜曹魏之禅让,将置君父于何地?而习与朱子,则固南渡之人也,惟恐中原之争正统也。诸贤易地而皆然。①

有的研究者进而认为:"拥刘反曹是封建正统思想的一种表现"②,而"尊汉的正统思想,寄托了汉族人民还我河山的愿望"③。而在事实上,章学诚的话只是对史学领域中史学现象的论述,无意并且难以解释文学领域里三国故事在流传过程中的一切艺术现象。三国故事进入说话领域的北宋时期,在史学上,司马光的《资治通鉴》是尊曹魏为正统的。苏轼在《后正统论·辩论二》中认为:"夫魏虽不能一天下,而天下亦无有如魏之强者,吴虽存,非两立之势,奈何不与之统!"④也把曹魏尊为正统。但也正是史学上尊曹魏为正统的苏轼,在《志林》中却客观地记载了当时说话艺术中业已存在的拥刘反曹倾向。不难看出,在史学上尊曹魏为正统的北宋时代,正统思想并没有支配三国故事的拥刘反曹倾向,更难说是"寄托了汉族人民还我河山的愿望"。在《三国演义》中,桓、灵二帝按理说是地地道道的正统,但作者却指责他们禁锢善类,宠信宦官,致使天下大乱;刘璋、刘表也是雄踞一方的汉室宗族,作品则斥之为"守户之犬""酒色之辈"的碌碌小人,也表明尊汉的正统思想并不是左右拥刘反曹倾向的主要因素。

当然,我们并不是完全否认正统思想在《三国演义》中的存在。在

---

① 章学诚:《文德》,《文史通义》卷3,上海书店1988年版,第80页。
② 吉林大学中文系:《中国古典小说讲话》,吉林人民出版社1981年版,第47页。
③ 刘知渐:《试论如何正确理解"三国演义"的正统思想》,《三国演义研究论文集》,作家出版社1957年版,第92页。
④ 苏轼:《后正统论·辩论二》,《苏东坡集》(五)卷21,商务印书馆1933年版,第6页。

作品中，作者不止一次地强调刘备是"中山靖王刘胜之后，汉景帝阁下玄孙"，"大汉宗派"，"理合继统以延汉祀"，而曹操则是"异姓之人"，无权"窃据神器"。尽管尊汉的正统思想不是左右《三国演义》拥刘反曹倾向的主要因素，但拥刘反曹倾向本身又在一定程度上体现了正统思想。因而，弄清伦理判断和正统思想的关系，是探讨《三国演义》思维方式所不应回避的问题。

在古代的中国，以儒家学说为主体的伦理思想构成了意识形态的核心，支配着意识形态的各个领域。作为意识形态领域之一，体现了封建史学观的正统思想，自然不可能超越伦理思想的制约和影响。正如苏轼在《后正统论·总论一》中所言：

> 正统者，何耶？名耶？实耶？正统之说曰："正者，所以正天下之不正也，统者，所以合天下之不一也。"不幸有天子之实，而无其位，有天子之名，而无其德，是二人者立于天下，天下何正何一，而正统之论决矣。正统之为言，犹曰有天下云尔。人之得此名，而又有此实，夫何议。①

在苏轼看来，所谓正统者，不但要有天子之位，而且要有天子之德。只有二者兼顾，才能"曰有天下"。在对三国历史的具体评价中，尽管苏轼推曹魏为正统，但把道德作为判定正统与否的一条重要准则，为后人评判三国史上的正统问题，提供了一条重要的标准。在《三国演义》中，尽管作者反复强调刘备是中山靖王之后，而尊蜀汉为正统的主要原因，仍然不在于他是"大汉宗派"，而在于他有"天子之德"。正如诸葛亮在"舌战群儒"中所言："至于吾主，纵非刘氏宗亲，仁慈忠孝，天下共知，胜如曹操万倍。"② 并在"关云长单刀赴会"一节中借周仓之口说："天上地下，惟有德者居之。"③ 又在"张永年反难杨修"一节中通过张松进一步阐发了这一思想："天下者，非一人之天下，乃天下人之天下也，惟有德

---

① 苏轼：《后正统论·总论一》，《苏东坡集》（五）卷21，商务印书馆1933年版，第5页。
② 罗贯中：《三国志通俗演义》，上海古籍出版社1980年版，第424页。
③ 同上书，第635页。

者居之。何况明公（指刘备）乃汉室宗亲，仁义充塞乎四海。休道占据州郡，便代正统而即帝位，亦不分外。"① 不难看出，《三国演义》的正统思想，实质上是伦理判断观照、评价历史的艺术体现。主要是从伦理准则出发，作者才肯定了蜀汉的正统地位。

三

作为作者认识、评价反映对象的手段，伦理判断既然构成了《三国演义》思维方式的主体，那么，道德评价必然会左右作品的主题。正是从传统的伦理思想出发，《三国演义》主要通过三国时期各种政治集团之间伦理关系的描写，以及对曹操所代表的恶势力的批判和对刘备为代表的善势力的讴歌，表达了作者对统治者的爱憎背向，寄托了当时的人们对统治者的伦理要求和道德理想。

在评价《三国演义》拥刘反曹倾向时，人们常常引用斯大林在《和德国作家艾米尔·路德维希的谈话》中的那段名言："决不应该忘记他们都是皇权主义者，他们反对地主，可是拥护好皇帝。"② 但似乎忽略了对评价"好皇帝"的客观标准做明确的探究。如果立足于政治历史分析，曹操有着统一祖国北方的丰功伟绩，"好皇帝"的美名对他来说应该是当之无愧的；如果着眼于伦理判断，刘备一生都坚持"躬行仁义"，"好皇帝"的桂冠则非他莫属。正是从伦理标准出发，《三国演义》对刘备进行了极力美化和热情歌颂，在这个"好皇帝"身上表达了当时的人们对最高统治者的伦理要求和道德理想。"仁慈宽厚""躬行仁义"这类道德范畴构成了刘备性格的本质特征。这一特征体现在统治者与被统治者的伦理关系上，就表现为"仁慈爱民""广施仁政"，故而刘备得到了人民的拥护和爱戴。刘备"仁慈宽厚"的性格特征体现在蜀汉集团内部的伦理关系上，则表现为温厚礼让，待人以诚。这不仅表现为对关羽、张飞的誓同生死，患难与共，对诸葛亮、赵云、黄忠、严颜等也无不推心置腹、赤诚相见。因而，蜀汉集团内部的成员都能互相信任、互相支持、忠心耿耿、同心协力。刘备与曹操的对立，实质上是两种伦理本质的对立。着眼于伦

---

① 罗贯中：《三国志通俗演义》，上海古籍出版社1980年版，第574页。
② ［俄］斯大林：《和德国作家艾米尔·路德维希的谈话》，《斯大林全集》第13卷，人民出版社1956年版，第100页。

理判断，作者对《三国演义》中具有不同伦理本质的人物进行了褒贬予夺，从而表现了人们对统治者的爱憎背向。

《三国演义》的伦理理想，还表现为力图用道德规范来维系、调整各统治集团之间的关系。从题材上看，《三国演义》虽然表现的是三国时期各统治集团间的政治、军事斗争，但在这些矛盾和斗争的评价与处理上，仍然寄托了作者的伦理思想。在《三国演义》中，关羽这个人物可以说是"义"的化身，"义重如山"是他性格内涵的核心。关羽之"义"，不仅表现为对刘备、张飞的忠肝义胆，而且体现在对曹操的恩怨分明。如果着眼于政治评价，白马刺颜良，关羽倒是为曹操帮了个大忙，几乎致使刘备成为袁绍的刀下之鬼；华容道义释曹操，关羽也确实是认敌为友，为曹操提供了卷土重来之机。但在这些情节中，作者极力突出和热情赞美的是关羽知恩必报、义重如山的性格特征，以及他"彻胆长存义，终身思报恩"的伦理品质。通过关羽这一人物，作者有力地表现了各统治集团之间超脱于政治利益之上的理想的伦理关系。

出于对人与人之间理想的伦理关系的追求，《三国演义》还从道德准则出发，对被批判的统治集团中各为其主的仁人义士进行了不同程度的赞许。作者认为："为臣事主当存义，赴难持危全尽忠。"① 并以此作为褒贬、评价人物的标准之一。基于这条标准，作者对忠于曹操的许褚、典韦、曹洪等给予了高度的肯定，对忠于孙权的周瑜、黄盖、阚泽等人也给予了不同程度的赞扬，对忠于袁绍的田丰、沮授等也进行了热情的歌颂。对昏庸无能的刘璋，作者称之为"禀性暗弱"，目之为"守户之犬"，表现出极大的鄙夷。而对忠实于他的耿介直士黄权、李恢、王累却倍加赞赏。刘备进兵西川之际，刘璋欲待之以礼，黄权、李恢先后苦谏不从。为了谏阻刘璋，王累"自用绳索倒吊于城门之上，一手持谏章，一手仗剑"，"自割断其索，撞死于地"。② 对舍身谏主、反对刘备的王累，作者仍然写诗赞扬："自古忠臣多丧亡，堪嗟王累谏刘璋。城门倒吊披肝胆，身死犹存姓字香。"③ 在这些事主不忘其忠的仁人义士身上，作者超越了统治集团政治利益的制约，寄寓了人际关系上对各统治集团成员的伦理

---

① 罗贯中：《三国志通俗演义》，上海古籍出版社1980年版，第1046页。
② 同上书，第580页。
③ 同上。

理想。

当然,《三国演义》所表现的伦理理想是复杂的。一方面,它是三国故事在流传过程中人民群众道德观念的体现,同时,也是程朱理学伦理思想在创作过程中的反映。程朱伦理思想作为统治阶级思想,是统治者为了维护封建统治用以束缚被统治者的精神工具。在封建社会,由于生产方式的限制,被统治者不可能形成完整的意识形态和系统的伦理思想,他们只有从统治阶级的伦理学说中吸取自己所需要的道德观念。但是,他们一旦用这种道德观念以其人之道,还治其人之身,来要求统治者时,这种道德观念也就表现了被统治者的伦理理想。这就是《三国演义》所体现出来的伦理理想在表达了被统治者对统治者的道德要求的同时,又具有封建色彩的根本原因。

作为一部悲剧,《三国演义》不仅表现了当时的人们对统治者的伦理要求和道德理想,更重要的是,还表现了这种要求和理想的毁灭及其毁灭的过程。不过,作者对《三国演义》悲剧成因的回答并不明确。为什么集中体现了伦理理想的蜀汉集团最终避免不了悲剧性的命运?在作者看来,这是"天数","纷纷世事无穷尽,天数茫茫不可逃"。其实,这种难尽人意的解释,正好说明作者对悲剧成因的困惑。如果我们拨开这层天命论的迷雾,从作品的客观描写中,仍然可以领略《三国演义》悲剧成因的真谛。诚然,蜀汉悲剧的成因非常复杂,但最根本的原因在于伦理理想和社会现实之间的矛盾。如果说,以刘备为代表的善势力体现了当时人们的伦理理想,那么,以曹操为代表的恶势力却集中反映了封建社会的黑暗现实。尽管作者用曹魏得天时,孙吴得地利,蜀汉得人和来解释三国鼎立的历史局面,但结果却是"天时"不可违拗,"人和"不可回天。在封建社会中,理想的力量远远不如现实的力量来得那么强大,左右着历史的,不是正义,而是邪恶;不是道德,而是丧伦。传统的伦理道德在历史运动的进程中显得那样无能为力。而作者所热情歌颂的伦理理想,终究不过是一种体现人们愿望的美好"理想",封建社会的黑暗现实并没有给它留下立足之地。这种理想和现实之间的矛盾,不仅在蜀汉和曹操的对立中得到了充分的表现,即使在刘备的性格之中也时有流露。尽管刘备一再声称"宁死不忍作无义之事",对刘表拱手送来的荆州"力辞不受",但最后还是不能不借占荆州。尽管刘备反复强调"吾以仁义躬行天下","不以小利失信于天下",入川之后死活不愿图谋刘璋,但终究还是平定了益州。

刘备性格中种种言行不一的现象，与其说是"虚伪"的表现，还不如说是理想和现实的矛盾在他性格中的外化。《三国演义》用它悲剧的结局和客观的描写向人们表明：伦理道德并不是主宰历史的救世良方，伦理理想只不过是体现人们美好憧憬的水月镜花。于是，你争我夺、弱肉强食的残酷现实终于战胜了忠孝仁义、礼让诚信的理想观念，君仁臣忠、父慈子孝的伦理关系不得不让位于钩心斗角、尔虞我诈的小人逻辑，这就是《三国演义》所揭示的封建社会的黑暗现实。尽管作者以伦理的武器对这种现实进行了猛烈的批判，但最终又对这种武器自身表现出极大的困惑。这种困惑是对传统伦理思想深沉的历史反思，而两百年后文学史上所出现的主张个性解放、反对程朱理学的进步思潮，正是这种困惑发展的历史必然。历史的步履也正是在这否定之否定中不断向前推进。

（原载《湖北大学学报》1989年第6期，
人大复印报刊资料《中国古代、近代文学研究》1990年第3期转载）

论《三国演义》仁政思想的悲剧实质

在古代的中国，儒家学说在思想文化领域始终居于主导地位，以儒学伦理为核心的意识形态构成了中国文化的基本特质。由于这一特质与政治的交融与渗透，"仁政"抑或"王道"曾被正统的儒学思想家们推崇为理想的政治。作为一部"合天理，正彝伦"，"折衷于紫阳《纲目》"的历史小说，"仁政""王道"思想，无疑成为《三国演义》思想倾向的一个重要方面。

《三国演义》的"仁政"思想，首先表现为用伦理规范处理统治者和被统治者之间的关系。在统治者和被统治者关系的处理上，刘备性格的突出特点是"仁慈爱民""爱惜军士"。在诸侯并起、战乱纷繁的历史环境中，刘备"所到之处，秋毫无犯"，"并皆存恤"，"广布恩德"。这固然也出于建立统治的需要，但同时又体现了作者民为邦本的思想。在"刘玄德携民渡江"中，面临着曹仁、曹洪十万追兵立至的危险，刘备所想到的不是自身的安危存亡，而是"若济大事，必以人为本"。[1]"曹军若

---

[1] 罗贯中：《三国志通俗演义》，上海古籍出版社1980年版，第401页。

到，必行不仁，伤害百姓"①，毅然携民渡江。正因为刘备"恤军爱民"，故而得到人民的拥戴。治理新野时，百姓歌颂他说："新野牧，刘皇叔，自到此，民丰足"②，刘备身上所体现出的"恤军爱民"思想，无疑表达了当时的人们对"仁政"的希望和理想。

《三国演义》的"仁政"思想，其次表现为用道德规范调整统治集团之间的关系。在统治集团之间关系的处理上。刘备性格的突出特点是"宽仁厚德"，"仁慈宽厚"。吕布在定陶为曹操所败，到徐州投奔刘备。糜竺劝说："吕布乃虎豹之徒，不可收留，收则伤人。"③ 关、张也谏："吕布有夺徐州之意。"④ 而刘备则以义为先："吾以善心待人，人不肯负我"⑤，"他若要徐州，吾当相让"⑥。迎之以礼，待之以诚。在诸侯纷争的历史条件下，刘备的宽厚礼让不过是统治集团之间政治关系理想化的表现。

《三国演义》的"仁政"思想，还表现为用道德规范维系统治集团内部的人际关系。在统治集团内部人际关系的处理上，刘备性格的突出特点是"知人待士"，"心存忠信"，"推诚相信"，温厚待人。这不仅表现为与关羽、张飞誓同生死，患难与共。对诸葛亮、赵云、黄忠、严颜等也无不推心置腹，赤诚相见。即使是对于降将，也以"仁义相待"。正因为如此，降将严颜、黄忠、魏延、马超等皆能为其所用。在统治集团内部人际关系的处理上，刘备的"仁义相待"和"推诚相信"，只能是"仁政"思想在人际关系上的理想体现。

虽然，"仁政"理想是《三国演义》所体现的重要思想，但是，构成"仁政"思想的伦理和政治却是两个在本质上完全不同的范畴。伦理的本质是为了推行道德规范，强调的是所谓"义"；政治的本质是为了维护某一阶级、集团的利益，注重的是所谓"利"。由于伦理与政治各自特定的本质，决定这互为对立的二者融合物的"仁政"在几千年的封建社会中很难成为现实。虽然，孟子在《告子上》中早就提出"舍生而取义"的

---

① 罗贯中：《三国志通俗演义》，上海古籍出版社1980年版，第396页。
② 同上书，第347页。
③ 同上书，第121页。
④ 同上。
⑤ 同上书，第122页。
⑥ 同上书，第121页。

重"义"思想,朱熹也认为"王霸之辨"的根本区别在于"仁义"与"功利"之间,蒋大器在《三国志通俗演义序》中也强调"君子小人,义与利之间而已",但在封建社会的政治实践中,对统治者来说,"利"比"义"事实上更具有诱惑力。尽管孟子极力鼓吹"行仁政而王,莫之能御",把"仁政"的威力说得天花乱坠,无以复加,而齐宣王更感兴趣的则是"齐桓、晋文之事"。超功利的伦理追求,曾普遍地被认为是缺乏政治眼光的"妇人之仁"而受到嘲笑。当然,历代统治者们也曾大力倡导伦理道德,但他们对伦理的倡导并不是为了用道德规范自己,而是用伦理约束被统治者,使社会达到稳定与协调,为他们自己的封建统治服务。于是,伦理成为政治的附庸和手段而被政治化。如果说历代统治者对伦理的倡导只是为实现伦理的政治化,那么,"仁政"思想的提出则旨在实现政治的伦理化。"仁政"要求统治者实施政治统治的时候接受道德的规范,在"仁义"和"政治"之间选择前者而牺牲后者,从而使政治成为伦理的附庸和手段以达到统治的伦理化。伦理和政治在本质上的矛盾很难在事实上达到统一,"正谊不谋利,明道不计功"的古训更难以为历代统治者所接受,为了"仁义"而放弃"功利"的"仁政"在封建时代自然难以付诸实施。至于出于建立、巩固封建统治的需要,也有统治者摆一下"仁政"的架式以"仁义"点缀一下政治,但本质上仍然是为了"功利"。纵观封建社会的历史,虽然不乏开明之主,却寡有超出"功利"之外的"仁义"之君。所谓"仁政""王道",仅仅存在于三代以上的美妙传说和儒学大师的书斋之中,从来都未曾迈出这传说和书斋的大门而成为现实!

既然伦理和政治在本质上存在着难以统一的矛盾,作为《三国演义》"仁政"思想的体现者,刘备在伦理和政治、"仁义"和"功利"的抉择上必然会处于两难境地。作为蜀汉集团的最高统治者,刘备在政治实践中不能不维护蜀汉集团的利益;作为一个"仁君"的典型,刘备在诸侯纷争的时代又必须"躬行仁义"。是牺牲"仁义"成全"功利",抑或迁就"功利"放弃"仁义",无疑是刘备在蜀汉政权的建立和统治过程中面对的不可避免的矛盾。刘备在汝南为曹操所败,在"上无片瓦盖顶,下无置锥之地"[1]的情况下,不得已到荆州投奔刘表,暂住区区新野一县。毫

---

[1] 罗贯中:《三国志通俗演义》,上海古籍出版社1980年版,第310页。

无疑问，开创立足之地是建立蜀汉基业迫在眉睫的历史任务。正值曹操南侵，刘表病危，刘表多次主动让荆州于刘备，诸葛亮也认为："借此郡以图安身，兵精粮足，可以抗拒曹操也。"①"主公不受，祸不远矣。"② 而刘备表示："吾宁死不忍作无义之人"③，对刘表拱手送来的荆州"力辞不受"。正是因为刘备的仁厚礼让，"不忍作无义之人"终于导致荆州之失，刘表死后，其子刘琮将荆州"九郡已献曹操"。伊籍和诸葛亮建议："以吊丧为名，前赴襄阳，诱刘琮出接就擒之。尽捉诸逆党杀之，则荆州已属使君矣。"④ 而刘备则垂泪回答："吾兄临危之时，托孤于我。今若背信自济，吾于九泉之下，何颜见吾兄耶？"⑤ 也是因为刘备诚信仁慈，不忍"背信自济"，才无以抵抗曹军的进攻而退出新野，"败走江陵"直到"败走夏口"。尽管在"仁义"和"功利"之间，刘备执着地选择了前者，却付出了惨重的政治代价。

如果说，刘备义辞荆州是伦理上的成功导致了政治上的失败，那么，张松卖主献图则是政治上的成功导致了伦理上的失败。在"三顾茅庐"中，诸葛亮提出"先取荆州为本，后取西川建国，以成鼎足之势。然后可图中原"⑥的政治主张，制定了蜀汉集团立国的基本方针。因而，夺取西川作为立国之本就成了刘备势在必行的政治使命。正当此际，张松来到荆州，主动向刘备提出："明公先取西川为基，然后北图汉中，次取中原。"⑦ 阐述了诸葛亮在"三顾茅庐"中业已提出的政治主张，并献出西川地图。这为坚定刘备的取川决心，了解川中详情，发展蜀汉基业，提供了先决条件。回到西川之后，张松又向刘璋建议："刘皇叔与主公同宗，加之本人仁慈宽厚，有长者之风。赤壁鏖兵之后，操闻之而胆裂，何况张鲁乎？主公何不遣使赍书以结好之，使为外援，足可以拒曹操、张鲁，蜀中可安矣。"⑧ 这使刘备能够率领五万大军，以北拒张鲁的名义，堂而

---

① 罗贯中：《三国志通俗演义》，上海古籍出版社 1980 年版，第 388 页。
② 同上书，第 390 页。
③ 同上书，第 388 页。
④ 同上书，第 395 页。
⑤ 同上书，第 396 页。
⑥ 同上。
⑦ 同上书，第 574 页。
⑧ 同上书，第 575 页。

皇之地开进西川。作为内应，张松为刘备求取西川做出了重要贡献。如果着眼于蜀汉集团的政治利益，张松献图无疑促成刘备政治上的成功。但作者却按照"为臣者，各尽其忠"①的伦理原则，毫不客气地把这位本属于刘璋的臣僚斥之为"卖主求荣"。为了蜀汉集团的政治利益，张松付出了惨重的伦理代价。

在《三国演义》中，无论是伦理上的成功导致政治上的失败，抑或政治上的成功导致伦理上的失败，表明伦理和政治在本质上的对立和难以兼容的事实。而作品对"仁义"的肯定和"功利"的否定，又说明作者是以伦理的眼光观照政治。于是，政治终于成为伦理的附庸而取消了独立存在的价值，伦理则成了政治的主宰而成为评价政治的价值标准。所以，《三国演义》的"仁政"思想，实质上是以伦理内容为核心的政治理想。而理想总是难以代替并战胜现实的。《三国演义》的悲剧实质也在这里显露出其端倪。

作为一部悲剧，《三国演义》不仅表现了当时的人对统治者的伦理要求和"仁政"理想，更重要的是，还表现这理想的毁灭过程。诚然，蜀汉悲剧的成因非常复杂，诸如曹操国力的强大，孙吴的地理优势，刘禅的昏庸愚蒙，等等，但最根本的原因却在于"王道"政治和"霸道"政治、伦理理想和社会现实之间的矛盾。

《三国演义》的悲剧，首先是"仁政"理想的悲剧。"王道"政治既然是理想的政治，那么，"霸道"政治则是现实的政治。正像理想难以战胜现实一样，在封建社会，"王道"的力量远远不如"霸道"的力量来得那么强大，"王道"的作用远远不如"霸道"来得现实。对统治者来说，"王道"的魅力较之于"霸道"永远显得大为逊色。故而，鲁迅先生在《且介亭杂文·关于中国的两三件事》中说："在中国的王道，看去虽然好像是和霸道对立的东西，其实却是兄弟，这之前和之后，一定要有霸道跑来的，人民之所以讴歌，就为了希望霸道的减轻，或者不更加重的缘故。"②正如庞统在"献策取西川"中所提出，刘备认为是"金石之言"而认可的："离乱之时，用兵争强，固非一道也。若拘于礼，寸步不可行

---

① 罗贯中：《三国志通俗演义》，上海古籍出版社1980年版，第830页。
② 鲁迅：《且介亭杂文·关于中国的两三件事》，《鲁迅全集》第6卷，人民文学出版社1981年版，第20页。

矣，宜从权变用之。且'兼弱攻昧'，五伯之常；'逆取顺守'，古人所贵。……历代以来，多以权变得天下。"① 在刘备身上，无疑体现了"仁政"理想，但刘备如果一味地坚持"仁政"，恐怕一辈子都将一事无成，"寸步不可行矣"。"离乱之时，用兵争强"的客观局势，常常迫使他不得不暂时"从权变用之"，放弃"仁政"。尽管刘备一再声称，"宁死不忍作无义之事"，对刘表拱手送来的荆州"力辞不受"，但最后还是不能不"暂借"荆州；尽管刘备反复强调"吾以仁义躬行天下"②"不以小利失信于天下"③，入川之后死活不愿图谋刘璋，但终究还是平定了益州。用刘备自己夺取西川之后的话来解释："非吾不行仁义，奈势不得已也。"④刘备性格中这种言行不一的现象，与其说是"虚伪"的表现，还不如说是"王道"政治和"霸道"政治的矛盾在他思想中的外化。从主观上看，刘备无疑希望"躬行仁义"，"不以小利失信于天下"，奉行"王道"。但作为蜀汉集团的最高统治者，本集团的政治利益又使他在客观上不得不暂时"不仁不义"而必须"以权变得天下"，施行"霸道"。所以，刘备"暂借荆州""平定益州"的事实，不仅表现了"霸道"政治的胜利，而且意味着"王道"理想的破灭。于是，孟老先生"行仁政而王，莫之能御"的古训，终于成了一厢情愿的政治理想，尽管这种理想也体现了被统治者的善良期待和美好愿望。

《三国演义》的悲剧，同时还是伦理理想的悲剧。如果说，《三国演义》"仁政"的悲剧导源于"王道"政治和"霸道"政治的矛盾，那么，《三国演义》伦理的悲剧则形成于道德理想和黑暗现实的冲突。如前所述，"仁政"的基本特征在于政治的伦理化，伦理在实质上必然会决定着"仁政"的本质并构成"仁政"的基本内容。在这个意义上，《三国演义》的悲剧不仅仅是"仁政"理想的悲剧，而且是伦理理想的悲剧。在《三国演义》中，以刘备为代表的善势力无疑体现了当时人们的伦理理想，以曹操为代表的恶势力却集中反映了封建社会的黑暗现实。尽管作品通过对善的讴歌和对恶的鞭挞，表达了作者对统治者的爱

---

① 罗贯中：《三国志通俗演义》，上海古籍出版社1980年版，第579页。
② 同上书，第583页。
③ 同上书，第578页。
④ 同上书，第629页。

憎背向，寄托了当时的人们对统治者的伦理要求和道德理想。同时，又以客观的描写向人们展示了历史的必然要求和这个要求的实际上不可能实现之间的悲剧性的冲突①，真实地再现了这种要求和理想的毁灭。"刘先主兴兵伐吴"是导致蜀汉衰亡的重要转折，在政治和军事上无疑是一个重要的失误。作者对蜀汉在彝陵之战中的失败予以了深切的惋惜，然而对刘备忠于桃园结义、矢志兄弟情谊的伦理美德却进行了热情的赞颂。关羽败走麦城，刘备一听到噩耗，当即"大叫一声，昏绝于地"②，"一日哭绝三五次"，"三日不进水食，但痛哭而已，泪湿衣襟，斑斑成血"。③ 发誓要"起倾国之兵，剪伐东吴，生擒逆贼，以祭关公"。④ 尽管诸葛亮、赵云、秦宓等以"国贼乃曹操，非孙权也"，"天下者，重也；冤仇者，轻也"⑤，兴兵伐吴"非所以重宗庙也"为理由进行劝谏和开导，但一向从善如流的刘备仍然没有动摇伐吴复仇的决心："朕不与弟报仇，虽有万里江山，何足为贵？"⑥ 在蜀汉利益和兄弟情分之间，刘备执着地选择了后者。作为一国之君，为了兄弟情谊而不惜抛开万里江山，这种信守桃园誓言、笃于金兰情谊的举动，无疑体现了封建社会人际关系中最珍贵的感情，代表了当时人们理想的道德境界。因而，刘备的悲剧，与其说是政治、军事上的失误，还不如说是伦理理想在封建社会的黑暗现实中难以实现的悲剧。

《三国演义》用它的悲剧结局和客观描写向人们表明："仁政"理想并不是主宰历史的救世良方，伦理道德只不过是体现人们美好憧憬的水中月镜中花。在封建社会，理想的力量远远不如现实的力量来得那么强大，传统的"仁政"理想和伦理理想在历史运动的进程中显得那样无能为力。而作者所热情歌颂的伦理美德和"仁政"理想，终究不过是一种体现人们善良愿望的美好理想而已，封建社会的黑暗现实并没有给它留下立足之地。于是，"仁政""王道"为"暴政""霸道"所取代，伦理美德为黑

---

① 参见 [德] 恩格斯《致斐·拉萨尔》，《马克思恩格斯选集》第 4 卷，人民出版社 1972 年版，第 346 页。
② 罗贯中：《三国志通俗演义》，上海古籍出版社 1980 年版，第 747 页。
③ 同上书，第 748 页。
④ 同上书，第 776 页。
⑤ 同上书，第 777 页。
⑥ 同上。

暗现实所吞噬。你争我夺、弱肉强食的残酷现实终于战胜了忠孝仁义；礼让诚信的理想观念，君仁臣忠的伦理关系不得不让位于钩心斗角、尔虞我诈的小人逻辑。这就是《三国演义》所揭示的封建社会的黑暗现实。尽管作者以伦理、"仁政"为武器对这种现实进行了强烈的批判，但作品的悲剧结局最终又对这种武器自身表现出极大的困惑，并以这种困惑寄托了对传统伦理、"仁政"思想的深沉的历史反思。

（原载《湖北大学学报》1995年第2期，
人大复印报刊资料《中国古代、近代文学研究》1995年第8期转载）

在历史与伦理之间
——从"庞统献策取四川"看《三国演义》的思维方式

无论从哪个角度来看，在《三国演义》的人物画廊中，庞统都不能说是一个成功的艺术典型。特别是作为一个谋士，这位与卧龙先生并称的凤雏先生，较之于诸葛亮的形象更是显得大为逊色。尽管如此，庞统这个人物还是引起了我们的兴趣。因为通过这一形象的透视，能准确把握《三国演义》思维方式的某些方面，这就是笔者置《三国演义》中灿若群星的文官武将、智士能臣于不顾，而偏偏选择这样一个不太成功的艺术形象加以解剖的根本原因。

一

早在庞统远未出场之前，水镜先生就故弄玄虚而又不乏郑重地把庞统和诸葛亮相提并论："伏龙、凤雏，两人得一，可安天下"[①]，暗示出庞统的经纶济世之才。但这位命运多舛的凤雏先生远远没有得到卧龙先生三顾茅庐的礼遇和幸运。当诸葛亮舌战群儒、智激孙权，在潇洒的谈笑中大展奇谋之际，庞统只能侧身于东吴的文臣之中，默默无闻。终于，在诸葛亮导演的赤壁大战中，庞统在闲谈之中不动声色而又成功地表演了一出"连环计"，初步显示了他的军事才干，为孙刘集团赢得赤壁之战的胜利，

---

① 罗贯中：《三国志通俗演义》，上海古籍出版社1980年版，第344页。

乃至于三国鼎立局面的形成起了至关重要的历史作用,但他并没有因之得到孙权的重视。尽管鲁肃在孙权面前极力推崇庞统"上通天文,下晓地理,谋略不减于管、乐,枢机可配于孙、吴"。① 但由于这位凤雏先生就一副"浓眉厥鼻,短面短髯"的尊容,"形容古怪",言不中意,仍然为孙权目为"狂士"而不得重用。无可奈何,胸怀"匡济之才"的庞统只得到荆州投奔刘备,知人善任的刘备居然也和孙权同样的理由使这位盖世奇才屈就区区耒阳县令,以至于作者都发出了"堪叹凤雏何命薄"的感慨。"大贤若处小任"的际遇,怀才不遇的经历,使庞统在耒阳县令任上"不理政事,终日嗜酒",以致"尽废县事",招来张飞亲临问罪,几乎丧身于那位莽将军的丈八蛇矛之下。幸亏庞统"不到半日,将百余日之事,尽断了毕"②,以日理万机的才干,得到粗中有细的张飞的推重,最后终于在张飞、诸葛亮的举荐下,以副军师中郎将这个仅次于军师中郎将诸葛亮地位的谋士身份,参与了刘备集团的决策行列。

庞统参与刘备集团的第一个,也是唯一的一个重要军师决策就是谋取西川。诚然,在"定三分亮出茅庐"中,诸葛亮就提出了"先取荆州为本,后取西川建国,以成鼎足之势,然后可图中原"③ 的主张,制定了刘备集团立国的基本方针,但要把这一方针付诸实施还需要一个长期的军事、政治斗争过程。眼下,刘备虽然费了九牛二虎之力"暂借"了荆州,但"东有孙权,常怀虎踞;北有曹操,每欲鲸吞"④,刘备仍然处于朝不保夕的危险境地。因而,夺取西川作为立国之本就成了一项迫在眉睫的任务。正是在这样的背景下,作者突出了庞统在夺取西川过程中的历史作用。真是天赐良机,正当孙权索还荆州之际,张松送来了西川地图,并联络法正、孟达怂恿刘璋,以北拒张鲁的名义请刘备入川。面对着这一良机,一向以仁义为本的刘备却犹豫不决:"蜀中乃丰余之地,非不欲之,奈刘季玉同一宗室"⑤,不忍相图。针对刘备的犹豫,庞统准确分析了当时的政治、军事形势,提出了不失时机,趁势入川的主张:"荆州荒残,人物殚尽,东有孙权,北有曹操,难以得志。今益州户口百万,土广财

---

① 罗贯中:《三国志通俗演义》,上海古籍出版社1980年版,第544页。
② 同上书,第546页。
③ 同上书,第369页。
④ 同上书,第574页。
⑤ 同上书,第578页。

富，以为可资大业，而王霸足成也。今幸张松、法正以为内助，此天赐也。何必疑惑哉？"① 坚定了刘备入川的决心。于是，刘备、庞统带领五万人马，堂而皇之地开进了西川。为夺取西川，建立蜀汉，迈出了重要的一步。入川之后，作为抗击张鲁的援军，刘备受到刘璋的热烈欢迎和盛情款待，又勾起了刘备的同宗之情。刘备一方面"广施恩惠，以收民心"，为取川作准备，一方面又坚持"吾以仁义躬行天下"，不愿意趁势迅速袭杀刘璋，夺取西川。庞统又用"撤军"之计，激起刘备和刘璋关系的恶化，打破了由于同宗关系而保持的沉默僵局，为刘备进攻刘璋造成了名正言顺的借口，从而为夺取西川，建立蜀汉迈出了重要的另一步。接着，庞统又向刘备献出具体的夺川之计："杨怀、高沛乃蜀中名将，各杖强兵扼守关防。今主公佯以还荆州，二将闻之，必来相送；就送行处擒而杀之，得关，先取涪城，然后却向军成都。"② 果然不出庞统所料，杨怀、高沛趁刘备佯回荆州之际，身藏暗器，准备于送行时刺杀刘备，为庞统识破，致使被擒身亡。然后，庞统以迅雷不及掩耳之势，"兵不血刃"轻而易举地"得了涪城"，赢得了刘备入川后第一个重大的军事胜利。涪城的占领，为刘备进军成都，夺取西川建立了立足之地。尽管事后不久，庞统在进攻雒城的战役中于落凤坡中箭身亡，但在他参与刘备集团政治、军事决策并不算长的生涯中，为刘备夺取西川，建基立国做出了重要的历史贡献。毛宗岗在批语中说："取川之谋，惟庞统力劝；收川之事，又惟庞统任之。"③ 庞统对形成三国鼎立局面的重要历史作用，在谋取西川的过程中得到了充分的显示。

二

尽管庞统对蜀汉王朝的建立做出了重要的历史贡献，但是，《三国演义》作者的主观意图，并不是歌颂他在历史进程中的作用，而是表现他在夺取西川过程中的权谋和机诈。关于这一点，毛宗岗在《三国演义》第六十一回回批中的分析是颇中肯綮的："取川者，玄德之心也。然乘刘璋之来迎而袭杀之，以夺其地，不足以服西川之人心，此玄德之所以不欲也。庞

---

① 罗贯中：《三国志通俗演义》，上海古籍出版社1980年版，第578页。
② 同上，第594页。
③ 罗贯中著，毛宗岗评《三国演义》，内蒙古人民出版社1981年版，第603页。

统以此劝之，劝之不从，而欲自行之。若孔明处此，则必不然矣。是以庞统之智，虽不亚于孔明，而用谲而不失其正，行权而不诡于道，则孔明又在庞统之上欤！"① 正当刘备进援西川，刘璋隆重出迎涪城之际，庞统向刘备献计："莫若来日设宴，请刘季玉赴席；于壁衣中埋伏刀斧手一百人，主公掷杯为号，就筵席上杀之；一拥入成都，刀不出鞘，弓不上弦"②，"西川不劳张弓只箭而定矣"。虽然刘备反复强调"季玉是吾同宗，诚心待我"，"若行此事，上天不容，下民亦怨矣。公之谋，霸者亦不为也。如此，则不义矣"③，多次否定了庞统之计，庞统却仍然在宴席上"教魏延舞剑，暗嘱咐下手"，导演了一出并未成功的鸿门宴。以此而论，"用谲而失其正，行权而诡于道"评价庞统，也不能说不是平心而论。

值得探讨的是，《三国演义》的作者为什么要突出庞统的权谋和机诈？为了更全面地解释这种现象，有必要就罗贯中对夺取西川这场战争性质的评价做一个简单的考察。在《三国志》注中裴松之曾转引习凿齿语说："夫霸王者，必体仁义为本，杖信顺为宗，一物不具，则其道乖。今刘备袭夺璋土，权以济业，负信违情，德义俱愆。"④ 认定夺取西川是一场"违义成功"的不义战争。在《三国演义》中，罗贯中对庞统和刘备的评价虽然有异于《三国志》及裴注，但在对夺取西川这场战争的评价上则继承了《三国志》及裴注的看法。刘备占领涪城之后，设宴劳军，得意忘形地问庞统："今日之会，可为乐乎？"庞统带醉回答："伐人之国而以为乐，非仁者之兵也。"⑤ 通过庞统之口，流露出夺取西川是"伐人之国"之类的不义之举。当刘备兵入成都，刘璋出降时，刘备又不无内疚地对刘璋说："非吾不行仁义，奈势不得已也。"⑥ 再次表明夺取西川有悖于仁义之道。在《三国演义》中，刘璋虽然被作者称为"禀性暗弱"，目为"守户之犬"，但他却上不欺君，下不虐民，既非不忠之臣，也非无道之主，况且还是"大汉鲁恭王之后"，与刘备同为汉朝宗室。当刘备应邀入川后，刘璋又迎之以礼，待之以诚，推心置腹，信任有加。在这样的

---

① 罗贯中：《三国演义》，毛宗岗评，内蒙古人民出版社1981年版，第606页。
② 罗贯中：《三国志通俗演义》，上海古籍出版社1980年版，第581页。
③ 同上。
④ 陈寿撰，裴松之注：《三国志》卷37，中华书局1997年版，第956页。
⑤ 罗贯中：《三国志通俗演义》，上海古籍出版社1980年版，第596页。
⑥ 同上书，第629页。

情况下夺取西川，在作者看来，无疑是一场趁人之危、伐人之国、背信弃义、"违义成功"的不义战争。然而，在《三国演义》中，刘备的形象是作为一个"仁慈宽厚""躬行仁义"的理想的仁君典型塑造的。刘备的"仁义"性格体现在各种统治集团关系的处理上，突出地表现为宽厚礼让。因而，当张松献图卖川时，刘备推辞说："备虽艰窘，奈刘季玉与备同宗，若相攻之下，恐天下人唾骂。"① 当法正建议趁势收川时，刘备又礼让云："备一身寄客，未尝不伤感而叹息。……且蜀中乃丰余之地，非不欲之，奈刘季玉同一宗室。"② 显然，为贤者讳，《三国演义》的作者决不允许刘备这样一个仁君的典型出任夺取西川这场不义战争的决策人，于是，作为谋士的庞统就理所当然地成了刘备的替罪羊。

如果说，庞统的历史使命是谋取西川，那么，他的艺术使命则是代刘备受过，而谋取西川正是他代刘备受过的直接体现。自然，作为刘备集团立国的基本方针，取川建国是刘备梦寐所求，但是夺取西川又是一场不义的战争，这使刘备陷入一种两难境地。而庞统的历史使命就在于使刘备摆脱这种两难境地。作者通过庞统这一形象的处理，既实现了刘备取川的欲求，承担了决策这场不义战争的罪名，又保全了刘备仁义之美名，反衬出刘备仁厚的性格。刘备那段"与操相反"的名言是人们所熟知的，当庞统劝刘备应刘璋之邀而趁机收川时，刘备回答说："今与吾水火相敌者，曹操也。操以急，吾以宽；操以暴，吾以仁；操以谲，吾以忠。每与操相反，事乃成耳。今以小利失信于天下，吾为此不忍也。"③ 而庞统解释说："主公之言虽合天理，奈离乱之时，用兵争强，固非一道也。若拘执于礼，寸步不可行矣，宜从权变用之。且兼弱攻昧，五伯之常；逆取顺守，古人所贵。……历代以来，多以权变得天下。"④ 在这里，刘备坚持的是不"以小利失信于天下"的王道，而庞统主张的则是"以权变得天下的霸道"。作者通过对庞统权变性格的刻画，表现并衬托了刘备的仁义性格特征。因而，我们可以说，刘备收川愿望的实现和仁义性格的再现，是以突出庞统权谋性格为代价的。这就是《三国演义》的作者表现庞统在取

---

① 罗贯中：《三国志通俗演义》，上海古籍出版社1980年版，第574页。
② 同上书，第578页。
③ 同上。
④ 同上书，第579页。

川过程中的历史作用的同时又突出他权谋性格的根本原因。

三

历史地看，夺取西川作为刘备集团的立国之本，对蜀汉王朝的建立，西部中国的统一，有着重要的积极意义，对结束汉末分裂局面乃至于中国的最后统一起过重要的促进作用，在推动历史发展进程中有着不应低估的进步的历史意义。这是我们根据今人的历史判断标准对夺取西川所做的应有的历史评价。但是，在《三国演义》中，夺取西川则成了一场不义的战争，庞统作为取川的决策人物则受到一定程度的微词。那么，作者是用怎样的价值标准评价历史人物和历史事件的？这是我们探讨《三国演义》思维方式所力图回答的问题。

在古代的中国，以儒家学说为主体的伦理思想构成了意识形态的核心，支配着意识形态的各个领域。作为意识形态领域之一的历史小说，自然不可能超越伦理思想的制约和影响。正如蒋大器在《三国志通俗演义序》中所云：

> 吾夫子因获麟而作《春秋》。《春秋》，鲁史也。孔子修之，至一字予者，褒之；否者，贬之。然一字之中，以见当时君臣父子之道，垂鉴后世，俾识某之善，某之恶，欲其劝惩警惧，不致有前车之覆。此孔子立万万世至公至正之大法，合天理，正彝伦，而乱臣贼子惧。[①]

《三国演义》的创作正是在传统的"春秋笔法"的基础上，以儒家学说为主体的伦理思想对历史事件和历史人物作褒贬予夺，以区别"某之善，某之恶"，使人们"读到古人忠处，便思自己忠与不忠；孝处，便思自己孝与不孝"[②]，"研精覃思，知正统必当扶，窃位必当诛；忠孝节义必当师，奸贪谀佞必当去，是是非非，了然于心目之下，裨益风教"[③]，以达

[①] 蒋大器：《三国志通俗演义序》，罗贯中《三国志通俗演义》，上海古籍出版社1980年版，第1页。

[②] 同上书，第2页。

[③] 张尚德：《三国志通俗演义引》，罗贯中《三国志通俗演义》，上海古籍出版社1980年版，第3页。

到"合天理，正彝伦"①的伦理目的。于是，"遗芳遗臭，在人贤与不贤。君子小人，义与利之间而已"②，成为褒贬历史任务的重要准则，以儒家学说为主体的伦理判断就构成了《三国演义》思维方式的主要格局。

作为一部历史小说，《三国演义》在创作过程中离不开对历史人物和历史事件的评价。但正像古代的人们对秦始皇统六合、安天下的丰功伟绩往往视而不见，而对他施暴虐、戮诸侯、焚书坑儒的恶德则斤斤计较一样，《三国演义》的作者在创作中不是用历史判断的方法，按照表现对象在历史进程中的作用来观照历史，而是用伦理判断的方式，以儒学思想为主体的道德观念来评价人物。如果着眼于历史判断，夺取西川无疑推动了历史的进程，作者则认为它是一场不义的战争，把作品所极力歌颂的刘备置于取西川过程中的从属、被动地位。如果着眼于历史判断，"庞统献策取西川"无疑为中国的统一做出了重要贡献，而作者则突出了他在取川过程中的权谋并无微词，正是在夺取西川这一事件和庞统这一人物的评价中，《三国演义》以伦理判断为主体的思维方式得到了充分体现。

平心而论，《三国演义》的作者并没有完全否定庞统。罗贯中虽然突出了庞统在取川过程中的权谋，却仍然肯定了他在取川过程中对刘备集团所做的贡献。但是，作者肯定庞统的基点，则并不是因为他推动了历史进程的发展，而是由于他对刘备的忠诚。在《三国演义》中，张松这个人物对夺取西川的贡献不可谓不大，如果没有他献的西川地图，刘备不可能了解川中详情；如果不是他怂恿刘璋求援刘备，刘备也不可能堂而皇之地领兵入川。应该说，张松为夺取西川起过重要的历史作用，但作者却按照"事主不忘其忠"的伦理原则，毫不客气地把这位本属于刘璋的臣僚称为"卖主求荣"。在《三国演义》中，对夺取西川阻碍最大的人物应该是张任，如果不是他暗设伏兵，庞统不至于在落凤坡死于乱箭之下；如果不是他顽强抵御，刘备也不会兵阻雒城。对于刘璋手下这样一位敢于抗击刘备，对历史进程起了重大阻碍作用的人物，作者仍然本着"忠臣不事二主"的伦理原则对之予以热情的表彰。当诸葛亮擒杀张任之后，作者写诗赞扬："老将安能扶二主？张任忠勇死犹生。高名正似天边月，夜夜流

---

① 蒋大器：《三国志通俗演义序》，罗贯中《三国志通俗演义》，上海古籍出版社1980年版，第1页。

② 同上书，第2页。

光照雒城。"① 甚至连刘备都"感叹不已,令收尸首葬于金雁桥侧,以表其忠"。② 作者通过对张松、张任这两个在取川过程中历史作用截然相反的人物的不同评价,体现了"臣事主当存义,赴难持危全尽忠"③ 的道德思想,表达了超脱于政治历史功利之外的伦理准则。正是本着这一准则,作者在庞统死后高度赞扬了他对刘备的忠肝义胆:"报国机谋远,收川气概多。声名垂竹帛,忠义冠山河!"④

总的来说,在历史事件和历史人物的评价上,作者不是用历史判断观照历史,而是用伦理判断评价人物。从以儒学思想为主体的伦理判断出发,作者表现了庞统在夺取西川这场不义战争中的权谋并无微词,同时,又肯定了他在取川过程中对刘备集团的贡献并赞美了他对刘备的耿耿忠诚。因而,《三国演义》通过庞统这一形象的艺术处理,集中体现了作品以伦理判断为主要格局的思维方式。

(原载《文学与语言论丛》第 3 辑,武汉出版社 1992 年版)

论毛宗岗对曹操形象的评改

关于毛宗岗对曹操形象的评改,有的学者认为:毛宗岗从正统思想出发,在《三国志通俗演义》的基础上对曹操的形象进行了三个方面的修订:"删削赞赏曹操的文字;增写诋毁曹操的文字;改写于曹操无害有益的文字。"他"企望借助自己的修订工作,把曹操形象雕饰成国贼奸雄的艺术标本"。⑤ 这个论断并不符合实际。在本篇文章中,笔者拟就毛宗岗对曹操形象的评改问题谈点不同看法,以求教于方家。

一

毛宗岗对曹操形象的修改受制于他对这一形象的认识和评价。考察毛宗岗对曹操形象的基本认识和基本评价,是研究他对这一形象修改的前

---

① 罗贯中:《三国志通俗演义》,上海古籍出版社 1980 年版,第 615 页。
② 同上。
③ 同上。
④ 同上书,第 604 页。
⑤ 刘敬圻:《〈三国演义〉嘉靖本和毛本校读札记》,《求是学刊》1981 年第 2 期。

提。在《读三国志法》中，毛宗岗对曹操形象的认识和评价曾得到集中的体现：

> 历稽载籍，奸雄接踵，而智足以揽人才而欺天下者莫如曹操。听荀彧勤王之说而自比周文，则有似乎忠，黜袁术僭号之非，而愿为曹侯，则有似乎顺，不杀陈琳而爱其才，则有似乎宽，不追关公以全其志，则有似乎义。王敦不能用郭璞，而操得士过之；桓温不能识王猛，而操知人过之。李林甫虽能制禄山，不如操之击乌桓于塞外，韩侂胄虽能贬秦桧，不若操之讨董卓于生前。……是古今来奸雄中第一奇人。①

在这段文字中，毛宗岗从"奸"和"雄"两个方面论析了曹操的性格特征。从道德的层面出发，毛宗岗揭示了曹操性格中"奸"的一面，批判曹操欺世盗名；从能力的层面出发，毛宗岗揭示了曹操性格中"雄"的一面，肯定曹操知人得士。在这里，毛宗岗把曹操和王敦、桓温、李林甫、韩侂胄这些名将权臣相提并论。值得注意的是，他又认为曹操在知人得士、建功立业方面为这些名将权臣所不及。由此看来，毛宗岗用"奸雄"二字概括曹操性格，并非仅仅着眼于"奸"，同时也充分强调了"雄"。

"奸雄"首先必须是英雄。在毛批中，称曹操为"英雄"的例子可谓不胜枚举。在第二十一回总批中，毛宗岗说："当青梅煮酒之日，英雄只有两人。"② 第四十三回孙权论曹操时，毛宗岗又批道："盖天下惟英雄能识英雄。"③ 并在评点中充分肯定了曹操性格中"雄"的一面。

首先，毛宗岗肯定了曹操的雄才大略和政治胸襟。董卓专权，满朝公卿一筹莫展，曹操挺身而出，谋刺董卓。毛宗岗赞扬了曹操的这一壮举："袁绍致书，孟德献刀，一样激愤，而操更壮。"④ "写得慷慨动色，仿佛

---

① 毛宗岗：《读三国志法》，罗贯中著，毛宗岗评《三国演义》，内蒙古人民出版社1981年版，第2—3页。
② 罗贯中著，毛宗岗评：《三国演义》，内蒙古人民出版社1981年版，第199页。
③ 同上书，第426页。
④ 同上书，第36页。

荆卿渡易水时。"① 十八路诸侯讨董卓，众诸侯各怀异心，按兵不动，曹操引本部人马孤军深入，追赶董卓。毛宗岗赞道："是壮举不是轻举。"② 由于诸侯掣肘，这次战斗失利。毛宗岗又为曹操开脱："此败非操之罪，乃众诸侯之罪也。""曹操此一战，虽败犹荣。"③ 在讨董卓过程中，曹操表现了高出其他诸侯的才干勇略和政治胸襟。毛宗岗赞扬说："孟德举动毕竟不同"④，"众诸侯中，毕竟孙、曹二人出色"⑤。正因为如此，毛宗岗才把曹操和晋文公、郑子产、汉高祖、汉光武帝等明君良相相提并论。曹操迁帝许都，毛宗岗并没有从正统思想出发进行指责，而认为："勤王之师与劫驾不同，所以独成气候。晋文公要天子赴河阳，而诸侯宾服，真伯者之事也。"⑥

其次，毛宗岗还赞扬了曹操知人善任、唯才是举的性格特点。毛宗岗多次称赞曹操"眼力过人""善于料人"，具有"识英雄之眼"。"关羽斩华雄"明写关羽，暗衬曹操，表现了曹操敏锐的政治眼光。毛宗岗批道："袁绍兄弟不识玄德兄弟，无足责也。本初亦人豪，乃亦拘牵俗见，不能格外用人。此孟德所以为可儿也。"⑦ 毛宗岗还把汉高祖踞床跣足见英布和曹操披衣跣足迎许攸加以比较，认为"一则善驾驭，一则善结纳。其术不同，而能用人同也"。⑧ 曹操杀杨修历来有忌才之嫌，毛宗岗则持不同看法："或疑操以才忌杨修者，非也"；"夫以正直忤操，则罪在操，以不正直忤操，则罪在修。故修之死，君子于操无责焉"。⑨ 毛宗岗认为曹操之所以能够完成统一北方的大业，就在于他爱惜人才，唯才是用，"操之开魏，则有'宁可无洪，不可无公'之弟，同心同德，是以能成帝业"。⑩ 曹操招降徐晃，毛宗岗叹道："曹操见才便爱，安得不成大业！"⑪

---

① 罗贯中著，毛宗岗评：《三国演义》，内蒙古人民出版社1981年版，第36页。
② 同上书，第54页。
③ 同上。
④ 同上书，第25页。
⑤ 同上书，第54页。
⑥ 同上书，第124页。
⑦ 同上书，第41页。
⑧ 同上书，第294页。
⑨ 同上书，第718页。
⑩ 同上书，第314页。
⑪ 同上书，第129页。

毛宗岗还分析了董卓死于吕布而曹操不死于张绣的原因："卓之死，为失心腹猛将之心；操之不死，为得心腹猛将之助也。兴亡成败，止在能用人与否耳！"① 说明善于识人用人，是曹操成功的关键。

最后，毛宗岗还肯定了曹操精通兵法、善于用兵的军事才能。毛宗岗多次赞扬"曹操能兵"，"曹操可谓能兵矣"，"操用兵如神"。并把曹操和刘备进行对比，说明曹操的军事才能更胜一筹："操之敌绍，能以寡胜众。备之敌操，不能以寡胜众，是备之用兵不如操矣。"② 毛宗岗认为，料事如神、稳操胜算，是曹操善于用兵的一个显著特点。第十四回毛批曰："满宠去而徐晃来，徐晃来而杨奉赶，都在曹操算中。"③ 毛宗岗认为曹操善于用兵还体现为赏罚分明，治军严肃。博望坡之战，不听于禁的劝告以致兵败，曹操痛责夏侯而重赏于禁。毛宗岗称赞："曹操用兵，能奖于禁，而责夏侯"④，"兵败而有赏，是曹操胜人处"，"治兵不严，虽猛将如淳，亲族如淳，且不能逃其责。况不如淳者乎？"⑤

正如"雄"的一面是曹操性格的组成部分一样，"奸"在曹操的性格中也占有突出的地位。从道德的层面出发，毛宗岗对曹操性格中"奸"的一面进行了严厉的批判，但这种批判本身又较为中肯地揭示了曹操性格的某些特点。

作为对曹操"奸"的一面的认识，毛宗岗首先揭示了曹操损人利己的人生哲学。在对曹操杀吕伯奢的评论中，毛宗岗说："孟德杀伯奢一家，误也，可原也；至杀伯奢，则恶极矣。更说出'宁使我负人，休叫人负我'之语，读书至此，无不垢詈之，争欲杀之。"⑥ 其次，毛宗岗认为，奸诈虚伪是曹操性格的另一特点。"操外虽诚，而内实诈"；"曹操平生以诈待人"。打败袁绍后，曹操"杀其子，夺其妇，取其地……然则其哭也，真慈悲乎？为假慈悲乎？奸雄之奸，非复常人意量所及"。⑦ 最后，毛宗岗认为，骄横残暴是曹操性格的又一特点。第六十八回总批说："曹

---

① 罗贯中著，毛宗岗评：《三国演义》，内蒙古人民出版社 1981 年版，第 149 页。
② 同上书，第 234 页。
③ 同上书，第 130 页。
④ 同上书，第 173 页。
⑤ 同上书，第 158 页。
⑥ 同上书，第 31 页。
⑦ 同上书，第 326 页。

操当称魏王，立世子，江东靖和，孙权纳贡之后，正志得意满之时也。威无不加，权无来遂，其势足以刑人、辱人、屠人、族人。"① 在横槊赋诗中，毛宗岗连批五句："写曹操骄盈之甚。"② 揭示曹操的骄横性格。

综上所述，我们可以得出这样三条结论：其一，毛宗岗对曹操的政治、军事才能基本持肯定态度；其二，毛宗岗对曹操的奸诈品德基本持批判态度；其三，毛宗岗的评点较为客观中肯地揭示了曹操的性格特点。这样三个方面无疑会影响毛宗岗对曹操形象的修改。

二

毛宗岗对曹操形象的修改的情况比较复杂：增写赞赏曹操的文字有之，删削诋毁曹操的文字有之；增加诋毁曹操的文字有案可查，删削赞赏曹操的文字也有例可举。在这里，笔者并不想就毛宗岗对有关曹操文字的增删，简单地得出"贬曹"或"褒曹"的结论，而是力图通过嘉靖本和毛本的比较，以探讨毛宗岗对曹操形象的修改使这一形象发生了什么变化，达到了怎样的效果。

首先，毛宗岗的修订从"奸""雄"两个方面突出了曹操的性格特征。

从"雄"的方面来看，毛本突出了曹操的雄才大略和政治胸襟。

曹操"不杀陈琳而爱其才"一向被传为佳话，毛本增写了这一情节：

操方欲起行，只见刀斧手拥一人至。操视之，乃陈琳也。操谓之曰："汝前为本初作檄，但罪孤，可也；乃辱及祖、父耶？"琳答曰："箭在弦上，不得不发耳。"左右劝操杀之；操怜其才，乃赦之，命为从事。③

在嘉靖本中，陈琳没有写"讨曹操檄"，也没有上述情节。这个情节为毛宗岗据史增写。在"讨曹操檄"中，陈琳骂曹操的祖父曹腾"饕餮放横，伤化虐民"，骂其父曹嵩"因赃假位，舆金辇璧，输货权门，窃盗鼎司"，

---

① 罗贯中著，毛宗岗评：《三国演义》，内蒙古人民出版社1981年版，第679页。
② 同上书，第480页。
③ 同上书，第323页。

骂遍了曹操祖孙三代。但曹操仍然"不念旧恶",在"左右劝操杀之"的情况下,仍然赦免了陈琳并命为从事。从而突出了曹操爱惜人才、豁达胸襟的政治家风范。

从"奸"的方面来看,毛宗岗的修订更深刻地揭示了曹操残暴骄横、狡诈虚伪的性格特征。

第十回,曹操为父亲报仇,兴兵攻打徐州,陈宫对曹操进行劝阻。嘉靖本和毛本的描述分别为:

> 陶谦乃仁人君子,非刚强好利之辈,中间必有缘故。①
>
> 陶谦乃仁人君子,非好利忘义之辈;尊父遇害,乃张闿之恶,非谦罪也。②

嘉靖本只是按陶谦平时的为人委婉地为陶谦开脱,并没有明确地断定杀曹嵩的不是陶谦。这样,曹操攻打徐州仅仅是一场误会。而毛本明确指出杀曹嵩的不是陶谦,而是张闿。在真相大白的情况下曹操仍然攻打徐州,分明是拿陶谦和徐州百姓做牺牲品,以发泄自己的私愤。显然,后者比前者更深刻地揭示出曹操的凶残性格。

毛宗岗对曹操形象的修订过程,也是一个进一步典型化的过程。在这个过程中,毛宗岗从"奸""雄"两个方面突出了曹操的性格特点。较之于嘉靖本,毛本中的曹操形象的性格更加鲜明突出,更具有典型意义。

其次,毛宗岗的修订使曹操的形象更加符合人物性格发展的内在逻辑。

对于人物形象的创造来说,情节、细节的描述必须符合人物性格发展的内在逻辑。毛宗岗意识到这一点,在第二十二回批道:"使曹操见檄而怒骂陈琳,便不成曹操矣。"③ 曹操不是轻易地怒形于色的匹夫,他的地位、身份、气质和城府决定了他不会"见檄而怒骂陈琳"。由此看来,毛宗岗在修订曹操形象时,注意到曹操性格发展的内在逻辑。

濮阳城攻打吕布,陈宫使田氏以诈降之计诱曹操,毛本较之于嘉靖本

---

① 罗贯中:《三国志通俗演义》,上海古籍出版社 1980 年版,第 98 页。
② 罗贯中著,毛宗岗评:《三国演义》,内蒙古人民出版社 1981 年版,第 93 页。
③ 同上书,第 210 页。

做了不同的处理。

嘉靖本：

> 操连夜不敢正视濮阳，踌躇未定。忽报田氏人到，呈上密书……曹大喜曰："天与吾得濮阳也！"重赏此人，一面收拾起兵。谋士刘晔曰："布虽无能，陈宫多计。只恐使田氏反间计耳。"操曰："如此设疑，必误大事。"晔曰："此亦不可不防。分军三队：两队伏城外接应，一队入城方可。"操曰："此意与吾相合。"①

毛本：

> 操因新败，正在踌躇。忽报田氏人到，呈上密书。……操大喜曰："天使吾得濮阳也！"重赏来人，一面收拾起兵。刘晔进曰："布虽无谋，陈宫多计。只恐其中有诈，不得不防。明公欲去，当分军三队：两队伏城外接应，一队入城方可。"操从其言。②

嘉靖本的描写显然不符合曹操的性格。其一，"操连夜不敢正视濮阳"不符合曹操败而不馁的精神风貌。打袁术、攻袁绍、讨张绣、战马超，曹操从不因为失败而气馁。濮阳初次交锋，小挫而已，怎么能使曹操望而生畏呢？毛宗岗改成"操因新败，正在踌躇"，较接近情理。其二，嘉靖本中的曹操一会儿说"如此设疑，必误大事"，一会儿说"此意与吾相合"。足智多谋的曹操简直成了毫无头脑，任人摆布的木偶！毛宗岗删去了这两句话，用"操从其言"轻轻带过，既表现了曹操的从谏如流，又合情合理。其三，过分地渲染刘晔的明断只能反衬曹操的愚笨。刘晔已经点明"恐使田氏反间计"，曹操仍然执迷不悟，岂不成了一个大笨伯！这不符合曹操多疑的性格，故为毛氏所删。

毛宗岗对曹操形象的修订，是在对这一形象的深刻认识和理性理解的基础上进行的。基于这种认识和理解，毛宗岗在嘉靖本的基础上删改了这个版本中违背曹操性格发展的内在逻辑的描写，使曹操的形象在不违背嘉

---

① 罗贯中：《三国志通俗演义》，上海古籍出版社1980年版，第112页。
② 罗贯中著，毛宗岗评：《三国演义》，内蒙古人民出版社1981年版，第93页。

靖本的基础上，性格的各个方面更加鲜明突出、真实可信，并具有更强的生命力。

最后，毛宗岗的修订进一步使曹操性格的各个方面达到了内在的统一，使之成为一个完整的艺术整体。

一个成功的典型必须是一个完整的艺术整体。作为典型，并不排斥性格的多样性和复杂性，但性格的各个方面必须具有密切的内在联系，保持完美的内在统一。性格的各个侧面互相游离的形象算不得成功的典型。如果按照福斯特在《小说面面观》中的说法，把艺术形象分为"圆的"和"扁的"两大类，那么，一个丰富复杂的艺术典型应该是一个完整的"圆"，而不是两个"半圆"。虽然，我们不能简单地断言嘉靖本中的曹操形象"奸"和"雄"两个方面是毫不相干的两个"半圆"，但至少可以说在这两个"半圆"之间存在着一条裂痕，而毛宗岗的修订则是尽可能地缝合这条裂痕。

鲁迅先生在《中国小说史略》中谈到《三国演义》的取材时说："凡首尾九十七年（一八四—二八〇）事实，皆排比陈寿《三国志》及裴松之注，间亦采平话，又加推演而作之；论断颇取陈寿及习凿齿、孙盛语，且引'史官'及'后人'诗。"① 对于曹操的评价历来都是褒贬不一，陈寿、裴松之、习凿齿、孙盛以及后世"史官"在对曹操评价的问题上都表现出各自不同的褒贬倾向。作为一部排比史实、间采平话的历史小说，罗贯中在《三国演义》的创作中难免把史实和平话中"褒曹"和"贬曹"的观点与材料兼收并蓄地写入作品。这样，就使得曹操性格中"奸"的一面和"雄"的一面互相游离，缺乏密切的内在联系。而毛宗岗的修订则强化了曹操性格中"奸"的一面和"雄"的一面之间的内在联系，使之达到内在的统一。

在"礼遇关羽"中，嘉靖本通过"三日一小宴，五日一大宴；上马一提金，下马一提银"②、赐锦战袍、作包髯囊、赠赤兔马、礼送关羽等一系列情节，充分体现了曹操礼贤下士、爱惜人才的性格特征。如果孤立地看，这个特征是鲜明生动的。但是，这个特征和曹操其他性格则缺乏必要的内在联系。毛本加入了这样一段：

---

① 鲁迅：《中国小说史略》，齐鲁书社1997年版，第105页。
② 罗贯中：《三国志通俗演义》，上海古籍出版社1980年版，第242页。

　　　　于路安歇馆驿，操欲乱其君臣之礼，使关公与二嫂共处一室。关
　　公乃秉烛户外，自夜达旦，毫无倦色。①

对作为封建时代政治家的曹操来说，礼贤下士、爱惜人才的目的是占有人才。为了达到这一目的，他完全可以不择手段。赐锦袍、赠赤兔是为了笼络关羽；"使关公与二嫂共处一室"，以间拨关羽和刘备的关系，也还是为了占有关羽。毛宗岗在不破坏人物性格内在逻辑的前提下，加入了这段描写，在肯定曹操礼贤下士、爱惜人才的同时，又对其奸诈阴险的性格加以点染，使曹操性格"奸"和"雄"的两个侧面互相渗透，互为补充，十分和谐地融为一体。

　　由上可见，毛宗岗对曹操形象的修订过程，也是对这一形象进一步典型化的过程。毛宗岗的修订，既加强了曹操性格"奸"的一面，又突出了"雄"的一面，并使这两个方面具有更强的内在联系。较之于嘉靖本，毛本中曹操的性格更加鲜明突出，更具有典型意义。因而，毛本刊行之后，"一切旧本乃不复行"。毛本得到人们的普遍喜爱而广泛流传，并取代其他一切《三国演义》版本，曹操的形象产生了广泛而深刻的社会影响，其中一个重要原因，无疑在于毛宗岗对曹操形象的成功修订。

三

　　这里，还有一个应该讨论的问题，即毛宗岗对曹操形象的评改和正统思想的关系。在毛宗岗的思想体系中，确实存在着正统思想，这在《读三国志法》中有明显的体现：

　　　　读《三国志者》，当知有正统、闰运、僭国三别。正统者何？蜀
　　汉是也。僭国者何？吴、魏是也。闰运者何？晋是也。②

在对曹操形象的评改中，毛宗岗的正统思想也时有表露。如在作品的一开

---

① 罗贯中著，毛宗岗评：《三国演义》，内蒙古人民出版社1981年版，第246页。
② 毛宗岗：《读三国志法》，罗贯中著，毛宗岗评《三国演义》，内蒙古人民出版社1981年版，第1页。

始，毛宗岗就批道："一则中山靖王之后，一则中常侍之养孙，低昂已判矣。后人犹有以魏为正统，而书蜀兵入寇者，何哉？"①"可知蜀汉是正统。"诸如此类，在毛批中并不少见。

但同样需要指出的是，毛宗岗对曹操的批判并不完全出于正统思想。如作品的第十二回，就曹操攻打徐州这个情节，毛宗岗批曰："打粮割麦，又掳村中男女，民生此时大困矣，况又凶年耶？"②第三十四回，针对曹操建铜雀台，毛批又曰："大兵之后又兴大役，爱民者如是乎？"③这些批判在不同程度上表现了民本思想，而不是出自正统思想。显然，毛宗岗对曹操形象损人利己、奸诈虚伪、骄横残暴性格的揭露和批判，是正统思想所包容不了的。那么，毛宗岗的正统思想在曹操形象的修订过程中到底有哪些表现呢？如果我们不把"贬曹"倾向和正统思想混为一谈，则可以看出，毛宗岗在对曹操形象的修订过程中，其正统的直接表现主要是以下三个方面。

一曰正称谓。毛宗岗认为："曹操称公称王，而子孙又追称帝。而称于朝者夺于天下，称于一时者夺于后世。天下后世之称曹，不曰公、不曰王、不曰帝，直曰贼而已矣。"④从这一动机出发，毛宗岗用所谓"春秋笔法"，见褒贬于一字之间。在叙述语言中，改"魏王""曹公"为"曹操"；在对话中，改"王上"为"大王"；有时也称曹操为"阿瞒""国贼""汉贼"等。诸如此类，不一而足。其实，"魏王"也好，"汉贼"也好，反正指的都是曹操。除了说明毛宗岗的正统思想，表现毛宗岗的情感倾向外，并没有从根本上引起曹操形象的变化。

二曰改诗歌。毛宗岗对诗歌的增删，大致有两种情况：毛宗岗所删的诗歌"褒曹"与"贬曹"兼而有之；毛宗岗所增写的诗歌基本上表现了"贬曹"倾向。这两种倾向在不同程度上体现了正统思想。

破袁绍后，曹操"焚书不咎"，嘉靖本有"史官"赞曹诗一首：

> 尽把私书火内焚，宽洪大量播恩深；

---

① 罗贯中著，毛宗岗评：《三国演义》，内蒙古人民出版社1981年版，第1页。
② 同上书，第111页。
③ 同上书，第336页。
④ 同上书，第727页。

曹公原有高光志，赢得山河付子孙。①

这首诗从曹操的宽宏大量出发，称赞曹操有汉高祖、汉光武之志，从而肯定了曹氏得天下的合理性。所以被毛宗岗删去。

第六十六回，曹操杖杀伏后，毛本加"后人"贬曹诗一首：

曹瞒凶残世所无，伏完忠义欲何如；
可怜帝后分离处，不及民间妇与夫！②

这首诗赞美了伏完的忠义，对汉献帝和伏后寄予了深切的同情，谴责了曹操的凶残。虽然在一定程度上揭示了曹操的性格特征，但仍然体现出正统思想。

我们知道，人物性格是通过人物的语言和行动表现出来的。这一点，诚如恩格斯在《致敏·考茨基》中所言："我认为倾向应当从场面和情节中自然而然地流露出来，而不应当特别把它指点出来。"③ 在曹操形象的修订过程中，毛宗岗通过增删诗歌把自己的倾向"指点出来"的方式，固然体现了自己的正统思想，却没有从根本上导致曹操性格质的变化。

三曰增琐事。第十四回，曹操向献帝建议迁都许都，毛本加入"帝不敢不从"。第二十回，曹操请献帝田猎，毛本又加入"帝不敢不从"。这两个细节从正统思想出发，揭示出曹操炙手的权势，批判了曹操的权臣欺主。但在毛本中，类似这种通过细节增写表现正统思想的情况并不多见。原因何在呢？其一，受史实的限制。曹操虽然"挟天子以令诸侯"，表现出对汉室的不敬，但他毕竟没有取代汉室而做皇帝。毛宗岗虽然想从正统思想出发贬斥曹操，但作为一部历史小说，总不能随心所欲地编造一些耸人听闻的情节，以宣扬正统思想。其二，受艺术规律的制约。毛宗岗评改《三国演义》的目的之一是提高作品的艺术性。袁术称帝，曹操兴兵征讨袁术，嘉靖本有这样一段描写：

---

① 罗贯中：《三国志通俗演义》，上海古籍出版社1980年版，第301页。
② 罗贯中著，毛宗岗评：《三国演义》，内蒙古人民出版社1981年版，第667页。
③ ［德］恩格斯：《致敏·考茨基》，《马克思恩格斯选集》第4卷，人民出版社1972年版，第454页。

> 此时，操自专权而行大事，然后启奏，无有不从。①

如果一味从正统思想贬曹，这是一个极好的细节。但是曹操兴兵讨袁术，是曹操完成统一北方大业的一个重要步骤，体现了曹操的雄才大略。从与汉室的关系来看，它又符合汉王朝的利益。在这样的情况下，加入这样一段细节，和作品所描写的气氛很不协调。在这里，毛宗岗并没有无视艺术规律而执着于正统思想，而是出于艺术上的考虑，删去了这个细节。其三，在嘉靖本中，勘吉平、杀董承、勒董妃、戮伏完、杖伏后等情节，应有尽有，用正统思想贬曹的工作早被嘉靖本做到了家。毛宗岗即使想进一步加强正统思想，也是"英雄无用武之地"，所以只能在一些鸡毛蒜皮的琐事上零敲碎打而已。

由此可见，毛宗岗虽然企图通过曹操形象的修订以强化正统思想，但由于种种客观条件的制约，除了在一定程度上渲染了用正统思想贬曹的气氛外，并没能使曹操的形象从根本上发生质的变化。

（原载《〈三国演义〉新论》，华中理工大学出版社1999年版）

---

① 罗贯中：《三国志通俗演义》，上海古籍出版社1980年版，第173页。

第三章 《水浒传》《西游记》《金瓶梅》考论

乱世忠义的悲歌
——论《水浒传》的主题及思维方式

一

在古代的中国，以伦理思想为核心的意识形态构成了文化心理的特质。这一特质，一方面深刻地影响着社会生活，同时，也密切地支配着人们的思维方式。这二者的碰撞，必然会给古代小说留下鲜明的伦理印记。古代小说的这一传统在水浒故事的流传过程中毫不例外地得到了显示。

迄今为止，尽管人们对历史上宋江起义的结局仍然莫衷一是，宋江起义的性质也有待慎重讨论的必要，但宋江起义的一个重要的特点却是"不假称王，而呼保义"。[①] 宋江起义没有称孤道寡，改年建号，才能在视农民起义为洪水猛兽的封建时代得以流传。这也许是比宋江起义规模大得多的方腊起义在文学中流传不广，而宋江的故事在"说话"中不胫而走的重要原因。"于是自有奇闻异说，生于民间，辗转繁变，以成故事，复经好事者掇拾粉饰，而文籍以出。"[②] 并在流传过程中逐渐被赋予了"忠义"思想。在龚开《宋江三十六人赞并序》中，宋江既是个"与之盗名而不辞，躬履盗迹而无讳"的绿林好汉，又是个"立号既不僭侈，名称俨然，犹循轨辙"的江湖英雄。"不假称王，而呼保义"就是龚开心目中，也是当时"街谈巷语"中宋江的形象。如果说龚开在《宋江三十

[①] 龚开：《宋江三十六人赞并序》，周密《癸辛杂识》，中华书局1988年版，第145页。
[②] 鲁迅：《中国小说史略》，齐鲁书社1997年版，第112页。

六人赞并序》中还有着"余尝以江之所为,虽不得自齿"的遗憾,并没有把"忠义"桂冠轻易地赠给宋江,那么,在初步具备《水浒传》雏形并集"说话"中水浒故事之大成的《大宋宣和遗事》中,宋江则发展成为"助行忠义,卫护国家"的忠义英雄。"广行忠义,殄灭奸邪"构成了这部话本中"梁山泺聚义本末"①的主旨。正是从"忠义"思想出发,话本表现了以宋江为代表的江湖英雄在与朱勔等乱臣贼子为代表的黑暗势力的抗争中走上梁山的过程,同时也再现了他们接受招安、"归顺宋朝"后平三寇、征方腊、封节度使的结局。"忠义"思想,因而也就成了话本观照、评价"梁山泺聚义本末"的基本准则。在民族矛盾十分尖锐的元代,水浒故事被搬上了杂剧舞台。尽管现存的六种水浒戏中,除《李逵负荆》之外的其他五种和《水浒传》的情节没有直接的瓜葛,但"替天行道"则是它们的共同思想。《大宋宣和遗事》中"统率强人,略州劫县,放火杀人"的绿林豪杰在元代水浒戏中发展成为见义勇为、"与民除害"的草泽义士,梁山英雄打击的对象从贪官污吏、乱臣贼子一变而为权豪势要、流氓恶棍。"忠义堂高溯杏黄旗一面,上写着'替天行道宋公明'。"②"替天行道救生民"成了梁山英雄所坚定奉行的行为准则。于是,在"替天行道"的杏黄旗下,"忠义"思想在民族压迫深重的时代得到了进一步发展,"卫护国家"和"与民除害"在新的高度上得到了统一。仍然是从"忠义"思想出发,元代水浒戏对那班"替天行道"的豪侠义士进行了热情的歌颂。回顾水浒故事发展的轨迹,从"不假称王""广行忠义"到"替天行道",制约着这个故事发展的基本思维格局是"忠义"思想。作为一部在集体创作的基础上最后由文人单独写定的小说,《水浒传》在创作过程中不可能超越这个故事在流传过程中业已形成的思维格局,这就是除《第五才子书》外的大多数版本要在《水浒传》之前冠以"忠义"二字的主要原因。

当然,以"忠义"名《水浒》也曾受到不少人的非难。金圣叹就曾在《水浒传序二》中说:"若使忠义而在水浒,忠义为天下之凶物恶物乎

---

① 无名氏:《大宋宣和遗事》,马蹄疾编《水浒传资料汇编》,中华书局1977年版,第463页。

② 康进之:《梁山泊黑旋风负荆》,马蹄疾编《水浒传资料汇编》,中华书局1977年版,第465页。

哉！且水浒有忠义，国家无忠义耶？"①指责"后世不知何等好乱之徒，仍谬加以忠义之目"。②俞万春在《荡寇志·引言》中则说得更加直截了当："既是忠义，必不做强盗；既是强盗，必不算忠义。""杀人放火也叫忠义，打家劫舍也叫忠义，戕官拒捕、攻城陷邑也叫忠义。看官，你想这唤做什么说话！"③总之，以武力的形式触犯封建法律，就不算"忠义"。看来，弄清"忠义"和"聚义"的关系，是深讨《水浒传》思维方式所不应回避的问题。

在事实上，以武力的形式触犯封建法律并非全都与"忠义"无缘。司马迁的《史记·游侠列传》就为我们证明这个问题提供了依据。"今游侠，其行虽不轨于正义，然其言必信，其行必果，已诺必诚，不爱其躯，赴士之阨困。"④虽然他们时常"以武犯禁""扞当世之文罔，然其私义廉洁退让，有足称者"。"至于闾巷之侠，修行砥名，声施天下，莫不称贤。"⑤尽管他们以武力触犯封建法律，却"取予然诺，千里诵义，为死不顾世"。⑥司马迁笔下的朱家，就是"所藏活豪士以百数"，拥有私人武装的豪侠，但作者却肯定了他"振人不赡，先从贫贱始"，"趋人之急，甚己之私"的侠义精神，郭解则"少时阴贼，慨不快义，身所杀甚从。以躯借交报仇，藏命作奸，剽攻不休，及铸钱掘冢，固不可胜数"。但司马迁仍然歌颂了他"以德报怨，厚施而薄望"，"振人之命，不矜其功"的侠风义节。⑦作为一部以绿林好汉、江湖豪侠为题材的小说，《水浒传》的思维方式不能不渗透着《史记·游侠列传》以来的游侠思想。《水浒传》中的梁山好汉虽然也"杀人放火""打家劫舍"，"戕官拒捕，攻城陷邑"，但作者同样赞扬了他们的"全忠秉义，护国保民"。在水泊梁山，以武装斗争的形式触犯封建法律，不但没有影响那班江湖英雄"全忠仗义"，而且在很大程度上是"全忠仗义"迫不得已的途径和结果。故而，

---

① 金圣叹：《水浒传序二》，陈曦钟、侯忠义、鲁玉川辑校《水浒传会评本》，北京大学出版社 1987 年版，第 7 页。
② 同上书，第 6 页。
③ 俞万春：《荡寇志》，人民文学出版社 1981 年版，第 1 页。
④ 司马迁：《史记》卷 124，中华书局 1997 年版，第 3181 页。
⑤ 同上书，第 3183 页。
⑥ 同上。
⑦ 同上书，第 3185 页。

周密《癸辛杂识》云："太史公序游侠……其意亦深矣。"① 不难看出，《史记·游侠列传》中重侠义、轻法律的游侠思想对《水浒传》的创作产生了深刻的影响。

遗憾的是，由于资料的限制，我们还没有办法全面考查施耐庵的伦理思想。但从李卓吾的《忠义水浒传序》等序跋评点中，仍然可以发现当时的伦理思想对《水浒传》思维方式的制约和影响。在《忠义水浒传序》中，李卓吾指出：

> 谓水浒之众，皆大力大贤，有忠有义之人可也，然未有忠义如宋公明者也。今观一百单八人者，同功同过，同死同生，其忠义之心，犹之乎宋公明也。独宋公明者，身居水浒之中，心在朝廷之上，一意招安，专图报国，卒至于犯大难，成大功，服毒自缢，同死而不辞，则忠义之烈也！②

正是从"忠义"思想出发，李卓吾对宋江等梁山英雄进行了高度的评价和热情的赞扬。在思维方式上，中肯地道出了《水浒传》的主要特色，集中地代表着包括施耐庵在内的当时进步人们的思想方法。《水浒传》的创作，正是在继承了水浒故事在流传过程中业已形成的思维格局的同时，又接受了《史记·游侠列传》的游侠思想的影响，从而构成这部作品以"忠义"思想为内容、伦理判断为主体的思维方式。

二

以"忠义"思想为内容、伦理判断为主体的思维方式，首先在《水浒传》的艺术形象上得到了充分的体现。艺术形象是作者根据一定的思维方式评价、再现生活的产物，由于以"忠义"观念为主体的伦理判断左右着创作过程，《水浒传》的艺术形象也不可避免地染上了道德色彩，呈现出鲜明的善恶倾向，伦理属性因而成为小说人物的本质特征，善恶观念因而成为典型人物的基本共性。

---

① 周密：《癸辛杂识》，中华书局1988年版，第150页。
② 李贽：《忠义水浒传序》，刘幼生整理《焚书》卷3，社会科学文献出版社2000年版，第102页。

这里姑且以聚讼纷纭的宋江形象为例。权威性的意见认为：宋江形象具有反抗性和妥协性的双重性格，最后，妥协性占了上风，从而酿成了招安的悲剧。这是用政治判断对宋江形象做出的分析。诚然，宋江形象确实具有双重性格，但把这种双重性格归结为反抗性和妥协性，却不免失于皮相。事实上，制约着宋江双重性格的本质属性，是在"官逼民反"的历史条件下两种伦理力量——忠和义——之间的矛盾，这种矛盾贯穿宋江的一生，左右着宋江性格发展的基本轨迹。出于"义"，他"担着血海也似干系"①，私放了晁盖。当晁盖们擒何涛、俘黄安，上梁山后，他又着眼于"忠"，认为这"犯了大罪"，"是灭九族的勾当"，"于法度上却饶不得"。② 为了维护梁山利益，他在盛怒之下杀了阎婆惜，但杀惜之后宁可浪迹江湖，吃尽流寓之苦，也不肯投奔梁山，不愿"上逆天理，下违父教，做了不忠不孝的人"。③ 长期的流寓生活，使他体悟到"被人逼迫，事非得已"的道理，对那班流落江湖的好汉有着特殊的同情，赞同武松上二龙山落草，但又认为这不过是英雄落难时的一种暂时栖息，一再叮咛武松"入伙之后，少戒酒性。如得朝廷招安，你便可撺掇鲁智深、杨志投降了"。④ 在经过种种磨难之后，宋江终于从江州法场走上梁山，但又认为这不过是"借得山东烟水寨，买来凤城春色"⑤ "专图招安""曲线救国"的权宜之计，不厌其烦地宣称："权借梁山水泊避难，专等朝廷招安，与国家出力。"⑥ 可以说，宋江一生都徘徊在"忠""义"之间，一生都在寻求统一"忠""义"的途径。终于，他找到了这样的途径，那就是接受招安。在宋江看来，只有这条途径才能在保证了"忠"的同时，又顾及"义"，既效忠了大宋天子，"尽忠竭力报国"，又可以使兄弟们"日后但去边上，一刀一枪，博得个封妻荫子，久后青史上留一个好名"。⑦ 因而，受招安不是宋江性格中反抗性和妥协性分裂的产物，而是宋江性格的内在矛盾"忠"和"义"统一的结果。其实，在梁山泊一百

---

① 施耐庵：《水浒传》，李永祜点校，中华书局2005年版，第154页。
② 同上书，第173页。
③ 同上书，第321页。
④ 同上书，第285页。
⑤ 同上书，第657页。
⑥ 同上书，第538页。
⑦ 同上书，第285页。

单八将中，宋江胸无韬略之计，手无缚鸡之力，武不如林冲，文难比吴用，却得到人们普遍的爱戴和拥护，并被推上水泊梁山的第一把交椅，就在于他能"全忠仗义"。正如宋江在临死之时给自己的"盖棺定论"所云："我为人一世，只主张忠义二字，不肯半点欺心。今日朝廷赐死无辜，宁可朝廷负我，我忠义不负朝廷。"①"忠义"思想因之成为作者在创作过程中表现、评价宋江形象的基本准则。

进一步说明《水浒传》的思维方式，还有待于对梁山义军聚义宗旨和目的的探讨。其实，这个并不复杂而又为人们有意回避的问题，九天玄女的"法旨"已说得清清楚楚："宋星主，传汝三卷天书，汝可替天行道为主，全忠仗义为臣，辅国安民，去邪归正。"②在那块从天而降的石碣上，"一边是'替天行道'四字，一边是'忠义双全'四字"。③如果说九天玄女的"法旨"和天降石碣上的天书仅仅代表的是天意，那么，"梁山泊英雄排座次"中宋江慎重其事，"众皆同声共愿"的誓言则集中体现了这支队伍的政治纲领："但愿共存忠义于心，同著功勋于国，替天行道，保境安民。"④因而我们可以说，"全忠仗义""替天行道"就是梁山义军的宗旨和纲领，梁山义军实质上是一支以"全忠仗义"为宗旨，"替天行道"为目的的江湖豪侠武装。

那么，"全忠仗义"和"替天行道"的内涵及关系如何呢？余象斗在《题〈水浒传〉叙》中说："先儒谓尽心之谓忠，心制事宜之谓义。愚因曰：尽心于为国之谓忠，事宜在济民之谓义。"⑤《水浒传》第五十五回诗云："忠为君王恨贼臣，义连兄弟且藏身。不因忠义心如一，安得团圆百八人。"显然，《水浒传》的所谓"忠"是指"尽心于为国""恨贼臣"，"义"是指"事宜在济民""连兄弟"。而"替天行道"是"全忠仗义"的具体内容，"全忠仗义"则是"替天行道"的行动纲领。因而，梁山义军的"替天行道"实际上是统一在"忠义"大旗下的惩恶除暴，辅国安民。

---

① 施耐庵：《水浒传》，李永祜点校，中华书局 2005 年版，第 916 页。
② 同上书，第 780 页。
③ 同上书，第 641 页。
④ 同上书，第 648 页。
⑤ 余象斗：《题〈水浒传〉叙》，马蹄疾编《水浒传资料汇编》，中华书局 1977 年版，第 9 页。

既然以"全忠仗义"为内容的"替天行道"构成了梁山义军的行动纲领,那么,体现在艺术构思上,这一纲领必然要制约《水浒传》情节的发展。

在"梁山泊英雄排座次"以前,梁山好汉的"替天行道"主要表现为惩恶除暴,救困扶危。"鲁提辖拳打镇关西""大闹野猪林"是"替天行道","武松醉打蒋门神""大闹飞云浦""血溅鸳鸯楼"是"替天行道","吴用智取生辰纲""宋公明三打祝家庄"同样是"替天行道"……从结构上看,在排座次之前,作品描写了梁山义军从个人反抗、集体反抗到梁山聚义的兴起、发展和壮大过程,但制约着"公孙胜七星聚义""白龙庙英雄小聚义""三山聚义打青州"这一系列"聚义"过程的内在机制仍然是"替天行道"。正如阮氏兄弟"嘲歌"所唱:"酷吏贪官都杀尽,忠心报答赵官家","先斩何涛巡检首,京师献与赵王君"。① 在作者看来,打击奸臣恶霸,惩治贪官污吏,都是为了"替天行道""忠心报答赵官家"。而"仗义疏财归水泊,报仇雪恨上梁山"② 则是在黑暗现实中"替天行道"的过激方式和必然结果。

在"梁山泊英雄排座次"之后,梁山义军的"替天行道"则体现为力争招安,辅国安民。诚然,在梁山好汉中,反对招安的也不乏其人,如李逵就喊出了"招安,招安,招甚鸟安"的呼声。但这种呼声毕竟难以代表梁山义军的行动纲领。在作者看来,梁山义军只有"赦罪招安""瞻依廊庙",才能在赵家天子的旗帜下名正言顺地"替天行道","同心报国,青史留名"。③ 因而,梁山义军排座次之后,一方面通过李师师打通枕头关节,以文的方式,主动争取招安,一方面抵抗征剿部队,以武的方式实行"自身防卫",为招安创造条件。梁山义军的两赢童贯,三败高俅,就是在打击权臣奸佞的同时又为实现招安做了体面的铺垫。正如吴用所言:"等这厮行将大军来到,教他着些毒手,杀得他人亡马倒,梦里也怕,那时方受招安,才有些气度。"④ 终于,梁山义军打着"顺天""护国"的旗帜走上了破辽国,征方腊的战场。在作者看来,梁山义军征破

---

① 施耐庵:《水浒传》,李永祜点校,中华书局2005年版,第160页。
② 同上书,第648页。
③ 同上书,第649页。
④ 同上书,第679页。

辽国,抵抗外侮,保境安民是"替天行道",他们征剿方腊、平定内乱,打"不替天行道的强盗",同样是"替天行道"。

三

既然以"忠义"为主体的伦理属性构成了宋江形象和梁山义军的基本特征,那么,伦理力量的冲突就必然会成为作品的基本矛盾。正像伦理判断左右着艺术形象的创造一样,施耐庵不是用阶级的眼光看待纷繁万变的人事关系和错综复杂的社会矛盾,而是把这些关系和矛盾纳入伦理的框架,用伦理的观念加以理解。这种思维方式直接制约着《水浒传》主题的形成。正是从以"忠义"为主体的伦理判断出发,《水浒传》着力描写的是内忧外患的历史条件下,以宋江为首的江湖豪侠、绿林好汉和以高俅为首的贪官污吏、恶霸劣绅之间正义与邪恶的冲突,并通过这一冲突,热情歌颂了梁山英雄"全忠仗义""替天行道""辅国安民"的正义事业,深刻地揭示了奸邪专权、误国殃民、迫害忠良的黑暗现实。

基于以"忠义"为主体的伦理准则,《水浒传》在歌颂了宋江等梁山英雄"全忠仗义"的同时,又以深刻的笔触揭示并批判了贪官污吏、恶霸劣绅的"不忠不义"。专权弄柄、假公济私的高俅,本是"一个浮浪破落户子弟","若论仁、义、礼、智、信、行、忠、良,都是不会"。[①] 淫人妻子、害死人命的土豪恶霸西门庆,"原来只是阳谷县一个破落户","从小也是一个奸诈的人"。[②] 贪缘钻营、陷害忠良的奸吏黄文炳,"虽读经书,却是阿谀谄佞之徒"。[③] 这些贪官污吏、恶霸劣绅,代表着封建社会的邪恶势力,构成了封建社会的黑暗现实。从手握朝廷权纲的高俅、童贯、蔡京、杨戬,到地方上独霸一方的梁中书、高廉、蔡九、程万里,直至横行乡里的西门庆、蒋门神、祝太公、曾长者,简直是贪官成群,污吏遍地,恶霸盈世,各种邪恶势力上下勾结,串通一气,弄得整个社会民不聊生、乌烟瘴气、暗无天日。施耐庵从伦理的观念出发,对封建社会的黑暗现实做出了深刻的揭露和猛烈的批判,同时又通过对那个社会黑暗现实

[①] 施耐庵:《水浒传》,李永祜点校,中华书局2005年版,第10页。
[②] 同上书,第213页。
[③] 同上书,第348页。

的再现，展示出梁山义军悲剧结局的社会原因和必然趋势。

作为一部悲剧，《水浒传》不仅表现并歌颂出梁山义军的"全忠仗义"，更重要的是，还再现了这支"全忠仗义"的义军的毁灭及毁灭的过程。既然"全忠仗义"的梁山义军和"不忠不义"的贪官污吏之间的斗争构成了作品矛盾冲突的主体，由于封建社会特定历史环境中黑暗势力的强大，这种冲突就必然规定着情节向悲剧结局发展。正如李卓吾在《忠义水浒传序》中所云：

> 《水浒传》者发愤之所作也。盖自宋室不竞，冠屦倒施，大贤处下，不肖处上。驯致夷狄处上，中原处下，一时君相犹然处堂燕鹊，纳币称臣，甘心屈膝于犬羊已矣。施罗二公身在元，心在宋；虽生元日，实愤宋事。……敢问泄愤者谁乎？则前日啸聚水浒之强人也，欲不谓之忠义不可也。是故施罗二公传《水浒》而复以忠义名其传焉。[①]

这种"宋室不竞，冠屦倒施，大贤处下，不肖处上"的客观情势及作品的矛盾冲突不可避免地走向悲剧结局。于是，"逼上梁山"，"宋公明神聚蓼儿洼"的悲剧终于发生了。而作为一部发愤之作，《水浒传》的悲剧实质和社会意义也在这里得到了显示。

谈到梁山义军的悲剧，很容易让人们联想到"宋公明全伙受招安"。其实，这不过是今人用阶级分析的方法所做的一厢情愿的判断。如果着眼于伦理判断，梁山义军的招安只不过是"全忠仗义""替天行道"过程中一个重要内容和步骤，并不意味着这支义军悲剧的发生。而在事实上，《水浒传》是把梁山义军的招安作为一次重要的胜利加以描写的。正是通过梁山好汉艰苦卓绝的努力，他们才冲破高俅等奸佞权臣的重重阻挠，实现了他们长期为之奋斗的目标。他们报效朝廷的忠心由此得到皇家的认可，他们报效国家的夙愿从此可以名正言顺的实现。其胜利的意义，远远超过两赢童贯、三败高俅。因而，在"宋公明全伙受招安"一回中，作品极力渲染了水泊梁山的喜庆气氛。"从梁山泊直抵济州地面，扎缚起二

---

① 李贽：《忠义水浒传序》，刘幼生整理《焚书》卷3，社会科学文献出版社2000年版，第101—102页。

十四座山棚，上面都是结彩悬花，下面陈设笙箫鼓乐"，"三关之上，三关之下，鼓乐喧天，军士导从，仪卫不断，异香缭绕，直至忠义堂前"。① 为了庆祝这次胜利，梁山好汉"大设筵宴"，"买市十日"，一片兴高采烈，喜气洋洋，真是"义士今欣遇主，皇家始庆得人"，天下哪有这样的悲剧！

"宋公明全伙受招安"既然标志着梁山义军的胜利，水浒英雄被"逼上梁山"就无疑意味着悲剧的发生。"夫忠义何以归水浒也？"李卓吾在《忠义水浒传序》中回答说："以小力缚人，而使大力缚于人，其肯束手就缚而不辞乎？其势必至驱大力大贤而尽纳之水浒矣。"② 作为"全忠仗义"和黑暗现实之间矛盾冲突的产物，《水浒传》的悲剧意蕴首先表现为"逼上梁山"。诚然，在一百单八将中，主动上梁山的也不乏其人，但是，作者着力描写的主要人物无不都是由于"全忠全义""替天行道"，在贪官污吏、恶霸劣绅为代表的黑暗现实的逼迫下，为了人类所必须具备的起码的生存需要，铤而走险，投身梁山。如果不是"拳打镇关西""大闹野猪林"，鲁智深不会被"逼上梁山"；如果不斗杀西门庆，"醉打蒋门神"，武松也不会被"逼上梁山"；如果不是"私放晁天王""智取无为军"，宋江更不会被"逼上梁山"……如果不是"全忠仗义""替天行道"，压根儿都不会有《水浒传》所描写的一百单八将。为什么宋江把自己投身梁山看成"犯了弥天大罪"，"做了不忠不孝的人"？③ 为什么史进不愿上少华山落草而声称"我是个清白汉子，如何把父母遗体来玷污了"？④ 因为"逼上梁山"对那班"全忠仗义"的英雄好汉来说毕竟是一幕迫不得已的悲剧。而令人深思的是，本应"在朝廷"，"在君侧"，"在干城心腹"的"忠义"现在却在梁山，"在水浒"这实在是一种悖谬的现象，而造成这种悖谬的根本原因则正是那个"冠履倒施"的悖谬社会！

当然，梁山义军的"替天行道"正是为了改变这种悖谬的现象和造成这种悖谬现象的社会。终于，他们把"忠义"的大旗插到了皇帝的麾

---

① 施耐庵：《水浒传》，李永祜点校，中华书局 2005 年版，第 740 页。
② 李贽：《忠义水浒传序》，刘幼生整理《焚书》卷 3，社会科学文献出版社 2000 年版，第 102 页。
③ 施耐庵：《水浒传》，李永祜点校，中华书局 2005 年版，第 321 页。
④ 同上书，第 28 页。

下，接受了招安，并且忍受朝中奸佞投来的歧视和冷眼，在种种刁难与陷害中踏上了征辽国、破方腊的征程。尽管梁山好汉们改变了"忠义""不在君侧"而"在水浒"的悖谬，但始终改变不了造成这种悖谬的社会。"自古权奸害忠良，不容忠义立家邦"！虽然梁山好汉在征辽国、平方腊的过程中为赵家王朝立下了莫大之功，但仍然避免不了悲剧的结局，征方腊后所剩无几的忠义英雄最终都没有逃脱奸臣奸佞的毒手。卢俊义吃了下过水银的御膳，"落于淮河深处而死"；宋江饮下"放了慢药"的御酒中毒身亡；那班"全忠仗义""替天行道"的英雄好汉，最后还是落得个"神聚蓼儿洼"的悲惨下场。"煞曜罡星今已矣，谗臣贼子尚依然！"尽管梁山好汉一直坚持"全忠仗义"，但还是不能用"忠义"的良方拯救那个充斥着"不忠不义"的社会；尽管梁山英雄一直都坚持"替天行道"，但"天道"却仍然是那样蒙暗不明；尽管梁山豪杰一直坚持改变封建社会的黑暗现实，但最后却被那个黑暗的现实所毁灭吞噬。忠、义、诚、信这类为作品所讴歌的伦理美德在黑暗的现实面前显得那样的软弱无力！"千古蓼洼埋玉地，落花啼鸟总关愁"。① 作者以无限的愁思和怅惘表现了梁山英雄的悲剧，并以这个悲剧向人们表明：主宰着那个社会的，不是正义，而是邪恶，不是道德，而是丧伦。作者以"忠义"为武器对那个"不忠不义"的黑暗现实进行了强烈的批判，但最终又对这个武器自身表现出极大的困惑。

从"逼上梁山"到"宋公明神聚蓼儿洼"的悲剧结局中，人们不难看到梁山英雄在封建乱世"全忠仗义"所付出的巨大代价和无限艰辛，也正是通过这些代价和艰辛，《水浒传》向人们有力地展示了封建社会黑暗现实和"全忠仗义"之间难以调和的矛盾，表现了作者对天下无道的封建乱世的极大愤懑和以"忠义"为主体的传统道德的深沉迷惘。也正是在这个意义上，我们认为，《水浒传》实质上是一曲"乱世忠义的悲歌"！

（原载《湖北大学学报》1993 年第 6 期，
人大复印报刊资料《中国古代、近代文学研究》1994 年第 2 期转载）

---

① 施耐庵：《水浒传》，李永祜点校，中华书局 2005 年版，第 947 页。

金批中的小说艺术辩证法
——读《第五才子书》札记

一 将欲避之，必先犯之：情节结构一般性和特殊性的辩证关系

金圣叹说：

> 干同是干，节同是节，叶同是叶，枝同是枝，而其间偃仰斜正，各自入妙；风痕露迹，变化无穷也。①

金圣叹把小说作品比作一棵大树，把作品的结构、情节、细节比作树上的干、节、叶、枝，它们具有相同的一面，又各有不同的特点。文学作品正是这种一般性和特殊性的统一。基于这种认识，金圣叹提出了"犯"和"避"的理论：

> 文章家之有避之一诀，非以教人避也，正以教人犯也。犯之而后避之，故避有所避也。若不能犯之而但欲避之，然则避何所避乎哉？是故行文非能避之难，实能犯之难也。②

在创作过程中，使作家大为头痛的是"撞车""雷同"，金圣叹却不以此为然。他认为创作之难，并不仅仅在于孤立地写出事物的特殊性，而在于联系地写出包含着特殊性内容的一般性。因为"犯"和"避"是辩证统一、缺一不可的。如果不能写出"犯"，就无"避"可写。因而，作家既要写出事物相同或相似的一面，又要把相同或相似的事物写得各具特点。《水浒传》正是这种"犯"和"避"辩证统一的典范，因为它"把题目犯了，却有本事出落得无一点一画相借"。③

金圣叹认为，在《水浒》中，这种"犯"和"避"的辩证关系首先

---

① 陈曦钟、侯忠义、鲁玉川辑校：《水浒传会评本》，北京大学出版社1981年版，第361页。
② 同上书，第232页。
③ 同上书，第21页。

表现为在相同或相似的事件中写出不同的情节。"此书笔力大过人处，每每在两篇相接连时，偏要写一样事，而又断断不使其间一笔相犯。如上文方写何涛一番，入此回又接写黄安一番是也。""写何涛一番时，分作两番写；写黄安一番时，也分作两番写。""真是一样才情，一样笔势。""然何涛却分前后两番，黄安却分左右两番。又何涛前后两番，一番水战，一番火攻。黄安左右两番，一番虚描，一番实画。""读者细细寻之，乃曾无一句一字偶尔相似者。"① 把梁山好汉在相同的地点、相近的时间内抵抗官军的两次极为相似的战斗写得"各各差别"。

其次，"犯"和"避"的辩证关系还表现在相同或相似的情节中写出不同的细节。武松充军到牢城营，"亦与林冲初到牢城营不换一笔"。② 然而"林冲差拨管营处，都有书信银两，武松两处都无"。这样就"写出他一个自爱，一个神威，各各不同"。③ 同样是充军到牢城营，却写得各具特点。

最后，"犯"和"避"的辩证关系还表现为把相同的细节写得各具特点。描写"拜"，在《水浒》中是司空见惯的，但由于人物性格有异，"拜"也体现了不同的特点。写李逵拜宋江是"扑翻身躯便拜"④，拜得粗豪；花荣拜宋江是"纳头便拜四拜"⑤，拜得斯文。孔家庄武松拜宋江，"一只拜作两橛写"⑥，金批曰："水浒写拜，已成套事，此又写得异样出色。"⑦

怎样才能把相同或相似的事件、情节、细节写得各具特点，以达到"犯"和"避"的辩证统一呢？

第一，作者对作品中所反映的社会生活要"先有成竹藏之胸中"⑧。金圣叹说：

---

① 陈曦钟、侯忠义、鲁玉川辑校：《水浒传会评本》，北京大学出版社1981年版，第361页。
② 同上书，第527页。
③ 同上书，第528页。
④ 同上书，第697页。
⑤ 同上书，第609页。
⑥ 同上书，第594页。
⑦ 同上。
⑧ 同上书，第361页。

> 看来作文，全要胸中先有缘故。若有缘故时，"便随手所触"，都成妙笔。①

而社会生活本身就是一个一般性和特殊性辩证统一的客观存在。"自古淫妇无印板偷汉法，偷儿无印板做贼法。"② 虽然同是"偷汉"，同是"做贼"，却因人而异，各具特点。只有把握了这些差异，做到"胸中先有缘故"，才能写出各自的特点，才能使作品达到特殊性和一般性的辩证统一。施耐庵之所以能把梁山英雄一赢何涛、再胜黄安的两次极为相似的战斗写得"各自入妙"，"盖因其经营图度，先有成竹藏之胸中，夫而后随笔迅扫，极妍尽致"。③

第二，作家必须善于把握各种人物性格的差异。人物性格不同，展现人物性格的情节、细节自然有异。在第四十二回中，金圣叹以武松打虎和李逵打虎为例："前有武松打虎，此又有李逵杀虎，看他一样题目写出两样文字，曾无一笔相近。"④ 同是打虎，为什么能写得"句句出奇，字字换色""无一笔相近"呢？这主要因为武松和李逵性格不同。"写武松打虎，纯是精细；写李逵打虎，纯是大胆。"⑤ 由于性格不同，表现人物性格的细节就迥异。"若要李逵学武松一毫，李逵不能，若要武松学李逵一毫，武松不敢。"⑥ 李逵"虎未归洞，钻入洞内；虎在洞外，赶出洞来，都是武松不肯做之事"。⑦ 而武松打虎"有许多方法，李逵只是蛮戮"。⑧ 情节是受人物性格支配的，而人物性格是通过情节体现的。只要作家把握住了人物性格差异，虽然同样是打虎，也"有本事出落得无一点一画相借"。

---

① 陈曦钟、侯忠义、鲁玉川辑校：《水浒传会评本》，北京大学出版社1981年版，第18页。
② 同上书，第1018页。
③ 同上书，第361页。
④ 同上书，第802页。
⑤ 同上。
⑥ 同上书，第790页。
⑦ 同上书，第802页。
⑧ 同上。

二 定是两个人，定不是一个人：典型人物的个性和共性的辩证关系

金圣叹在《读〈第五才子书〉法》中说：

> 如今却因读此七十回，反把三十六个人物都认得了。任凭提起一个，都似旧时熟识。①

"三十六个人物"是"因读此七十回"才"认得"的，对于读者来说，本是陌生的，这是因为他们都具有与众不同的特殊性。每一个又"都似旧时熟识"的，是因为这些人物体现了一般性。而典型正是个性与共性辩证统一的"熟悉的陌生人"。进而，金圣叹分析了史进和鲁达的形象：

> 此回方写史进英雄，接手便写鲁达英雄；方写史进粗糙，接手便写鲁达粗糙；方写史进爽利，接手便写鲁达爽利；方写过史进剀直，接手便写鲁达剀直……读者亦以处处看他所以定是两个人，定不是一个人……②

同样是"英雄""粗糙""爽利""剀直"，却"是两个人"，因为鲁达的"英雄""粗糙""爽利""剀直"，并不等于史进的"英雄""粗糙""爽利""剀直"，而具有各自的个性特点。尽管如此，具有"英雄""粗糙""爽利""剀直"的性格又"定不是一个人"，因为这些性格特点体现了某类人的共性。史进、鲁达正是这些性格的个性和共性辩证统一的艺术典型。

一般只能通过特殊来表现，共性寓于个性之中，艺术典型的真正生命就在于它的独特个性。从这点出发，金圣叹对《水浒》做出了极高的评价：

---

① 金圣叹：《读〈第五才子书〉法》，陈曦钟、侯忠义、鲁玉川辑校《水浒传会评本》，北京大学出版社1987年版，第17页。
② 陈曦钟、侯忠义、鲁玉川辑校：《水浒传会评本》，北京大学出版社1987年版，第81页。

别一部书，看过一遍即休，独有《水浒传》只是看不厌，无非为他把一百八个人性格都写出来。①

《水浒》之所以列入才子书之林而毫无愧色，之所以具有非常强烈的艺术魅力，就在于它写出了各种人物独特的个性，并通过个性表现了共性。

金圣叹认为，《水浒》在人物形象塑造方面的突出成就首先在于写出了同类人物不同的性格。"《水浒》所叙一百八人。人有其性情，人有其气质，人有其形状，人有其声口。"② 第二十五回，金圣叹又对鲁达、林冲、杨志、武松的形象做了具体分析，认为这四个人物虽然都是"极丈夫之致"，但"各自有其胸襟，各自有其心地，各自有其形状，各自有其装束"。③ 在气质、性情、形状、声口、胸襟、心地、装束等方面，体现了各自不同的个性特征。

其次，《水浒》人物形象塑造的另一成就表现在把性格相同的人物写得各具特点。"《水浒传》只是写人粗鲁处，便有许多写法。如鲁达粗鲁是性急，史进粗鲁是少年任气，李逵粗鲁是蛮，武松粗鲁是豪杰不受羁勒，阮小七粗鲁是悲无说处，焦挺粗鲁是气质不好。"④ 粗鲁，是以上人物的共同性格特点，然而，其粗鲁又有不同的内涵，体现了各自不同的个性内容。

最后，在人物形象塑造方面，《水浒》的成就还在于在突出人物主要性格的同时，还适当地渲染了人物的次要性格，使人物形象更加丰富完美。鲁达就是这种主要性格和次要性格完美统一的典型。金圣叹说："论粗卤处，他也有些粗卤；论精细处，他亦甚是精细。"⑤ 粗鲁，是鲁达的主要性格。但作者却适当地点染了他的次要性格，精细。第二回，鲁提辖拳打镇关西，郑屠被鲁达三拳打死之后，"鲁提辖假意道'……'"金批

---

① 金圣叹：《读〈第五才子书〉法》，陈曦钟、侯忠义、鲁玉川辑校《水浒传会评本》，北京大学出版社 1987 年版，第 17 页。
② 金圣叹：《水浒传序三》，陈曦钟、侯忠义、鲁玉川辑校《水浒传会评本》，北京大学出版社 1987 年版，第 9 页。
③ 陈曦钟、侯忠义、鲁玉川辑校：《水浒传会评本》，北京大学出版社 1987 年版，第 485 页。
④ 同上书，第 18 页。
⑤ 同上。

曰："鲁达亦有假意之口，写来偏妙。"① 作品写"鲁达寻思道……"金批又曰："写粗人偏细，妙绝！"② "妙"在何处！妙就妙在多方面地表现了鲁达的性格，使之成为一个主要性格和次要性格完美地融为一体的艺术典型。

金圣叹还总结了施耐庵之所以能塑造一系列个性鲜明的典型人物的成功经验。

首先，作家必须客观地长期地观察生活。

> 天下之文章，无有出《水浒》右者；天下之格物君子，无有出施耐庵先生右者。学者诚能澄怀格物，发皇文章，岂不是一代文物之林？
>
> 施耐庵以一心所运，而一百八人各自入妙者，无他，十年格物而一朝物格。③

金圣叹所说的"澄怀格物"，就是要求作家不抱任何偏见去客观地观察生活。施耐庵之所以能把"一百八人"写得"各自入妙"，就在于"物格"（生活被认识），要做到"一朝物格"，就必须"十年物格"。

其次，典型人物的创造要求作家设身处地地体验、想象作品中所描写人物的生活。金圣叹认为："非淫妇定不知淫妇，非偷儿定不知偷儿。"但是，"耐庵之非淫妇、偷儿，断断然也"。《水浒》之所以"写一淫妇，即居然淫妇"，"写一偷儿，即又居然偷儿"，是因为"耐庵于三寸之笔，一幅之纸之间，实亲动心而为淫妇，亲动心而为偷儿"。④ 动心，就是把自己想象成作品中所描写的人物。只有这样，写出的人物才有典型性、真实感。

最后，人物的语言、细节、肖像、动作的个性化描写，是塑造典型性

---

① 陈曦钟、侯忠义、鲁玉川辑校：《水浒传会评本》，北京大学出版社1987年版，第94页。

② 同上。

③ 金圣叹：《水浒传序三》，陈曦钟、侯忠义、鲁玉川辑校《水浒传会评本》，北京大学出版社1987年版，第9页。

④ 陈曦钟、侯忠义、鲁玉川辑校：《水浒传会评本》，北京大学出版社1987年版，第1018页。

格必不可少的手段。人物的个性差异主要表现在性情、气质、形状、声口、胸襟、心地、装束等方面，这些差异决定了人物语言、细节、肖像、动作的描写必须服从人物个性。以语言为例：金圣叹高度肯定了《水浒传》语言的个性化成就："《水浒传》并无之乎者也等字，一样人，便还他一样说话，真是绝奇本事。"

三　背面敷粉，染叶衬花：环境描写和人物塑造的辩证关系

叙事文学的中心任务是塑造典型。文学是"人学"，它所反映的对象是在复杂的社会环境和自然环境中生活着的、作为"社会关系总和"的人。因而，典型人物的塑造，离不开对人物所生活着的社会和自然环境的描写及其人物间关系的揭示。世界上一切事物都是矛盾着的客观存在，"真的、善的、美的东西总是在同假的、恶的、丑的东西相比较而存在"的。① 文学要在复杂的关系中塑造典型，就有必要"把各个人物用更加对立的方式彼此区别得更加鲜明些"。② 金圣叹所说的"背面敷粉""染叶衬花"等艺术技巧，就是通过对社会、自然及其人物之间辩证关系的揭示来刻画艺术典型的一种"对立的方式"。《水浒传》之所以在人物塑造上取得巨大的成就，最重要的原因之一，就是得力于这种方式的运用。

金圣叹总结了《水浒传》中成功运用这种"对立的方式"的艺术规律。

一是通过人物与人物的对比来塑造典型。小说中，人物之间的关系是互相联系而又互有差异的对立统一。人物间的对比，就是通过对这些联系和差异关系的揭示来突出人物性格特征，这是对立统一规律在艺术创造中的运用。金圣叹认为，《水浒传》中这种对比手法，首先表现为利用两种具有质的差异，完全相反的性格的比较，来刻画人物。如所谓"背面敷粉法"，"要衬石秀尖利，不觉写杨雄糊涂是也"。尖利与糊涂是完全相反的性格，作者把这两种对立的性格加以比较，"做个形击"，使之区别得更加鲜明，更加突出。其次，这种对比手法还表现为通过同类人物中主要

---

① 毛泽东：《关于正确处理人民内部矛盾的问题》，《毛泽东著作选读》下册，人民出版社1986年版，第787页。

② ［德］恩格斯：《致斐·拉萨尔》，《马克思恩格斯选集》第4卷，人民文学出版社1972年版，第344页。

人物与次要人物的比较,来衬托人物。第六十三回,作品描写了宣赞高强的武艺。金批曰:"写宣赞所以写关胜也。古有之云:欲知其人,先看其使。但极写宣赞,便已衬出关胜也。"① 宣赞的武艺高强如此,关胜的武艺就可想而知了。

二是通过人物和环境的对比来烘托典型。环境和人物之间的关系是辩证统一的。离开了环境,人物就失去了诞生、成长和活动的背景,离开了人物,环境描写就失去了意义。要塑造典型,就有必要用对比的方式来揭示环境和人物的关系。金圣叹所说的"染叶衬花之法",就是通过对自然、社会环境的描写,从反面衬托人物。第四十二回李逵杀四虎之后,"必聚起众人,必拿着家生,必跟在后头,写猎户怕极,以反衬李逵大胆"。② 正是通过社会环境的描写反衬李逵。第五十三回李逵下井救柴进,"先写枯井,便衬出李逵舍身下探之忠勇"。③ 也是通过自然环境烘托李逵的见义勇为。对自然、社会环境的描写还可以从正面衬托人物。第二十六回,《水浒传》写陈文昭善遇武松,金批曰:"此篇写武松写得异常,则写四边人不得不都写得异常。譬如画虎者,四边草木都作劲势,不然,便衬不起也。"④ 要画出"四边草木"的"劲势",是为了突出猛虎的雄健。作者把陈文昭写得如此贤达,其目的之一是衬托武松的英气感人。

三是通过人物性格前后、内外不同表现形式的对比来塑造典型。人物性格并不是孤立的、静止的、一成不变的,而是不断发展、变化的。在不同的时间、环境中,人物性格有不同的表现形式。这些不同的表现形式构成了人物自身前与后、表与里、言与行等方面的对比。金圣叹认为,人物自身的对比首先表现为同一人物对同一事物前后不同态度的描写,烘托人物的主要性格特征。史进与王进邂逅,史进不听史太公之言,拒绝拜王进,金批曰:"此处写史进负气,正令后文纳头便拜出色。"⑤ 这是通过史进的高傲自恃来反衬其虚心好学、择能而师的主要性格。人物自身的对比,还表现在通过对人物内在性格和外在行为之间矛盾的揭示,来突出人

---

① 陈曦钟、侯忠义、鲁玉川辑校:《水浒传会评本》,北京大学出版社1987年版,第1164页。
② 同上书,第804页。
③ 同上书,第997页。
④ 同上书,第513页。
⑤ 同上书,第66页。

物的主要性格。金圣叹说:"此书但要写李逵朴至,便倒写其奸猾;写得李逵愈奸猾,便愈朴至。"① 第三十七回,戴宗要李逵拜宋江,李逵说:"节级哥哥,不要赚我拜了,你却笑我。"金批曰:"偏写李逵作乖觉语,而其呆愈显。"② 用"作乖觉语""奸猾"等外在行为的描写,更有力地反衬了李逵朴至的内在性格。

当然,并不是任何对比都可以收到良好的艺术效果的。要通过对比来塑造典型人物,就必须符合生活的真实。如武松打虎,作品并没有把武松神化,让他三拳两脚把老虎打死,而是着重描写武松的失利和打虎过程的艰难曲折。当那只吊睛白额大虫从乱树林中跳将出来时,作品描写武松是"呵呀!从青石上翻将下来"。金批曰:"有此一折,反越显出武松神威。不然,便是三家村中说子路,不近人情极矣。"③ 整个打虎过程,"皆是极骇人之事,却尽用极近人之笔"。④ 所谓"极近人之笔",就是符合生活真实。只有如此,对比才能起到良好的艺术效果。

金批中的小说艺术辩证法虽然还比较零散,但这并不影响它在中国小说批评史上的地位。金圣叹对小说艺术辩证法的贡献主要表现在以下两点。第一,关于典型性格及其塑造、情节结构、表现技巧等方面的论述,无论是在深度还是在广度上,较之李贽都有很大发展。第二,犯和避、虚和实、性格、欲合故纵、横云断山、背面敷粉、染叶衬花等体现中国小说特点的美学概念,都是在金圣叹评点《水浒传》时才逐步定型、具有明确内涵的。金圣叹的小说艺术辩证法对毛宗岗、张竹坡、脂砚斋等的影响上也十分明显,在中国小说批评史上占有重要地位。因而,总结金圣叹的小说艺术辩证思想,对于建立具有中华民族特点、符合中国小说发展实际情况的马克思主义小说美学体系,具有不可忽视的意义。

(原载《武汉师范学院学报》1983年第6期)

---

① 陈曦钟、侯忠义、鲁玉川辑校:《水浒传会评本》,北京大学出版社1987年版,第987页。

② 同上书,第697页。

③ 同上书,第423页。

④ 同上书,第415页。

吴承恩与明代心学思潮及
《西游记》的著作权问题

　　1991年，张锦池先生在《北方论丛》第1、2期上连载发表了长篇论文《论〈西游记〉的著作权问题》，这篇大作的主要论点正如其四个部分的标目："（一）世德堂本不像成于谁某独立创作，而像成于谁某妙手改定；（二）世德堂本的思想性质与杨本和朱本貌似神异，而与《焚书》异曲同工；（三）《吴承恩诗文集》的思想和风格与世德堂本殊不类，孙悟空断非吴氏所期望的英雄；（四）今见外证材料不能证明世德堂本为吴承恩作，此书最后改定者是华阳洞天主人。"① 其中，第一条《西游记》"像成于谁某妙手改定"，并没有从根本上涉及《西游记》的著作权，第四条"最后改定者是华阳洞天主人"即陈元之的推测，也是建立在第二、三条否定吴承恩是《西游记》作者的基础之上。因而，张先生这篇大作足以动摇吴承恩《西游记》著作权根基的乃是二、三两条。而拙文正是根据研究所得对二、三两条有感而发。

一

　　在《西游记》研究中，张先生独具慧眼地把《西游记》放在明代心学思潮的文化背景之下进行考察，从而令人信服地得出对这部充满象征意味作品的独到见解。早在1985年，张先生就在《〈红楼梦〉与〈西游记〉人性观的比较研究》一文中提出：《西游记》把孙悟空"写成具有'童心'的'真人'并从而寄寓了作者对人性问题的认识"。② 1987年，张先生在《论孙悟空的血统问题》中进而指出："孙悟空的形象定型于个性解放思潮的崛起，其血管里又最后注入了明代中叶以后由于资本主义萌芽的出现而产生的个性解放思潮的血。"③ 并在《论〈西游记〉的著作权问题》中认定：孙悟空形象的定型，"是由于资本主义萌芽的出现，要求个性解放已成为时代的新声"，"有的论者把《西游记》与《牡丹序》并

---

① 张锦池：《论〈西游记〉的著作权问题》，《北方论丛》1991年第1、2期。
② 张锦池：《〈红楼梦〉与〈西游记〉人性观的比较研究》，《北方论丛》1985年第4期。
③ 张锦池：《论孙悟空的血统问题》，《北方论丛》1987年第5期。

列，认为是'建筑在个性心灵解放基础上的，以李贽为代表的浪漫思潮的文学的典范代表'，这见解是可取的。世德堂本实际上是'童心者之自文'。它把美猴王写成'自然人'形象，直到成为斗战胜佛亦不失其为天性，这在人性观上与《焚书·童心说》思想是吻合的"。① 确实，孙悟空身上所体现出来的自由意识、平等思想和人格力量，无不标志着主体意识的弘扬。

也应该看到，主体意识的无限张扬也会引起自私欲念的膨胀，以导致与社会秩序的冲突和道德规范的违背。在《西游记》中，孙悟空"只因心高思罔极，不分上下乱规箴"② 就是这种情形的写照。一方面，《西游记》的作者高度肯定了孙悟空的主体意识，同时，又不希望主体意识同心猿意马一般脱离道德的规范任意驰骋，而力图把这种主体意识纳于伦理的规范。因而，在处理孙悟空形象时，在高度肯定了主体意识的同时，又对孙悟空的自私欲念做了一定程度的批判。孙悟空被压在五行山下之后，作者有诗评曰：

    伏逞豪强大势兴，降龙伏虎弄乖能。
    偷桃偷酒游天府，受箓承恩在玉京。
    恶贯满盈身受困，善根不绝气还升。
    果然脱得如来手，且待唐朝出圣僧。③

从孙悟空的主体意识出发，肯定了他"善根不绝"，从孙悟空的自私欲念着眼，又批判了他"恶贯满盈"。那么，怎么去恶扬善，在发挥主体意识的同时，又不至于导致自私欲念的膨胀呢？作者不无指点迷津意味地说："若得英雄重展挣，他年奉佛上西方。"④ 通过西天取经的种种磨难，以达到主体意识和伦理意识的统一，以实现人格的完善。这种情形，诚如张先生在《〈红楼梦〉与〈西游记〉人性观的比较研究》中所言："孙悟空在'大闹天宫'时只知率性而行，要求自由平等，直至想与玉皇大帝轮流做

---

① 张锦池：《论〈西游记〉的著作权问题》，《北方论丛》1991年第1、2期。
② 吴承恩：《西游记》，人民文学出版社1980年版，第77页。
③ 同上书，第87页。
④ 同上书，第86页。

庄，并不存在什么君君臣臣，尊卑有序之类的思想。可一到取经路上，随着行行重行行，尽管对自由、平等的内在要求依然存在并时有表现，但是，儒家的仁政思想以及忠孝节义观念，却在他身上从无到有并日见增浓。"① 最终实现了人格的道德完善。

问题在于，孙悟空以怎样的方式实现其人格的完善。从理论上讲，人格的道德完善主要有两种方式：一是以伦理束缚的方式达到道德的强制完善；一是以伦理自省的方式达到道德的自我完善。孙悟空人格的完善所采取的是后一种方式。

在《中国小说史略》中，鲁迅先生指出，《西游记》的主旨，在于"求放心"。② 为了说明这一主旨，鲁迅先生援引了《西游记》第十三回中唐僧在法门寺讨论佛教宗旨的一段原文：

> 众僧们灯下议论佛门定旨，上西天取经的原因。有的说水远山高，有的说路多虎豹，有的说峻岭陡崖难度，有的说毒魔恶怪难降。三藏箝口不言，但以手指自心，点头几度。众僧们莫解其意，合掌请问道："法师指心点头，何也？"三藏答曰："心生种种魔生，心灭种种魔灭。"③

作为《西游记》的主要部分，西天取经的情节主要由八十一难构成。值得注意的是，八十一难中有相当一部分是由孙悟空的自私欲念和自身过失招致外魔所引起的灾难。如在观音院丢失袈裟，招来黑风山黑熊精之难，是由于孙悟空卖弄家私，"与人斗富"。在五庄观偷吃人参果，推倒草还丹，引起镇元大仙之难，也是因为孙悟空等的口腹之欲和无忍之心。至于说第五十七、五十八回真假孙悟空之争，以致"二心搅乱大乾坤"，实质上是孙悟空内心世界正义与邪恶的"二心竞斗"，是"人有二心生祸灾"④的象征。即使是一些自然幻化的险阻，诸如火焰山的形成，作者也借土地神之口说：孙悟空当年大闹天宫时，被"老君将大圣安于八卦炉

---

① 张锦池：《〈红楼梦〉与〈西游记〉人性观的比较研究》，《北方论丛》1985 年第 4 期。
② 鲁迅：《中国小说史略》，齐鲁书社 1997 年版，第 133 页。
③ 吴承恩：《西游记》，人民文学出版社 1980 年版，第 160 页。
④ 同上书，第 749 页。

内，锻炼之后开鼎，被你蹬倒丹炉，落下几个砖来，内有余火，到此处化为火焰山"。① 既然"心生种种魔生"，"神昏心动遇魔头"，那么，伏魔去邪的基本方式就在于"见性明心"，"定性存神"，通过自省的方式达到人格的自我完善，以使"心灭种种魔灭"。所以，作者反复强调："休逞六根多贪欲，顿开一性本来原"②，"不论成仙成佛，须从个里安排"③。正是基于这一思想，作者不无象征意味地描写了孙悟空在取经途中第一次除恶斗争，即第十四回"心猿归正，六贼无踪"。孙悟空皈依唐僧之后，在西行途中遇到六个拦路打劫的毛贼，"一个唤做眼见喜，一个唤做耳听怒，一个唤做鼻嗅爱，一个唤作舌尝思，一个唤作意见欲，一个唤作身本忧"。④ 这六贼，其实是人们的六种感官和情欲。孙悟空后来在黑水河对唐僧解释说："老师父，你忘了'无眼耳鼻舌身意'。我等出家人，眼不视色，耳不听声，鼻不嗅香，舌不尝味，身不知寒暑，意不存妄想——如此谓祛褪六贼。"⑤ 孙悟空剿除六贼，实际上意味着以自省的方式对自身私欲的战胜。这就是作者所说的"缚魔归正乃修身"。在这个意义上，孙悟空在取经途中斩妖除魔的过程，实际上是以自省的方式达到人格自我完善的过程。

鉴于上述种种，愚意以为：作者通过孙悟空形象所表明的《西游记》的主体主旨，就在于高度弘扬了主体人格的同时，又要求实现人格的自我完善。这一思想显然来自明代心学思潮。

明代，随着商业、手工业的发展和资本主义生产方式的出现，要求个性解放，主张人格独立，重视人的价值成为一种新的社会思潮。包括左派王学在内的王阳明心学就是这种社会思潮在哲学领域中的反映。"心即理"，"心外无理"，"吾心之良知，即所谓天理"⑥，构成了王阳明心学中人性伦理学说的哲学基础。由于王阳明主张"心即理"，把"良知"作为"吾心"固有的主体意识，强调人的主体意识，主体人格因之得到充分弘

---

① 吴承恩：《西游记》，人民文学出版社1980年版，第766页。
② 同上书，第1181页。
③ 同上书，第1172页。
④ 同上书，第180页。
⑤ 同上书，第533页。
⑥ 王守仁：《答顾东桥书》，吴光、钱明、董平、姚延福编校《王阳明全集》卷2，上海古籍出版社1992年版，第45页。

扬；也由于王阳明主张"心外无理"，在道德修养上主张"自明本心"，"反身而诚"①，强调人格的自我完善，主体在道德完善中的能动作用因之得到高度的肯定，而《西游记》无疑是这种时代思潮影响的结果。

二

在明确了《西游记》与明代心学思潮关系的前提下，考察《西游记》的著作权接踵而来的问题便是，吴承恩是否受到心学思潮的影响。如果吴承恩没有受到心学思潮的影响，自然与《西游记》的著作权无缘；如果吴承恩受到过心学思潮的影响，至少为创作《西游记》提供了可能。而从吴承恩的交游来看，回答是肯定的。

吴承恩所生活的江浙地区，是明代心学的发源地和盛行区。王阳明心学的主要人物，如王畿、钱德洪、王艮等，都和吴承恩是同时代的人，其讲学地区，也主要是江浙一带。吴承恩的家乡淮安，作为当时大运河畔的一个重要城镇和交通枢纽，无疑会成为心学人物驻足和讲学的重要场所。而吴承恩的交游，据吴国荣《射阳先生存稿跋》云："射阳先生髫令，即以文鸣于淮，投刺造庐，乞言问字者恒相属。"② 在江淮地区颇有文名的吴承恩在他广泛的交游中，和心学人物不可能没有接触。这里，特别值得注意的是吴承恩和浙中王门人物万表、南中王门人物徐阶以及李春芳的关系。

万表的哲学渊源，"多得之龙溪、念庵、绪山、荆川，而究竟于禅学"。③ 在认识论和伦理观上，万表认为："圣贤切要工夫，莫先于格物、盖吾心本来具足格物者，格吾心之物也。为情欲意见所蔽，本体始晦，必扫荡一切，独观吾心，格之又格，愈研愈精，本体之物，始得呈露，是为格物。格物则知自致也。"④ 强调认识中和伦理上的主体意识与自省功能。万表在淮安任漕运总兵时，与吴承恩交往极为密切。吴承恩曾作《赠鹿

---

① 王守仁：《别黄宗贤归天台序》，吴光、钱明、董平、姚延福编校《王阳明全集》卷7，上海古籍出版社1992年版，第233页。

② 吴国荣：《射阳先生存稿跋》，朱一玄、刘毓忱编《西游记资料汇编》，南开大学出版社2002年版，第162页。

③ 黄宗羲：《都督万鹿园先生表》，黄宗羲著，沈芝盈校点《明儒学案》卷15，中华书局1985年版，第312页。

④ 同上。

园万总戎》绝句八首,并为万表代作《谑堂永日图序》一篇。在《赠鹿园万总戎》中,吴承恩称道万表"到处山僧为写真","即是禅房示疾人"的学术风貌,赞美他"骞驴三竺听泉声"① 的风雅生活,表明吴承恩对万表哲学思想和文化生活的了解。

徐阶早年则出于江右王门人物聂豹门下。在哲学上,他继承了王阳明"心外无理"的观点,认为"人只是一个心,心只是一个理。但对父则曰孝,对君则曰忠,其用殊耳。故学先治心,苟能治心,则所谓忠孝,时措而宜矣"。② 在伦理修养上强调道德的自我完善。嘉靖四十一年(1562),徐阶60岁生日时,吴承恩曾作《寿师相存斋徐公六十序》一篇,赞扬徐阶"道德渊微之懿","主持文教,藻鉴之精"。③ 这篇序文虽为代人之作,但同样表明吴承恩对徐阶心学思想的熟知。

至于《寿师相存斋徐公六十序》代何人所作,刘修业先生和苏兴先生各自的《吴承恩年谱》皆未考及。愚意以为,这篇序文乃代李春芳所作。理由之一,徐阶为有明一代宰辅,在吴承恩的交游中,一般人难以与之结交。而是时李春芳在京为吏部左侍郎,据《明史·李春芳传》载:"时徐阶为首辅,得君甚。春芳每事必推阶,阶亦雅重之"④,后来,"代阶为首辅"。当徐阶六十大寿,李春芳请吴承恩代笔祝寿,自然在情理之中。理由之二,据吴承恩于嘉靖四十一年(1562)为李春芳之父李永怀七十大寿而作的《元寿颂》:"承恩蒙公(指李春芳)殊遇二十年,谒选来都,又出公之敦谕。"⑤ 可见是年吴承恩听从李春芳的敦喻正在北京谒选,并还曾代李春芳作《明堂赋》。因而,《寿师相存斋徐公六十序》极有可能是代李春芳所作。而李春芳本人,据许国《李公墓志铭》:"嘉靖

---

① 吴承恩:《赠鹿园万总戎》,刘修业辑校,刘怀玉笺校《吴承恩诗文集笺校》,上海古籍出版社1991年版,第85页。
② 徐阶:《存斋论学语》,黄宗羲著,沈芝盈校点《明儒学案》卷27,中华书局1985年版,第620页。
③ 吴承恩:《寿师相存斋徐公六十序》,刘修业辑校,刘怀玉笺校《吴承恩诗文集笺校》,上海古籍出版社1991年版,第147页。
④ 张廷玉等:《明史》卷193,中华书局1997年版,第5119页。
⑤ 吴承恩:《元寿颂》,刘修业辑校,刘怀玉笺校《吴承恩诗文集笺校》,上海古籍出版社1991年版,第95页。

辛卯（1531）以诗举于乡，偕计罢，从南雍受业增城湛公，吉水欧阳公。"① 这里的湛公，即甘泉学派的创始人湛若水，欧阳公，即江右王门的重要人物欧阳德。作为从湛若水和欧阳德的受业弟子，李春芳的心学思想不可能不对"通家谊而忝乡人"② 的密友吴承恩产生影响。

同时，吴承恩与心学人物还有一些间接交往。如吴承恩的好友冯焕与浙中王门人物钱德洪曾同在刑部共事，冯焕任刑部主事，钱德洪任刑部员外郎。嘉靖二十年（1541），两人皆因郭勋案以"不谙刑名"之罪同时被贬（事见《明实录·世宗实录》卷253）。为此，吴承恩曾作《杂言赠冯南淮比部谪茂名》。通过冯焕，吴承恩也有可能了解钱德洪的心学思想。在吴承恩的交游中，另一个与心学人物有交往的是胡琏。据光绪《淮安府志》卷29《流寓传》，胡氏"深于经术，里居教授门徒甚盛，如邹守益，程文德皆受业弟子"。③ 邹守益是江右王门的创始人，而程文德则是王阳明的嫡传弟子。胡琏，号南津。苏兴《吴承恩年谱》根据吴承恩《寿胡内子张孺人六帙序》中"我师南津翁"④ 等语，认定吴氏"是曾从胡琏受过业的门弟子之一"。⑤ 而在《寿胡母牛老夫人七帙障词》中，吴承恩则称胡琏为"我舅津翁"⑥，可见关系极为密切。通过胡琏这位前辈，耳闻邹守益、程文德的心学思想，也是情理之中的事。

诸如此类的关系，如果留意，或许还可找出一些。生活在心学思潮盛行的氛围中，又和心学人物有着较多的交往，吴承恩不可能不受明代心学思潮的影响。在这里，还有一个必须明确的问题是，《西游记》是否受过李贽《焚书》的影响？这个问题看似无足轻重，实则关系重大。因为《焚书》写作于万历八年（1580）以后李贽定居于湖北的黄安和麻城期

---

① 许国：《李公墓志铭》，转引自苏兴《吴承恩年谱》，人民文学出版社1980年版，第39页。

② 吴承恩：《祭石鹿公夫人》，刘修业辑校，刘怀玉笺校《吴承恩诗文集笺校》，上海古籍出版社1991年版，第224页。

③ 光绪《淮安府志》卷29《流寓传》，转引自苏兴《吴承恩年谱》，人民文学出版社1980年版，第40页。

④ 吴承恩：《寿胡内子张孺人六帙序》，刘修业辑校，刘怀玉笺校《吴承恩诗文集笺校》，上海古籍出版社1991年版，第161页。

⑤ 苏兴：《吴承恩年谱》，人民文学出版社1980年版，第40页。

⑥ 吴承恩：《寿胡母牛老夫人七帙障词》，刘修业辑校，刘怀玉笺校《吴承恩诗文集笺校》，上海古籍出版社1991年版，第161页。

间。而据苏兴先生的《吴承恩年谱》，吴承恩约在万历十年（1582）去世，自然不会受到《焚书》的影响。一旦坐实《西游记》受过《焚书》的影响，无疑意味着宣布吴承恩与《西游记》的著作权无缘。但据李贽《焚书·自序》："余年六十四矣，倘一入人之心，则知我者或庶几乎。余幸其庶几也，故刻之。"① 可知《焚书》初刻于李贽 64 岁这一年，即 1591 年。而世德堂本《西游记》则刻于明万历二十年（1592），且全称为《新刻出像官板大字西游记》，既云"新刻"，显然不是最初刻本，初刻至少在万历二十年之前。因而，《西游记》虽然"与《焚书》异曲同工"，却不可能受过《焚书》的启迪，而是作为一代思潮的明代心学思想影响的结果。

三

当然，吴承恩在客观上受过心学思潮的影响，并不能说明在主观上接受了心学思想。他对心学人物的接触和心学思想的了解，也不能证明他一定就是用心学思想指导文学创作。因而，探讨吴承恩与心学思潮的关系，还有必要通过对《吴承恩诗文集》的考查。在《论〈西游记〉的著作权问题》中，张先生就吴承恩的诗文列举了七个方面，说明"《吴承恩诗文集》的思想和风格与世德堂本殊不类，孙悟空断非吴氏所期望的英雄"，断言"《西游记》若果真为吴承恩所撰，当属天上人间奇迹中的奇迹"。②在这里，笔者不拟就这七大证据一一向张先生请教，而只想通过《吴承恩诗文集》，着重讨论吴承恩是否具备创作《西游记》的思想和素质。

在明清时期对吴承恩诗文的评析中，明人李维桢的《吴射阳先生选集序》曾被认为是定评而被广泛认可。在这篇序文中，李维桢对吴承恩的生平人格、诗文主张和诗文创作做出过全面而中肯的评价：

> 嘉隆之间，雅道大兴，七子力驱而近之古，海内翕然乡风。……而独山阳吴汝忠不然。汝忠于七子中所谓徐子与者最善，还往唱和最稔。而按其集，独不类七子之友，率自胸臆出之，而不杂于色泽，舒徐不迫，而亦不至促弦而窘幅。人情物理，即之在耳目之前，而不必尽究其变。

---

① 李贽：《自序》，刘幼生整理《焚书》卷首，社会科学文献出版社 2000 年版，第 1 页。
② 张锦池：《论〈西游记〉的著作权问题》，《北方论丛》1991 年第 1、2 期。

大要汝忠师心匠意，不傍人门户篱落，以钓一时声誉，故所就如此。……人情好名，而酷欲中人之好，从来久矣。天下方驰骛七子，而汝忠之为汝忠自如。以彼其才，仅为邑丞以老，一意独行，无所扳援附丽，岂不贤于人远哉！……此不佞所贵于汝贵能自为汝忠者也。①

在明代文坛上，李维桢虽身为末五子之一，但实际上是公安派的前辈。在理论上，他强调创作中的主体意识而对当时的复古主义习俗深为不满，因而得到过公安三袁的推崇。袁宏道在《答李本宁》一信中，曾对这位同乡先辈满怀仰慕之情地说："不肖未弱冠，已知有本宁先生。乃家伯、季俱得亲侍仗履，而不肖独抱空怀，何缘悭之甚也！……乡里有哲人，而不能为之先后，此亦后生之耻也。"② 作为公安派的先驱，李维桢为《吴射阳先生选集序》表现的固然是自己的文学主张。而他对吴承恩的推崇，又较为客观地反映了吴承恩生平人格、诗文主张和创作的主要特点。

吴承恩诗文主张的突出特点是强调创作中的主体意识。

吴承恩所处的时代，正是"七子力驱而近之古，海内翕然乡风"，在诗文创作上复古之风盛行的时代。而吴承恩的可贵之处，就在于"天下方驰骛七子，而汝忠之为汝忠自如"。尽管吴承恩的密友，如徐中行、陈文烛等都是复古派中的重要人物，但他并没有受复古时俗的左右，匍匐在古人脚下。在《留思录序》中，吴承恩认为："情之极挚，文之所由生矣。""音生于感，感生于天，油然而出，直输肝肺。"③ 在诗文主张上强调真情实感的抒写和主体意识的发挥。张先生认为：吴承恩的"诗文创作却比较接近于以归有光为代表的唐宋派"，这是很中肯的。正如唐宋派作家强调"直据胸臆，信手写出"④，又主张文学"可以阐理道而裨世教"⑤ 一样，吴承恩在诗文主张上所提倡的主体意识并没有超越伦

---

① 李维桢：《吴射阳先生选集序》，朱一玄、刘毓忱编《西游记资料汇编》，南开大学出版社2002年版，第161—162页。
② 袁宏道：《答李本宁》，袁宏道著，钱伯城笺校《袁宏道集笺校》卷55，上海古籍出版社1981年版，第1610页。
③ 吴承恩：《留思录序》，刘修业辑校，刘怀玉笺校《吴承恩诗文集笺校》，上海古籍出版社1991年版，第120页。
④ 唐顺之：《答茅鹿门知县二》，《荆川先生文集》卷7，《四部丛刊初编》本。
⑤ 唐顺之：《答蔡可泉》，《荆川先生文集》卷7。

理的规范。在《申鉴序》中，吴承恩要求"其情志不诡于圣人，而放乎道德性命"。① 在强调创作中主体情感的同时，又要求这种情感接受伦理的匡正，以实现文学的伦理效应。因而，他在《留翁遗稿序》中，要求文学"为子言则训孝，为臣言则训忠，或以训俭勤，或以训慈惠，或发潜以劝善，或述义而明规"。② 通过文学以达到人格的道德完善。也正是由于这个缘故，吴承恩在《赠张乐一》中提出："清宁天地合方寸，妙含太极生阴阳，灵台拂拭居中央，殊形异状难遮藏。"③ 强调以自省的方式实现人格的自我完善。吴承恩文学思想的这种特色，不能说不是明代心学思潮中重视主体意识和道德自我完善的哲学思想在诗文主张上的体现。而《西游记》中那个得道于"灵台方寸山"的孙悟空之所以一方面桀骜不驯，谤佛骂祖，同时又在车迟国主张"三教归一"，在凤仙郡奔走劝善，也许从这里可以找到答案。

  吴承恩诗文创作的突出特点是注重个体情感的抒发。

  明代的文坛，由于复古之风的盛行，创作上的伪饰雕琢取代了真情实感的抒发，对古人的剿袭模拟，取代了创作中主体意识的发挥。而吴承恩在诗文创作中的可贵之处，在于冲破复古习俗，"率自胸臆出之"，"师心匠意，不傍人门户篱落，以钓一时声誉"，在诗文创作中注重真情实感的抒写。"故其所作，习气悉除，一时殆鲜其匹。"④ 从总体上看，吴承恩的诗文大致可以分为两大类：一类是以散文为主体的应酬文字，一类则是以诗词为主体的抒情文字。而后一类文字更能体现吴承恩的思想感情和创作特色。如《桃源图》："千载知经几暴秦，山中惟说避秦人。仙源错引渔舟人，恼乱桃花自在春。"⑤ 以对暴秦的指责，隐含着对现实的批判。《满江红》中"身渐重，头颀别。手可炙，门庭热。旋安排娇面孔，冷如冰

---

① 吴承恩：《申鉴序》，刘修业辑校，刘怀玉笺校《吴承恩诗文集笺校》，上海古籍出版社1991年版，第114页。

② 吴承恩：《留翁遗稿序》，刘修业辑校，刘怀玉笺校《吴承恩诗文集笺校》，上海古籍出版社1991年版，第123页。

③ 吴承恩：《赠张乐一》，刘修业辑校，刘怀玉笺校《吴承恩诗文集笺校》，上海古籍出版社1991年版，第19页。

④ 曹溶：《明人小传》，朱一玄、刘毓忱编《西游记资料汇编》，南开大学出版社2002年版，第164页。

⑤ 吴承恩：《桃源图》，刘修业辑校，刘怀玉笺校《吴承恩诗文集笺校》，上海古籍出版社1991年版，第78页。

铁。尽着机关连夜使，一锹一个黄金穴"①，则表达了对炙手可热，门庭若市的权贵的讽刺和谴责。《夏日》中"高堂美人不禁暑，冰簟湘帘焚秋雨；岂知寒奥运天地，为我黎民实禾黍"②，寄托了对民生疾苦的关心和同情。"挥毫四顾气腾虹，擢第登科亦何有？"③ "功名富贵总有命，必欲得之无乃痴"④ 表达了对科举功名的愤慨和藐视。《送我入门来》中"狗有三升糠分，马有三分龙性，况丈夫哉！富贵无心，只恐转相催。虽贫杜甫还诗伯，纵老廉颇是将才"⑤，则表现了作者在逆境中的抑塞不平之气和傲然应世之情。凡此种种，不能说吴承恩的诗文"不见有正面反映民生疾苦的作品，不见有正面讥刺达官贵客的作品，不见有正面揶揄世态人情的作品"⑥，更不能说吴承恩的思想与傲然应世，凛然正气的孙悟空没有共同之处。毋庸讳言，吴承恩的诗文中确实有一些歌功颂德、粉饰太平之作，但这类文字主要出于一些应酬之作。这种情况即使在李贽、袁宏道、汤显祖等异端作家的诗文中都在所难免。何况《明堂赋》《寿师相存斋徐公六十序》《平南颂》等都是代人之作，自然难以代表吴承恩的真实思想和创作特色。

吴承恩生平人品的重要特点是保持自我独立的人格。

在政治上，吴承恩所处的明代是一个官场腐败、政治黑暗、士风日下的时代。在《贺学博未斋陶师膺奖序》中，吴承恩对当时的恶俗世风做了尖锐的揭露：

夫独不观诸近时之习乎？是故匍匐拜下，仰而陈词，心悸貌严，瞬息万虑，吾见臣子之于太上也；而今施工长官矣。曲而跽，俯而

---

① 吴承恩：《满江红》，刘修业辑校，刘怀玉笺校《吴承恩诗文集笺校》，上海古籍出版社1991年版，第336页。
② 吴承恩：《夏日》，刘修业辑校，刘怀玉笺校《吴承恩诗文集笺校》，上海古籍出版社1991年版，第82页。
③ 吴承恩：《忆昔行赠汪云岚分教巴陵》，刘修业辑校，刘怀玉笺校《吴承恩诗文集笺校》，上海古籍出版社1991年版，第29页。
④ 吴承恩：《慰友人》，刘修业辑校，刘怀玉笺校《吴承恩诗文集笺校》，上海古籍出版社1991年版，第28页。
⑤ 吴承恩：《送我入门来》，刘修业辑校，刘怀玉笺校《吴承恩诗文集笺校》，上海古籍出版社1991年版，第340页。
⑥ 张锦池：《论〈西游记〉的著作权问题》，《北方论丛》1991年第1、2期。

趋，应声如霆，一语一偻，吾见士卒之于军师也；而今行之缙绅矣。笑语相媚，妒异党同，避忌逢迎，恩爱尔汝，吾见婢妾之于闺门也；而今闻之丈夫矣。手谈眼语，诪张万端，蝇营鼠窥，射利如蜮，吾见驵侩之于市井也；而今布之学校矣。①

在这个世风日下的时代，吴承恩在人品上的可贵之处，是保持自己独立的人格。"以彼其人，仅为邑丞以老，一意独行，无所扳援附丽，岂不贤于人远哉？"尽管"吴承恩性敏而多慧，博极群书"，"名震一时"②，却怀才不遇，"髒肮终身"③，"沉于下僚"④。"屡困场屋，为母屈就长兴，又不偕于长官"⑤，"未久，耻折腰，遂拂袖而归，放浪诗酒"⑥。但是，怀才不遇的经历，并没有"软化他玩物傲世的傲骨"；沉于下僚的际遇，更没有消磨他愤世疾俗的精神。"平生恬淡自守，廉而不秽"⑦，在贫穷的处境，困顿的遭遇和炎凉的世态中，吴承恩仍然保持着自己的人生信念和清高人品。《赠沙星士》中"平生不肯受人怜，喜笑悲歌气傲然！"⑧无疑是吴承恩直面惨淡的人生，傲然应物，慷慨悲歌的精神风貌的典型写照。而《送我入门来》中"严霜积雪俱经过，试探梅花开未开"⑨，则是他经

---

① 吴承恩：《贺学博未斋陶师膺奖序》，刘修业辑校，刘怀玉笺校《吴承恩诗文集笺校》，上海古籍出版社1991年版，第139—140页。

② 宋祖舜、方尚祖：《（天启）淮安府志》卷16，朱一玄、刘毓忱编《西游记资料汇编》，南开大学出版社2002年版，第164页。

③ 陈文烛：《花草新编序》，刘荫柏编《西游记研究资料》，上海古籍出版社1990年版，第12页。

④ 陈文烛：《吴射阳先生存稿序》，朱一玄、刘毓忱编《西游记资料汇编》，南开大学出版社2002年版，第163页。

⑤ 吴国荣：《射阳先生存稿跋》，朱一玄、刘毓忱编《西游记资料汇编》，南开大学出版社2002年版，第162页。

⑥ 宋祖舜、方尚祖：《（天启）淮安府志》卷16，朱一玄、刘毓忱编《西游记资料汇编》，南开大学出版社2002年版，第164页。

⑦ 陈文烛：《花草新编序》，刘荫柏编《西游记研究资料》，上海古籍出版社1990年版，第12页。

⑧ 吴承恩：《赠沙星士》，刘修业辑校，刘怀玉笺校《吴承恩诗文集笺校》，上海古籍出版社1991年版，第51页。

⑨ 吴承恩：《送我入门来》，刘修业辑校，刘怀玉笺校《吴承恩诗文集笺校》，上海古籍出版社1991年版，第340页。

历坎坷人生，而又信心百倍地保持自己高洁人格的最好象征。至于吴承恩在《祭卮山先生文》中的自叙，可以说是他一生际遇和人格的最好表白："承恩淮海之竖儒、迂疏漫浪，不比数于时人。而公顾辱知之。泥涂困穷，笑骂沓至，而公之信仆，甚于仆之自信也。"① 在那个世风日下、庸俗势利的炎凉社会中，尽管吴承恩经历了人世间"泥涂困穷，笑骂沓至"的窘困和欺辱，但仍然没有屈服于险恶的世俗环境，保持他"迂疏漫浪"的独立人格。在那个傲世狂放的孙悟空身上，我们似乎可以隐约地窥视到这位"淮海竖儒"和"蓬门浪士"② 那种傲岸倔强的身影。陈元之在《西游记序》中所说的"谭言微中，有作者之心傲世之意"③，也许可以在这里得到合乎情理的解释。

综上所述，高度弘扬主体人格同时又要求人格的自我完善构成了《西游记》的主旨、明代心学思潮的特点以及吴承恩诗文创作特色的契合点。在这个基础上，并参照《（天启）淮安府志》吴承恩撰有《西游记》的记载，还是应该把《西游记》的著作权归之于吴承恩名下。在没有发现足以否定吴承恩著作权的新材料之前，至少当作如是观。

（原载《湖北大学学报》1996 年第 1 期，
《20 世纪〈西游记〉研究》转载，文化艺术出版社 2008 年版）

主体意识的弘扬与人格的自我完善
——孙悟空形象塑造新论

一

作为在"西游"故事的基础上进行再创造的产物，《西游记》中的孙悟空对"西游"故事中孙悟空身上所体现出来的反抗性格、降妖斗争和神通本领有着明显的继承，但是，吴承恩在重新处理孙悟空这一形象时，

---

① 吴承恩：《祭卮山先生文》，刘修业辑校，刘怀玉笺校《吴承恩诗文集笺校》，上海古籍出版社 1991 年版，第 220 页。
② 吴承恩：《答西玄公启》，刘修业辑校，刘怀玉笺校《吴承恩诗文集笺校》，上海古籍出版社 1991 年版，第 235 页。
③ 陈元之：《西游记序》，朱一玄、刘毓忱编《西游记资料汇编》，南开大学出版社 2002 年版，第 225 页。

却摒弃了"西游"故事中宣扬佛教、弘扬佛法的宗教思想,突出了孙悟空的主体意识,从而赋予这一形象以鲜明的时代精神。

孙悟空的主体意识首先表现为对自由的热烈追求。

对"真人"强调,是明代心学思潮的突出特点。王阳明的"真己"、罗汝芳的"赤子"、李贽的"童心",都是通过对"真人"的倡导,表达他们反对程朱理学,主张"率性而行"①,要求个性解放的进步思想。而这一思想在孙悟空身上得到了形象的体现。正如《西游记》第一回所言:"空寂自然随变化,真如本性任为之。"② 作者所强调的,就是一种本性之真和任性而为的自由意识。为了更清楚地表达这一思想,作者还通过菩提祖师为孙悟空起名做了进一步的阐明:"狲字去了兽傍,乃是子系。子者,儿男也;系者,婴细也。正合婴儿之本论。"③ 并且提示:"猿猴道体配人心,心即猿猴意思深。"④ 其实,这里的"婴儿",即相当于后来李贽《童心说》中作为"人之初"的"童子",指的是超脱于封建礼法的"真人"。正是在"真人"这一基点之上,《西游记》充分地描写了孙悟空身上所体现出来的本性之真和任性而为的自由意识。作为大自然的产物,孙悟空本是花果山的石卵风化而成的石猴。凭着他的勇敢气概和探索精神,发现了水帘洞而被群猴推为美猴王,在这"仙山福地,古洞神洲"过着"不伏麒麟辖,不伏凤凰管,又不伏人间王位所拘束,自由自在"的生活。不过,孙悟空并不为这世俗的"自由"所满足,当他意识到"暗中有阎王老子管着","不得久住天人之内"时,决心"躲过轮回,不生不灭,与天地山川齐寿",打破时空,以追求更大的自由。便"云游海角,远涉天涯"⑤,不辞艰辛地求仙学道,学成七十二般变化和十万八千里的筋斗云,"逐日家无拘无束,自在消遥"⑥。然而,这位已经"超升三界之外,跳出五行之中",本当"与天同寿"⑦ 的孙悟空在 342 岁那年偏偏受

---

① 王守仁:《传习录上》,吴光、钱明、董平、姚延福编校《王阳明全集》卷1,上海古籍出版社 1992 年版,第 37 页。
② 吴承恩:《西游记》,人民文学出版社 1980 年版,第 13 页。
③ 同上书,第 14 页。
④ 同上书,第 79 页。
⑤ 同上书,第 7 页。
⑥ 同上书,第 22 页。
⑦ 同上书,第 37 页。

到阎罗王的勾拘,于是他打死鬼使,大闹冥司,因而被玉帝"招安"上了天宫。玉帝又设安静司,又设宁神司,希望孙悟空"安心定志"。但是,在礼法森严的天宫之上,孙悟空并没有因为玉帝的"拘束"而安静宁神,仍然"无事牵萦,自由自在"。"今日东游,明日西荡,云去云来,行踪不定。"①孙悟空对自由的追求和玉帝对天宫秩序的维护的矛盾使"大闹天宫"不可避免地发生了,孙悟空终于被压在五行山下。经过五行山下五百年的磨难,孙悟空并没有放弃追求自由的初衷。在取经途中,他的自由意识仍然得到充分的体现。正如他在车迟国所言:"出家人无拘无束,自由自在。"②所不同的是,这种自由意识由大闹天宫中对封建秩序的冲突转化为对封建礼法的冲突,孙悟空对自由的追求和紧箍咒对自由的束缚就是这种冲突的体现。这种矛盾贯穿于取经的整个过程,直到孙悟空成为斗战胜佛,才摆脱紧箍咒的束缚而达到自由自在的境地。不难看出,孙悟空的自由意识实质上是明代中叶在"真人"基础上反对封建束缚、主张"率性而行"的个性解放思潮的形象体现。

孙悟空的主体意识同时还表现为对人格尊严的维护。

主体意识的强化必然导致个体人格的弘扬。维护人的尊严,要求人格平等,反对等级制度因而成为明代心学思潮的又一重要特点。王阳明所说的"良知良能,愚夫愚妇与圣人同"③,"满街人都是圣人"④,虽然主张的仅仅是人性意义上的平等,但在客观上却提高了"愚夫愚妇"们的人格地位,为打破封建等级制度提供了理论依据。如果说,孙悟空的自由意识引起了同封建秩序的矛盾,那么,他的人格尊严则导致了对封建等级制度的冲突,而自由意识和人格尊严构成了他反抗性格的基本格调和"大闹天宫"的根本原因。当孙悟空初上天宫之际,面对至高无上的玉帝,不但"挺身在旁,且不朝礼",而且目无尊卑,口称"老孙"。⑤当他发现玉帝所封的"弼马温"只是"未入流"的"末等",意识到自己的人

---

① 吴承恩:《西游记》,人民文学出版社1980年版,第54页。
② 同上书,第568页。
③ 王守仁:《答顾东桥书》,吴光、钱明、董平、姚延福编校《王阳明全集》卷2,上海古籍出版社1992年版,第49页。
④ 王守仁:《传习录下》,吴光、钱明、董平、姚延福编校《王阳明全集》卷3,上海古籍出版社1992年版,第116页。
⑤ 吴承恩:《西游记》,人民文学出版社1980年版,第43页。

格受到侮辱,"不觉心头火起,咬牙大怒道:'这般藐视老孙!老孙在那花果山,称王称祖,怎么哄我来替他养马?'"一怒之下,"打出天门"①,回到花果山,竖起"齐天大圣"的旗号,公然要和玉帝分庭抗礼。二上天宫之后,孙悟空仍然"与那九曜星,五方将,普天星相,河汉群神,俱以兄弟相待,彼此称呼","不论高低,俱称朋友"。② 表现出强烈的平等思想。由于王母娘娘的蟠桃会不曾"请我老孙做个尊席"③,人的尊严受到贱视,他才盗仙丹,偷御酒,大闹蟠桃会,又一次返下天宫。孙悟空的人格尊严和天宫上的等级制度矛盾的激化,促成了他反抗行动的发展。到了"八卦炉中逃大圣",孙悟空公开提出:"灵霄宝殿非他久,历代人王有分传。强者为尊该让我,英雄只此敢争先。"④ "皇帝轮流做,明年到我家。"⑤ 这种"强者为尊"的思想,应该说是孙悟空个体人格的强烈体现。尽管在作者看来这种思想已经发展到"欺天罔上思高位"⑥ 的异端。即使是皈依佛门之后,孙悟空的个体人格和平等意识仍然在取经途中得到充分的显示。他诅咒观音"一世无夫",嘲笑如来是"妖精的外甥",表现出的是对神佛的亵渎和上尊下卑制度的藐视。他还经常驱遣山神土地,四海龙王,诸天神圣为之效劳,稍不如意,就大动肝火,要他们"伸出孤拐来,各打五棍见面,与老孙散散心"⑦,体现出的也是蔑视天庭神将的风采。取经路过平顶山,为了骗取两个小妖的宝贝他竟要玉帝把天借他半个时辰,"若道半声不肯,即上灵霄宝殿动起刀兵!"⑧ 显示出的还是大闹天宫的派头。正是通过孙悟空形象的创造,《西游记》形象地表现了明代心学思潮影响下日益强化的个体人格,以及构基于这种人格之上,维护人的尊严,主张人格平等,反对等级制度的时代要求。

孙悟空的主体意识外还表现为人格力量的自信。

主体意识的强化还必然导致对人格力量的自信。对作为个体的人的价

---

① 吴承恩:《西游记》,人民文学出版社 1980 年版,第 45 页。
② 同上书,第 54 页。
③ 同上书,第 57 页。
④ 同上书,第 81 页。
⑤ 同上书,第 82 页。
⑥ 同上书,第 83 页。
⑦ 同上书,第 190 页。
⑧ 同上书,第 430 页。

值的自觉和人的作用的重视构成了明代心学思潮的又一重要特点。王阳明所说的"人者，天地万物之心也"①，"我的灵明，便是天地鬼神的主宰"②，固然在哲学上体现出主观唯心主义倾向，却意味着人在自然和社会中作用的自觉与地位的提高。而《西游记》通过孙悟空形象的创造，正寄寓了作者对人的本质力量的思考。正如作者在叙述孙悟空诞生时所言：这位天然的石猴"每受天地真秀，日精月华"，"乃天地精华所生"。③ 孙悟空自己也时常向神魔们夸耀："生身父母是天地，日月精华结圣胎，仙石怀抱无岁数，灵根孕育甚奇哉！"④ 这种叙述和夸耀无疑包蕴着对人的自信和自豪。最能体现孙悟空人格力量的自然是他七十二般变化、十万八千里筋斗云和广大神通，但值得注意的是这些本领的发源地却在隐括着一个"心"字的"灵台方寸山，斜月三星洞"，这无疑说明孙悟空的修道过程实际上是指修心过程。孙悟空在黑风洞对黑熊精夸耀自己本领来源时解释说："老孙拜他为师父，指我长生路一条，他说身内有丹药，外边采取枉徒劳。"⑤ 孙悟空的本领显然是"心性修持大道生"的结果，是人对自身潜在力量认识、发现的产物。作者对孙悟空本领的描写，实质上是通过神话的方式突出了主体的人格力量。当然，孙悟空神通广大的本领也是对"西游"故事的继承。但在"西游"故事中，猴行者的本领往往是佛法的体现，而《西游记》中孙悟空的本领则是主体人格力量的显示。《大唐三藏取经诗话》写猴行者保护唐僧西行取经，首先要求："法师更咨天王，前程有魔难处，如何救用？"天王曰："有难之处，遥指天宫大叫'天王'一声，当有救用。"⑥ 后来经过火焰山，"忽遇一道野火连天，大生烟焰，行去不得。遂将钵盂一照，叫'天王'一声，当下

---

① 王守仁：《答季明德》，吴光、钱明、董平、姚延福编校《王阳明全集》卷6，上海古籍出版社1992年版，第214页。

② 王守仁：《传习录下》，吴光、钱明、董平、姚延福编校《王阳明全集》卷3，上海古籍出版社1992年版，第124页。

③ 吴承恩：《西游记》，人民文学出版社1980年版，第3页。

④ 同上书，第907页。

⑤ 同上书，第216页。

⑥ 无名氏：《大唐三藏取经诗话》，朱一玄、刘毓忱编《西游记资料汇编》，南开大学出版社2002年版，第47页。

火灭"。① 猴行者主体意识的缺乏和对神佛的依赖，突出的仍然是佛法的力量。而在《西游记》中，孙悟空在形形色色的妖魔面前表现出的则是坚韧不拔、勇往直前的主体精神，用他自己的话来说："但有老孙，就是塌下天来，可保无事。"② 为了战胜妖魔，他有时也不得不求助于玉帝、如来、观音之类的神佛，但他主要依靠的还是自己的智慧和力量，在很大程度上，玉帝、如来、观音等神佛不过是他战胜妖魔的工具和手段。为了取得胜利，他可以驱使雷神为他布雷，指挥龙王为他降雨，呵唾土地山神，命令五方揭谛，甚至要玉帝"将天借与老孙装闭半个时辰"③，体现出的是君临一切的豪迈气概。而孙悟空身上那种巨大的人格力量和主宰万物的英雄气魄，无疑表达了作为个体的人在自然、社会面前的自豪感和自信力。

二

也应该看到，主体意识的无限弘扬势必会引起自私欲念的膨胀，以导致与社会秩序的冲突和道德规范的违背。在《西游记》中，孙悟空"只为心高图罔极，不分上下乱规箴"④，就是这种情形的写照。一方面，吴承恩肯定了孙悟空的主体意识；同时，又不希望主体意识同心猿意马一般脱离道德的轨道任意驰骋，而力图把主体意识纳于伦理的规范，使"马猿合作心和意，紧缚牢拴莫外寻"⑤。因而，在处理孙悟空这一形象时，又对主体意识所引起的自私欲念做了一定程度的批判。孙悟空被压在五行山下，作者有诗评曰：

伏逞豪强大势兴，降龙伏虎弄乖能。
偷桃偷酒游天府，受箓承恩在玉京。
恶贯满盈身受困，善根不绝气还升。

---

① 无名氏：《大唐三藏取经诗话》，朱一玄、刘毓忱编《西游记资料汇编》，南开大学出版社 2002 年版，第 50 页。
② 吴承恩：《西游记》，人民文学出版社 1980 年版，第 405 页。
③ 同上书，第 430 页。
④ 同上书，第 77 页。
⑤ 同上书，第 79 页。

果然脱得如来手，且待唐朝出圣僧。①

从孙悟空的主体意识出发，肯定了他"立志修行果真"②而"善根不绝"；从孙悟空的自私欲念着眼，又批判他"一朝有变散精神"③而"恶贯满盈"。那么，怎样才能去恶扬善，在发挥主体意识的同时又能避免自私欲念的膨胀？作者以指点迷津的口气说："若得英雄重展挣，他年奉佛上西方。"④通过西天取经的种种磨难，以达到主体意识和伦理意识、个体人格和伦理人格的统一，实现人格的不断完善。

关于西天取经的目的，如来在分析"四大部洲，众生善恶，各方不一"的情势时认为："那南赡部洲，贪淫乐祸，多杀多争，正所谓口舌凶场，是非恶海。"为了解决南赡部洲"多食多杀，多淫多诳"，"不忠不孝，不仁不义"的局面，如来提出："我有三藏真经，可以劝人为善"，"永传东土，劝化众生"。⑤三藏真经的主旨就是"劝人为善"。基于这一主旨，西天取经的目的，从广义上来说，就是普救众生。正如唐僧所言："玄奘奉东土大唐皇帝旨意，遥诣宝山，拜求真经，以济众生。"⑥而对孙悟空来说，则是再修正果。"见性明心参佛祖"⑦，"诚心诚意上雷音"⑧，通过取经过程"见性明心"，正心诚意。因而，孙悟空西天取经的目的，在于普济众生的同时达到自身人格的完善。正是在这个意义上，鲁迅先生在《中国小说史略》中指出：

假欲勉求大旨，则谢肇淛（《五杂俎》十五）之"《西游记》曼衍虚诞，而其纵横变化，以猿为心之神，猪为意之驰，其始放纵，上天下地，莫能禁制，而归于紧箍一咒，能使心猿驯伏，至死靡他，盖亦求放心之喻，非浪作也"数语，已足尽之。⑨

---

① 吴承恩：《西游记》，人民文学出版社1980年版，第87页。
② 同上书，第83页。
③ 同上。
④ 同上书，第86页。
⑤ 同上书，第91页。
⑥ 同上书，第1234页。
⑦ 同上书，第1242页。
⑧ 同上书，第1147页。
⑨ 鲁迅：《中国小说史略》，齐鲁书社1997年版，第133页。

"求放心"语本《孟子·告子上》："仁，人心也；义，人路也。舍其路而弗由，放其心不而知求，哀哉！"①"学问之道无他，求其放心而已矣。"② 所谓"求放心"，实质上强调的是把已经失落的"仁""义"等伦理观念重新纳于主体意识，以实现人格的道德完善。

从理论上讲，人格的道德完善有两种方式：一是以伦理束缚的方式达到道德的强制完善，一是以伦理自省的方式达到道德的自我完善。而程朱理学和明代心学在伦理观上的分歧也正表现在这里。由于程朱理学认为"宇宙之间，一理而已"③，强调"理"的客观性，在道德修养上，主张"克尽己私，皆归于礼"④，要求主体被动地以伦理约束的方式达到人格的强制完善。而王阳明心学则认为"心外无理"，强调"良知"的主观性，在道德修养上主张"自明本心""反身而诚"，要求主体能动地以伦理自省的方式达到人格的自我完善。这两种道德完善的方式在《西游记》中都得到了不同倾向的反映。

孙悟空的主体意识则突出地表现为人格自我完善中的能动作用。

为了说明"求放心"的主旨，鲁迅先生在《中国小说史略》中援引了《西游记》第十三回中唐僧在法门寺讨论佛教宗旨的一段原文：

> 众僧们灯下议论佛门定旨，上西天取经的原由。有的说水远山高，有的说路多虎豹，有的说峻岭陡崖难度，有的说毒魔恶怪难降。三藏箝口不言，但以手指自心，点头几度。众僧们莫解其意，合掌请问道："法师指心点头，何也？"三藏答曰："心生种种魔生，心灭种种魔灭。"⑤

《李卓吾先生批评西游记》在这一回的总批中说："'心生种种魔生，心灭

---

① 《孟子》，朱熹《四书章句集注》，中华书局1983年版，第333页。
② 同上书，第334页。
③ 朱熹：《读大纪》，徐德明等校点《晦庵先生朱文公文集》卷70，第3376页。
④ 黎靖德辑，郑明等校点：《朱子语类》卷41，上海古籍出版社、安徽教育出版社2002年版，第1467页。
⑤ 吴承恩：《西游记》，人民文学出版社1980年版，第160页。

种种魔灭',一部《西游记》只是如此,别无些子剩却矣。"① 作为《西游记》的主要部分,西天取经的情节主要由八十一难构成。在这八十一难中,除了发生在取经之前的四难外,有的是神佛为考察唐僧师徒的取经诚意,坚定他们的取经信念所设置的灾难;有的是自然、社会幻化的妖魔为害社会百姓,阻挠取经进程所引起的灾难;但值得注意的是,八十一难中有相当一部分则是由主体的自私欲念和自身过失招致外魔所引起的灾难。如在观音院丢失袈裟,招来黑风山黑熊精之难,是由于孙悟空卖弄家私,"与人斗富"。在五庄观偷吃人参果,推倒草还丹,引起镇元大仙之难,也是因为孙悟空等的口腹之欲和无忍之心。至于说第五十七、五十八回的真假孙悟空之争,以致"二心搅乱大乾坤",实质上是孙悟空内心世界正义与邪恶的"二心竞斗",是"人有二心生祸灾"② 的象征。即使是一些自然幻化的险阻,诸如火焰山的形成,作者也借土地神之口说:孙悟空当年大闹天宫时,"老君将大圣安于八卦炉内,煅炼之后开鼎,被你蹬倒丹炉,落下几个砖来,内有余火,到此处化为火焰山"。③ 既然"心生种种魔生""神昏心动遇魔头"④,那么,伏魔去邪的基本方式就在于"见性明心""定性存神",通过自省的方式达到人格的自我完善,以使"心灭种种魔灭",外魔不生。所以作者反复强调,"休逞六根多贪欲,顿开一性本来原"。⑤ "不论成仙成佛,须从个里安排"。⑥ 尽管取经途中困难重重,孙悟空一再认为:"只要见性志诚,念念回首处,即是灵山"⑦;"但要一片志诚,雷音只在眼下"⑧;"佛在灵山莫远求,灵山只在汝心头,人人有个灵山塔,好向灵山塔下修"。⑨ 每逢险山恶水,孙悟空也反复叮咛唐僧等:"休要胡思乱想,只要定性存神,自然无事。"⑩ 正是基于这一

---

① 李贽:《西游记评》,朱一玄、刘毓忱编《西游记资料汇编》,南开大学出版社2002年版,第245页。
② 吴承恩:《西游记》,人民文学出版社1980年版,第749页。
③ 同上书,第766页。
④ 同上书,第643页。
⑤ 同上书,第1181页。
⑥ 同上书,第1172页。
⑦ 同上书,第304页。
⑧ 同上书,第1080页。
⑨ 同上。
⑩ 同上书,第457页。

思想，作者不无象征意味地描写了孙悟空取经途中的第一次除恶斗争，即第十四回"心猿归正，六贼无踪"。孙悟空皈依唐僧之后，在两界山遇到六个拦路打劫的毛贼，"一个唤作眼看喜，一个唤作耳听怒，一个唤作鼻嗅爱，一个唤作舌尝思，一个唤作意见欲，一个唤作身本忧"。① 这六贼，其实指的是人的六种感官和情欲。孙悟空后来在黑水河对唐僧解释说："老师父，你忘了'无眼耳鼻舌身意'。我等出家人，眼不视色，耳不听声，鼻不嗅香，舌不尝味，身不知寒暑，意不存妄想——如此谓之祛褪六贼。"② 孙悟空剿除六贼，实际上着意味以自省的方式对主体自私欲念的战胜。故陈元之在《〈西游记〉序》中说："魔，以口耳鼻舌身意恐怖颠倒幻想之障。故魔以心生，亦以心摄。是故摄心以摄魔，摄魔以还理。"③ 是颇得其中三昧的。正是在这个意义上笔者认为，孙悟空在取经途中斩妖除怪的过程，实际上是以自省的方式达到人格自我完善的过程。

  人格的自我完善必然涉及主体的道德选择，即用怎样的道德规范去实现人格的完善。王阳明说："良知只是个是非之心"④，注重的是在道德选择上的主体意识。这个思想后来到李贽那里则成了不"以孔子之是非为是非"⑤ 而发展到异端。孙悟空从皈依唐僧直到最后成佛，无疑标志着人格的完善。但是，他身上的自由意识、个人尊严和人格力量并没有因为皈依佛门而失去昔日的风采。用他自己的话来说，老孙从来都"不晓拜人，就是见了玉皇大帝、太上老君，我也只是唱个喏便罢了"。⑥ 至于见了人间王位，不是"挺立阶心"，便是"不肯行礼"。即使是成为斗战胜佛，按照唐僧的说法，仍然是"未谙中华圣朝之礼"。什么上尊下卑，什么封建等级，以及建立在这个制度上的繁礼缛节，对孙悟空来说，似乎永远是天方夜谭。因而，孙悟空的人格完善并不意味着对封建礼法的屈从。那么，孙悟空人格完善的伦理内容究竟是什么？对孙悟空除妖伏魔目的的检

---

① 吴承恩：《西游记》，人民文学出版社1980年版，第180页。
② 同上书，第553页。
③ 陈元之：《〈西游记〉序》，朱一玄、刘毓忱编《西游记资料汇编》，南开大学出版社2002年版，第225页。
④ 王守仁：《传习录下》，吴光、钱明、董平、姚延福编校《王阳明全集》卷3，上海古籍出版社1992年版，第111页。
⑤ 李贽：《藏书世纪列传总目前论》，刘幼生等整理《藏书》，社会科学文献出版社2000年版，第7页。
⑥ 吴承恩：《西游记》，人民文学出版社1980年版，第199页。

视，也许可以说明这个问题。孙悟空除妖伏魔，一是为了保证取经的顺利进程，以达到人格的自我完善，即所谓"缚魔归正乃修身"，一是履行取经普济众生的宗旨，安国利民，即所谓"扫荡群邪安社稷"。前者着重探讨的是人格完善的方式，后者则主要说明人格完善的内容。孙悟空西天取经的过程，就主体自身来说，是以自省的方式达到人格自我完善的过程；就主体与社会的关系而论，则是安邦治国、除害利民的过程。孙悟空收伏红孩儿，是为了"拯救山上生灵"。在陈家庄，灵感大王"一年一次祭赛，要一个童男，一个童女，猪羊牲醴供献他"。① 孙悟空降伏灵感大王，也是为了"拯救生灵"。凤仙郡侯"十分清正贤良，爱民心重"②，只因一念之差，"冒犯了天地，致令黎民有难"③，凤仙郡"三年不雨"。孙悟空劝善郡侯，"祈雨救民"，致使"风调雨顺民安乐"，"五风十雨万年丰"，仍是为了安国利民。诸如此类，可谓不胜枚举。作者多次借《西游记》中人物之口称道："齐天大圣，神通广大，专秉忠良之心，与人间报不平之事，济困扶危，恤孤念寡。"④ 如果说，大闹天宫对天庭的反抗，孙悟空还主要是为了个人的自由和尊严而斗争，那么，取经途中的除妖降魔，则主要是为了黎民百姓和国家社稷而斗争。每当有人请他降妖，孙悟空总是欣然应允："承照顾了。"连猪八戒也说："听说拿妖，就是他外公也不这般亲热。"⑤ 这种以扫荡妖魔、救人苦难为己任的精神，正是孙悟空身上主体意识浓厚的反映。因而可以说，孙悟空人格完善的伦理内容，就是以正义为职志的安国利民，就是对社会人生的强烈的责任感和使命感。这种责任感和使命感，不是外在的道德规范对人性的强制，而是主体自身内在的道德欲求外化的体现。正是在这个意义上，主体意识和伦理意识、个体人格和群体人格在孙悟空身上得到和谐的统一。这一形象的积极作用和社会意义正体现在这里。

当然，在孙悟空人格完善的进程中，《西游记》也描写了外在束缚对人性的制约，紧箍咒无疑就具有这样的象征意味。紧箍咒又叫"定心真言"，如来曾就其作用对观音说："假若路上撞见神通广大的妖魔"，"他

---

① 吴承恩：《西游记》，人民文学出版社1980年版，第612页。
② 同上书，第1106页。
③ 同上书，第1109页。
④ 同上书，第571页。
⑤ 同上书，第853页。

若不伏使唤，可将此箍儿与他戴上，自然见血生根。各依所用的咒语念一念，眼胀头痛，脑门皆裂，管教他入我门来"。① 后来，观音又对孙悟空说："若不如此拘系你，你又诳上欺天"，"须是得这个魔头，你才肯入我瑜伽之门路哩"。② 显然，紧箍咒代表的是实现人性束缚的封建礼法。在《西游记》中，紧箍咒对孙悟空皈依佛门，"使心猿驯伏"，确实起到过强制作用。但是，这种强制作用仅仅表现为对孙悟空行动的外在制约，而不能形成他人格完善的内在动力并在根本上使之"至死靡他"。如果以这种外在制约取代人格的完善，势必将造成逻辑和实践上的荒谬。事实也正如此，第二十七回，孙悟空打死白骨夫人，本是为了保护唐僧，保证取经的进程，唐僧却乱念紧箍咒，被孙悟空指责为"不识贤愚"。③ 第五十六回，孙悟空打死了一伙"打家截道，杀人放火"的强人，本也是为了保护唐僧，为民除害，唐僧又念起紧箍咒，被孙悟空指责为"直迷了一片善缘，更不察皂白之苦"。④ 前文已述，孙悟空在取经途中斩妖除邪的过程，实质上是为民除害，实现人格自我完善的过程。而唐僧却乱念紧箍咒，干扰斩妖除邪斗争，不但使"定心真言"难以"定心"，而且成为孙悟空为民除害、完善人格的沉重枷锁。因而，作为贯穿整个取经过程的主要矛盾，一个是孙悟空安国利民、实现人格自我完善与妖魔的斗争，另一个则是孙悟空为实现人格解脱，要求摆脱紧箍咒束缚的斗争。为了摆脱紧箍咒的束缚，孙悟空曾当面质问观音："你怎么生方法儿害我？""哄我戴在头上受苦。"⑤ 并且多次要求唐僧、观音、如来"把松箍儿咒念念，退下这个箍子"。⑥ 即使是成为斗战胜佛之后，孙悟空还没有忘记对唐僧说："师父，此时我已成佛，与你一般，莫成还戴金箍儿，你还念什么紧箍咒儿揝勒我？趁早念个松箍儿咒，脱下来，打得粉碎，切莫叫那什么菩萨再去捉弄他人。"⑦ 孙悟空和紧箍咒之间束缚和反束缚的矛盾，实质上是人格完善过程中发挥主体意识和扼制主体意识的冲突，而孙悟空要求摆脱紧箍咒束

---

① 吴承恩：《西游记》，人民文学出版社 1980 年版，第 92 页。
② 同上书，第 193 页。
③ 同上书，第 355 页。
④ 同上书，第 732 页。
⑤ 同上书，第 193 页。
⑥ 同上书，第 348 页。
⑦ 同上书，第 1261 页。

缚的斗争，和他以自身的方式达到人格完善的事实，无疑是对强调外在束缚的程朱理学和"捉弄他人"的封建礼法的深刻批判和辛辣嘲弄。

（原载《湖北大学学报》2000年第2期，2000年CSSCI收录）

人欲的正视和人生的困惑
——《金瓶梅》价值取向论析

一

"'价值'这个普遍的概念是从人们对待满足他们需要的外界物的关系中产生的。"①"外界物"的发展，必然导致人们价值观念的嬗变，而《金瓶梅》产生的明代中叶，则为价值观念的变化提供了极富时代特色的"外界物"。当历史步入16世纪后期，商品经济得到长足的发展。商品经济的发展，冲击了以小农经济为基础的生产方式，以这种生产方式为基础的作为官方哲学的程朱理学及其价值体系受到了挑战。在《金瓶梅》研究中常常为人们所援引的《博平县志》中的记载，就显示了商品经济的发展所引起的价值观念的变化：

> 由嘉靖中叶抵于今，流风愈趋愈下，惯习骄吝，互尚荒佚，以欢宴放饮为豁达，以珍味艳色为盛礼。其流至于市井贩鬻厮隶走卒，亦多缨帽绲鞋，纱裙细袴，酒庐茶肆，异调新声，泊泊浸淫，靡焉勿振。甚至娇声充溢于乡曲，别号下延于乞丐。……逐末游食，相率成风。②

作为"市井贩鬻"，"逐末游食"的商品经济引起的"以欢宴放饮为豁达，以珍味艳色为盛礼"的价值观念变革的产物，在意识形态领域，王守仁提出了"良知只是个是非之心"的著名命题，高度肯定了作为个体的人

---

① [德]马克思：《评阿·瓦格纳的"政治经济学教科书"》，《马克思恩格斯全集》第19卷，人民出版社1963年版，第406页。
② 《博平县志》卷4《人道》六《民风解》，转引自吴晗《〈金瓶梅〉的著作时代及其社会背景》，周钧韬编《〈金瓶梅〉资料续编》，北京大学出版社1991年版，第126页。

在价值判断中的主体作用。继承并且发展了这一命题，李贽把这个思想推向异端，对"咸以孔子之是非为是非"提出大胆质疑，并在《答耿中丞》中强烈要求在价值判断上打破偶像："夫天生一人，自有一人之用，不待取给于孔子而后足也。"① 价值判断上偶像的打破和主体意识的弘扬为价值观念的变革提出了理论依据，"如好货，如好色，如勤学，如进取，如多积金宝，如多买田宅……皆其所共好而共习"。② 总而言之一句话，"穿衣吃饭，即是人伦物理"。③ 于是，昔日为二程朱熹们奉为人性主宰的"天理"降到了与人欲平起平坐的地位，人的物质欲望和感性欲求得到充分的肯定，个体的自然人性和主体意识得到空前的弘扬。在《金瓶梅》中，诸如西门庆之类的人当然压根也不曾有过李贽们那种离经叛道的反理学精神，但是，他们却以自己的感性实践，显示了在商品经济冲击下，人们的价值观念从传统的儒学规范中不断背离所发生的潜在且深刻的变革。

《金瓶梅》描写的世界，是一个商品经济极为发达的世界。如第九十二回所描述的临清：

> 这临清闸上，是个热闹繁华大马头去处，商贾往来，船只聚会之所，车辆辐凑之地，有三十二条花柳巷，七十二座管弦楼。④

在这个世界中，商肆林立，商贾往来川流不息；轻歌曼舞，青楼酒馆参差栉比。"酒庐茶肆，异调新声"，"惯习骄奢，互尚荒佚"，去朴尚华，穷奢极欲是这个世界中的人们所向往的生活方式。早先孟子在《梁惠王上》中所描绘的"五亩之宅，树之以桑"，"百亩之田，勿夺其时"，那种充满着儒家政治理想的田园牧歌情调的小农经济社会图景，在《金瓶梅》中为那林立的商肆、繁华的青楼所取代；而建构在小农经济基础上的传统人生价值观念，诸如"朝闻道，夕死可""修身齐家安邦治国平天下""达

---

① 李贽：《答耿中丞》，刘幼生整理《焚书》卷1，社会科学文献出版社2000年版，第15页。

② 李贽：《答邓明府》，刘幼生整理《焚书》卷1，社会科学文献出版社2000年版，第36页。

③ 李贽：《答邓石阳》，刘幼生整理《焚书》卷1，社会科学文献出版社2000年版，第4页。

④ 兰陵笑笑生：《金瓶梅词话》，戴鸿生校点，人民文学出版社1985年版，第1368页。

则兼济天下,穷则独善其身"之类,对《金瓶梅》中的人们来说,更是闻所未闻的天方夜谭。代之而起的是对金钱财富的极力追求、繁华生活的尽情享受和人情色欲的无限放纵。

人们的价值观念通常会在婚姻问题上得到敏感的反映。《金瓶梅》中孟玉楼对婚姻的选择无疑具有深刻的文化底蕴。孟玉楼是《金瓶梅》中为数不多、颇有见识且得到作者首肯的女性。丈夫死去一年多后,原夫的姑妈杨氏和母舅张四都主张她改嫁。且不说孟玉楼的改嫁已经有悖于传统道德女子"从一而终"的古训,更重要的是,孟玉楼对配偶的选择,体现了新的价值取向。张四"一心举保与大街坊尚推官儿子尚举人为继室",因为尚举人"是斯文诗礼人家,又有庄田地土,颇过得日子"。① 杨姑妈则主张她嫁给西门庆做第三房小妾,因为西门庆是"清河县数一数二的财主,有名卖生药放官吏债西门大官人","家中钱过北斗,米烂陈仓"。② 按照传统的婚姻观点,这两种选择无疑有着自不待言的悬殊。一方是官僚地主家庭,另一方则是市井逐末之徒;一方是"斯文诗礼"的举人老爷,另一方则是"一介乡民"的商界巨子;一方是做堂堂正正的正房夫人,另一方则是在成群妻妾中充当第三房小老婆。然而令人深思的是,孟玉楼却置"庄田地土""斯文诗礼"和功名门第于不顾,果断地选择了后者,"孟姬爱嫁富家翁"。③ 这种选择无疑意味着一种新的价值判断,因为西门庆不仅代表着新兴的生机勃勃的商人阶层,而且具有雄厚的金钱财富实力。而西门庆在这场婚姻角逐中的成功,无疑是新兴的商人阶层对传统的官僚地主的胜利,是金钱财富对"斯文诗礼"的胜利。金钱财富成了衡量其持有者价值的重要准则。

商品经济的发展和消费品的增加必然引起消费观念的更新。尘世享乐意识因而成为当时人们重要的价值取向。去朴尚华,争新慕艳,挥霍奢淫,寻欢作乐成了当时城市生活的社会风尚。即使是袁宏道那样正儿八经的文人学士,也把"目极世间之色,耳极世间之声,身极世间之鲜"作为人生一世"生可无愧,死可不朽"的"真乐"。④ 西门庆之类的市井之

---

① 兰陵笑笑生:《金瓶梅词话》,戴鸿生校点,人民文学出版社1985年版,第76页。
② 同上书,第75页。
③ 同上书,第70页。
④ 袁宏道:《龚惟长先生》,《锦帆集》之三,袁宏道著,钱伯城笺校《袁宏道集笺校》卷5,上海古籍出版社1981年版,第205—206页。

辈自然更会把繁华生活的尽情享受作为人生的一大趣旨。在《金瓶梅》这个穷奢极欲的世界，宴游作欢，笙歌为乐成了人们的日常生活；山珍海味，披金戴银已是司空见惯。这种慕繁趋华的享乐意识，在最能体现时代风尚的服饰装束上得到了明显的反映。按照封建礼制的古训："衣服有制，宫室有度，人徒有数，丧祭器用皆有等宜。"[①] 在服饰上有严格的等级制度以显示贵贱有别。慕艳趋华的社会风尚无疑会形成对封建等级制度的冲击。第十五回，吴月娘等正月十五到李瓶儿家观灯，"吴月娘穿着大红妆花通袖袄儿，娇绿缎裙，貂鼠皮袄。李娇儿、孟玉楼、潘金莲都是白绫袄儿，蓝段裙。李娇儿是沉香色遍地金比甲，孟玉楼是绿遍地金比甲，潘金莲是大红遍地金比甲，头上珠翠盈堆，凤钗半卸，鬓后挑着许多各色灯笼儿"。[②] 这些僭越礼制服饰与妆束，使人们误以为"已定是那公侯府位里出来的宅眷"，"是贵戚皇孙家的艳妾来此观灯，不然，如何内家装束"。[③] 什么俭约守成的封建生活传统，什么尊卑有序的封建等级礼制，都被这班争华竞丽的红男绿女打得粉碎。

人情色欲的放纵是享乐意识膨胀的必然产物。对情欲的正视和顺应曾是明代个性解放思潮的重要内容。在《金瓶梅》的第一回，作者开宗明义地指出："情色二字，乃一体一用。故色绚于目，情感于心，情色相生，心目相视。亘古及今，仁人君子，弗合忘之。"[④] 既然"仁人君子"都不应忘怀于情色，情欲无疑是人的正常的本能要求。对情欲的正视必将导致对禁欲主义传统道德的冲击。而《金瓶梅》第六十九回西门庆私通林太太，就具有这样的哲学意味。林太太家乃世代簪缨，先朝将相。作为一个有很高社会地位的贵妇人，她与西门庆私通，并不是为了钱财，而仅仅是出于情欲的需要。作品描写林太太和西门庆第一次幽会的情景，不能说不是寓意深藏："文嫂引导西门庆到后堂，掀开帘栊而入，只见里面灯烛荧煌，正面供着他祖爷，太原节度邠阳郡王王景崇的影身图……迎门朱红匾上：'节义堂'三字；两壁书画丹青，琴书潇洒；左右泥金隶书一联：'传家节操同松竹，报国勋功并山斗'。"[⑤] 而正是这个自称"妾身未

[①] 王先谦撰，沈啸寰、王星贤点校：《荀子集解》卷5，中华书局1988年版，第159页。
[②] 兰陵笑笑生：《金瓶梅词话》，戴鸿生校点，人民文学出版社1985年版，第172页。
[③] 同上书，第174页。
[④] 同上书，第1页。
[⑤] 同上书，第965页。

曾出闺门，诚恐抛头露面，有失先夫名节"① 的林太太，在挂着"传家节操同松竹"对联的"节义堂"中，在贵为郡王的祖爷王景崇的图像面前，与西门庆如此这般地"眉目顾盼留情"② 之后，干起了不节不义，实在"有失先夫名节"的勾当。这里的一切是那样的肃穆，又是这样的虚伪，是何等的冠冕堂皇，又这般的道貌岸然！什么"传家节操"，什么"先夫名节"，都在林太太的本能得以满足之际，变成满纸满口的滑稽荒唐。这不仅是对虚伪的封建道德的辛辣嘲讽，而且意味着人的本能情欲对禁欲主义传统的彻底冲决。

二

作为《金瓶梅》的主人公，西门庆的价值取向更为典型地反映了16世纪市井商肆的社会风尚。探讨《金瓶梅》的价值取向，也就不能不分析西门庆的人生价值观念。作品的第十九回，李瓶儿对西门庆和蒋竹山的比较颇能说明这个问题："他拿什么来比你？你是个天，他是块砖。你在三十三天之上，他在九十九地之下。休说你仗义疏财，敲金击玉，伶牙俐齿，穿罗着绵，行三坐五，这等为人上之人。自你每日吃用稀奇之物，他在世几百年，还没曾看见哩！他拿什么来比你？你是医奴的药一般，一经你手，教奴没日没夜只是想你。"③ 在李瓶儿看来，西门庆和蒋竹山之所以有天壤之别，就在于西门庆具有巨大的金钱实力及获得这些财富的手段，就在于西门庆具备纵欲享乐的生活与寻花问柳的本领。尽管这仅仅是李瓶儿情急之际的"柔情软话"，却实实在在地概括了西门庆的价值取向，使"西门庆欢喜无尽"，回嗔作喜，连声首肯"你说的是"。④ "好货"和"好色"，金钱和女人，物质财富和纵欲享乐构成了西门庆人生的全部要义。

西门庆的价值取向突出地表现为强烈的自我实现要求。现代西方行为科学的代表人物马斯洛在阐释"自我实现"这一概念时说："音乐家必须演奏音乐，画家必须绘画，诗人必须写诗，这样才会使他们感到最大的快

---

① 兰陵笑笑生：《金瓶梅词话》，戴鸿生校点，人民文学出版社1985年版，第967页。
② 同上。
③ 同上书，第228页。
④ 同上。

乐。是什么样的角色就应该干什么样的事。我们把这种需要叫做自我实现。"① 作为一个商人，西门庆的自我实现就在于最大限度地获得利润，对金钱财富的追求，因之成为西门庆最重要的人生价值取向。我们不妨翻开《金瓶梅》的第七十八回，看看西门庆在商业利润面前的强烈自信和勃勃雄心：

> 李三道："今朝廷东京行下文书，天下十三省，每省要两万银子的古器。咱这东平府坐派着二万两，批文在巡按处，还未下来。如今大街上张二官府，破二百两银子，干这宗批要做，都看有一万银子寻。小人会了二叔，敬来对老爹说。老爹若做，张二官府拿出五千两来，老爹拿出五千两来，两家合着做这宗买卖。"……西门庆听了，说道："比是我与人家打伙做，不如我自家做了罢。敢量我拿不出这一二万银子来！"……西门庆又问道："批文在那里？"李三道："还在巡按上边，没有发下来哩。"西门庆道："不打紧，我这差人写封书，封些礼，问宋松原讨将来就是了。"李三道："老爹若讨去，不可迟滞。自古兵贵神速，先下来的先吃饭。诚恐迟了，行到府里，乞别人家干的去了。"西门庆笑道："不怕他。设使就行到府里，我也还教宋松原拿回去就是。胡府尹我也认的。"②

正是凭借这种精明强悍和贪婪野心，西门庆的商业资本得到迅速发展，"家中放官吏债，开四五处铺面：段子铺、生药铺、绸绢铺、绒线铺，外边江湖又走标船，扬州兴贩盐引，东平府上纳香蜡，伙计主管约有数十"。③ 早先出身于"一个破落户"的"浮浪子弟"，一跃而为家资逾十万"清河县数一数二"的西门大官人。从这个意义上来讲，西门庆确实达到他作为商人的自我实现的人生价值。

西门庆人生价值的自我实现，固然依靠正当的商业经营，同时也利用封建官场政治的腐败进行贪赃枉法，巧取豪夺。他雄厚的经济实力，除了

---

① [美]马斯洛：《人的动机理论》，林方主编《人的潜能和价值》，华夏出版社1987年版，第168页。

② 兰陵笑笑生：《金瓶梅词话》，戴鸿生校点，人民文学出版社1985年版，第1188—1189页。

③ 同上书，第963页。

满足他及西门氏家族的挥霍享用之外,主要用于两种途径:一是用于商业投资,一是用于贿赂官府。为了巴结当朝太师蔡京,他不惜花费巨资为之祝寿,进献生辰担,拜干爹;为了讨好蔡京的管家翟谦,他慷慨破费办妆奁,送女人;为了结交宋巡按、蔡状元、安主事,他送礼请客,优礼相加,曲意奉承。由于不惜重金贿赂官府,这个"一介乡民"的西门庆终于成为执掌一省刑狱的山东提刑所理刑千户的五品大员。当西门庆穿上"飞鱼蟒衣"招摇过市的时候,当他装模作样地觉得与"白衣人"乔大户结亲"不搬陪""甚不雅相"的时候,他那带有商人庸俗的权势欲似乎得到了满足。但是,西门庆贿赂权贵的主要动机并不是对权势的追求,而是以权势的利剑打开一条通向金钱的黄金通道。第四十七回,为了得到一千两贿银,身为理刑副千户的西门庆竟然让图谋钱财、杀害主人的苗青逍遥法外,这是依仗权势贪赃枉法。第六十七回,在生意上与徐内相发生矛盾,西门庆便神气十足地说:"我不怕他,我不管什么徐内相、李内相,好好我把他小厮提留在监里坐着,不怕他不与我银子!"[①] 这是依靠权势巧取豪夺。通过金钱,西门庆获得了权势,而权势则反过来使他的金钱进一步增值。由此看来,西门庆自我实现、发家致富的全部历史,既是当时商品经济的发展史,也是西门庆贪赃枉法、巧取豪夺的罪恶史,同时还是封建官场的腐败史。

可以这样说,西门庆的一生,考虑的仅仅是这两个问题,怎样赚钱和如何花钱。巨大的金钱财富为他纵情享受提供了雄厚的物质基础,放情纵欲因而成为西门庆另一个重要的人生价值取向。"淫渎从来由浊富"[②] 就是这种情形的写照。第五十六回,西门庆曾经振振有词地说:(金钱)"兀那东西,是好动不喜静的,曾肯埋没在一处?也是天生应人用的,一个人堆积,就有一个人缺少了。因此积下财宝,极有罪的"。[③] 这段话,既反映了西门庆货币流通的经济观念,同时也为他及时行乐、放情纵欲的消费意识寻找理论依据。在西门庆看来,"百年若不千场醉,碌碌营营总是空"[④],商业上苦心经营,就是为了生活上的醉生梦死,以本能快感的

---

① 兰陵笑笑生:《金瓶梅词话》,戴鸿生校点,人民文学出版社1985年版,第921页。
② 同上书,第324页。
③ 同上书,第737页。
④ 同上书,第756页。

发泄来获得自我生命价值与意义的肯定。正是凭借强大的金钱物质实力，出于对自我生命价值的确认，西门庆才得以在情欲的放纵方面有恃无恐、为所欲为，大有一点"把天下老婆都耍遍"的色情狂气概。在第五十七回，当吴月娘劝西门庆"少干几桩""贪财好色的事体"时，西门庆的回答是：

> 咱闻那佛祖西天，也止不过要黄金铺地。阴司十殿，也要些楮镪营求。咱只消尽这家私广为善事，就使强奸了常娥，和奸了织女，拐了许飞琼，盗了西王母的女儿，也不减我泼天富贵！①

金钱不仅是偷情恣纵、放荡淫逸的通行证，而且还是死后超生，进入西方极乐世界的门票。这就是西门庆的逻辑。西门庆最终葬身于情天欲海无疑是这种逻辑的必然归宿。

正是出自这种逻辑，西门庆成天混迹于酒肆青楼，沉溺于犬马之好，逐欢于酒色之中。花天酒地，奢侈挥霍，仅请宋御史一席酒，"就费够千两银子"；纵欲无度，放荡如狂，家中妻妾成群，还要在外宿花眠柳、偷期纵淫。尽管西门庆的放情纵欲在某一层面上体现为对传统禁欲主义教条的悖逆，但是，他的偷情恣纵是以甘于自身的沉沦和牺牲他人利益为代价的。为娶潘金莲，他毒死武大郎，勾结官府，发配武松；为得到李瓶儿，他气死花子虚，陷害蒋竹山；为霸占宋惠莲，他诬陷来旺，逼死宋惠莲，打死宋仁。西门庆偷情恣纵的全部历史，既是他个人生活上的荒淫史，也是他甘心沉沦的毁灭史，同时还是亡人破家的血泪史。

袁宏道在《德山麈谭》中说过"乍见美色而心荡，乍见金银而心动，此亦非出于矫强"②的人的本性。在西门庆身上，不仅反映了这种本性，而且体现了这种本性以畸形和变态的形式对封建时代的伦理道德与社会秩序的冲突与破坏。从道德层面上讲，西门庆无疑是罪恶的化身。恩格斯在《路德维希·费尔巴哈和德国古典哲学的终结》中说，恶是历史发展的动力借以表现出的形式。这里有双重的意思，一方面，每一种新的进步都必

---

① 兰陵笑笑生：《金瓶梅词话》，戴鸿生校点，人民文学出版社1985年版，第753页。
② 袁宏道：《德山麈谭》，《潇碧堂集》之二十，袁宏道著，钱伯城笺校《袁宏道集笺校》卷44，上海古籍出版社1981年版，第1284页。

然表现为对某一神圣事物的亵渎，表现为对陈旧的、日渐衰亡的，但为习惯所崇奉的秩序的叛逆，另一方面，自从阶级对立产生以来，正是人的恶劣的情欲——贪欲和权势欲成了历史发展的杠杆。① 在西门庆那里，没有礼义廉耻，没有仁义道德，有的只是放情纵欲、欢淫挥霍，体现的却是对封建道德，作为"神圣事物的亵渎"和封建秩序，作为"习惯所崇奉的秩序叛逆"。在西门庆那里，什么"重本抑末，贵农贱商"，什么为富不仁，义理纲常，更是闻所未闻的天方夜谭，唯利是图，巧取豪夺就是他的人生信条，"贪欲和权势欲成了历史发展的杠杆"。作为罪恶的化身，西门庆这一形象体现了商业经济发展的历史必然。这一切，我们虽然在情感上难以接受，却是事实，是历史进程中一个不可回避的残酷事实。尽管这一事实在中国封建制度重压之下呈现出一种畸形和变态。

三

《金瓶梅》的时代，是传统的价值体系开始解体，而新的行为规范又尚未完全确立的时代。一方面，《金瓶梅》的作者以真实的笔触描写了西门庆们对金钱财富的狂热追求和对人情色欲的尽情宣泄，体现了商品经济所必然带来的恶德丑行的大胆认识和勇敢正视。但是，对传统禁欲主义价值体系矫枉过正，势必将导致人欲横流。恶劣的情欲一旦超出一定社会相应的行为规范而发展到损人利己，就难以成为"历史发展的杠杆"，只会引起人际关系的失调和社会秩序的混乱，加速社会毁灭的进程。作者又可怕地意识到，《金瓶梅》这样一个人欲横流、损人利己的社会，并不利于社会的正常发展和人类自身的完善。因而，作者对西门庆们的贪赃枉法，损人利己表现出极大的不满，对《金瓶梅》这个污败腐化、纵意奢淫的社会表现出一种深沉的忧患。面临历史的十字路口，应以怎样的价值观念观照《金瓶梅》中如实展示的现实人生，用怎样的价值体系来确立人们的行为规范以矫正人欲横流的社会现象，成为作者认真思考并力图做出回答的问题。

作者首先想到的是伦理道德。力图借助传统的道德规范评价人物，并以这种道德规范作为参照系来匡正世风。置于《金瓶梅》全书之首的

---

① 参见［德］恩格斯《路德维希·费尔巴哈和德国古典哲学的终结》，《马克思恩格斯选集》第 4 卷，人民出版社 1972 年版，第 233 页。

《四贪词》中,作者即希望以"疏亲慢友多由你,背义忘恩尽是他"[①],之类的谆谆劝诫,来矫正那个充斥着"酒色财气",败德丧伦的社会风习。于是就有了欣欣子《金瓶梅词话序》中那种"兰陵笑笑生作《金瓶梅传》","无非明人伦,戒淫奔"[②] 之类的评价。的确,在《金瓶梅》中,特别是置于每章之前的回前诗中,"贪财不顾纲常坏,好色全忘义理亏"[③],诸如此类的道德说教可谓枚不胜数。但是,这些道德说教在整部《金瓶梅》中仅仅停留在观念形态的层面上,而没有渗透于形象的具体描写中以左右《金瓶梅》的创作过程。一方面,作者不厌其烦地指责西门庆、潘金莲们"贪淫无耻坏纲常",以纲常为价值标准对人物做出道德评判。另一方面,又以成篇累牍且带有几分玩味意味的笔调,具体描述西门庆、潘金莲们"贪淫无耻"的性过程,以显示"真个偷情滋味美",自身又表现出对纲常的突破与违背。一方面作者希望以"天理""纲常"来拯救那个人欲横流的社会,另一方面又真实地展示了那个人欲横流的社会怎样冲决"天理""纲常"的樊篱一步步走向败德丧伦。作品的第十八回,孟玉楼就李瓶儿改嫁西门庆议论说:"论起来,男子汉死了多少时儿,服也还未满就嫁人,使不得的。"吴月娘的回答则更加冷静客观:"如今年程,论什么使的使不的?汉子孝服未满,浪着嫁人的才一个儿?"[④]《金瓶梅》的"年程",就是一个"人事如此如此,天理未然未然"[⑤] 的"年程"。从类似"西门庆私通林太太"这样一系列的生活画面中,我们看到的是:"天理"对《金瓶梅》中的人们甚至包括作者已经失去了束缚人心的作用。在如潮似浪的人情物欲的强大冲击下,依稀残存于人们记忆中的传统道德显示出的仅仅是束手无策和无能为力。

于是作者转而想到宗教意识,希望以佛教中已经世俗化了的轮回报应思想拯救世风,凭借恐怖的阴司报应和未知的来世轮回警戒人生。出于这一创作思想,作者在第一百回中为人们设计了恐怖的一幕,普静和尚对吴月娘说:

---

① 兰陵笑笑生:《金瓶梅词话》,戴鸿生校点,人民文学出版社1985年版,第2页。
② 欣欣子:《金瓶梅词话序》,兰陵笑笑生著,戴鸿生校点《金瓶梅词话》,人民文学出版社1985年版,第1页。
③ 兰陵笑笑生:《金瓶梅词话》,戴鸿生校点,人民文学出版社1985年版,第409页。
④ 同上书,第208页。
⑤ 同上书,第630页。

"当初你去世夫主西门庆造恶非善。此子转身,托化你家,本要荡散其财本,倾覆其产业,临死还当身首异处。"……于是权步来到方丈内,只见孝哥儿还睡在床。老师将手中禅杖,向他头上只一点,教月娘众人看,忽然翻过身来,却是西门庆,项带沉枷,腰系铁索;复用禅杖只一点,依旧还是孝哥儿睡在床上。①

然而,作者所处的社会,则是一个"痴聋喑哑家豪富,伶俐聪明却受贫"②的社会,是一个黑白颠倒、天道不公、鬼神不明、人世不平的社会。一方面,作为西门庆"造恶非善"的报应,他在阴间披枷戴锁,轮回后荡散财本,这无疑是作者主观意图的体现。另一方面,《金瓶梅》中的人们,不论善恶,统统解脱超生,即使是作恶多端的西门庆,也"托生富户沈通为次子——沈钺"③,继续享受食甘厌肥的生活,这显然又是客观现实的写照。造恶的不一定受贫穷更命短,为善的未见得享富贵又寿延。"地狱与天堂,作者还自受"④之类的宗教报应说教,在黑白颠倒的现实面前,不过是一纸虚幻。地狱的警戒和天堂的诱惑远远不如现世的享受来得现实。正如作者在第七十五回中议论的:"吴月娘怀孕,不宜令僧尼宣卷,听其生死轮回之说,后来感得一尊古佛出世,投胎夺舍,日后被其显化而去,不得承受家缘,盖可惜哉!"⑤ 在出世古佛和承受家缘,生死轮回和现世享乐之间,后者显然更具有诱惑力。在现世的享乐面前,恐怖的阴司报应和未知的来世轮回已经失去了惩戒人心的警惧力量。

最后,作者不得不借助于生命意识,以生命的毁灭和死亡的处罚来惩戒人们的放情纵欲,以生命意识唤起人类的醒悟和情欲的节制。在《金瓶梅》中,作者又喋喋不休地劝告人们:"色不迷人人自迷,迷他端的受他亏。"⑥ "亡身丧命皆因此,破业倾家总为他。"⑦ 以养生益年的角度告

---

① 兰陵笑笑生:《金瓶梅词话》,戴鸿生校点,人民文学出版社1985年版,第1489页。
② 同上书,第214页。
③ 同上书,第1486页。
④ 同上书,第106页。
⑤ 同上书,第1087页。
⑥ 同上书,第33页。
⑦ 同上书,第62页。

诫人们节制情欲，否则便避免不了死亡的惩罚。作者在第七十八回中议论说："乐极悲生，否极泰来，自然之理。西门庆但知争名夺利，纵意奢淫，殊不知天道恶盈，鬼录来追，死限临头。"① 葬生于情天欲海，就是奸夫淫妇们"纵意奢淫"的必然归宿。"楼月善良终有寿，瓶梅淫佚早归泉"②，吴月娘、孟玉楼之所以颐享天年，就在于她们洁身自爱，节制情欲；而西门庆、李瓶儿、庞春梅之所以早归黄泉，则在于他们纵欲奢淫，荒淫无度。只有节制情欲，才能使人类自身得到健康的发展。从养生的角度引导人们节制情欲，无疑具有医学上的进步意义。但是，对生命意识的注重又必然关系到对生命本质的认识。生命的目的是什么？意义又如何？在西门庆看来："百年若不千场醉，碌碌营营总是空。"③ 作者也承认："人生能有几，不乐是徒然。"④ 人生的目的和生命的意义既然在于享乐，那么，享乐意识和生命意识必然构成人生难以调和的矛盾。这种矛盾在第一回中就得到典型的体现：

> 如今这一本书，乃虎中美女，后引出一个风情故事来。一个好色的妇女，因与破落户相通，日日追欢，朝朝迷恋，后不免尸横刀下，命染黄泉，永不得着绮穿罗，再不能施朱傅粉。静而思之，着甚来由。况这妇人，他死有甚事！贪他的断送了堂堂六尺之躯，爱他的丢了泼天哄产业。⑤

在作者看来，生命完结的遗憾在于"永不得着绮穿罗，再不能施朱傅粉"，不能享受人生；而"日日追欢，朝朝迷恋"的享乐又会"断送堂堂六尺之躯"。生命的目的在于享乐，而享乐的结果又加速生命的进程。作为人生的双重本能，生命意识和享乐意识的矛盾，终于使作者陷入二律背反的困惑境地。

这些矛盾与困惑，与其说是作者认识的局限，还不如说是历史进步的表现，因为它是旧的价值体系开始解体，新的行为规范尚未完善的历史写

---

① 兰陵笑笑生：《金瓶梅词话》，戴鸿生校点，人民文学出版社1985年版，第1191页。
② 同上书，第1490页。
③ 同上书，第757页。
④ 同上书，第112页。
⑤ 同上书，第3页。

照。处于这样一个价值观念正默默地发生变革的历史阶段，李贽大胆地反对"以孔子之是非为是非"，却难以提出评判是非的价值准则。汤显祖热烈地歌颂了"理之所必无，情之所必有"的爱情，却为烈女节妇树碑立传。冯梦龙发出了"借男女之真情，发名教之伪药"的强烈呐喊，又板着面孔喋喋不休进行"劝人力行仁义，扶植纲常"[①] 之类的说教。这些思想的先行者们对传统的"名教""天理"进行猛烈的抨击，但当社会一旦冲破传统的道德规范而走向倾斜和失调的时候，寻找一种新的行为规范维系世风必然成为人们的价值渴望，而残存于人们记忆中的传统的价值体系便提供了最方便、最现成的参照系统，矛盾与困惑于是成为新旧嬗变之际的历史必然。于是，笔者想起了时下颇为盛行的两句流行歌曲，姑且加以套用，以作为这篇文章的结语：

《金瓶梅》的世界很精彩，
《金瓶梅》的世界很无奈。

（原载《湖北大学学报》1992 年第 5 期，
人大复印报刊资料《中国古代、近代文学研究》1993 年第 1 期转载）

---

① 冯梦龙：《白玉娘忍苦成夫》，冯梦龙著，顾学颉校注《醒世恒言》卷 19，人民文学出版社 1956 年版，第 380 页。

第四章 《红楼梦》《小五义》考论

论贾宝玉的悲剧心态

《红楼梦》无疑是一部震撼人心的悲剧，但与其说是一部爱情悲剧，还不如说是一部人生悲剧。作为这部悲剧的主人公，贾宝玉身上体现出进步的自由意识和"意淫"意识，表现了一种新的人生追求。另外，贾宝玉的这种新的人生追求又难以超越社会时代、家世利益及自身传统基因的制约，得到正常健全的发展。贾宝玉的孤独心态和压抑心态，以及最终结局的中举出家，就是这种悲剧性冲突的逻辑体现和必然归宿。

一 贾宝玉的孤独心态

贾宝玉的孤独心态是他超越时代的理想人生和他所生活的封建社会的矛盾显现。

贾宝玉这一形象是体现了新人特征的"今古未见之人"。这一点，正如己卯本十九回脂评所云：

> 按此书中写一宝玉，其于书中见而知有此人，实未曾目睹亲见者。又写宝玉之言，每每令人不解；宝玉之生性，件件令人可笑。不独于世上亲见这样的人不曾，即阅古今所有之小说传奇中亦未见过这样的文字，于颦儿处更为甚。其囫囵不解之中实可解，可解之中又说不出理路。合目思之，却如真见一宝玉。[1]

---

[1] 俞平伯辑：《脂砚斋红楼梦辑评》，中华书局1960年版，第253页。

这段脂评涉及贾宝玉形象两个方面的特点,即艺术上的真实和人生上的虚构。从艺术上看,贾宝玉的形象是真实的。读了《红楼梦》,"合目思之,却如真见一宝玉",有"实可解"的一面。而从人生上看,贾宝玉的形象又是理想的。"不独于世上亲见这样的人不曾,即阅古今所有小说传奇中亦未见这样的文字",有"不解"的一面。

贾宝玉的形象之所以存在着当时的人们"不解"的一面,就在于这一形象体现了超越时代的新人特征。确实,贾宝玉的人生继承了魏晋以来阮籍、嵇康等"越名教而任自然"的思想,同时也吸收了明代以来戏曲小说中个性解放的思潮。但是,他身上所体现出的自由意识和"意淫"意识、性爱意识与平等意识,却达到了已往文学中从未达到的高度,具有资产阶级民主思想的某些特征。而贾宝玉这一形象所诞生的18世纪中叶,虽然出现了资本主义的某些生产方式,但是,存在于封建社会母体中的资本主义萌芽并没有形成对封建的生产方式的有力冲击,更没有达到动摇封建大厦根基的程度。在"康乾盛世"的外衣下,封建社会还维持着外表上的繁荣与强盛。18世纪的中国封建社会并没有为资产阶级民主思想的发展提供历史环境,也没有为贾宝玉这样的新人提供合理的生存空间。这种情形体现在贾宝玉这一形象上,一方面,曹雪芹通过贾宝玉这样一个"实未曾目睹亲见"的超越时代的新人的塑造,表达了对理想人生大胆而勇敢的探索,同时,也正是因为这种勇敢的探索超越了当时人们的现实人生体验,才使贾宝玉身上所体现的人生理想呈现出"曲高和寡"的情势,乃至于极为了解曹雪芹创作思想的脂砚斋之类的人们对这一形象"囫囵不解"。

其实,对贾宝玉"囫囵不解"的岂只有脂砚斋?在《红楼梦》中,贾政把他看作"淫魔色鬼"[1],王夫人说他是"孽根祸胎"[2],袭人认为他"性情古怪"[3],社会世道目之为"乖僻邪谬"[4],"迂阔怪诡",乃至于"百口嘲谤,万目睚眦"[5]。如果说,"行为偏僻性乖张"[6] 只是从正统观

---

[1] 曹雪芹、高鹗:《红楼梦》,山东人民出版社1980年版,第20页。
[2] 同上书,第34页。
[3] 同上书,第438页。
[4] 同上书,第20页。
[5] 同上书,第65页。
[6] 同上书,第36页。

念观照贾宝玉的结果,那么,更令人深思的是,即使是贾宝玉所尊重、体贴和同情的人物,有时对贾宝玉的言行也不能理解。第五十七回,宝玉看紫鹃穿得少,"便伸手向他身上抹了抹",关心地说:"穿这样单薄,还在风口里坐着,时气又不好,你再病了,越发难了。"然而这种体贴与关心并没有得到紫鹃的理解,反而抢白宝玉说:"从此咱们只可说话,别动手动脚的,一年大,二年小的,叫人看着不尊重。"① 第六十二回,"香菱见宝玉蹲在地下,将方才的夫妻蕙与并蒂菱用树枝儿挖了一个坑,先抓些落花来铺垫了,将这菱蕙安放上,又将些落花来掩了,方撮土掩埋平伏"。香菱嘲弄说:"这又叫做什么?怪道人人说你惯会鬼鬼祟祟使人肉麻呢。"②

难以被人理解的情势决定了贾宝玉苦闷孤独的特定心态和"无故寻愁觅恨"③ 的心理定式,多愁善感因之成为贾宝玉性格的显著特征。"时常没有人在跟前,就自哭自笑的;看见燕子就和燕子说话,河里看见了鱼就和鱼儿说话,见了星星月亮,他不是长吁短叹的,就是咕咕哝哝的。"④ 第三十六回"识分定情悟梨香院",宝玉要龄官唱一套"袅晴丝",而"龄官独自躺在枕上,见他进来,动也不动",并以嗓子哑了为由,正色拒绝了宝玉的要求。经过这样被人弃厌的经历,宝玉"自此深悟人生情缘,各有分定",回到怡红院后对袭人说:"昨夜说,你们的眼泪单葬我,这就错了。看来我竟不能全得。从此后,只好各人得各人的眼泪罢了。"⑤

正是由于这种孤独的心态,贾宝玉尤其珍视林黛玉的理解。因而,每当和林黛玉发生误会,认为黛玉不能理解他的时候,贾宝玉的痛苦才特别深重,有时甚至从佛道思想中寻求慰藉,以解脱内心的苦闷和孤独。第二十二回"听曲文宝玉悟禅机",宝玉和黛玉及湘云发生矛盾纠葛,宝玉担心黛玉和湘云之间产生误会,"故在中间调停,不料自己反落了两处的数落":

> 正合着前日看《南华经》内:"巧者劳而智者忧,无能者无所求,蔬食而遨游,泛若不系之舟。"又曰:"山木自寇,源泉自盗"

---

① 曹雪芹、高鹗:《红楼梦》,山东人民出版社1980年版,第723页。
② 同上书,第805—806页。
③ 同上书,第36页。
④ 同上书,第472页。
⑤ 同上书,第441页。

等句，因此越想越无趣。再细想来："如今不过这几个人，尚不能应酬妥协，将来犹欲何为？"①

联想到《山门》中鲁智深"赤条条，来去无牵挂"的唱词，写了一首体现"色空"思想的散曲《寄生草》："无我原非你，从他不解伊。肆行无碍凭来去。茫茫着甚悲愁喜？纷纷说甚亲疏密？从前碌碌却因何？到如今回头试想真无趣！"② 以参禅悟道的方式，力图以任其自然和超然物外的态度来解脱不能被黛玉理解的苦恼。并在第三十一回等回中，多次向黛玉表白："你死了，我做和尚去。"③ 所以，当黛玉这个宝玉唯一的知己死后，宝玉毅然出家，正是这种孤独心态的驱使走向虚无的逻辑体现。

贾宝玉无疑是一个时代的先驱者，同时也是一个孤独的象征。他身上那种超越时代的民主思想，体现了大胆探索理想人生的勇敢精神。唯其如此，他才承受了比同时代人更多的苦恼和孤独。在这个意义上，贾宝玉的悲剧，是时代先驱者的悲剧，也是那个因循守旧的时代的悲剧。通过贾宝玉的悲剧，人们看到了理想人生的探索所付出的代价与艰辛，也看到了那个时代对体现民主思想的理想人生的窒息和扼杀。而贾宝玉人生悲剧的内蕴，也在这里得到了某个侧面的深刻显示。

二 贾宝玉的压抑心态

贾宝玉的压抑心态是他的理想人生和封建家世利益的矛盾显现。

在《红楼梦》中，贾宝玉的人生理想和贾府的家长意志构成了作品的主要矛盾冲突。一方面，贾宝玉执着于自由意识和"意淫"意识，蔑视传统人生，厌恶贵族生活，主张婚姻自主，反对封建等级，体现出人生道路上的叛逆精神。而另一方面，贾府家长则从家世利益出发，规定贾宝玉的人生道路，希望他"留意于孔孟之间，委身于经济之道"④，读书为宦，振兴家业。在族权对家庭日常生活具有至高无上决定作用的封建时代，这两种人生道路的冲突决定了贾宝玉的压抑心态和悲剧结局。

---

① 曹雪芹、高鹗：《红楼梦》，山东人民出版社1980年版，第255页。
② 同上书，第256页。
③ 同上书，第375页。
④ 同上书，第65页。

《红楼梦》的故事,是在贾氏家族经历了一百多年"烈火烹油"① 的显赫时期急剧走向衰败的背景下展开的。在表面上,贾府虽然还呈现出"厅殿楼阁""峥嵘轩峻""树木山石""葱蔚洇润"的兴盛气象,但内在里却危机四伏,"如今外面的架子虽然没有很倒,内囊却也尽上来了"。②而其中最大的危机,是后继乏人。在第二回,作者借冷子兴之口强调说:"更有一件大事:谁知这样钟鸣鼎食的人家,如今养的儿孙,竟是一代不如一代了!""主仆上下,都是安富尊荣,运筹谋画的竟无一个。"事实也是如此。贾敬"一味好道,只爱烧丹炼汞"。贾赦"为人却也中平,也不管理家事"。贾政虽然"人品端方",却"不惯俗务","不知理家"。至于贾珍、贾琏、贾蓉等,更是"只一味高乐不了,把那宁国府竟翻过来了"。③ 就是在这种儿孙"一代不如一代"的情况下,由于嫡孙地位和"聪明乖觉",贾宝玉自然而然、顺理成章地被推上了家族继业者的位置。所以,第五回宁荣二公在天之灵对警幻仙子说:

　　吾家自国朝定鼎以来,功名奕世,富贵流传,已历百年,奈运终数尽,不可挽回!我等之子孙虽多,竟无可以继业者。惟嫡孙宝玉一人,禀性乖张,用情怪谲,虽聪明灵慧,略可望成,无奈吾家运数合终,恐无人规引入正。幸仙姑偶来,望先以情欲声色等事警其痴顽,或能使他跳出迷人圈子,入于正路。④

"宁荣二公之灵"的这段话对《红楼梦》的整体构思具有重要的暗示作用。在贾府"运数合终"而又"无可以继业者"的背景下,贾宝玉是贾府唯一"略可望成"的期待所在。一方面,贾宝玉虽然"聪明灵慧",却"禀性乖张,用情怪谲";另一方面,贾府家长希望宝玉"将来一悟","跳出迷人圈子,入于正路"。贾宝玉根植于自然人性的生活追求和贾府家长"规引入正","可以继业"的家世期待于是构成了作品的主要矛盾。这一矛盾在人生道路和爱情婚姻上得到了集中的体现。

---

① 曹雪芹、高鹗:《红楼梦》,山东人民出版社1980年版,第146页。
② 同上书,第18页。
③ 同上。
④ 同上书,第60页。

贾宝玉的压抑心态首先寻源于他的人生道路和贾府家世利益的矛盾。第三十三回"不肖种种大承笞挞"就是这种矛盾首次集中的体现。出于平等意识和同情心理，贾宝玉结交戏子蒋玉涵；出于"内帏厮混"的自在随便生活的喜好，与丫鬟金钏儿调笑；出于对仕途经济和"国贼禄鬼"的反感，在会见贾雨村时"全无一点慷慨挥洒的谈吐，仍是委委琐琐的"。① 凡此种种，被贾政认为是"不肖的孽障"而惨遭毒打。按照贾政对贾母的解说："儿子管他，也为的是光宗耀祖。"② 这种着眼于家世利益的非打即骂无疑会造成贾宝玉的压抑心态。第七十三回，已经上床睡觉的宝玉听说"明儿老爷和你说话"：

> 便如孙大圣听见了"紧箍咒"的一般，登时四肢五内，一齐皆不自在起来。想来想去，别无他法。且理熟了书，预备明儿盘考：只要书不舛错，就有别事，也可搪塞。一面想罢，忙披衣起来要读书。③

在整部《红楼梦》中，贾宝玉只要听到"老爷"二字，就如同"不觉打了个焦雷一般"。④ 不是"呆了半晌，登时扫兴，脸上转了色"⑤；就是"一溜烟跑出"，"躲之不及，只得一旁站住"，"唯唯而已"⑥；或者"只得前去，一步挪不了三寸"。⑦ 第十七回"大观园试才题对额"，贾宝玉随贾政在大观园题词，不断出现的场面是："唬得宝玉忙垂了头"⑧，"宝玉吓得战战兢兢"⑨，"唬得宝玉倒退，不敢再说"⑩，"宝玉在旁边不敢作声"⑪，等等。在这些描写中，人们可以看到贾政的严厉管束给贾宝玉所

---

① 曹雪芹、高鹗：《红楼梦》，山东人民出版社1980年版，第395页。
② 同上书，第401页。
③ 同上书，第943—944页。
④ 同上书，第308页。
⑤ 同上书，第265页。
⑥ 同上书，第188页。
⑦ 同上书，第265页。
⑧ 同上书，第190页。
⑨ 同上书，第194页。
⑩ 同上书，第195页。
⑪ 同上书，第196页。

带来的心理压抑又是多么深重。

　　贾宝玉的压抑心态还导源于他的婚姻观念和贾府家世利益的矛盾。在爱情和婚姻问题上，贾宝玉强调的是相互的理解和人生的共识。正是因为林黛玉"自幼儿不曾劝他去立身扬名"①，从来不说薛宝钗、史湘云所常讲的那些"仕途经济"的"混帐话"，宝玉才选择了黛玉而放弃宝钗。这种选择显然是立足于宝玉的自然人性，以及在这种人性基础上形成的自由人生旨趣。但是，这仅仅是作为婚姻当事人的贾宝玉的主观愿望。而另一方面，在贾府家长看来，作为家族的继业者，贾宝玉的一切，包括婚姻只能以家世利益为准则。他的婚姻不再是个人感情问题，而取决于家族对他的期待和权力，他对家族的责任和义务。家世利益和家长意愿决定了贾宝玉的婚姻选择只可能是宝钗而不可能是黛玉。在婚姻问题上主观意愿的践踏和纯真爱情的毁灭决定了贾宝玉的压抑心态与悲剧结局。

　　既然家世利益决定着贾宝玉的婚姻选择，家长对宝玉的婚姻意向必然成为深刻影响他心态的敏感问题。第二十八回，元春端午节送礼，给宝玉的礼物"和宝姑娘一样"，都是"宫扇两柄，红麝香珠二串，凤尾罗二端，芙蓉簟一领"。而"林姑娘和二姑娘、三姑娘、四姑娘只单有扇子和数珠儿，别的都没有"。贾宝玉立即敏感地疑惑说："这是怎么个原故？怎么林姑娘的倒不和我的一样，倒是宝姐姐和我一样？别是传错了罢？"② 自此之后，宝玉只要一听到"'金玉'二字来，不觉心里疑猜"。③ 即使在梦中，都坚决抗拒所谓"金玉姻缘"。贾宝玉在爱情婚姻上的压抑心态，一方面体现了他对纯真爱情的执着，同时也表现了家长意志在他内心世界所投下的悲剧性的阴影。

三　贾宝玉的出家心态

　　在贾氏家族"运终数尽"的背景下，贾宝玉的理想人生和贾府的家世利益的矛盾，使贾宝玉面临着两种人生选择：要么放弃自己的理想人生服从于家世利益，"改悟前情，留意于孔孟之间，委身于经济之道"，为官作宦，振兴家业；要么执着于自己的理想人生，与家庭彻底决裂，去寻

---

① 曹雪芹、高鹗：《红楼梦》，山东人民出版社1980年版，第431页。
② 同上书，第339页。
③ 同上书，第340页。

求自己的生活天地。贾宝玉怎样选择这两条显而易见的生活道路？这是探讨宝玉悲剧结局理应回答的问题。

先看第一种人生选择。贾宝玉显然不会屈从于家世利益。

在家庭生活中，贾宝玉无疑具有强烈的个体意识。他所关心的是自己的生活，而不是家族的兴衰枯荣。对家庭中发生的对贾氏家族兴衰有重大影响的事件，他往往以冷淡的态度漠然处之。元春"封为凤藻宫尚书，加封贤德妃"，"宁荣两处上下内外人等，莫不欢天喜地，独有宝玉置若罔闻"。[①] 探春理家，兴利除弊，宝玉却称之为"俗事"。第七十一回，他劝探春说：

"谁都象三妹妹多心多事？我常劝你总别听那些俗语，想那些俗事，只管安富尊荣才是，比不得我们没这清福。应该混闹的。"尤氏道："谁都象你是一心无挂碍！只知道和姊妹们玩笑，饿了吃，困了睡，再过几年，不过是这样，一点后事也不虑。"宝玉笑道："我能和姊妹们过一日，是一日，死了就完了，什么后事不后事！"[②]

显然，贾宝玉决不会为家世利益而放弃自己的人生追求，更不会为家世利益牺牲他和林黛玉之间的真挚爱情。

那么，贾宝玉是否会与家庭彻底决裂，执着选择第二种人生呢？

如果按照贾宝玉性格发展的逻辑，与家庭决裂，是他人生道路发展的必然趋势。但是，问题并不仅仅这样简单。贾宝玉的理想人生显然构成了对儒学思想为内容的传统人生的反叛。传统儒学中，什么"修身齐家"，什么"安邦治国"，对贾宝玉来说，简直是天方夜谭；什么"仕途经济"，什么"文死谏，武死战"，对贾宝玉来讲，更是一派胡言。从这方面来讲，贾宝玉确实是"于国于家无望"。但是，贾宝玉在感性上否定儒学传统人生，在理性上却并不全盘否定儒家思想，也不否定孝道之类的伦理纲常以及这种纲常为基础的"天恩祖德"思想。为了说明这一点，我们不妨先看看贾宝玉对于作为儒学经典的《四书》的态度。第三回，宝玉说：

[①] 曹雪芹、高鹗：《红楼梦》，山东人民出版社1980年版，第175页。
[②] 同上书，第928—929页。

"除《四书》外，杜撰的也太多呢。"① 第十九回，袭人转述宝玉的话说："除什么'明明德'外就没书了。"② 第三十六回，宝玉又说："除《四书》外，竟将别的书焚了。"从感性上来看，宝玉"没有上过正经学堂"，"不喜读书"。这里宝玉不喜欢读的书当然包括应付科举考试所必读的《四书》。但在理性上，宝玉却并不否定《四书》。这种情形直接影响到宝玉对儒学伦常关系的态度。第二十回，作者介绍贾宝玉的伦常观念时说："只是父亲、伯叔、兄弟之伦，因是圣人遗训，不敢违忤。"③ 第二十八回，宝玉在向林黛玉表明自己的爱情时说："我心里的事也难对你说，日后自然明白。除了老太太、老爷、太太这三个人，第四个人就是妹妹了。"④ 在感性上，贾宝玉厌恶读书做官，执着真挚爱情，已构成了对家世利益的背弃和家长意志的违拗，但在理智上，却并不否定家庭伦常关系，有时甚至把这关系摆在爱情之上。所以第三十七回，秋纹说：

> 我们宝二爷说声孝心一动，也孝敬到二十分：那日见园里桂花，折了两枝，原是自己要插瓶的，忽然想起来，说："这是自己园里才开的新鲜花儿，不敢自己先玩。"巴巴儿的把那对瓶拿下来，亲自灌水插好了，叫个人拿着，亲自送一瓶进老太太，又进一瓶给太太。⑤

以至于贾母见人就说："到底是宝玉孝顺我，连一枝花儿也想的到。"⑥ 作为一个"于国于家无望"的叛逆者，贾宝玉当然算不得什么孝子贤孙，但这并不等于说他思想中没有"孝"之类的伦常观念，也不能说贾宝玉否定了以"孝"为基础的"天恩祖德"思想。因而，以"孝"为基础的"天恩祖德"思想决定了贾宝玉不可能与家庭彻底决裂，也在某一层面上决定了他的悲剧结局。

既不愿意服从家世利益，又不愿与家庭彻底决裂，中举出家必然成为贾宝玉性格发展过程中别无选择的选择。为了清晰地说明贾宝玉的悲剧结

---

① 曹雪芹、高鹗：《红楼梦》，山东人民出版社 1980 年版，第 38 页。
② 同上书，第 224 页。
③ 同上书，第 235 页。
④ 同上书，第 340 页。
⑤ 同上书，第 451 页。
⑥ 同上。

局，这里有必要对宝玉中举出家的心态作一番考察。

黛玉死后，特别是第一百十六回"得通灵幻境悟仙缘"中宝玉重游太虚幻境之后，贾宝玉已经完成了"自色悟空"的转变。他的念头更奇僻了，竟换了一种，"不但厌弃功名仕进，竟把那儿女情缘也看淡了好些"。① 经过癞头和尚的点化，"早把红尘看破"，"欲断尘缘"，"一心想着那个和尚引他到那仙境的机关，心目中触处皆为俗人"。② 虽然家庭已面临破败，但"他也并不将家事放在心里"③，只是热衷于佛道，"只顾把这些'出世离群'的话当作一件正经事"。④ 第一百十八回"惊谜语妻妾谏痴人"中，宝玉和宝钗关于"赤子之心"的讨论，集中地体现了宝玉此时的心态。宝玉说：

> "据你说'人品根柢'，又是什么'古圣贤'，你可知古圣贤说过，'不失其赤子之心'？那赤子有什么好处？不过是无知，无识，无贪，无忌。我们生来已陷溺在贪、嗔、痴、爱中，犹如污泥一般，怎么能跳出这般尘网？如今才晓得'聚散浮生'四字，古人说了，不曾提醒一个。既要讲到人品根柢，谁是到那太初一步地位的？"宝钗道："你既说'赤子之心'，古圣贤原以忠孝为赤子之心，并不是遁世离群、无关无系为赤子之心。尧、舜、禹、汤、周、孔，时刻以教民济世为心，所谓赤子之心，原不过是'不忍'二字。若你方才所说的忍于抛弃天伦，还成什么道理了？"宝玉点头笑道："尧舜不强巢许，武周不强夷齐。"⑤

显然，宝钗对"赤子之心"的理解，更符合《孟子》的本意。而宝玉对"赤子之心"的阐释，则掺和了庄禅精神。以人生"无知，无识，无贪，无忌"的"太初"境界，摆脱"贪、嗔、痴、爱"，忘情"聚散浮生"。通过"自色悟空"的方式，达到人生的解脱。正是因为对这种人生境界的领悟，宝玉才"将那本《庄子》收了，把几部向来最得意的，如《参

---

① 曹雪芹、高鹗：《红楼梦》，山东人民出版社1980年版，第1490页。
② 同上书，第1499页。
③ 同上。
④ 同上书，第1512页。
⑤ 同上书，第1513页。

同契》《元命苞》《五灯会元》之类,叫出麝月、秋纹、莺儿等都搬了搁在一边"①。因为宝玉已经领悟到:"内典语中无佛性,金丹法外有仙舟。"② 由此看来,贾宝玉在这种思想基础上的悟道出家,无疑是对儒学人生的背离和家世利益的抛弃。

即便如此,贾宝玉也没有否定作为儒学重要思想的孝道伦常。在宝玉看来,出家并不意味着对"天恩祖德"的背离,也不意味着对家庭的决裂。第一百十七回,宝钗劝宝玉说:"现在老爷太太都疼你一个人,老爷还吩咐叫你于功名上进呢!"宝玉回答说:"我说的不是功名么?你们不知道'一子出家,七祖升天'?"③ 所以,他决定以中举出家的方式,在报答"天恩祖德"的同时,实现人生的解脱。在讨论"赤子之心"之后,宝钗劝宝玉说:"好好用功,但能博得一第,便是从此而止,也不枉天恩祖德了!"宝玉点头叹气说:"一第呢,其实也不是什么难事。倒是你这个'从此而止','不枉天恩祖德',却还不离其宗!"④ 在应举的那天,宝玉对王夫人表现出一反常态的温情缠绵,集中表现出中举报恩思想:

(宝玉)走过来给王夫人跪下,满眼流泪,磕了三个头,说道:"母亲生我一世,我也无可答报。只有这一入场,用心作了文章,好好的中个举人出来,那时太太喜欢喜欢,便是儿子一辈子的事也完了,一辈子不好,也都遮过去了。"⑤

中举出家后,贾宝玉还向贾政倒身下拜后"飘然登岸而去"。⑥ 终于在儒、释、道三家思想的夹缝中找到了自己的归宿,一个既实现人生解脱,又"不枉天恩祖德"的迫不得已的悲剧性的归宿。

(原载《红楼梦学刊》1995 年第 3 期)

---

① 曹雪芹、高鹗:《红楼梦》,山东人民出版社 1980 年版,第 1515 页。
② 同上书,第 1495—1496 页。
③ 同上书,第 1513—1514 页。
④ 同上书,第 1514 页。
⑤ 同上书,第 1519 页。
⑥ 同上书,第 1536 页。

贾宝玉性格的人性解析

庚辰本《红楼梦》第十九回脂批在评价贾宝玉这一"古今未见之人"时说：

> 说不得贤，说不得愚，说不得不肖，说不得善，说不得恶，说不得正大光明，说不得混帐恶赖，说不得聪明才俊，说不得庸俗平□，说不得好色好淫，说不得情痴情种。①

确实如鲁迅先生在《中国小说的历史的变迁》中所说，《红楼梦》中的人物，"和从前小说叙好人完全是好，坏人完全是坏的，大不相同，所以其中所叙的人物，都是真的人物"。② 作为一个具有复杂性格的"真的人物"，我们很难用简单的政治判断和抽象的道德分析揭示贾宝玉的性格特征。这种"说不得善，说不得恶"的复杂情势，启迪我们从另一角度探讨这一人物的性格真谛，即人性的角度。

一 贾宝玉的人性特征

《红楼梦》第二回，冷子兴在介绍了贾宝玉的奇闻异事之后，贾雨村郑重其事"罕然厉色"地说："可惜你们不知道这人的来历"，"若非多读书识事，加以致知格物之功，悟道参玄之力者，不能知也"。③ 然后以长篇大段的人性议论，阐释贾宝玉性格的奇特之源：

> 天地生人，除大仁大恶，余者皆无大异；若大仁者则应运而生，大恶者则应劫而生，运生世治，劫生世危。尧、舜、禹、汤、文、武、周、召、孔、孟、董、韩、周、程、朱、张，皆应运而生者；蚩尤、共工、桀、纣、始皇、王莽、曹操、安禄山、秦桧等，皆应劫而生者；大仁者修治天下，大恶者扰乱天下。清明灵秀，天地之正气，

---

① 俞平伯辑：《脂砚斋红楼梦辑评》，中华书局1960年版，第253页。
② 鲁迅：《中国小说的历史的变迁》，《中国小说史略》，齐鲁书社1997年版，第382页。
③ 曹雪芹、高鹗：《红楼梦》，山东人民出版社1980年版，第20页。

仁者之所秉也；残忍乖僻，天地之邪气，恶者之所秉也。今当祚永运隆之日，太平无为之世，清明灵秀之气所秉者，上自朝廷，下至草野，比比皆是。所余之秀气，漫无所归，遂为甘露，为和风，洽然溉及四海；彼残忍乖邪之气，不能荡溢于光天化日之下，遂凝结充塞于深沟大壑之中，偶因风荡，或被云摧，略有摇动感发之意，一丝半缕，误而逸出者，值灵秀之气适过，正不容邪，邪复妒正，两不相下，如风水雷电，地中既遇，既不能消，又不能让，必致搏击掀发；既然发泄，那邪气亦必赋之于人，假使或男或女，偶秉此气而生者，上则不能为仁人君子，下亦不能为大凶大恶：置之千万人之中，其聪俊灵秀之气，则在千万人之上；其乖僻邪谬不近人情之态，又在千万人之下；若生于公侯富贵之家，则为情痴情种；若生于诗书清贫之族，则为逸士高人；纵然生于薄祚寒门，甚至为奇优，为名娼，亦断不至为走卒健仆，甘遭庸夫驱制——如前之许由、陶潜、阮籍、嵇康、刘伶、王谢二族、顾虎头、陈后主、唐明皇、宋徽宗、刘庭芝、温飞卿、米南宫、石曼卿、柳耆卿、秦少游，近日之倪云林、唐伯虎、祝枝山，再如李龟年、黄幡绰、敬新磨、卓文君、红拂、薛涛、崔莺、朝云之流：此皆易地则同之人也。①

贾雨村虽然是国贼禄鬼之流的人物，但在《红楼梦》的前五回中，人物对话通常体现了作者对人物和情节的整体艺术构思。所以，这段关于人性的议论尽管出自贾雨村之口，但体现的仍然是曹雪芹的人性思想。在作者看来，人性的差异，在于"秉气"的不同。"天地之正气，仁者之所秉"，"天地之邪气，恶者之所秉"，形成了"大仁"和"大恶"两种不同的人性。而第三种人性则是正邪两赋，"秉此气而生者，上则不能为仁人君子，下亦不能为大凶大恶"。这种人性的特点在于"置之千万人之中，其聪俊灵秀之气，则在千万人之上；其乖僻邪谬不近人情之态，又在千万人之下"。这种人"若生于公侯富贵之家，则为情痴情种；若生于诗书清贫之族，则为逸士高人"。而贾宝玉正是属于这一流人："聪俊灵秀"与"乖僻邪谬"的"情痴情种"。

贾宝玉的人格正是这种人性自然真实的体现。对"真实"的强调构

---

① 曹雪芹、高鹗：《红楼梦》，山东人民出版社1980年版，第20—21页。

成了贾宝玉价值人格的逻辑基点。而"通灵宝玉"的命名,即有这样的寓意。在《红楼梦》的第一回,作者介绍"通灵宝玉"说:"此石自经锻炼之后,灵性已通,自去自来,可大可小。"①"通灵宝玉"作为贾宝玉的象征,指的是"灵性已通"的"宝玉"。而在古代,"灵性"即"性灵",主要指自然真实、"聪俊灵秀"的人的本性。刘勰《文心雕龙·原道》国"惟人参之,性灵所钟,是谓三才"②,颜之推《颜氏家训·文章》中"陶冶性灵""引发性灵"③,李延寿《南史·文学传序》中"申舒性灵"④,姚思廉《梁书·文学传论》中"夫文者,妙发性灵,独拔怀抱"⑤,以及袁宏道《叙小修诗》中的"独抒性灵,不拘格套"⑥,等等,都是指真实自然的人性和感情。在《红楼梦》第五十六回,贾宝玉和甄宝玉同时做了一个同样的梦,互相到对方家里去看那一个宝玉,贾宝玉到甄宝玉的卧房,听到甄宝玉躺在床上回忆"才作了一个梦":"找到他房里头,偏他睡觉,空有皮囊,真性不知往那里去了。"⑦从表面上看,此时贾宝玉的灵魂已到甄宝玉家,所以没有"真性"。而实质上,是寓意"真性"就是贾宝玉的灵魂,失却"真性",就是"空有皮囊"的行尸走肉。正是因为贾宝玉执着于自己的"灵性"和"真性",用自己真实自然的思想感情应世待物,所以在常人眼中,才显得"不近人情"。袭人说他"性情古怪",清客"怪他呆痴不改",作者称他"偏僻乖张",等等,都是以明贬实褒的形式,表现和强调贾宝玉对自己真实情感和自然人性的执着。正是在这个意义上,脂砚斋评价贾宝玉这一形象时说:"玉卿的是天真烂漫之人","玉兄一生天性真"。如第十七回"大观园试才题对额",贾政看到稻香村的茆堂、纸窗、木榻,"心中自是喜欢",众清客"都忙悄悄的推宝玉教他说好",但"宝玉不听人言",公然提出异议,主张"天然"之美,反对贾政的意见,凭着自己的"牛心",发表了一大篇议论:

---

① 曹雪芹、高鹗:《红楼梦》,山东人民出版社1980年版,第2页。
② 刘勰著,周振甫注:《文心雕龙注释》,人民文学出版社1981年版,第1页。
③ 颜之推:《文章》第九,檀作文译注《颜氏家训》,中华书局2007年版,第142页。
④ 李延寿:《南史》卷72,中华书局1997年版,第1762页。
⑤ 姚思廉:《梁书》卷50,中华书局1997年版,第727页。
⑥ 袁宏道:《叙小修诗》,《锦帆集》之二,袁宏道著,钱伯城笺校《袁宏道集笺校》卷4,上海古籍出版社1981年版,第187页。
⑦ 曹雪芹、高鹗:《红楼梦》,山东人民出版社1980年版,第721页。

此处置一田庄，分明是人力生成的：远无邻村，近不负郭，背无山脉，临水无源，高无隐寺之塔，下无通市之桥，峭然孤出，似非大观，那及前数处有自然之理，自然之趣呢？虽种竹引泉，亦不伤穿凿。古人云"天然图画"四字，正恐非其地而强为其地，非其山而强为其山，即百般精巧，终不相宜。①

"天然者，天之自成，不是人力所为的"，这段话较为典型地反映了贾宝玉真实自然的个性。首先，体现了贾宝玉真实执着的"真性"。尽管贾政极为赞赏稻香村的风格使"富贵气象一洗皆尽"，但宝玉却认为稻香村"不及'有凤来仪'多了"。尽管贾政大骂宝玉为"无知蠢物"，宝玉却不愿逢迎贾政而放弃自己的意见，仍然认为稻香村的构景"分明是人力造成"，从而体现了宝玉的本性之真。其次，反映了贾宝玉崇尚自然、率性而真的人格。在宝玉看来，园林艺术应该体现"自然之理，自然之趣"，反对"非其地而强为其地，非其山而强为其山"的矫揉造作。同样，人性的发展也应当尊重天然，天真无伪，而不能非其性而强为其性，非其人而强为其人。因而，这个情节，体现了贾宝玉反对伪饰矫强、禁锢扭曲，崇尚天然、爱好真率的人性思想。

正是因为真实自然地表现了"聪俊灵秀"和"乖僻邪谬"的"情痴情种"的人性，才形成贾宝玉独特的人格特征。在《红楼梦》第三回，作者用两首《西江月》词，以寓褒于贬的方式，集中地概括了贾宝玉的这种人格特征：

无故寻愁觅恨，有时似傻如狂；纵然生得好皮囊，腹内原来草莽。　潦倒不通庶务，愚顽怕读文章；行为偏僻性乖张，那管世人诽谤。

富贵不知乐业，贫穷难耐凄凉；可怜辜负好时光，于国于家无望。　天下无能第一，古今不肖无双；寄言纨绔与膏粱，莫效此儿形状。②

---

① 曹雪芹、高鹗：《红楼梦》，山东人民出版社1980年版，第194页。
② 同上书，第36页。

在这两首《西江月》中，作者极为精当地概括出贾宝玉人格的两个重要特征。第一，"乖僻邪谬"。所谓"不通庶务""怕读文章""偏僻乖张"，这是贾宝玉自由意识的反映。第二，"情痴情种"。所谓"寻愁觅恨""似傻如狂"，这是贾宝玉意淫意识的体现。后来高鹗在续书时极为准确地领会了曹雪芹塑造贾宝玉形象的艺术构思，在第八十二回"老学究讲义警顽心"中，让贾代儒寓意深藏地向贾宝玉提出两个问题。第一是要贾宝玉讲解《论语》中"后生可畏"一章，旨在"警惕后生""及时努力"，针对的是贾宝玉的"乖僻邪谬""怕读文章"。第二是要贾宝玉讲解《论语》中"吾未见好德如好色者也"一句，旨在提倡好德、反对好色，针对的则是贾宝玉的"情痴情种""寻愁觅恨"。贾代儒最后概括说："其实你的毛病，我却尽知的"，"你既懂得圣人的话，为什么正犯着这两件毛病？"① 由此看来，自由意识和意淫意识构成了贾宝玉人格特征两个最主要的方面。

二 贾宝玉的自由意识

意识的自由构基于人格的独立和个性的解放。在贾宝玉看来，"人为万物之灵"，"山川日月之精秀"。第四十九回，见到薛宝琴时，宝玉颇有"魔意"地感叹："老天，老天，你有多少精华灵秀，生出这些人上之人来！"② 对人的赞美和肯定，意味着主体的弘扬和个性的觉醒。既然人为万物之灵，日月精秀，那么，主体自然也应该成为人生的主宰，而不应该沦为客体的附庸。第三十一回"撕扇子作千金一笑"，就体现了宝玉的这种人本思想：

> 这些东西，原不过是供人所用。你爱这样，我爱那样，各有性情。比如扇子，原是扇的，你要撕着玩，也可以使得，只是别生气时拿他出气；就如杯盘，原是盛东西的，你喜欢听那一声响，就故意砸了，也是使得的，只别在气头上拿他出气。——这就是爱物了。③

---

① 曹雪芹、高鹗：《红楼梦》，山东人民出版社1980年版，第1072页。
② 同上书，第605页。
③ 同上书，第376页。

这种物为我所用,"各有性情"的思想,突出的是主体意识,表现的是个性的张扬。个性的觉醒和主体的弘扬直接影响到贾宝玉的生活方式和生活态度。第九回作者说:"宝玉终是个不能安分守理的人,一味的随心所欲。"① 第十九回袭人说他"任意任性","放纵弛荡,任情恣性,最不喜务正"②,就是贾宝玉自由意识的集中概括。

需要讨论的是贾宝玉的"任情恣性"的内容是什么?换句话说,什么是贾宝玉"任情恣性"所追求的生活内容?

一曰诗酒生活。

吟风弄月,作诗饮酒是贾宝玉理想人生的一个重要内容。第二十三回,贾政痛斥宝玉:"可见宝玉不务正,专在这些浓词艳诗上做工夫"③,就是这种情形的写照。当宝玉做了《四时即事》这四首"真情真景"的诗歌后,作者描写说:

> 且说这几首诗,当时有一等势利人,见是荣国府十二三岁的公子做的,抄录出来,各处称颂;再有等轻薄子弟,爱上风流妖艳之句,也定在扇头壁上,不时吟哦赏赞;因此竟有人来寻诗觅字,请画求题,这宝玉一发得意了,每日家做这些外务。④

诗酒生活在贾宝玉的人生中占有重要位置。在第三十七回"秋爽斋偶结海棠社"中,探春提出成立一个诗社,宝玉极力赞成:"这是一件正经大事,大家鼓舞起来。"⑤ 并为诗社四处奔走,忙得不亦乐乎。第四十九回,诗社相约第二天赏雪作诗,宝玉担心天晴雪化了影响咏雪,"心里惦记着,这一夜没好生得睡"。天亮时,看见"窗上光辉夺目,心内早踌躇起来,埋怨定是晴了,日光已出"。后来看到"不是日光,竟是下了一夜的雪",宝玉转而"喜欢非常"。⑥ 从这样的描写中,我们可以看出贾宝玉在作诗方面的感情投入。在《红楼梦》中,贾宝玉虽然"懒与士大夫诸男

---

① 曹雪芹、高鹗:《红楼梦》,山东人民出版社1980年版,第110页。
② 同上书,第222页。
③ 同上书,第267页。
④ 同上书,第268页。
⑤ 同上书,第445页。
⑥ 同上书,第612页。

人接谈，又最厌峨冠礼服贺吊往还等事"①，但对那些看轻功名的诗酒朋友，还是乐于交往的。如第二十六回到冯紫英家和薛蟠、蒋玉涵、云儿饮酒作乐，活跃非常，如鱼得水。第七十八回，贾政带贾兰和宝玉出去吟诗应酬，回来之后，王夫人问他"丢了丑没有"，宝玉颇为得意地说："不但不丢丑，拐了许多东西来。"并把所得的礼物拿出来炫耀，"这是梅翰林送的，那是杨侍臣送的，这是李员外送的"，"这是庆国公单给我的"。②得意之情，溢于言表。由此看来，诗酒生活构成了贾宝玉理想生活的一个重要部分。

二曰内帏厮混。

在女儿群中厮混，是贾宝玉生活追求的另一重要内容。第三十二回，史湘云说他"成年家只在我们队里搅"。③第六十六回，兴儿说他"每日又不习文，又不学武，又怕见人，只爱在丫头群里闹"。④第三十四回，袭人也说"他偏好在我们队里闹"⑤，并有"弄花儿，寻粉儿，偷着吃人嘴上擦的胭脂，和那个爱红人毛病儿"。⑥而用贾宝玉自己在第七十一回中的话来说，"我能和姊妹们过一日，是一日，死了就完了"，"倘或我在今日明日，今年明年死了，也算是随心一辈子了！"⑦内帏厮混是贾宝玉个性在生活中"随心"的体现。正是由于宝玉喜欢在内帏厮混，所以对女性的命运、感情显示出特有的关注和同情。第三十六回，袭人跟宝玉闲聊，"只拣宝玉那素日喜欢的，说些春风秋月、粉淡脂红，然后又说到女儿如何好，——不觉又说到女儿死的上头"。⑧只有女儿的命运，才能引起宝玉的兴趣。第三十九回，刘姥姥信口开河地杜撰了一个小姐死后，父母为她"盖了祠堂，塑了像儿"的故事。宝玉听后信以为真，还要攒钱修庙，"装塑泥像"，并派焙茗"先去踏看"。焙茗回来说，庙里"那里是什么女孩儿？竟是一位青脸红发的瘟神爷"。宝玉反而责怪焙茗："真正

---

① 曹雪芹、高鹗：《红楼梦》，山东人民出版社1980年版，第431页。
② 同上书，第1022页。
③ 同上书，第387页。
④ 同上书，第856页。
⑤ 同上书，第410页。
⑥ 同上书，第224页。
⑦ 同上书，第928—929页。
⑧ 同上书，第438页。

个没用的杀才，这点事也干不来。"① 正是出于对女性的关心，宝玉习惯于把自己的人生价值和女儿的命运情感联系在一起。第三十四回挨打之后，宝钗、黛玉前来探伤，看到她们那种"软怯娇羞轻怜痛惜之情"，宝玉内心感慨万分：

> 我不过挨了几下打，他们一个个就有这些怜惜之态。令人可亲可敬。假若我一时竟别有大故，他们还不知何等悲戚呢！既是这样，我便一时死了，得他们如此，一生事业纵然尽付东流，也无足叹惜了。②

在第三十六回中，宝玉对袭人说："比如我此时若果有造化，趁着你们都在眼前，我就死了，再能够你们哭我的眼泪，流成大河，把我的尸首漂起来，送到那鸦雀不到的幽僻去处，随风化了，自此再不托生为人，这就是我死的得时了。"③ 在贾宝玉看来，能够得到女儿的怜爱、同情与理解，就是人生最大的满足。

正是由于对上述两种生活的追求，贾宝玉才把大观园中自由自在的诗酒生活和女儿国中天真浪漫的内帏厮混作为自己人生的理想境界：

> 宝玉自进园来，心满意足，再无别项可生贪求之心，每日只和姊妹丫鬟们一处，或读书，或写字，或弹琴下棋，作画吟诗，以至描鸾刺凤，斗草簪花，低吟悄唱，拆字猜枚，无所不至，倒也十分快意。④

平心而论，贾宝玉的这种生活并没有超出贵族公子、纨绔子弟的生活范围，却具有深刻的人性依据。贾宝玉那种诗酒生活的追求，显然是他"聪俊灵秀"天性的体现；而他那种内帏厮混的嗜好，则无疑是他"情痴情种"本性的反映。因而，以这种自然人性为基础的"随心所欲""任情

---

① 曹雪芹、高鹗：《红楼梦》，山东人民出版社1980年版，第481页。
② 同上书，第405页。
③ 同上书，第438—439页。
④ 同上书，第267—268页。

恣性"必然引起对传统封建人生和贵族生活方式的冲突与悖逆，以形成贾宝玉的叛逆人格。事实也正是如此。

贾宝玉的自由人格首先体现了对功名利禄的鄙视与反对。

在封建时代，由科举入仕是传统人生价值的典型体现。"留意于孔孟之间，委身于经济之道"，是实现这种价值人生的主要途径。贾宝玉的自由意识无疑会导致对这种传统人生的冲突。在宝玉看来，"夫不志于学，人之常也"，从自然人性的角度出发，对八股科举进行了尖锐的批判：

> 还提什么念书？我最厌这些道学话。更可笑的是八股文章，拿他诓功名，混饭吃，也罢了，还要说"代圣贤立言"。好些的，不过拿些经书凑搭凑搭还罢了；更有一种可笑的，肚子里原来没有什么，东拉西扯，弄得牛鬼蛇神，还自以为博奥。[1]

对八股功名的否定无疑意味着对传统人生的反叛。宝钗"有时见机劝导"，宝玉要么"'咳'了一声，拿起脚来就走"[2]，要么"生起气来，只说'好好一个清净洁白的女子，也学的钓名沽誉，入了国贼禄鬼之流！这总是前人无故生事，立意造言，原为引导后世的须眉浊物。不想我生不幸，亦且琼闺绣阁中亦染此风，真真有负天地钟灵毓秀之德了。'"[3]

贾宝玉的自由人格还体现为对贵族生活方式的冲突与悖逆。

出于对自由生活的追求和自我人格的尊重，"宝玉素日就懒与士大夫诸男人接谈，又最厌峨冠礼服贺吊往还等事"。[4] 庸俗势利的贾雨村来访，贾政要宝玉作陪，宝玉"心中好不自在"，极不耐烦地说："我也不过俗中又俗的一个俗人罢了，并不愿和这些人来往。"[5] 会见贾雨村时，"脸上一团私欲愁闷气色"，无精打采，"全无一点慷慨挥洒的谈吐，仍是委委琐琐的"。[6] 有一次，史湘云不乏善意地笑着劝他："还是这个性儿，改不了。如今大了，你就不愿意去考举人进士的，也该常会会这些为宦作官的

---

[1] 曹雪芹、高鹗：《红楼梦》，山东人民出版社1980年版，第1069页。
[2] 同上书，第387页。
[3] 同上书，第431页。
[4] 同上。
[5] 同上书，第387页。
[6] 同上书，第395页。

谈讲谈讲那些仕途经济，也好将来应酬事务，日后也有个正经朋友。"
"宝玉听了，大觉逆耳"，立即拉下脸说："姑娘请别的屋里坐坐罢，我这里仔细腌臜了你这样知经济的人。"①

在贾府"子孙虽多，竟无可以继业者"的情况下，宝玉是贾家继承家业，振兴门楣的唯一希望。一方面，贾政希望宝玉"留心于孔孟之间，委身于经济之道"，为官作宦，光宗耀祖；而另一方面，贾宝玉则鄙视八股功名，厌恶家庭束缚。两种不同的人生观念和人生道路的矛盾成为贾政和宝玉之间的根本矛盾。尽管宝玉一听到"老爷"二字，好像"孙大圣听见了紧箍咒一般，登时四肢五内一起都不自在起来"②，但他始终没有放弃对自由自在，"随心所欲"的生活的追求。第三十三回"不肖种种大承笞挞"，贾政以"在外游荡优伶，表赠私物，在家荒疏学业，逼淫母婢"的罪名，对宝玉大加笞挞，打得宝玉"腿上半段青紫，都有四指阔的僵痕"，但宝玉仍然执着地对黛玉说："我便为这些人死了，也是情愿的。"③从这里，宝玉追求自由、反叛传统的叛逆精神及积极意义得到充分的显示。

三 贾宝玉的"意淫"意识

如果说，贾宝玉对自身生活的设计和人生道路的选择主要立足于自由意识。那么，他对人际关系和社会关系的处理则是根植于"意淫"意识。作为"情痴情种"的人性的自然体现，作品在第二回就通过"冷子兴演说荣国府"介绍了宝玉"意淫"意识的人性根源："那周岁时，政老爷试他将来志向，便将世上所有东西，摆了无数叫他抓，谁知他一概不取，伸手只把那些脂粉钗环抓来玩弄；那政老爷便不喜欢，说将来不过酒色之徒。"④以说明"好色"乃是贾宝玉的天性。第五回，作者又借警幻仙子之口，进一步说明贾宝玉"好色"的性质和特征："意淫"。警幻仙子对宝玉说："吾所爱汝者，乃天下古今第一淫人也。"宝玉吓得慌忙回答："年纪尚幼，不知'淫'字为何物。"⑤警幻仙子解释说：

---

① 曹雪芹、高鹗：《红楼梦》，山东人民出版社1980年版，第387页。
② 同上书，第943—944页。
③ 同上书，第407页。
④ 同上书，第19页。
⑤ 同上书，第65页。

非也。淫虽一理，意则有别。如世之好淫者，不过悦容貌，喜歌舞，调笑无厌，云雨无时，恨不能天下之美女供我片时之趣兴：此皆皮肤滥淫之蠢物耳。如尔则天分中生成一段痴情，吾辈推之为"意淫"。惟"意淫"二字，可心会而不可口传，可神通而不能语达。汝今独得此二字，在闺阁中虽可为良友，却于世道中未免迂阔怪诡，百口嘲谤，万目睚眦。①

从这段话中，我们可以看出"意淫"的内涵和特点。

　　第一，"意淫"不是"皮肤滥淫"。警幻仙子在提出"意淫"这个概念之前，首先驳斥了世俗对"淫"的理解："更可恨者，自古来，多少轻薄浪子，皆以'好色不淫'为解，又以'情而不淫'作案，此皆饰非掩丑之语耳：好色即淫，知情更淫。是以巫山之会，云雨之欢，皆由既悦其色，复恋其情。"② 进而指出，"意淫"不是"巫山之会，云雨之欢"之类的"皮肤滥淫"。因而，宝玉的"意淫"不同于贾珍、贾琏之类的"馋嘴猫儿"们的行径，并不在于满足一己之性欲。所以，贾母经过细心观察之后，也说："只是和丫头们闹，必是人大心大，知道男女的事了，所以爱亲近她们。既细细查试，究竟不是如此，岂不奇怪。"

　　第二，"意淫"是指"天分中生成的一段痴情"。尽管警幻仙子说"'意淫'二字，可心会而不可口传，可神通而不可语达"，但脂砚斋却在这二字之下作了"口传""语达"的尝试："按玉兄一生心性，只不过是体贴二字，故曰意淫。"③ 作者在第九回中也介绍说："宝玉又是天生成惯能作小服低，赔身下气，性情体贴，话语缠绵。"④ 第三十二回宝玉自己也对黛玉说："连你的意思若体贴不到，就难怪你天天为我生气了。"⑤ 可见"意淫"主要指宝玉对女儿多情善感的尊重、理解、关怀和体贴。正是由于宝玉热衷"留意于闺阁之间"而不愿意"委身于经济之道"，警幻仙子才说他"独为我闺阁增光而见弃于世道"，"在闺阁中虽可为良友，

---

① 曹雪芹、高鹗：《红楼梦》，山东人民出版社1980年版，第65页。
② 同上书，第64—65页。
③ 俞平伯辑：《脂砚斋红楼梦辑评》，中华书局1960年版，第94页。
④ 曹雪芹、高鹗：《红楼梦》，山东人民出版社1980年版，第110页。
⑤ 同上书，第389页。

却于世道中未免迂阔怪诡，百口嘲谤，万目睚眦"。被贾政之流目为"酒色之徒"，"淫魔色鬼"。正是在这个意义上，鲁迅先生在《中国小说史略》中说："于外昵秦钟蒋玉涵，归则周旋于姊妹中表以及侍儿如袭人晴雯平儿紫鹃辈之间，昵而敬之，恐拂其意，爱博而心劳。"[1] 贾宝玉的这种所谓"意淫"，在平等意识、泛爱意识和性爱意识上得到了具体的表现。

贾宝玉的"意淫"首先表现为平等意识。

第四十一回，宝玉、黛玉、宝钗来到栊翠庵品茶。妙玉用两只精致的小杯为黛玉、宝钗斟茶，而将"自己常日吃茶的那只绿玉斗来斟与宝玉"。宝玉说："常言'世法平等'，他两个就用那样古玩奇珍，我就是个俗器了？"[2] 这里的"世法平等"虽然是宝玉用于玩笑的佛教概念，但也包含了宝玉的平等思想。

贾宝玉的平等意识必然导致对"男尊女卑"观念的冲击。在第二回，作者通过冷子兴之口转述了贾宝玉的"水泥骨肉观"："女儿是水做的骨肉，男子是泥做的骨肉，我见了女儿便清爽，见了男子便觉浊臭逼人。"[3] 在宝玉看来，女儿和女人是有区别的。第五十九回，作者借春燕之口转述了宝玉的这一观点："女孩儿未出嫁是颗无价宝珠，出了嫁不知怎么就变出许多还好的毛病儿来；再老了，便不是珠子，竟是鱼眼睛了！"[4] 并以周瑞家里为例，恨恨地说："奇怪，奇怪！怎么这些人一嫁了汉子，染了男人气味，就这样混帐起来了。"守园的婆子听了这话，好笑地问宝玉："这样说，凡女儿个个是好的了，女人个个是坏的了？"宝玉发恨说："不错，不错。"[5] 贾宝玉把女儿称为"人上之人"，主要由于"他便料定天地灵淑之气，只钟于女儿，男儿们不过是些渣滓浊沫而已"。[6] 着眼于人性的角度，宝玉认为女儿"清净洁白"，"天真浪漫"，体现了天地"精华灵秀"和人类美好的本性，具有纯真高洁的人格美和人性美。因而，宝玉对女儿的推崇，是他"意淫"意识的具体体现，同时，在"男尊女卑"

---

[1] 鲁迅：《中国小说史略》，齐鲁书社1997年版，第183页。
[2] 曹雪芹、高鹗：《红楼梦》，山东人民出版社1980年版，第506页。
[3] 同上书，第19页。
[4] 同上书，第756页。
[5] 同上书，第1005页。
[6] 同上书，第235页。

的封建社会，又在客观上表现了平等思想而具有人文精神。

贾宝玉的"意淫"还表现为泛爱意识。

作为"意淫"在人际交往上的体现，贾宝玉人格的另一特点是对女儿的尊重、理解、体贴与同情。从这个层面来看，宝玉的"意淫"表现为一种普泛的爱心和利她的思想。第六十六回，尤三姐曾对尤二姐评价宝玉说：

> 要说糊涂，那些儿糊涂？姐姐记得穿孝时，咱们同在一处，那日正是和尚们进来绕棺，咱们都在那里站着，他只站在头里挡着人。人说他不知礼，又没眼色。过后他没悄悄地告诉咱们说——"姐姐们不知道：我并不是没眼色；想和尚们的那样腌脏，只恐怕气味熏了姐姐们。"接着他吃茶，姐姐又要茶，那个老婆子就拿了他的碗去倒，他赶忙说："那碗是腌脏的，另洗了再斟来。"这两年上我冷眼看去，原来他在女孩儿跟前，不管什么都过的去，只不大合外人的式。①

正是由于宝玉对女儿的体贴达到了这种超常的无微不至，才"不大合外人的式"，不被常人所理解而认为是"不知礼，又没眼色"。这就是警幻仙子所说的"在闺阁中虽可为良友，然于世道中未免迂阔怪诡"，乃至于"百口嘲谤，万目睚眦"。在"龄官画蔷""玉钏尝羹""平儿理妆""鸳鸯抗婚""藕官烧纸""香菱换裙""司棋被逐""晴雯遭谗"等一系列情节中，宝玉的这种泛爱意识都得到了充分的反映。

值得指出的是，宝玉对女儿的泛爱和体贴发自纯洁自然的天性，而不带有任何性功利。第十九回，宝玉见黛玉午睡，"满屋内静悄悄的"，宝玉忙推醒黛玉："好妹妹，才吃了饭，又睡觉！"②担心饭后睡出病来。有体贴而无邪念。故脂评曰："若是别部书中写此时之宝玉，一进来便生不轨之心，突萌苟且之念，更有许多贼形鬼状丑态邪言矣。此却反推唤醒他，毫不在意，所谓说不得淫荡是也。"③又如第二十一回，写宝玉清早看到湘云睡态："湘云却一把青丝，拖于枕畔；一幅桃红绸被，只齐胸盖

---

① 曹雪芹、高鹗：《红楼梦》，山东人民出版社1980年版，第857页。
② 同上书，第225页。
③ 俞平伯辑：《脂砚斋红楼梦辑评》，中华书局1960年版，第271页。

着，衬得那一弯雪白的膀子，撂在被外，上面明显着两个金镯子。宝玉见了叹道：'睡觉还是不老实！回来风吹了，又嚷膀子疼了。'一面说，一面轻轻的替她盖上。"① 脂评又曰："叹字奇，除玉卿外，世人见之，自曰喜也。"② 由此看来，宝玉身上体现出的泛爱意识已经相当于西方基督精神中的"博爱"思想，不过范围仅限于闺阁之内。这种泛爱意识，无疑是宝玉形象新人风采和人文精神的一个重要方面。

贾宝玉的"意淫"自然也表现为性爱意识。

作为一部以爱情描写为主题的作品，《红楼梦》不仅表现了贾宝玉、林黛玉之间爱情的发生、发展、成熟直至毁灭的整个过程，而且表现出贾宝玉在爱情过程中所具有人文精神的性爱意识和现代性爱的某些特点。

贾宝玉的性爱意识首先体现为对男女双方相互了解的重视和人生趣旨的共识。宝、黛爱情有一个相当长的复杂的发展过程。在这个过程的初期，宝玉通常是"见了姐姐，就把妹妹忘了"。③ 而促使贾宝玉性爱形成的重要因素，就是在长期生活中对林黛玉的了解。所以，作品反复描写宝玉和黛玉在爱情过程中的矛盾与纠葛。如第五回，"宝玉、黛玉二人的亲密友爱，也较别人不同；日则同行同坐，夜则同止同息，真是言和意顺，似漆如胶"④，"既熟惯，便更觉亲密；既亲密，便不免有些不虞之隙，求全之毁"⑤。第二十七回又写道："宝玉和黛玉是从小儿一处长大，他兄妹间多有不避嫌疑之处，嘲笑不异，喜怒无常。"⑥ 正是这种"耳鬓厮磨，心情相对"的长期了解，才使他们"情投意合，又愿同生死"。显然，这种长期了解基础上所建立的爱情，无疑是对《西厢记》《牡丹亭》等进步文学中"一见钟情"的爱情模式的超越，以及对"父母之命，媒妁之言"之类封建传统婚姻观念的反叛。

也正是相互了解，宝玉和黛玉才得以明确共同的人生趣旨。在爱情上，宝玉之所以选择林黛玉而放弃薛宝钗，还在于他们有共同的生活理想和人生思想。宝钗劝宝玉读书上进，被他斥为"钓名沽誉"的"国贼禄

---

① 曹雪芹、高鹗：《红楼梦》，山东人民出版社1980年版，第239—240页。
② 俞平伯辑：《脂砚斋红楼梦辑评》，中华书局1960年版，第295页。
③ 曹雪芹、高鹗：《红楼梦》，山东人民出版社1980年版，第340页。
④ 同上书，第52页。
⑤ 同上。
⑥ 同上书，第315页。

鬼"。而"独有黛玉自幼儿不曾劝他去立身扬名,所以深敬黛玉"。① 后来宝玉对湘云、袭人说:"林姑娘从来说过这些混帐话吗?要是他也说过这些混帐话,我早和他生分了。"② 正是共同的人生趣旨,才使他们产生纯真的爱情,而纯真的爱情又强化了他们的人生共识。这种以共同人生理想为基础的爱情,不仅意味着对传统人生道路的反叛,而且是对以往文学作品中金榜题名、夫贵妻荣的传统婚姻观念的突破。

贾宝玉的性爱意识还体现为对爱情过程中主体选择的注重和人格平等的强调。婚姻取决于家世利益和家长意志是封建婚姻的显著特点。所谓"父母之命,媒妁之言"就是这种封建婚姻制度的典型体现。而在爱情婚姻的选择上,宝玉则坚决反对家长意志,不顾家世利益,更不允许他人干预。第二十九回,由于"张道士提起宝玉说亲的事来,谁知宝玉一日心中不自在,回家来生气,嗔着张道士与他说亲,口口声声说:'从今以后,再不见张道士了。'"③ "心中大不受用。"而对所谓"金玉良缘"之说,更是深恶痛绝。第二十八回,宝玉对黛玉表白:"除了别人说什么'金'什么玉,我心里要有这个想头,天诛地灭,万世不得人身。"④ 即使做梦,宝玉也在梦中喊骂说:"和尚道士的话如何信得?什么'金玉姻缘'?我偏说'木石姻缘'!"⑤ 在宝玉看来,爱情只应该是自己的事,爱情和婚姻的决定权取决于当事人自己。"都道是金玉良缘,俺只念木石前盟。"⑥ 贾宝玉在爱情婚姻上的主体意识也正体现在这里。

封建婚姻的本质是对婚姻当事人主体人格和个人意志的贱视。而贾宝玉强调爱情婚姻选择上的主体意识,同时也重视尊重对方的个人意志,主张在爱情婚姻上的平等相待。他曾为"贾琏唯知以淫乐悦己,并不知作养脂粉"⑦ 而愤慨,也为香菱"偏又卖给这个霸王","薛蟠不知体贴女人,不会怜惜女人"⑧ 而感伤。一方面,他要求黛玉理解自己。第二十回

---

① 曹雪芹、高鹗:《红楼梦》,山东人民出版社1980年版,第431页。
② 同上书,第387页。
③ 同上书,第352页。
④ 同上书,第340页。
⑤ 同上书,第437页。
⑥ 同上书,第61页。
⑦ 同上书,第546页。
⑧ 同上书,第805页。

中黛玉说："我为的是我的心。"宝玉说："我也为的是我的心。你难道就知道你的心，不知道我的心不成？"① 同时，他又对黛玉百般尊重，千种体贴。每当黛玉误会生气，他总是"打叠百样的款语温言来劝慰"②，"不知赔多少不是"。③ 贾宝玉在爱情上的平等意识，无疑是对"夫为妻纲"的封建伦常的突破和"男尊女卑"的封建等级的冲击。

（原载《孝感职业技术学院学报》2002年第1期）

正续《小五义》作者考论

《小五义》和《续小五义》相继于光绪十六年（1890）、十七年（1891）由北京文光楼首次刊行。由于不署撰人，故其作者问题，学术界存在着不同说法。胡士莹先生在《话本小说概论》中认为：正续《小五义》"是坊贾无聊的续作"。④ 鲁迅先生在《中国小说史略》中则主张："二书皆石玉昆旧本。"⑤ 本文拟就正续《小五义》的作者谈点看法，以求教于方家。

一 正续《小五义》的原作者是石玉昆

正续《小五义》的原作者是石玉昆，其主要依据是文光楼主人的《小五义序》：

《小五义》一书，何为而刻也？只以采访《龙图阁公案》底稿，历数年之久，未曾到手。适有友人，与石玉昆门徒素相往来，偶在铺中闲谈，言及此书，余即托之搜寻。友人去不多日，即将石先生原稿携来，共三百余回，计七八十本，三千多篇，分上、中、下三部，总名《忠烈侠义传》。原无大、小之说，因上部《七侠五义》为创始之人，故谓之"大五义"，中、下二部《五义》，即其后人出世，故谓

---

① 曹雪芹、高鹗：《红楼梦》，山东人民出版社1980年版，第237页。
② 同上。
③ 同上书，第387页。
④ 胡士莹：《话本小说概论》，中华书局1980年版，第693页。
⑤ 鲁迅：《中国小说史略》，齐鲁书社1997年版，第222页。

之"小五义"。余翻阅一遍,前后一气,脉络贯通,与坊刻前部略有异同。……余故不惜重资,购求到手。本拟全刻,奈资财不足,一时难以并成;因有前刻《七侠五义》,不便再为重刊,兹特将中部急付之剞劂,以公世之同好云。①

根据《小五义序》,石玉昆著有"中、下二部《五义》",即《小五义》和《续小五义》的"原稿"。

问题在于,文光楼主人的话是否可靠?1925年,胡适先生曾在《三侠五义序》中认定:文光楼主人"《小五义》序里的话是不可靠的"。②胡适先生的这个结论导源于《忠烈侠义传》刊本末尾的一段文字。

《忠烈侠义传》于光绪五年(1879)由北京聚珍堂首次刊行。在这个刊本及后来诸刊本的末尾,均有关于续书的要目预告:

> 要知群雄战襄阳,众虎遭魔难,小侠到陷空岛、茉花村、柳家庄三处飞报信,柳家五虎奔襄阳,艾虎过山收服三寇,柳龙赶路结拜三雄,卢珍单刀独闯阵,丁蛟丁凤双探山,小弟兄襄阳大聚会,设计救群雄;直到众虎豪杰脱难,大家共议破襄阳,设圈套捉拿奸王,施巧计扫除众寇,押解奸王,夜赶开封府,肃清襄阳郡;又叙铡斩襄阳王,包公保众虎,小英雄金殿同封官,颜查散奏事封五鼠,众英雄开封大聚首,群侠义公厅同结拜;多少热闹节目,不能一一尽述。也有不足百回,俱在《小五义》书上,便见分明。③

通过这段要目预告和正续《小五义》情节的比较,胡适先生指出:"《三侠五义》的末尾有续集的要目,其中不提及徐良;而《小五义》以下,徐良为最重要的人";"《小五义》中,沈仲元架走颜按院一件事是最重要的关键","末尾的要目预告里没有沈仲元架跑颜按院的话";"《三侠五义》末尾预告续集'也有不足百回,而《小五义》与《续小五义》共有

---

① 文光楼主人:《小五义序》,陆树仑、竺少华标点《小五义》,上海古籍出版社1993年版,第1页。
② 胡适:《三侠五义序》,《中国章回小说考证》,上海书店1979年版,第421页。
③ 石玉昆:《三侠五义》,广东人民出版社1980年版,第807页。

二百几十回"。由于正续《小五义》的情节与这段要目预告不合,胡适先生因而认定:文光楼主人是在"扯谎",他的话"大概不可相信"。①

胡适先生的这个结论是难以成立的。因为这段要目预告不是出自石玉昆原稿。其理由有二:其一,现存的《忠烈侠义传》并非石玉昆原稿。我们知道,现存的《忠烈侠义传》是根据《龙图耳录》修订而成的。据孙楷第先生《中国通俗小说书目》:《龙图耳录》一书,"所录即石玉昆所说之辞"②,"余藏抄本第十二回末有抄书人自记一行云:'此书于此毕矣。惜乎后文未能听记。'知此书乃听《龙图公案》时笔授之本。听而录之,故曰《龙图耳录》。通行本《忠烈侠义传》即从此本出"③。正是因为现存的《忠烈侠义传》出自《龙图耳录》,而非石玉昆原稿,故文光楼主人《小五义序》云:"石先生原稿……与坊刻前部略有异同。"风迷道人《小五义辨》亦云:"前套《忠烈侠义传》,与余所得石玉昆原稿,详略不同,人名稍异,知非出于一人之手。"④ 其二,这段要目预告仅见于《忠烈侠义传》刊本。《龙图耳录》和《忠烈侠义传》抄本末尾,均没有这段约两百字的要目预告。在谢蓝斋抄本《龙图耳录》末尾,仅有"此书共一百二十回,至此为止。后文大约将襄阳灭将,众英雄以及才子佳人的收原,俱各叙清,也就完了"数语而已。吴晓铃先生所藏《忠烈侠义传》抄本末尾,也只有"不知下文如何,俟有续者,再听分解"数语,也没有这段要目预告。显然,这段要目预告为刊本所加入,而非出自石玉昆原稿。

那么,这段要目预告出于何人之手呢?由北京聚珍堂刊行于光绪五年(1879)的《忠烈侠义传》前,有一篇署名入迷道人的《忠烈侠义传序》:

辛未(1871)春,由友人问竹主人处得是书而卒读之,爱不释手……是以草录一部而珍藏之。乙亥(1875)司榷淮安,公余时从新校阅,另录成编,订为四函,年余始获告成。去冬(1878),有世好友退思主人者,亦癖于斯,因携去,久假不归,故以借书送迟嘲

---

① 胡适:《三侠五义序》,《中国章回小说考证》,上海书店1979年版,第421页。
② 孙楷第:《中国通俗小说书目》,人民文学出版社1982年版,第221页。
③ 同上书,第220页。
④ 风迷道人:《小五义辨》,陆树仑、竺少华标点《小五义》,上海古籍出版社1992年版,第4页。

之。渠始嗫嚅言爱，竟已付刻于聚珍版矣。①

据是序可知，《忠烈侠义传》在刊行之前，入迷道人曾对其抄本进行过"从新校阅，另录成编"。仅见于《忠烈侠义传》刊本末尾的要目预告，也许就是这位入迷道人"从新校阅，另录成编"的产物。这段要目预告既然不是出自石玉昆原稿，那么，它所预告的内容自然不是石玉昆对正续《小五义》的情节构思。这段要目预告与正续《小五义》的情节不合，只能说明由刊本加人的预告并不准确，而不能说明文光楼主人在《小五义序》中"扯谎"。由此看来，文光楼主人《小五义序》中关于石玉昆著有"中、下二部《五义》""原稿"的记载是可靠的。

石玉昆著有正续《小五义》原稿，还可以通过内证材料得到证实。在正续《小五义》中，有两次提到该书本自石玉昆原稿。

第一次是在《小五义》第四十八回：

> 列位，前文说过，此书与他们那《忠烈侠义传》不同。他们那所说北侠与沈中元是师兄弟，似乎北侠这样英雄，岂肯叫师兄弟入于贼队之中？……若是师兄弟，此理如何说的下去？这乃是当初石玉昆石先生的原本，不敢画蛇添足。原本两个人，一个是侠客，一个是贼。②

第二次是在《续小五义》第五十六回：

> 这前后两套《小五义》，俱是明讲的平词，所以不比四大奇书，也不敢比十家才子，可也不与小说相同，乃当初玉昆石先生所留此书，讲的是明笔暗笔，倒插笔惊人笔。诸公细瞧，必须把此理看明，方有可观的所在。③

这里所谓"这乃是当初石玉昆石先生的原本""乃当初玉昆石先生所留此

---

① 入迷道人：《忠烈侠义传序》，石玉昆《三侠五义》，广东人民出版社1980年版，第16页。
② 陆树仑、竺少华标点：《小五义》，上海古籍出版社1992年版，第184页。
③ 陆树仑、竺少华标点：《续小五义》，上海古籍出版社1992年版，第234页。

书"云云，也说明正续《小五义》的原作者是石玉昆。

二　正续《小五义》的修订者是风迷道人

尽管石玉昆著有正续《小五义》原稿，但是，文光楼于光绪十六年（1890）、十七年（1891）所刊行的《小五义》及《续小五义》却并非据石玉昆原稿直接刊印，而经过了他人的修订。这在庆森宝书氏的《小五义序》中有明确的记载：

> 予友振之石君，为文光楼主，生平尚气节，重然诺，每见书中侠烈之人，必欣然向慕之。尝阅《忠烈侠义传》，知有《小五义》一书，而未见诸世。由是随在物色，不知几经寒暑，今春竟于无意中得之。因不惜重资，延请名手，择录而剞劂之。稿中凡有忠义者存之，淫邪者汰之，间附己说，不尽原稿也。①

据是序可知，文光楼主人得到石玉昆原稿之后，曾"不惜重资，延请名手"，对原稿进行删节增补。文光楼刊行的《小五义》已经经过了这位"名手"的"择录"修订，故曰"不尽原稿"。

那么，这位对石玉昆原稿进行修订的"名手"究竟是谁呢？从署名风迷道人的《小五义辨》中，我们似乎可以发现这位"名手"的一些蛛丝马迹：

> 或问于余曰："《小五义》一书，宜紧接君山续刻，君独于颜按院查办荆襄起首，何哉？"余曰："似子之说，余讵不谓然。但前套《忠烈侠义传》，与余所得石玉昆原稿，详略不同，人名稍异，知非出于一人之手。向使从前套收伏钟雄后接续《小五义》，挨次刊刻，下文破铜网阵各处节目，必是突如其来。破铜网阵各色人才，亦是陡然而至。不但此套书矛盾自戕，并使下套牙关相错，文无线索，笔无埋伏，未免上下两截，前后不符。必须将八卦连环，原原本本分晰明白，用作根基，使众人出载，条条段段解说精详，以清来历，乃不至

---

① 庆森宝书氏：《小五义序》，陆树仑、竺少华标点《小五义》，上海古籍出版社1992年版，第3页。

气脉隔膜，篇法断绝。言之者庶免无稽，读之者尚觉有味。以视蝮下添足，额上安头者，不大相径庭乎？"或闻言诺诺而退。余即援笔书之，亦望识者之深谅尔。再者，提纲原来诗词数首，不暇纠正，姑仍其旧。①

我们知道，《小五义》的前四十一回，主要写颜查散查办荆襄，众侠客收伏君山钟雄。其基本情节，与《忠烈侠义传》后十九回大致相同。风迷道人的《小五义辨》着重说明了《小五义》之所以从"颜按院查办荆襄起首"，而不紧接着《忠烈侠义传》收伏君山钟雄"续刻"，是为了避免《小五义》"气脉隔膜，篇法断绝"，"矛盾自戕"。其中，透露出这样一个消息，那就是风迷道人对石玉昆原稿进行过修订。细玩"《小五义》一书，宜紧接君山续刻，君独于颜按院查办荆襄起首，何哉"这句话的语气，可以看出，《小五义》从何处"起首"，取决于这位"君"，即风迷道人的考虑。事实上，《小五义》的第一回写的即是"颜按院奉旨上任""察办荆襄九郡"，风迷道人正是按照自己的艺术见解安排《小五义》"起首"的情节的。而对石玉昆"提纲原来诗词数首"，之所以"姑仍其旧"，也是由于风迷道人"不暇纠正"所致。可见这位风迷道人就是正续《小五义》的修订者。

正续《小五义》的修订者是风迷道人，还可以从《续小五义》第一回之前的一段文字得以进一步证实：

上部《小五义》未破铜网阵，看书之人纷纷议论。辱承到本铺购买下部者，不下数百人。上部自白玉堂、颜按院起首，为是先安放破铜网根基。前部篇首业已叙过，必须将摆阵源流，八八六十四卦、三百八十四爻，相生相克，细细叙出。先埋伏下破铜网阵之根，不然铜网焉能破哉！……因上部《小五义》原原本本已将铜网阵详细叙明，今三续开篇，即由破铜网阵单刀直入，不必另生枝叶，以免节目絮繁，且以快阅者之心。②

---

① 风迷道人：《小五义辨》，陆树仑、竺少华标点《小五义》，上海古籍出版社1992年版，第4页。

② 陆树仑、竺少华标点：《续小五义》，上海古籍出版社1992年版，第1页。

这段文字，透露给读者这样三个消息：其一，这段文字的作者即文光楼主人出资延请的"名手"。该文实际上是以文光楼的名义刊载的一则出版说明。文中所谓"本铺"云云，显然是代拟文光楼主人的口气。这样的口气，符合作为文光楼主人出资延请的"名手"的身份。其二，这段文字的作者即《续小五义》的修订者。文中着重说明了《续小五义》开篇，"即由破铜网阵单刀直入"的情节安排着眼于怎样的艺术思考。一是"上部《小五义》原原本本已将铜网阵详细叙明"，在情节上已经做好了铺垫；二是避免故事"另生枝叶"，"节目絮繁"；三是"以快阅者之心"，满足读者急于了解续书故事的迫切心理。《续小五义》开篇事实上也正是根据这种艺术思考安排故事情节的。其三，这段文字的作者即风迷道人。该文与前引《小五义辨》出自一人之手。所谓"前部篇首"，指的其实就是置于《小五义》篇首的《小五义辨》。文中"上部自白玉堂、颜按院起首，为是先安放破铜网根基"，"必须将摆阵源流、八八六十四卦、三百八十四爻，相生相克，细细叙出"，即是对《小五义辨》中"于颜按院查办荆襄起首"，"必须将八卦连环，原原本本分晰明白，用作根基"这一内容的复述。故曰"前部篇首业已叙过"。

正续《小五义》的修订者是风迷道人，内证材料也能提供佐证。在《小五义辨》和《续小五义》第一回之前的那段文字中，风迷道人曾反复强调："必须将摆阵源流，八八六十四卦、三百八十四爻，相生相克，细细叙出，先埋伏下破铜网阵之根。"这个意图在修订过程中得到了明确的体现。在《小五义》第二回，作品通过"智化夜探铜网阵"，详细描写了铜网阵"摆阵源流"："下有大门两扇，按八方八门。大门内各套七个小门，按的是八八六十四卦，三百八十四爻。"① 并以大量的篇幅，对六十四门进行了具体的说明。对铜网阵的这段描写，《小五义》的修订者在第三十三回颇为自得地说：

> 列公，你们看书的，众位看此书，也是《七侠五义》的后尾，可与他们先前的不同。他们那前套还倒可以，一到五义士坠铜网，净是糊说。铜网阵口称是八卦，连卦爻都不能说得明白，故此余下此

---

① 陆树仑、竺少华标点：《小五义》，上海古籍出版社 1992 年版，第 4 页。

书，由铜网阵说起。①

《小五义》的故事情节，之所以要"由铜网阵说起"，无疑是为了"将八卦连环，原原本本分晰明白，用作根基"。

由以上分析，我们可以有把握地断言，风迷道人作为文光楼主人出资延请的"名手"，就是正续《小五义》的修订者。

三 正续《小五义》的修订出于一人之手

鲁迅先生在《中国小说史略》中论及《小五义》及《续小五义》的创作时说：

> 二书皆石玉昆旧本，而较之上部，则中部荒率殊甚，入下又稍细，因疑草创或出一人，润色则由众手，其伎俩有工拙，故正续遂差异也。②

如前所述，正续《小五义》的原作者为石玉昆，"草创或出一人"，是可信的。但是，"润色则由众手"，则有继续讨论的必要。我们认为，正续《小五义》的修订出于风迷道人一人之手。

正续《小五义》的修订出于一人之手，首先可以通过二书的整体性得到证实。在修订过程中，风迷道人是把正续《小五义》作为一个整体加以对待的。在前引《小五义辨》中，风迷道人认为："向使从前套收伏钟雄后接续《小五义》，挨次刊刻……不但此套书矛盾自戕，并使下套牙关相错，文无线索，笔无埋伏，未免上下两截，前后不符。"这里的"前套"指的是《忠烈侠义传》，"此套"指的是《小五义》，"下套"指的是《续小五义》。在风迷道人看来，《小五义》从"颜按院查办荆襄起首"，而不从《忠烈侠义传》"收伏钟雄后接续"，其主要原因之一，是着眼于正续《小五义》的整体结构，避免二书"牙关相错"，"上下两截，前后不符"，以保证正续《小五义》的整体性。

正续《小五义》的整体性首先体现在对篇幅的规划上。在《小五义》

---

① 陆树仑、竺少华标点：《小五义》，上海古籍出版社1992年版，第120页。
② 鲁迅：《中国小说史略》，齐鲁书社1997年版，第222页。

中，涉及二书篇幅的文字有两处：一处是第五十七回："正续的《小五义》二百余回。"① 另一处是第一百二十四回末尾，预告《续小五义》"仍有一百余回，随后刊刻续套嗣出"。② 现存的正续《小五义》各一百二十四回，共计二百四十八回。从这两处文字可以看出，风迷道人是把二百余回的正续《小五义》作为一个整体进行修订的。而据文光楼主人的《小五义序》云："中、下二部《五义》"，"前后一气，脉络贯通"。在石玉昆原稿中，正续《小五义》已经是一个整体。作为文光楼主人延请的修订石玉昆原稿的"名手"，风迷道人修订的自然是作为一个整体的二百多回的正续《小五义》。如果风迷道人在修订完《小五义》之后，放弃对《续小五义》的修订，这在情理上是说不过去的。

正续《小五义》的整体性还表现为二书故事情节的紧密衔接。在古代小说中，正书和续书的关系通常表现为在情节上既相互关联又各自独立。《水浒传》和《水浒后传》就是这种情形的典型体现。《水浒传》叙述了梁山英雄的聚义直至悲剧结局，在故事情节上自成体系。《水浒后传》不过是从李俊等别生枝叶，结构故事。与古代小说中正书与续书的这种关系不同，《小五义》和《续小五义》故事情节的衔接则是密不可分的。《小五义》的中心情节是破铜网阵、盗盟单。第一百二十四回，众英雄进入铜网阵内，智化正要盗盟单之际，"从上面掉下一把月牙式的刀来，正在智爷腰上铛的一声，智爷把双眼一闭"③，全书戛然而止。《续小五义》的第一、二回，紧接着《小五义》的上述情节，继续叙述智化怎样脱险，盟单如何到手，铜网阵终于被破。如此紧密的情节衔接，不大可能分别出自不同修订者之手。风迷道人在修订《小五义》时，不可能在智化被压在月牙刀下，生死未明的情况下，就此搁笔，而由另一个人去完成智化如何脱险等情节的修订。当然，《小五义》和《续小五义》在情节衔接上的关系，和《红楼梦》前八十回与后四十回的关系极为相似。但是，曹雪芹没有完成整部《红楼梦》的创作，是由于"泪尽而逝"。而对风迷道人来说，在智化被压在月牙刀下之际，像曹雪芹那样"泪尽而逝"的可能性，实在是微乎其微的了。

---

① 陆树仑、竺少华标点：《小五义》，上海古籍出版社1992年版，第218页。
② 同上书，第500页。
③ 同上。

正续《小五义》的修订出于一人之手，还可以通过二书修订时间的考察得以说明。不可否认，《小五义》和《续小五义》在文字体例上存在着工拙之别。大致说来，《小五义》的修订较为粗疏，书中还保存着较多说唱痕迹；《续小五义》的修订相对来说稍显精严，说唱痕迹较少。这一点，诚如鲁迅先生所言："中部荒率殊甚，入下又稍细"，"正续遂差异也"。既然正续《小五义》的修订出于一人之手，为什么会存在这种"差异"呢？这是论证二书修订出于一人之手所必须回答的问题。而对正续《小五义》修订时间的探讨，也许可以对形成这种"差异"的原因做出合乎情理的解释。

据前引庆森宝书氏的《小五义序》：文光楼主人物色《小五义》，"今春竟于无意中得之"。该序末署"光绪十六年岁次庚寅中吕月"（四月），可知文光楼主人得到石玉昆原稿的时间是光绪十六年（1890）春，《小五义》的修订当从此时开始。该序又云，"梓成而问序于予"①，这年四月，《小五义》的刊刻已经完成，《小五义》的修订自然完成于这个时间之前。可见《小五义》的修订刊刻时间，从光绪十六年春到四月，总共不到四个月。《续小五义》的修订，当于这年四月稍前《小五义》的修订完成时着手。又据伯寅《续小五义叙》"急付剞劂，书既成，故乐为之叙。时光绪庚寅孟冬"②云云，在光绪十六年十月，《续小五义》的刊刻已经完成。可见《续小五义》的修订刊刻时间，从光绪十六年四月稍前到十月，有六个多月。

修订时间的急缓不均，导致了正续《小五义》的工拙之别。《小五义》全书50余万字，其修订刊刻，仅用了不到四个月的时间。如果除去刊刻时间，修订时间所剩无几，其修订之粗疏，是可想而知的。连文光楼主人自己也承认，由于"特将中部急付之剞劂"③，以致《小五义》"字

---

① 庆森宝书氏：《小五义序》，陆树仑、竺少华标点《小五义》，上海古籍出版社1992年版，第3页。

② 伯寅：《续小五义叙》，陆树仑、竺少华标点《续小五义》，上海古籍出版社1992年版，第2页。

③ 文光楼主人：《小五义序》，陆树仑、竺少华标点《小五义》，上海古籍出版社1992年版，第1页。

迹模糊，鲁鱼亥豕，校雠多疏"。① 而作为《小五义》的修订者，风迷道人也是因为对"提纲原来诗词数首，不暇纠正"，才致使《小五义》较多地留下石玉昆原稿中固有的说唱痕迹。相比较而言，《续小五义》的修订刊刻时间要宽缓一些，有六个多月，其修订自然可以做得精细一些。仅以诗词为例，在《小五义》中，有五、七言诗共计五十九首，《西江月》词二十五首，这显然是风迷道人"不暇纠正"所致。而在《续小五义》中，除第一回尚存半首《西江月》词之外，其他诗词全部被删除，从而淡化了《续小五义》的说唱痕迹。由此看来，形成《小五义》和《续小五义》工拙之别的原因，不是由于"润色则由众手，其伎俩有工拙"，而是由于修订时间的急缓不均所导致。因而，这种工拙之别，并不能说明正续《小五义》的修订是出于不同的修订者之手。

(原载《文献》1997年第3期)

---

① 知非子：《小五义序》，陆树仑、竺少华标点《小五义》，上海古籍出版社1992年版，第2页。

中　篇
明代诗文考论

第五章　明代诗文考论

论晚明文学思潮消歇的原因

所谓晚明文学思潮，指的是明代万历前后在阳明心学及泰州学派影响下所形成的一股弘扬主体、张扬个性、正视人欲为其主要精神的文学思潮。明代万历时期，以李卓吾、公安派、《金瓶梅》《牡丹亭》《三言》的出现为标志，把这股声势浩大的文学思潮推向高峰。而当历史步入了天启、崇祯年间，这股声势浩大的文学思潮已趋于消歇。据《明史·文苑传序》："……汤显祖、袁宏道、钟惺之属，亦各争鸣一时，于是宗李、何、王、李者稍衰。至启、祯时，钱谦益、艾南英准北宋之矩矱，张溥、陈子龙撷东汉之芳华，又一变矣。"① 那么，晚明时期那股声势浩大的文学思潮为何骤尔消歇？这是一个值得深入探讨的问题。

一

晚明文学思潮消歇的原因，首先导源于东林学派对阳明心学的反拨。嵇文甫先生在《晚明思想史论》中指出："明代思想解放的潮流，从白沙发端，及阳明而大盛，到狂禅派而发展到极端。于是乎引起各方面的反对，有的专攻击狂禅或王学左派，有的竟直接牵涉到阳明，这里面最有力量能形成一个广大潮流的，要首推东林派。……其代表人物为顾泾阳与高景逸。"②

晚明文学思潮的兴起，导源于阳明心学及在阳明心学影响下所形成的泰州学派。这主要是因为阳明心学及泰州学派为晚明文学思潮提供了哲学

---

① 张廷玉等：《明史》卷285，中华书局1997年版，第7307—7308页。
② 嵇文甫：《晚明思想史论》，东方出版社1996年版，第80页。

基础。而东林学派对阳明心学及泰州学派的批判，形成了对晚明文学思潮的釜底抽薪之势，从而导致了这股文学思潮的消歇。

阳明心学以"吾心之良知即所谓天理"，用"良知"取代了"天理"的地位，在弘扬了主体意识的同时，又导致了对程朱理学的反拨，从而使阳明心学成为当时占主导地位的社会哲学思潮。这一点《明史》卷282之《儒林》说得很清楚："宗守仁曰姚江之学，别立宗旨，显与朱子背驰，门徒遍天下，流传逾百年……嘉、隆而后，笃信程、朱，不迁异说者，无复几人矣。"① 而东林学派对阳明心学的批判，则是以力避"良知"之说，复兴程朱理学为宗旨的。

据《明史·顾宪成传》云："宪成姿性绝人，幼即有志圣学。暨削籍里居，益覃精研究，力辟王守仁'无善无恶心之体'之说。"② 黄宗羲《明儒学案·端文顾泾阳先生宪成》叙其论学主旨曰："先生深虑近世学者，乐趋便易，冒认自然，故于不思不勉，当下即是，皆令究其源头，果是性命上透得来否？而于阳明无善无恶一语，辨难不遗馀力，以为坏天下教法，自斯言始。"③ 如顾宪成在《证性篇·罪言》上中说：

> 以为心之本体原来是无善无恶也，合下便成一个空。……空则一切解脱，无复挂碍。高明者入而悦之，且从而为之辞曰：理障之害甚于欲障。于是乎委有如所云：以仁义为桎梏，以礼法为土苴，以日用为尘缘，以操持为把捉，以随事省察为逐境，以讼悔迁改为轮回，以下学上达为落阶级，以砥节砺行、独立不惧为意气用事者矣。④

而对于朱熹，顾宪成则予以极高的评价，在《小心斋札记》中，顾宪成高度肯定了朱熹在儒学史上的地位："孔子表章六经，以推明羲、尧诸大儒之道，而万世莫能易也。朱子表章《太极图》等书，以推明周、程诸

---

① 张廷玉等：《明史》卷282，中华书局1997年版，第7222页。
② 张廷玉等：《明史》卷230，中华书局1997年版，第6032页。
③ 黄宗羲：《端文顾泾阳先生宪成》，黄宗羲著，沈芝盈点校《明儒学案》卷58，中华书局1985年版，第1379页。
④ 顾宪成：《证性篇·罪言》上，转引自侯外庐、邱汉生、张岂之主编《宋明理学史》下卷，人民出版社1987年版，第567—568页。

大儒之道，而万世莫能易也。此之谓命世。"①

又据《明史·高攀龙传》：高攀龙"有志程朱之学"②，黄宗羲《明儒学案·忠宪高景逸先生攀龙》也说："先生之学，一本程、朱，故以格物为要。"③ 如《高子遗书》卷一之《语》曰："朱子曰：'致知格物，只是一事。格物以理言也，致知以心言也。'由此观之，可见物之格即知之至，而心与理一矣。今人说著物，便以为外物，不知不穷之其理，物是外物，物穷其理，理即是心。故魏庄渠曰：'物格则无物矣。'"④ 正是出自对程、朱的推崇，高攀龙辑有《朱子节要》一书，在《朱子节要序》中高度评价朱熹在儒学史上的地位，认为"朱子功不在孟子之下"：

> 圣人之道，自朱子出而六籍之言乃始幽显毕彻，吾道如日月之经天，江河之流地。非独研穷之勤，昭析之密，盖其精神气力真足以柱石两间，掩映千古，所谓豪杰而圣贤也。⑤

并在《崇文会语序》中说："崇文者何？崇文公朱子也。"正是出于对朱熹的推崇，高攀龙对阳明心学的流弊进行了批判：

> 姚江之弊，始也扫闻见以明心耳，究且任心而废学，于是乎诗书礼乐轻而士鲜实悟，始也扫善恶以空念耳，究且任空而废行，于是乎名节忠义轻而士鲜实修。⑥

万历三十二年（1604），顾宪成、高攀龙、顾允成、钱一本等，重建东林书院，从事讲学活动。在讲学过程中，以复兴程朱理学，矫正王学流弊为己任，对阳明心学及后学，尤其是泰州学派的学术思想进行了批判。

---

① 顾宪成：《小心斋札记》卷3，转引自侯外庐、邱汉生、张岂之主编《宋明理学史》下卷，人民出版社1987年版，第554页。
② 张廷玉等：《明史》卷243，中华书局1997年版，第6311页。
③ 黄宗羲：《忠宪高景逸先生攀龙》，黄宗羲著，沈芝盈点校《明儒学案》卷58，中华书局1985年版，第1379页。
④ 高攀龙：《语》，《高子遗书》卷1，文渊阁《四库全书》本。
⑤ 高攀龙：《朱子节要序》，《高子遗书》卷9，文渊阁《四库全书》本。
⑥ 高攀龙：《崇文会语序》，《高子遗书》卷9，文渊阁《四库全书》本。

在顾宪成和高攀龙的文集中，对王畿、罗汝芳、颜山农、李贽、何心隐、周汝登、陶望龄、管志道等的学术观点进行了不同方式，不同程度的反拨，直接导致了明代心学思潮的消歇。同时，东林学派又是一个关注现实政治的学派，东林书院的那副著名的对联"风声雨声读书声，声声入耳；家事国事天下事，事事关心"，就是东林学派学术精神的典型写照。由于他们在讲学之余议论朝政，裁量人物，并与在朝正直官员赵南星、邹元标、李三才等互通声气，这样就使这一学派具有极浓的政治色彩，而被称为"东林党"。而在天启年间对阉党的斗争中，东林党人以名节相砥砺，追求高洁的人格。天启六年（1626），阉党魏忠贤下令逮捕高攀龙、周顺昌、缪昌期、李应升、周宗建、黄尊素、周起元七人。缇骑将至，高攀龙"夜半书遗疏，自沉止水"，疏云："臣虽削夺，旧系大臣，大臣受辱，则辱国。故北向叩头，从屈平之遗则。"① "一堂师友，冷风热血，洗涤乾坤"，"忠义之盛，度越前代，犹是东林之流风余韵也"。② 东林党人在与阉党斗争中所表现出来的忠肝义胆和高风亮节，对当时的社会风气也产生广泛而深刻的社会影响，明代心学思潮也由此而走向低谷。

据黄宗羲《明儒学案·端文顾泾阳先生宪成》："甲辰（1604年），东林书院成，大会四方之士，一依《白鹿洞规》。其他闻风而起者，毗陵有经正堂，金沙有志矩堂，荆溪有明道书院，虞山有文学书院，皆捧珠盘，请先生莅焉。先生论学，与世为体。尝言官辇毂，念头不在君父上；官封疆，念头不在百姓上；至于水间林下，三三两两，相与讲求性命，切磨德义，念头不在世道上，即有他美，君子不齿也。故会中亦多裁量人物，訾议国政，亦冀执政者闻而药之也，天下君子以清议归于东林。"③ 高攀龙门人周彦在《论学语序》中也说："自顿悟之教炽，而实修之学衰。嘉隆以来，学者信虚悟而卑实践……视居敬为拘囚，目穷理为学究；恶言工夫，托之本体，更不知操存为何物矣！斯文未丧，东林代兴。高景逸先生心程、朱而脉孔、孟，拜官之日，首辟世则张子之邪说，使程、朱

---

① 黄宗羲：《忠宪高景逸先生攀龙》，黄宗羲著，沈芝盈点校《明儒学案》卷58，中华书局1985年版，第1399页。

② 黄宗羲：《东林学案一》，黄宗羲著，沈芝盈点校《明儒学案》卷58，中华书局1985年版，第1375页。

③ 黄宗羲：《端文顾泾阳先生宪成》，黄宗羲著，沈芝盈点校《明儒学案》卷58，中华书局1985年版，第1377页。

之学而复明。未几罢官,归里三十年,与泾阳顾先生辈力扶正学、专事实修。"① 东林学派的崛起,在各地迅速引起反响,程朱传统因之得以恢复,并取代了阳明心学在思想文化领域的主导地位,导致阳明心学的消歇。据清人胡慎《东林书院志序》:

> 姚江之学大行,而伊洛之传几晦,东林亦废为丘墟。至万历之季,始有端文顾公、忠宪高子振兴东林,修复道南之祀,仿白鹿洞规为讲学会,力阐性善之旨,以辟无善无恶之说,海内翕然宗之,伊洛之统复昌明于世。②

叶裕仁在《高子遗书跋》中也说:

> 明正、嘉之际,王学炽行,洎于隆、万倡为三教合一之说,猖狂恣肆,无所忌惮,学术之裂极矣!公(指高攀龙——引者)与顾端文公起而拯之,辟阳儒阴释之害,辩姚江格物致知之谈,其深切明著,由是绝学复明。③

由上述记载可以看出,东林学派对阳明心学的批判和程朱传统恢复,在当时产生了广泛的影响,从而使明代心学思潮迅速走向低谷,这无疑是导致晚明文学思潮的一个重要原因。

二

随着东林学派的崛起和阳明心学的消歇,在文学上也出现了复古思潮的复兴。而明末复古思潮的复兴,则是导致晚明文学思潮消歇的另一个原因。

晚明文学思潮的一个重要特点,是对明代中叶所出现的以"前、后

---

① 周彦:《论学语序》,转引自侯外庐、邱汉生、张岂之主编《宋明理学史》下卷,人民出版社1987年版,第584—585页。
② 胡慎:《东林书院志序》,转引自侯外庐、邱汉生、张岂之主编《宋明理学史》下卷,人民出版社1987年版,第554页。
③ 叶裕仁:《高子遗书跋》,转引自侯外庐、邱汉生、张岂之主编《宋明理学史》下卷,人民出版社1987年版,第585页。

七子"为代表的复古主义文学思潮的批判。从"童心说"出发，李贽指出："天下之至文，未有不出于童心者焉也。苟童心常存，则道理不行，闻见不立，无时不文，无人不文，无一样创制体格文字而非文者。诗何必古选，文何必先秦。"① 以文学创作中"童心"的强调，批判了"前后七子""文必秦汉，诗必盛唐"的复古主义主张。袁宏道则在《叙小修诗》中明确地提出"独抒性灵，不拘格套，非从自己胸臆流出，不肯下笔"。② 以对"性灵说"的倡导，对当时文坛上的剽袭模拟之风进行尖锐的批判："盖诗文至近代而卑极矣，文则必欲准于秦、汉，诗则必欲准于盛唐，剽袭模拟，影响步趋，见人有一语不相肖者，则共指以为野狐外道。曾不知文准秦、汉矣，秦、汉人曷尝字字学《六经》欤？诗准盛唐矣，盛唐人曷尝字字学汉、魏欤？秦、汉而学《六经》，岂复有秦、汉之文？盛唐而学汉、魏，岂复有盛唐之诗？唯夫代有升降，而法不相沿，各极其变，各穷其趣，所以可贵，原不可以优劣论也。"③ 李贽的"童心说"、袁宏道的"性灵说"，以文学创作中的主体意识和个性精神的倡导，扭转了当时文学创作中的复古模拟风习，从而形成了晚明诗文"独抒性灵，不拘格套"的创作格局。这一点，诚如钱谦益所云："万历中年，王、李之学盛行，黄茅白苇，弥望皆是。文长、义仍，崭然有异……中郎之论出，王、李之云雾一扫，天下文人始知疏瀹心灵，搜剔慧性，以荡涤模拟涂泽之病，其功伟矣。"④ 袁中道在《袁中郎先生全集序》中也肯定了乃兄对当时创作风气的转变："一洗应酬格套之习，而诗文之精光始出……至于今天下之才士，始知心灵无涯，搜之愈出，相与各呈其异，而互穷其变，然后人人有一段真面目溢于楮墨之间。"⑤ 而到了明代末年，随着一批以复古为职志的文社的出现，形成了明代文学复古思潮的复兴。"明之末年，中原云扰。而江以南文社乃极盛。其最著者……陈子龙倡几社，承王世贞等之说

---

① 李贽：《童心说》，刘幼生整理《焚书》卷3，社会科学文献出版社2000年版，第92页。

② 袁宏道：《叙小修诗》，《锦帆集》之二，袁宏道著，钱伯城笺校《袁宏道集笺校》卷4，上海古籍出版社1981年版，第187页。

③ 同上书，第188页。

④ 钱谦益：《袁稽勋宏道》，《列朝诗集小传》丁集（中），上海古籍出版社1959年版，第567页。

⑤ 袁中道：《袁中郎先生全集序》，袁宏道著，钱伯城笺校《袁宏道集笺校》附录三，上海古籍出版社1981年版，第1712页。

而涤其滥。溥与张采倡复社,声气蔓衍,几遍天下。"① 这股复古思潮的复兴,则是导致晚明文学思潮消歇的另一个重要原因。

据《明史·夏允彝传》:"时东林讲席盛,苏州高才生、张溥、杨廷枢等慕之,结文会名复社,允彝与同邑陈子龙、徐孚远、王光承等亦结几社相应和。"② 作为东林学派影响文学创作的产物,明末文社的大量出现,推动了当时复古思潮的复兴。而在这些文社中,影响较大的有以张溥为代表的复社和以陈子龙为代表的几社。

张溥于崇祯初年创建复社,复社其命名的由来,即在于复兴古学。据杜登春《社事始末》:"复者,兴复绝学之义也。"③ 其实,在创建复社之前,张溥还组织了应社。据张溥《五经徵文序》:"应社之始立也,所以志于尊经,复古者盖其志也。"④ 可知"尊经复古"就是张溥创建文社的主要宗旨,张溥在《程墨表经序》中阐发了这一思想:

> 夫好奇则必知古,知古则必知经,知经则必知所以为人。至于知所为人,而文已毕精矣。故驳而不纯之文,予所甚恶也;才而不德之士,亦予所甚恶也。⑤

与张溥创立复社同时,陈子龙创立了几社。几社命名的由来,据杜登春《社事始末》:"几者,绝学有再兴之机,而得知其神之义也。"⑥ 姚希孟《壬申文选序》亦云:"近有云间六、七君子,心古人之心,学古人之学,纠集同好,约法三章。"⑦ 可见几社的建立,也旨在"心古人之心,学古人之学"。这一主张在陈子龙的《壬申文选凡例》中得到集中的体现:

> 文当规摹两汉,诗必宗趣开元。吾辈所怀,以兹为正。至于齐梁

---

① 永瑢等:《四库全书总目》卷189,中华书局1965年版,第1723—1724页。
② 张廷玉等:《明史》卷285,中华书局1997年版,第7098页。
③ 杜登春:《社事始末》,中华书局1991年版,第3页。
④ 张溥:《五经徵文序》,《七录斋诗文合集》卷2,明崇祯九年刻本。
⑤ 张溥:《程墨表经序》,《七录斋诗文合集》卷5,明崇祯九年刻本。
⑥ 杜登春:《社事始末》,中华书局1991年版,第3页。
⑦ 姚希孟:《壬申文选序》,杜骐征、徐凤彩编《几社壬申文选》卷首,明崇祯五年小樊堂刊本。

之瞻篇，中晚之新构，偶有间出，无妨斐然。若晚宋之庸沓，近日之俚秽。大雅不道，吾知免矣。①

杜登春《社事始末》云："两社（复社、几社）对峙，皆起于己巳岁。"② 可知复社与几社的活动，始之于己巳岁，即崇祯二年（1629）。两社的文学主张虽然不尽相同，但复兴古学，则是他们的共同宗旨。基于这一宗旨，他们肯定了"前、后七子"的复古主义创作。如陈子龙在《六子诗序》中说："献吉、仲默、于鳞、元美，才气要亦大过人，规摹昔制，不遗余力，苦加椎驳，可议甚多。今人之才又不如诸子，而放乎规矩，猥云超乘，后世可尽欺耶！"③ 而对公安派"独抒性灵，不拘格套"的创作倾向则进行了较为尖锐的批判：

夫诗衰于宋，而明兴尚沿余习，北地、信阳力返风雅；历下、瑯瑘，复长坛坫，其功不可掩，另一方面，尚不可非也。……后人自矜其能，欲矫斯弊者，惟宜盛其才情，不必废此简格。发其窈渺，岂得荡然律吕。不意一时饰心诡貌，惟求自别于前人，不顾见笑于来祀。此万历以还数十年间，文苑有罔两之状，诗人多侏儷之音也。④

一方面，陈子龙肯定了李梦阳、何景明、李攀龙、王世贞"复长坛坫，其功不可掩"；另一方面，又批判了公安派"废此简格"，"荡然律吕"，"一时饰心诡貌，惟求自别于前人，不顾见笑于来祀"。在《答胡学博》中，陈子龙还要求诗歌创作效法"古人所为"，并从这一角度出发，对万历末年"祖述长庆""学步香奁"的诗风进行了反拨："万历之季，士大夫偷安逸乐，百事堕坏，而文人墨客所为诗，非祖述长庆，以绳枢瓮牖之谈为清正，则学步香奁，以残膏剩粉之资为芳泽，是举天下之人，非迂若老儒，则柔媚若妇人也。……然古人所为温厚之旨，高亮之格，虚响沈实之工，珠联璧合之体，感时托风之心，援古证今之法，皆弃不道。"⑤ 明末复古

---

① 陈子龙：《壬申文选凡例》，杜骐征、徐凤彩编《几社壬申文选》卷首。
② 杜登春：《社事始末》，中华书局1991年版，第3页。
③ 陈子龙：《六子诗序》，《安雅堂稿》卷3，宣统排印本。
④ 陈子龙：《仿佛楼诗稿序》，《安雅堂稿》卷3，宣统排印本。
⑤ 陈子龙：《答胡学博》，《安雅堂稿》卷18，宣统排印本。

文社对公安派的批判引起了当时诗文创作风气的变化,"今卧子出,而言诗之家又为一变。纵横浩达,于学无所不窥。雄深凄惋,尤极于古。……及为歌诗,本于性情,该以学问,其言无不似古人,而又无古人得似之"①。而明末复古思潮的复兴,无疑也意味着晚明时期弘扬主体、张扬个性、正视人欲的文学思潮的消歇。

三

如果说,东林学派的崛起和复古思潮的复兴构成了晚明文学思潮消歇的外因,那么,晚明文学思潮的消歇还有其深刻的内在原因,那就是晚明文学思潮自身所面临的矛盾与困惑。黄宗羲在《明儒学案·泰州学案一》中分析明代心学思潮盛行和消歇的原因时说:

> 阳明先生之学,有泰州、龙溪而风行天下,亦因泰州、龙溪而渐失其传。泰州、龙溪时时不满其师说,益启瞿昙之秘而归之师,盖跻阳明而为禅矣。然龙溪之后,力量无过龙溪者,又得江右为之救正,故不至十分决裂。泰州之后,其人多以赤手搏龙蛇,传至颜山农、何心隐一派,遂复非名教所能羁络矣。顾端文曰:"心隐辈坐在利欲胶漆盆中,所以能鼓动得人,只缘他一种聪明,亦自有不可到处。"羲以为非其聪明,正其学术也。所谓祖师禅者,以作用见性。诸公掀翻天地,前不见古人,后又不见有来者。释氏一棒一喝,当机横行,放下拄杖,便如愚人一般。诸公赤身担当,无有放下时节,故其害如是。②

阳明心学之所以"有泰州、龙溪而风行天下",乃至于"诸公掀翻天地,前不见古人,后又不见有来者",主要是由于王艮、王畿一派主张张扬个性,正视人欲;而阳明心学之所以"因泰州、龙溪而渐失其传",乃至于"一棒一喝,当机横行,放下拄杖,便如愚人一般",主要是由于个性与人欲一旦到达"非名教所能羁络"的地步,而"无有放下时节,故其害

---

① 周立勋:《岳起堂稿序》,《陈忠裕公全集》卷首,嘉庆八年刊本。
② 黄宗羲:《泰州学案一》,黄宗羲著,沈芝盈点校《明儒学案》卷32,中华书局1985年版,第703页。

如是"。个体意识的张扬无疑引起了对缚束人性的传统礼法的冲击，但个体意识一旦脱离道德的轨道而任其放纵，必将导致社会关系的失调和人际关系的混乱。对人的合理欲望的正视无疑引起对程朱理学禁欲主义的批判，但人的欲望一旦失去应有的规范而发展为人欲横流，必将形成对群体利益的损害而阻碍社会的进步和人类的完善。个体意识的张扬和合理人欲的正视引起了对传统价值体系的冲击，而在传统价值体系开始解体，新的价值体系尚未建立的时代，矛盾与困惑就成为这样一个新旧交替时代的历史必然。如泰州学派中较为激进的人物颜山农，一方面主张"性如明珠，原无尘染，有何睹闻？著何戒惧？平时只是率性所行，纯任自然，便谓之道"，一方面又要求"及时有放逸，然后戒慎恐惧以修之"。[1] 因而，晚明文学思潮一方面表现出对个体意识的张扬和合理人欲的正视，一方面又对那个时代由于个体意识的张扬和合理人欲的正视所引起的私欲放纵与人欲横流的社会现象表现出深沉的忧虑。怎样匡正由于个体意识的张扬和合理人欲的正视所引起的私欲放纵与人欲横流，使个体意识和合理人欲朝着有利于社会进步和人类完善的方向发展，是当时每一个有良知的作家都必须面临的问题。而在那个新的价值体系尚未建立的时代，从传统的价值系统中寻找参照系以匡正那个放纵私欲、人欲横流的社会，就成为当时的人们别无选择的选择。

因而，晚明文学思潮一方面以个体意识的张扬和合理人欲的正视表现出对传统价值体系的反叛，同时又不得不用传统的价值体系来匡正由于个体意识的张扬和合理人欲的正视所引起的私欲放纵与人欲横流的社会。李贽大胆地反对"以孔子之是非为是非"，却难以提出评判是非的价值准则。"人之是非初无定质，人之是非也无定论。无定质，则此是彼非，并育而不相害；无定论，则是此非彼，亦并行而不相悖矣。"[2] 而在评价《昆仑奴》时，他仍然用传统纲常评价人物："自古忠臣孝子，义夫节妇，同一侠耳。"[3] 汤显祖在《牡丹亭》中以对杜丽娘和柳梦梅之间"理之所

---

[1] 黄宗羲：《泰州学案一》，黄宗羲著，沈芝盈点校《明儒学案》卷32，中华书局1985年版，第703页。

[2] 李贽：《世纪列传总目前论》，刘幼生等整理《藏书》卷首，社会科学文献出版社2000年版，第7页。

[3] 李贽：《昆仑奴》，刘幼生整理《焚书》卷4，社会科学文献出版社2000年版，第181页。

必无,情之所必有"的真挚爱情的歌颂,表现出对传统道德和对程朱理学的尖锐批判。但在《宜黄县戏神清源师庙记》中却极力强调戏曲的伦理功能和名教作用:"可以合君臣之节,可以浃父子之恩,可以增长幼之睦,可以动夫妇之欢……为名教之至乐哉!"① 在《董官贞赞并传》中,汤显祖描写了一个夫死守节,最后自尽而死的列女董官贞的形象,且赞之曰:"董得嘉名,名曰官贞。岂缘渭浊,故作冰清。凡今之人,尽谓老成。谁言季女,一誓无倾。"② 并在《南昌学田记》中主张以"礼义"治天下:"是故圣王治天下之情以为田,礼为之耙,而义为之种。然非讲学,亦无以耨也。于是乎获而合之仁,安之乐,至于食之肥,而天下大顺。嗟夫,天下之于一邑也,一而已矣。"③《金瓶梅》的作者在第一回就开宗明义地肯定了人类情欲的合理性:"情色二字,乃一体一用。故色绚于目,情感于心,情色相生,心目相视。亘古及今,仁人君子,弗合忘之。晋人云:'情之所钟,正在我辈。'如石吸铁,隔碍潜通。无情之物尚尔,何况为人终日在情色中做活计?"④ 并以真实的描写,展示了人情物欲对"天理""纲常"的冲决,表现出对人情物欲的大胆认识和勇敢正视;同时,作者又喋喋不休地劝告人们:"酒色多能误邦国,由来美色丧忠良"⑤,"贪财不顾纲常坏,好色全忘义理亏"⑥,希望以"天理""纲常"来拯救那个人欲横流的社会。冯梦龙在《叙山歌》中提出"借男女之真情,发名教之伪药"⑦,要求通过男女之间真情实感的表现,以揭示封建伦理纲常的虚伪,并在《三言》中以对真挚爱情的歌颂和合理人欲的肯定,显示出对传统伦理的悖逆。但在《古今小说序》中却强调小说的伦理教化功能,"试令说话人当场描写,可喜可愕,可悲可涕,可歌可舞;

---

① 汤显祖:《宜黄县戏神清源师庙记》,《玉茗堂文》之七,徐朔方笺校《汤显祖诗文集》第34卷,上海古籍出版社1982年版,第1127页。
② 汤显祖:《董官贞赞并传》,《问棘邮草》之二,徐朔方笺校《汤显祖诗文集》第5卷,上海古籍出版社1982年版,第152页。
③ 汤显祖:《南昌学田记》,《玉茗堂文》之七,徐朔方笺校《汤显祖诗文集》第34卷,上海古籍出版社1982年版,第1117页。
④ 兰陵笑笑生:《金瓶梅词话》,戴鸿生校点,人民文学出版社1985年版,第1页。
⑤ 同上书,第45页。
⑥ 同上书,第409页。
⑦ 冯梦龙:《叙山歌》,《山歌》卷首,魏同贤主编《冯梦龙全集》第10册,凤凰出版社2007年版,第1页。

再欲捉刀，再欲下拜，再欲决胆，再欲捐金。怯者勇，淫者贞，薄者敦，顽钝者汗下。虽小诵《孝经》、《论语》，其感人未必如是之捷且深也。"①并在《警世通言序》中提出："六经、《论语》、《孟子》，谭者纷如，归于令人为忠臣，为孝子，为贤牧，为良友，为义夫，为节妇，为树德之士，为积善之家，如是而已。经书著其理，史传述其事，其揆一也。……而通俗演义一种，遂足以佐经书史传之穷。……说孝而孝，说忠而忠，说节义而节义。"②通过小说创作教忠教孝，以匡正世风。袁宏道继承了李贽的"童心说"而提出了"性灵说"，在生活中和创作上表现出对个性的张扬。但据袁中道《吏部验封司郎中中郎先生行状》，戊戌（1598年）之后，"先生（指袁宏道）之学复稍变，觉龙湖等所见，尚欠稳实。以为悟修犹两毂也，向者所见，偏重悟理，而尽废修持，遣弃伦物，偭背绳墨，纵放习气，亦是膏肓之病。夫智尊则法天，礼卑而象地，有足无眼，与有眼无足者等。遂一矫而主修，自律甚严，自检甚密，以淡守之，以静凝之"。③ 对以往"遣弃伦物""纵放习气"表示忏悔，而"一矫而主修，自律甚严"。一方面，这些思想的先行者们对传统的"名教""天理"进行猛烈的抨击，但当社会一旦冲破传统的道德规范而走向倾斜和失调的时候，寻找一种新的行为规范维系世风必然成为人们的价值渴望，而残存于人们记忆中的传统的价值体系便提供了最方便、最现成的参照系，矛盾与困惑于是成为新旧嬗变之际的历史必然。也正是这种矛盾与困惑，才最终导致了晚明文学思潮的消歇。

那么，个体意识得以张扬和合理人欲得以正视之后，人们应该以怎样的方式避免私欲的放纵与人欲的横流，以保障人类自身的完善和社会的进步发展？也许，晚明文学思潮的消歇留给我们的，是一个更应该引起注意，并值得深入研究的课题。

(《文学评论》2004年第2期，人大复印报刊资料《中国古代、近代文学研究》2004年第7期转载，2004年CSSCI收录)

---

① 冯梦龙：《古今小说序》，冯梦龙著，许政扬校注《古今小说》，人民文学出版社1958年版，第1—2页。

② 冯梦龙：《警世通言序》，冯梦龙编《警世通言》，福建人民出版社1981年版，卷首。

③ 袁中道：《吏部验封司郎中中郎先生行状》，袁宏道著，钱伯城笺校《袁宏道集笺校》附录二，上海古籍出版社1981年版，第1653页。

明代万历前后的湖北文坛研究

明万历前后，是中国古代诗文创作颇具特色的时代。而湖北作为当时诗文创作的中心，集中地体现了这一特色。因而，把握明代万历前后湖北文坛的总体创作格局，探讨这一时期湖北诗文的创作特点及流变过程，对于研究湖北在明代诗文创作中的地位和认识中国古代诗文的创作特点，无疑具有重要的意义。

一 万历前后湖北文坛的复古思潮

以李梦龙、何景明、李攀龙、王世贞为代表的"前后七子"所发起的复古主义文学思潮，是明代历史上持续时间最长、参与作家最多的文学思潮。从弘治十五年（1502）"前七子"的兴起，到万历二十年（1592）前后"后七子"的消歇，这股文学思潮持续近百年。而明代文学复古主义思潮的兴起、发展与流变，在湖北文坛上得到集中的反映，其中有代表性的作家是王廷陈、吴国伦、李维桢。

王廷陈的出现，标志着湖北文坛文学复古主义思潮的兴起。

王廷陈，生卒年不详，字稚钦，号梦泽，湖北黄州人。正德十二年（1517）进士，选庶吉士，曾官裕州知州。有《梦泽集》23卷。

以复古的形式真实表现其任诞不羁的性格是王廷陈诗文创作的主要特点。

王廷陈的为人行事，《明史本传》曰："恃才放恣"[1]，《四库全书总目》云"恃才傲物"[2]，王廷陈自己在《寄舒子》一书中也说："仆惟少负性气，自视无前，遭事直往，不知其可。"[3] 正德十四年（1519）明武宗下诏南巡，王廷陈与修撰舒芬、庶吉士汪应轸等七人上疏谏阻，馆师石槁城极力阻止。王廷陈赋《乌母谣》书于玉堂之壁讽刺馆师，激怒武宗，罚跪五日，杖于廷，贬为裕州知州。在裕州任上，王廷陈经常是簿牒满堂而不加省视，夏天赤脚上公堂，审案时拿弹弓打鸟，后因在公堂上殴打巡

---

[1] 张廷玉等：《明史》卷286，中华书局1997年版，第7359页。
[2] 永瑢等：《四库全书总目》卷172，中华书局1965年版，第1503页。
[3] 王廷陈：《寄舒子》，《梦泽集》卷17，文渊阁《四库全书》本。

按御史喻茂坚而削职归里。乡居期间,"嗜酒纵娼乐,益自放废"。① 士大夫来访,多蓬发赤足,不具宾主礼。常穿红紫窄袖衣衫,骑牛跨马,在田野间啸歌。王廷陈诗歌的突出内容,就在于真实地再现了这种恃才傲物,任诞不羁的性格。如《煌煌京洛行》就是具有代表性的作品:

> 辞我故里,来游帝乡,谁云周道,险逾羊肠。车马如云,意气扬扬,昔为奴虏,今狎侯王。伯史乘轩,仲父鸣珰,唱骊驰道,征歌教坊。千金买剑,百宝为装,风雷一击,日星回光。朝探侠窟,暮宿名娼,酣呼六博,纵赌千场。倾财结客,隐罪匿亡,名齐郭解,人比孟尝。②

关于王廷陈诗歌的艺术风格,钱谦益《列朝诗集小传》说:"其诗婉丽多风,为词人所称。"③《四库全书总目》曰:"意警语圆,轩然出俗,则不得不成为一时之秀。"④ 王世贞《艺苑卮言》云:"如良马走坂,美女舞竿,五言尤是长城。"⑤ 朱彝尊《静居斋诗话》说:"音高秋竹,色艳春兰,乐府古诗,殊多静诣。盖正、嘉之间,何景明最为俊逸,廷陈之天骨雄秀,抑骖乘矣。"⑥ 王廷陈的四言诗骨力雄劲,格调高亢,颇有魏晋风骨;而其五言诗流畅圆润、婉丽自然,深得唐人诗意。这里,且以《闻筝》为例:

> 花月可怜春,房栊映玉人。思繁纤指乱,愁剧翠蛾颦。
> 授色歌频变,留宾态转新。曲终仍自叙,家世本西秦。⑦

这首诗婉丽流畅,颇似唐人崔颢《古意》,故沈德潜《明诗别裁》评之曰

---

① 张廷玉等:《明史》卷286,中华书局1997年版,第7360页。
② 王廷陈:《煌煌京洛行》,《梦泽集》卷2,文渊阁《四库全书》本。
③ 钱谦益:《王裕州廷陈》,《列朝诗集小传》丙集,上海古籍出版社1959年版,第359页。
④ 永瑢等:《四库全书总目》卷172,中华书局1965年版,第1503页。
⑤ 同上。
⑥ 同上。
⑦ 王廷陈:《闻筝》,《梦泽集》卷7,文渊阁《四库全书》本。

"仿佛十五嫁王昌"。①

在明代正德、嘉靖时期，王廷陈的诗歌取得了突出的成就。《明史本传》说："廷陈才高，诗文重当世，一时才士鲜能过之。"② 而作为当时与何景明齐名的复古主义作家，王廷陈更是受到后世湖北复古派作家的推崇。吴国伦曾在《王吉士稚钦》一诗中说："维楚故有才，谁为稚钦偶？早岁发天秀，匠心应其手。"③ 并在《哭武宗毅皇帝诗跋》中对王廷陈进行了极高的评价："吾楚称诗之士多矣，而予窃以为梦泽先生为一时之冠。"④ 由此看来，作为明代湖北文坛上的复古先驱，王廷陈对明代湖北的复古主义诗文创作产生了深远的影响。

吴国伦的出现，标志着湖北文坛文学复古主义思潮的高峰。

吴国伦（1542—1593），字明卿，号川楼，又号南岳山人，湖北兴国（湖北省阳新县兴国镇）人。嘉靖二十九年（1550）进士，尝官河南左参政。有《甔甀洞稿》54卷，《续稿》27卷。

以复古的形式反映社会现实，是吴国伦诗文创作的突出特点。

吴国伦的生活时代，正是明代社会充满内忧外患的时代。从内忧来看，严嵩专权，朝政黑暗。从外患来看，北有俺答进犯，东有倭寇侵扰。吴国伦的诗歌较为全面地反映了明代社会的这些现实。嘉靖二十九年（1550）北方俺答犯古北口，长驱直入，包围北京，大掠京畿地区八日，构成对明王朝的严重威胁，史称"庚戌之变"。目睹了这场浩劫的吴国伦以其忧国忧民之情，奋笔写下了《庚戌秋日纪事》五首、《家室》等诗篇。兹举《庚戌秋日纪事》之一为例：

> 天威赫赫震离宫，极目郊关万室空。
> 整旅未申司马法，捷书频请贰师功。
> 玉门关险无传檄，武库兵陈已挂弓。
> 自是汉家饶王气，诸陵依旧朔云中。⑤

---

① 沈德潜：《明诗别裁》卷6，上海古籍出版社1979年版，第153页。
② 张廷玉等：《明史》卷286，中华书局1997年版，第7360页。
③ 吴国伦：《王吉士稚钦》，《甔甀洞稿》卷5，《四库全书存目丛书》本。
④ 吴国伦：《哭武宗毅皇帝诗跋》，《甔甀洞稿》卷20附录二，《四库全书存目丛书》本。
⑤ 吴国伦：《庚戌秋日纪事》，《甔甀洞稿》卷20，《四库全书存目丛书》本。

另如《里麻行有序》《阻冠》《赋得战城南赠陈将军》等诗，都表现出对时局的忧虑和对国事的关心，而具有强烈的现实意义。

作为"后七子"之一，吴国伦诗文创作的复古主义倾向也是非常明显的，这种倾向首先在其诗文主张上得以体现。如在《胡祭酒集序》中，吴国伦说：

> 夫学以益才，文以足言，皆明训也。中人承学，鲜究斯义，大较有三疾焉：师心者非往古而捐体裁，负奇者纵才情在而蔑礼法。……嗟呼！兹不学之过也。籍令体裁可捐，则方圆何取于规矩？礼法可逾，则华实不必由本根。①

在这里，吴国伦反对师心非古而重视体裁，反对负奇纵才而强调礼法，这个观点集中体现了明代复古主义的诗文主张。同时，吴国伦还把这种主张运用于创作实践，其诗文具有较为明显的拟古倾向。朱彝尊《静居斋诗话》说："王、李既殁，《甔甀》几与《四部》争富，而海内之为真诗者寡。"② 不能说不是平心之论。

《四库全书总目》云：吴国伦"初与王世贞、李攀龙唱和，后与李维桢、汪道昆辈狎主诗盟"。③ 作为一度"狎主诗盟"的作家，吴国伦在万历初年的文坛上具有极高的地位。《明史本传》说，吴国伦"声名籍甚，求名之士，不东走太仓，则西走兴国"。④ 余端《甔甀洞稿序》云："雄视往古，睥睨当代，一时名公巨卿欲步其后尘而不可得。"⑤ 由此也可以看出吴国伦在当时文坛上的创作成就和巨大影响。

李维桢的出现，标志着湖北文坛文学复古主义思潮的转变。

李维桢（1547—1626），字本宁，湖北京山人。隆庆二年（1568）进士，累官南京礼部尚书。有《大泌山房集》134卷。

要求取法古人与本于性灵的统一，是李维桢诗文主张的突出特点。

---

① 吴国伦：《胡祭酒集序》，《甔甀洞稿》39，《四库全书存目丛书》本。
② 朱彝尊：《静居斋诗话》，转引自《四库全书总目》卷178，中华书局1965年版，第1598页。
③ 永瑢等：《四库全书总目》卷178，中华书局1965年版，第1598页。
④ 张廷玉等：《明史》卷287，中华书局1997年版，第7379页。
⑤ 余端：《甔甀洞稿序》，《甔甀洞稿》卷首，《四库全书存目丛书》本。

李维桢的文学活动时期主要是在万历、天启年间，而卒于公安三袁之后。这个时期，正是以"后七子"为主的文学复古思潮由鼎盛走向消歇，公安三袁的文学创新思潮已产生广泛影响并显示出其偏颇的时期。这两种文学思潮对李维桢都产生了不同程度的影响，同时，李维桢对这两种文学思潮的流弊与偏颇也有较为清楚的认识。作为明代文学复古主义流派"末五子"的成员，李维桢曾受到王世贞的称赞；而作为湖北的文学前辈，袁宏道在《答李本宁》一书中以"道高而位不称，才丰而遇啬"①表现出对李维桢的推崇。在诗文主张上，李维桢有兼取"七子""公安"两派之长而补两派之短的理论倾向。如李维桢《许觉父集序》中所说："体格法古人而不必立异于今人，句意超今人而不必袭迹于古人。"② 在《方于鲁诗序》中所说："取材于古而不必模拟伤质，缘情于今不以率意病格"③，等等，正是这种倾向的具体表现。

首先，李维桢认为诗歌创作应取法于古人。在《朱修能诗跋》中，李维桢指出："诗之所以为诗，情、景、事、理，自古迄今，故无二道。惟才识之士，拟议以成变化，腐臭可为神奇，安能离去古人，别造一坛字耶？离去古人而自为之，譬之易四肢五官以为人，则妖孽矣。"④ 主张在情、景、事、理上师法古人。同时，李维桢又主张诗歌创作要本于性灵。在《王吏部诗选序》中说："余窃惟诗始《三百篇》，虽风雅颂、赋比兴分为六义，要之触情而出，即事而作，五方风气，不相沿袭，四时景物，不相假贷。田野闾阎之咏，宗庙朝廷之制，本于性灵，归于自然，无二致也。"⑤ 在李维桢看来，尽管不同的诗歌作品所表现的风气、景物有异，但"本于性灵，归于自然"却是一致的。

作为继李攀龙、王世贞之后一度"狎主诗盟"的作家，李维桢"负重名垂四十年"，"其文章，弘肆有才气"而"照耀四裔"⑥，在当时文坛上曾有过极为重要的地位。李维桢的出现，既标志万历前后复古主义思潮

---

① 袁宏道：《答李本宁》，袁宏道著，钱伯城笺校《袁宏道集笺校》卷55，上海古籍出版社1981年版，第1610页。
② 李维桢：《许觉父集序》，《大泌山房集》卷23，《四库全书存目丛书》本。
③ 李维桢：《方于鲁诗序》，《大泌山房集》卷21，《四库全书存目丛书》本。
④ 李维桢：《朱修能诗跋》，《大泌山房集》卷129，《四库全书存目丛书》本。
⑤ 李维桢：《王吏部诗选序》，《大泌山房集》卷20，《四库全书存目丛书》本。
⑥ 张廷玉等：《明史》卷288，中华书局1997年版，第7386页。

的转变，也意味着这股思潮的终结。

二　李贽在湖北的文学活动及影响

万历九年（1581）李贽辞官姚安知府来到黄安，到万历二十八年（1600）离开麻城前往通州，除万历二十四年（1596）到二十七年（1599）一度出游山西、北京、南京等地，在湖北生活了15年之久。据袁中道《游居柿录》卷三载焦弱侯语曰：

> 卓吾初官南都，予友人谓予曰："李某却有仙风道骨，若此人得入道，进未可量。"后见其人果然。久之，乃向学，每聚会之中，嘿无一言，沉思而已。如此数年，话锋始发，然亦时时有疑。及至楚，有书来曰："今之卓吾，非昔日之卓吾也。若如昔之卓吾，亦何贵卓吾哉！"①

由此可见，李贽思想的成熟与定型是在湖北生活期间。而其中重要学术著作，如《焚书》《续焚书》及《李卓吾先生批评〈忠义水浒传〉》等，也主要写于湖北。无论是文学主张，还是在创作实践上，李贽对万历时期的湖北文坛，都产生了深刻的影响。

李贽对湖北文坛的深刻影响，首先是他所倡导的"童心说"。"童心说"是李贽文学思想的核心。关于"童心"，李贽在《童心说》一文中解释说：

> 夫童心者，真心也；若以童心为不可，是以真心为不可也。夫童心者，绝假纯真，最初一念之本也。若失却童心，便失却真心；失却真心；便失却真人。人而非真，全不复有初矣。②

所谓"童心"，实际上是指未受外界影响的自然人性；体现在文学创作

---

① 袁中道：《游居柿录》，袁中道著，钱伯城笺校《珂雪斋集》卷3，上海古籍出版社1989年版，第1151页。
② 李贽：《童心说》，刘幼生整理《焚书》卷3，社会科学文献出版社2000年版，第92页。

上，是指超越外界影响的真情实感。正是构基于"童心"这一哲学概念，李贽阐释了自己的创作主张，并对当时的文学复古主义倾向进行了批评。

李贽认为，"天下之至文，未有不出于童心焉者也"，如果"童心既障，于是发而为语言，则言不由衷"，"著而为文辞，则文辞不能达"。①强调文学创作本于"童心"。要求文学创作表现作者的自然人性和真情实感。李贽在《杂说》一文中进一步阐发了这一思想：

> 且夫世之真能文者，比其初皆非有意于为文也，其胸中有如许无状可状怪之事，其喉间有如许欲吐而不敢吐之物，其口头又时时有许多欲语而莫可所以告语之处，蓄极积久，势不能遏。一旦见景生情，触目兴叹；夺他人之酒杯，浇自己之垒块，诉心中之不平，感数奇于千载。②

既然"天下之至文"出于"童心"，那么，"童心"必然成为评价文学作品的重要标准。正是从这一标准出发，李贽对"前后七子"的复古主义文学主张进行了批判，"苟童心常存，则道理不行，闻见不立，无时不文，无人不文，无一样创制体格文字而非文者。诗何必古《选》，文何必先秦。降而为六朝，变而为近体，又变而为传奇，变而为院本，为杂剧，为《西厢曲》，为《水浒传》，为今之举子业，皆古今之至文，不可得而时势先后论也"。③

李贽对湖北文坛的深刻影响，还在于他的诗文创作实践。作为"童心说"在创作实践上的体现，在艺术形式上，李贽提出了"自然之为美"的主张：

> 发于情性，由乎自然，是可以牵合矫强而致乎？故自然发于情性，则自然止乎礼义，非情性之外复有礼义可止也。惟矫强乃失之，故以自然之为美耳，又非于情性之外复有所谓自然而然也。故性格清

---

① 李贽：《童心说》，刘幼生整理《焚书》卷 3，社会科学文献出版社 2000 年版，第 92 页。
② 李贽：《杂说》，刘幼生整理《焚书》卷 3，社会科学文献出版社 2000 年版，第 90 页。
③ 李贽：《童心说》，刘幼生整理《焚书》卷 3，社会科学文献出版社 2000 年版，第 92 页。

澈者音调自然宣畅，性格舒徐者音调自然疏缓，旷达者自然浩荡，雄迈者自然壮烈，沉郁者自然悲酸，古怪者自然奇绝。有是格，便有是调，皆情性自然之谓也。莫不有情，莫不有性，而可以一律求之哉！然则所谓自然者，非有意为自然而遂以为自然也。若有意为自然，则与矫强何异。①

在李贽看来，文学作品的格调是作者"情性"的自然外化。文学创作要真实自然地表现作者的"情性"。崇尚自然，反对矫强，是李贽文学创作论的基本思想。就是从这个思想出发，李贽在诗歌创作上以自然纯朴的手法来表现自己的真情实感。如《富莫富于常知足》一诗：

富莫富于常知足，贵莫贵于能脱俗；
贪莫贪于无见识，贱莫贱于无骨力。
身无一贤曰穷，朋来四方曰达；
百岁荣华曰夭，万世永赖曰寿。②

这首诗以朴实无华的语言，自然纯朴的手法，表现了作者对人生深刻独到的认识。这样的作品不仅体现了李贽的文学创作思想，而且对后来"公安派""不拘格套，独抒性灵"的创作主张创作实践产生了直接的影响。

李贽对湖北文坛的深刻影响，还在于对公安派文学思想的开启。袁小修《吏部验封司郎中中郎先生行状》记载了公安派主将袁宏道美学思想的形成过程：

（中郎早年）索之华、梵诸典，转觉茫然。后乃于文字中言意识不行处，极力参究，时有所解，终不欲自安歧路，恃爝火微明，以为究竟。如此者屡年，亡食亡寝，如醉如痴。一日见张子韶论格物处，忽然大豁……然后以质之古人微言，无不妙合，且洞见前辈

---

① 李贽：《读律肤说》，刘幼生整理《焚书》卷3，社会科学文献出版社2000年版，第123—124页。

② 李贽：《富莫富于常知足》，刘幼生整理《焚书》卷6，社会科学文献出版社2000年版，第214页。

机用。……时闻龙湖李子冥会教外之旨，走西陵质之，李子大相契合。……先生既见龙湖始知一向掇拾陈言，株守俗见，死于古人语下，一段精光不得披露，至是浩浩焉如鸿毛之遇顺风，巨鱼之纵大壑。能为心师，不师于心；能转古人，不为古转，发为语言，一一从胸襟流出，盖天盖地，如象截急流，雷开蛰户，浸浸乎其未有涯也。①

这里的"西陵"即黄州，万历二十一年（1593），袁宏道、袁宗道、袁中道等曾往黄州麻城的龙湖拜访李贽。袁宏道在《别龙湖师八首之三》一诗中描叙这次拜访时说："郁郁西陵路，迢迢在何许？不及寒潭石，朝夕共君语。"②并在《余凡两度阻雨冲霄观，俱为访龙湖师，戏题壁上之二》一诗中对李贽进行了高度的评价："我从观里拜青牛，忽忆龙湖老比丘。李贽便为今李耳，西陵还似古西周。"③后来，袁宏道在《李宏甫》一书中对李贽的《焚书》更是推崇备至，说"《焚书》一部，愁可以破颜，病可以健脾，昏可以醒眼，甚得力"。④这次龙湖之会，对袁宏道的哲学思想和文学思想产生了深刻的影响，正是在李贽的启迪下，袁宏道才明确了以"性灵说"为核心内容的文学主张。

三 公安派对文学观念和创作风气的变革

作为对李贽"童心说"的继承与发展，袁宏道所倡导的"性灵说"是建立在相应的人性学说的基础之上的。探讨"性灵说"的文学内涵，离不开对袁宏道人性思想的考察。在《叙陈甫会心集》一文中，袁宏道鲜明地提出了自己的人性思想：

世人所难得者唯趣，趣如山上之色，水中之味，花中之光，女中

---

① 袁中道：《吏部验封司郎中中郎先生行状》，袁宏道著，钱伯城笺校《袁宏道集笺校》附录二，上海古籍出版社1981年版，第1650页。
② 袁宏道：《别龙湖师八首之三》，《敝箧集》之二，袁宏道著，钱伯城笺校《袁宏道集笺校》卷2，上海古籍出版社1981年版，第74页。
③ 袁宏道：《余凡两度阻雨冲霄观，俱为访龙湖师，戏题壁上之二》，《敝箧集》之二，袁宏道著，钱伯城笺校《袁宏道集笺校》卷2，上海古籍出版社1981年版，第78页。
④ 袁宏道：《李宏甫》，《锦帆集》之三，袁宏道著，钱伯城笺校《袁宏道集笺校》卷5，上海古籍出版社1981年版，第221页。

之态,虽善说者不能下一语,唯会心者知之。……夫趣得之自然者深,得之学问者浅。当其为童子也,不知有趣,然无往而非趣也。面无端容,目无定睛,口喃喃而欲语,足跳跃而不定,人生之至乐,真无逾于此时者。孟子所谓不失赤子,老子所谓能婴儿,盖指此也,趣之正等正觉最上乘也。①

陆文龙在评价这篇叙文时说:"自然二字,趣之根荄。"② 这里,"得之自然者深,得之学问者浅"的"趣",其实和李贽所说的"童心"一样,指的是未受以儒家学说为主体的正统封建思想侵蚀的自然人性。

在哲学上对自然人性的强调,体现在文学创作上就是对"真"的倡导。关于"真",江盈科在《敝箧集序》中转引袁宏道的话解释说:"出自性灵者为真诗尔。夫性灵窍于心,寓于境。……以心能摄境,以腕运心,则性灵无不毕达,是之谓真诗。"③ 因而"真"作为"性灵说"的核心内容,是作家个体情感在文学作品中如实自然的表现。在袁宏道看来,真正的文学作品应该是"其人之注脚"④"性命的影子"⑤,是作家自然人性的真切表现。在《江进之》中,袁宏道不无自豪地宣称,自己的作品"无一字不真","大都以审单家书之笔,发以真切不浮之意"。⑥ 主张通过个体情感的真实抒发,体现自己的自然人性。在真、善、美之间,如果说以儒家为主体的传统美学是以善为美,那么,以真为美则构成了袁宏道美学思想的突出特点。而作为自然人性的再现,袁宏道对"真"的强调,必然在思想内容、审美特征、表现手法上引起文学观念的变革。

"独抒性灵,不拘格套"——在思想内容上由"宗经""原道"到表

---

① 袁宏道:《叙陈正甫会心集》,《解脱集》之三,袁宏道著,钱伯城笺校《袁宏道集笺校》卷10,上海古籍出版社1981年版,第463页。
② 同上书,第465页。
③ 江盈科:《敝箧集序》,袁宏道著,钱伯城笺校《袁宏道集笺校》附录三,上海古籍出版社1981年版,第1685页。
④ 袁宏道:《刘元定诗序》,《未编稿》之二,袁宏道著,钱伯城笺校《袁宏道集笺校》卷54,上海古籍出版社1981年版,第1529页。
⑤ 袁宏道:《张幼于》,《解脱集》之四,袁宏道著,钱伯城笺校《袁宏道集笺校》卷11,上海古籍出版社1981年版,第503页。
⑥ 袁宏道:《江进之》,《解脱集》之四,袁宏道著,钱伯城笺校《袁宏道集笺校》卷11,上海古籍出版社1981年版,第510—511页。

现个性的变革。

在文学价值上,强调文学的政治伦理功能,是以儒家为主体道学文艺观的本质特征。从孟轲、荀况到扬雄、刘勰,直到韩、柳、欧、苏乃至于"前后七子",都把"道"看作文学的本源,肯定文学的政治伦理教化功能。所谓"原道""宗经""文以载道"就是这种道学文艺观在文学价值观上的集中体现。这种文学观固然在不同时期反对各种形式主义文风中起过重要作用,但把文学仅仅作为"道"的载体,无疑会否定文学自身的价值,取消作家在创作中的主体作用。针对这种道学文艺观,袁宏道在《西京稿序》中提出了"夫诗以趣为主,致多则理诎"[1]的文学思想,要求文学超脱于"理"的制约,大胆地表现作家的自然人性和真实情感。基于这一思想,袁宏道在《李子髯》一信中提出了自己的文学价值观:

> 髯公近作诗否?若不作诗,何以过活这寂寞日子也?人情必有所寄,然后能乐。故有以弈为寄,有以色为寄,有以技为寄,有以文为寄。古之达人,高人一层,只是他情有所寄。[2]

在《叙小修诗》中,袁宏道高度肯定袁中道的创作是"独抒性灵,不拘格套,非从自己胸臆间流出,不肯下笔"[3]。在袁宏道看来,文学是寄托"人情"和"性灵"的载体,是"畅幽怀而发奥心"[4]的手段。文学存在的价值,就在于表现作家的个人情感和自然人性。袁宏道对文学价值的重新认定,使文学从"宗经""原道"的樊篱中解脱出来,呈现出文学作为人学的本来面目。

"字逐情生,唯恐不达"——在审美特征上由中和之美到自然之美的变革。

---

[1] 袁宏道:《西京稿序》,《华嵩游草》之二,袁宏道著,钱伯城笺校《袁宏道集笺校》卷51,上海古籍出版社1981年版,第1485页。

[2] 袁宏道:《李子髯》,《锦帆集》之三,袁宏道著,钱伯城笺校《袁宏道集笺校》卷5,上海古籍出版社1981年版,第241页。

[3] 袁宏道:《叙小修诗》,《锦帆集》之二,袁宏道著,钱伯城笺校《袁宏道集笺校》卷4,上海古籍出版社1981年版,第187页。

[4] 袁宏道:《答刘光州》,《瓶花斋集》之十,袁宏道著,钱伯城笺校《袁宏道集笺校》卷22,上海古籍出版社1981年版,第780页。

在审美特征上，强调文学的中和之美是以传统儒学为主体的中庸艺术观在文学艺术风格论上的突出特征。传统美学在思想内容上的"宗经""原道"，体现在创作理论上就是"发乎情，止乎礼"，在主张有节制地表现作家情感的同时，又要求这种情感接受礼义的匡正，从而把这种情感纳入儒学理论的规范之中。所谓"怨而不怒""哀而不伤""温柔敦厚"就是儒学中庸艺术观在审美特征中的突出体现。这种艺术观固然对文学作品含蓄意境的创作不无指导意义，但在《叙小修诗》中，袁宏道对这种艺术观进行了直接而猛烈的抨击：

  《离骚》一经，忿怼之极，党人偷乐，众女谣诼，不揆中情，信谗贲怒，皆明示唾骂，安在所谓怨而不伤者乎？穷愁之时，痛哭流涕，颠倒反覆，不暇择音，怨矣，宁有不伤者？①

个性情感的大胆抒发和自然人性的真实披露，必然要冲决"怨而不怒""哀而不伤"的艺术观的束缚，打破"温柔敦厚"的诗教樊篱，以导致对儒学中庸美学思想的批判。因而，袁宏道提出了"达"的主张。在《叙小修诗》中，针对时俗以小修诗为太露的看法，袁宏道尖锐指出："大概情至之语，自能感人，是谓真诗，可传也。而或者犹以太露病之，曾不知情随境变，字逐情生，但恐不达，何露之有？"②这里的所谓"达"，作为袁宏道所倡导的审美特征，就是构基于个性情感和自然人性之上的充分自然的艺术风格。如果说孔子的"辞达而已"表现的是重道轻文的倾向，那么，袁宏道对"达"的倡导，强调的则是作家对儒学诗教的超脱，意味着对传统审美价值观念的根本突破。

  "古不可优，后不可劣"——在表现手法上由宗法古人到推崇民歌的变革。

  袁宏道所生活的年代，是一个"物不古不灵，人不古不名，文不古不行，诗不古不成"③复古之风盛行的时代。在"文必秦汉，诗必盛唐"

---

 ① 袁宏道：《叙小修诗》，《锦帆集》之二，袁宏道著，钱伯城笺校《袁宏道集笺校》卷4，上海古籍出版社1981年版，第188页。
 ② 同上。
 ③ 李开先：《昆仑张诗人传》，《闲居集》之十，李开先著，路工辑校《李开先集》，中华书局1959年版，第580页。

的复古主义口号背后，古人的创作成了衡量当代文学的唯一标准。随之而来的是"处富有而言穷愁，遇承平而言干戈，不老曰老，不病曰病"① 创作上的伪饰造作，取代了个性情感的真实抒发，对古人的模拟抄袭，取代了自然人性的大胆披露。针对复古主义"剽窃成风，万口一响"② 的创作格局，袁宏道把创作视野投向民间，在民歌中找到了繁荣当代诗文的参照系：

  吾谓今之诗文不传矣。其万一传者，或今闾阎妇人孺子所唱《擘破玉》《打草竿》之类，犹是无闻无识真人所作，故多真声，不效颦于汉、魏。不学步于盛唐，任性而发，尚能通于人之喜怒哀乐嗜好情欲，是可喜也。③

袁宏道高度肯定并极力推崇民歌的重要原因，就在于民歌能冲破传统表现手法的束缚，大胆自然地抒发真率朴实的个性情感。对民歌"真人""真声""任性而发"的表现手法的深刻认识，启迪着袁宏道在诗文创作上对"真"的极力倡导："大抵物真则贵，真则我面不能同君面，而况古人之面貌乎？"④ 由于不同的作家具有不同的个性情感，体现在表现手法和艺术风格上，就形成了不同的个性色彩和审美特征。不难看出，正是基于对民歌的高度评价，袁宏道彻底批判了复古模拟之风，从而完成了明代诗文主张由取法古人到推崇民歌的重要变革。

钱谦益在《列朝诗集小传》中说："万历中年，王、李之学盛行，黄茅白苇，弥望皆是。……中郎以通明之资，学禅于龙湖，读书论诗，横说竖说，心眼明而胆力放，于是乃昌言击排，大放厥辞。……中郎之论出，王、李之云雾一扫，天下之文人才士始知疏瀹心灵，搜剔慧性，以荡涤模

---

① 谢榛：《诗家直说》，谢榛著，朱其铠等校点《谢榛全集》卷22，齐鲁书社2000年版，第736页。
② 袁宏道：《叙姜陆二公同适稿》，《瓶花斋集》之六，袁宏道著，钱伯城笺校《袁宏道集笺校》卷18，上海古籍出版社1981年版，第695页。
③ 袁宏道：《叙小修诗》，《锦帆集》之二，袁宏道著，钱伯城笺校《袁宏道集笺校》卷4，上海古籍出版社1981年版，第188页。
④ 袁宏道：《丘长孺》，《锦帆集》之四，袁宏道著，钱伯城笺校《袁宏道集笺校》卷6，上海古籍出版社1981年版，第284页。

拟涂泽之病，其功伟矣！"① 袁宏道在明代文坛及湖北文坛上的历史地位，也正是在这里得以充分的显示。

四　竟陵派对公安派诗文主张的继承与发展

以袁宏道为代表的公安派彻底扭转了湖北文坛上的文学复古主义风尚，但矫枉过正，其产生的流弊也是不可否认的。这一点，正如钱谦益在《列朝诗集小传》中转引袁中郎语所言："《锦帆》、《解脱》，意在破人执缚。间有率易游戏之语，或快爽之极，浮而不沉，情景太真，近而不远，要亦出自灵窍，吐于慧舌，写于铦颖，足以荡涤尘垒消除热恼。学者不察，效颦学语，其究为俚俗，为纤巧，为莽荡，乌焉三写，弊有必至，非中郎之本旨也。"② 钱谦益本人也在充分肯定了袁宏道的历史地位之后又客观地指出，公安派"机锋侧出，矫枉过正，于是狂瞽交扇，鄙俚公行，雅故灭裂，风华扫地。竟陵代起，以凄清幽独矫之，而海内之风气大变"③。而据袁中道《花雪赋引》：

> 友人钟伯敬意与予合。其为诗，清绮邃逸，每推中郎，人多窃訾议之。自伯镜之好尚出，每推中郎者愈众。湘中周伯孔，意又与伯敬及予合。……予三人誓相与宗中郎之所长，而共去其短。意诗道其张于楚乎。④

竟陵派文学活动的重要目的，就在于"宗中郎之所长，而共去其短"，在继承发扬公安派的文学革新精神的同时，又对公安派末流所造成的文学流弊进行了必要的纠正与补救，从而推动湖北诗文创作与发展。

竟陵派对公安派诗文主张的继承与发展，首先在于强调尚真与学古的统一。

作为对公安派"独抒性灵"诗文主张的继承，竟陵派要求诗文创作表现作家的真情实感；同时，他们又主张"学古人真诗"。这个思想，在

---

① 钱谦益：《袁稽勋宏道》，《列朝诗集小传》丁集（中），上海古籍出版社 1983 年版，第 567 页。
② 同上书，第 568 页。
③ 同上书，第 567 页。
④ 袁中道：《花雪赋引》，《珂雪斋近集》下册，上海书店 1982 年版，第 37 页。

钟惺《诗归序》中得到集中的体现：

> 尝试论之，诗文气运，不能不代趋而下，而作者之意兴，虑无不代求其高。高者，取异于途径耳。夫途径者不能不异者也；然其变有穷也。精神者，不能不同者也；然其变无穷也。操其有穷者以求变，而欲以其异与气争，吾以为能为异而终不能为高。其究途径穷而异者与之俱穷，不亦愈劳而远乎？此不求古人真诗之过也。……惺与同邑谭子元春忧之。内省诸心，不敢先有所谓学古不学古者，而第求古人真诗所在。真诗者，精神所为也。①

谭元春也在其《诗归序》中表达了这样的思想："夫真有性灵之言，常浮出纸上，决不与众言伍。而自出眼光之人，专其力，壹其思，以达于古人；觉古人炯炯双眸从纸上还瞩人，思亦非苟然而已。"② 针对复古派作家专从形式、方法、途径上模拟古人，钟惺和谭元春提倡"真有性灵""精神所为"的"真诗"，主张诗歌创作表现作家的"性灵"与"精神"，抒发作家的个性情感，而"决不与众言伍"，这无疑是对公安派诗歌主张的继承。同时，又针对公安派作家主张"任性而发""不拘格套"，忽视诗歌所应该遵循的艺术规律，以及公安派末流形成的"鄙俚公行"，竟陵派又强调"学古"，"求古人之真诗"，以达到补弊救偏之目的，从而使诗歌创作沿着健康的道路发展。

竟陵派对公安派诗文主张的继承和发展，还在于提倡"幽深孤峭"之说，以"清"补"俗"。

作为对公安派"性灵说"的继承，竟陵派提倡"精神所为"的"真诗"。那么，"真诗"的内涵是什么呢？钟惺在《诗归序》中阐释说：

> 真诗者，精神所为也。察其幽情单绪，孤行静寄于喧杂之中；而乃以其虚怀定力，独往冥游于寥廓之外。如访者之几于一逢，求者之

---

① 钟惺：《诗归序》，钟惺著，李先耕、崔重庆标校《隐秀轩集》卷16，上海古籍出版社1992年版，第236页。

② 谭元春：《诗归序》，钟惺、谭元春选评，张国光、张业茂、曾大兴点校《诗归》，湖北人民出版社1985年版，第5页。

幸于一获，入者之欣于一至。不敢谓吾之说非即向者千变万化不出古人之说，而特不敢以肤者、狭者、熟者塞之也。①

谭元春也在其《诗归序》中说：

夫人有孤怀，有孤诣，其名必孤，行于古今之间，不肯遍满寥廓。而世有一二赏心之人，独为之咨嗟彷徨者，此诗品也。譬如狼烟之上虚空，袅袅然一线耳，风摇之，时散时聚，时断时续。而风定烟接之时，卒以此乱星月而吹四远。彼号为大家者，终其身无异词，终其古无异词，而反以此失独坐静观者之心，所失岂但倍也哉！②

在为谭元春《简远堂近诗》所作的序中，钟惺进一步阐发了上述思想："诗清物也，其体好逸，劳则否；其地喜净，秽则否；其境取幽，杂则否；其味宜淡，浓则否；其游止贵旷，拘则否；之数者，独其心哉？……夫日取不欲闻之语，不欲见之事，不欲与之人，而以孤衷峭性勉强为应酬，使吾耳目形骸为之用，而欲其性情渊夷，神明恬寂，作比兴风雅之言，其趣不已远乎！"③ 由此看来，竟陵派的所谓"真诗"，实际是以"孤怀孤诣"的内容和"幽深孤峭"的风格形成一种以"清"为核心的诗歌审美特征。正是在这个意义上，钟惺认为："诗，清物也。"竟陵派对以"清"为核心的诗歌审美特征强调，是对复古派"肤者狭者熟者"的诗歌创作风气的批判，同时也是对公安派末流所造成的"鄙俚公行"的诗歌创作流弊的补救。

竟陵派对公安派诗文主张的继承与发展，还在于强调"厚出于灵"以"厚"救"浅"。

在继承了公安派"性灵说"的基础上，竟陵派进而提出了"厚出于灵"的诗歌主张。公安派作家出于对复古派模拟剽窃之风的批判，强调

---

① 钟惺：《诗归序》，钟惺著，李先耕、崔重庆标校《隐秀轩集》卷16，上海古籍出版社1992年版，第236页。

② 谭元春：《诗归序》，钟惺、谭元春选评，张国光、张业茂、曾大兴点校《诗归》，湖北人民出版社1985年版，第5—6页。

③ 钟惺：《简远堂近诗序》，钟惺著，李先耕、崔重庆标校《隐秀轩集》卷17，上海古籍出版社1992年版，第249—250页。

"独抒性灵""任性而发",但矫枉过正,在创作中表现出"太披露,少蕴藉"的倾向;公安派末流则把这种倾向片面地发展为浅浮刻露。针对这种情形,钟惺在《与高孩之观察》一书中指出:

> 夫所谓反复于厚之一字者,心知诗中实有此境也;其下笔未能如此者,则所谓知而未蹈,期而未至,望而未之见也。何以言之?诗至于厚而无余事矣。然从古来有无灵心而能为诗者,厚出于灵,而灵者不即能厚。弟尝谓古人诗有两派难入手处:有如元气大化,声臭已绝,此以平而厚者也,《古诗十九首》、苏、李是也。有如高岩峻壑,岸壁无阶,以此险而厚者也,汉《郊祀》、《铙歌》、魏武帝乐府是也;非不灵也,厚之极,灵不足以言之也。然必保此灵也,厚之极,灵不足以言之也。然必保此灵心,方可读书养气,以求其厚,若夫以顽冥不灵为厚,又岂吾孩之所谓哉!①

谭元春也在《诗归序》中说:"与钟子约为古学,冥心放怀,期在必厚。"② 这里的"厚",其实是指一种具有丰富内容,充实情感和含蓄风格的诗歌境界。首先,竟陵派继承了公安派的"性灵说",认为"厚出于灵","性灵"是"厚"的基础。同时,竟陵派又指出,"灵者不能即厚",仅有"性灵"还不能达到"厚"的境界,而必须"读书养气,以求其厚"。通过对"厚"的诗歌境界的提倡,以矫正公安派末流的浅浮刻露之弊。

竟陵派一方面继承了公安派的"性灵说",对当时文坛的复古模拟创作进行了批判,同时又在更高的层次上对诗歌创作进行了理论的探索,对公安派末流的创作流弊进行了补救,从而推动了湖北诗文创作的发展。钱谦益在《列朝诗集小传》中评述竟陵派的影响时说:钟惺"别出手眼,另立深幽孤峭之宗,以驱驾古人之上。而同里有谭生元春,为之应和,海内称诗者靡然从之,谓之钟谭体。……所撰《古今诗归》盛行于世,

---

① 钟惺:《与高孩之观察》,钟惺著,李先耕、崔重庆标校《隐秀轩集》卷28,上海古籍出版社1992年版,第474页。
② 谭元春:《诗归序》,钟惺、谭元春选评,张国光、张业茂、曾大兴点校《诗归》,湖北人民出版社1985年版,第5页。

承学之士，家置一编，奉之如尼丘之删定。"① 这些评价，应该说还是符合实际的，由此也可以看出，竟陵派对当时文坛的重大影响。

（原载《湖北作家论丛》第 7 辑，长江文艺出版社 1999 年版）

王畿与中晚明文学思潮

黄宗羲在《明儒学案》中分析中晚明文学思潮兴起的哲学渊源时指出："阳明先生之学，有泰州、龙溪而风行天下……龙溪时时不满其师说，益启瞿昙之秘而归之师，盖跻阳明而为禅矣。然龙溪之后，力量无过龙溪者……遂复非名教所能羁络矣。"② 当然，中晚明文学思潮兴起的原因是复杂的，本文仅从哲学思想的角度，通过王畿与唐顺之、徐渭、李贽关系的考察，探讨王畿在弘扬主体意识、张扬个性精神和倡导自然人性诸方面对中晚明文学思潮的重要影响。

一

关于王畿在阳明心学中的地位及对中晚明文学思潮的影响，黄宗羲在《明儒学案》中指出："先生（王畿）亲承阳明末命，其微言往往而在。象山之后，不能无慈湖；文成之后，不能无龙溪。以学术之盛衰因之，慈湖决象山之澜，而先生疏河导源，于文成之学，固多所发明也。"③ 嵇文甫先生在《晚明思想史论》中也曾予以高度评价："大体说来，东廓绪山诸子，谨守师门矩矱，'无大得亦无大失'；龙溪心斋使王学向左发展，一直流为狂禅派；双江念庵使王学向右发展，事实上成为后来各种王学修正派的前驱。"王畿"时时越过师说，把当时思想解放的潮流发展到极端，形成王学左翼"。④ 那么，王畿是怎样继承了阳明心学的同时，又对

---

① 钱谦益：《钟提学惺》，《列朝诗集小传》丁集中，上海古籍出版社 1983 年版，第 570 页。
② 黄宗羲：《泰州学案一》，黄宗羲著，沈芝盈点校《明儒学案》卷 32，中华书局 1985 年版，第 703 页。
③ 黄宗羲：《郎中王龙溪先生畿》，黄宗羲著，沈芝盈点校《明儒学案》卷 12，中华书局 1985 年版，第 240 页。
④ 嵇文甫：《晚明思想史论》，东方出版社 1996 年版，第 16 页。

之"多所发明",并"把当时思想解放的潮流发展到极端"的呢?

自王阳明提出"良知说"之后,由于王门诸子对"良知"本体的认识和"致良知"功夫的理解不同,而形成不同的派别。王畿在《抚州拟岘台会语》中分析了王学各派形成的原因:

> 良知宗说,不敢有违,未免各以性之所近,拟议揉和,纷成异见。有谓良知非觉照,须本于归寂而始得;如镜之照物,明体寂然,而妍媸自辨,滞于照明则反眩矣。有谓良知无现成,由于修证而始全;如金之在矿,非火符锻炼,则金不可得而成也。有谓良知是从已发立教,非未发无知之本旨。有谓良知本来无欲,直心以动,无不是道,不待复加销欲之功。有谓学有主宰,有流行,主宰所以立性,流行所以立命,而以良知分体用。有谓学贵循序,求之有本末,得之无内外,而以致知别始终。此皆论学同异之见。①

王畿对上述王门诸子的观点进行了批判的同时,提出了"以自然为宗"的思想:

> 夫学当以自然为宗,警惕者自然之用,戒谨恐惧未尝致纤毫力,有所恐惧便不得其正,此正入门下手工夫。……圣人学者本无二学,本体工夫亦非二事。②

在《心泉说》中,王畿又强调:"君子之学,贵于自然。"③ 并在《书同心册卷》中进一步解释说:"良知者,性之灵根,所谓本体也。知而曰致,翕聚缉熙,以完无欲之一,所谓工夫也。良知在人,不学不虑,爽然由于固有,神感神应,益然出于天成。本来真头面,固不待修证而后全。"④ 王

---

① 王畿:《抚州拟岘台会语》,吴震编校整理《王畿集》卷1,凤凰出版社2007年版,第26页。
② 王畿:《答季彭山龙镜书》,吴震编校整理《王畿集》卷9,凤凰出版社2007年版,第212页。
③ 王畿:《心泉说》,吴震编校整理《王畿集》卷17,凤凰出版社2007年版,第504页。
④ 王畿《书同心册卷》,吴震编校整理《王畿集》卷5,凤凰出版社2007年版,第121页。

畿"以自然为宗"思想的提出，在"良知"本体和"致良知"功夫上，发展了阳明心学。

王畿"以自然为宗"的思想，首先体现在对"良知"本体的认识上。在王阳明那里，"良知"是先天固有的道德意识："良知者，孟子所谓是非之心，人皆有之者也。是非之心，不待虑而知，不待学而能，是故谓之良知。"① 强调的是良知的先天性。王畿在继承了王阳明这一思想的同时，更注重"良知"的自然特性。

> 先师良知之教，仿于孟子，不学不虑，乃天所为，自然之良知。惟其自然之良，不待学虑故。②
> 良知者，性之灵也，至虚而神，至无而化，不学不虑，天则自然。③
> （良）知者心之本体，孟子所谓"是非之心，人皆有之"者也。是非本明，不须假借，随感而应，莫非自然。④

其次，王畿"以自然为宗"的思想，还体现在对"致良知"功夫的理解上。在怎样"致良知"的问题上，黄宗羲在《明儒学案》中概括王阳明及王门诸子的观点说：

> 阳明"致良知"之学，发于晚年。其初以静坐澄心训学者，学者多有喜静恶动之弊，知本流行，故提掇未免过重。然曰"良知是未发之中"，又曰"慎独即是致良知"，则亦未尝不以收敛为主也。故邹东廓之戒惧，罗念庵之主静，此真阳明之的传也。先生（钱德洪——引者）与龙溪亲炙阳明最久，习闻其过重之言。……是两先生之"良知"俱以见在知觉而言，于圣贤凝聚处，尽与扫除，在师

---

① 王守仁：《大学问》，王守仁撰，吴光、钱明、董平、姚延福编校《王阳明全集》卷26，上海古籍出版社1992年版，第971页。
② 王畿：《致知议辨》，吴震编校整理《王畿集》卷5，凤凰出版社2007年版，第173页。
③ 王畿：《白鹿洞续讲义》，吴震编校整理《王畿集》卷2，凤凰出版社2007年版，第46页。
④ 王畿：《答退斋林子问》，吴震编校整理《王畿集》卷4，凤凰出版社2007年版，第82页。

门之旨,不能无毫厘之差。龙溪从见在悟其变动不居之体,先生只于事物上实心磨练,故先生之彻悟不如龙溪,龙溪之修持不如先生。乃龙溪竟入于禅,而先生不失儒者之矩矱,何也?龙溪悬崖撒手,非师门宗旨所可系缚。先生则把缆放船,虽无大得亦无大失耳。①

如何"致良知"?王阳明倾向"以收敛为主",邹东廓主张以"戒惧"的方式"致良知",罗念庵主张以"主静"的方式"致良知",钱德洪主张"于事物上实心磨练"以"致良知"。与王阳明及其他王门诸子不同,王畿认为:"良知者,性之灵,天之则也。致知,致吾心之天则也。"②"良知是天然之灵窍,时时从天机运转,变化云为,自见天则,不须防检,不须穷索,何尝照管得?又何尝照管不得?"③ 既然"良知是天然之灵窍",那么,"致良知"也应"以自然为宗"。因而,王畿反对以人为"思虑"的方式"致良知":"夫何思何虑?非不思不虑也。所思所虑一出于自然,而未尝有别思别虑也。"④ "消息自然,人力不得与。"⑤ 而提出以"自悟"的方式以"致良知":"吾人本心,自证自悟,自有天则。握其机,观其窍,不出一念之微。率出之谓之尽性,立此谓之至命。"⑥ "致良知原为未悟者设,信得良知过时,独往独来,如珠之走盘,不待拘管而自不过其则也。以笃信谨守,一切矜名饰行之事,皆是犯手做作。"⑦ 在"致良知"的问题上,王畿反对人为努力,主张"以自然为宗",从而强调了人的主体意识和自由意识。正是在这个意义上,黄宗羲在《明儒学案》中认为王畿"在师门之旨,不能无毫厘之差","悬崖撒手,非师门

---

① 黄宗羲:《员外钱绪山先生德洪》,黄宗羲著,沈芝盈点校《明儒学案》卷11,中华书局1985年版,第226页。
② 王畿:《复严冲宇》,吴震编校整理《王畿集》卷10,凤凰出版社2007年版,第260页。
③ 王畿:《过丰城问答》,吴震编校整理《王畿集》卷4,凤凰出版社2007年版,第79页。
④ 王畿:《答南明汪子问》,吴震编校整理《王畿集》卷3,凤凰出版社2007年版,第66页。
⑤ 王畿:《别曾见台漫语摘略》,吴震编校整理《王畿集》卷16,凤凰出版社2007年版,第464页。
⑥ 王畿:《赵麟阳赠言》,吴震编校整理《王畿集》卷16,凤凰出版社2007年版,第447页。
⑦ 黄宗羲:《郎中王龙溪先生畿》,黄宗羲著,沈芝盈点校《明儒学案》卷12,中华书局1985年版,第239页。

宗旨所可系缚"。而王畿对阳明心学的发展，也正是在这里得到集中的体现。

王阳明"良知说"的提出，意味着对程朱理学的反拨。"心即理""心外无理""吾心之良知即所谓天理"构成了王阳明哲学思想的核心。程朱理学中作为客观精神的"天理"，在王阳明那里则成了主观精神的"良知"。由于王阳明把"良知"作为其哲学体系的最高范畴，从而取代了"天理"最高的本体地位，打破了"天理"主宰一切的格局，高度肯定了人的主体意识和独立人格。而王畿在继承了王阳明"良知说"的同时，又在"良知"的本体和"致良知"的功夫上，提出了"以自然为宗"的思想，从而为中晚明文学思潮弘扬主体意识、张扬个性精神和倡导自然人性提供了理论依据。又据黄宗羲《明儒学案》：王畿"林下四十余年，无日不讲学，自两都及吴、楚、越、江、浙，皆有讲舍，莫不以先生为宗盟"。① 随着王畿的讲学活动，其"以自然为宗"的思想在当时产生了广泛深入的影响，从而有力地推动了中晚明文学思潮的兴起和发展。正是在这个意义上，王畿在对阳明心学"多所发明"的同时，并"把当时思想解放的潮流发展到极端"。

二

唐宋派是在阳明心学，尤其是王畿思想影响下所形成的一个文学流派。在唐宋派形成之前的嘉靖十一年（1532），唐顺之与王畿就已经相识。据李贽《续藏书·佥都御史唐公》所述："壬辰（嘉靖十一年）……时则王龙溪以阳明先生高第寓京师，公（唐顺之）一见之，尽叩阳明之说，始得圣贤中庸之道矣。"② 从此之后，两人一直保持着密切的交往。据黄宗羲《明儒学案·襄文唐荆川先生顺之》："先生之学，得之龙溪者多，故言于龙溪，只少一拜。"③《明史》卷205之《唐顺之传》在述及唐顺之思想渊源时也说"闻良知说于王畿，闭户兀坐，匝月忘寝，多

---

① 黄宗羲：《郎中王龙溪先生畿》，黄宗羲著，沈芝盈点校《明儒学案》卷12，中华书局1985年版，第238页。

② 李贽：《续藏书》，刘幼生整理《李贽文集》第4卷，社会科学文献出版社2000年版，第505页。

③ 黄宗羲：《襄文唐荆川先生顺之》，黄宗羲著，沈芝盈点校《明儒学案》卷26，中华书局1985年版，第599页。

所自得"。① 在《荆川先生文集》中，尚存有《与王龙溪郎中》《答王龙溪郎中》等信，推崇王畿"笃于自信，是故不为形迹之防；以包荒为大，是故无净秽之择；以忠厚善世，不私其身"。② 而在《龙溪王先生全集》中，也存有《与唐顺之》书二通，及王畿与唐顺之唱和诗如《永庆寺次荆川韵》《秋杪偕唐荆川过钓台登高峰追惟往迹，有怀蔡可泉短述》《万履庵偕其师荆川唐子南行，予送之兰溪，用荆川韵赠别》《送唐荆川赴召》等。在《与唐顺之》一信中，王畿告诫唐顺之："吾兄性根，原来畅达，矫惟抑情处，似涉安排，坦怀任意，反觉真性流行。"③ 唐顺之去世后，王畿写有《祭唐荆川墓文》，在文中回忆了与唐顺之的密切交往与深厚友谊，从中也可以看出王畿在哲学上对唐顺之的深刻影响：

  自辱交于兄，异形同心，往返离合者余二十年，时唱而和，或仆而兴，情无拂戾而动无拘牵，或消遥而徜徉，或偃仰而留连，或蹈惊波，或陟危巅，或潜幽室，或访名园，或试三山之屐，或泛五湖之船，或联袂而并出，或枕肱而交眠，或兄为文予为持笔，或予乘马兄为执鞭，或横经而析义，或观象而窥躔，或时控弦以角艺，或时隐几坐而谈玄，或予有小悟兄为之证，或兄有孤愤予为之宣，或探罔象示以摄生，或观无始托以逃禅……兄为诗文炜然名世，谓予可学，每启其钥而示之筌。兄本多能，予分守拙，谓予论学颇有微长，得于宗教之传，每予启口，辄俯首而听，凝神而思，若超乎象帝之先。尝戏谓予独少北面四拜之礼，予何敢当!④

  王畿对唐顺之的影响首先在继承了王畿"以自然为宗"的思想，唐顺之提出了"天机自然"的思想。黄宗羲在《明儒学案·襄文唐荆川先生顺之》中概括其哲学思想时说："以天机为宗。"⑤ 所谓"天机说"，构

---

① 张廷玉等：《明史》卷205，中华书局1997年版，第5424页。
② 唐顺之：《与王龙溪郎中》，《荆川先生文集》卷5，《四部丛刊初编》本。
③ 王畿：《与唐顺之》，吴震编校整理《王畿集》卷10，凤凰出版社2007年版，第267页。
④ 王畿：《祭唐荆川墓文》，吴震编校整理《王畿集》卷19，凤凰出版社2007年版，第573页。
⑤ 黄宗羲：《襄文唐荆川先生顺之》，黄宗羲著，沈芝盈点校《明儒学案》卷26，中华书局1985年版，第599页。

成了唐顺之最主要的哲学思想。那么，什么是"天机"呢？唐顺之在《与聂双江司马》中说：

> 尝验得此心，天机活泼，其寂与感，自寂自感，不容人力。吾与之寂，与之感，只是顺此天机而已，不障此天机而已。……天机即天命也，天命者，天之所使也，故曰天命之谓性。立命在人，人只立此天之所命者而已。白沙先生"色色信他本来"一语，最是形容天机好处。①

在《明道语略序》中，唐顺之进一步解释说：

> 盖其酝酿流行，无断无续，乃吾心天机自然之妙，而非人力之可为，其所谓默识而存之者，则亦顺其天机自然之妙，而不容纤毫人力参乎其间也。②

"天机"一语，见之于《庄子》，《庄子·天运》曰："天机不张，而五官皆备。"《庄子·大宗师》亦曰："其耆欲深者，其天机浅。"在《庄子》中，"天机"指的是人的天性。王畿在《水西别言》中，也提出了"天机常活"的思想："见在一念，无将迎、无住著，天机常活，便是了当千百年事业，更无剩欠。"③ 在此基础上，唐顺之认为，"天机即天命也，天命者，天之所使也，故曰天命之谓性"。所谓"天机"，与王阳明的"良知"一样，指的是天赋予人的自然本性。这种本性是人本身先天所固有的，"自寂自感，不容人力"。不是人力所求的产物。故曰："白沙先生'色色信他本来'一语，最是形容天机好处。"作为天赋予人的本性，"天机"具有"自然之妙"。唐顺之认为，"吾心天机自然之妙，而非人力之可为"。要求学者"顺其天机自然之妙，而不容纤毫人力参乎其间也"。显然，唐顺之的"天机自然"与王畿强调的"自然之良知"是一脉相承的。

---

① 唐顺之：《与聂双江司马》，《荆川先生文集》卷6，《四部丛刊初编》本。
② 唐顺之：《明道语略序》，《荆川先生文集》卷10，《四部丛刊初编》本。
③ 王畿：《水西别言》，吴震编校整理《王畿集》卷16，凤凰出版社2007年版，第450页。

其次，继承了王畿"以自然为宗"的思想，唐顺之还提出了"顺此天机"的主张。王畿"以自然为宗"的思想体现在"致良知"的功夫上，反对以人为"思虑"的方式"致良知"。因而，王畿在《图书先后天跋语》中指出："良知本顺，致之则逆。目之视，耳之听，生机自然，是之谓顺。视而思明，听而思聪，天则森然，是之谓逆。"①受这一思想的影响，唐顺之在《中庸辑略序》中提出了对人的自然本性"顺而达之"的主张：

> 儒者于喜怒哀乐之发，未尝不欲其顺而达之。其顺之达之也，至于天地万物，皆吾喜怒哀乐之所融贯，而后一原无间者可识也。佛者于喜怒哀乐之发，未尝不欲其逆而销之。其逆而销之也，至于天地万物，泊然无一喜怒哀乐之交，而后一原无间者可识也。其机常主于逆，故其所谓旋闻反见，与其不住声色香触，乃在于闻见声色香触之外。其机常主于顺，故其所谓不睹不闻，与其无声无臭者，乃即在于睹闻声臭之中。是以虽其求之于内者，穷深极微，几与吾圣人不异，而其天机之顺与逆，有必不可得而强同者。②

在唐顺之看来，"儒佛分途，只在天机之顺逆"③，儒者对于以"天机"为根本的"喜怒哀乐之发，未尝不欲其顺而达之"；而"佛者于喜怒哀乐之发，未尝不欲其逆而销之"。因而，唐顺之主张"只是顺此天机而已"，"顺其天机自然之妙，而不容纤毫人力参乎其间也"。不难看出，继承了王畿"以自然为宗"的思想，唐顺之以对"天机说"的倡导，表现出崇尚主体，顺应自然，反对束缚的思想。正是在这个意义上，唐顺之与王畿一样，对中晚明文学思潮具有导夫先路的作用。

三

在中晚明文学思潮中，另一位深受王畿影响的重要作家是徐渭。徐

---

① 王畿：《图书先后天跋语》，吴震编校整理《王畿集》卷15，凤凰出版社2007年版，第420页。
② 唐顺之：《中庸辑略序》，《荆川先生文集》卷10，《四部丛刊初编》本。
③ 黄宗羲：《襄文唐荆川先生顺之》，黄宗羲著，沈芝盈点校《明儒学案》卷26，中华书局1985年版，第599页。

渭，浙江山阴人，与王畿同乡。据徐渭代王畿所作的《题徐大夫迁墓（代）》，徐渭之父徐鏓与王畿之父"本诚翁为姑之侄"，该文末署"表侄龙溪居士王畿"①，可知王畿是徐渭的远房表兄。又据徐渭晚年自叙生平所作的《畸谱》，列为"师类"的人物有五，王畿名列其首，可见王畿是徐渭师事的人物。在《徐渭集》中，有《答龙溪师书》一札，与王畿商讨诗歌创作。《送王先生云迈全椒》一诗，则表现了徐渭为王畿送行时的依依惜别之情。《洗心亭》一诗，下注明"为龙溪老师赋池亭，望新建府碧霞池"。② 虽然该诗是一首写景诗，却表现了徐渭对王畿的景仰之情。《次王先生偈四首》下注"龙溪老师"，可见是与王畿的唱和之作。其中第三首曰："不来不去不须寻，非色非空非古今。大地黄金浑不识，却从沙里拣黄金。"③ 表达的也是对于王畿哲学思想的理解与推崇。《继溪篇》下注"王龙溪子"，全诗如下：

> 海水必自黄河来，桃树还有桃花开，试看万物各依种，安得蕙草生蒿莱。龙溪吾师继溪子，点也之狂师所喜，自家溪畔有波澜，不用远寻濂洛水。年年春涨溪拍天，醉我溪头载酒船，一从误落旋涡内，别却溪船三两年。④

这首诗表明了徐渭对明代心学和宋代理学的不同态度。其中，"自家溪畔有波澜"表达了徐渭对龙溪之学的高度肯定，"不用远寻濂洛水"则表明徐渭对宋代理学的摒弃。而"点也之狂师所喜"在表达了对王畿"狂者"人格的赞扬的同时，也希望这种人格能够发扬光大。由此看来，王畿的心学思想对徐渭产生了深刻的影响。

首先，继承王畿"以自然为宗"的思想，徐渭提出了"本体自然"的观点。在《读龙惕书》中，徐渭改造了乃师的"龙惕说"，提出了自己的自然观：

---

① 徐渭：《题徐大夫迁墓（代）》，《徐文长三集》卷26，《徐渭集》，中华书局1983年版，第638页。
② 徐渭：《洗心亭》，《徐文长三集》卷6，《徐渭集》，中华书局1983年版，第178页。
③ 徐渭：《次王先生偈四首》，《徐文长三集》卷11，《徐渭集》，中华书局1983年版，第349页。
④ 徐渭：《继溪篇》，《徐文长三集》卷5，《徐渭集》，中华书局1983年版，第130页。

甚矣道之难言也，昧其本体，而后忧道者指其为自然。其后自然者之不能无弊也，而先生复救之以龙之惕。夫先生谓龙之惕也，即乾之健也，天之命也，人心之惺然而觉，油然而生，而不能自已者也。非有思虑以启之。非有作为以助之，则亦莫非自然也，而又何以惕为言哉？今夫目之能视，自然也，视而至于察秋毫之末，亦自然也；耳之能听，自然也，听而至于闻焦螟之响，亦自然也；手之持而足之行，自然也，其持其行而至于攀援趋走之极，亦自然也；心之善应，自然也，应而至于毫厘纤悉之不逾矩，造次颠沛之必如是，亦自然也。……夫聪明运动耳目手足之本体，自然也，盲聋痿痹，非自然也，而卒以此为自然者，则病之久而忘之极也。夫耳目手足以盲聋痿痹为苦，而以聪明运动为安，举天下之人，习其聪明运动之为自然，而盲聋痿痹之非自然。至于其病之久而忘之极，犹且以苦者为安，非自然者为自然矣。……然则自然者非乎？曰，吾所谓心之善应，其极至于毫厘纤悉之不逾矩，造次颠沛之必如是，本自然也，然而自然之体不容说者也，说之无疑于工夫也。既病人之心，所急在于工夫也，苟不容于无说，则说之不可徒以自然道也。惕之与自然，非有二也，自然惕也，惕亦自然也。①

季本提出"龙惕说"后，曾较为广泛地征求过王门诸子的意见，当时有的学者提出了不同看法。徐渭《读龙惕书》："今之议先生者，得无曰，惕者循业发现，如论水及波，终非全体，随时执捉，如握珠走盘，反窒圆机。"② 这里的"议先生者"主要是王畿、邹守益等。针对季本的"龙惕说"，王畿认为："夫学当以自然为宗，警惕者自然之用。"③ 从《读龙惕书》中，我们可以看到徐渭受到了王畿这一思想的影响。徐渭认为："夫聪明运动耳目手足之本体，自然也。""惕之与自然，非有二也。自然惕也，惕亦自然也。"而"工夫与本体何尝有二？""龙惕"与"自然"在

---

① 徐渭：《读龙惕书》，《徐文长三集》卷29，《徐渭集》，中华书局1983年版，第677—678页。

② 同上书，第679页。

③ 王畿：《答季彭山龙镜书》，吴震编校整理《王畿集》卷9，凤凰出版社2007年版，第212页。

本体的基础上达到了统一。如果说,季本的"龙惕说"主张以"龙惕"主宰"自然";那么,徐渭继承了乃师季本的学说并吸收了王畿"以自然为宗"的思想,对"龙惕说"加以发展,强调在本体基础上"龙惕"与"自然"的统一。

其次,王畿"以自然为宗"思想之于徐渭的影响,还表现在人格风范上。王畿在理论上对"以自然为宗"的倡导,体现在人格上则表现为对"狂者"风范的肯定和赞扬。"狂者之意,只是要做圣人,其行有不掩,虽是受病处,然其心事光明超脱,不作些子盖藏回护,亦便是得力处。"①"夫狂者志存尚友,广节而疏目,旨高而韵远,不屑弥缝格套以求容于世。其不掩处虽是狂者之过,亦其心事光明特达,略无回护盖藏之态,可几于道。"②在王畿看来,所谓"狂者"应该具有蔑视世俗、反叛传统的高远志向和独立的人格,以及真率自然、光明磊落的宽广胸襟和个性精神。王畿对"狂者"风范的肯定和赞扬,对徐渭的人生态度和人格风范产生了深刻的影响。徐渭在《自为墓志铭》中自叙自己的为人时说:"渭为人度于义无所关时,辄疏纵不为儒缚,一涉义所否,于耻诟,介秽廉,虽断头不可夺。……渭有过不肯掩,有不知耻以为知,斯言不妄者。"③这种"疏纵不为儒缚""有过不肯掩"的人格风范在徐渭的人生态度、文艺创作等方面都得到充分的体现,兹举《醉中赠张子先》为例:

月光浸断街心柳,是夜沿门乱呼酒,猖狂能使阮籍惊,饮兴肯落刘伶后?此时一歌酒一倾,燕都屠者围荆卿,市人随之俱拍手,天亦为之醉不醒。回思此景十年事,君才高帽笼新髻,只今裹装走吴市,买玉博金作生计。博物惟称古张华,况君与之同姓字,剡笺蜀素吴兴笔,夏鼎商彝汲冢籍。紫贝明珠大一围,玉琴宝剑长三尺,市门错落散若星,游客往来观以簀。有进焚香出苦茗,过客垂綦敛方领,主人握管向客传,彩毫落纸飘云烟,苍鹰搏凤摆赤血,老且嚼带流清涎。张君本是风流者,兼之市物称儒雅,不但朝朝论古今,还宜夜夜传杯

---

① 王畿:《与梅纯甫问答》,吴震编校整理《王畿集》卷1,凤凰出版社2007年版,第4页。
② 王畿:《与阳和张子问答》,吴震编校整理《王畿集》卷5,凤凰出版社2007年版,第126页。
③ 徐渭:《自为墓志铭》,《徐文长三集》卷26,《徐渭集》,中华书局1983年版,第639页。

弩。方蝉方,调差别,中年学道立深雪,如鱼饮水知寒热。自知喜心长见猎,半儒半释还半侠,索予题诗酒豪发,与剑同藏龙吼匣。①

这首诗即通过对张子先的描写,表现了徐渭真率自然、"不为儒缚"的人格特点,"半儒半释还半侠"其实正是徐渭自己人格的真实写照。而徐渭身上所体现出来的蔑视世俗、率真任性、反叛传统、张扬个性的狂狷人格无疑是中晚明时期个性解放精神的典型体现。

四

《牡丹亭》《三言》和公安派的出现把晚明文学思潮推向高峰,《牡丹亭》的作者汤显祖、《三言》的编辑者冯梦龙和公安派的代表袁宏道都受到同一个人的影响,那就是李贽。李贽的思想渊源是复杂的,但对其思想影响最大的人物无疑是王畿。

关于李贽的师承关系,黄节在《李氏焚书跋》中叙述说:

> 卓吾学术渊源姚江。盖龙溪为姚江高第弟子,龙溪之学一传而为何心隐,再传而为卓吾。故卓吾论心隐,尊以为上九之大人;而其叙龙溪文录则曰:"先生此书前无往古,今无将来,后有学者,可以无复著书矣。"夫卓吾以孔子之是非为不足据,而尊龙溪乃至是。由是言之,亦可以知卓吾所学从来矣。②

而李贽自己在《储瓘》中的叙述与黄节不尽相同:

> 心斋之子东崖公,贽之师。东崖之学,实出自庭训,然心斋先生在日,亲遣之事龙溪于越东,与龙溪之友月泉老衲矣,所得更深邃也。③

---

① 徐渭:《醉中赠张子先》,《徐文长三集》卷5,《徐渭集》,中华书局1983年版,第123页。
② 黄节:《李氏焚书跋》,刘幼生整理《焚书》卷末,社会科学文献出版社2000年版,第245页。
③ 李贽:《储瓘》,《续焚书》卷3,刘幼生整理《李贽文集》,社会科学文献出版社2000年版,第85页。

根据黄节的记载，李贽之师是何心隐；而据李贽的自叙，其师则为王襞。尽管这两条记载在李贽之师的问题上不尽一致，但有一点是完全相同的，那就是不论是李贽的自叙，还是黄节的记载，李贽是王畿的再传弟子和学术传人。当然，这里的所谓再传弟子，不是指磕头拜师的弟子，而是就学术传承关系而言的。因为李贽自己曾经说过："吾虽不曾四拜受业一个人以为师，亦不曾以四拜传受一个人以为友。"① 又据有关文献，李贽曾两次当面聆听过王畿的教诲。据李贽的友人僧深友说："癸未之冬，王公（王畿）讣至，公（李贽）即为告文，礼数加焉，不待诏也。忆公告某曰：'我于南都得见王先生者再，罗先生（罗汝芳）者一。'……自后无岁不读二先生之书，无口不谈二先生之腹。"② 后来李贽在回忆和王畿见面的情景时说："余小子所以一面先生而遂信其为非常人也。虽生也晚，居非近，其所为凝眸而注神，倾心而悚听者，独先生尔矣。"③

在《复焦弱侯》中，李贽表达了对王畿及其学说的信服与推崇："世间讲学诸书，明快透髓，自古至今未有如龙溪先生者。"出于对王畿的敬仰与崇拜，李贽对王畿的学术著述极为关注。他曾经致书友人："龙溪先生全刻千万记心遗我……如王先生字字皆解脱门，即得者读之足以印心，未得者读之足以证人也。"④ 当李贽得到王畿文集之后，并为之作序，对之予以高度的评价："盖先生学问融贯，温故知新，若沧洲瀛海，根于心，发于言，自时出而不可穷，自然不厌而文且理也。而其谁能赘之欤！故余尝谓先生此书，前无往古，今无将来，后有学者，可以无复著书矣，盖逆料其决不能条达明显一过于斯也。"⑤ 万历十一年（1583）王畿去世，李贽作有《王龙溪先生告文》，对王畿在阳明心学的传播和发展上的贡献

---

① 李贽：《为黄安二上人三首》，《焚书》卷2，刘幼生整理《李贽文集》第1卷，社会科学文献出版社2000年版，第75页。

② 李贽：《罗近溪先生告文》，《焚书》卷3，刘幼生整理《李贽文集》第1卷，社会科学文献出版社2000年版，第115页。

③ 李贽：《王龙溪先生告文》，《焚书》卷3，刘幼生整理《李贽文集》第1卷，社会科学文献出版社2000年版，第113页。

④ 李贽：《复焦弱侯》，《焚书》卷2，刘幼生整理《李贽文集》第1卷，社会科学文献出版社2000年版，第42—44页。

⑤ 李贽：《龙溪先生文录抄序》，《焚书》卷3，刘幼生整理《李贽文集》第1卷，社会科学文献出版社2000年版，第110页。

进行了高度的评价：

> 圣代儒宗，人天法眼；白玉无瑕，黄金百炼。今其没矣，后世何仰！吾闻先生少游阳明先生之门，既以一往而超诣；中升西河夫子之坐，遂殁身而不替。……遂令良知密藏，昭然揭日月而行中天；顿令洙、泗渊源，沛乎决江、河而达四海。非直斯文之未丧，实见吾道之大明，先生之功，于斯为盛！①

在这篇《王龙溪先生告文》中，李贽多次深情地感叹"我思古人实未有如先生者也"，"今先生既没，余小子将何仰乎"？对王畿的敬仰与崇拜之情，溢于言表。

首先，在王畿"以自然为宗"思想的基础上，李贽对自然人性进行了大力的提倡。作为"以自然为宗"思想在人性学说上的体现，王畿所提出的"自然之良知"强调的即是人的真实自然本性。因而，王畿反复强调所谓"真性"："真性流行，始见天则。"②"从真性流行，不涉安排，处处平铺，方是天然真规矩。"③ 在王畿所提倡的"自然之良知"和"真性流行，始见天则"思想的基础上，李贽提出了著名的"童心说"：

> 夫童心者，真心也。若以童心为不可，是以真心为不可也。夫童心者，绝假纯真，最初一念之本心也。若失却童心，便失却真心；失却真心，便失却真人。人而非真，全不复有初矣。④

这里的所谓"童心"，实际上是指人先天固有的，未受外界影响的自然人

---

① 李贽：《王龙溪先生告文》，《焚书》卷3，刘幼生整理《李贽文集》第1卷，社会科学文献出版社2000年版，第112—113页。
② 王畿：《书见罗卷兼赠思默》，吴震编校整理《王畿集》卷16，凤凰出版社2007年版，第474页。
③ 王畿：《池阳漫语示丁惟寅》，吴震编校整理《王畿集》卷16，凤凰出版社2007年版，第469页。
④ 李贽：《童心说》，《焚书》卷3，刘幼生整理《李贽文集》第1卷，社会科学文献出版社2000年版，第91—92页。

性。李贽在《孔融有自然之性》中提出："自然之性，乃是自然真道学也。"① 正是出自对"童心"这种自然人性的强调，李贽指出："《六经》《语》《孟》，乃道学之口实，假人之渊薮，断断乎其不可以语于童心之言明矣。"② 表现出强烈的离经叛道精神。

其次，继承了王畿"以自然为宗"思想，李贽提出"以自然之为美"的主张：

> 盖声色之来，发于性情，由乎自然，是可以牵合矫强而致乎？故自然发于性情，则自然止乎礼义，非性情之外复有礼义可止也。惟矫强乃失之，故以自然之为美耳，又非于性情之外复有所谓自然而然也。故性格清彻者音调自然宣畅，性格舒徐者音调自然疏缓，旷达者自然浩荡，雄迈者自然壮烈，沉郁者自然悲酸，古怪者自然奇绝。有是格，便有是调，皆情性自然之谓也。莫不有情，莫不有性，而可以一律求之哉！然则所谓自然者，非有意为自然而遂以为自然也。若有意自然，则与矫强何异。故自然之道，未易言也。③

王畿在论及"性"与"情"关系的时候说："性情者，心之体用。"④ "性者，心之生理，情则其所乘以生之机。"⑤ 认为人的情感是建立在其本性基础之上的。"情归于性，是为至情。"⑥ 发自人的本性的情感，就是"至情"。继承了王畿"以自然为宗"和"情归于性，是为至情"的思想，李贽认为："声色之来，发于性情，由乎自然。""言出至情，自然刺心，自

---

① 李贽：《孔融有自然之性》，刘幼生整理《续焚书》卷3，社会科学文献出版社2000年版，第87—88页。
② 同上书，第93页。
③ 李贽：《读律肤说》，《焚书》卷3，刘幼生整理《李贽文集》第1卷，社会科学文献出版社2000年版，第123—124页。
④ 王畿：《书顾海阳卷》，吴震编校整理《王畿集》卷16，凤凰出版社2007年版，第476页。
⑤ 王畿：《遗徐紫崖语略》，吴震编校整理《王畿集》卷16，凤凰出版社2007年版，第461页。
⑥ 王畿：《答王敬所》，吴震编校整理《王畿集》卷11，凤凰出版社2007年版，第276页。

然动人，自然令人痛哭。"① 只有建立在人的本性基础之上的情感，才能产生动人的效果。同时，李贽认为，每个人都有自己独特的情性："莫不有情，莫不有性。""夫道者，路也，不止一途；性者，心所生也，亦非止一种已也。"② 应该尊重人的个性，而不"可以一律求之"。"有是格，便有是调，皆情性自然之谓也。"不难看出，崇尚自然，反对矫强，尊重个性构成了李贽"以自然之为美"的基本精神。

（《湖北大学学报》2012年第1期，2012年CSSCI收录）

宋濂朱学渊源考

宋濂的弟子郑楷《潜溪先生宋公行状》叙及宋濂学术渊源时说：

> 宋南渡后，新安朱文公、东莱吕成公并时而作，皆以斯道为己任，婺实吕氏倡道之邦，而其学不大传。朱氏一再传为何基氏、王柏氏，又传之金履祥氏、许谦氏，皆婺人，而其传遂为朱学之世适。先生既间因许氏门人，而究其说，独念吕氏之传且坠，奋然思继其绝学。每与人言，而深慨之，识者又以知其志之所存，盖本于圣贤之学，其自任者益重矣。先生于天下之书无不读，而析理精微，百氏之说悉得其指要，至于佛老之学亦所研究，用其义趣，裁为经论，类其语言，寘诸其书中无辩也。诚意伯刘君基谓其"主圣经而奴百氏，驰骋之余，取佛老语以资戏剧，譬犹饫粱肉，而茹苦荼，饮茗汁耳"。③

又据黄宗羲、全祖望《宋元学案》："宋乾、淳以后，学派分而为三：朱学也，吕学也，陆学也。三家同时，皆不甚合。朱学以格物致知，陆学以

---

① 李贽：《读若无母寄书》，《焚书》卷4，刘幼生整理《李贽文集》第1卷，社会科学文献出版社2000年版，第132页。
② 李贽：《论政篇》，《焚书》卷3，刘幼生整理《李贽文集》第1卷，社会科学文献出版社2000年版，第81页。
③ 郑楷：《潜溪先生宋公行状》，《潜溪录》卷2，罗月霞主编《宋濂全集》，浙江古籍出版社1999年版，第2352页。

明心，吕学则兼取其长，而复以中原文献之统润色之。门庭径路虽别，要其归宿于圣人，则一也。"① 宋濂对以朱熹为代表的理学、陆九渊为代表的心学、吕祖谦开创的婺学，乃至于佛学，兼收并蓄。正是在这个意义上，《宋明理学史》概括宋濂理学思想称"调和朱陆，折衷儒佛"。② 对吕祖谦及其开创的婺学，宋濂给予了极高的评价，称"吾乡吕成公（祖谦）实接中原文献之传，公殁始余百年而其学殆绝，濂窃病之。然公之所学，弗畔于孔子之道者也，欲学孔子，当必自公始"。③ 并"独念吕氏之传且坠，奋然思继其绝学"。对于陆九渊的心学，宋濂也持肯定态度。在《金溪孔子庙学碑》中，宋濂推陆九渊为"大贤"，赞扬陆九渊心学"远探圣髓"："金溪之山，翔跃犹龙。下有学宫，灵气所宗。笃生大贤，惟我陆子。究明本心，远探圣髓。其道朗融，白日青天。"④ 在《段干微第一》中，宋濂对陆九渊、陆九韶兄弟给予了极高的评价："学不论心久矣。陆氏兄弟卓然有见于此，亦人豪哉。故其制行如青天白日，不使纤翳可干。梦寐即白昼之为，屋漏即康衢之见，实足以变化人心。故登其门者，类皆紧峭英迈而无漫漶支离之病。惜乎力行功加而致知道阙，或者不无憾也。"⑤ 尽管宋濂为陆氏兄弟"力行功加而致知道阙"而惋惜，但充分肯定了陆氏兄弟在学术上"卓然有见"，称赞陆氏兄弟为"人豪"，甚至认为陆氏门人"皆紧峭英迈而无漫漶支离之病"，表现出对陆九渊心学的认可与推崇。而对于佛学，宋濂自称"濂自幼及壮，饱阅三藏诸文，粗识世雄氏所以明心见性之旨"。⑥ 并指出："天生东鲁、西竺二圣人，化导蒸民，虽设教不同，其使人趋于善道，则一而已。……予本章逢之流，四库书颇尝习读。逮至壮龄，又极潜心于内典，往往见其说广博殊胜，方

---

① 黄宗羲、全祖望：《成公吕东莱先生祖谦》，黄宗羲原著，全祖望补修，陈金生、梁运华点校《宋元学案》卷51，中华书局1986年版，第1653页。
② 侯外庐等：《宋明理学史》下卷，人民出版社1987年版，第55页。
③ 宋濂：《思媺人辞》，《潜溪前集》卷7，罗月霞主编《宋濂全集》，浙江古籍出版社1999年版，第87页。
④ 宋濂：《金溪孔子庙学碑》，《翰苑续集》卷1，罗月霞主编《宋濂全集》，浙江古籍出版社1999年版，第789—790页。
⑤ 宋濂：《段干微第一》，《龙门子凝道记》卷下，罗月霞主编《宋濂全集》，浙江古籍出版社1999年版，第1787页。
⑥ 宋濂：《佛性圆辩禅师净慈顺公逆川瘗塔碑铭有序》，《銮坡后集》卷9，罗月霞主编《宋濂全集》，浙江古籍出版社1999年版，第743页。

信柳宗元所谓'与《易》《论语》合'者为不妄。"① 宋濂不但饱读佛学经典，熟知佛学意旨，而且认为儒、佛二家是可以融会贯通的。

尽管"宋濂调和朱陆，折衷儒佛"，但从根本上，仍然是"主圣经而奴百氏"。对宋濂学术思想影响最大的仍然是朱熹的理学。这一点，可以通过对宋濂师承关系的考察得到证实。宋濂的师承关系，据《宋元学案·文宪宋潜溪先生濂》："尝从闻人梦吉授《春秋》。继从柳贯、黄溍、吴莱学古文词。"②《宋元学案·宋文宪公画像记》称宋濂的师承关系，可以上溯到朱熹，"为徽公世嫡"：

> 文宪之学，受之其乡黄文献公、柳文肃公、渊颖先生吴莱、凝熙先生闻人梦吉四家之学，并出于北山、鲁斋、仁山、白云之递传，上溯勉斋，以为徽公世嫡。③

《宋元学案·文定何北山先生基》又称宋濂等金华诸子为"紫阳之嫡子"：

> 勉斋之学，既传北山……而北山一派，鲁斋、仁山、白云既纯得朱子之学髓，而柳道传、吴正传以逮戴叔能、宋潜溪一辈，又得朱子之文澜，蔚乎盛哉！是数紫阳之嫡子，端在金华也。④

而宋濂所师从的闻人梦吉、柳贯、黄溍和吴莱，就其师承关系而论，均可以上溯到朱熹。

闻人梦吉（1293—1362），字应之，私谥凝熙先生，浙江金华人。元泰定丙寅（1326），以尚书举于乡，授泉州路学教授，除庆元路总管府知事，未上。闻人梦吉治学，"凡七经传疏，悉手钞成帙，义理所在，深体

---

① 宋濂：《〈夹注辅教编〉序》，《翰苑续集》卷9，罗月霞主编《宋濂全集》，浙江古籍出版社1999年版，第939—940页。
② 黄宗羲、全祖望：《文宪宋潜溪先生濂》，黄宗羲原著，全祖望补修，陈金生、梁运华点校《宋元学案》卷82，中华书局1986年版，第2800页。
③ 黄宗羲、全祖望：《北山四先生学案表》，黄宗羲原著，全祖望补修，陈金生、梁运华点校《宋元学案》卷82，中华书局1986年版，第2801页。
④ 黄宗羲、全祖望：《文定何北山先生基》，黄宗羲原著，全祖望补修，陈金生、梁运华点校《宋元学案》卷82，中华书局1986年版，第2727页。

密察，微如蚕丝牛毛，剖析靡遗"。① 郑楷《潜溪先生宋公行状》记载了宋濂从学闻人梦吉的情形："受业于闻人梦吉先生。授以《春秋》三《传》之学。凡学《春秋》者，皆苦其岁月先后难记。先生则并列国纪年，能悉记之，但举经中一事，即知为鲁公几年几月，是年实当列国某君几年几月。或俾书而覆之，无少异者。且兼通《易》《书》《诗》及《周礼》诸经。"② 在《凝熙先生私谥议》中，宋濂高度评价了闻人梦吉的学术思想："言其讲学，则以四书五经为标准，而非圣贤之书不习也。"③ 在《宋濂全集》中，宋濂与闻人梦吉交游的文字还保存有《故凝熙先生闻人公行状》《凝熙先生私谥议》。

据《宋元学案》卷八十二之《北山四先生学案表》，宋濂被列为"凝熙门人"。"凝熙"是闻人梦吉的谥号。而闻人梦吉的师承关系，据《宋元学案·北山四先生学案表》：

  何基（父伯蕖，勉斋门人，晦翁、清江再传）—王柏—闻人诜—子梦吉—宋濂。④

表中何基是黄榦（勉斋）门人，为朱熹的再传弟子。由宋濂与闻人梦吉的师承关系推论，宋濂应该是朱熹的第六代传人。

柳贯（1270—1342），字道传，私谥文肃先生，学者称静俭先生，浙江浦江人。举为江山教谕，提举江西儒学，至元元年召为翰林待制兼国史院编修官。据《宋元学案·文肃柳静俭先生贯》：柳贯"受经于仁山，究其旨趣，又遍交故宋之遗老，故学问皆有本末……其文与黄晋卿溍、虞伯生集、揭曼硕傒斯齐名，天下称为'四先生'"。⑤ 郑楷《潜溪先生宋公行状》记载了宋濂从学于柳贯、黄溍的情形："先生嗜学日笃，时柳文肃

---

① 宋濂：《故凝熙先生闻人公行状》，《潜溪后集》卷10，罗月霞主编《宋濂全集》，浙江古籍出版社1999年版，第312页。

② 郑楷：《潜溪先生宋公行状》，《潜溪录》卷2，罗月霞主编《宋濂全集》，浙江古籍出版社1999年版，第2351页。

③ 宋濂：《凝熙先生私谥议》，《潜溪后集》卷5，罗月霞主编《宋濂全集》，浙江古籍出版社1999年版，第230页。

④ 黄宗羲、全祖望：《北山四先生学案表》，黄宗羲原著，全祖望补修，陈金生、梁运华点校《宋元学案》卷82，中华书局1986年版，第2717—2719页。

⑤ 同上书，第2759页。

公贯、黄文献公潜,皆大儒,天下所师仰,又各及其门,执弟子礼。二公则皆礼之如朋友,柳公曰:'吾邦文献,浙水东号为极盛。吾老矣,不足负荷此事,后来继者,所望惟景濂。以绝伦之识,而济以精博之学,进之不止,如驾风帆于大江中,其孰能御之?'黄公曰:'吾乡得景濂,斯文不乏人矣!'先生所为文,多经二公指授。柳公谓其'浑雄可喜',黄公谓其'雄丽而温雅',国子监丞陈君旅序先生之文谓'能兼二公之所长',欧阳文公玄谓'非才具众长,识迈千古,安能与于斯'?先生为当时所称许如此。二公相继即世,先生踵武而起,遂以文章家名海内矣。"① 深得柳贯、黄潜的赏识与器重。而在《柳氏宗谱序》中,宋濂对柳贯的人品予以赞扬:"濂少时幸执弟子役于公门,公之为人,其崇深闳博者固非浅见所能知。至其端方、直易、厚重、严毅,怒气不形于色,恶声不出诸口,不知古之贤者复何如耳?"② 在《〈柳待制文集〉后记》中,对柳贯的文学成就进行了高度的评价:"先生素涵匡济之学,郁而不能大振,于是悉敛其英华,发之于文,震荡汪洋,自成一家之言。……天历以来,海内之所宗者,惟雍虞公伯生、豫章揭公曼硕、乌伤黄公晋卿及先生四人而已,识者以为名言。呜呼!先生之于文可谓至矣,可谓善观会通,而能宣至文昭著者矣。使先生得大振所学,功烈仅施于一时,孰若斯文之传,衣被于无穷哉。"③ 在《宋濂全集》中,宋濂与柳贯交游的文字还保存有《叶仲贞墓铭(代柳待制)》《故翰林待制承务郎兼国史院编修官柳先生行状》《先师内翰柳公真赞》《跋柳先生〈上京纪行诗〉后》《跋胡方柳黄四公遗墨后》《元故翰林待制柳先生私谥文肃议》《柳氏宗谱序》《浦阳人物记·柳贯》《〈柳氏家乘〉序》《〈柳待制文集〉后记》《评浦阳人物·元翰林待制柳贯》等。而在柳贯《待制集》中,则存有《雨中喜宋景濂见过》《答宋景濂书》。在《宋濂全集·潜溪录》中,还收录有《柳贯与宋景濂书》两篇。

宋濂《故翰林待制承务郎兼国史院编修官柳先生行状》叙述柳贯学

---

① 郑楷:《潜溪先生宋公行状》,《潜溪录》卷2,罗月霞主编《宋濂全集》,浙江古籍出版社1999年版,第2351—2352页。

② 宋濂:《柳氏宗谱序》,《芝园续集》卷6,罗月霞主编《宋濂全集》,浙江古籍出版社1999年版,第1567页。

③ 宋濂:《〈柳待制文集〉后记》,《余集辑补》,罗月霞主编《宋濂全集》,浙江古籍出版社1999年版,第2254页。

术渊源说：柳贯"甫及冠，遣受经于兰溪仁山金公履祥。仁山远宗徽国朱文公之学，先生刻意问辩，即能究其旨趣，而于微辞奥义多所发挥"。[1]柳贯的师承关系，据《宋元学案·北山四先生学案表》：

> 何基（父伯熭，勉斋门人，晦翁、清江再传）—王柏—金履祥—柳贯—宋濂。[2]

在《宋元学案》中有《文肃柳静俭先生贯》，柳贯被列为仁山（金履祥）门人。如果按宋濂与柳贯的关系而推，宋濂也应该是朱熹的第六代传人。

黄溍（1277—1357），字晋卿，谥文献，浙江义乌人。延祐二年（1315）进士，授台州路宁海县丞，升侍讲学士、知制诰、同修国史、同知经筵事。在《〈白云稿〉序》中，宋濂回忆了游学黄溍之门的情形："及游黄文献公门，公诲之曰：'学文以六经为根本，迁、固二史为波澜，二史姑迟迟，盍先从事于经乎？'濂取而温绎之，不知有寒暑昼夜，今已四十春秋矣。"[3] 在《金华黄先生行状》中，宋濂对黄溍的学术造诣与成就予以极高的评价："先生之学，博极天下之书，而约之于至精。有问经史疑难、古今因革，与夫制度名物之属，旁引曲证，语蝉联不能休。至于剖析异同，谳决是非，多先儒之所未发。见诸论著，一根本乎六艺，而以羽翼圣道为先务。"[4] 在《宋濂全集》中，宋濂与黄溍交游的文字还保存有《跋清凉国师所书栖霞碑（代黄侍讲）》《体仁守正弘道法师金君碑（代黄侍讲）》《邹府君墓志铭（代黄侍讲）》《黄文献公祠堂碑》《故翰林侍讲学士中奉大夫知制诰同修国史同知经筵事金华黄先生行状》《跋黄文献公送郑检讨序后》《跋胡方柳黄四公遗墨后》《题黄文献公所书先府君行实后》《金华黄文献公文集序》《〈笔记〉序》《次黄侍讲赠陈性初诗

---

[1] 宋濂：《故翰林待制承务郎兼国史院编修官柳先生行状》，《潜溪前集》卷10，罗月霞主编《宋濂全集》，浙江古籍出版社1999年版，第117—118页。

[2] 黄宗羲、全祖望：《北山四先生学案表》，黄宗羲原著，全祖望补修，陈金生、梁运华点校《宋元学案》卷82，中华书局1986年版，第2717—2723页。

[3] 宋濂：《〈白云稿〉序》，《銮坡前集》卷8，罗月霞主编《宋濂全集》，浙江古籍出版社1999年版，第495页。

[4] 宋濂：《故翰林侍讲学士中奉大夫知制诰同修国史同知经筵事金华黄先生行状》，《潜溪后集》卷10，罗月霞主编《宋濂全集》，浙江古籍出版社1999年版，第310页。

韵》等。在《宋濂全集·潜溪录》卷五中，收录有《黄溍与宋景濂书》三篇。

《宋元学案·文献黄文贞先生溍》中，黄溍列为"蟠松（石一鳌）门人"。据《宋元学案·沧洲诸儒学案表》：

徐侨—王世杰—石一鳌—黄溍—宋濂。①

而徐侨，《宋元学案》列为"晦翁门人"。《宋元学案·文清徐毅斋先生侨》称："徐侨，字崇甫，义乌人。从学吕东莱门人叶氏邽。登淳熙进士。调上饶县簿。复登文公之门，文公称其明白刚直，以'毅'名斋。"②又据《宋元学案·主簿叶先生邽》："叶邽，字子应，金华人。大冶主簿，受业吕成公之门。以所得于成公者授徐文清公侨。文清后为朱文公门人高弟，而于先生执弟子礼。"③徐侨即为朱熹门人，从宋濂与黄溍的师承关系看，宋濂则为朱熹的第五代传人。

吴莱（1297—1340），字立夫，自号深裒山道人，人称之深裒先生，私谥渊颖先生，后更谥贞文先生，浙江浦江人。署饶州路长芗书院山长，未行而卒。在《浦阳人物记·吴莱》中，宋濂回忆了游学吴莱门下的情形："濂尝受学于立夫，问其作文之法。则谓：'有篇联，欲其脉络贯通；有段联，欲其奇偶迭生；有句联，欲其长短合节；有字联，欲其宾主对待。'又问起作赋之法，则谓：'有音法，欲其倡和阖辟；有韵法，欲其清浊谐协；有辞法，欲其呼吸相应；有章法，欲其布置谨严。总而言之，皆不越生承还三者而已。然而辞有不齐，体亦不一，须必随其类而附之，不使玉瓒与瓦缶并，其为得之。此又在乎三者之外，而非精择而能到也。'顾言犹在耳，恨学之未能。"④郑楷《潜溪先生宋公行状》亦载曰：

---

① 黄宗羲、全祖望：《沧洲诸儒学案表》，黄宗羲原著，全祖望补修，陈金生、梁运华点校《宋元学案》卷69，中华书局1986年版，第2245—2246页。

② 黄宗羲、全祖望：《文清徐毅斋先生侨》，黄宗羲原著，全祖望补修，陈金生、梁运华点校《宋元学案》卷69，中华书局1986年版，第2262页。

③ 黄宗羲、全祖望：《主簿叶先生邽》，黄宗羲原著，全祖望补修，陈金生、梁运华点校《宋元学案》卷73，中华书局1986年版，第2434页。

④ 宋濂：《吴莱》，《浦阳人物记》下卷，罗月霞主编《宋濂全集》，浙江古籍出版社1999年版，第1850—1851页。

"会吴贞文公莱授经于白麟溪上，攻古文辞，金华胡君翰亦来从学。胡君致书先生曰：'举子业不足恩景濂！盍来同学古文辞乎？'先生欣然来从。吴公博极经史，学之未几，悉得其闑奥。自是先生文章之名，籍然著闻矣。"① 在《渊颖先生私谥议》中，宋濂指出，吴莱学术成就是多方面的："长芗书院山长吴公先生，风裁峻明，才猷充茂，漱六艺之芳润，为一代之文英。纂述之勤，汗简日积。于《诗》《书》则科分脉络而标其凡，于《春秋》则脱略三传而发其蕴，于诸子则研核真伪而极其言，于三史则析分义例而严其断。"② 在《深裒先生吴公私谥贞文议》中，宋濂对吴莱的学术成就与文学成就予以极高的评价："浦阳深裒先生吴公，天赋绝人，精识迈古，咀哜六经以求其道，厌饫百家以尽其用。贯穿该博，洞视当世，瑰玮弘大，不愧前古。其陈理也明而严，其叙事也精而当，其道情也周而婉，其赋物也深而遒。"③ 在《宋濂全集》中，宋濂与吴莱交游的文字还保存有《渊颖先生私谥议》《渊颖先生碑》《深裒先生吴公私谥贞文议》《浦阳人物记·吴莱》《评浦阳人物·元处士吴莱》等。而在吴莱《渊颖集》中，则存有《早秋偶然作寄宋景濂》《方景贤、宋景濂夜坐，观吴中杂诗，遂及宣和博古图，为赋此》《宋景濂、郑仲舒同游龙湫五泄，予病不能往，为赋此》《送宋景濂楼彦珍二生归里》。在《宋濂全集·潜溪录》卷五中，还收录有吴莱《与宋景濂书》。

吴莱的师承关系，据《浙江通志》卷280《杂记》所载：

> 宋濂师闻人梦吉，又师吴莱。莱师方韶父、永康胡长孺、青田余学古，学古师同邑王梦松，梦松师王味道，味道则晦翁弟子也，渊源之有自如此。④

从宋濂与吴莱的师承关系看，宋濂则为朱熹的第五代传人。

---

① 郑楷：《潜溪先生宋公行状》，《潜溪录》卷2，罗月霞主编《宋濂全集》，浙江古籍出版社1999年版，第2351页。
② 宋濂：《渊颖先生私谥议》，《潜溪后集》卷5，罗月霞主编《宋濂全集》，浙江古籍出版社1999年版，第229—230页。
③ 宋濂：《深裒先生吴公私谥贞文议》，《芝园续集》卷10，罗月霞主编《宋濂全集》，浙江古籍出版社1999年版，第1509页。
④ 沈翼机等：《浙江通志》卷280，文渊阁《四库全书》本。

作为朱熹的嫡派传人,宋濂对朱熹极为推崇,并从多方面肯定了朱熹的成就与贡献。

首先,宋濂高度肯定了朱熹对儒学发展的贡献。在《〈理学纂言〉序》中,宋濂指出:

> 自孟子之殁,大道晦冥,世人摘埴而索涂者,千有余载。天生濂洛关闽四夫子,始揭白日于中天,万象森列,无不毕见,其功固伟矣!而集其大成者,唯考亭子朱子而已。①

宋濂认为,自孟子以后,能振兴儒学并使之发扬光大的是濂洛关闽四夫子,而在周敦颐、张载、程颢、程颐、朱熹等这样一些宋代重要理学家中,只有朱熹是集儒学之大成者。而"乌伤朱君伯清,自幼至老,酷嗜朱子之书,每谓人曰:'朱子之学,菽粟布帛也,天下一日不可无也。'伯清既受荐为国史编修,上简主知,持诏授经于楚王府,其见于辞章,资为讲说,皆以朱子为宗。已而不俟引年,纳禄而归,寄迹于浦阳江上,日取朱子书温绎之。察阴阳鬼神之运行,验心情性命之发舒,明白昭著,循环无穷,皆本乎道体之妙,所见端确,所得粹凝。于是即朱子精语编成《理学纂言》一书,其凡例全仿《近思录》"。②对此,宋濂给予了极高的评价:"抑尝闻孔子天之孝子也。以其扶持天地,植立纲常,为千万世计也。朱子之志实与孔子同,是亦孔子之孝子也。当今学者,澜倒波随,一惟卑陋之归,伯清能尊朱子之学而扶导之,岂非朱子之孝子乎?"③

其次,宋濂高度评价了朱熹在散文史上的地位。与朱熹对儒学发展的贡献相对应,宋濂分析了朱熹等宋代理学家文章的特点,肯定了其历史地位:

> 自先王之道衰,诸子之文,人人自殊。管夷吾氏则以霸略为文;邓析氏则以两可辨说为文;列御寇氏则以黄、老清净无为为文;墨翟

---

① 宋濂:《〈理学纂言〉序》,《芝园续集》卷8,罗月霞主编《宋濂全集》,浙江古籍出版社1999年版,第1450页。
② 同上。
③ 同上书,第1450—1451页。

氏则以贵俭、兼爱、尚贤、明鬼、非命、尚同为文；公孙龙氏欲屈众说，则又以坚白、名实为文；庄周氏则又以通天地之统，序万物之性，达生死之变为文；慎到氏则又以刑名之学为文；申不害氏、韩非氏宗之，又流为深刻之文；鬼谷氏则又以捭阖为文；苏秦氏、张仪氏学之，又肆为纵横之文；孙武氏、吴起氏则又以军刑、兵势、图国料敌为文。独荀况氏粗知先王之学，有若非诸子之可及，惜乎学未闻道，又不足深知群圣人之文。凡若是者，殆不能悉数也。文日以多，道日以裂，世变日以下，其故何哉？盖各以私说臆见哗世惑众，而不知会通之归，所以不能参天地而为文。自是以来，若汉之贾谊、董仲舒、司马迁、扬雄、刘向、班固，隋之王通，唐之韩愈、柳宗元，宋之欧阳修、曾巩、苏轼之流，虽以不世出之才，善驰骋于诸子之间，然亦恨其不能皆纯揆之群圣人之文，不无所愧也。上下一千余年，惟孟子能辟邪说，正人心，而文始明。孟子之后，惟舂陵之周子、河南之程子、新安之朱子完经翼传而文益明尔。

呜呼，文岂易言哉！自有生民以来，涉世非不远也，历年非不久也，能言之士非不夥且众也。以今观之，照耀如日月，流行如风霆，卷舒如云霞，唯群圣人之文则然；列峙如山岳，流布如江河，发越如草木，亦唯群圣人之文则然。而诸子百家之文固无与焉。故濂谓立言不能正民极，经国制，树彝伦，建大义者，皆不足谓之文也。[①]

在《华川书舍记》中，宋濂把古代散文分为诸子之文和群圣人之文。诸子之文"各以私说臆见哗世惑众，而不知会通之归，所以不能参天地而为文"。而"群圣人与天地参，以天地之文发为人文"。群圣人之文正民极、经国制、树彝伦、建大义，"照耀如日月，流行如风霆，卷舒如云霞"，"列峙如山岳，流布如江河，发越如草木"。而自孟子之后，只有朱熹等的文章，"完经翼传而文益明"，堪称群圣人之文的典范。

最后，宋濂高度评价了朱熹对史学上的贡献。在《〈通鉴纲目附释〉序》中，宋濂指出：

[①] 宋濂：《华川书舍记》，《潜溪前集》卷5，罗月霞主编《宋濂全集》，浙江古籍出版社1999年版，第56—57页。

新安子朱子既释诸经,患史学失褒贬之义,无以示劝惩,亲为《通鉴提要》……濂闻作史者,实原于《春秋》。虽立言有不同,其编年纪事则一而已。释《春秋》者,不翅数百家。史固非经也,有疑难而不能通者,其尚可略之乎?司马迁《史记》,注者一十又四,班固《汉史》亦至三十,迨今犹有未已也。况朱子上取法《春秋》大经大法,瞰如星月,文宪公(王柏)至称为续经之作,其又可与诸史例论之乎?①

宋濂认为,作史原于《春秋》。在史学史上,司马迁《史记》、班固《汉书》这样一些优秀的史学名著虽然在编年纪事的体例上与《春秋》一样,但"立言有不同"。而朱熹"患史学失褒贬之义,无以示劝惩,亲为《通鉴提要》"。《通鉴纲目》较之于司马迁《史记》、班固《汉书》这样一些优秀的史学著作的优异之处,在于这部史学著作"上取法《春秋》大经大法,瞰如星月",堪称"续经之作"。因而,即使是司马迁《史记》、班固《汉书》这样一些优秀的史学名著,都不足以与《通鉴纲目》相提并论。

正是出自对朱熹的敬仰与尊重,宋濂即使见到朱熹的书法、手帖乃至画像等遗物,都要加以议论,抒发感慨。如宋濂见到朱熹的一篇手帖,帖中有云:"恭叔尚未至,只文叔到已两日矣。见约诚之在此相聚也。"② 宋濂便写下了《题朱文公手帖》一文:"太师朱文公帖一纸,韵度润逸,比他日所书,人以为尤可玩。濂虽不敏,则非特玩其字画而已也,盖有所感也。"③ 考证帖中文叔名友文,恭叔名友恭,姓潘,二人为兄弟。并感慨:"一时师友相从之盛,聚精会神,德义充洽,如在泗沂之上。自今道隐民散时观之,不翅应龙游乎玄关,欲一见之不可得,徒以贻有识者之感慨,不亦悲夫!"④ 又如宋濂见到朱熹书写的《虞帝庙乐歌辞》,即写下了

---

① 宋濂:《〈通鉴纲目附释〉序》,《翰苑续集》卷5,罗月霞主编《宋濂全集》,浙江古籍出版社1999年版,第876页。
② 宋濂:《题朱文公手帖》,《宋学士先生文集辑补》,罗月霞主编《宋濂全集》,浙江古籍出版社1999年版,第2077页。
③ 同上。
④ 同上。

《题朱文公自书〈虞帝庙乐歌辞〉后》一文。考证并议论："此帖出于立斋王刚仲所藏。立斋初从刘㧑堂游，而卒业于北山何氏。考其渊源之正，实有所自。"① 这里的北山何氏，即为朱熹的再传弟子何基。宋濂肯定了王刚仲的师承"渊源之正"，无疑也包含着对朱熹的肯定。《宋九贤遗像记》则对宋代九位重要的理学家周敦颐、程颢、程颐、邵雍、张载、司马光、朱熹、张栻、吕祖谦的遗像进行了描述，并进行了评价："天生九贤，盖将以兴斯道也。今九原不可作矣，濂寤寐思之而无以寄其遐情，辄因世传家庙像影，参以诸家所载，作《九贤遗像记》。时而观之，则夫道德冲和之容，俨然于心目之间，至欲执鞭从之有不可得。"② 在表达了对这些理学家的推崇的同时，也流露出"欲执鞭而不可得"的遗憾。其中，对朱熹的描述与评论如下：

> 晦庵朱子，貌长而丰，色红润，发白者半，目小而秀，末修类鱼尾，望之若英特，而温煦之气可掬；须少而疏，亦强半白；鼻与两颧微齇，齇微红；右列黑子七，如北斗状，五大二小，五在眉目傍，一在颧外，一在唇下须侧；耳微耸，毫生窍前；冠缁布冠，巾以纱御，上衣下裳皆白，以皂缘之，裳则否；束缁带，蹑方履，履如温公：拱手立，舒而能恭。③

这虽然只是对朱熹遗像的客观描述，但在字里行间，流露出宋濂对朱熹的颂扬。凡此种种，无不说明宋濂对朱熹的崇敬，表明宋濂是朱熹的忠实信徒。朱熹的理学思想无疑会对宋濂产生影响。

（原载《湖北大学学报》2013 年第 5 期，2013 年 CSSCI 收录）

---

① 宋濂：《题朱文公自书〈虞帝庙乐歌辞〉后》，《宋学士先生文集辑补》，罗月霞主编《宋濂全集》，浙江古籍出版社 1999 年版，第 2080—2081 页。
② 宋濂：《宋九贤遗像记》，罗月霞主编《宋濂全集》，浙江古籍出版社 1999 年版，第 2011 页。
③ 同上书，第 2010 页。

何心隐人欲观论析
——兼及中晚明人欲观之流变

一

阳明心学的出现，标志着对程朱理学的反拨。尽管王守仁主张"存理去欲"，却提出"心即理""心外无理""吾心之良知即所谓天理"，把"良知"作为宇宙万物的本源，高度弘扬了主体意识，并打破了程朱理学中"天理"主宰一切的格局，在客观上为"人欲"的合理存在提供了理论空间。因而，中明时期，王门诸子对人欲的态度，大致可分为两种倾向：一是着眼于人的本质属性，认为至善的良知本来"无欲"；二是扩大"天理"的外延，使之涵盖"人欲"。

先看良知"无欲"。王阳明认为："至善是心之本体。"[①] 而"心之本体，即天理也。天理之昭明灵觉，所谓良知也"。[②] 良知是至善的，"此心纯乎天理，而无一毫人欲之私"。[③] 在这个意义上，至善的良知本来"无欲"。是后，王门诸子在人欲问题上，多继承了王阳明的思想。如王阳明的大弟子钱德洪认为："君子之学，必事于无欲，无欲则不必言止而心不动。"[④]"古人以无欲言微，道心者，无欲之心也。研几之功，只一无欲而真体自著。"[⑤] 王阳明的另一大弟子王畿也认为："有所不为不欲者，良知也；无为无欲者，致知也。"[⑥]"良知者性之灵根，所谓本体也。知而曰致，翕来缉熙，以完无欲之一，所谓功夫也。"[⑦] 在哲学上深受王畿影响

[①] 王守仁：《传习录》上，王守仁撰，吴光、钱明、董平、姚延福编校《王守仁全集》卷1，上海古籍出版社1992年版，第66页。

[②] 王守仁：《答舒国用》，王守仁撰，吴光、钱明、董平、姚延福编校《王守仁全集》卷5，上海古籍出版社1992年版，第190页。

[③] 王守仁：《答陆原静书》，《传习录》上，王守仁撰，吴光、钱明、董平、姚延福编校《王守仁全集》卷1，上海古籍出版社1992年版，第66页。

[④] 钱德洪：《会语》，黄宗羲著，沈芝盈点校《明儒学案》卷11，中华书局1985年版，第233页。

[⑤] 钱德洪：《答念庵》，黄宗羲著，沈芝盈点校《明儒学案》卷11，中华书局1985年版，第237页。

[⑥] 王畿：《复阳堂会语》，吴震编校整理《王畿集》卷1，凤凰出版社2007年版，第9页。

[⑦] 王畿：《书同心册卷》，吴震编校整理《王畿集》卷5，凤凰出版社2007年版，第121页。

的唐顺之提出了"天机说",黄宗羲在《明儒学案》中概括其哲学思想及渊源时说:"先生之学,得之龙溪者多,故言于龙溪,只少一拜。以天机为宗,无欲为工夫。谓'此心天机活泼,自寂自感,不容人力,吾惟顺此天机而已。障天机者莫如欲,欲根洗尽,机不握而自运矣'。"① 王阳明及王门诸子普遍认为,良知是至善的,至善的良知自然"无欲"。但又由于王阳明用主观的良知取代了客观的"天理"地位,打破了程朱理学中"天理"主宰一切的格局,从而使"天理"由宇宙万物的主宰一降而为良知的附庸,主体意识因之得以弘扬。主体意识的弘扬和"天理"主宰地位的打破,客观上为"天理"外延的扩大和人欲的合理存在提供了理论空间。

再看"天理"外延的扩大。何谓"天理"?何谓"人欲"?"天理"与"人欲"之间的界线如何界定?朱熹曾做过尝试:"饮食之间,孰为天理,孰为人欲?曰:饮食者,天理也;要求美味,人欲也。"② "夏葛冬裘,渴饮饥食,此理所当然。才是葛必欲精细,食必求饱美,这便是欲。"③ 在朱熹看来,"天理"是夏葛冬裘、渴饮饥食这类维持人生存的最基本的需求,"人欲"是在"理"之外求"精细"和"饱美"这类超过基本需求的享受。朱熹这种貌似清晰的界定仍然缺乏,也不可能做到量化精准。因为"夏葛冬裘,渴饮饥食"本身就是人的生活欲望,只不过是这种生活欲望显得"理所当然"而已。"天理"与"人欲"之间界线的模糊,为泰州诸子扩大"天理"或"道"的外延,使之涵盖"人欲"提供了理论上的可能。王艮认为:"天理者,天然自有之理也。"④ 这里的"天然自有之理"显然包括人类物质需求的"人欲"的成分在内。在此基础上,王艮进一步提出"百姓日用即道"⑤的命题:

---

① 黄宗羲:《襄文唐荆川先生顺之》,黄宗羲著,沈芝盈点校《明儒学案》卷26,中华书局1985年版,第599页。

② 黎靖德辑,郑明等校点《朱子语类》卷13,上海古籍出版社、安徽教育出版社2002年版,第389页。

③ 黎靖德辑,郑明等校点:《朱子语类》卷61,上海古籍出版社、安徽教育出版社2002年版,第1997—1998页。

④ 王艮:《心斋语录》,黄宗羲著,沈芝盈点校《明儒学案》卷32,中华书局1985年版,第715页。

⑤ 黄宗羲:《处士王心斋先生艮》,黄宗羲著,沈芝盈点校《明儒学案》卷32,中华书局1985年版,第710页。

> 圣人之道，无异于百姓日用。凡有异者，皆谓之异端。①
>
> 百姓日用条理处，即是圣人之条理处。圣人知便不失，百姓不知便为失。②
>
> 即事是学，即事是道。人有困于贫而冻馁其身者，则亦失其本而非学也。③

王艮的儿子王襞继承了乃父的学说，把"吃饭穿衣"和"今日之学"相提并论：

> 大凡学者用处皆是，而见处又有未融，及于见处似是，而用处又若不及，何也？皆坐见之为病也。定与勘破，窃以舜之事亲，孔之曲当，一切皆出于自心之妙用耳。与饥来吃饭，倦来眠，同一妙用也。④
>
> 今日之学，不在世界一切上，不在书册道理上，不在言语思量上，直从这里转机。向自己没缘没故，如何能施为作用？穿衣吃饭，接人待物，分清理白，项项不昧的，参来参去，自有个入处。⑤

在传统儒学中，所谓"天理"或"道"主要是指伦理精神和道德规范。而王艮父子所说的"道"除了这个内容外，还包含"百姓日用""穿衣吃饭"这些起码的物质生活要求。"饥来吃饭倦来眠"这些维持人类生存的合理欲望在"天理"或"道"的范围内得以肯定。应该注意的是，与何心隐同时的徐渭对于"人欲"采取了宽容的态度，在《逃禅集序》中，徐渭认为：

---

① 王艮：《心斋语录》，黄宗羲著，沈芝盈点校《明儒学案》卷32，中华书局1985年版，第714页。
② 同上书，第715页。
③ 同上。
④ 王襞：《东崖语录》，黄宗羲著，沈芝盈点校《明儒学案》卷32，中华书局1985年版，第722页。
⑤ 同上书，第724页。

> 嗟夫，吾儒之所谓常道者，非以其有欲而中节者乎？今有欲者满天下，而求一人之几于中节，不可得也，是其于常道亦甚难矣，况欲求其为非常之道，如佛氏之无欲而无无欲者耶？[①]

一方面，徐渭指出："今有欲者满天下"，"人欲"是一种客观存在；同时，又认为"吾儒之所谓常道者，非以其有欲而中节者乎？"要求以"中节"来节制人欲。

二

在中晚明时期，较为全面地探讨人欲问题，从正面勇敢地肯定人欲，并提出"寡欲"和"育欲"的人物是何心隐。在《辨无欲》《寡欲》《聚和老老文》中，何心隐对人欲问题进行了集中深入的思考。

首先，何心隐肯定了人欲的客观存在及其存在的合理性，并对"无欲"说进行了批判。在《辨无欲》中，何心隐指出：

> 濂溪言无欲，濂溪之无欲也，其孟轲之言无欲乎？孔子言无欲而好仁，似亦言无欲也。然言乎好仁，乃己之所好也。惟仁之好而无欲也。不然，好非欲乎？孟子言无欲其所不欲，亦似言无欲也。然言乎其所不欲，乃己之不欲也。惟于不欲而无欲也。不然，无欲非欲乎？是孔孟之言无欲，孔孟之无欲也。岂濂溪之言无欲乎？且欲惟寡则心存，而心不能以无欲也。欲鱼欲熊掌，欲也。舍鱼而取熊掌，欲之寡也。欲生欲义，欲也。舍生而取义，欲之寡也。能寡之又寡，以至于无，以存心乎？欲仁非欲乎？得仁而不贪非寡欲乎？从心所欲，非欲乎？欲不逾矩，非寡欲乎？能寡之又寡，以至于无，以存心乎？……抑无欲观妙之无，乃无欲乎？而妙必妙乎其观，又无欲乎？抑欲惟缴尔，必无欲乃妙乎？而必妙乎其无缴，又无欲乎？……然则濂溪之无欲，亦无欲观妙之无欲乎？辨辨。[②]

[①] 徐渭：《逃禅集序》，《徐文长三集》卷19，《徐渭集》，中华书局1983年版，第545页。

[②] 何心隐：《辨无欲》，容肇祖整理《何心隐集》，中华书局1960年版，第42页。

何心隐认为:"性而味,性而色,性而声,性而安逸,性也。"① 从人的本质属性出发,肯定了"人欲"存在的合理性。"欲鱼欲熊掌,欲也。""欲生欲义,欲也。""欲货色,欲也。欲聚和,欲也。"② 因为,"心不能以无欲也"。在这个意义上,何心隐对周敦颐的"无欲"说进行了批判。"孔子言无欲而好仁,似亦言无欲也。然言乎好仁,乃己之所好也。惟仁之好而无欲也。不然,好非欲乎?孟子言无欲其所不欲,亦似言无欲也。然言乎其所不欲,乃己之不欲也。惟于不欲而无欲也。不然,无欲非欲乎?"追求"无欲"的本身也就是一种"欲"。因而,孔孟所说的"无欲"并不等于周敦颐所说的"无欲"。当然在"鱼与熊掌"之间,孟子最终是"舍鱼而取熊掌";在"生与义"之间,孟子最终是"舍生而取义",但这并不是孟子"无欲",而是"欲之寡也"。"舍鱼而取熊掌,欲之寡也。""舍生而取义,欲之寡也。能寡之又寡,以至于无,以存心乎?欲仁非欲乎?得仁而不贪非寡欲乎?从心所欲,非欲乎?欲不逾矩,非寡欲乎?能寡之又寡,以至于无,以存心乎?""欲"可以"寡",却不能"无"。因为,"无欲"无"以存心"。

其次,何心隐还提出了"寡欲",主张对人欲进行节制与规范。在《寡欲》中,何心隐指出:

> 性而味,性而色,性而声,性而安逸,性也。乘乎其欲者也。而命则为之御焉。是故君子性而性乎命者,乘乎其欲之御于命也,性乃大而不旷也。凡欲所欲而若有所发,发以中也,自不偏乎欲于欲之多也,非寡欲乎?寡欲,以尽性也。尽天之性以天乎人之性,而味乃嗜乎天下之味以味,而色、而声、而安逸,乃又偏于欲之多者之旷于恋色恋声而苟安苟逸已乎?乃君子之尽性于命也,以性不外乎命也。命以父子,命以君臣,命以贤者,命以天道,命也,御乎其欲者也。而性则为之乘焉。是故君子命以命乎性者,御乎其欲之乘于性也,命乃达而不堕也。凡欲所欲而有所节,节而和也。自不戾乎欲于欲之多也,非寡欲乎?寡欲,以至命也。至天之命以天乎人之命,而父子乃定乎天下之父子,以父以子,而君臣,而贤者,而天道,乃又戾于欲

---

① 何心隐《寡欲》,容肇祖整理《何心隐集》,中华书局1960年版,第40页。
② 何心隐:《聚和老老文》,容肇祖整理《何心隐集》,中华书局1960年版,第72页。

之多者之堕于委君委臣委贤而弃天弃道已乎？乃君子之命于性也，以命不外乎性也。凡一臭，一宾主，亦莫非乘乎其欲于性，御乎其欲于命者，君子亦曷尝外之，而有不尽性至命于欲之寡乎！①

一方面，何心隐肯定了人欲的存在及其合理性，同时又主张防止人欲的无限膨胀，"偏乎欲于欲之多"。因而主张本着"中"与"和"的原则，对人欲进行节制与规范。"凡欲所欲而有所节，节而和也。""凡欲所欲而若有所发，发以中也，自不偏乎欲于欲之多也，非寡欲乎？"通过对人欲的节制与规范，人类在满足自己生活欲望的同时，也尊重他人的生活欲望，以保证人类自身"性命"的和谐与社会的和谐。"寡欲"思想的提出，就是为了达到这一目的。何心隐认为："乘乎其欲于性，御乎其欲于命。""命也，御乎其欲者也。"所谓"寡欲"，是指以"性命"，即人的本质属性和社会的行为规范对人欲进行节制与规范。并从"寡欲，以尽性也"和"寡欲，以至命也"两个方面说明"寡欲"的必要："寡欲，以尽性也。尽天之性以天乎人之性，而味乃嗜乎天下之味以味，而色、而声、而安逸，乃又偏于欲之多者之旷于恋色恋声而苟安苟逸已乎？乃君子之尽性于命也，以性不外乎命也。""寡欲，以至命也。至天之命以天乎人之命，而父子乃定乎天下之父子，以父以子，而君臣，而贤者，而天道，乃又戾于欲之多者之堕于委君委臣委贤而弃天弃道已乎？乃君子之命于性也，以命不外乎性也。"

最后，何心隐还提出了"育欲"思想，主张对人欲进行引导。在《聚和老老文》中，何心隐提出：

> 欲货色，欲也。欲聚和，欲也。族未聚和，欲皆逐逐，虽不欲货色，奚欲哉？族既聚和，欲亦育育，虽不欲聚和，奚欲哉？聚和有教有养，伯叔欲率未列于率，惟朝夕与率，相聚以和，育欲率也；欲辅未列于辅，惟朝夕与辅，相聚以和，育欲辅也；欲维未列于维，惟朝夕与维，相聚以和，育欲维也。育欲在是，又奚欲哉？昔公刘虽欲货，而欲与百姓同欲，以笃前烈，以育欲也。太王欲色，亦欲与百姓同欲，以基王绩，以育欲也。育欲在是，又奚欲哉？仲尼欲明明德于

---

① 何心隐：《寡欲》，容肇祖整理《何心隐集》，中华书局1960年版，第40—41页。

天下、欲治国、欲齐家、欲修身、欲正心、欲诚意、欲致知在格物，七十从其所欲，而不欲平天下之矩，以育欲也。育欲在是，又奚欲哉？汝元亦奚欲哉？惟欲相率、相辅、相聚、相育欲于聚和，以老老焉，又奚欲哉？①

据何心隐《聚和率教谕族俚语》《聚和率养谕族俚语》："癸丑正月，合族始聚以和，和聚于心。"② 又据黄宗羲《明儒学案》：何心隐"谓《大学》先齐家，乃构萃（聚）和堂以合族，身理一族之政，冠婚丧祭赋役，一切通其有无，行之有成"。③ 又据邹元标《梁夫山传》：何心隐"谋诸族众，捐资千金，建学堂于聚和堂之傍，设率教、率养、辅教、辅养之人。延师礼贤，族之文学以兴。计亩收租，会计度支，以输国赋。凡冠婚丧祭，以逮孤独鳏寡失所者，悉裁以义，彬彬然礼教信义之风，数年之间，几一方之三代矣"。④ 嘉靖三十二年（1553），何心隐以宗族为基本单位，建立聚和堂，进行了一次构建和谐社会的实践与探索。聚和堂的建立所面临的一个重要课题，是如何协调满足人的欲望与构建和谐社会之间的关系，《聚和老老文》旨在回答这个问题。何心隐认为："欲货色，欲也。欲聚和，欲也。族未聚和，欲皆逐逐，虽不欲货色，奚欲哉？族既聚和，欲亦育育，虽不欲聚和，奚欲哉？"而实现满足人的欲望与构建和谐社会之间关系的统一的关键在于："育欲。"所谓"育欲"，是指对人欲进行引导，"相聚以和"，"与百姓同欲"，以满足人类共同有的精神生活欲望和物质生活欲望，以构建和谐社会。从精神生活欲望出发，何心隐强调人尽其用，"相聚以和"："聚和有教有养，伯叔欲率未列于率，惟朝夕与率，相聚以和，育欲率也；欲辅未列于辅，惟朝夕与辅，相聚以和，育欲辅也；欲维未列于维，惟朝夕与维，相聚以和，育欲维也。育欲在是，又奚欲哉？"从物质生活欲望着眼，何心隐提出"欲与百姓同欲"："昔公刘虽欲货，而欲与百姓同欲，以笃前烈，以育欲也。太王欲色，亦欲与百姓同

---

① 何心隐：《聚和老老文》，容肇祖整理《何心隐集》，中华书局1960年版，第72页。
② 何心隐：《聚和率养谕族俚语》，容肇祖整理《何心隐集》，中华书局1960年版，第70页。
③ 黄宗羲：《泰州学案一》，黄宗羲著，沈芝盈点校《明儒学案》卷32，中华书局1985年版，第704页。
④ 邹元标：《梁夫山传》，容肇祖整理《何心隐集》，中华书局1960年版，第120页。

欲，以基王绩，以育欲也。育欲在是，又奚欲哉？"

三

何心隐是中晚明时期较为全面地探讨人欲问题，并正面肯定人欲的学者。正是在这个意义上，黄宗羲在《明儒学案》中指出："阳明先生之学，有泰州、龙溪而风行天下……泰州之后，其人多能以赤手搏龙蛇，传至颜山农、何心隐一派，遂复非名教所能羁络矣。顾端文曰：'心隐辈坐在利欲胶漆盆中，所以能鼓动得人，只缘他一种聪明，亦自有不可到处。'羲以为非其聪明，正其学术也。所谓祖师禅者，以作用见性。诸公掀翻天地，前不见有古人，后不见有来者。"① 对人欲的态度，构成了中、晚明思潮之分水岭。何心隐对人欲的正面肯定，推动了晚明文学思潮的兴起与发展。

何心隐对晚明文学的推动作用，首先表现为对李贽的影响。在论及李贽的师承关系时，黄节在《李氏焚书跋》中说："卓吾学术渊源姚江。盖龙溪为姚江高第弟子，龙溪之学一传而为何心隐，再传而为卓吾。故卓吾论心隐，尊以为上九之大人。"② 李贽是否曾师从何心隐，尚可斟酌。但其深受何心隐影响，则是毋庸置疑的。万历七年（1579），官府杖杀何心隐于武昌，李贽写下了《何心隐论》，对何心隐予以高度评价，称之为"上九之大人"：

> 吾谓公以"见龙"自居者也，终日见而不知则其势必至于亢矣，其及也宜也。然亢亦龙也，非他物比也。龙而不亢，则上九为虚位；位不可虚，则龙不窜不亢。公宜独当此一爻，则谓公为上九之大人可也。③

在《焚书》《续焚书》中，李贽多处论及何心隐，称其为"英雄""老

---

① 黄宗羲：《泰州学案一》，黄宗羲著，沈芝盈点校《明儒学案》卷32，中华书局1985年版，第704页。

② 黄节：《李氏焚书跋》，刘幼生整理《焚书》卷末，社会科学文献出版社2000年版，第245页。

③ 李贽：《何心隐论》，刘幼生整理《焚书》卷3，社会科学文献出版社2000年版，第84页。

"，对其思想胆识、人品文章予以充分赞扬。在《与焦漪园太史》一信中，李贽称："何心隐老英雄莫比，观其羁绊缧绁之人，所上当书，千言万语，滚滚立就，略无一毫乞怜之态，如诉如戏，若等闲日子。今读其文，想见其为人。其文章高妙略无一字袭前人，亦未见从前有此文字。但见其一泻千里，委曲详尽，观者不知感动，吾不知之矣。"① 在《寄焦弱侯》中赞"何心隐本是一个英雄汉子，慧业文人，然所言者皆世俗之怕惊，所行者皆愚懵之所怕"。② 作为深受李贽景仰的英雄与老师，何心隐的人欲观，无疑会对李贽产生深刻影响。

李贽的人欲观，继承并发展了泰州诸子"百姓日用是道"的命题，在《答邓石阳》中提出："穿衣吃饭，即是人伦物理；除却穿衣吃饭，无伦物矣。世间种种皆衣与饭类耳。故举衣与饭而世间种种自然在其中，非衣饭之外更有所谓种种绝与百姓不相同者也。"③ 进一步扩大"天理"外延，使之涵盖了人的物质生活欲望。同时，李贽又继承并发展了何心隐等的人欲思想，不仅从正面肯定了人欲，而且要求顺应与满足人的物质生活与精神生活欲望，"各遂其千万人之欲"。李贽在《答邓明府》一书中指出："如好货，如好色，如勤学，如进取，如多积金宝，如多买田宅为子孙谋，博求风水为儿孙福荫，凡世间一切治生产业等事，皆其所共好而共习，共知而共言者，是真迩言也。"④ 物质生活欲望和精神生活欲望是人类生存的必备条件，即使是圣人，也离不开物质生活和精神生活，也免不了追求富贵：

> 圣人虽曰"视富贵若浮云"，然得之亦若固有；虽曰"不以其道得之则不处"，然亦曰"富与贵是人之所欲"。今观其相鲁也，仅仅三月，能几何时，而且素衣麑裘，黄衣狐裘，缁衣羔裘，正富贵享

---

① 李贽：《与焦漪园太史》，刘幼生整理《续焚书》卷1，社会科学文献出版社2000年版，第27页。
② 李贽：《寄焦弱侯》，刘幼生整理《续焚书》卷1，社会科学文献出版社2000年版，第34页。
③ 李贽：《答邓石阳》，刘幼生整理《焚书》卷1，社会科学文献出版社2000年版，第4页。
④ 李贽：《答邓明府》，刘幼生整理《焚书》卷1，社会科学文献出版社2000年版，第36页。

也。御寒之裘，不一而足；裼裘之饰，不一而袭。凡在《乡党》者，此类多矣。谓圣人不欲富贵，未之有也。①

"寒能折胶，而不能折朝市之人；热能伏金，而不能伏竞奔之子。何也，富贵利达所以厚吾天生之五官，其势然也。是故圣人顺之，顺之则安矣。"② 正是因为"富贵利达所以厚吾天生之五官"。所以，李贽提出："圣人顺之，顺之则安矣。"要求顺应、满足人类的物质生活欲望和精神生活欲望。"各遂其千万人之欲"：

> 就其力之所能为与心之所欲为，势之所必为者以听之，则千万其人者，各得其千万人之心；千万其心者，各遂其千万人之欲。是谓物各付物，天地之所以因材而笃焉，所谓万物并育而不相害也。③

李贽"各遂其千万人之欲"的人欲思想，对晚明人欲思潮的崛起产生了重大的影响。

《金瓶梅》《牡丹亭》《三言》和公安派的出现，把中晚明时期人欲思潮的发展推向高峰。而《牡丹亭》的作者汤显祖、《三言》的编辑者冯梦龙、公安派的主将袁宏道都在不同程度上受到过李贽的影响。正是在李贽和泰州诸子的影响下，《金瓶梅》《牡丹亭》《三言》和公安派在性欲、情欲、物欲和享受欲等方面全方位地描写了人欲，表现了对合理人欲的肯定与正视。《牡丹亭》通过杜丽娘和柳梦梅之间生死爱情的描写，充分表现了"情"的力量，并通过对情欲的肯定与歌颂，表达了对程朱理学禁欲主义的批判。而《三言》则以真实的笔触，表现了当时的人们对于物质财富的追求，并对人们以正当的方式获得财富的行为和合理的物质欲望，予以了充分的肯定。袁宏道在《龚惟长先生》一书中，把"目极世间之色，耳极世间之声，身极世间之鲜，口极世间之谈"作为人生的

---

① 李贽：《道古录》卷上，段启明整理《李贽文集》第7卷，社会科学文献出版社2000年版，第356—357页。

② 李贽：《答耿中丞》，刘幼生整理《焚书》卷1，社会科学文献出版社2000年版，第16页。

③ 李贽：《道古录》卷上，段启明整理《李贽文集》第7卷，社会科学文献出版社2000年版，第356—357页。

"真乐"与"快事",对自己的享受欲进行了毫不掩饰而且勇敢大胆的表白。①《金瓶梅》的作者则以大胆的笔触展开了对性欲的描写,表现出对人情色欲的勇敢正视,在对合理的性欲予以肯定的同时,又对由于性欲的放纵所导致的人欲横流的社会现象,表现出深沉的忧患。

在某种意义上,人的欲望是促进人类发展和社会进步的动力。但人欲的无限膨胀又必然导致人欲横流,引起社会的混乱与失衡,破坏社会的和谐与稳定。晚明人欲思潮的兴起,也导致了晚明社会"荡轶礼法,蔑视伦常。天下之人恣睢横肆,不复自安于规矩绳墨之内,而百病交作"。②人欲横流、混乱失衡的社会,同样不利于社会的稳定进步与人类的健康发展。因而,一些思想的先行者,在肯定了人的欲望的同时,又对由于人的欲望的肯定而导致的人欲横流的社会现象表现出深沉的忧虑。怎样匡正由于人的欲望的肯定所引起的人欲横流,使合理人欲朝着有利于社会进步和人类完善的方向发展,是当时每一个有良知的思想家和作家都必须面对的问题。汤显祖在《牡丹亭》中歌颂了杜丽娘和柳梦梅之间的情欲,同时又在《宜黄县戏神清源师庙记》中极力强调戏曲的伦理功能和名教作用:"可以合君臣之节,可以浃父子之恩,可以增长幼之睦,可以动夫妇之欢……为名教之至乐哉!"③希望以"名教"规范情欲。《金瓶梅》的作者以大胆的笔触展开了对性欲的描写,表现出对性欲的勇敢正视,同时,作者又反复劝告人们:"酒色多能误邦国,由来美色丧忠良","贪财不顾纲常坏,好色全忘义理亏",希望以"纲常""义理"来拯救那个人欲横流的社会。《三言》肯定了以正当的方式获取财富的合理物欲,但同时又反复劝诫人们:"安分守己,随缘作乐,莫为酒、色、财、气四字,损却精神。"④"非理之财莫取,非理之占莫为。明有刑法相系,暗有鬼神相随。"⑤袁宏道深受李贽人欲思想的影响,在创作中大胆表现了自己的

---

① 参见袁宏道《龚惟长先生》,袁宏道著,钱伯城笺校,《袁宏道集笺校》,上海古籍出版社1981年版,第205页。
② 陆陇其:《学术辨上》,《三鱼堂文集》卷2,文渊阁《四库全书》本。
③ 汤显祖:《宜黄县戏神清源师庙记》,《玉茗堂文》之七,徐朔方笺校,《汤显祖诗文集》第34卷,上海古籍出版社1982年版,第1127页。
④ 冯梦龙:《蒋兴哥重会珍珠衫》,冯梦龙编《古今小说》,许政扬校注,人民文学出版社1958年版,第1页。
⑤ 冯梦龙:《沈小官一鸟害七命》,冯梦龙编《古今小说》,许政扬校注,人民文学出版社1958年版,第397页。

享受欲，但据袁中道《吏部验封司郎中中郎先生行状》，戊戌（1598）之后，"先生（指袁宏道）之学复稍变，觉龙湖等所见，尚欠稳实。以为悟修犹两毂也，向者所见，偏重悟理，而尽废修持，遣弃伦物，偭背绳墨，纵放习气，亦是膏肓之病。夫智尊则法天，礼卑而象地，有足无眼，与有眼无足者等。遂一矫而主修，自律甚严，自检甚密，以淡守之，以静凝之"。① 对以往"遣弃伦物""纵放习气"表示忏悔，而"一矫而主修，自律甚严"。怎样在满足人类物质生活欲望和精神生活欲望的同时，又能保证社会的和谐稳定与人类的健康发展，中晚明时期人欲观流变的历史留下的，也许是一个伴随人类始终的永恒课题。

（原载《湖北大学学报》2010 年第 2 期，
2010 年 CSSCI 扩展版收录，与熊小萍合作）

---

① 袁中道：《吏部验封司郎中中郎先生行状》，袁宏道著，钱伯城笺校，《袁宏道集笺校》附录二，上海古籍出版社 1981 年版，第 1653 页。

第六章 唐宋派考论

唐宋派考

一 "唐宋派"概念的提出与定型

所谓"唐宋派"是指王慎中、唐顺之、归有光为代表的作家形成的文学流派。在明清两代典籍中，将王慎中、唐顺之、归有光相提并举的文献不乏其例。如黄宗羲认为："有明文章正宗，盖未尝一日而亡也。自宋、方以后，东里、春雨继之，一时庙堂之上，皆质有其文。景泰、天顺稍衰，成、弘之际，西涯雄长于北，匏庵、震泽发明于南，从之者多有师承。正德间余姚之醇正，南城之精炼，掩绝前作。至嘉靖而昆山、毗陵、晋江者起，讲究不遗余力，大洲、浚谷相与犄角，号为极盛。"[1] 董正位在《归震川先生全集序》中也有类似的论述："明三百年，文章之派不一。嘉靖中，有唐荆川、王遵岩、归震川三先生起而振之，而论者又必以震川为最。"[2]《四库全书总目》论唐顺之《文编》亦云："自正、嘉之后，北地、信阳声价奔走一世，太仓、历下流派弥长；而日久论定，言古文者终以顺之及归有光、王慎中三家为归。"[3] 显然，在明清两代上述学者的心目中，王慎中、唐顺之、归有光属于同一流派，然而，对这一流派的称谓，却没有明确的表述。

那么，"唐宋派"这一概念究竟起于何时，成于何人？学术界并未做明确的探究。故黄毅先生在《归有光是唐宋派作家吗？》一文中笼统地

---

[1] 黄宗羲：《明文案序下》，《南雷文定》卷1，中华书局1936年版，第7页。
[2] 董正位：《归震川先生全集序》，归有光著，周本淳校点《震川先生集》，上海古籍出版社1981年版，第3页。
[3] 永瑢等：《四库全书总目》，中华书局1965年版，第1716页。

说:"'唐宋派'这一文学流派的名称,并不见于明、清两代的文论,是近代文学史研究者总结出来的。"①而对"唐宋派"概念的提出与定型的探讨,则是唐宋派研究首先必须解决与回答的问题。据笔者视野所及,这一概念最早见于夏崇璞在1922年第9期的《学衡》上刊登的题为《明代复古派与唐宋文派之潮流》一文。此文开篇即曰:"窃谓吾国自唐以来,文学界有三大运动:退之之变骈俪、永叔之更西昆及有明前后七子与唐宋派之冲突是也。"②明确提出了"唐宋派"这一概念。接着,夏崇璞对"唐宋派"进行了较为全面的论述:

> 永乐以还,三杨台阁体积弊日深,为文者习于肤廓冗沓,精气销亡。物极而反,而宏治七子之以复古倡势也。七子中以李梦阳、何景明为首,其言文必秦汉,诗必盛唐,非是者弗道。曰古文之法亡于韩,曰视古修词,宁失之理。故其为文,句荆字棘,至难句读,与唐宋文大相迳庭,海内风从。粗犷晦涩,真可谓文章一厄矣。当时砥柱中流者,为王慎中、唐荆川、王守仁等。守仁为文,不主一家。慎中、荆川,力重欧、曾。演迤详赡,卓成大家,足与北地派相抗。至嘉靖中,王世贞、李攀龙复嘘李何之燄,而排王、唐。徐中行、谢榛等五人附之。是谓嘉靖七子。于鳞谓文自西京,诗自天保而后,俱不足观。其文粉饰太甚,精气不足。归有光以一举子,起排世贞方张之燄,诋之曰"庸妄巨子"。世贞久亦心折,观其为有光作赞,盖大有悔意焉。有光深于经术,其文以欧、曾为归。时茅坤评刊荆川所选八家文而行之。艾千子又建豫章社,以衍有光之绪。而三袁亦创公安体,以宗眉山。唐宋派势力益巩固。③

据此我们可以得知夏崇璞对于"唐宋派"的基本意见。其一,唐宋派是与前后七子为代表的复古派相对立的文学流派。在文学主张与创作上,唐宋派作家"慎中、荆川,力重欧、曾",归有光"以欧、曾为归","茅坤评刊荆川所选八家文而行之",公安三袁"以宗眉山"。其中,唐顺之、

---

① 黄毅:《归有光是唐宋派作家吗?》,《中国典籍与文化》1997年第1期。
② 夏崇璞:《明代复古派与唐宋文派之潮流》,《学衡》1922年第9期。
③ 同上。

王慎中"与北地派相抗",归有光"起排世贞方张之馓",对前后七子"文必秦汉,诗必盛唐","文自西京,诗自天保而后,俱不足观"的复古主张与创作进行了猛烈的批判。其二,唐宋派包括有明一代推崇唐宋散文,反对前后七子复古创作的所有作家。这一流派的作家不但包括王慎中、唐顺之、归有光、茅坤,同时还包括王守仁、艾南英、公安三袁等其他前后七子的反对派。

显然,夏崇璞对唐宋派特点的概括应该说还是符合实际的,但对唐宋派作家范围的概括则过于宽泛。混淆了以三袁为代表的公安派、以艾南英为代表的豫章派与以王慎中、唐顺之、归有光、茅坤为代表的唐宋派之间的差别。因而,尽管夏崇璞率先提出了"唐宋派"这一概念,但他的观点并没有引起当时人们的普遍重视并得到学术界的响应,诸多学者也没有采用这一概念。在此后的二十几年里,对于"唐宋派"的称谓依然未得到统一。如郑振铎完成于1932年的《插图本中国文学史》称:"嘉靖初,王慎中、唐顺之等已倡为古文,以继唐、宋以来韩、欧、曾、苏诸家之绪。"① 并没有采用"唐宋派"这一概念。而陈柱于1936年写就的《中国散文史》使用的则是"八家派"的概念,他说:"八家派受前七子文必秦汉之反响。而以唐宋八家矫之:始之者为王慎中,继之者为唐顺之、茅坤,而归有光集其大成焉。"② 朱东润定稿于1943年的《中国文学批评史大纲》称:"(荆川、震川、遵岩)三人主张唐宋,文字一归于典实。"③ 刘大杰完成于1943年、出版于1949年的《中国文学发展史》(下卷)中则说:"比较有组织有意识对于李何表示着反抗的,是嘉靖年间王慎中、唐顺之的宋文运动。……他们觉得李何一派的文章,死摹秦汉,诘屈聱牙,既不通顺,又无生趣,乃倡为宋代欧曾通顺的文体,以矫何李之弊。后来茅坤、归有光为之羽翼,声势颇盛。"④ 这些学者很明显沿袭了明、清两代典籍把王慎中、唐顺之和归有光划为同一流派的说法,而并没有采用夏崇璞率先提出的"唐宋派"这一概念。

对"唐宋派"这一概念予以严格限定并使之定型,且在学术界产生

---

① 郑振铎:《插图本中国文学史》,人民文学出版社1957年版,第939页。
② 陈柱:《中国散文史》,东方出版社1996年版,第287页。
③ 朱东润:《中国文学批评史大纲》,古典文学出版社1957年版,第207页。
④ 刘大杰:《中国文学发展史》下卷,百花文艺出版社1999年版,第324页。

较大影响的学者是郭绍虞。郭绍虞在初版于1947年的《中国文学批评史》（下册之一）第四章"与前后七子不同之诸家"中的第一节标题即为"唐宋派之论文"①，明确运用了"唐宋派"这一概念，并把唐顺之、王慎中、归有光定为"唐宋派"的主要作家且详细地论述了他们的理论特色。郭绍虞先生认为，以唐顺之、王慎中、归有光为主要作家的唐宋派与以前后七子为代表的秦汉派在理论上的对立主要表现为："秦汉派之所重在气象；气象不可见，于是于词句求之，于字面求之。求深而得浅，结果反落于剽窃摹拟。唐宋派之所重在神明，神明亦不可见，于是于开阖顺逆求之，于经纬错综求之，由有定以进窥无定，于是可出新意于绳墨之余。"②"由秦汉文之气象以学秦汉文，仅成貌似；由唐宋文之门迳以学秦汉文，转可得其神解。"③"这便是'秦汉'与'唐宋'二派的分别"。④由于郭绍虞以翔实的资料与中肯立论对"唐宋派"这一概念予以了严谨的限定，从而得到学术界普遍响应与认同。此后，"唐宋派"这一名称才得到了广泛的采用，1949年以来，国内几部较重要的文学史都不约而同地采用了这一概念。如刘大杰的新版《中国文学发展史》，吸取了郭绍虞《中国文学批评史》的说法，认为："嘉靖年间，拟古之风更盛，摹仿剿袭，风靡一时。……在这种思潮中，在理论、创作上不随波逐流，与七子相抗的，有唐顺之、王慎中、归有光、茅坤诸人。他们的成就有别，见解大略相同，世称为'唐宋派'。"⑤游国恩等主编，人民文学出版社1963年出版的《中国文学史》也说："嘉靖间，继承南宋以来推崇韩柳欧曾王苏古文的既成传统，作为前后七子的反对派而出现的，有王慎中、唐顺之、茅坤、归有光等，因为他们更自觉地提倡唐宋古文，所以被称为'唐宋派'。"⑥另外，由中国社会科学院文学研究所编写、人民文学出版社1979年出版的《中国文学史》及由袁行霈主编，高等教育出版社1999年出版的《中国文学史》亦均采用了"唐宋派"这一概念。

---

① 郭绍虞：《中国文学批评史》下册之一，商务印书馆1947年版，第233页。
② 同上。
③ 同上书，第236页。
④ 同上书，第233页。
⑤ 刘大杰：《中国文学发展史》，上海古籍出版社1982年版，第913页。
⑥ 游国恩等：《中国文学史》（四），人民文学出版社1964年版，第161页。

二 唐宋派的形成及时间

唐宋派脱胎于"嘉靖八才子",所谓"嘉靖八才子",指的是王慎中、唐顺之、熊过、陈束、任瀚、李开先、赵时春、吕高。其中,王慎中、赵时春为嘉靖五年(1526)进士,其他六人均在嘉靖八年(1529)登进士第。又据李开先《吕江峰集序》:"古有建安七子,大历十才子。今嘉靖十年后,更有八才子之称。"① 可见"嘉靖八才子"之说,起于嘉靖十年之后。在"嘉靖八才子"形成之初,在文学创作上仍然沿袭了"前七子""文必秦汉,诗必盛唐"的主张,这在钱谦益《列朝诗集小传·王参政慎中》说得很清楚:"道思在郎署,与一时名士所谓八才子者,切劘为诗文,自汉以下,无取焉。"② 李开先《遵岩王参政传》也云:王慎中"以其暇日,读五经诸子百家言,作为诗文,俱秦、汉、魏、唐风骨,而晋人字书,亦时时模拟之"。③ 那么,唐宋派是何时从"嘉靖八才子"中脱颖而出,而形成唐宋派的呢?

我们知道,唐宋派是在阳明心学影响下形成的一个文学流派,其主要特点是反对"前七子""文必秦汉"的文学主张,推崇唐宋散文。因而,唐宋派的形成与成熟具有两个重要的标志:一为对阳明心学的接触与认同,一为对唐宋散文的提倡与推崇。以此论之,唐宋派的形成时间,应该是在明代嘉靖十二年,即1533年。而支撑这一观点的直接依据,是李开先《荆川唐都御史传》中的一段记载:

> (唐顺之)素爱崆峒诗文,篇篇成诵,且一一仿效之。及遇王遵岩,告以自有正法妙意,何必雄豪亢硬也。唐子已有将变之机,闻此如决江河,沛然莫之能御矣。故癸巳(嘉靖十二年)以后之作,别是一机轴,有高出今人者,有可比古人者,未尝不多遵岩之功也。④

---

① 李开先:《吕江峰集序》,李开先著,路工辑校《李开先集》,中华书局1959年版,第304页。
② 钱谦益:《王参政慎中》,《列朝诗集小传》丁集上,上海古籍出版社1983年版,第374页。
③ 李开先:《遵岩王参政传》,李开先著,路工辑校《李开先集》,中华书局1959年版,第616页。
④ 李开先:《荆川唐都御史传》,李开先著,路工辑校《李开先集》,中华书局1959年版,第622页。

由这段记载可以看出，唐顺之是在癸巳，即嘉靖十二年（1533）在王慎中的影响下，由"素爱崆峒"，到背离"前七子"的创作主张而推崇唐宋散文的转变。而这种转变，无疑意味着唐宋派的形成。这一结论，我们还可以从以下几个方面得以证实。

唐宋派形成的必不可少的前提，是王慎中与唐顺之的相识定交。那么，王、唐是在何时相识定交的呢？据李贽《续藏书·金都御史唐公》，唐顺之"壬辰（嘉靖十一年），改稽勋主事，调考功……于时，王遵岩、陈后冈、高苏门皆以诗文名当世，一见公作，心服之，而公未敢以为然也"。① 据此可知，王慎中与唐顺之相识定交，是在嘉靖十一年（1532）。又据唐顺之自述："仆自入官得请见于当世士大夫，盖三年而后见兄（王慎中），一见则骇然异之，而兄亦过以仆为知己。"② 唐顺之为嘉靖八年（1529）进士，其"入官""三年而后见"王慎中，也正好是在嘉靖十一年。王、唐于嘉靖十一年相识定交，这才为唐宋派的形成提供了可能。故李开先《荆川唐都御史传》有唐顺之"遇王遵岩"，"癸巳以后之作，别是一机轴"云云。

唐宋派既然是在阳明心学影响下形成的一个文学流派，那么，对阳明心学的接触，则是这一流派形成的另一个重要前提。问题在于，王慎中、唐顺之是在何时接触到阳明心学的呢？在阳明心学人物中，对唐宋派影响最大的阳明心学人物莫过于王畿。据《明史》卷205之《唐顺之传》：唐顺之"闻良知说于王畿，闭户兀坐，匝月忘寝，多所自得"。③ 黄宗羲《明儒学案·襄文唐荆川先生顺之》也说："先生之学，得之龙溪者为多，故言于龙溪，只少一拜。"④ 王畿于嘉靖十一年进京赴试且中进士。而据李贽《续藏书·金都御史唐公》所述："壬辰（嘉靖十一年）……时则王龙溪以阳明先生高第寓京师，公（唐顺之）一见之，尽叩阳明之

---

① 李贽：《金都御史唐公》，刘幼生整理《续藏书》卷22，社会科学文献出版社2000年版，第505页。
② 唐顺之：《答王南江提学》，《荆川先生文集》卷5，《四部丛刊初编》本。
③ 张廷玉等：《明史》卷205，中华书局1997年版，第5424页。
④ 黄宗羲：《襄文唐荆川先生顺之》，黄宗羲著，沈芝盈点校《明儒学案》卷26，中华书局1985年版，第599页。

说，始得圣贤中庸之道矣。"① 而此时，王慎中也在京为官，且与唐顺之定交，与王畿见面，也当在这年。除王畿外，与王、唐过从密切的另一个阳明心学人物是罗洪先。据黄宗羲《明儒学案·文恭罗念庵先生洪先》：罗洪先"幼闻阳明讲学虔台，心即向慕，比《传习录》出，读之至忘寝食"。② 可知罗洪先少年时即涉足心学。嘉靖八年（1529），唐顺之与罗洪先同时登第，唐会试第一，罗廷试第一。唐顺之与罗洪先的交游当不会晚于此时。因而，我们有理由说，在嘉靖十一年前，王慎中、唐顺之就已经接触到阳明心学，这为唐宋派的形成，奠定了哲学基础。

唐宋派形成的一个重要标志，是对"前七子""文必秦汉"模拟之风的背离。王慎中在写给其弟王惟中的家书中曾说："我为礼部时年二十二三，一味稚识，雕琢几句不唐不汉诗文而已，真可追恨。"③ 王慎中生于1509年，二十二三岁时，正当嘉靖九年、十年。而此时，王慎中在创作上尚深受"前七子"文学主张的影响，"作为诗文，俱秦、汉、魏、唐风骨"④，但是到了24岁时，王慎中的文学思想发生了变化，开始表现出对唐宋散文的兴趣。在《与陈约之》一书中，他批评了陈束"指斥宋儒，殊失其真，且诬其书，以为读之令人眩瞀而不可信。是子于此数子之书未尝潜心以读之也。夫学未到彼则于其言宜未能知，既未之知，则其信也亦宜。但不宜以己之不信而遂斥立言者之非耳"。⑤ 指出陈束在不了解宋儒思想的情况下妄加指斥是不恰当的。在《再与陈约之》中，王慎中自称"今吾年二十四矣"⑥，可见《与陈约之》写于24岁或之前。王慎中于嘉靖十一年（1532）正当24岁。由此可以看出，王慎中在嘉靖十一年，开始背离"前七子""文必秦汉"模拟之风，表现出对唐宋散文的认同，这无疑意味着唐宋派的形成。故钱谦益《列朝诗集小传》云"嘉靖初，王道思、唐应德倡论，尽洗一时剽拟之习。伯华（李开先）与罗达

---

① 李贽：《金都御史唐公》，刘幼生整理《续藏书》卷22，社会科学文献出版社2000年版，第505页。
② 黄宗羲：《文恭罗念庵先生洪先》，黄宗羲著，沈芝盈点校《明儒学案》卷18，中华书局1985年版，第388页。
③ 王慎中：《寄道原弟书十》，《遵岩先生文集》卷41，明隆庆五年邵廉刻本。
④ 李开先：《遵岩王参政传》，李开先著，路工辑校《李开先集》，第616页。
⑤ 王慎中：《与陈约之》，《遵岩先生文集》卷36，明隆庆五年邵廉刻本。
⑥ 王慎中：《再与陈约之》，《遵岩先生文集》卷36，明隆庆五年邵廉刻本。

夫（罗洪先）、赵景仁（赵时春）诸人左提右挈，李、何文集，几于遏而不行"。①

由以上论证可以看出，嘉靖十一年（1532），王慎中、唐顺之相识定交，且接触到阳明心学。而王慎中在文学主张上，开始背离"前七子""文必秦汉"的模拟之风，并表现出对唐宋散文的认同，这种变化，直接影响到唐顺之的文学主张与创作，"故癸巳以后之作，别是一机轴"。从而形成唐宋派。因而，我们有理由认定，唐宋派形成于嘉靖十二年，即1533年。

三　唐宋派的成熟及时间

当然，唐宋派从形成直至成熟经历了一个发展过程。王慎中、唐顺之接触到阳明心学，并不等于接受了心学思想；对唐宋散文的认同，也并不意味着形成了成熟的文学思想。而对阳明心学的接受和推崇唐宋散文思想的形成，无疑是唐宋派作为一文学流派成熟的标志。那么，王慎中、唐顺之是何时接受阳明心学思想并形成成熟的文学思想的呢？

在"嘉靖八才子"中，开创唐宋派的人物是王慎中。据李开先《遵岩王参政传》：

> （王慎中）升任户部主事，再升礼部员外，俱在留都闲简之区，益得肆力问学，与龙溪王畿讲解王阳明遗说，参以己见，于圣贤奥旨微言，多所契合。囊唯好古，汉以下著作无取焉。至是始尽发宋儒之书读之，觉其味长，而曾、王、欧氏文尤可喜，眉山兄弟犹以为过于豪而失之放。以此自信，仍取旧所为文如汉人者悉焚之。但有应酬之作，悉出入曾、王之间。唐荆川见之，以为头巾气。仲子（王慎中）言："此大难事，君试举笔自知之。"未久，唐亦变而随之矣。尝以书寄予："新来独得为文之妙，兄虽海内极相契，而于此文有不能共其味者矣！"然不知其正相同也。②

---

①　钱谦益：《李少卿开先》，《列朝诗集小传》丁集上，上海古籍出版社1983年版，第377页。

②　李开先：《遵岩王参政传》，李开先著，路工辑校《李开先集》，中华书局1959年版，第617页。

又据李开先《康王王唐四子补传》：

> （唐顺之）文则初学史、汉，后会王遵岩于南都，尽变其说，意颇讶之。王云："此难以口舌争也，第归取七大家文读之，当自有得。"唐子犹不谓然，但素信其才识，如其言而读其书，数月后尽得其法，方知向之所谓学史、汉者，特得其皮毛，而七大家文，真得史、汉之骨髓者也。后复见遵岩，意投语合，遂皆以文章擅天下。[①]

由上述记载可知，唐宋派成熟于王慎中任职南京期间。是时，王慎中公事闲暇，致力于学问，通过王畿，接触到阳明心学，并掌握了心学的基本思想。正如王慎中在《与唐荆川》中所言："夫以余之诵习章句，忽闻诸君之论，亦能谬言其梗概，而窃知一二，然自隐括其行则未免于小人，岂非其言为空言，而知乃臆知也？然由是以知《大学》之所谓致知者，信在内而不在外，系于性而不系于物，而龙溪君之言为益可信矣。"[②] 并在心学思想的影响下，开始改变"曩唯好古，汉以下著作无取焉"的文学倾向，"至是始尽发宋儒之书读之觉其味长，而曾、王、欧氏文尤可喜"，形成了成熟的推崇唐宋散文的文学思想。这种变化，还见于李开先《康王王唐四子补传》："及升南部，闲散，乃发宋儒之书尽读之，有味于欧、曾之文，盖原本经传史汉之豪，一变而粹者也，以此自信，凡有所作，不出二子家法。诗亦以盛唐为宗，杂出于晋、魏风雅，旨趣玄妙，音节冲融，不专守唐人字句，而模写变化远矣。"[③] 正是在心学思想的影响下，王慎中背离了"前七子""文必秦汉，诗必盛唐"的创作主张。在诗歌主张上，虽然还是"以盛唐为宗"，却"不专守唐人字句"。王慎中的文学思想对唐顺之产生了直接的影响，使之"方知向之所谓学史、汉者，特得其皮毛，而七大家文，真得史、汉之骨髓者也"。两人"意投语合，遂皆以文章擅天下"。这无疑标志着唐宋派的成熟。

---

① 李开先：《康王王唐四子补传》，李开先著，路工辑校《李开先集》，中华书局1959年版，第641—642页。

② 王慎中：《与唐荆川》，《遵岩先生文集》卷36，明隆庆五年邵廉刻本。

③ 李开先：《康王王唐四子补传》，李开先著，路工辑校《李开先集》，中华书局1959年版，第636页。

唐宋派成熟于王慎中任职南京期间，那么，王慎中是何时任职南京呢？据李开先《遵岩王参政传》，王慎中"升任户部主事，再升礼部员外，俱在留都闲简之区……丙申（嘉靖十五年），升任山东提学佥事。"① 可知王慎中于嘉靖十五年（1536）从南京离任，升任山东提学佥事。而王慎中到任南京时间，据王慎中《杭双溪诗集序》："去年秋谪判常州……予自毗陵入为留都户部员外郎。"② 可见是在"谪判常州"的后一年。而王慎中"谪判常州"的时间，据其《永州知府唐有怀公行状》"甲午（嘉靖十三年）冬，某由吏部郎中谪判常州"③ 云云，是在嘉靖十三年（1534），因而，王慎中在到任南京为户部员外郎，是在嘉靖十四年（1535）。王慎中任职南京的时间，为嘉靖十四年和嘉靖十五年。王慎中到任南京后，"与龙溪王畿讲解王阳明遗说"，"始尽发宋儒之书读之"，至嘉靖十五年离任南京，已形成了成熟的学术思想和文学思想。而唐宋派成熟的时间也应该是在这一年。

唐宋派成熟于嘉靖十五年，还可以从王慎中的自述得以证实。在《再上顾未斋》中，王慎中回忆了自己思想的变化：

> 某少无师承，师心自用，妄意于文艺之事。自十八岁谬通仕籍，即孳孳于觚翰方册之间。盖勤思竭精者十有余年，徒知掇摭割裂以为多闻，模效依仿以为近古，如饮方醉，叫呼喧哓，自以为乐，而不知醒者之笑于其侧而哀之也。溺而不止，已成弃物，天诱其衷，不即沦陷。二十八岁以来，始尽取古圣贤经传及有宋诸大儒之书，闭门扫几伏而读之，论文绎义，积以岁月，忽然有得，追思往日之谬，其不见为大贤君子所弃，而终于小人之归者，诚幸矣。愧惧交集，如不欲生，乃尽弃前之所学，潜心钻研者又二年于此矣。④

在《与道原弟书二》中，王慎中又说："要当使治经之功多于词华之事，

---

① 李开先：《遵岩王参政传》，李开先著，路工辑校《李开先集》，中华书局1959年版，第617页。
② 王慎中：《杭双溪诗集序》，《遵岩先生文集》卷14，明隆庆五年邵廉刻本。
③ 王慎中：《永州知府唐有怀公行状》，《遵岩先生文集》卷31，明隆庆五年邵廉刻本。
④ 王慎中：《再上顾未斋》，《遵岩先生文集》卷36，明隆庆五年邵廉刻本。

乃为不俗。予旧亦误此，至二十七八而始知反。"① 王慎中认为自己的学术思想成熟的界限是在 28 岁。王慎中 28 岁这一年，也正好是嘉靖十五年（1536）。这一年，王慎中"始尽取古圣贤经传及有宋诸大儒之书，闭门扫几伏而读之"，推崇唐宋散文，形成了成熟的文学思想，并对其文学创作产生了直接的影响。正如王慎中在《与道原弟书七》中谈及自己创作时所说："吾之文自南都以后，意亦欲存之，或必为后所传，然未成集未可费木也。如少时诸作，方皇恐不暇，而又可刻耶？且少时诸作以其可丑，无意藏之，失者将过半，亦无从再收拾矣。"② 对任职南京以后的文学创作颇为自得。故钱谦益在《列朝诗集小传》中说："再起留曹，肆力问学，始尽弃其少作，一意为曾、王之文，演迤详赡，蔚为文宗。"③ 由此可见，王慎中在《再上顾未斋》中的自述，与前引李开先《遵岩王参政传》中"至是始尽发宋儒之书读之，觉其味长，而曾、王、欧氏文尤可喜""仍取旧所为文如汉人者悉焚之"及《康王王唐四子补传》："及升南部，闲散，乃发宋儒之书尽读之，有味于欧、曾之文"的记载是一致的。因而，我们有理由认定，嘉靖十五年，王慎中推崇唐宋散文，形成了成熟的文学思想，这一思想的形成，标志着唐宋派的成熟。

（原载《湖北大学学报》2005 年第 3 期，与余莹合作）

论唐顺之的天机说

在文学上，唐顺之是唐宋派的代表作家之一；而在哲学上，唐顺之又是阳明心学的重要人物，黄宗羲《明儒学案》即列唐顺之之名于南中王门。因而，探讨唐顺之的哲学思想，对于理解他的文学主张及创作有着至关重要的意义。本文通过唐顺之"天机说"的探讨，以说明唐顺之哲学思想的一个重要方面。

---

① 王慎中：《与道原弟书二》，《遵岩先生文集》卷41，明隆庆五年邵廉刻本。
② 王慎中：《与道原弟书七》，《遵岩先生文集》卷41，明隆庆五年邵廉刻本。
③ 钱谦益：《王参政慎中》，《列朝诗集小传》丁集上，上海古籍出版社1983年版，第374页。

一　唐顺之与明代心学思潮

唐宋派是在阳明心学影响下所形成的一个文学流派。这一流派脱胎于"嘉靖八才子"，所谓"嘉靖八才子"，指的是王慎中、唐顺之、熊过、陈束、任瀚、李开先、赵时春，吕高。"嘉靖八才子"形成之初，在文学创作上仍然沿袭了"前七子""文必秦汉，诗必盛唐"的主张，这在钱谦益《列朝诗集小传·王参政慎中》一文中说得很清楚："道思在郎署，与一时名士所谓八才子者，切劘为诗文，自汉以下，无取焉。"[①] 而促成"嘉靖八才子"向唐宋派转变的一个重要契机，则是当时流行的心学思潮。

在"嘉靖八才子"中，首先改变复古主义创作风气，并开创唐宋派的人物是王慎中。据李开先《遵岩王参政传》：

> （王慎中）升任户部主事，再升礼部员外，俱在留都闲简之区，益得肆力问学，与龙溪王畿讲解王阳明遗说，参以已见，于圣贤奥旨微言，多所契合。曩唯好古，汉以下著作无取焉。至是始尽发宋儒之书读之，觉其味长，而曾、王、欧氏文尤可喜，眉山兄弟犹以为过于豪而失之放。以此自信，仍取旧所为文如汉人者悉焚之。但有应酬之作，悉出入曾、王之间。唐荆川见之，以为头巾气。仲子（王慎中）言："此大难事，君试举笔自知之。"未久，唐亦变而随之矣。尝以书寄予："新来独得为文之妙，兄虽海内极相契，而于此文有不能共其味者矣！"然不知其正相同也。[②]

通过王畿，王慎中接触到阳明心学，并在心学思想的影响下，开始改变"曩唯好古，汉以下著作无取焉"的文学倾向，"至是始尽发宋儒之书读之，觉其味长，而曾、王、欧氏文尤可喜"。王慎中的这种变化对唐顺之的文学主张和创作产生了直接的影响。又据李开先《荆川唐都御史传》：

[①] 钱谦益：《王参政慎中》，《列朝诗集小传》丁集上，上海古籍出版社1983年版，第374页。

[②] 李开先：《遵岩王参政传》，李开先著，路工辑校《李开先集》，中华书局1959年版，第617页。

> （唐顺之）素爱崆峒诗文，篇篇成诵，且一一仿效之。及遇王遵岩，告以处有正法妙意，何必雄豪亢硬也。唐子已有将变之机，闻此如决江河，沛然莫之能御矣。故癸巳以后之作，别是一机轴，有高出今人者，有可比古人者，未尝不多遵岩之功也。①

在王慎中的影响下，唐顺之实现了由崇拜崆峒向推崇唐宋的转变。但值得指出的是，这种转变不是毫无根据，而有相应的思想基础。这就是李开先所说的"唐子已有将变之机"。正是有了这个基础，唐顺之的转变才来得非常彻底，"闻此如决江河，沛然莫之能御"。那么，这个思想基础是什么呢？据李开先《康王王唐四子补传》：

> （唐顺之）文则初学史、汉，后会王遵岩于南都，尽变其说，意颇讶之。王云："此难以口舌争也，第归取七大家文读之，当自有得。"唐子犹不谓然，但素信其才识，如其言而读其书，数月后尽得其法，方知向之所谓学史、汉者，特得其皮毛，而且七大家之文，真得史、汉之骨髓者也。后复见遵岩，意投语合，遂皆以文章擅天下。……尝病世人徒事口说而不知反本之心，徒事闲行而不知得之静坐，徒事外求而不知吾性中自有玄明一窍，必若孔子之终日不食，终夜不寝，颜子之仰钻瞻忽，是乃圣贤传心一脉，吃紧用功处不外乎此。②

从唐顺之"尝病世人徒事口说而不知反本之心，徒事闲行而不知得之静坐，徒事外求而不知吾性中自有玄明一窍"来看，促使他转变的思想基础，即所谓"吃紧用功处"，"是乃圣贤传心一脉"，乃心学思想。正是在相应的心学思想的基础上，唐顺之才接受了王慎中的影响，完成了由效法"史、汉"向推崇"七大家之文"的转变。

在唐顺之的交游中，与活跃于当时的心学人物，如薛应旂、罗洪先、

---

① 李开先：《荆川唐都御史传》，李开先著，路工辑校《李开先集》，中华书局1959年版，第622页。
② 李开先：《康王王唐四子补传》，李开先著，路工辑校《李开先集》，中华书局1959年版，第641—642页。

邹守益、聂豹、欧阳德、万表、王畿、季本等有着广泛的接触。其中，对唐顺之思想影响最大的应该是罗洪先和王畿。

与唐顺之关系最为密切的心学人物是罗洪先。据黄宗羲《明儒学案·文恭罗念庵先生洪先》：罗洪先"幼闻阳明讲学虔台，心即向慕，比《传习录》出，读之至忘寝食"。① 可知罗洪先少年时即涉足心学。嘉靖八年（1529），唐顺之与罗洪先同时登第，唐会试第一，罗廷试第一，唐顺之与罗洪先的交游当不会晚于此时。此后，唐顺之和罗洪先一直保持着密切的交往。罗洪先于嘉靖"十八年召拜左春坊司左赞善，逾年至京。上常不御朝，十二月先生与司谏唐顺之、校书赵时春请以来岁元日，皇太子御文华殿，受百官朝贺。上曰：'朕方疾，遂欲储贰临朝，是必君父不能起也。'皆黜为民。"② 罢官之后，唐顺之与罗洪先往来论学，一直保持着密切的联系。"甲寅，倭寇蹯东南，用赵文华荐，起职方郎中。"③ 因为"先生晚年之出，由于分宜，故人多议之。先生固尝谋之念庵，念庵谓：'向尝隶名仕籍，此身已非己有，当军旅不得辞难之日，与征士处士论进止，是私此身也。兄之学力安在？'于是遂决。"④ 据说罗洪先"年垂五十，绝意仕进，默坐半榻，不出户者三年。事能前知，人奇而问之，曰：'偶然耳。'闻唐应德讣，哭始下榻。"⑤ 可见二人交谊之深。在唐顺之的《荆川先生文集》和罗洪先的《念庵文集》中，保存着大量两人交往的文字。在《荆川先生文集》中有《与罗念庵修撰》《与罗念庵》等信，及《宿双塔寺，林东城、罗念庵误于郭外相寻不遇，有作见寄，用韵奉答》《常山怀罗念庵》等诗，而在《念庵文集》中则有《与唐荆川》一信，及《与荆川夜话，直透心源，千载一遇，达旦不寝》《悲荆川》《毗陵舟中怀荆川》《访唐荆川》《别唐荆川》《会荆川归》等诗，唐顺之逝后，罗洪先写下了《祭唐荆川文》，也可见二人关系之密切。

---

① 黄宗羲：《文恭罗念庵先生洪先》，黄宗羲著，沈芝盈点校《明儒学案》卷18，中华书局1985年版，第388页。

② 同上。

③ 钱谦益：《唐金都顺之》，《列朝诗集小传》丁集上，上海古籍出版社1983年版，第374页。

④ 黄宗羲：《襄文唐荆川先生顺之》，黄宗羲著，沈芝盈点校《明儒学案》卷26，中华书局1985年版，第598页。

⑤ 钱谦益：《史赞善洪先》，《列朝诗集小传》丁集上，上海古籍出版社1983年版，第375页。

对唐顺之影响最大的心学人物是王畿。王畿在明代心学中是亲承王阳明衣钵并下启泰州学派的重要人物。据黄宗羲《明儒学案·襄文唐荆川先生顺之》："先生之学，得之龙溪者多，故言于龙溪，只少一拜。"①《明史》卷205之《唐顺之传》在述及唐顺之思想渊源时也说"闻良知说于王畿，闭户兀坐，匝月忘寝，多所自得"。② 在《荆川先生文集》中，尚存有《与王龙溪郎中》《答王龙溪郎中》等信，推崇王畿"笃于自信，是故不为形迹之防；以包荒为大，是故无净秽之择；以忠厚善世，不私其身"。③ 而在《龙溪王先生全集》中，也存有《与唐顺之》书二通，及王畿与唐顺之唱和诗如《永庆寺次荆川韵》《秋杪偕唐荆川过钓台登高峰追惟往迹，有怀蔡可泉短述》《万履庵偕其师荆川唐子南行，予送之兰溪，用荆川韵赠别》《送唐荆川赴召》等。唐顺之去世后，王畿写有《祭唐荆川墓文》，在文中回忆了与唐顺之的密切交往与深厚友谊，从中也可以看出王畿在哲学上对唐顺之的深刻影响：

> 粤自辱交于兄，异形同心，往返离合者余二十年，时唱而和，或仆而兴，情无拂戾而动无拘牵，或消遥而徜徉，或偃仰而留连，或蹈惊波，或陟危巅，或潜幽室，或访名园，或试三山之屐，或泛五湖之船，或联袂而并出，或枕肱而交眠，或兄为文予为持笔，或予乘马兄为执鞭，或横经而析义，或观象而窥躔，或时控弦以角艺，或时隐几坐而谈玄，或予有小悟兄为之证，或兄有孤愤予为之宣，或探罔象示以摄生，或观无始托以逃禅……兄为诗文炜然名世，谓予可学，每启其钥而示之筌。兄本多能，予分守拙，谓予论学颇有微长，得之宗教之传，每予启口，辄俯首而听，凝神而思，若超乎象帝之先。尝戏谓予独少北面四拜之礼，予何敢当！④

---

① 黄宗羲：《襄文唐荆川先生顺之》，黄宗羲著，沈芝盈点校《明儒学案》卷26，中华书局1985年版，第599页。
② 张廷玉等：《明史》，《明史》卷205，中华书局1997年版，第5424页。
③ 唐顺之：《与王龙溪郎中》，《荆川先生文集》卷5，《四部丛刊初编》本。
④ 王畿：《祭唐荆川墓文》，吴震编校整理《王畿集》卷19，凤凰出版社2007年版，第573页。

二 天机说的基本内容

黄宗羲在《明儒学案·襄文唐荆川先生顺之》中概括其学术主张时说："以天机为宗，无欲为工夫。谓'此心天机活泼，自寂自感，不容人力，吾惟顺此天机而已。障天机者莫如欲，欲根洗尽，机不握而自运矣。成、汤、周公坐以待旦，高宗恭默三年，孔子不食不寝，不知肉味，凡求之枯寂之中，如是艰苦者，虽圣人亦自觉此心未能纯是天机流行，不得不如此著力也。'"① 所谓"天机说"，构成了唐顺之最主要的哲学思想。那么，什么是"天机"呢？唐顺之在《与聂双江司马》中说：

  尝验得此心，天机活泼，其寂与感，自寂自感，不容人力。吾与之寂，与之感，只是顺此天机而已，不障此天机而已。障天机者莫如欲，若使欲根洗尽，则机不握而自运，所以为感也，所以为寂也。天机即天命也，天命者，天之所使也，故曰天命之谓性。立命在人，人只立此天之所命者而已。白沙先生"色色信他本来"一语，最是形容天机好处。若欲求寂，便不寂矣，若有意于感，非真感矣。②

在《明道语略序》中，唐顺之进一步解释说：

  乾、坤之心不可见，而见之于复，复之所以见乾、坤之心也，学者默识其动而存之可矣。是以圣人于乾则曰"其动也直"，于坤则曰"敬以直内"。乾、坤一于直也，动本直也，内本直也，非直之而后直也。盖其酝酿流行，无断无续，乃吾心天机自然之妙，而非人力之可为，其所谓默识而存之者，则亦顺其天机自然之妙，而不容纤毫人力参乎其间也。……欲以自私用智求之，故有欲息思虑以求此心之静者矣，而不知思虑即心也；有欲绝去外物之诱，而专求诸内者矣，而不知离物无心也；有患此心之无著，而每存一中字以著之者矣，不知心本无著，中本无体也。若此者，彼亦自以为求之于心者详矣，而不

---

① 黄宗羲：《襄文唐荆川先生顺之》，黄宗羲著，沈芝盈点校《明儒学案》卷26，中华书局1985年版，第599页。
② 唐顺之：《与聂双江司马》，《荆川先生文集》卷6，《四部丛刊初编》本。

知其弊乃至于别以一心操此一心，心心相摔，是以欲求乎静而欲见其纷扰也。①

"天机"一语，见之于《庄子》，《庄子·天运》曰："天机不张，而五官皆备。"《庄子·大宗师》亦曰："其耆欲深者，其天机浅。"在《庄子》中，"天机"指的是人的天性。唐顺之认为："天机即天命也，天命者，天之所使也。"所谓"天机"，与王阳明的"良知"一样，指的是天赋予人的自然本性。这种本性是人本身先天所固有的，"自寂自感，不容人力"。不是人力所求的产物。故曰："白沙先生'色色信他本来'一语，最是形容天机好处。"作为天赋予人的本性，"天机"主要有两个特点：其一，"天机"具有"自然之妙"。唐顺之认为，"吾心天机自然之妙，而非人力之可为"。要求学者"顺其天机自然之妙，而不容纤毫人力参乎其间也"，"顺此天机而已，不障此天机而已"。而反对"欲以自私用智求之"。因为"天机"是天赋予人的自然本性，如果"用智求之"，"其弊乃至于别以一心操此一心，心心相摔"。其次，"天机"与"人欲"是对立的。唐顺之认为："障天机者莫如欲，若使欲根洗尽，则机不握而自运，所以为感也，所以为寂也。"因为，"天机""非人力之可为"，"若欲求寂，便不寂矣，若有意于感，非真感矣"。

正是在"天机说"的基础之上，唐顺之建构了自己的哲学主张。与上述"天机"的两个基本特点相适应，唐顺之的哲学思想主要体现在两个方面：一是主张"欲根洗尽"，一是主张"天机自然"。

三 关于"欲根洗尽"

在唐顺之看来，"天机"与"人欲"是对立的。正是出于对"天机"的强调，唐顺之主张"欲根洗尽"。在《答张甬川尚书书》中，唐顺之进一步强调了这一思想：

> 《中庸》所谓无声无臭，实自戒谨不睹、恐惧不闻中得之。本体不落声臭，功夫不落闻见，然其辨只在有欲无欲之间。欲根销尽，便是戒谨恐惧，虽终日酬酢云为，莫非神明妙用，而未尝涉于声臭也。

---

① 唐顺之：《明道语略序》，《荆川先生文集》卷10，《四部丛刊初编》本。

欲根丝忽不尽，便不是戒谨恐惧，虽使栖心虚寂，亦是未离乎声臭也。①

唐顺之认为，"《中庸》所谓无声无臭"所强调的，就是"无欲"。无论是"戒谨不睹"，还是"恐惧不闻"，"欲根销尽，便是戒谨恐惧"。如果"欲根丝忽不尽，便不是戒谨恐惧"。判断"本体"是否"不落声臭"，"功夫"是否"不落闻见"的标准，"只在有欲无欲之间"。那么，怎样才能达到"欲根销尽"的目的呢？

在《答吕沃州》中，唐顺之对当时学者"静中养出端倪"的为学宗旨提出质疑："白沙先生尝言'静中养出端倪'，此语须是活看。盖世人病痛，多缘随波逐浪，迷失真源，故发此耳。若识得无欲种子，则意真源波浪，本来无二，正不必厌此而求彼也。兄云'山中无静味，而欲闭关独卧，以待心志之定'，即此便有欣羡畔援在矣。请兄毋必求静味，只于无静中寻讨，毋必闭关，只于开门应酬时寻讨。至于纷纭轇轕，往来不穷之中，更试观此心何。其应酬轇轕，与闭关独卧时，还自有二见否？若有二见，还是我自为障碍否？其障碍还是欲根不断否？兄更于此着力一番，若有得与有疑，幸不惜见教也。"②"静中养出端倪"，语出白沙学派的创始人陈献章。在《陈白沙集》卷二的《与贺克恭黄门》一书中，陈献章说："为学须从静坐中养出端倪方有商量处。"③ 唐顺之提出，对陈献章"静中养出端倪"的为学主张，"须是活看"。对吕沃州"闭关独卧，以待心志之定"的为学方法，唐顺之认为是"欣羡畔援"，"随波逐浪"。这种方法并不能使"欲根销尽"。

怎样"欲根销尽"的问题，其实就是如何"致良知"的问题。如何"致良知"，在王门诸子中，也存在着不同意见。邹守益提出："不睹不闻是指良知本体，戒慎恐惧所以致良知。"④ 罗洪先则提出"主静所以致良知"："夫良知该动静、合内外，其体统也。吾之主静所以致之，盖言学也。"⑤ 聂豹则主张"归寂"以"致良知"："心主乎内，应于外而后有

---

① 唐顺之：《答张甬川尚书书》，《荆川先生文集》卷5，《四部丛刊初编》本。
② 唐顺之：《答吕沃州》，《荆川先生文集》卷6，《四部丛刊初编》本。
③ 陈献章：《与贺克恭黄门》，《陈白沙集》卷2，文渊阁《四库全书》本。
④ 邹守益：《答曾弘之》，《东廓邹先生文集》卷5，明嘉靖刊本。
⑤ 罗洪先：《答董蓉山》，《念庵文集》卷3，文渊阁《四库全书》本。

外；外其影也，不可以其外应者为心而遂求心于外也。故学者求道，自其求乎内之寂然者求之，使之寂而常定。"① 对于这些朋友的观点，唐顺之并没有表示明确的反驳，但又认为他们没有说到事情的关键。如前引《答张甬川尚书书》说："欲根丝忽不尽，便不是戒谨恐惧，虽使栖心虚寂，亦是未离乎声臭也。" 在唐顺之看来，无论是"戒谨恐惧"，还是"栖心虚寂"，这并不是问题的关键，问题的关键在于如何"欲根销尽"。

据黄宗羲《明儒学案·郎中王龙溪先生畿》："先生（指王畿）谓'良知原是无中生有，即是未发之中。此知之前，更无未发，即是中节之和。此知之后，更无已发，自能收敛，不须更主于收敛，自能发散，不须更期于发散，当下现成，不假工夫修整而后得。致良知原为未悟者设，信得良知过时，独往独来，如珠之走盘，不待拘管而自不过其则也'。以笃信谨守，一切矜名饰行之事，皆是犯手做作。唐荆川谓先生'笃于自信，不为行迹之防，包荒为大，无净秽之择，故世之议先生者不一而足'。"② 在"致良知"的问题上，王畿强调的是一个"悟"字。王畿在《赵麟阳赠言》中说："吾人本心，自证自悟，自有天则。"③ 又在《滁阳会语》中说："致良知工夫，原为未悟者设，为有欲者设。"④ 并在《万履庵偕其师荆川唐子南行，予送之兰溪，用荆川韵赠别》一诗中强调："迷悟两途应自验。"⑤ 继承了王畿的观点，唐顺之在《答王江南提学书》中说："人心存亡，不过天理人欲之消长，而理欲消长之几，不过迷悟两字。"⑥ 并在《答南野》中，提出了"自悟本心"的为学方法：

> 慈湖之学，以无意为宗。窃以学者能自悟本心，则意念往来如云，物相荡于太虚，不惟不足为太虚之障，而其往来相荡，乃即太虚

---

① 聂豹：《双江论学书》，黄宗羲著，沈芝盈点校《明儒学案》卷17，中华书局1985年版，第374页。
② 黄宗羲：《郎中王龙溪先生畿》，黄宗羲著，沈芝盈点校《明儒学案》卷12，中华书局1985年版，第239页。
③ 王畿：《赵麟阳赠言》，吴震编校整理《王畿集》卷16，凤凰出版社2007年版，第447页。
④ 王畿：《滁阳会语》，吴震编校整理《王畿集》卷1，凤凰出版社2007年版，第35页。
⑤ 王畿：《万履庵偕其师荆川唐子南行，予送之兰溪，用荆川韵赠别》，吴震编校整理《王畿集》卷18，凤凰出版社2007年版，第539页。
⑥ 唐顺之：《答王江南提学书》，《荆川先生文集》卷5，《四部丛刊初编》本。

之本体也。何病于意而欲扫除之？苟未悟本心，则其无意者，乃即所以为意也。心本活物，在人默自体认处何如。不然，则得力处即受病处矣。①

针对宋代杨简以"无意为宗"的学术思想，唐顺之认为："心本活物，在人默自体认处何如。"为学的关键不在于"意念"的有无，而在于是否能"自悟本心"。"学者"如果"能自悟本心"，"意念""即太虚之本体"；学者"苟未悟本心，则其无意者，乃即所以为意也"。只有"自悟本心"，才能使"欲根销尽"。故唐顺之在《与张本静》中说："若谓认得本体，一超直入，不假阶级。窃恐中人以上，有所不能，竟成一番议论，一番意见而已。天理愈穷，则愈见其精微之难致，人欲愈克，则愈见其植根之甚深。彼其易之者，或皆未尝实下手用力，与用力未尝恳切者也。"② 而在《答佺孙一麐》中，则通过具体的历史事例，说明了"自悟本心"的重要："当时篡弑之人，必有自见己之为是，而见君父之甚不是处，又必有邪说以阶之。如所谓邪说作而弑君弑父之祸起，《春秋》特与辨别题目，正其为弑。如'州吁弑完'一句，即曲直便自了然，曲直了然，即是非便自分晓。乱臣贼子，其初为气所使，昧了是非，迷了本来君父秉彝之心，是以其时恶力甚劲。有人一与指点是非，中其骨髓，则不觉回心，一回心后，手脚都软，便自动惮不得，尽其真心如此，所谓惧也。惧与不惧之间，是忠臣孝子、乱臣贼子之大机括，反复如翻掌。……旧说以为乱臣贼子惧于见书而知惧，则所惧者，既是有所为而非真心，且其所惧，能及于好名之人，而不及于勃然不顾名义之人。以为《春秋》书其名，胁持恐动人而使之惧，此又只说得董狐、南史之作用，而非所以语于圣人拨转人心之妙用也。"③ 在唐顺之看来，"乱臣贼子"的出现，是由于"迷了本来君父秉彝之心"；而"乱臣贼子惧"，则是由于"尽其真心如此"。因而，"乱臣贼子"和"忠臣孝子"的根本区别，就在于是否能"自悟本心"。

---

① 唐顺之：《答南野》，《荆川论学语》，黄宗羲著，沈芝盈点校《明儒学案》卷26，第602页。
② 唐顺之：《与张本静》，《荆川先生文集》卷6，《四部丛刊初编》本。
③ 唐顺之：《答佺孙一麐》，《荆川先生文集》卷7，《四部丛刊初编》本。

四 关于"天机自然"

"天机"作为天赋予人的自然本性,不是"人力可为"的。因而,为学之道的根本就是"顺天机自然之妙"。基于这一思想,唐顺之在《与聂双江司马》中说:"出入无时,莫知其向,此真心也,非妄心之谓也。出入本无时,欲有其时,则强把捉矣。其向本无知,欲知其向,则强猜度矣。无时即此心之时,无向即此心之向,无定体者,即此心之定体也。"①反对以"强把捉""强猜度"的方式以致"真心"。在《与蔡白石郎中》中又说:"小心两字,诚是学者对病灵药,如前所说,细细照察,细细洗涤,使一些私见习气,不留种子在心里,便是小心矣。小心非矜持把捉之谓也,若以为矜持把捉,则便与鸢飞鱼跃意思相妨矣。江左诸人,任情恣肆,不顾名检,谓之脱洒,圣贤胸中,一物不碍,亦是脱洒,在辨之而已,兄以为脱洒与小心相妨耶?惟小心,而后能洞见天理流行之实,惟洞见天理流行之实,而后能脱洒,非二致也。"②指出"小心非矜持把捉之谓","小心"与"脱洒"并"非二致"。并在《中庸辑略序》中提出对人的自然本性"顺而达之"的主张:

> 儒者于喜怒哀乐之发,未尝不欲其顺而达之。其顺之达也,至于天地万物,皆吾喜怒哀乐之所融贯,而后一原无间者可识也。佛者于喜怒哀乐之发,未尝不欲其逆而销之。其逆而销之也,至于天地万物,泊然无一喜怒哀乐之交,而后一原无间者可识也。其机常主于逆,故其所谓旋闻反见,与其不住声色香触,乃在于闻见声色香触之外。其机常主于顺,故其所谓不睹不闻,与其无声无臭者,乃即在于睹闻声臭之中。是以虽其求之于内者,穷深极微,几与吾圣人不异,而其天机之顺与逆,有必不可得而强同者。③

在唐顺之看来,"儒佛分途,只在天机之顺逆"④,儒者对于以"天机"

---

① 唐顺之:《与聂双江司马》,《荆川先生文集》卷6,《四部丛刊初编》本。
② 唐顺之:《与蔡白石郎中》,《荆川先生文集》卷6,《四部丛刊初编》本。
③ 唐顺之:《中庸辑略序》,《荆川先生文集》卷10,《四部丛刊初编》本。
④ 黄宗羲:《襄文唐荆川先生顺之》,黄宗羲著,沈芝盈点校《明儒学案》卷26,中华书局1985年版,第599页。

为根本的"喜怒哀乐之发,未尝不欲其顺而达之";而"佛者于喜怒哀乐之发,未尝不欲其逆而销之"。基于这一思想,唐顺之进而在《与两湖书》中提出了"率情而言,率情而貌"的主张:

> 今之所谓狂也,而豁豁磊磊,率情而言,率情而貌。言也,宁触乎人而不肯违乎心;貌也,宁野于文而不色乎庄。其直以肆,则亦古之所谓狂也。是兄有可以一变至道之力,而又有狂以进道之资也,兄其能无意乎? 然兄之意必曰:"吾平生好适吾性而已矣,吾不能为拘儒迂儒苦身缚体,如尸如斋,言貌如土木人,不得动摇云尔。"夫古之所谓儒者,岂尽律以苦身缚体,如尸如斋,言貌如土木人,不得摇动,而后可谓之学也哉! 天机尽是圆活,地性尽是洒落,顾人情乐率易而苦拘束。然人知恣睢者之为率易矣,而不知见天机者之尤为率易也;人知任情宕佚之为无拘束矣,而不知造性地者之尤为无拘束也。人之病兄亦或以其乐率易而苦拘束,而仆则以为惟恐兄之不乐率易、不苦拘束也。如使果乐率易而苦拘束也,则必真求率易与无拘束之所在矣,真求夫率易与无拘束之所在也,则舍天机性地将何所求哉! 故人欲之为苦海,而循理之为坦荡。使凡不以仆言为迂也,愿继此而进其说也。仆自少亦颇不忍自埋没,侵寻四十更无长进。惟近来山中闲居,体验此心乎日用间,觉意味比旧来颇深长耳。以应酬之故,亦时不免于为文,每一抽思,了了如见古人为文之意,乃知千古作家,别自有正法眼藏在,盖其首尾节奏,天然自度,自不可差,而得意于笔墨蹊径之外,则惟神解者而后可以语此。近时文人,说班说马,多是寱语耳。庄定山之论文曰:"得乎心,应乎手,若轮扁之斫轮,不疾不徐;若伯乐之相马,非牡非牝。"庶足以形容其妙乎? 顾自以精神短少,不欲弊之于此,故不能穷其妙也。①

在这里,唐顺之以对"天机说"的倡导,表现出崇尚主体,顺应自然,反对束缚的思想。在唐顺之看来,"天机尽是圆活,地性尽是洒落,顾人情乐率易而苦拘束"。基于这一认识,唐顺之认为"古之所谓儒者,岂尽律以苦身缚体,如尸如斋,言貌如土木人,不得摇动,而后可谓之学也

---

① 唐顺之:《与两湖书》,《荆川先生文集》卷5,《四部丛刊初编》本。

哉"！并对"豁豁磊磊，率情而言，率情而貌。言也，宁触乎人而不肯违乎心；貌也，宁野于文而不色乎庄"的狂者风范予以高度的评价和充分的肯定。正是在这个意义上，唐顺之与王畿一样，对晚明思潮具有导夫先路的作用。

（原载《湖北大学学报》2004年第2期，《唐荆川研究》转载，
南京大学出版社2010年版）

徐渭与阳明心学

一　徐渭与心学人物的交游

徐渭在晚年自为《畸谱》中，把他一生所师事的人物列为"师类"，一共有五个，其中，活跃于当时的心学人物有三个，即季本、王畿和唐顺之。

在心学人物中，对徐渭影响最大的是他的老师季本。季本，浙江会稽人，是王守仁的嫡传弟子。据徐渭《畸谱·纪师》："季彭山先生，终其身而不习举业。""廿七八岁，始师事季先生，稍觉有进。前此过空二十年，悔无及矣。"[①] 徐渭28岁拜季本为师，即有相见恨晚，"过空二十年"之感。从这层关系看，徐渭可以算得上是王守仁的再传弟子了。季本虽然不是徐渭的举业老师，却是徐渭师事一生的人物。在《徐渭集》中，现有《奉师季先生书》三札；文有《奉赠师季先生序》《先师季彭山先生小传》《师长沙公行状》《季先生入祠祭文》《季彭山先生举乡贤呈》五篇；代人所作碑序有《景贤祠集序》《季先生祠堂碑》两篇；另有交游及悼亡诗如《业师季长沙公隐舟初成侍泛禹庙》《丙辰八月十七日，与肖甫侍季长沙公，阅凫山战地，遂登岗背观潮》《与季长沙老师及诸同辈侍宴太平叶刑部先生于禹庙》《季长沙公哀词二首》等。这些文字在经学、哲学、从政、为人等方面，对季本进行了高度的评价。在《奉师季先生书》中徐渭谈到与季本的关系时说："渭始以旷荡失学，已成废人，夫子幸哀而收教之，徒以志气弱卑，数年以来，仅辨菽麦，自分如此，岂敢以测夫子之深微。而夫子过不弃绝，每有所得，辄与谈论，今者赐书，复有相与斟

[①] 徐渭：《畸谱》，《徐渭集》，中华书局1983年版，第1332页。

酌之语，渭鄙见所到如此，遂敢一僭言之。"①也可见对季本的感恩与尊重。在《师长沙公行状》中徐渭又说："先生于渭，悯其志，启其蒙，而悲其直道而不遇，若有取其人者。而诸子又谓渭之为人，颇亦为先生所知也。"②师生之关系如此密切，季本的思想无疑会对徐渭产生深刻的影响。

王畿，浙江山阴人，与徐渭同乡。据徐渭代王畿所作之《题徐大夫迁墓（代）》，徐渭之父徐鏓与王畿之父"本诚翁为姑之侄"，该文末署"表侄龙溪居士王畿"③，可知王畿是徐渭的远房表兄。在《徐渭集》中，有《答龙溪师书》一札，与王畿商讨诗歌创作。《送王先生云迈全椒》一诗中"却为交情悲宿草"，"月旦岂无同会念，忽令祠宇树萧萧"④，则表现了徐渭为王畿送行时的依依惜别之情。《洗心亭》一诗，下注明"为龙溪老师赋池亭，望新建府碧霞池"。虽然该诗是一首写景诗，却表现了徐渭对王守仁和王畿的景仰之情，而其中"精舍俯澄渊，孤亭一镜悬，觅心无处所，将洗落何边"⑤，又表达了徐渭对心学思想的领悟。《次王先生偈四首》下注"龙溪老师"，可见是与王畿的唱和之作。其中第三首曰："不来不去不须寻，非色非空非古今。大地黄金浑不识，却从沙里拣黄金。"⑥表达的也是对于王畿之学的理解。《继溪篇》下注"王龙溪子"，全诗如下：

> 海水必自黄河来，桃树还有桃花开，试看万物各依种，安得蕙草生蒿莱。
> 龙溪吾师继溪子，点也之狂师所喜，自家溪畔有波澜，不用远寻濂洛水。

---

① 徐渭：《奉师季先生书》，《徐文长三集》卷16，《徐渭集》，中华书局1983年版，第457页。

② 徐渭：《师长沙公行状》，《徐文长三集》卷27，《徐渭集》，中华书局1983年版，第650页。

③ 徐渭：《题徐大夫迁墓（代）》，《徐文长三集》卷26，《徐渭集》，中华书局1983年版，第638页。

④ 徐渭：《送王先生云迈全椒》，《徐文长三集》卷7，《徐渭集》，中华书局1983年版，第228页。

⑤ 徐渭：《洗心亭》，《徐文长三集》卷6，《徐渭集》，中华书局1983年版，第178页。

⑥ 徐渭：《次王先生偈四首》，《徐文长三集》卷11，《徐渭集》，中华书局1983年版，第349页。

年年春涨溪拍天，醉我溪头载酒船，一从误落旋涡内，别却溪船三两年。①

这首诗不但说明继溪学有所承，同时还表明徐渭对阳明心学和宋代理学的不同态度。其中，"自家溪畔有波澜"表达了徐渭对龙溪之学的高度肯定，"不用远寻濂洛水"则表明徐渭对宋代理学的摒弃。而"点也之狂师所喜"在表达了对王畿"狂狷"人格的赞扬的同时，也希望这种人格能够发扬光大。由此看来，王畿的心学思想对徐渭产生了深刻的影响。

唐顺之是唐宋派的代表作家，也是南中王门的心学人物。徐渭结识唐顺之是在嘉靖壬子（1552）。这年夏天，唐顺之经过会稽，王畿、季本曾尽地主之谊，当时徐渭也在场，写下了《壬子武进唐先生过会稽，论文舟中，复偕诸公送到柯亭而别，赋此》，记录了这次聚会。诗前小序曰：

> 时荆川公有用世意，故来观海于明，射于越圃，而万总兵鹿园、谢御史狷斋、徐郎中龙川诸公与之偕西。彭山、龙溪两老师为之地主。荆川公为两师言，自宗师薛公所见渭文，因招渭，渭过从之始也。②

这次聚会，给徐渭留下了深刻的印象。之后徐渭多次提到这次相聚，如在《奉赠师季先生序》中有"武进唐先生游会稽"。③ 在《寿徐安宁公序》中也有"当壬子夏，偶得见刑部君于荆川先生舟中"。④ 从此之后，徐渭开始和唐顺之有着密切的交往。

除徐渭列为"师类"的王畿、季本、唐顺之外，徐渭还和其他心学人物有过交往并受其影响。薛应旂就是其中之一。据徐渭《畸谱》："三

---

① 徐渭：《继溪篇》，《徐文长三集》卷5，《徐渭集》，中华书局1983年版，第130页。
② 徐渭：《壬子武进唐先生过会稽，论文舟中，复偕诸公送到柯亭而别，赋此》，《徐文长三集》卷4，《徐渭集》，中华书局1983年版，第66页。
③ 徐渭：《奉赠师季先生序》，《徐文长三集》卷19，《徐渭集》，中华书局1983年版，第515页。
④ 徐渭：《寿徐安宁公序》，《徐文长逸稿》卷15，《徐渭集》，中华书局1983年版，第956页。

十二岁。应壬子科。时督浙学者薛公，讳应旂，阅余卷，偶第一。"① 对于薛应旂的知遇之恩，徐渭始终感恩戴德。在《奉督学宗师薛公》中，徐渭表达了对薛应旂的感激之情：

> 先生自振古以来，有数之人，负当今天下之望，其视学于浙，深以俗学时文为忧，悒悒不满。至如小子，又时俗之中所不喜者，而先生顾独拔而取焉以深奖而诱之。先生去浙，于今且五年，凡浙之士，一蒙先生之顾盼者，无不接踵于先生之门以幸得一言之教。……至于崇本刊华，谈道论学，信心胸而破耳目，先生至以全浙无一生可与语，独庶几于某焉。其所谓付人以牒者，物以某所为制文梗时人之齿颊耳，即此知先生以时俗待众人，而以不时不俗者待某，所谓大将军有揖客不反重耶者此也。②

在《徐渭集》中，还有《将游金山寺，立马江浒，奉宗师薛公（方山）》一诗，表达了徐渭对薛应旂知遇之恩的感激之情。

在徐渭的交游中，另一个重要的心学人物是浙中王门的钱德洪。钱德洪，浙江余姚人，世称绪山先生。钱德洪是王门诸子中严守师说且影响最大的人物。在《徐渭集》中，有《送钱君绪山》一诗：

> 南昌自古盛才贤，亦仗皋比启妙传。肯使异同虚白鹿，但教升散绕青毡。
> 文成旧发千年秘，道脉今如一线县。况有阳城方予告，好从暇日问真诠。③

在《寄郦绩溪仲玉，乃钱氏门人》一诗中，徐渭也说"文成一线今将断，

---

① 徐渭：《畸谱》，《徐渭集》，中华书局1983年版，第1328页。
② 徐渭：《奉督学宗师薛公》，《徐文长三集》卷16，《徐渭集》，中华书局1983年版，第455—456页。
③ 徐渭：《送钱君绪山》，《徐文长逸稿》卷4，《徐渭集》，中华书局1983年版，第794页。

钱翁老死寒灰散，十年半夜急传灯，西来衣钵君要管。"① 在徐渭看来，钱德洪是王门诸子中能够严守王守仁嫡传的人物，身担承继"文成""道脉"的重任，对之表现出敬仰之情。并且希望"况有阳城方告予，好从暇日问真诠"，有朝一日能再向钱德洪讨教。

此外，与徐渭有交往的心学人物还有蔡宗兖、张元忭、万表等，这些关系无疑会对徐渭的思想产生影响。

二 徐渭的哲学倾向

徐渭《聚禅师传》中自我评价说："夫语道，渭则未敢，至于文，盖尝一究心焉者。"② 在徐渭看来，自己是一个文士。作为一个文士，徐渭把自己的主要精力放在文学创作上，而没有潜心于哲学问题的研究，故在《徐渭集》中专门探讨哲学问题的文字并不多，但这并不等于说徐渭没有哲学思想。因而，我们仍然可以通过徐渭的文学创作及相关文字，探讨徐渭的哲学倾向。而这种探讨，对于理解徐渭的创作无疑具有极为重要的意义。

阳明心学思潮的兴起，引起了对程朱理学的反拨。对王守仁和朱熹的不同态度，反映了当时人们最为基本的哲学倾向。而在《徐渭集》中，表现出鲜明的"拥王贬朱"倾向。在《评朱子论东坡文》中，这种"贬朱"倾向得到明显的体现：

> 夫子不语怪，亦未尝指之无怪。《史记》所称秦穆、赵简事，未可为无。文公件件要中鹄，把定执板，只是要人说他是个圣人，并无一些破绽，所以做别人者人人不中他意，世间事事不称他心，无过中必求有过，谷里拣米，米里拣虫，只是张汤、赵禹伎俩。此不解东坡深。吹毛求疵，苛刻之吏，无过中有过，暗昧之吏。极有布置而了无布置痕迹者，东坡千古一人而已。朱老议论乃是盲者摸索，拗者品

---

① 徐渭：《寄郦绩溪仲玉，乃钱氏门人》，《徐文长三集》卷5，《徐渭集》，中华书局1983年版，第153页。

② 徐渭：《聚禅师传》，《徐文长三集》卷25，《徐渭集》，中华书局1983年版，第622页。

评，酷者苛断。①

在徐渭看来，朱熹对苏轼的指责，是一种缺乏鉴赏力的"盲者摸索，拗者品评"。这种指责，不仅表现了朱熹"吹毛求疵""无过中必求有过"鸡蛋里面挑骨头的苛刻呆板，而且还表现了朱熹"只是要人说他是个圣人"，道学式的沽名钓誉，从而对朱熹进行了尖锐的批评和辛辣的嘲讽。与对朱熹的态度形成鲜明的对照，徐渭对王守仁则予以了全面的肯定和热情的赞扬。

首先，徐渭高度评价了王守仁对"圣学"的贡献。徐渭在《送王新建赴召序》中说：

> 孔子以圣道师天下，其自言。……周公以圣道相天下，所最著者，监二代，制礼乐，郁郁乎文矣。……孔子殁而称素王，至于今，爵上公，官郎令博士者相望。周公生而封鲁，始自伯禽，终周之祚，世世食东土。彼两圣人者，若此其盛也。然孔子摄司寇，桓子尼之，周公既受封，二叔危之，两圣人者虽云盛矣，而其厄之者，不亦踵相因乎？我阳明先生之以圣学倡东南也，周公孔子之道也。②

在这里，徐渭把王守仁的"心学"称为"圣学"，并且把王守仁和孔子、周公相提并论，可见对王守仁的评价之高。徐渭对王守仁的推崇还体现在《水帘洞》一诗中："石室阴阴洞壑虚，高崖夹路转萦纡，紫芝何处怀仙术，白日真宜著道书。数尺寒潭孤镜晓，半天花雨一帘疏，投荒犹自闻先哲，避迹来从此地居。"③ 该诗注曰："阳明先生赴谪时投寓所也。"④ 也表达了徐渭对王守仁这位"先哲"的崇敬之情。

其次，徐渭还高度评价了王守仁的书法艺术。在《新建公少年书童子命题后》一文中，徐渭提出："重其人，宜无所不重也，况书乎？重其

---

① 徐渭：《评朱子论东坡文》，《徐文长佚草》卷2，《徐渭集》，中华书局1983年版，第1096页。
② 徐渭：《送王新建赴召序》，《徐文长三集》卷19，《徐渭集》，中华书局1983年版，第531页。
③ 徐渭：《水帘洞》，《徐文长三集》卷7，《徐渭集》，中华书局1983年版，第222页。
④ 同上。

书，宜无所不重也，况早年力完之书乎？重其力完，宜无所不重也，况其题乎？"① 正是因为"重其人"，对王守仁其人的推崇，徐渭才对王守仁的书法艺术予以高度的评价。在《书马君所藏王新建公墨迹》一文中，徐渭说：

> 古人论王右军以书掩其人，新建先生乃不然，以人掩其书。今睹兹墨迹，非不翩翩然凤骞龙蟠也，使其人少亚于书，则书且传矣，而今重其人，称其书仅仅得于铁，书之遇不遇，固如此哉。然而犹得号于人曰，此新建王先生书也，亦幸矣。②

尽管王守仁的书法"翩翩然凤骞龙蟠"，具有极高的艺术造诣，但仍然是"人掩其书"。正是出于对王守仁其人的高度评价，即使是见到王守仁的遗像，徐渭也是感慨万千，赞美有加："方袍綦履步从容，高颡笼巾半覆钟。千古真知听话虎，百年遗像见犹龙。夜来衣钵今何在？画里须眉亦似侬。更道先生长不减，那能食粟度春风？"③ 表达了对王守仁的崇敬之情。

最后，徐渭还高度评价了王守仁的政治功绩。在《徐渭集》中，有《为请复新建伯封爵疏》一文，下注"代某宗师不上"，文中有"臣提督浙江学校"云云，可知该文系代浙江提学副使薛应旂所为。该文主要强调王守仁为巩固明王朝的统治所做出的政治功业：

> 故新建伯兵部尚书兼都察院左都御史王守仁，始以倡义擒逆濠，受封前爵，迨后奉命平思田，讨八寨断藤诸贼，其抚剿处置，功烈尤著。既以勤事病困，乃就巡历属地，冀得便道待乞休之报，遂死南安。……守仁平定逆藩之大功，与陛下之所以嘉守仁之懋赏，举的然后定议矣。至其往思田，不血一刃，不费斗粟，遂定两府之地，活四

---

① 徐渭：《新建公少年书童子命题其后》，《徐文长三集》卷20，《徐渭集》，中华书局1983年版，第570页。
② 徐渭：《书马君所藏王新建公墨迹》，《徐文长三集》卷20，《徐渭集》，中华书局1983年版，第576—577页。
③ 徐渭：《新建伯遗像》，《徐文长三集》卷7，《徐渭集》，中华书局1983年版，第228—229页。

省之生灵,呼吸之间,降榇结者以七万。至其往征八寨断藤诸巢,则以数千散归之卒,不两月而荡平二千里根连之窟,破百年以来不拔之坚,为两广除心腹之蠹。卒以蒙犯瘴疠,客死南安,实以在其所制境土。夫功烈之高如彼,死事之情如此。①

据钱德洪《年谱》:王守仁于"隆庆元年丁卯五月,诏赠新建侯,谥文成"。②"二年戊辰六月,先生嗣子正亿袭伯爵。"③为此,徐渭专门写了《送王新建赴召序》,为王守仁嗣子王正亿前往京城继承新建伯爵送行:"属者明运浸隆昌,求二王室若大奸,叛南荒如曩时,新建公之所当者不可得已。然而塞垣绝徼数万里之外,饮马于河,蛋螯于洞箐而波帆于海者,未尽无也。龙阳君既已奋家学,兹且珥貂垂玉,内而以诗礼之训廷者,佐明天子致太平,外而绾累累斗金印于肘,以武功靖垣徼,若鲁中叶之以誓费而攘淮戎者。使天下之人称之曰新建公嗣孔子周公者也,而公之嗣子龙阳君则鲤与伯禽也;将上以答明天子之宠命,而下以慰先生家庙之灵,与国家流美,传万世,兹非吾党之所深致愿于君者哉!"④从而对王守仁的政治功业予以极高的评价。

徐渭对王守仁及心学思想的推崇,说明心学思想对徐渭产生了深刻的影响,而徐渭对心学思想的认同必将影响到他的文学主张和创作。

三 徐渭的人性思想

所谓文学观实质上是相应的哲学思想在文学问题上的反映和体现,一定的文学思想是建立在相应的哲学思想基础之上的。哲学思想或哲学倾向无疑会对文学思想产生影响。对于这一点,徐渭有着较为明确的认识。在《草玄堂稿序》中,徐渭说:

---

① 徐渭:《为请复新建伯封爵疏》,《徐文长三集》卷14,《徐渭集》,中华书局1983年版,第440—441页。

② 钱德洪:《年谱》附录一,王守仁撰,吴光等编校《王阳明全集》卷36,上海古籍出版社1992年版,第1353页。

③ 同上书,第1354页。

④ 徐渭:《送王新建赴召序》,《徐文长三集》卷19,《徐渭集》,中华书局1983年版,第532页。

或问于予曰:"诗可以尽儒乎?"予曰:"古则然,今则否。"曰:"然儒可以尽诗乎?"予曰:"今则否,古则然。"请益,予曰:"古者儒与诗一,是故谈理则为儒,谐声则为诗。今者儒与诗为二,是故谈理者未必谐声,谐声者未必得于理。盖自汉魏以来,至于唐之初晚,而其轨自别于古儒者之所谓诗矣。"曰:"然则孰优乎?"曰:"理优。"谓理可以兼诗,徒轨于诗者,未可以言理也。予为是说久矣,暨之仲玉郦君,始见予于蓟门邸中,则以理,卫道诸篇是也;既而见也,则以诗,此稿是也。予两取而揆之,君非不足于诗者,而顾有余于理。苟世之评君之诗者,徒律之以汉魏,则似不能无遗论于君。有深于儒与诗者,别作一观,独逆君于无声之前,若所谓"天籁自鸣"之际,则汉、魏、唐季诸公,方将自失其轨,而视君之驰骤奔腾,盖瞠乎其后矣。君诚儒者也,而非区区诗人之流也。予先为彼说以答或人,既为此说以质于君,君呀然曰:"吾师某某也,而私淑于新建之教者,公其知我哉!"予亦呀然相视而笑。①

在"儒"与"诗"、"理"与"诗",即哲学与文学之间,徐渭似乎更看重"儒"与"理"。诗歌创作,如果不以"儒"与"理"为依托,如果没有相应的哲学基础,"徒轨于诗",那仅仅是"谐声"而已。诗歌创作只有以"儒"与"理"相依托,具有相应的哲学根底,才能取得较高的成就。"有深于儒与诗者,别作一观。"在徐渭看来,郦仲玉之所以"天籁自鸣""驰骤奔腾",取得较高的成就,与他"私淑于新建之教",具有良好的哲学修养有着密不可分的关系。正是在自己哲学思考的基础上,徐渭建立了自己的文学思想体系。

在《涉江赋》中,徐渭表达了对宇宙、人生等哲学基本问题的思考:

人生之处世兮,每大己而细蚁。视声利之所在兮,水趋壑而赴之。量大块之无垠兮,旷荡荡其焉期,计四海之在天兮,似垒空之在大泽,中国之在海内兮,太仓之取一粒。物以万数,而人处其一,则又似乎毫末之在于马腰。……爰有一物,无挂无碍,在小匪细,在大

---

① 徐渭:《草玄堂稿序》,《徐文长逸稿》卷14,《徐渭集》,中华书局1983年版,第906页。

匪泥，来不知始，往不知驰，得之者成，失之者败，得亦无携，失亦无脱，在方寸间，周天地所。勿谓觉灵，是为真我，觉有变迁，其体安处？体无不含，觉亦从出，觉固不离，觉亦不即。立万物基，收古今域，失亦易失，得亦易得。①

在徐渭看来，人生宇宙之中，名利得失并不重要，重要的是保持"真我"。保持"真我"是"立万物基"，是人安身立命的根本之所在。而对"真"的强调，是心学思潮的一个显著特点。如王畿曾言："千古圣学，只有当下一念，此念凝寂圆明，便是入圣的真根子。"②"吾人心中一点灵明，便是真种子。"③ 徐渭对"真我"的强调，显然是心学思潮影响的产物。那么，徐渭所强调的"真我"究竟有怎样的人性内容呢？在《论中》一文中，徐渭表达了自己对于人性的基本看法：

语中之至者，必圣人而始无遗，此则难也。然习为中者，与不习为中者，甚且悖其中者，皆不能外中而他之也。似易也，何者，之中也者，人之情也，故曰易也。语不为中，必二氏之圣而始尽。然习不为中者，未有果能不为中者也，此则非直不易也，难而难者也。何者，不为中、不之中者，非人之情也。鱼处水而饮水，清浊不同，悉饮也，鱼之情也。故曰为中似犹易也，而不饮水者，非鱼之情也。故曰不为中，难而难者也。二氏之所以自为异者，其于不饮水不易异也，求为鱼与不求为鱼者异也，不求为鱼者，求无失其所以为鱼者而已矣，不求为鱼也。重曰为中者，布而衣，衣而量者也，自童而老，自侏儒而长人，量悉视其人也。夫人未有不衣者，衣未有不布，布未有不量者，衣童以老，为过中，衣长人以侏儒，是为不及于中，圣人不如此其量也。④

天与人，其得一同也。人有骸，天无骸，无骸则一不役于骸，

---

① 徐渭：《涉江赋》，《徐文长三集》卷1，《徐渭集》，中华书局1983年版，第35—36页。
② 王畿：《书查子警卷》，吴震编校整理《王畿集》卷16，凤凰出版社2007年版，第478页。
③ 王畿：《留都会纪》，吴震编校整理《王畿集》卷4，凤凰出版社2007年版，第99页。
④ 徐渭：《论中·一》，《徐文长三集》卷17，《徐渭集》，中华书局1983年版，第488页。

一不役于骸，故一不病。一役于骸，故一病。一不病者何？尧传舜，舜传禹，曰道心者是也。一病者何？尧传舜，舜传禹，曰人心者是也。……因其人而人之，不可以天之也，然而莫非天也，亦因其不可纯以一而一之也，然而莫非以一也。故精也者，精之乎此中也。一也者，一之乎此中也。精也者，治玉者之切与磨也，玉玉而切与磨之则一也，此二圣人之中之者之功也。二圣人者，以骸治骸，以人治人者也。及者何？窍也，鞭也，躯也，壳也。噫，二圣人不能强人以纯天，以其人人也，是二圣人之不得已也，至语其得一也，则人也，犹之天也。①

这里的所谓"中"，指的是事物的自然本性；对人而言，则是指人的自然本性。在徐渭看来，这种自然本性是与生俱来的，不论是"习为中者"，还是"不习为中者"，甚至"悖其中者"，"皆不能外中而他之"。故曰："之中也者，人之情也。"徐渭以鱼饮水举例说："鱼处于水而饮水，清浊不同，悉饮也，鱼之情也。"徐渭又以人穿衣举例说："布而衣，衣而量者也，自童而老，自侏儒而长人，量悉视其人也"，这都是事物的自然本性。在此基础上，徐渭强调要顺应事物的自然本性。"不为中、不之中者，非人之情也。"反对对事物自然本性的违背，从鱼饮水的事例而言，"不饮水者，非人之情也，故曰不为中"。从人穿衣的事例而论，"夫人未有不衣者，衣未有不布，布未有不量者"。要求鱼不饮水、人不穿衣，都是对事物的自然本性的违背。在强调顺应事物自然本性的基础上，徐渭进而提出要尊重事物自然本性的个性。儿童只能穿儿童的衣服，如果"衣童以老，为过中"；"长人"只能穿"长人"的衣服，如果"衣长以侏儒，是为不及于中"。总之，"圣人不能强人以纯天也，以其人人也"，"因其人而人之也，不可以天之也，然而莫非天也"，因为，"人也，犹之天也"。

徐渭在诗文创作上主张"诗本乎情"②，在戏曲创作上强调"贱相色，

---

① 徐渭：《论中·二》，《徐文长三集》卷17，《徐渭集》，中华书局1983年版，第489页。
② 徐渭：《肖甫诗序》，《徐文长三集》卷19，《徐渭集》，中华书局1983年版，第534页。

贵本色"①，在书法艺术上要求表现"真我面目"②，无疑是这种尊重自然本性的人性思想在文学思想上的直接体现。

四　徐渭的"本体自然"思想

在人性学说上对自然本性和"真我"的强调，体现在行为学说上即是对自然的倡导。在《读龙惕书》中，徐渭改造了乃师的"龙惕说"，提出了自己的自然观：

> 甚矣道之难言也，昧其本体，而后忧道者指其为自然。其后自然者之不能无弊也，而先生复救之以龙之惕。夫先生谓龙之惕也，即乾之健也，天之命也，人心之惺然而觉，油然而生，而不能自已者也。非有思虑以启之。非有作为以助之，则亦莫非自然也，而又何以惕为言哉？今夫目之能视，自然也，视而至于察秋毫之末，亦自然也；耳之能听，自然也，听而至于闻焦螟之响，亦自然也；手之持而足之行，自然也，其持其行而至于攀援趋走之极，亦自然也；心之善应，自然也，应而至于毫厘纤悉之不逾矩，造次颠沛之必如是，亦自然也。然而有病于耳目手足者矣，或为瞽甚，或为盲也，或为塞甚，或为聋也，或为不调甚，或为痿痹也。始而罹是患也，既以坏其聪明运动之神而渐不可救，其患之成而积之久也，则遂忘其聪明运动之用而若素所本无。于是向也以视为目之自然，而今也以不视为目之自然，向也以听为耳之自然，而今也以不听为耳之自然，向也以持行为手足之自然，而今也以不持不行为手足之自然。夫聪明运动耳目手足之本体，自然也，盲聋痿痹，非自然也，而卒以此为自然者，则病之久而忘之极也。夫耳目手足以盲聋痿痹为苦，而以聪明运动为安，举天下之人，习其聪明运动之为自然，而盲聋痿痹之非自然。至于其病之久而忘之极，犹且以苦者为安，非自然者为自然矣；而况于人之心，其在胎妊之时，已渐有熏染之习，驯至知觉之后，又不胜感物之迁，小体著于嗜好而无有穷已。……然则自然者非乎？曰，吾所谓心之善

---

① 徐渭：《西厢序》，《徐文长佚草》卷1，《徐渭集》，中华书局1983年版，第1089页。
② 徐渭：《书季子微所藏摹本兰亭》，《徐文长三集》卷20，《徐渭集》，中华书局1983年版，第577页。

应，其极至于毫厘纤悉之不逾矩，造次颠沛之必如是，本自然也，然而自然之体不容说者也，说之无疑于工夫也。既病人之心，所急在于工夫也，苟不容于无说，则说之不可徒以自然道也。惕之与自然，非有二也，惕亦自然也，然所要在惕而不在于自然也，犹指目而曰自然明可也，苟不言明而徒曰自然，则自然固虚位也，其流之弊，鲜不以盲与瞽者冒之矣。①

季本提出"龙惕说"后，曾较为广泛地征求过王门诸子的意见，据徐渭《奉赠师季先生序》："先生论学本新建宗，讲良知者盈海内，人人得而闻也，后生者起，不以良知无不知，而以所知无不良，或有杂于见，起随便之心概以为天则。先生则作《龙惕书》，大约论佛子以水镜喻心，圣人以龙德象乾，龙体警惕，天命健行，君子戒惧。是以惟圣学为精，察于欲与理。若水鉴，无主宰，任物形，使人习懒偷安，或放肆而不可收拾。移书江西之邹、聂，及吾乡之钱、王诸老先生，再三反而不置，于是学者则见以为依据，而诸老先生亦取之为精其说，而其说遂明。"②《师长沙公行状》也说："时讲学者多习于慈湖之说，以自然为宗。先生惧其失师门之旨也，因为《龙惕书》以辨其疑似。诸同志稍不以为然，则遗书江之邹、聂，暨乡之钱、王，再三往复而说未定，先生亦自信其说不为动，久之诸先生者亦多是之。"③ 对于季本的"龙惕说"，当时有的学者提出了不同看法，徐渭《读龙惕书》："今之议先生者，得无曰，惕者循业发现，如论水及波，终非全体，随时执捉，如握珠走盘，反窒圆机。"④ 这里的"议先生者"主要是王畿、邹守益等。据黄宗羲《明儒学案·知府季彭山先生本》："龙溪云：'学当以自然为宗，警惕者，自然之用，戒慎恐惧未尝致纤毫之力，有所恐惧便不得其正矣。'东廓云：'警惕变化，自然变化，

---

① 徐渭：《读龙惕书》，《徐文长三集》卷29，《徐渭集》，中华书局1983年版，第677—679页。

② 徐渭：《奉赠师季先生序》，《徐文长三集》卷19，《徐渭集》，中华书局1983年版，第515页。

③ 徐渭：《师长沙公行状》，《徐文长三集》卷27，《徐渭集》，中华书局1983年版，第646—647页。

④ 徐渭：《读龙惕书》，《徐文长三集》卷29，《徐渭集》，中华书局1983年版，第679页。

其旨初无不同者，不警惕不足以言自然，不自然不足以言警惕，警惕而不自然，其失也滞，自然而不警惕，其失也荡。'"① 徐渭就是在继承了季本"龙惕说"的基础之上，吸取了王畿等的观点，从而提出了"本体自然"的思想。

首先，徐渭指出片面强调"自然"所存在的流弊，而推崇季本的"龙惕说"。徐渭认为，"夫聪明运动耳目手足之本体，自然也"，善即是自然；"盲聋痿痹，非自然也"，恶即非自然。但是，"一念流转，善恶易形，两可相凌，物体无定"。"盲聋痿痹之非自然。至于其病之久而忘之极，犹且以苦者为安，非自然者为自然矣。"在这种情况下，"所要在惕而不在于自然也"，因为，"自然之体不容说者也，说之无疑于工夫也。既病人之心，所急在于工夫也，苟不容于无说，则说之不可徒以自然道也"。如果说，季本的"龙惕说"所反对的不是"自然"，而是一任"自然"而"流于欲"的弊端。那么，徐渭在《读龙惕书》中所反对的不但不是"自然，"而是"非自然而为自然"的流弊。

其次，徐渭吸收了王畿"以自然为宗"的思想，提出了"本体自然"的观点。针对季本的"龙惕说"，王畿认为："学当以自然为宗，警惕者，自然之用。"从《读龙惕书》中，我们可以看到徐渭受到了王畿这一思想的影响。徐渭认为："龙之惕也，即乾之健也，天之命也，人心之惺然而觉，油然而生，而不能自己者也。非有思虑以启之。非有作为以助之，则亦莫非自然也。"② 在徐渭看来，"龙惕"即自然，"惕之与自然，非有二也。自然惕也，惕亦自然也"。并且在《读龙惕书》中举例说："夫见赤子入井而怵惕，此惕也，谓之循业发现也。未见赤子之先与既见赤子之后，或寂然而静，或纷然而动，而吾之常明常觉常惺惺者无有起灭，亦不可不谓之惕也，亦不可不谓之循业发现也。"在这个意义上，徐渭指出："夫聪明运动耳目手足之本体，自然也。"而"戒惧者，固天命之性，工夫与本体何尝有二？"③"龙惕"与"自然"在本体的基础上达到了统一。如果说，季本的"龙惕说"主张以"龙惕"主宰"自然"，那么，徐渭

---

① 黄宗羲：《知府季彭山先生本》，黄宗羲著，沈芝盈点校《明儒学案》卷13，中华书局1985年版，第272页。

② 徐渭：《读龙惕书》，《徐文长三集》卷29，《徐渭集》，中华书局1983年版，第679页。

③ 同上。

继承了乃师季本的学说并吸收了王畿"以自然为宗"的思想,对"龙惕说"加以发展,强调在本体基础上"龙惕"与"自然"的统一。

袁宏道在《徐文长传》中概括徐渭的人格特点时说:"信心而行,恣意谭谑,了无忌惮","豪荡不羁"。① 徐渭自己在《自为墓志铭》中也说:"渭为人度于义无所关时,辄疏纵不为儒缚,一涉义所否,干耻诉,介秽廉,虽断头不可夺。"② 这种"疏纵不为儒缚"的狂狷人格,无疑也是徐渭"本体自然"的哲学思想在性格和行为上的直接体现。

(原载《文艺研究》2009 年第 9 期,2009 年 CSSCI 收录,人大复印报刊资料《中国古代、近代文学研究》2010 年第 1 期转载)

徐渭与唐宋派

所谓"唐宋派",是近代学者提出的一个概念。人们在习惯上把明代中叶反对"前后七子""文必秦汉"复古主张,且在理论与创作上相呼应的一些作家,如唐顺之、王慎中、茅坤等称为"唐宋派"。而在徐渭研究中,鲜有论及徐渭与唐宋派的关系。其实,不论是从徐渭与唐宋派作家的交往来看,还是就徐渭的文学主张与创作而论,徐渭都应该是唐宋派的一员殿后。

一 徐渭与唐宋派的交游

徐渭在晚年自为《畸谱》中,把他一生所师事的人物列为"师类",一共有五,其中之一为"武进唐公顺之"。③ 在《畸谱·纪知》中,又列有"王先生慎中"。④ 而在《徐渭集》和《茅坤集》中,也可以找到徐渭与茅坤互相唱和的文字。由此可以看出,徐渭和唐宋派的主要作家唐顺之、王慎中、茅坤都有交往。

唐顺之是徐渭师事的人物。徐渭初识唐顺之是在嘉靖壬子(1552)。

---

① 袁宏道:《徐文长传》,《徐渭集》,中华书局 1983 年版,第 1342 页。
② 徐渭:《自为墓志铭》,《徐文长三集》卷 26,《徐渭集》,中华书局 1983 年版,第 639 页。
③ 徐渭:《畸谱》,《徐渭集》,中华书局 1983 年版,第 1333 页。
④ 同上书,第 1334 页。

这年夏天，唐顺之经过会稽，王畿、季本曾尽地主之谊，当时徐渭也在场，写下了《壬子武进唐先生过会稽，论文舟中，复偕诸公送至柯亭而别，赋此》，记录了这次聚会。其序曰：

> 时荆川公有用世意，故来观海于明，射于越圃，而万总兵鹿园、谢御史狷斋、徐郎中龙川诸公与之偕西也。彭山、龙溪两老师为之地主。荆公为两师言，自宗师薛公所见渭文，因招渭，渭过从之始也。①

这次聚会，给徐渭留下了深刻的印象，是后徐渭多次提到这次相聚。如在《奉赠师季先生序》中有"武进唐先生游会稽"。② 在《寿徐安宁公序》中也有"当壬子夏，偶得见刑部君于荆川先生舟中"。③

嘉靖三十六年（1557）冬，浙直总督胡宗宪招徐渭入幕。次年冬，唐顺之以兵部郎中奉命到浙江视察军情，经常出入胡宗宪幕府。从唐顺之嘉靖三十七年（1558）冬视师江浙到嘉靖三十九年（1560）四月去世，徐渭与之有为时一年半的交往。据陶望龄《徐文长传》：

> 时都御史武进唐公顺之，以古文负重名。胡（宗宪）公尝袖出渭所代，谬之曰："公谓予文若何？"唐公惊曰："此文殆辈吾！"后又出他人文，唐公曰："向固谓非公作，然其人谁耶？愿一见之。"公乃呼渭偕饮，唐公深奖叹，与结欢而去。④

由此不难看出徐渭在文风上与唐宋派的一致，以及唐顺之对徐渭文章的推崇与赏识。故徐渭《畸谱·纪知》："唐先生顺之之称不容口，无问时古，

---

① 徐渭：《壬子武进唐先生过会稽，论文舟中，复偕诸公送至柯亭而别，赋此》，《徐文长三集》卷4，《徐渭集》，中华书局1983年版，第66页。
② 徐渭：《奉赠师季先生序》，《徐文长三集》卷19，《徐渭集》，中华书局1983年版，第515页。
③ 徐渭：《寿徐安宁公序》，《徐文长逸稿》卷15，《徐渭集》，中华书局1983年版，第956页。
④ 陶望龄：《徐文长传》，《徐渭集》，中华书局1983年版，第1339页。

无不啧啧,甚至有不可举以自鸣者。"① 在胡宗宪幕府期间,徐渭与唐顺之的交往极为密切,唐顺之曾有《元夕咏冰灯》一诗,徐渭与之相和,曾作《咏冰灯》诗,下注"荆川公韵二首"。②

在胡宗宪幕府期间,徐渭与唐宋派的另一重要人物茅坤也有较为密切的交往。茅坤与胡宗宪同为嘉靖十七年(1538)进士,先于徐渭进入胡宗宪幕府。据《明史·茅坤传》:"时倭事方急,胡宗宪延之幕中,与筹兵事。"③ 嘉靖四十一年(1562)七月,胡宗宪携师入闽,时在幕府的徐渭同往,茅坤作《胡少保携师入闽,幕中逢王十岳、沈勾章、徐天池,赋诗送之》一诗,为之送行。后胡宗宪与徐渭归抵严州,胡宗宪于幕府设宴,茅坤与焉。徐渭作有《从少保公视师福建,抵严,宴眺北高峰,同茅大夫、沈嘉则》一诗以记其事。由此看来,徐渭与茅坤之间的交往还是比较密切的。据陶望龄《徐文长传》:

> 归安茅副使坤时游于军府,素重唐公。尝大酒会,文士毕集,胡公又隐渭文语曰:"能识是为谁笔乎?"茅公读未半,遽曰:"此非吾荆川必不能。"胡公笑谓渭:"茅公雅意师荆川,今北面于子矣。"茅公惭愠面赤,勉卒读,谬曰:"惜后不逮耳。"其为名辈所赏服如此。④

茅坤把徐渭的文章错认为唐顺之所作,这一方面说明徐渭的文学成就,另一方面也说明徐渭确实受到唐顺之及唐宋派的影响。故《四库全书总目·徐文长集》曰:"其文则源出苏轼,颇胜其诗。故唐顺之、茅坤诸人皆相推挹。"⑤

唐宋派是在阳明心学影响下所形成的一个文学流派。这一流派脱胎于"嘉靖八才子",所谓"嘉靖八才子",指的是王慎中、唐顺之、熊过、陈束、任瀚、李开先、赵时春,吕高。"嘉靖八才子"形成之初,在文学创作上仍然沿袭了"前七子""文必秦汉,诗必盛唐"的主张,这在钱谦益

---

① 徐渭:《畸谱》,《徐渭集》,中华书局1983年版,第1334页。
② 徐渭:《咏冰灯》,《徐文长逸稿》卷4,《徐渭集》,中华书局1983年版,第782页。
③ 张廷玉等:《明史》卷287,中华书局1997年版,第7375页。
④ 陶望龄:《徐文长传》,《徐渭集》,中华书局1983年版,第1339页。
⑤ 永瑢等:《四库全书总目》卷178,中华书局1965年版,第1606页。

《列朝诗集小传·王参政慎中》说得很清楚："道思在郎署，与一时名士所谓八才子者，切劘为诗文，自汉以下，无取焉。"① 而促成"嘉靖八才子"向唐宋派转变的一个重要契机，则是当时流行的阳明心学。据李开先《遵岩王参政传》：

> （王慎中）升任户部主事，再升礼部员外，俱在留都闲简之区，益得肆力问学，与龙溪王畿讲解王阳明遗说，参以己见，于圣贤奥旨微言，多所契合。曩惟好古，汉以下著作无取焉。至是始发宋儒之书读之，觉其味长，而曾、王、欧氏文尤可喜，眉山兄弟犹以为过于豪而失之放。以此自信，乃取旧所为文如汉人者悉焚之。但有应酬之作，悉出入曾、王之间。唐荆川见之，以为头巾气。仲子（王慎中）言："此大难事也，君试举笔自知之。"未久，唐亦变而随之矣。尝以书寄予："新来独得为文之妙，兄虽海内极相契，而于此文有不能共其味者矣！"然不知其正相同也。②

通过王畿，王慎中接触到阳明心学，并在心学思想的影响下，开始改变"曩惟好古，汉以下著作无取焉"的文学倾向，"至是始发宋儒之书读之，觉其味长，而曾、王、欧氏文尤可喜"，推崇唐宋散文。阳明心学实际上是唐宋派文学主张的哲学基础。一方面，唐宋派作家，尤其是唐顺之、王慎中与当时一些有影响的心学人物如王畿、罗洪先、邹守益、欧阳德、聂豹、程文德、万表、薛应旂、季本等，有着较为密切的交往；同时他们自己也潜心于性命之学，本身就是当时颇具影响的心学人物，如唐顺之即是南中王门的重要人物。由于唐宋派与阳明心学有着较为密切的因缘关系，有的学者认为上述活跃于当时的心学人物"属于唐宋派作家群的外围"。③ 而徐渭与这些心学人物也有着较为密切的联系。

从现有资料来看，徐渭与王畿、季本、钱德洪、薛应旂、蔡宗兗、张元忭、万表等心学人物都有交往，而其中，对徐渭影响最大的是王畿与

---

① 钱谦益：《王参政慎中》，《列朝诗集小传》丁集上，上海古籍出版社1983年版，第374页。
② 李开先：《遵岩王参政传》，李开先著，路工辑校《李开先集》，中华书局1959年版，第617页。
③ 廖可斌：《唐宋派与阳明心学》，《文学遗产》1996年第3期。

季本。

王畿，浙江山阴人，与徐渭同乡。据徐渭代王畿所作之《题徐大夫迁墓（代）》，徐渭之父徐鏓与王畿之父"本诚翁为姑之侄"，该文末署"表侄龙溪居士王畿"①，可知王畿是徐渭的远房表兄。在《徐渭集》中，有《答龙溪师书》一札，与王畿商讨诗歌创作。《送王先生云迈全椒》一诗中"却为交情悲宿草"，"月旦岂无同会念，忽令祠宇树萧萧"②，则表现了徐渭为王畿送行时的依依惜别之情。《洗心亭》一诗，下注明"为龙溪老师赋池亭，望新建府碧霞池"。③虽然该诗是一首写景诗，却表现了徐渭对王守仁和王畿的景仰之情，而其中"精舍俯澄渊，孤亭一镜悬，觅心无处所，将洗落何边"④，又表达了徐渭对心学思想的领悟。《次王先生偈四首》下注"龙溪老师"，可见是与王畿的唱和之作。其中第三首曰："不来不去不须寻，非色非空非古今。大地黄金浑不识，却从沙里拣黄金。"表达的也是对于王畿之学的理解。《继溪篇》下注"王龙溪子"，全诗如下：

海水必自黄河来，桃树还有桃花开，试看万物各依种，安得蕙草生蒿莱。

龙溪吾师继溪子，点也之狂师所喜，自家溪畔有波澜，不用远寻濂洛水。

年年春涨溪拍天，醉我溪头载酒船，一从误落旋涡内，别却溪船三两年。⑤

这首诗不但说明继溪学有所承，同时还表明徐渭对阳明心学和宋代理学的不同态度。其中，"自家溪畔有波澜"表达了徐渭对龙溪之学的高度肯定，"不用远寻濂洛水"则表明徐渭对宋代理学的摒弃。而"点也之狂师

---

① 徐渭：《题徐大夫迁墓（代）》，《徐文长三集》卷26，《徐渭集》，中华书局1983年版，第638页。
② 徐渭：《送王先生云迈全椒》，《徐文长三集》卷7，《徐渭集》，中华书局1983年版，第228页。
③ 徐渭：《洗心亭》，《徐文长三集》卷6，《徐渭集》，中华书局1983年版，第178页。
④ 同上。
⑤ 徐渭：《继溪篇》，《徐文长三集》卷5，《徐渭集》，中华书局1983年版，第130页。

所喜"在表达了对王畿"狂狷"人格的赞扬的同时,也希望这种人格能够发扬光大。由此看来,王畿的心学思想对徐渭产生了深刻的影响。

在心学人物中,对徐渭影响最大的是季本。季本是王守仁的嫡传弟子。据徐渭《畸谱·纪师》:"季彭山先生,终其身而不习举业。""廿七八岁,始师事季先生,稍觉有进。前此过空二十年,悔无及矣。"① 徐渭28岁拜季本为师,即有相见恨晚,"过空二十年"之感。季本虽然不是徐渭的举业老师,却是徐渭师事一生的人物。在《徐渭集》中,现有《奉师季先生书》三札;文有《奉赠师季先生序》《先师季彭山先生小传》《师长沙公行状》《季先生入祠祭文》《季彭山先生举乡贤呈》五篇;代人所作碑序有《景贤祠集序》《季先生祠堂碑》两篇;另有交游及悼亡诗如《业师季长沙公隐舟初成侍泛禹庙》《丙辰八月十七日,与肖甫侍季长沙公,阅凫山战地,遂登岗背观潮》《与季长沙老师及诸同辈侍宴太平叶刑部先生于禹庙》《季长沙公哀词二首》等。这些文字在经学、哲学、从政、为人等方面,对季本进行了高度的评价。其中《师长沙公行状》对季本一生的主要事迹进行了较为详细的记载,洋洋五千言,是《徐渭集》中篇幅最长的传记文字。兹仅举《季先生入祠祭文》为例:

先生之于行,简节疏目,似缓于其细矣。而心事之光明,如青天白日,可以对鬼神而格豚鱼者,则固独立乎其大。先生之于学,探本极源,既急于其大矣。而著述之精密,如蚕丝牛毛,用以明经而酌百氏者,则又不遗乎其细。当其仕也,为砥柱于风波之中,有举世所难言者而独言之,举世所难行者而独行之,尽其在我而不问其败与成。及其处也,撤藩篱于物我之际,有谗者始或排之而终屈于无心之公,嫉者始或忌之而卒伏其不校之量,求诸在人而无间于内与外。②

可见徐渭对季本的敬仰与推崇。而季本对徐渭也关怀备至,在《奉师季先生书》中徐渭谈到与季本的关系时说:"渭始以旷荡失学,已成废人,夫子幸哀而收教之,徒以志气弱卑,数年以来,仅辨菽麦,自分如此,岂

---

① 徐渭:《畸谱》,《徐渭集》,中华书局1983年版,第1332页。
② 徐渭:《季先生入祠祭文》,《徐文长三集》卷28,《徐渭集》,中华书局1983年版,第660页。

敢以测夫子之深微。而夫子过不弃绝，每有所得，辄与谈论，今者赐书，复有相与斟酌之语，渭鄙见所到如此，遂敢一僭言之。"① 也可见对季本的感恩与尊重。在《师长沙公行状》中徐渭又说："先生于渭，悯其志，启其蒙，而悲其直道而不遇，若有取其人者。而诸子又谓渭之为人，颇亦为先生所知也。"② 师生之关系如此密切，季本的思想无疑会对徐渭产生深刻的影响。

二 徐渭对唐宋派的认同

与唐宋派作家及心学人物的交往，不可避免地要对徐渭的思想产生影响。这里，笔者就徐渭与唐顺之学术思想及文学思想的比较，以说明唐宋派对徐渭的影响及徐渭对唐宋派的认同及发展。

1. 唐顺之的"天机自然"和徐渭的"本体自然"

唐宋派是在阳明心学影响下所形成的一个文学流派。作为唐宋派的主将，唐顺之的学术思想深受王畿的影响。"先生之学，得之龙溪者多，故言于龙溪，只少一拜。"③ 正是继承了王畿"学当以自然为宗"④ 的思想，唐顺之提出了"天机自然"的学术主张。黄宗羲在《明儒学案·襄文唐荆川先生顺之》中概括其学术思想时说："以天机为宗，无欲为工夫。"⑤ 所谓"天机说"，构成了唐顺之最主要的学术思想。那么，什么是"天机"呢？唐顺之在《与聂双江司马》中说：

> 尝验得此心，天机活物，其寂与感，自寂自感，不容人力。吾与之寂，与之感，只自顺此天机而已。……天机即天命也，天命者，天

---

① 徐渭：《奉师季先生书》，《徐文长三集》卷16，《徐渭集》，中华书局1983年版，第457页。

② 徐渭：《师长沙公行状》，《徐文长三集》卷27，《徐渭集》，中华书局1983年版，第650页。

③ 黄宗羲：《襄文唐荆川先生顺之》，黄宗羲著，沈芝盈点校《明儒学案》卷26，中华书局1985年版，第599页。

④ 黄宗羲：《知府季彭山先生本》，黄宗羲著，沈芝盈点校《明儒学案》卷13，中华书局1985年版，第272页。

⑤ 黄宗羲：《襄文唐荆川先生顺之》，黄宗羲著，沈芝盈点校《明儒学案》卷26，中华书局1985年版，第599页。

之所使也。故曰天命之谓性，立命在人，人只是立此天之所命者而已。①

"天机"一语，见之于《庄子》，《庄子·大宗师》曰："其耆欲深者，其天机浅。"在《庄子》中，"天机"指的是人的天性。唐顺之认为，"天机即天命也，天命者，天之所使也。"所谓"天机"，与王守仁的"良知"一样，指的是天赋予人的本性。这种本性是人本身先天所固有的，"自寂自感，不容人力"。不是人力所求的产物。而作为天赋予人的本性，"天机"的一个重要特点，就是具有"自然之妙"。唐顺之认为："吾心天机自然之妙，而非人力之可为，其所谓默识而存之者，则亦顺其天机自然之妙，而不容纤毫人力参乎其间也。"② 强调顺应天赋予人的本性。

唐顺之的"天机自然"思想，对徐渭产生过影响。在《奉师季先生书（三）》中，徐渭从"天机自动"出发，对"兴"这一传统美学范畴，提出了自己全新的见解：

> 诗之兴体起句，绝无意味，自古乐府亦已然。乐府盖取民俗之谣，正与古国风一类。今之南北东西虽殊方，而妇女儿童、耕夫舟子、塞曲征吟、市歌巷引、若所谓竹枝词，无不皆然。此真天机自动，触物发声，以启其下段欲写之情。③

徐渭认为，所谓"兴"，是创作主体的"天机"与外物触发所产生的，在诗歌作品中具有"启下段欲写之情"的文字。在这里，徐渭继承了唐顺之"天机自然"的思想，把"天机"作为"兴"产生的根源，提出"兴"的发生是出于"天机自动，触物发声"。

正是在继承了王畿"以自然为宗"和唐顺之"天机自然"的学术观点基础上，徐渭提出了"本体自然"的学术思想。在《读龙惕书》中，

---

① 唐顺之：《与聂双江司马》，《荆川先生文集》卷6，《四部丛刊初编》本。
② 唐顺之：《明道语略序》，《荆川先生文集》卷10，《四部丛刊初编》本。
③ 徐渭：《奉师季先生书（三）》，《徐文长三集》卷16，《徐渭集》，中华书局1983年版，第458页。

徐渭改造了乃师季本的"龙惕说",提出了自己的"本体自然"观,要求顺应人的自然本性:

> 甚矣道之难言也,昧其本体,而后忧道者指其为自然。……今夫目之能视,自然也,视而至于察秋毫之末,亦自然也;耳之能听,自然也,听而至于闻焦螟之响,亦自然也;手之持而足之行,自然也,其持其行而至于攀援趋走之极,亦自然也;心之善应,自然也,应而至于毫厘纤悉之不逾矩,造次颠沛之必如是,亦自然也。……夫聪明运动耳目手足之本体,自然也。[1]

2. 唐顺之的本色论与徐渭的真情观

唐顺之"天机说"的基本精神是强调主体得之天赋的本性。作为"天机说"在文学思想上的体现,"本色论"构成了唐顺之文学思想的一个最为突出的方面。在《答茅鹿门知县(二)》中,唐顺之集中地阐述了自己的本色思想:

> 就文章家论之。虽其绳墨布置,奇正转折,自有专门师法,至于中一段精神命脉骨髓,则非洗涤心源,独立物表,具今古只眼者,不足以与此。今有两人,其一人心地超然,所谓具千古只眼人也,即使未尝操纸笔呻吟,学为文章,但直据胸臆,信手写出,如写家书,虽或疏卤,然绝无烟火酸馅习气,便是宇宙间一样绝好文字;其一人犹然尘中人也,虽其专专学为文章,其于所谓绳墨布置,则尽是矣,然翻来覆去,不过是这几句婆子舌头语,索其所谓真精神与千古不可磨灭之见,绝无有也,则文虽工而不免为下格。此文章本色也。[2]

这里的所谓"本色",指的是"真精神与千古不可磨灭之见",即在文学作品中所体现出来的建立在天赋予人的本性基础之上的真情实感和真知灼见。在唐顺之看来,"本色"应该包括两个方面的内容:一为真情实感,

---

[1] 徐渭:《读龙惕书》,《徐文长三集》卷29,《徐渭集》,中华书局1983年版,第677页。

[2] 唐顺之:《答茅鹿门知县(二)》,《荆川先生文集》卷7,《四部丛刊初编》本。

即唐顺之所说的在"洗涤心源"基础之上的"精神命脉骨髓"。以此为基础，唐顺之要求文学创作"直据胸臆，信手写出，如写家书"，表现作者的真情实感。"本色"另一内容是真知灼见，即唐顺之所说的"洗涤心源"基础之上的"独立物表"和"千古只眼"。以此为基础，唐顺之要求文学创作表现"千古不可磨灭之见"。

正是在唐顺之"本色论"的影响下，徐渭在《西厢序》中指出：

> 世事莫不有本色，有相色。本色犹俗言正身也，相色，替身也。替身者，即书评中婢作夫人终觉羞涩之谓也。婢作夫人者，欲涂抹成主母而多插带，反掩其素之谓也。故余于此本中贱相色，贵本色，众人喷喷者我煦煦也。岂惟剧者，凡作者莫不如此。①

在徐渭看来，所谓"本色犹俗言正身也，相色，替身也"。"本色"作为与"相色"相对应的一个概念，指的是事物的本来面目。"世事莫不有本色，有相色。""岂惟剧者，凡作者莫不如此。"在以往的戏曲理论中，"本色"通常指接近于生活语言的戏曲语言。而在这里，"本色"不仅仅是一个戏曲概念，而且是一个哲学概念。就戏曲人物而言，"本色"指的是人物性格的内在本质。"婢作夫人"，非其正身，所以"终觉羞涩"。尽管"婢作夫人者，欲涂抹成主母而多插带，反掩其素"，但"婢"终究是"婢"，外在的修饰反而掩盖了内在的本质，这里的"素"，指的即是人物的内在本性。而就人性而言，"本色"指的是人的自然本性；就作者而言，"本色"指的是真实的"自我"。

徐渭"贱相色，贵本色"的思想，体现在文学思想上，即是对真情的强调。在《肖甫诗序》中徐渭指出：

> 古人之诗本乎情，非设以为之者也，是以有诗而无诗人。迨于后世，则有诗人矣，乞诗之目多至不可胜应，而诗之格亦多至不可胜品，然其于诗，类皆本无是情，而设情以为之。夫设情以为之者，其趋在于干诗之名，干诗之名，其势必至于袭诗之格而剿其华词，审如是，则诗之实亡矣，是之谓有诗人而无诗。有穷理者起而救之，以为

---

① 徐渭：《西厢序》，《徐文长佚草》卷1，《徐渭集》，中华书局1983年版，第1089页。

词有限而理无穷,格之华词有限而理之生议无穷也,于是其所为诗悉出乎理而主乎议。而性畅者其词亮,性郁者其词沈,理深而议高者人难知,理通而议平者人易知。夫是两诗家者均之为俳,然谓彼之有限而此之无穷,则无穷者信乎在此而不在彼也。①

在这里,徐渭提出"诗本乎情",而这种"情","非设以为之",不是人为的产物,而是植根于人的自然本性基础上的自然情感。正是从这种自然情感出发,徐渭对当时诗歌创作中的两种弊端进行了批评。一是"本无是情,设情以为之"。这种弊端本无真情,但为了"干诗之名",从格调和辞藻上抄袭前人。另一种弊端是"为诗悉乎理而主乎议",以空泛的议论以掩饰情感的贫乏。由于当时的诗歌缺乏这种文学样式必须具备的真实情感,徐渭尖锐地指出,"是两诗家者均之为俳""是以有诗而无诗人""诗之实亡矣"。

3. 唐顺之和徐渭对复古派的批判

无论是唐顺之的本色论,还是徐渭的真情观,强调的都是创作主体的真情实感。出自对"本色"的强调,唐顺之对当时"文必秦汉,诗必盛唐"的复古主张进行了批判。在《答皇甫百泉郎中》中,唐顺之说:

> 艺苑之门,久已扫迹。虽或意到处作一两诗,及世缘不得已作一两篇应酬文字,率鄙陋无一足观者。其为诗也,率意信口,不调不格,大率似以《寒山》《击壤》为宗,而欲摹效之而又不能摹效之然者。其于文也,大率所谓宋头巾气习,求一秦字汉语了不可得。凡此皆不为好古之士所喜,而亦自笑其迂拙而无成也。追思向日请教于兄诗必唐,文必秦与汉云云者,则已茫然如隔世事,亦自不省其为何语矣。②

复古派主张"诗必盛唐",讲究格调,唐顺之则声称自己的诗歌"率意信口,不调不格";复古派主张"文必秦汉",唐顺之则声称自己的散文"大率所谓宋头巾气习,求一秦字汉语了不可得"。并且标榜自己的创作

---

① 徐渭:《肖甫诗序》,《徐文长三集》卷19,《徐渭集》,中华书局1983年版,第534页。
② 唐顺之:《答皇甫百泉郎中》,《荆川先生文集》卷6,《四部丛刊初编》本。

"皆不为好古之士所喜",而对复古派所鼓吹的"诗必唐,文必秦与汉云云",则声称"自不省其为何语矣"。

也是出自对真情的强调,徐渭继承了唐顺之反对"诗必唐,文必秦与汉"的文学主张,在《叶子肃诗序》中对当时文学创作中的模拟风气进行了批判:

> 人有学为鸟言者,其音则鸟也,而性则人也。鸟有学为人言者,其音则人也,而性则鸟也。此可以定人与鸟之衡哉?今之为诗者,何以异于是。不出于己之所自得,而徒窃于人之所尝言,曰某篇是某体,某篇则否,某句似某人,某句则否,此虽极工逼肖,而己不免于鸟之为人言矣。①

在这里徐渭强调的是,文学创作要"出之于己之所自得",而不能"徒窃人之所尝言"。而所谓"自得",又是建立在创作主体的自然本性基础之上的。如果离开了这个自然本性,离开了创作主体自己的真情,仅仅从篇章字句上模拟古人,其结果必然是"不免于鸟之为人言",而明代复古模拟之风的根本症结也正表现在这里。而在《论中·四》中,徐渭对当时一味拟古习俗的批判则更加尖锐:

> 故夫诗也者,古《康衢》也,今渐而里之优唱也,古《坟》也,今渐而里唱者之所谓宾之白也,悉时然也,非可不然而故然之也。故夫准文与诗也者,则《坟》与宾,《康》与里,何可同日语也。至兴则文固不若宾,《康》不胜里也,非独小人然,大人固且然也。今操此者,不务此之兴,而急彼之不兴,此何异夺裘葛以取温凉,而取温凉于兽皮也,木叶也,曰为其为古也,惑亦甚矣。……举一焉,今之为词而叙吏者,古衔如彼,则今衔必彼也。而叙地者,古名如彼,今名必彼也。其他靡不然。而乃忘其彼之古者,即我之今也,慕古而反其所以真为古者,则惑之甚也。虽然,之言也,殆为词而取兴于人心者设也,如词而徒取兴于人口者也,取兴于人耳者也,取兴于人目者

---

① 徐渭:《叶子肃诗序》,《徐文长三集》卷19,《徐渭集》,中华书局1983年版,第519页。

也，而直求温凉于兽与木也，而以为古者，则亦莫敝于今矣。何者？悉袭也，悉剿也，悉潦也，一其奴而百其役也，其最下者，又悉朦也，悉刖也，悉自雷也。①

徐渭认为，古今文学的不同，是时代发展的必然，"悉时然也，非可不然而故然之也"。古代有古代的文学，当代有当代的文学。如果要求当代文学模拟古代文学，就有如让当代人"取温凉于兽皮也，木叶也"。复古模拟的荒唐就在于，"一其奴而百其役"，用古人束缚自己，使自己成为古人的奴仆，而丧失文学创作中的主体意识。

三　徐渭对唐宋派的发展

尽管徐渭与唐宋派作家有着密切的交往，且在学术思想和文学主张上受其影响，但明清以降，鲜有学者把徐渭与唐宋派相提并论，究其原因，主要在于徐渭在理论上和创作中还体现出不同于唐顺之等唐宋派作家的特色。而正是这些特色，才构成了徐渭对唐宋派的发展，并对公安派产生了直接的影响。

1. 较之于唐宋派，徐渭在学术思想上的特点是重视人的自然本性

阳明心学的人性学说继承了孟子的"性善论"。由于这一思想影响的结果，在人性思想上，唐顺之一方面主张"以天机为宗"，同时又强调以"无欲为工夫"。他在《与聂双江司马》中说："障天机者莫如欲，若使欲根洗尽，则机不握而自运。"② 在唐顺之看来，"天机"与"人欲"是对立的。正是出于对"天机"的强调，唐顺之主张"欲根洗尽"。在人性思想上，与唐顺之主张"欲根洗尽"，排斥人类情欲的态度有别，徐渭强调的是人的自然本性。在《论中·一》一文中，徐渭表达了这一思想：

> 语中之至者，必圣人而始无遗，此则难也。然习为中者，与不习为中者，甚且悖其中者，皆不能外中而他之也。似易也，何者，之中也者，人之情也，故曰易也。语不为中，必二氏之圣而始尽。然习不为中者，未有果能不为中者也，此则非直不易也，难而难者也。何

---

① 徐渭：《论中·四》，《徐文长三集》卷17，《徐渭集》，中华书局1983年版，第491页。
② 唐顺之：《与聂双江司马》，《荆川先生文集》卷6，《四部丛刊初编》本。

者，不为中、不之中者，非人之情也。鱼处水而饮水，清浊不同，悉饮也，鱼之情也。故曰为中似犹易也，而不饮水者，非鱼之情也，故曰不为中，难而难者也。二氏之所以自为异者，其于不饮水不异也，求为鱼与不求为鱼者异也，不求为鱼者，求无失其所以为鱼者而已矣，不求为鱼也。重曰为中者，布而衣，衣而量者也，自童而老，自侏儒而长人，量悉视其人也。夫人未有不衣者，衣未有不布，布未有不量者，衣童以老，为过中，衣长人以侏儒，是为不及于中，圣人不如此其量也。①

这里的所谓"中"，指的是事物的自然本性，对人而言，则是指人的自然本性。在徐渭看来，这种自然本性是与生俱来的，不论是"习为中者"，还是"不习为中者"，甚至"悖其中者"，"皆不能外中而他之"。故曰："之中也者，人之情也。"徐渭以鱼饮水举例说："鱼处于水而饮水，清浊不同，悉饮也，鱼之情也。"徐渭又以人穿衣举例说："布而衣，衣而量者也，自童而老，自侏儒而长人，量悉视其人也"，这都是事物的自然本性。在此基础上，徐渭强调要顺应事物的自然本性。"不为中、不之中者，非人之情也。"反对对事物自然本性的违背，从鱼饮水的事例而言，"不饮水者，非人之情也，故曰不为中"。从人穿衣的事例而论，"夫人未有不衣者，衣未有不布，布未有不量者"。要求鱼不饮水、人不穿衣，都是对事物的自然本性的违背。在强调顺应事物自然本性的基础上，徐渭进而提出要尊重事物的个性。儿童只能穿儿童的衣服，如果"衣童以老，为过中"；"长人"只能穿"长人"的衣服，如果"衣长人以侏儒，是为不及于中"。

2. 较之于唐宋派，徐渭在人格风范上的突出特点表现为狂狷精神

不同的人性思想导致了不同的人格风范。尽管唐顺之主张"天机自然"，并在《与两湖书》中肯定了："率情而言，率情而貌"② 的人格风范。但唐顺之的人性思想是建立在"欲根洗尽"的哲学基础之上的。因而，在人格风范上，唐顺之表现得更突出的是学者气质。故李开先说：唐顺之"一意沉酣六经，诵读诸子，尤留意国朝典故律例之书，旁及天文

---

① 徐渭：《论中·一》，《徐文长三集》卷17，《徐渭集》，中华书局1983年版，第488页。
② 唐顺之：《与两湖书》，《荆川先生文集》卷5，《四部丛刊初编》本。

地理兵战射法……于书无所不读，亦无所不精，于艺无所不究，亦无所不能"。① 而作为一个学者，唐顺之尤其注重心性的磨炼与道德的修养，主张"完养神明，以探其本原，浸涵六经之言，以博其旨趣"。② 在实际生活中"不为习气缠绕，不使欲障起灭；好是懿德，好仁无尚"③，"参透世情，节忍嗜欲，以培养性源，久之，此心凝静，百物皆通"④。如果说，学者气质是唐顺之人格风范的突出特点，那么，在徐渭身上表现得更为突出的则是文士风度。出于对人的自然本性的强调，徐渭在性格和行为上"豪荡不羁"，"信心而行，恣意谭谑，了无忌惮"⑤，在人格风范上表现出强烈的狂狷精神。正如徐渭自己在《自为墓志铭》中所言："渭为人度于义无所关时，辄疏纵不为儒缚，一涉义所否，干耻诟，介秽廉，虽断头不可夺。"⑥ 在与张元忭关系的处理上，徐渭这种"疏纵不为儒缚"的狂狷人格得到了较为典型的体现。

张元忭（1538—1588），字子荩，号阳和，浙江山阴人。隆庆五年（1571）状元。作为同乡，徐渭与张元忭的关系非常密切。在《徐渭集》中，保存着与张元忭交往的诗文多篇。隆庆五年正月十七日，张元忭北上应试，徐渭作《送张子荩会试》《送张子荩北上》《赋得紫骝马送子荩春北上次前韵》等为之送行，预祝张元忭一举登科，"试听蛟潭夜半雷"。张元忭中状元后，徐渭又作《闻张子荩廷捷之作，奉内山尊公》二首，对张元忭表示祝贺。张元忭登科衣锦还乡，徐渭又作《子荩太史之归也，侍庆有余间，值雪初下，乃邀我六逸觞于寿芝楼中，余醉而抽赋》一诗。张元忭之父张天复去世，徐渭作《祭张太仆文》以吊之。徐渭杀妻下狱，万历二年（1574）经张元忭营救出狱，次年将出游天目诸山，作《十四日饮张子荩太史宅，留别》一诗，与张元忭告别。万历十年（1582），"皇嗣诞生"，张元忭"赍诏至楚"，徐渭作《拟送张翰林使楚》一诗送

---

① 李开先：《康王王唐四子补传》，李开先著，路工辑校《李开先集》，中华书局1959年版，第637—638页。
② 唐顺之：《答廖东雩提学》，《荆川先生文集》卷5，《四部丛刊初编》本。
③ 李开先：《荆川唐都御史传》，李开先著，路工辑校《李开先集》，中华书局1959年版，第627页。
④ 同上书，第624页。
⑤ 袁宏道：《徐文长传》，《徐渭集》，中华书局1983年版，第1342页。
⑥ 徐渭：《自为墓志铭》，《徐文长三集》卷26，《徐渭集》，中华书局1983年版，第639页。

之。另有《答张翰撰》一书，与张元忭讨论书法。《答张太史》一书，对张元忭对自己生活上的接济表示感谢。据钱谦益《徐记室渭》：

> （徐渭）击杀其后娶者，论死系狱，愤懑欲自杀。张宫谕元忭力救乃解。……入京师，馆宫谕邸舍。宫谕峻峻引礼法，久之，心不乐，时大言曰："吾杀人当死，颈一茹刃耳。今乃碎磔吾肉！"遂病发，弃归。……宫谕死，白衣往吊，抚棺大恸，不告姓名而去。诸子追及之，哭而拜诸涂，小捶手抚之，不出一语。十年才此一出耳。①

尽管徐渭和张元忭关系非常密切，并始终对之报以感恩之情，但他却不愿意他人干涉自己的生活和行为。徐渭和张元忭的关系，说明徐渭既重朋友情义，而又执着于自己的自由生活，"疏纵不为儒缚"的狂狷人格，尽管这种执着有时显得不近人情。

3. 较之于唐宋派，徐渭诗文创作上的突出特点在于个性的张扬

作为各自人格风范在创作上的体现，徐渭的诗文较之于唐顺之等唐宋派作家显示出鲜明的个性。作为一个学者，唐顺之"学问渊博，留心经济。……其究也仍以文章传。然考既深，议论具有根柢，终非井田封建之游谈。其文章法度，具见《文编》一书。……在有明中叶，屹然为一大宗"。②钱谦益《列朝诗集小传》评其诗歌曰："正、嘉之间，为诗者踵何、李之后尘，剽窃云扰，应德与陈约之辈，一变为初唐，于时称其庄严宏丽，咳唾金璧。归田以后，意取辞达。"③而作为一个文士，徐渭在人格风范上表现出强烈的狂狷精神。这种狂狷精神体现在诗歌创作上，即是对个性的张扬。故陶望龄在《徐文长传》中说："文长负才，性不能谨饰节目，然迹其初终，盖有处士之气，其诗与文亦然，虽未免瑕颣，咸以成其为文长者而已。"正是因为徐渭的诗歌真实地展示了自己的人格与个性，《四库全书总目·徐文长集》说："其诗欲出入李白、李贺之间，而才高识僻。"徐渭在诗歌创作上的这一特点，公安派主将袁宏道在《徐文

---

① 钱谦益：《徐记室渭》，《列朝诗集小传》丁集中，上海古籍出版社1983年版，第561页。
② 永瑢等：《四库全书总目》卷172，中华书局1965年版，第1505—1506页。
③ 钱谦益：《唐金都顺之》，《列朝诗集小传》丁集上，上海古籍出版社1983年版，第375页。

长传》中进行过较为详细的分析：

> 文长既已不得志于有司，遂乃放浪曲蘖，恣情山水。走齐鲁燕赵之地，穷览朔漠，其所见山奔海立，沙起云行，风鸣树偃，幽谷大都，人物鱼鸟，一切可惊可愕之状，一一皆达之于诗。其胸中又有一段不可磨灭之气，英雄失路托足无门之悲，故其为诗，如嗔如笑，如水鸣峡，如种出土，如寡妇之夜哭，羁人之寒起。当其放意，平畴千里，偶尔幽峭，鬼语秋坟。……先生诗文倔起，一扫近代芜秽之习，百世而下，自有定论。①

如《醉中赠张子先》一诗，就真实地表现了徐渭的狂狷人格和鲜明个性：

> 月光浸断街心柳，是夜沿门乱呼酒，猖狂能使阮籍惊，饮兴肯落刘伶后？此时一歌酒一倾，燕都屠者围荆卿，市人随之俱拍手，天亦为之醉不醒。回思此景十年事，君才高帽笼新髻，只今裹装走吴市，买玉博金作生计。博物惟称古张华，况君与之同姓字，剡笺蜀素吴兴笔，夏鼎商彝汲冢籍。紫贝明珠大一围，玉琴宝剑长三尺，市门错落散若星，游客往来观似箦。有时焚香出苦茗，过客垂蓁敛方领，主人握管向客传，彩毫落纸飘云烟，苍鹰搏凤摆赤血，老且嚼带流清涎。张君本是风流者，兼之市物称儒雅，不但朝朝论古今，还宜夜夜传杯斝。方蝉子，调差别，中年学道立深雪，如鱼饮水知寒热。自知喜心长见猎，半儒半释还半侠，索予题诗酒豪发，与剑同藏龙吼匣。②

这首诗即通过对张子先的描写，表现了徐渭"不为儒缚"，侠烈慷慨的人格特点，"半儒半释还半侠"其实正是徐渭自己人格的真实写照。徐渭的这种"不为儒缚"的性格不可避免地要和他所生活的社会发生矛盾。正如徐渭自己在《启诸南明侍郎》一书中所言："某生来蠢躁，动辄颠迷。

---

① 袁宏道：《徐文长传》，《徐渭集》，中华书局1983年版，第1343—1344页。
② 徐渭：《醉中赠张子先》，《徐文长三集》卷5，《徐渭集》，中华书局1983年版，第123页。

当其在外而纵也，辟如虾蟹跳掷于苇萧，瞡瞡然不知远害而全身。"① 从而引起一些非议与责难，"人谓偃蹇玩世，狂奴故态如此"。② "有才无命不干时"③ 的遭遇，使徐渭的侠烈慷慨不可避免地呈现出一种抑塞悲愤的色彩。《少年》一诗就是这样的作品："少年定是风流辈，龙泉山下鞲鹰睡，今来老矣恋胡狲，五金一岁无人理。无人理，向予道，今夜逢君好欢笑，为君一鼓姚江调。鼓声忽作霹雳叫，掷槌不肯让渔阳，猛气犹能骂曹操。"④ 关于这首诗的写作缘由，作者注曰："郑老，姚人，为塾师于富阳，老而贫，人侮之。醉而为予一击大鼓，绝调也。"⑤ 从这首诗，我们不难看出，当时的社会对作者的压抑，以及作者力图冲破这种压抑时所表现出来的愤世嫉俗的情绪和孤傲狂狷的人格。

由上可见，徐渭与唐宋派作家有着密切的交往，并在理论和创作上继承了唐宋派的传统，在这个意义上堪称唐宋派一员有力的殿后；同时，徐渭在人性学说、人格风范、创作个性上具有鲜明的特点，这些特点构成了对唐宋派的发展，并对后来公安派产生了直接的影响。在明代诗文发展进程中，徐渭具有上承唐宋派之后，下启公安派之先的地位与作用。故《四库全书总目·徐文长集》评之曰：

> 盖渭本俊才，又受业于季本，传姚江纵恣之派。不幸而学问未充，声名太早，一为权贵所知，遂侈然不复检束。及乎时移事易，侘傺穷愁。自知决不见用于时，益愤激无聊，放言高论，不复问古人法度为何物。故其诗遂为公安一派之先。⑥

尽管这个评价不乏正统文人的偏见和迂阔陈腐的责难，然而，也正是在这种偏见与责难中，徐渭在明代诗文发展进程中的地位，得到符合实际

---

① 徐渭：《启诸南明侍郎》，《徐文长三集》卷15，《徐渭集》，中华书局1983年版，第450页。

② 张汝霖：《刻徐文长佚书序》，《徐渭集》，中华书局1983年版，第1349页。

③ 徐渭：《对明篇》，《徐文长三集》卷5，《徐渭集》，中华书局1983年版，第129页。

④ 徐渭：《少年》，《徐文长三集》卷5，《徐渭集》，中华书局1983年版，第138—139页。

⑤ 同上书，第138页。

⑥ 永瑢等：《四库全书总目》卷178，中华书局1965年版，第1606页。

的显示。

(原载《文学遗产》2006年第2期,2006年CSSCI收录)

论徐渭的狂狷人格

狂狷人格是一种以个体为本位、弘扬主体、张扬个性、追求自由而有悖于传统规范的人格形态。明代中叶,随着阳明心学的盛行,弘扬主体意识、张扬个性精神成为一种时代思潮。在这种思潮的影响下,出现了一批以"狂狷"为特征的作家,而徐渭就是这类作家中的一个典型代表。

一 "利人皆圣"的平等意识

所谓人格实际上是主体根据相应的哲学思想对自身存在状态的态度和要求。探讨徐渭的狂狷人格,首先应该分析其哲学思想基础。在《涉江赋》中,徐渭表达了对宇宙及人生的思考:

> 人生之处世兮,每大己而细蚁。视声利之所在兮,水趋壑而赴之。量大块之无垠兮,旷荡荡其焉期,计四海之在天兮,似垒空之在大泽,中国之在海内兮,太仓之取一粒。物以万数,而人处其一,则又似乎毫末之在于马雎。……爰有一物,无挂无碍,在小匪细,在大匪泥,来不知始,往不知驰,得之者成,失之者败,得亦无携,失亦不脱,在方寸间,周天地所。勿谓觉灵,是为真我,觉有变迁,其体安处?体无不含,觉亦从出,觉固不离,觉亦不即。立万物基,收古今域,失亦易失,得亦易得。[1]

在徐渭看来,人生宇宙之中,最重要的是保持"真我"。保持"真我"是"立万物基",是人安身立命的根本之所在。那么,徐渭所强调的"真我"究竟有怎样的人性内容呢?在《论中·一》一文中,徐渭表达了自己对于人性的基本看法:

---

[1] 徐渭:《涉江赋》,《徐文长三集》卷1,《徐渭集》,中华书局1983年版,第36页。

> 语中之至者，必圣人而始无遗，此则难也。然习为中者，与不习为中者，甚且悖其中者，皆不能外中而他之也。似易也，何者，之中也者，人之情也，故曰易也。语不为中，必二氏之圣而始尽。然习不为中者，未有果能不为中者也，此则非直不易也，难而难者也。何者，不为中、不之中者，非人之情也。鱼处水而饮水，清浊不同，悉饮也，鱼之情也。故曰为中似犹易也，而不饮水者，非鱼之情也。故曰不为中，难而难者也。二氏之所以自为异者，其于不饮水不异也，求为鱼与不求为鱼者异也，不求为鱼者，求无失其所以为鱼者而已矣，不求为鱼也。重曰为中者，布而衣，衣而量者也，自童而老，自侏儒而长人，量悉视其人也。夫人未有不衣者，衣未有不布，布未有不量者，衣童以老，为过中，衣长人以侏儒，是为不及于中，圣人不如此其量也。①

这里的所谓"中"，指的是事物的自然本性，对人而言，则是指人的自然本性。在徐渭看来，这种自然本性是与生俱来的，不论是"习为中者"，还是"不习为中者"，甚至"悖其中者"，"皆不能外中而他之"。故曰："之中也者，人之情也。"徐渭以鱼饮水举例说："鱼处于水而饮水，清浊不同，悉饮也，鱼之情也。"徐渭又以人穿衣举例说："布而衣，衣而量者也，自童而老，自侏儒而长人，量悉视其人也"，这都是事物的自然本性。在此基础上，徐渭强调要顺应事物的自然本性。"不为中、不之中者，非人之情也。"反对对事物自然本性的违背，从鱼饮水的事例而言，"不饮水者，非人之情也，故曰不为中"。从人穿衣的事例而论，"夫人未有不衣者，衣未有不布，布未有不量者"。要求鱼不饮水、人不穿衣，都是对事物的自然本性的违背。在强调顺应事物自然本性的基础上，徐渭进而提出要尊重事物自然本性的个性。儿童只能穿儿童的衣服，如果"衣童以老，为过中"；"长人"只能穿"长人"的衣服，如果"衣长人以侏儒，是为不及于中"。

对"真我"和自然本性的强调标志着主体意识的高扬。随着主体意识的高扬，强调人的尊严，要求人格平等成为徐渭的一个重要思想。在《论中·三》中，徐渭提出了"利人皆圣"的平等思想：

---

① 徐渭：《论中·一》，《徐文长三集》卷17，《徐渭集》，中华书局1983年版，第488页。

> 自上古以至今，圣人者不少矣，必多矣。自君四海、主亿兆，琐至治一曲之艺，凡利人者，皆圣人也。周所谓道在瓦砾，在屎溺，意岂引且触于斯耶？故马医、酱师、治尺捶、洒寸铁而利之者，皆圣人也。吾且以治者举，人出一思也，人创一事也，又人累千百人也，年累千万年也，而后天下之治具始大以明备，忠而质，质而文，文而至于不可加，而具之枚亦不可数。使今一人也，而曰我自为之，而自用之，而又必待其全而后用，则终古不治矣。①

什么是"圣人"？徐渭的回答是："凡利人者，皆圣人也。"王阳明所说的"良知良能，愚夫愚妇与圣人同"②，及王艮所说的："夫子亦人也，我亦人也"③都表现出了平等思想。但是，不论是王阳明，还是王艮，他们所说的"圣人"无不都是道德上的典范。而在徐渭看来，"圣人"不一定是道德上的典范，只要是有利于他人的人，都是"圣人"。由于社会的分工，"人出一思，人创一事"，人类的存在是相互依赖的，每个人都有"利人"的可能。在这个意义上，马医、酱师之类，"皆圣人也"。"圣人"因之失去了道德典范的神圣光环，传统的等级制度因之得以突破，普通百姓的地位因之得以提高。

这种"利人皆圣"的平等思想，体现在徐渭身上，形成了他蔑视权贵、傲世独立的人格。徐渭在《自为墓志铭》中谈到自己性格时说："贱而懒且直，故惮贵交似傲，与众处不免袒裼似玩，人多病之。"④ 在《答王口北》中，他又说："以韦贱交王公，恐涉非分，是以宁甘疏外。"⑤ 为了维护自己的人格尊严，他尽量和达官贵人保持一定的距离。据陶望龄

---

① 徐渭：《论中·三》，《徐文长三集》卷17，《徐渭集》，中华书局1983年版，第489—490页。

② 王守仁：《答顾东桥书》，吴光等编校《王阳明全集》卷2，上海古籍出版社1992年版，第49页。

③ 徐樾：《王艮别传》，袁承业编纂《明儒王心斋先生遗集》卷5，1912年东台袁氏排印本。

④ 徐渭：《自为墓志铭》，《徐文长三集》卷26，《徐渭集》，中华书局1983年版，第638页。

⑤ 徐渭：《答王口北》，《徐文长逸稿》卷21，《徐渭集》，中华书局1983年版，第1017页。

《徐文长传》：

> 渭性通脱，多与群少年昵饮于肆。幕中有急需，召渭不得，夜深，开戟门以待之。侦者得状，报曰："徐秀才方大醉嚎嚣，不可致也。"公闻，反称甚善。时督府势严重，文武将吏庭见，惧诛责，无敢仰者，而渭戴乌巾，衣白布汗衣，直闯入门，示无忌讳，公常优容之，而渭亦矫节自好，无所顾请。然性豪恣，间或藉气势以酬所不快，人亦畏而怨焉。……既归，病时作时止，日闭门与狎者数人饮噱，而深恶诸富贵人，自郡守丞以下求见者，皆不得也。尝有诣者伺便排户半入，渭遽手拒扉，口应曰某不在，人多以是怪恨之。①

又据袁宏道《徐文长传》："文长为山阴秀才，大试辄不利，豪荡不羁。总督胡梅林公知之，聘为幕客。文长与胡公约，若欲客某者，当具宾礼，非时辄得出入，公许之。文长乃葛衣乌巾，长揖就坐，纵谭天下事，旁若无人，胡公大喜。是时公督数边兵，威振东南，介胄之士膝语蛇行，不敢举头，而文长以部下一诸生傲之，信心而行，恣意谭谑，了无忌惮。"②通脱的个性，豪恣的性格，表现的是徐渭对封建等级制度的漠视；深恶富贵，拒交权臣，体现的是徐渭对达官贵人的蔑视。从这些事例可以看出，徐渭孤傲独立的个性和对个人尊严的维护。

袁宏道《徐文长传》评价徐渭人格时说："文长眼空千古，独立一时，当时所谓达官贵人，骚士墨客，文长皆叱而奴之，耻不与交。"③"晚年愤益深，佯狂益甚，显者至门，皆距不纳，当道官至，求一字不可得。时携钱至酒肆，呼下隶与饮。"④ 作为这种人格在文学创作上的体现，徐渭的诗歌还表现了他通脱豪恣的个性与孤傲独立的人格。《侠者》一诗就是这种个性与人格的典型体现："县门一见不通名，入肆开尊侠气生。却说吴中姓梅者，曾过燕市吊荆卿。路逢知己身先许，事遇难平剑欲鸣。自

---

① 陶望龄：《徐文长传》，《徐渭集》，中华书局1983年版，第1339—1340页。
② 袁宏道：《徐文长传》，《徐渭集》，中华书局1983年版，第1342页。
③ 同上书，第1343页。
④ 同上。

古英雄成济处，丈夫犹自立孤难。"① 而《画鹰》一诗，则借物写人，表达了作者高远的志向和独立的人格：

> 闽南缟练光浮腻，传真谁写苍崖鸷，生相由来不附人，绿鞲空着将军臂。八月九日原草稀，百鸟高高兔走肥，烟中敛翼远不下，节短暗合孙吴机。此时一中贵快意，深林燕雀何须避，惟将搏击应凉风，谁贪饱胔矜山雉。昨见少年向南市，买鹰欲放平原辔，凡才侧目饱人喂，不似画中有神气。夜来鸱枭作精魅，安得放此向人世，秋风一试刀棱翅。②

在徐渭的笔下，鹰不但具有"生相由来不附人"的独立人格，而且还有"秋风一试刀棱翅"的抱负，这种人格与抱负无疑是徐渭自身的写照。同时，"凡才侧目饱人喂，不似画中有神气"。鹰一旦依附于人，就失去了应有的本性，而黯然失神。徐渭的这种狂傲人格必然为当时的社会所不容，而引起"人亦畏而怨焉""人多以是怪恨之"。来自世俗的压抑更加激发了徐渭傲然应世的反抗情绪。《青白眼》一诗就是这种情绪的写照："阮生醉不醒，瓷瓦却惺惺，解将岩下电，换看世间人。自笑长门诏，醉堕能言惺，不着红油屐，知予盲不盲。"③ 从而形成徐渭傲然应物，白眼待世的人格特点。

二 "本体自然"的自由意识

在人性学说上对"真我"和自然本性的强调，体现在行为学说上即是对自由的倡导。在《读龙惕书》中，徐渭改造了乃师季本的"龙惕说"，提出了自己的自然观：

> 甚矣道之难言也，昧其本体，而后忧道者指其为自然。其后自然者之不能无弊也，而先生复救之以龙之惕。夫先生谓龙之惕也，即乾之健也，天之命也，人心之惺然而觉，油然而生，而不能自己者也。

---

① 徐渭：《侠者》，《徐文长逸稿》卷4，《徐渭集》，中华书局1983年版，第814页。
② 徐渭：《画鹰》，《徐文长三集》卷5，《徐渭集》，中华书局1983年版，第125—126页。
③ 徐渭：《青白眼》，《徐文长逸稿》卷3，《徐渭集》，中华书局1983年版，第762页。

非有思虑以启之。非有作为以助之，则亦莫非自然也，而又何以惕为言哉？今夫目之能视，自然也，视而至于察秋毫之末，亦自然也；耳之能听，自然也，听而至于闻焦螟之响，亦自然也；手之持而足之行，自然也，其持其行而至于攀援趋走之极，亦自然也；心之善应，自然也，应而至于毫厘纤悉之不逾矩，造次颠沛之必如是，亦自然也。然而有病于耳目手足者矣，或为瞖甚，或为盲也，或为塞甚，或为聋也，或为不调甚，或为痿痹也。始而罹是患也，既以坏其聪明运动之神而渐不可救，其患之成而积之久也，则遂忘其聪明运动之用而若素所本无。于是向也以视为目之自然，而今也以不视为目之自然，向也以听为耳之自然，而今也以不听为耳之自然，向也以持行为手足之自然，而今也以不持不行为手足之自然。夫聪明运动耳目手足之本体，自然也，盲聋痿痹，非自然也，而卒以此为自然者，则病之久而忘之极也。夫耳目手足以盲聋痿痹为苦，而以聪明运动为安，举天下之人，习其聪明运动之为自然，而盲聋痿痹之非自然。至于其病之久而忘之极，犹且以苦者为安，非自然者为自然矣；而况于人之心，其在胎妊之时，已渐有熏染之习，驯至知觉之后，又不胜感物之迁，小体著于嗜好而无有穷已。……然则自然者非乎？曰，吾所谓心之善应，其极至于毫厘纤悉之不逾矩，造次颠沛之必如是，本自然也，然而自然之体不容说者也，说之无疑于工夫也。既病人之心，所急在于工夫也，苟不容于无说，则说之不可徒以自然道也。惕之与自然，非有二也，惕亦自然也，然所要在惕而不在于自然也，犹指目而曰自然明可也，苟不言明而徒曰自然，则自然固虚位也，其流之弊，鲜不以盲与瞖者冒之矣。①

季本是王守仁的嫡传弟子，"龙惕说"据其《说理会编》："自然者，顺理之名也。理非惕若，何以能顺？舍惕若而言顺，则随气所动耳，故惕若者，自然之主宰也。夫坤，自然者也，然以承乾为德，则主乎坤者也。命，自然者也，命曰天命，则天为命主矣。道，自然者也，道曰率性，则性为道主矣。和，自然者也，和曰中节，则中为和主矣。苟无主焉，则命

---

① 徐渭：《读龙惕书》，《徐文长三集》卷29，《徐渭集》，中华书局1983年版，第677—679页。

也、道也、和也皆过其则,乌得谓之顺哉?故圣人言学,不贵自然,而贵于慎独,正恐一入自然,则易流于欲耳。"① 一方面,季本认为,"自然者,顺理之名也",承认"自然"的合理性;同时又认为"惕若者,自然之主宰也",主张对"自然"要有所限制,而不能一任"自然"而"流于欲"。季本提出"龙惕说"后,曾较为广泛地征求过王门诸子的意见,据徐渭《奉赠师季先生序》:"先生论学本新建宗,讲良知者盈海内,人人得而闻也,后生者起,不以良知无不知,而以所知无不良,或有杂于见,起随便之心概以为天则。先生则作《龙惕书》,大约论佛子以水镜喻心,圣人以龙德象乾,龙体警惕,天命健行,君子戒惧。是以惟圣学为精,察于欲与理。若水鉴,无主宰,任物形,使人习懒偷安,或放肆而不可收拾。移书江西之邹、聂,及吾乡之钱、王诸老先生,再三反而不置,于是学者则见以为依据,而诸老先生亦取之为精其说,而其说遂明。"② 对于季本的"龙惕说",当时有的学者提出了不同看法,徐渭《读龙惕书》:"今之议先生者,得无曰,惕者循业发现,如论水及波,终非全体,随时执捉,如握珠走盘,反窒圆机。"③ 这里的"议先生者"主要是王畿、邹守益等。据黄宗羲《明儒学案·知府季彭山先生本》:"龙溪云:'学当以自然为宗,警惕者,自然之用,戒慎恐惧未尝致纤毫之力,有所恐惧便不得其正矣。'东廓云:'警惕变化,自然变化,其旨初无不同者,不警惕不足以言自然,不自然不足以言警惕,警惕而不自然,其失也滞,自然而不警惕,其失也荡。'"④ 徐渭就是在继承了季本"龙惕说"的基础之上,吸取了王畿等的观点,从而提出了"本体自然"思想。

首先,徐渭指出片面强调"自然"所存在的流弊,而推崇季本的"龙惕说"。徐渭认为,"夫聪明运动耳目手足之本体,自然也",善即是自然;"盲聋痿痹,非自然也",恶即非自然。但是,"一念流转,善恶易

---

① 季本:《说理汇编》,黄宗羲著,沈芝盈点校《明儒学案》卷13,中华书局1985年版,第273页。
② 徐渭:《奉赠师季先生序》,《徐文长三集》卷19,《徐渭集》,中华书局1983年版,第515页。
③ 徐渭:《读龙惕书》,《徐文长三集》卷29,《徐渭集》,中华书局1983年版,第679页。
④ 黄宗羲:《知府季彭山先生本》,黄宗羲著,沈芝盈点校《明儒学案》卷13,中华书局1985年版,第272页。

形,两可相凌,物体无定。""盲聋痿痹之非自然。至于其病之久而忘之极,犹且以苦者为安,非自然者为自然矣。"在这种情况下,"所要在惕而不在于自然也",因为,"自然之体不容说者也,说之无疑于工夫也。既病人之心,所急在于工夫也,苟不容于无说,则说之不可徒以自然道也"。如果说,季本的"龙惕说"所反对的不是"自然",而是一任"自然"而"流于欲"的弊端。那么,徐渭在《读龙惕书》中所反对的不但不是"自然,"而是"非自然而为自然"的流弊。

其次,徐渭吸收了王畿"以自然为宗"的思想,提出了"本体自然"的观点。针对季本的"龙惕说",王畿认为:"学当以自然为宗,警惕者,自然之用。"从上引《读龙惕书》中,我们可以看到徐渭受到了王畿这一思想的影响。徐渭认为:"龙之惕也,即乾之健也,天之命也,人心之惺然而觉,油然而生,而不能自己者也。非有思虑以启之。非有作为以助之,则亦莫非自然也。"在徐渭看来,"龙惕"即自然,"惕之与自然,非有二也。自然惕也,惕亦自然也"。并且在《读龙惕书》中举例说:"夫见赤子入井而怵惕,此惕也,谓之循业发现也。未见赤子之先与既见赤子之后,或寂然而静,或纷然而动,而吾之常明常觉常惺惺者无有起灭,亦不可不谓之惕也,亦不可不谓之循业发现也。"在这个意义上,徐渭指出:"夫聪明运动耳目手足之本体,自然也。"而"戒惧者,固天命之性,工夫与本体何尝有二?""龙惕"与"自然"在本体的基础上达到了统一。如果说,季本的"龙惕说"主张以"龙惕"主宰"自然";那么,徐渭继承了乃师季本的学说并吸收了王畿"以自然为宗"的思想,对"龙惕说"加以发展,强调在本体基础上"龙惕"与"自然"的统一。

这种"本体自然"的思想体现在性格和行为上,就构成了徐渭"信心而行""了无忌惮"[①]的自由意识和人格特点。正如徐渭自己在《自为墓志铭》中所言:"渭为人度于义无所关时,辄疏纵不为儒缚,一涉义所否,干耻诟,介秽廉,虽断头不可夺。"[②]在与张元忭关系的处理上,徐渭这种"不为儒缚"的性格得到了较为典型的体现。

---

① 袁宏道:《徐文长传》,《徐渭集》,中华书局1983年版,第1342页。
② 徐渭:《自为墓志铭》,《徐文长三集》卷26,《徐渭集》,中华书局1983年版,第639页。

张元忭，字子荩，号阳和，浙江山阴人。隆庆五年（1571）状元。作为同乡，徐渭与张元忭的关系非常密切。在《徐渭集》中，保存着与张元忭交往的诗文多篇。隆庆五年正月十七日，张元忭北上应试，徐渭作《送张子荩会试》《送张子荩北上》《赋得紫骝马送子荩春北上次前韵》等为之送行，预祝张元忭一举登科"试听蛟潭夜半雷"。张元忭中状元后，徐渭又作《闻张子荩廷捷之作，奉内山尊公》二首，对张元忭表示祝贺。张元忭登科衣锦还乡，徐渭又作《子荩太史之归也，侍庆有余间，值雪初下，乃邀我六逸觞于寿芝楼中，余醉而抽赋》一诗。万历二年（1574），张元忭之父张天复去世，徐渭作《祭张太仆文》以吊之。徐渭杀妻下狱，经张元忭营救出狱，次年将出游天目诸山，作《十四日饮张子荩太史宅，留别》一诗，与张元忭告别。万历十年（1582），"皇嗣诞生"，张元忭"赍诏至楚"，徐渭作《拟送张翰林使楚》一诗送之。另有答《答张翰撰》一书，与张元忭讨论书法。《答张太史》一书，对张元忭对自己生活上的接济表示感谢。据钱谦益《徐记室渭》：

（徐渭）击杀其后娶者，论死系狱，愤懑欲自杀。张官谕元忭力救乃解。……入京师，馆官谕邸舍。官谕悛悛引礼法，久之，心不乐，时大言曰："吾杀人当死，颈一茹刃耳。今乃碎磔吾肉！"遂病发，弃归。……官谕死，白衣往吊，抚棺大恸，不告姓名而去。诸子追及之，哭而拜诸涂，小捶手抚之，不出一语，十年才此一出耳。①

尽管徐渭和张元忭关系非常密切，并始终对之报以感恩之情。但他却不愿意他人干涉自己的生活和行为。徐渭和张元忭的关系，说明徐渭既重朋友情义，而又执着于自己的自由生活与"疏纵不为儒缚"的狂狷人格，尽管这种执着有时显得不近人情。

徐渭的这种"疏纵不为儒缚"的性格体现在诗歌创作上，就形成了豪迈恣纵的艺术风格。钱谦益在《列朝诗集小传·徐记室渭》中评价其诗歌时说："南游金陵，北走上谷，纵观边塞厄塞，属房营帐，贳酒悲

---

① 钱谦益：《徐记室渭》，《列朝诗集小传》丁集中，上海古籍出版社1983年版，第561页。

歌，意气甚豪。"① 这种风格在《醉中赠张子先》一诗中得到典型的体现：

> 月光浸断街心柳，是夜沿门乱呼酒，猖狂能使阮籍惊，饮兴肯落刘伶后？此时一歌酒一倾，燕都屠者围荆卿，市人随之俱拍手，天亦为之醉不醒。回思此景十年事，君才高帽笼新髻，只今裹装走吴市，买玉博金作生计。博物惟称古张华，况君与之同姓字，剡笺蜀素吴兴笔，夏鼎商彝汲冢籍。紫贝明珠大一围，玉琴宝剑长三尺，市门错落散若星，游客往来观以箦。有进焚香出苦茗，过客垂綦敛方领，主人握管向客传，彩毫落纸飘云烟，苍鹰搏凤摆赤血，老且嚼带流清涎。张君本是风流者，兼之市物称儒雅，不但朝朝论古今，还宜夜夜传杯斝。方蝉方，调差别，中年学道立深雪，如鱼饮水知寒热。自知喜心长见猎，半儒半释还半侠，索予题诗酒豪发，与剑同藏龙吼匣。②

张汝霖在《刻徐文长佚书序》中说："文长怀祢正平之奇，负孔北海之高，人尽知之，而其侠烈如豫让，慷慨如渐离，人知之不尽也。"③ 这首诗即通过对张子先的描写，表现了徐渭"不为儒缚"，侠烈慷慨的人格特点，"半儒半释还半侠"其实正是徐渭自己人格的真实写照。徐渭的这种"不为儒缚"的性格不可避免地要和他所生活的社会发生矛盾。正如徐渭自己在《启诸南明侍郎》一书中所言："某生平蠢躁，动辄颠迷。当其在外而纵也，辟如虾蟹跳掷于苇萧，瞠瞠不知远寄存害而全身。"④ 从而引起一些非议与责难，"人谓偃蹇玩世，狂奴故态如此"。⑤ "有才无命不干时"⑥ 的遭遇，使徐渭的侠烈慷慨不可避免地呈现出一种抑塞悲愤的色彩。《少年》一诗就是这样的作品："少年定是风流辈，龙泉山下鞲鹰睡，今来老矣恋胡狲，五金一岁无人理，无人理，向予道，今夜逢君好欢笑，

---

① 钱谦益：《徐记室渭》，《列朝诗集小传》丁集中，上海古籍出版社1983年版，第561页。
② 徐渭：《醉中赠张子先》，《徐文长三集》卷5，《徐渭集》，中华书局1983年版，第123页。
③ 张汝霖：《刻徐文长佚书序》，《徐渭集》，中华书局1983年版，第1348页。
④ 徐渭：《启诸南明侍郎》，《徐文长三集》卷15，《徐渭集》，中华书局1983年版，第450页。
⑤ 张汝霖：《刻徐文长佚书序》，《徐渭集》，中华书局1983年版，第1349页。
⑥ 徐渭：《对明篇》，《徐文长三集》卷5，《徐渭集》，中华书局1983年版，第129页。

为君一鼓姚江调。鼓声忽作霹雳叫，掷槌不肯让渔阳，猛气犹能骂曹操。"① 关于这首诗的写作缘由，作者注曰："郑老，姚人，为塾师于富阳，老而贫，人侮之。醉而为予一击大鼓，绝调也。"② 从这首诗，我们不难看出，当时的社会对作者的压抑，以及作者力图冲破这种压抑时所表现出来的愤世嫉俗的情绪和孤傲独立的人格。

三 愤世嫉俗的反抗精神

公安派主将袁宏道在《徐文长传》中评价徐渭的创作时说：

> 文长既已不得志于有司，遂乃放浪曲蘖，恣情山水。走齐鲁燕赵之地，穷览朔漠。其所见山崩海立，沙起云行，风鸣树偃，幽谷大都，人物鱼鸟，一切可惊可愕之状，一一皆达之于诗。其胸中又有勃然不可磨灭之气，英雄失路，托足无门之悲。故其为诗，如嗔如笑，如水鸣峡，如种出土，如寡妇之夜哭，羁人之寒起。当其放意，平畴千里，偶尔幽峭，鬼语秋坟。虽其体格时有卑者，然匠心独出，有王者气，非彼巾帼而事人者所敢望也。文有卓识，气沉而法严，不以模拟损才，不以议论伤格，韩、曾之流亚也。文长既雅不与时调合，当时所谓骚坛主盟者，文长叱而奴之，故其名不出于越，悲夫！③

徐渭的一生，是悲剧性的一生。在徐渭的创作中，无论是"英雄失路，托足无门之悲"的悲愤，还是"寡妇之夜哭，羁人之寒起"的幽怨，或者是"当时所谓骚坛主盟者，文长叱而奴之"的狂傲，都表现出这样一种情绪，那就是愤世嫉俗的反抗精神。

第一，徐渭愤世嫉俗的反抗精神，在于对科举制度的批判。徐渭"九岁已能习干禄文字"④，20岁中秀才，"三十二岁，应壬子科，时督学

---

① 徐渭：《少年》，《徐文长三集》卷5，《徐渭集》，中华书局1983年版，第138—139页。
② 同上书，第138页。
③ 袁宏道：《徐文长传》，《徐渭集》，中华书局1983年版，第1343—1344页。
④ 徐渭：《自为墓志铭》，《徐文长三集》卷26，《徐渭集》，中华书局1983年版，第639页。

者薛公，讳应旂，阅余卷，偶第一，得廪科"。① 但科场不利，久困场屋。徐渭自己在写于45岁时的《自为墓志铭》中说，"藉于学宫二十有六年，食于二十人中者十有三年，举于乡者八而不一售，人且争笑之"。② 徐渭的遭遇引起了当时人们的同情，浙江巡抚胡宗宪即曾为徐渭疏通关系。据陶望龄《徐文长传》："及被遇胡公，值比岁，公思为渭地，诸帘官人入谒，属之曰：'徐渭，异才也，诸君校士而得渭者，吾为报之。'时胡公权震天下，所出口无不欲争得以媚者，而一令晚谒，其人贡士也，公心轻之，忘不与语。及试，渭胅适属令，事将竣，诸人乃大索获之，则弹摘遍纸矣，人以叹渭无命。"③ 科场失利的经历，使徐渭对科举制度深恶痛绝。41岁时愤而告别科场，不再参加科举考试。在《题自书杜拾遗诗后》中，徐渭对科举制度进行了深刻的批判：

> 余读书卧龙山之巅，每于风雨晦暝时，辄呼杜甫。嗟呼，唐以诗赋取士，如李、杜者不得举进士；元以曲取士，而迄今啧啧于人口如王实甫者，终不得进士之举。然青莲以《清平调》三绝宠遇明皇，实甫见知于花拖而荣耀当世；彼拾遗者一见而辄阻，仅博得早朝诗几首而已，余俱悲歌慷慨，苦不胜述。为录其诗三首，见吾两人之遇，异世同轨，谁谓古今人不相及哉！④

在徐渭看来，李白、杜甫、王实甫虽然都没有中进士，但仍然取得了举世瞩目的文学成就，可见科举制度并不是衡量一个人才能的标准。在《黄潭先生文集序》中，徐渭进而揭示"科条束士"的本质："近世科条束士，士群趋而人习之。以急于售而试其用，其视古人之文则见以为妨己之业也，遂相与弃去不讲。间有嗜之者，或搜拾旧坟，摩切音响，块然一老生学士耳，而于当世之务，缺然无所营于心焉。夫急于用而不知有古之文，其或溺于古之空文矣而无补于今之实用焉，不拘于俗学则陷于迂儒，

---

① 徐渭：《畸谱》，《徐渭集》，中华书局1983年版，第1328页。
② 徐渭：《自为墓志铭》，《徐文长三集》卷26，《徐渭集》，中华书局1983年版，第639页。
③ 陶望龄：《徐文长传》，《徐渭集》，中华书局1983年版，第1341页。
④ 徐渭：《题自书杜拾遗诗后》，《徐文长佚草》卷2，《徐渭集》，中华书局1983年版，第1098页。

此其人，生而无所效于时，死即泯没于后世矣，尚望其文之能传且久哉！"①

第二，徐渭愤世嫉俗的反抗精神表现为对怀才不遇的愤慨。徐渭是一个有着多方面才能的作家。在戏曲创作方面，其《四声猿》在明代中叶标新立异，独具一格。"先生诗文倔起，一扫近代芜秽之习，百世而下，自有定论。""喜作书，笔意奔放如其诗，苍劲中姿媚跃出，欧阳公所谓'妖韶女老自有余态'者也。间以其余，旁溢花鸟，皆超逸有致。""然文长竟以不得志于时，抱愤而卒。""古今文人，牢骚困苦，未有若先生者也。"②陶望龄在《徐文长传》中论徐渭时说："文长负才，性不能谨饰节目，然迹其初终，盖有处士之气，其诗与文亦然，虽未免瑕颣，咸以成其为文长者而已。中被诟辱，老而病废，名不出于乡党，然其才力所诣，质诸古人，传于来祀，有必不可废者。"③对徐渭怀才不遇的经历表现出深切的同情。在《胡公文集序》中，徐渭即表达了自己"不得志于时"的愤慨："渭读昌黎《与冯宿论文书》，谓己所为文，意中以为好，则人必以为恶，小称意，人小怪之，大称意，即人必大怪之。至于应事作俗下文字，下笔令人惭，小惭者人以为小好，大惭者即必以为大好。盖始而疑其言，其后渭颇学为古文词，亦辄稍应事，则见其书于手者，类不出于其心，盖所谓人以为好而己惭之者时有焉。"④《寄彬仲》则表达了徐渭生不逢时，怀才不遇的感慨："学剑无功书不成，难将人寿俟河清，风云似海蛟龙困，岁月如流髀肉生。万户千门瞻壮丽，三秋一日见心情，平原食客多云雾，未必于中识姓名？"⑤《哭王丈道中二首》则通过对朋友命运的不平，表达了自己的愤慨："不醉亦骂坐，忍寒曾却袍，一生馀肮脏，半李咽蛴螬。对语俱贫病，相思独郁陶，匣中留破剑，往往夜深号。"⑥徐渭这种生不逢时、怀才不遇的愤慨在《入燕三首》其二中得到更为突出的

---

① 徐渭：《黄潭先生文集序》，《徐文长佚草》卷1，《徐渭集》，中华书局1983年版，第1086—1087页。
② 袁宏道：《徐文长传》，《徐渭集》，中华书局1983年版，第1343—1344页。
③ 陶望龄：《徐文长传》，《徐渭集》，中华书局1983年版，第1341页。
④ 徐渭：《胡公文集序》，《徐文长三集》卷19，《徐渭集》，中华书局1983年版，第518—519页。
⑤ 徐渭：《寄彬仲》，《徐文长三集》卷7，《徐渭集》，中华书局1983年版，第232页。
⑥ 徐渭：《哭王丈道中二首》，《徐文长三集》卷6，《徐渭集》，中华书局1983年版，第208页。

体现：

> 荆卿本豪士，渐离亦高流，舞阳虽少小，杀人如芟苗。
> 眇然三匹夫，挟燕与秦仇，悲歌酒后发，涕下不能收。
> 猛气惊俗胆，奇节招世尤，见者徒骇顾，那能谅其由？
> 我生千载后，缅兹如有投，时违动自妄，忽作燕京游。
> 短褐入沽市，酒至思若抽，念彼屠与贩，零落归山丘。
> 皇皇盛明世，六辔控九州，匕首蚀野土，广道鸣华轴，
> 寸规不可越，安用轲之俦？我思远及之，旷若林与鹙，
> 凤鸟不可得，苍鹰以为求。①

尽管荆轲、高渐离、秦舞阳身上体现出一种侠风义胆，但明代却是一个"寸规不可越，安用轲之俦"的时代，虽然三位义士"猛气惊俗胆"，但是，他们的命运却是"零落归山丘"。然而，在荆轲、高渐离、秦舞阳身上，我们却可以看到徐渭自己的身影，"我生千载后，缅兹如有投，时违动自妄，忽作燕京游"。事实上，徐渭在这首诗中，用三位义士的豪情，以表达自己的志向，用三位义士的命运，以表现自己的命运。"猛气惊俗胆，奇节招世尤，见者徒骇顾，那能谅其由？"不正是徐渭自己"不得志于时"的命运的写照吗？

第三，徐渭愤世嫉俗的反抗精神，还表现为对自身生活状态及不幸遭遇的不平。徐渭的一生是不幸的一生。据其《畸谱》："渭生百日矣，先考卒。"由嫡母苗宜人抚养。"十四岁，苗宜人卒。"21岁入赘潘氏，徐渭与潘氏的感情尚好，但婚后仅五年潘氏卒，徐渭也随之搬出潘家。"四十岁，娶张。""四十六岁，易复，杀张下狱。"② 53岁时出狱，但生活极其凄凉。据陶望龄《徐文长传》："有书数千卷，后斥卖殆尽。帱莞破弊，不能复易，至藉藁寝。"徐渭自己在《自为墓志铭》中也说："尤不善治生，死之日，至无以葬，独馀书数千卷，浮磬二，研剑图画数，其所著诗若文若干篇而已。剑画托市于乡人某，遗命促之以资葬，著稿先为友

---

① 徐渭：《入燕三首》，《徐文长三集》卷4，《徐渭集》，中华书局1983年版，第70页。
② 徐渭：《畸谱》，《徐渭集》，中华书局1983年版，第1328—1329页。

人某持去。"① 其《补屋》一诗，即叙述了生活的穷困与窘迫：

> 僦居已六年，瓦豁绽椽缝，每当雨雪时，举族集盆瓮。
> 微溜方度楣，骤响忽穿栋，有如淋潦辰，米麦决筛孔。
> 五月候作梅，一雨接芒种，菌耳花箧衣，烂书揭不动。
> 樵子不上山，薪炭贵如矿，生平好楼居，值此念愈踊。
> 数椽犹僦人，安得峻栌栱，买瓦费百钱，已觉倒囊笼，
> 命工勿多摊，擘艾聊救痛。②

在《上萧宪副书》中徐渭叙述了对自己不幸遭遇的不平："渭小人也，材楛质秽，上之不能务学修躬以宣懿德，次之不能掇藻搜奇以显声通艺，外之不能混俗和光以取容家人，三者无一焉，而猥鄙龌龊，迨于今日，仰怍于天，俯愧于地。往者志身困骞，将望援于仁人，而以幼竖书生，任其狂悖。"③ 而当徐渭以强烈的愤慨，狂放的态度把这种不幸的遭遇真实地表现出来时，就形成他"以文自戕"的创作特点。故俞宪在《盛明百家诗徐文学集序》中说："山阴徐生渭，字文长，盖以文自戕者也。语云：'玉以瑜琢，兰以膏焚。'岂虚语哉！……嗟乎，生之集信可传矣！古所谓有文为不朽，其以此与？"④ 徐渭自己也在《自为墓志铭》中说："平生有过不肯掩。"⑤ 在徐渭的创作中，相当一部分作品，都非常真实地表现了自己的生活和感情，即使是自己的"猥鄙龌龊"，都以"任其狂悖"的态度予以真实的表现。如《自为墓志铭》就真实地表现了自己的生活和遭遇，而《至日趁曝洗脚行》则不加掩饰地表现了自己的"猥鄙龌龊"：

> 不踏市上尘，千有五百朝，胡为趾垢牛皮高，碧汤红檐浣且搔，

---

① 陶望龄：《徐文长传》，《徐渭集》，中华书局1983年版，第1341页。
② 徐渭：《补屋》，《徐文长三集》卷4，《徐渭集》，中华书局1983年版，第84页。
③ 徐渭：《上萧宪副书》，《徐文长佚草》卷3，《徐渭集》，中华书局1983年版，第1110页。
④ 俞宪：《盛明百家诗徐文学集序》，《徐渭集》，中华书局1983年版，第1355页。
⑤ 徐渭：《自为墓志铭》，《徐文长三集》卷26，《徐渭集》，中华书局1983年版，第639页。

一盆湿粉汤堪捞。徐以手摸尻之尾，尻中积垢多于趾，解裤才欲趁馀汤，裤裆赤虱多于虮。痒不知搔半死人，叔夜留与景略扪，豕鬣蹄尔视为广庭，比我茅屋一丈之外高几分，况是僦赁年输银。日午割豕才归市，醢以馅面作冬至，澡罢正与虮虱语，长须唤我拜爷主，往年拜罢号觚已，今年拜罢血如雨，烂两衣袂，枯两瞳子。①

这首诗不但真实地表现了徐渭生活的狼狈，而且把这种狼狈写得"猥鄙龌龊"。而徐渭也正是通过这种"以文自戕"的方式，表达了对当时社会的极大义愤。

第四，徐渭愤世嫉俗的反抗精神，还表现为对当时社会现实的不满。当时社会对徐渭自由独立人格的压抑，更加激发了他对当时社会的反抗情绪。朝廷党争、文坛争名、抗倭斗争等社会现实，在《徐渭集》中都有不同程度的反映。"后七子"中谢榛与李攀龙、王世贞发生争执，李、王居高临下，写诗辱骂作为一介布衣的谢榛，这引起了徐渭的不满。《廿八日雪》一诗就表达了这种不平："谢榛既与为朋友，何事诗中显相骂？乃知朱毂华裾子，鱼肉布衣无顾忌！即令此辈忤谢榛，谢榛敢骂此辈未？回思世事发指冠，令我不酒亦不寒。"② 严嵩倒台后，徐阶等忙于组阁，徐渭认为，那不过是官场争权而已，在《古意》一诗中抨击说："相邀拜母争相拜，若个当权助若当，旧虎死来新虎搏，古来何海不种桑！"③ 而《海上曲五首》其三则对倭寇侵扰时，绍兴府官吏的弃民不顾、御敌无策、一味享乐进行了尖锐的批判：

    暇日弃筹策，卒卒相束手。四疆险何限，但阻孤城守。
    旷野独匪民，弃之如弃草。城市有一夫，谁不如木偶。
    长立晡晚间，尽日不得溲。朝餐雪没胫，夜卧风吹肘。
    彼亦何人斯，炙肉放进酒！④

---

① 徐渭：《至日趁曝洗脚行》，《徐文长三集》卷5，《徐渭集》，中华书局1983年版，第145—146页。
② 徐渭：《廿八日雪》，《徐文长三集》卷5，《徐渭集》，中华书局1983年版，第143页。
③ 徐渭：《古意》，《徐文长逸稿》卷2，《徐渭集》，中华书局1983年版，第717页。
④ 徐渭：《海上曲五首》，《徐文长三集》卷4，《徐渭集》，中华书局1983年版，第60页。

而这样一些作品，也较为典型地体现了徐渭愤世嫉俗的反抗精神，同时也使徐渭的诗文创作具有更强烈的现实意义。

（原载《湖北大学学报》2003年第1期，2003年CSSCI收录）

第七章　袁宏道"性灵说"论析

试论性灵说

在《列朝诗集小传》中钱谦益对公安派的主将袁宏道在明代文坛上的地位做过充分而又客观的评价：

> 万历中年，王、李之学盛行，黄茅白苇，弥望皆是。……中郎以通明之资，学禅于龙湖，读书论诗，横说竖说，心眼明而胆力放，于是昌言击排，大放厥辞。……中郎之论出，王、李之云雾一扫，天下之文人才士始知疏瀹心灵，搜剔慧性，以荡涤模拟涂泽之病，其功伟矣。[①]

在公安派研究中，袁宏道在明代文学史上的地位已经得到人们充分的注意，而性灵说在文艺思想史上的地位却受到忽略，在这篇文章中，笔者打算通过对性灵说美学内容的探讨，来评价性灵说在文艺思想史上的意义。

一

在南北朝和唐代，"性灵"一词，已经广泛用以说明艺术的创作活动和社会功能了。刘勰《文心雕龙·原道第一》就有"惟人参之，性灵所钟，是谓三才"。[②]《宗经》第三有"洞性灵之奥区，极文章之骨髓"[③]，

[①] 钱谦益：《袁稽勋宏道》，《列朝诗集小传》丁集中，上海古籍出版社1983年版，第567页。
[②] 刘勰：《文心雕龙注释》，周振甫注，人民文学出版社1981年版，第1页。
[③] 同上书，第18页。

"性灵溶匠，文章奥府"。① 颜之推《颜氏家训·文章第九》有"陶冶性灵""发引性灵"。② 庾信《赵国公集序》有"含吐性灵，抑扬词气"。③ 房玄龄《晋书·乐志》有"夫性灵之表，不知所以发于咏歌"。④ 李延寿《南史·文学传序》有"申舒性灵"。⑤ 姚思廉《梁书·文学传论》有"夫文者，妙发性灵，独拔怀抱"。⑥ 杜甫《解闷十二首》之七也有"陶冶性灵存底物"。⑦ 然而，这里的"性灵"，仅仅是表达情感或性情内涵的一个普通概念。袁宏道在延用这个概念的原有内涵的同时，又把"性灵"作为一种文学口号，赋予了它深厚、丰富的美学内容，并以之为核心，建构了自己的文学理论体系，全面地表述了自己的文学主张。

"性灵说"作为一个美学体系的提出，有着深刻的时代背景和文学渊源。

明代中叶，资本主义经济及因素在封建社会的母体中已经开始萌生。随着商业、手工业的发展和资本主义生产方式的出现，封建式的生产方式以及建构在这种生产方式基础之上的意识形态受到了冲击。要求个性解放，主张人格独立，重视人的价值，作为一种新的意识形态和社会思潮向被统治阶级奉为官方哲学的程朱理学发出了强有力的挑战。在这场挑战中所涌现出来的左派王学正是当时新的社会思潮在哲学领域的集中反映。在王学左派那里，"圣人之道，无异于百姓日用"⑧ "率性所行，纯任自然，便谓之道"。⑨ 被二程、朱熹们奉为永恒的"天理"，并作为人们天经地义行为规范的神圣不可动摇的"圣人之道"受到了世俗化的解释，"存天理，灭人欲"的道德箴言已经作为迂腐之论受到人们普遍的嘲笑。在哲

---

① 刘勰：《文心雕龙注释》，周振甫注，人民文学出版社1981年版，第19页。
② 颜之推：《文章第九》，檀作文译注《颜氏家训》，中华书局2007年版，第142页。
③ 庾信：《赵国公集序》，倪璠注，许逸民校点《庾子山集注》卷11，中华书局1980年版，第656页。
④ 房玄龄等：《晋书》卷22，中华书局1997年版，第675页。
⑤ 李延寿：《南史》卷72，中华书局1997年版，第1762页。
⑥ 姚思廉：《梁书》卷50，中华书局1997年版，第727页。
⑦ 杜甫：《解闷十二首》，仇兆鳌注《杜少陵集详注》，文学古籍刊行社1955年版，第80页。
⑧ 王艮：《语录》，袁承业编纂《明儒王心斋先生遗集》卷1，1912年东台袁氏排印本。
⑨ 黄宗羲：《泰州学案一》，黄宗羲著，沈芝盈点校《明儒学案》卷32，中华书局1985年版，第703页。

学上，李贽继承了王守仁学派的心学传统，而对"心"的内容的认识上，却用"童心"代替"良知"，并赋之以反对封建正统道德的积极内容。在那篇著名的《童心说》中，李贽公开宣称："夫童心者，真心也，若以童心为不可，是以真心为不可也。夫童心者，绝假纯真，最初一念之本心也。"[1] 高度肯定了未受以伦理观念为主体的正统封建思想侵蚀的、处于自然状态的精神面貌，并以童心说为基础，猛烈抨击了"前后七子"的复古主义文艺观。"童心说"的提出，对性灵说的产生有着极为深刻的影响。正如袁中道在《吏部验封司郎中中郎先生行状》中所云："先生（袁宏道）既见龙湖始知一向掇拾陈言，株守俗见，死于古人语下，一段精光不得披露，至是浩浩焉如鸿毛之遇顺风，巨鱼之纵大壑，能为心师，不师于心；能转古人，不为古转，发为言语，一一从胸襟间流出。"[2] 如果说"童心说"是从反映论的哲学高度分析文学创作和发展，并抨击了复古主义文学观和道学主义文艺观；而"性灵说"则是在"童心说"的哲学基础之上所建构起来的美学思想体系，在文学创作论和发展观上具有更充实的美学内容。也正是在这个意义上，"性灵说"的提出体现了当时历史条件和社会思潮对文学的必然要求，而性灵说则是当时历史条件和社会思潮的美学产儿。

尽管"性灵说"的提出与当时的历史条件和社会思潮有着密不可分的关系，然而，正像文学离不开社会一样，"性灵说"的产生还与明代的文学传统有着必然的联系。有明一代，就诗文的创作和发展来看，是一个相当苦闷的时代。明代诗文创作，一方面面临着唐宋以前高度发展的诗文艺术的挑战，另一方面也面临着取得辉煌成就的以戏曲小说为主体的叙事文学的挑战。怎样发展和繁荣当代的诗文创作，这是明代每一个有远见的作家和理论家都在苦苦探索的课题。尽管明代各文学流派之间在理论上各树一帜，相互驳难，但是，他们的目的只有一个，那就是繁荣当代的诗文创作。也正是在这样一个基点之上，明代各文学流派在互相争鸣的同时，在理论上也有互相借鉴、互相补充的一面。在明代诗文研究中，我们往往

---

[1] 李贽：《童心说》，刘幼生整理《焚书》卷3，社会科学文献出版社2000年版，第92页。

[2] 袁中道：《吏部验封司郎中中郎先生行状》，袁宏道著，钱伯城笺校《袁宏道集笺校》附录二，上海古籍出版社1981年版，第1650—1651页。

强调了公安派对"前后七子"、唐宋派的驳难和批判,而忽略了袁中郎对"前后七子"、唐宋派诗文理论的借鉴。有明一代,诗文创作复古主义猖獗,模拟剽窃之风日盛。到了万历初年,包括"后七子"在内的一些有识之士已经觉察到复古主义所造成的流弊,希望探索一条繁荣诗文创作的新路。"后七子"的领袖,主持文柄20余年的王世贞在他晚年所作的《弇州山人续稿》中就不止一次地提出"诗以陶写性灵,抒志纪事而已"的文学思想,并在《余德甫先生诗集序》中说:"(德甫)归田以后,于它念无所复之,益益搜刿心腑,冥通于性灵。神诣孤往之句,为于鳞所嘉赏,然于鳞遂不得而有。先生又稍晚,运斤弄丸之势,往往与自然合。"① 尽管这里的"性灵"还不具备公安派"性灵说"所包蕴的美学内容,然而,在复古之风盛行的历史条件下,作为文坛盟主的王世贞对"搜刿心腑,冥通于性灵"创作主张的提倡和"神诣孤往""以自然和"艺术境界的称扬,客观上已经意味着复古主义模拟论的动摇,对当时的诗文理论和创作,乃至于公安派"性灵说"的提出,不可能不产生较大的影响。唐宋派首先鲜明地张扬起反对拟古主义的旗帜,在创作论上,响亮地提出了"直据胸臆,信手写出"的口号,尽管这里的"胸臆"是充斥着儒家道统观念的"胸臆",然而,要求诗文创作表现自己的思想感情,并以此为武器展开对复古主义的抨击,对"性灵说"的提出无不具有抽象的借鉴意义。难怪袁宏道在《叙姜陆二公同适稿》中说:"有为王、李所摈斥,而识见议论,卓有可观,一时文人望之不见其崖际者,武进唐荆川是也。文词虽不甚奥古,然自辟户牖,亦能言所欲言者,昆山归震川是也。"② 对唐宋派的主将唐顺之、归有光予以热情的赞扬。从明代诗文的发展来看,一方面,"前后七子"、唐宋派在文学理论和创作上的失误,为公安派提供了前车之鉴,激励着公安派去探索一条繁荣诗文创作的新途径;同时,"前后七子"、唐宋派中的有识之士所提出的进步的文学主张,又为袁宏道所借鉴,对"性灵说"的提出产生了不可忽视的启迪作用。因而,"性灵说"的产生,也是明代诗文的必然旨归。

---

① 王世贞:《余德甫先生诗集序》,《弇州山人四部稿续稿》卷52,文渊阁《四库全书》本。

② 袁宏道:《叙姜陆二公同适稿》,《瓶花斋集》之六,袁宏道著,钱伯城笺校《袁宏道集笺校》卷10,上海古籍出版社1981年版,第695页。

在明代社会思潮的影响之下，在明代诗文的苦闷探索之中，鲜明地高扬起"性灵说"大旗的是公安派主将袁宏道。在《叙小修诗》中，袁宏道响亮地提出："独抒性灵，不拘格套，非从自己胸臆流出，不肯下笔。"① 所谓"性灵"，是指未受以儒家伦理观念为主体的正统封建思想侵蚀的自然人性。对自然的崇尚，构成了"性灵说"的基本思想。贯穿于这一思想，袁宏道从创作主体、审美特征、表现形式三个重要方面建构起一个完整的美学体系。

二

审美意识随着人们的社会关系的发展而变化。对人的理解制约着对美的认识，主体的社会历史地位的变更，直接导致了审美意识的衍化。明代中叶要求个性解放，主张人格独立，重视人的价值的社会思潮，体现在对人格的审美意识上，就形成了对自然人性的崇尚。而对自然人性的重视和强调，正是"性灵说"在创作主体上的一个突出内容。在《叙陈正甫会心集》中，袁宏道通过对"趣"的执着追求，充分地阐发了这一思想：

> 世人所难得者唯趣，趣如山上之色，水中之味，花中之光，女中之态，虽善说者不能下一语，唯会心者知之。……夫趣得之自然者深，得之学问者浅。当其为童子也，不知有趣，然无往而非趣也。面无端容，目无定睛，口喃喃而欲语，足跳跃而不定，人生之至乐，真无逾于此时者。孟子所谓不失赤子，老子所谓能婴儿，盖指此也，趣之正等正觉最上乘也。②

陆云龙评曰："自然二字，趣之根荄。"③ 这里"得之自然者深，得之学问者浅"的"趣"，其实是指超脱于伦理观念为主体的封建思想束缚而又具有审美价值的自然人性，集中地体现了性灵的人性内容。对"趣"的执着追求，表现了袁中郎复归自然人性的强烈愿望。

---

① 袁宏道：《叙小修诗》，《锦帆集》之二，袁宏道著，钱伯城笺校《袁宏道集笺校》卷4，上海古籍出版社1981年版，第187页。
② 袁宏道：《叙陈正甫会心集》，《解脱集》之三，袁宏道著，钱伯城笺校《袁宏道集笺校》卷10，上海古籍出版社1981年版，第463页。
③ 同上书，第465页。

那么，怎样复归自然人性，实现对"趣"的追求？

首先，袁中郎提出了"不执定道理以律人"①，冲破封建礼法对自然人性的束缚，要求个性解放的进步主张。对自然人性的强调，必然导致对戕杀个性、禁锢思想的封建礼法的冲突。"大都士之有韵者，理必须入微，而理又不可以得韵。故叫跳反掷者，稚子之韵也；嬉笑怒骂者，醉人之韵也。醉者无心，稚子亦无心，无心故理无所托，而自然之韵出焉。由斯以观，理者是非之窟宅，而韵者大解脱之场也。"② 只有去理存韵，才能实现对"趣"的追求。正是本着对自然人性的执着追求，袁中郎吸取了陆王心学的合理内核，继承了李贽"顺其性"的哲学思想，在《德山尘谭》中提出"顺人情"的进步命题，对"拂情以为理""逆人情"的程朱理学进行了猛烈的抨击："后儒将矩字看作理字，便不因，不自然。夫民之所好好之，民之所恶恶之，是以民之情为矩，安得不平？今人只从理上絜去，必至内欺己心，外拂人情。"③ 很明显，袁中郎对"顺人情"的提倡和对"逆人情"的抨击，集中体现了在人性上任其自然的思想，实质上是当时萌芽状态的资产阶级人性论的朦胧体现，具有反对道学束缚，要求个性解放的积极意义。

在抨击了封建理学对人性的戕杀和禁锢的同时，袁中郎对"趣"的追求，还在于力图通过对自然环境的回归实现自然人性的复归。袁中郎所生活的时代，正是明代社会最黑暗腐朽的时代。朱明王朝朝政腐败，党争激烈，世风日下，外患不绝。在《何湘潭》和《冯琢菴师》中，袁中郎对明代现实有着尖锐的揭露："吏情物态，日巧一日；文网机阱，日深一日；波光电影，日幻一日。"④ "近日国事纷纷，东山之望，朝野共之。但时不可为，豪杰无以着手。"⑤ 黑暗的政治，险恶的环境，世俗的社会，

---

① 袁宏道：《德山尘谭》，《潇碧堂集》之二十，袁宏道著，钱伯城笺校《袁宏道集笺校》卷44，上海古籍出版社1981年版，第1285页。
② 袁宏道：《寿存斋张公七十序》，《未编稿》之二，袁宏道著，钱伯城笺校《袁宏道集笺校》卷54，上海古籍出版社1981年版，第1542页。
③ 袁宏道：《德山尘谭》，《潇碧堂集》之二十，袁宏道著，钱伯城笺校《袁宏道集笺校》卷44，上海古籍出版社1981年版，第1290页。
④ 袁宏道：《何湘潭》，《锦帆集》之四，袁宏道著，钱伯城笺校《袁宏道集笺校》卷6，上海古籍出版社1981年版，第272—273页。
⑤ 袁宏道：《冯琢菴师》，《瓶花斋集》之十，袁宏道著，钱伯城笺校《袁宏道集笺校》卷22，上海古籍出版社1981年版，第782页。

如同一副沉重的枷锁，深沉地束缚了自然人性的披露和发展，在《冯秀才其盛》中，袁中郎深刻地揭示了世俗社会对自然人性的压抑："夫鹦鹉不爱金笼而爱陇山者，桎其体也；雕鸠之鸟，不死于野草而死于稻粱者，违其性也，异类犹知自适，可以人而桎梏于衣冠，豢养于禄食邪？"① 在《叙陈正甫会心集》中，袁中郎还敏锐地意识到世俗闻见和社会环境对自然人性的异化和扭曲："迨夫年渐长，官渐高，品渐大，有身如桎，有心如棘，毛孔骨节，俱为闻见知识所缚，入理愈深，然其去趣愈远矣。"② 所以，他一再提出"割尘网""出宦车"，超脱世俗，回归自然。只有返回自然的怀抱，和自然融为一体，才能摆脱世俗、社会对人性的束缚"率心而行，无所忌惮"地表现自己的自然人性。"山林之人，无拘无缚，得自在度日，故虽不求趣而趣近之。"③ 因而，袁中郎回归自然的要求，实质上体现了复归自然人性的愿望；而自然人性的复归，又是对世俗社会和封建礼法的抗争与反叛。如果明白了这一点，那么，在对公安派"消极避世""走上了魔道"之类的指责上，不是可以省却许多口舌吗！

马克思在《摘自〈德法年鉴〉的书信》中指出，专制制度的唯一原则就是轻视人，使人不成其为人。④ 中国封建社会，封建制度和封建礼法是束缚人性的两大绳索。在这两大绳索的束缚之下，礼法的人格取代了自然人格，理学的人性取代了自然的人性，合理的情感不能披露，正常的人性遭到极端的异化和扭曲。针对封建礼法对自然人性的束缚，袁中郎在《识张幼于箴铭后》中提出了"性之所安，殆不可强，率性而行，是谓真人"⑤的进步思想，并且认为"古今士君子，如相如窃卓，方朔俳优，中郎醉龙，阮籍母丧酒肉不绝口，若此类者，皆世之所谓放达人也"⑥。"今

---

① 袁宏道：《冯秀才其盛》，《解脱集》之四，袁宏道著，钱伯城笺校《袁宏道集笺校》卷11，上海古籍出版社1981年版，第480页。

② 袁宏道：《叙陈正甫会心集》，《解脱集》之三，袁宏道著，钱伯城笺校《袁宏道集笺校》卷10，上海古籍出版社1981年版，第463—464页。

③ 同上书，第463页。

④ 参见［德］马克思《摘自〈德法年鉴〉的书信》，《马克思恩格斯全集》第1卷，人民出版社1956年版，第411页。

⑤ 袁宏道：《识张幼于箴铭后》，《锦帆集》之二，袁宏道著，钱伯城笺校《袁宏道集笺校》卷4，上海古籍出版社1981年版，第193页。

⑥ 同上。

若强放达而为慎密……续凫项，断鹤颈，不亦大可叹哉！"① 显然，袁中郎对自然人性的强调，在当时的历史条件下，具有反抗封建礼法和封建专制，要求思想解放的积极意义。

三

审美特征是创作主体审美意识的艺术体现。创作主体上自然人格对礼法人格、自然人性对理学人性的取代，体现在审美特征上，必然要求以自然朴素反对伪饰模拟，以真率明朗反对矫揉造作，以达到创作主体的自然人格和审美对象的自然风格的有机统一。因而，极力倡导自然真实的艺术美，是"性灵说"在审美特征上的突出内容。

文学作品是创作主体内在情感的艺术体现，自然真率的情感是构成艺术珍璧的基质。创作主体自然人格的独立，导致了创作过程中真率情感的自然抒发。"独抒性灵，不拘格套"的文学主张，体现在创作论上，实质上是对艺术创作超脱封建礼法束缚，真实自然地抒发个体情感的强调。在袁中郎看来，真正的艺术作品是"人之注脚"②，在《陶孝若枕中呓引》中，他提出了"情真而语直"的艺术思想，认为"劳人思妇，有时愈于学士大夫，而呻吟之所得，往往快于平时"。③ 只有自然真率的情感抒发，方能体现自己的独立人格和创作个性，铸成真实感人的艺术作品。"劳人思妇"的"真声"之所以有强烈的艺术感染力，就是因为这种"真声"能以自然的个体情感冲破封建礼法和道学文艺观的束缚。而袁中郎对"真声""真情"的倡导。无疑是要求文学创作冲破道学思想的束缚，以自然真率的个体情感，去创造自然感人的艺术境界。

创作主体对自然人性的倡导和创作过程中对个体情感的高标，必然导致在审美特征上对"真"的强调。要求个体情感的自然真实是"性灵说"在审美特征上的一个突出特点。在《江进之》中，袁中郎曾经极度自豪地宣称自己的作品"无一字不真"，"大都以审单家书之笔，发以真切不

---

① 袁宏道：《识张幼于箴铭后》，《锦帆集》之二，袁宏道著，钱伯城笺校《袁宏道集笺校》卷4，上海古籍出版社1981年版，第193页。
② 袁宏道：《刘元定诗序》，《未编稿》之二，袁宏道著，钱伯城笺校《袁宏道集笺校》卷54，上海古籍出版社1981年版，第1529页。
③ 袁宏道：《陶孝若枕中呓引》，《潇碧堂集》之十一，袁宏道著，钱伯城笺校《袁宏道集笺校》卷35，上海古籍出版社1981年版，第1114页。

浮之意"。① 要求创作主体通过自己情感的真实抒发，体现自己的自然人格。在《叙小修诗》中，袁中郎又高度赞扬"闾阎妇人孺子所唱《擘破玉》《打草竿》之类，犹是无闻无识真人所作，故多真声，不效颦于汉、魏，不学步于盛唐，任性而发，尚能通于人之喜怒哀乐嗜好情欲，是可喜也"。② 关于"真"，江盈科在《敝箧集序》中解释说："出于性灵者为真尔。……流自性灵者，不期新而新；出自模拟者，力求脱旧而转得旧。"③因而"真"，作为袁中郎所提倡的审美特征，是创作主体的个体情感在审美对象上如实自然的表现。由于不同的创作主体具有不同的个体情感，体现在审美对象上，就形成了不同的艺术风格和个性特征。也正是从这一基点出发，袁中郎猛烈抨击了"文必秦汉，诗必盛唐"，"剽窃成风，万口一响"④ 的复古主义倾向："大抵物真则贵，真则我面不能同君面，而况古人之面貌乎？"⑤ 从而用自然真实地抒发个体情感的高声倡导、驳斥和摧毁了因循守旧、剽窃成风的复古时俗。

如果说，袁中郎对"真"的倡导是用自然真实的个体情感去构成"性灵说"的审美特征，那么，他对"质"的强调则是用自然充实的个体情感去创造"性灵说"的艺术境界。要求个体情感的自然充实，是"性灵说"在审美特征上的另一个突出特点。在《行素园存稿引》中，袁中郎提出：

> 物之传者必以质。文之不传，非曰不工，质不至也。树之不实，非无花叶也；人之不泽，非无肤发也。文章亦尔。行世者必真，悦俗者必媚；真久必见，媚久必厌，自然之理也。故今之人所刻画而求肖者，古人皆厌离而思去之。古之为文者，刊华而求质，敝精神而学

---

① 袁宏道：《江进之》，《解脱集》之四，袁宏道著，钱伯城笺校《袁宏道集笺校》卷11，上海古籍出版社1981年版，第510—511页。

② 袁宏道：《叙小修诗》，《锦帆集》之二，袁宏道著，钱伯城笺校《袁宏道集笺校》卷4，上海古籍出版社1981年版，第188页。

③ 江盈科：《敝箧集序》，袁宏道著，钱伯城笺校《袁宏道集笺校》附录三，上海古籍出版社1981年版，第1685页。

④ 袁宏道：《叙姜陆二公同适稿》，《瓶花斋集》之六，袁宏道著，钱伯城笺校《袁宏道集笺校》卷18，上海古籍出版社1981年版，第695页。

⑤ 袁宏道：《丘长孺》，《锦帆集》之四，袁宏道著，钱伯城笺校《袁宏道集笺校》卷6，上海古籍出版社1981年版，第284—285页。

之，唯恐真之不极也。①

袁中郎创造性地创造了孔子"质胜文则野"的儒家美学观，高度强调了"质"在艺术作品中的地位。这里的所谓"质"，作为袁中郎所倡导的审美特征，实际上是指文学作品中所表现的具有充实自然内容的个体情感。首先，"行世者必真"，"大都入之愈深，则其言愈质"，要求艺术作品所变现的内容具有自然真切的特点。同时，"质犹面也，以为不华而饰之朱粉，妍者必减，媸者必增"，"刊华而求质"，则是要求艺术作品具有自然朴素的风格和形式。从"质"出发，袁中郎进而批判了明代的复古主义文风："古者如赝，才者如莽，奇者如喫，模拟之所至，亦各自以为极，而求之质无有也。"② 对明代诗文矫揉造作、无病呻吟的复古主义创作进行了猛烈的抨击。

"性灵说"在审美特征上对自然真实的个体情感的高度强调在文艺思想史上有着不容忽视的重要意义。中国封建社会，以儒家思想为基础的传统美学在创作论上的一个突出特点是强调情与理的高度统一。在重视情感在创作中的作用的同时，又要求情感接受礼义的匡正，从而把情感纳入以儒家思想为主体的伦理规范之中。所谓"发乎情，止乎礼义"就是这种美学思想在创作论上的集中体现。这种美学思想在促使了中国古代抒情文学发展的同时，又把情感的表现限制在狭小的伦理天地之中，在很大程度上束缚了自然人格和个体情感的自由披露与充分发挥。针对儒家情理合一的创作论，袁中郎认为"古有不尽之情，今无不写之景"③，提出了"夫诗以趣为主，致多则理诎"④ 的命题，揭发了理对于情的束缚作用，并在此基础上要求创作主体在创作过程中大胆打破封建礼法的桎梏，充分发挥自己的创作个性。自由抒发自然真实的个体情感，以表现自己的创作个性；自由抒发自然真实的个体情感，以表现个体的真实人格，这无疑是对

---

① 袁宏道：《行素园存稿引》，《未编稿》之二，袁宏道著，钱伯城笺校《袁宏道集笺校》卷54，上海古籍出版社1981年版，第1570页。
② 同上书，第1571页。
③ 袁宏道：《丘长孺》，《锦帆集》之四，袁宏道著，钱伯城笺校《袁宏道集笺校》卷6，上海古籍出版社1981年版，第285页。
④ 袁宏道：《西京稿序》，《华嵩游草》之二，袁宏道著，钱伯城笺校《袁宏道集笺校》卷51，上海古籍出版社1981年版，第1458页。

儒家美学创作论的反叛！在风格论上，儒家美学的突出特点是中庸艺术观。这种艺术观要求艺术作品要有节制、适度地表现个人情感，所谓"怨而不怒""哀而不伤""温柔敦厚"就是儒家中庸艺术观在情感表达和作品风格上的突出体现。这种艺术观在很大程度上维护了封建礼法和封建制度，束缚了个体情感的充分表现和对封建制度的深刻揭露。在《叙小修诗》中，袁中郎对这种中庸艺术观进行了猛烈的抨击：

> 大概情至之语，自能感人，是谓真诗，可传也。……《离骚》一经，忿怼之极，党人偷乐，众女谣诼，不揆中情，信谗赍怒，皆明示唾骂，安在所谓怨而不伤者乎？穷愁之时，痛哭流涕，颠倒反覆，不暇择音，怨矣，宁有不伤者？①

对个体情感大胆自然的抒发，必然要求冲决"怨而不怒""哀而不伤"艺术观的束缚，打破"温柔敦厚"诗教的樊篱，以导致对儒家中庸美学思想的批判。也正是在上述意义上，"性灵说"的提出，是对儒家美学的挑战，在中国美学史上，具有里程碑式的意义。

四

创作主体的个人情感通过一定艺术手段的表现才能转化为自然真实的审美特征。在这个意义上，表现形式是连接创作主体和审美对象的纽带与中介。一方面，个体情感和审美特征有赖于艺术形式来表现；另一方面，创作主体的情感特质和艺术作品的审美特征又决定着表现形式的特点。创作主体对自然人性的大胆抒写和审美特征上对自然真实艺术美的执着追求，必然要求艺术手段上的自然朴素，而这正是"性灵说"在表现形式上的突出特点。

"独抒性灵，不拘格套"的文学主张，不但要求在内容上超脱封建礼法的束缚，而且强调在形式上突破清规戒律的樊篱，创造适合于表现作品内容的艺术手法。"夫迫而呼者不择声，非不择也，郁与口相触，卒然而

---

① 袁宏道：《叙小修诗》，《锦帆集》之二，袁宏道著，钱伯城笺校《袁宏道集笺校》卷4，上海古籍出版社1981年版，第188页。

声,有加于择者也。"① 袁中郎在《陶孝若枕中呓引》中的议论集中地体现了这一思想,基于这一思想,袁中郎提出了取法自然的艺术主张,在主观情感上,袁中郎不止一次地强调要"独抒己见,信心而言,寄口于腕"。并声称自己的诗文"多信腕信口","信腕直寄"②,主张个体情感的表现要自然而谈。在客观事物的再现上,袁中郎主张师法自然,它在《叙竹林集》中说:"故善画者,师法不师人;善学者,师心不师道;善为诗者,诗森罗万象不师先辈。"③ 主观情感的表现和客观事物的再现必须适合反映对象自身的特征,如果离开了自然自身的特征而机械地师法古人,势必会走上伪饰模拟的魔道!

"性灵说"对创作主体个体情感大胆自由抒发的倡导体现在表现形式上就是对"达"的强调。在《叙小修诗》中,袁中郎针对时俗以小修诗为太露的看法尖锐指出:"或者犹以太露病之,曾不知情随境变,字逐情生,但恐不达,何露之有?"④ 任何艺术形式都是以表达相应的内容为旨归。这里的所谓"达",就是自然充分、淋漓尽致地表现个体情感的艺术手段。在《答李元善》中,袁中郎进一步发挥了这一思想:"文章新奇,无定格式,只要求人所不能发,句法字法调法,一一从自己胸中流出,此真新奇也。"⑤ 文学艺术并没有固定的、一成不变的表现方式,只要自然朴素、充分真实地表达创作主体的情感,就能达到艺术表现上的创新和成功。因而,袁中郎在《答张东阿》中提出"无法为法"的艺术主张,"仆窃谓王、李固不足法,法李唐,犹王、李也。唐人妙处,正在无法耳。如六朝、汉、魏者,唐人既以为不必法,沈、宋、李、杜者,唐之人虽慕

---

① 袁宏道:《陶孝若枕中呓引》,《潇碧堂集》之十一,袁宏道著,钱伯城笺校《袁宏道集笺校》卷35,上海古籍出版社1981年版,第1114页。

② 袁宏道:《叙曾太史集》,《潇碧堂集》之十一,袁宏道著,钱伯城笺校《袁宏道集笺校》卷35,上海古籍出版社1981年版,第1106页。

③ 袁宏道:《叙竹林集》,《瓶花斋集》之十,袁宏道著,钱伯城笺校《袁宏道集笺校》卷18,上海古籍出版社1981年版,第760页。

④ 袁宏道:《叙小修诗》,《锦帆集》之二,袁宏道著,钱伯城笺校《袁宏道集笺校》卷4,上海古籍出版社1981年版,第188页。

⑤ 袁宏道:《答李元善》,《瓶花斋集》之十,袁宏道著,钱伯城笺校《袁宏道集笺校》卷22,上海古籍出版社1981年版,第787页。

之,亦决不肯法,此李唐所以度越千古也"。①"法李唐者,岂谓其机格字句哉?法其不为汉,不为魏,不为六朝之心而已。是真法也。"② 在袁中郎看来,唐诗艺术上的成功,正在于唐人能超越前人的艺术手法形成自己的风格,是表现形式上的创新。取法唐人,就要学习不依傍古人,敢于创新的精神。基于这一认识,袁中郎在《雪涛阁集序》中抨击了复古派机械地取法古人的模拟之风:"夫复古是已,然至以剿袭为复古,句比字拟,务为牵合,弃目前之景,撷腐滥之辞;有才者诎于法,而不敢自伸其才,无才者拾一二浮泛之语,帮凑成诗。"③ 通过形式上自然朴素艺术手段的极力倡导,高声讨伐了"字比句拟,务为牵合"的形式主义复古习俗。

个体情感的抒发和文学意境的创造离不开语言,语言作为文学的材料是构成作品审美特征和艺术风格的重要因素。倡导自然朴素、朴素清新的语言是"性灵说"在表现形式上的另一个重要内容。语言是随着时代的发展而不断变化的,自然朴素的语言风格的创造,首先要求文学语言具有鲜明的时代感。在《冯琢菴师》中,袁中郎提出了文学语言"宁今宁俗"的主张,并在《雪涛阁集序》中指出:"古有古之时,今有今之时,袭古人语言,而冒以为古,是处严冬而袭夏之葛也。"④ 同时,语言又是抒发创作主体个体情感的材料,自然清新的语言风格还来源于文学语言的个性色彩,在《叙小修诗》中,袁中郎高度强调了"本色独造语"⑤,要求用自然清新的文学语言体现创作主体的创作风格。在《答钱云门邑侯》中,袁中郎认为:"不肖诗文质率,如因父老语农桑,土音而已。"⑥ 并通过对语言的时代色彩、个性特色的强调和自然朴素语言风格的倡导,批判了复

---

① 袁宏道:《答张东阿》,《瓶花斋集》之九,袁宏道著,钱伯城笺校《袁宏道集笺校》卷21,上海古籍出版社1981年版,第753页。

② 袁宏道:《叙竹林集》,《瓶花斋集》之十,袁宏道著,钱伯城笺校《袁宏道集笺校》卷18,上海古籍出版社1981年版,第760页。

③ 袁宏道:《雪涛阁集序》,《瓶花斋集》之六,袁宏道著,钱伯城笺校《袁宏道集笺校》卷18,上海古籍出版社1981年版,第710页。

④ 同上书,第709页。

⑤ 袁宏道:《叙小修诗》,《锦帆集》之二,袁宏道著,钱伯城笺校《袁宏道集笺校》卷4,上海古籍出版社1981年版,第187页。

⑥ 袁宏道:《答钱云门邑侯》,《潇碧堂集》之十九,袁宏道著,钱伯城笺校《袁宏道集笺校》卷43,上海古籍出版社1981年版,第1275页。

古派"句比字拟","用聱牙之语,艰深之辞"的模拟之风:"譬如《周书》、《大诰》、《多方》等篇,古之告示也,今尚可作告示不?《毛诗》、《郑》、《卫》等风,古之淫词媟语也,今人所唱《银针丝》、《挂卜鍼儿》之类,可一字相袭不?世道既变,文亦因之,今之不必摹古者也,亦势也。"①

袁中郎所生活的时代,真是"剽窃成风,万口一响,诗道寝若",复古模拟之风猖獗的时代。创作上的伪饰雕凿,取代了真情实感的自然抒发,对古人的模拟抄袭,取代了文学上的发展创新,诚如袁中郎在《叙梅子马王程稿》中所述"诗道之秽,未有如今日者。其高者为格套所缚,如杀翮之鸟,欲飞不得;而其卑者,剽窃影响,若老妪敷粉"。② 针对复古派津津乐道的法式论和格调说,袁中郎提出了取法自然的文艺主张,通过对"无法而法"的创作方法的大力提倡,反对了复古派机械地取法古人的创作论,对"本色独造语"的高声强调,抨击了复古派"句比字拟""冒以为古"的表现。要求用自然朴素的表现手法冲破形式上的束缚,这在文学发展史上有着相当重要的意义。这一点,诚如袁中道在《袁中郎先生全集序》中所言:袁中郎"以意役法,不以法役意,一洗应酬格套之习,而诗文之精光始出。……至于今天下之慧人才士,始知心灵无涯,搜之愈出,相与各呈其奇,而互穷其变,然后人人有一段真面目溢露于楮墨之间"。③ 正是在这里,袁中郎的历史地位得到了充分的显示。

(原载《湖北作家论丛》第 1 辑,武汉大学出版社 1987 年版)

对于袁宏道"性灵说"的哲学思考

在《吏部验封司郎中中郎先生行状》中,袁中郎曾经叙及袁宏道哲学思想的发展及其与美学思想的关系:

---

① 袁宏道:《江进之》,《解脱集》之四,袁宏道著,钱伯城笺校《袁宏道集笺校》卷 11,上海古籍出版社 1981 年版,第 515 页。
② 袁宏道:《叙梅子马王程稿》,《瓶花斋集》之六,袁宏道著,钱伯城笺校《袁宏道集笺校》卷 18,上海古籍出版社 1981 年版,第 699 页。
③ 袁中道:《袁中郎先生全集序》,袁宏道著,钱伯城笺校《袁宏道集笺校》附录三,上海古籍出版社 1981 年版,第 1712 页。

> （中郎早年）索之华、梵诸典，转觉茫然。后乃于文字中言意识不行处，极力参究，时有所解，终不欲自安歧路，恃爝火微明，以为究竟。如此者屡年，亡食亡寝，如醉如痴。一日见张子韶论格物处，忽然大豁……然后以质之古人微言，无不妙合，且洞见前辈机用。……时闻龙湖李子冥会教外之旨，走西陵质之，李子大相契合。……先生既见龙湖始知一向掇拾陈言，株守俗见，死于古人语下，一段精光不得披露，至是浩浩焉如鸿毛之遇顺风，巨鱼之纵大壑。能为心师，不师于心；能转古人，不为古转，发为语言，一一从胸襟流出，盖天盖地，如象截急流，雷开蛰户，浸浸乎其未有涯也。①

作为世界观和方法论，哲学思想是美学思想的基础。美学思想实质上是哲学思想在艺术领域中的体现。"性灵说"作为公安派的文学口号和美学思想的核心，是建构在相应的哲学思想基础之上的。因而，探讨袁宏道的哲学思想，对于准确地把握和理解"性灵说"的美学内涵，正确地评价"性灵说"在文艺思想史上的意义，是一个必不可少的前提和环节。

一

在意识和物质的关系上，袁宏道认为："世界山河所由起，皆始于求明一念"②，把思维和精神看作世界山河的本源，从而表现出明显的主观唯心主义倾向。在《德山尘谭》中，袁宏道在阐释法相宗的唯识学说时对这种唯心主义思想作了进一步的阐释：

> 心是八识，意是七识，识是六识。三界唯心者，以前七识不能造世界，惟第八能造，为前七识不任执持故。万法唯识者，法属意家之尘，故意识起分别，则种种法起。如饭内有不净物，他人私取去，我

---

① 袁中道：《吏部验封司郎中中郎先生行状》，袁宏道著，钱伯城笺校《袁宏道集笺校》附录二，上海古籍出版社1981年版，第1650页。
② 袁宏道：《德山尘谭》，《潇碧堂集》之二十，袁宏道著，钱伯城笺校《袁宏道集笺校》卷44，上海古籍出版社1981年版，第1285页。

初不知，便不作恶，以意识未起故。若自己从盏内见，决与饭俱吐。可见吐者，是吐自己之见，非吐物也。①

在袁宏道看来，客观实在并不是独立于意识之外的物质实体，只不过是作为主观精神的"识"派生的产物。认识也不是独立于主观思想之外的客观物质实体作用于主体的结果，而是由主体所固有的"识"幻现的世界所引起的精神现象。并以吐饭内的不净之物为例，认为饭内的不净之物并不是一种客观实在，而是"意识起分别，则种种法起"，由主观意识所派生的产物，人们"与饭俱吐"的不净之物也不是客观物质本身，而只不过"是自己之见"。也正是在这里，袁宏道的主观唯心主义哲学思想得到了充分的体现。

然而，唯物主义或者唯心主义，并不是判定一个哲学家是非功过的唯一原则。袁宏道的主观唯心主义哲学在当时的历史条件下也有不应忽视的进步意义。因为，较之于朱熹的客观唯心主义，袁宏道的主观唯心主义乃是一种批判的唯心主义。

南宋以降，程朱理学被统治者确认为官方哲学，是统治者麻醉人们灵魂、禁锢人们思想的精神工具。在朱熹那里，"理"作为其客观唯心主义的最高范畴，是指先天地存在，超脱于客观物质世界而又能派生万事万物的永恒的精神本体。它不仅是宇宙万物的本源，也是人类社会最高的道德伦理原则。"宇宙之间，一理而已。……其张之为三纲，其纪之为五常，盖皆此理之流行，无适而不在。"② 正是这个至高至上的"理"，支配、主宰自然、社会、人生及万事万物，而人只不过是"理"的奴仆，消极、被动地接受着"理"的支配。于是，人独立存在的价值为"理"所取消，人的主观能动作用为"理"所代替。明代中叶，随着商业、手工业的发展和资本主义生产方式的出现，封建的生产方式以及建构在这种生产方式基础之上的意识形态受到了冲击。主张人格独立，重视人的价值，要求个性解放，作为一种新的意识形态和社会思潮向程朱理学发出了强有力的挑

---

① 袁宏道：《德山尘谭》，《潇碧堂集》之二十，袁宏道著，钱伯城笺校《袁宏道集笺校》卷44，上海古籍出版社1981年版，第1287页。
② 朱熹：《读大纪》，徐德明等校点《晦庵先生朱文公文集》卷70，上海古籍出版社、安徽教育出版社2002年版，第3376页。

战。在这场挑战中所涌现出来的包括以李贽为代表的王学左派和王阳明心学,正是当时新的社会思潮在哲学领域中的反映。

生活在这样一个哲学思潮发生重大变革的时代,青年时代就穷究"性命之学"的袁宏道深受王阳明、李贽主观唯心主义思想的影响。对这两位先哲推崇备至。在《李宏甫》一信中,他高度评价了李贽《焚书》振聋发聩的作用,认为"《焚书》一部,愁可以破颜,病可以健脾,昏可以醒眼,甚得力"。① 在《答陶周望》等信中,充分肯定了王阳明、罗汝芳在哲学思想史上的地位:"阳明、近溪,真脉络也"②,"自孔、老后,惟阳明、近溪庶几近之"。③ 甚至认为"阳明死,天下无学"。④ 这些未免偏激的评价,无不体现了袁宏道对王阳明、罗汝芳的仰慕和推崇,而这种仰慕和推崇正好说明他们在哲学思想上的一致。立足于这种哲学基础,袁宏道在《答梅客生》中表明了他对宋明理学的态度:"宋时讲理学者多腐。而文章事功不腐;今代文章事功者腐,而理学独不腐……故仆谓当代可能掩前古者,惟阳明一派良知学问而已。"⑤ 基于这一立场,袁宏道在《德山尘谭》中对朱熹的客观唯心主义认识论进行了直截了当的批判:

> 曾子所谓格物,乃彻上彻下语。紫阳谓穷致事物之理,此彻下语也。殊不知天下事物,皆知识到不得者。如眉何以竖,眼何以横,发何以长,须何以短,此等可穷致否?如蛾趋明,转为明烧;日下孤灯,亦复何益。⑥

---

① 袁宏道:《李宏甫》,《锦帆集》之三,袁宏道著,钱伯城笺校《袁宏道集笺校》卷5,上海古籍出版社1981年版,第221页。

② 袁宏道:《答陶周望》,《潇碧堂集》之十九,袁宏道著,钱伯城笺校《袁宏道集笺校》卷43,上海古籍出版社1981年版,第1253页。

③ 袁宏道:《德山尘谭》,《潇碧堂集》之二十,袁宏道著,钱伯城笺校《袁宏道集笺校》卷44,上海古籍出版社1981年版,第1299页。

④ 袁宏道:《王氏两节妇传》,《瓶花斋集》之七,袁宏道著,钱伯城笺校《袁宏道集笺校》卷19,上海古籍出版社1981年版,第721页。

⑤ 袁宏道:《答梅客生》,《瓶花斋集》之九,袁宏道著,钱伯城笺校《袁宏道集笺校》卷21,上海古籍出版社1981年版,第738页。

⑥ 袁宏道:《德山尘谭》,《潇碧堂集》之二十,袁宏道著,钱伯城笺校《袁宏道集笺校》卷44,上海古籍出版社1981年版,第1284页。

朱熹的所谓"格物穷理",据其《大学章句·格物致知补传》所云:"致知在格物,言欲致吾之知,在即物而穷其理也。盖人心之灵,故其知有不尽也。是以《大学》始教,必使学者即凡天下之物,莫不因其已知之理而益穷之。"①在朱熹看来,人心的"灵明"是有知的,天下万物都是有理的,所谓"格物穷理",就是"推极吾之知识","穷至事物之理",利用认识主体已知的道理,通过认识对象的"理"。对朱熹"格物穷理"的认识论学说,袁宏道进行了针锋相对的反驳:

> 世间何者为理?姑举近者言之:如女人怀胎,胎中子女六根脏腑一一各具,是何道理?……一身之脉,总见于寸关尺,而寸关尺所管脏腑各异,是何道理?只是人情习闻习见,自以为有道理,其实那有道理与你思议。……故我所谓无理,谓无一定之理容你思议者。人惟执着道理,东也有碍,西也有碍,便不能出脱矣。……百花至春时便开,红者红,白者白,黄者黄,孰为妆点?人特以其常见,便谓理合如此,此理果可穷邪?②

因而,袁宏道十分推崇"曾子所谓格物",据《礼记正义·大学》"郑玄注":"格,来也;物,犹事也。其知于善深则来善物,其知于恶深则来恶物。言事缘人所好来也。"③强调的是人的主体意识和主体之于客体的主宰支配作用。袁宏道对朱熹"格物穷理"的客观唯心主义认识论的批判和对"曾子所谓格物"的推崇,实质上否定了"天理"至高无上的主宰地位,抨击了"天理"对人性的束缚,而对人的主体意识作了充分的肯定。

毋庸讳言,袁宏道对程朱理学的批判,是主观唯心主义对客观唯心主义的批判。正如列宁所言,当一个唯心主义者批判另一个唯心主义者的

---

① 朱熹:《大学章句》,《四书章句集注》,中华书局1983年版,第6—7页。
② 袁宏道:《德山尘谭》,《潇碧堂集》之二十,袁宏道著,钱伯城笺校《袁宏道集笺校》卷44,上海古籍出版社1981年版,第1292—1293页。
③ 郑玄注,孔颖达疏,龚抗云整理,王文锦审定:《礼记注疏》卷16,北京大学出版社1999年版,第1592页。

唯心主义基础时，常常是有利于唯物主义的。① 在哲学发展史上，亚里士多德对柏拉图的批判，黑格尔对康德的批判，虽然都是唯心主义对唯心主义的批判，但同样意味着人类认识的进步。袁宏道的主观唯心主义思想在当时之所以有进步意义，就在于它冲击了被统治者奉为御用哲学的程朱理学，打破了"天理"主宰一切的一统格局，确立了超脱于"天理"之外的人的独立存在的价值，高度肯定了人的主体意识和主观能动作用。

也应该看到，袁宏道的哲学思想是复杂的。在他的哲学体系中，主观唯心主义固然是其主导方面，同时，也不乏一些唯物主义因素。如在《与仙人论性书》中，袁宏道谈到"心""形""神"的关系时就说：

> 夫心者万物之影也，形者幻心之托也，神者诸想之元也。生死属形，去来属心，细微流注属神。……心虽不以无物无，然必以有物有，譬之神若无箕则无所托。②

在袁宏道看来，"心"作为一种精神现象，作为"万物之影"，必须通过客观物质才能寄托，才能显示它的存在。在《德山尘谭》中，袁宏道进一步阐发了这一思想：

> 儒者但知我为我，不知事事物物皆我；若我非事事物物，则我安在哉？如因色方有眼见，若无日月灯，山河大地则无眼见矣。因声方有耳闻，若无大小音响，则无耳闻矣。因记忆一切，方有心知，若将从前所记忆者，一时抛弃，则无心知矣。③

在主体和客体的关系上，袁宏道看到了"物"与"我"的同一性，但这种统一的基点，不是于"我"见"物"，而是于"物"见"我"。只有通过客观物质世界，才能显示"我"的存在。在这里，袁宏道固然肯定了

---

① 参见［俄］列宁《黑格尔〈哲学史讲演录〉一书摘要》，《列宁全集》第38卷，人民出版社1984年版，第313页。
② 袁宏道：《与仙人论性书》，《解脱集》之四，袁宏道著，钱伯城笺校《袁宏道集笺校》卷11，上海古籍出版社1981年版，第489页。
③ 袁宏道：《德山尘谭》，《潇碧堂集》之二十，袁宏道著，钱伯城笺校《袁宏道集笺校》卷44，上海古籍出版社1981年版，第1289页。

自我意识，抬高了我的地位，但他所强调的，则是主体对于客体的依赖性。

因而我们可以说，在袁宏道的哲学思想中，既强调了人的主观能动性，又注意到主体之于客体的依赖性。对主观能动性的强调，在很大程度上是出于对程朱理学客观唯心主义批判的需要；而对客体依赖性的需要又在一定程度上校正了批判程朱理学过程中过分夸大主体意识的偏差，并对其主观唯心主义哲学思想在世界观和方法论上的失误做了必要补充。

二

作为袁宏道美学思想核心的"性灵"，就其字面意义，即所谓"灵性"。因而，对袁宏道人性思想的把握，则是理解"性灵说"美学内涵的又一个重要关键。在《叙陈正甫会心集》中，袁宏道鲜明地提出了自己的人性思想：

> 世人所难得者唯趣，趣如山上之色，水中之味，花中之光，女中之态，虽善说者不能下一语，唯会心者知之。……夫趣得之自然者深，得之学问者浅。当其为童子也，不知有趣，然无往而非趣也。面无端容，目无定睛，口喃喃而欲语，足跳跃而不定，人生之至乐，真无逾于此时者。孟子所谓不失赤子，老子所谓能婴儿，盖指此也，趣之正等正觉最上乘也。①

陆云龙评曰："自然二字，趣之根荄。"② 这里"得之自然者深，得之学问者浅"的"趣"，其实是指未受以儒家伦理观念为主体的正统封建思想侵蚀的自然人性。

对自然人性的高声倡导必然导致对程朱理学的反拨。在程朱那里，作为宇宙本原的"理"，体现在人身上就是"性"。"性即理也，在心唤做性，在事唤做理。"③ "格物穷理"的重要目的之一，就在于"存天理，

---

① 袁宏道：《叙陈正甫会心集》，《解脱集》之三，袁宏道著，钱伯城笺校《袁宏道集笺校》卷10，上海古籍出版社1981年版，第463页。
② 同上书，第465页。
③ 黎靖德辑，郑明等校点：《朱子语类》卷5，上海古籍出版社、安徽教育出版社2000年版，第216页。

灭人欲。"于是，人性为"天理"所取代，人欲为"天理"所扼杀，自然人性也随之失去了它合理存在的天地。随着明代个性解放思潮的兴起，王阳明提出了"心即性"的人性命题，认为"心之本体即是性，性即是理"。① 尽管王阳明心学和程朱理学一样，也把"理"作为人性的本体，在人性学说上具有浓郁的封建伦理色彩，但由于王阳明的主观唯心主义人性论更强调的是"心"与"性"、"性"与"理"的统一，这就为进步的思想家打破程朱的"天理"人性论、冲破封建正统道德观念的束缚在哲学方法上提供了充分的余地。李贽因而提出"童心说"，高度肯定了未受封建正统伦理思想侵蚀的先天存在的自然人性。并在《答邓石阳》中认为，"穿衣吃饭即是人伦物理"②，把被程朱们奉为宇宙万物本原和人们必须遵循的"天理"降到与正常人欲平起平坐的地位。于是，"理"失去了昔日神圣的光环，而人的正常欲望得到了充分的肯定，自然人性得到了合理存在的天地。继承并发展了李贽反理学的人性学说，袁宏道在《德山尘谭》中更进一步提出了"理在情内"的命题：

> 儒家之学顺人情，老庄之学逆人情。然逆人情，正是顺处。故老庄曰因，曰自然。……孔子所言絜矩，正是因，正是自然。后儒将矩字看作理字，便不因，不自然。夫民之所好好之，民之所恶恶之，是以民之情为矩，安得不平？今人只从理上絜去，必至内欺己心，外拂人情，如何得平？夫非理之为害也，不知理在情内，而欲拂情以为理，故去治弥远。③

并说"孔孟教人，亦依人所常行略加节文，便叫做理"。④ "曾子之絜距，孔子之忠恕，是平心的样子。故学问到透彻处，其言语都近情，不执定道

---

① 王守仁：《传习录上》，王守仁撰，吴光等编校《王阳明全集》卷1，上海古籍出版社1992年版，第24页。
② 李贽：《答邓石阳》，刘幼生整理《焚书》卷1，社会科学文献出版社2000年版，第4页。
③ 袁宏道：《德山尘谭》，《潇碧堂集》之二十，袁宏道著，钱伯城笺校《袁宏道集笺校》卷44，上海古籍出版社1981年版，第1290页。
④ 同上书，第1293页。

理以律人。"① 在这里，"理"再也不是人性的主宰，而只是"依人所常行，略加节文"，对自然人性的理性概括而已。如果离开了人的正常情欲，"理"也就失去了存在的天地。基于"理在情内"这一深刻认识，袁宏道进而提出了"顺人情可久，逆人情难久"②的进步主张，对"内欺己心，外拂人情"③的程朱理学进行了猛烈的抨击，发出了"不执定道理以律人"的强烈呼声。很显然，袁宏道对"理在情内"这一进步命题的提出，以及对"顺人情"的倡导和"逆人情"的讨伐，把程朱理学家们所鼓吹的"天理"拉下了主宰者的宝座，使之一降为人性的附庸，彻底打破了"存天理，灭人欲"的禁欲主义道德箴言，充分肯定了人的正常情欲，集中体现了袁宏道在人性上任其自然的进步主张，具有反对道学束缚，要求个性解放的积极意义。这一思想对清代思想家颜元、戴震的"理存于欲"的人性学说有着不应忽视的影响。

在古代中国，人性学说往往是伦理思想的哲学基础。如王阳明继承孟子的性善说，提出了"吾心之良知即所谓天理"的人性学说，并在此基础上建立起"致良知""存天理，灭人欲"的伦理思想。袁宏道"理在情内"的提出，是对王阳明"吾心之良知即所谓天理"的人性学说的借鉴，但在人性的具体内容上，则冲破了"性善论"和"良知说"的樊篱，而赋予了人性以反对封建道德的积极内容。他在《德山尘谭》中说：

> 孟子说性善，亦只说得情一边，性安得有善之可名？且如以恻隐为仁之端，而举乍见孺子入井以验之。然今人见美色而心荡，乍见金银而心动，此亦非出于矫强。④

很显然，袁宏道"理在情内"的"情"，不同于孟子的"性善论"和王阳明的"良知说"，是超脱于封建道德观念而"亦非出于矫强"的自然人性。这种以自然人性为基础的人性学说，体现在伦理学说上，必然导致对正统的封建道德观念的冲击。

---

① 袁宏道：《德山尘谭》，《潇碧堂集》之二十，袁宏道著，钱伯城笺校《袁宏道集笺校》卷44，上海古籍出版社1981年版，第1285页。
② 同上书，第1290页。
③ 同上书，第1291页。
④ 同上书，第1284页。

作为自然人性在伦理实践中的体现，袁宏道在行为规范上鲜明地提出"率性而行"的进步主张。在《识张幼于箴铭后》中，他说：

> 余观古今士君子，如相如窃卓，方朔俳优，中郎醉龙，阮籍母丧酒肉不绝口，若此类者，皆世之所谓放达人也。又如御前数马，省中闼树，不冠入厕，自以为罪，若此类者，皆世之所谓慎密人也。两种若水炭不相入，吾辈宜何居？袁子曰：两者不相肖也，亦不相笑也，各任其性耳。性之所安，殆不可强，率性而行，是谓真人。今若强放达者而为慎密，强慎密者而为放达，续凫项，断鹤颈，不亦大可叹哉！①

正是从"性之所安，殆不可强"的自然人性出发，袁宏道对那些"拘儒小夫"，"矜持守墨，事栉物比"的"效颦学步之陋习"进行了辛辣的嘲笑，对封建道学家"强放达者而为慎密"的扼杀人性的行为予以猛烈的抨击，提出了"各任其性""率性而为"的反理学行为学说。同时，袁宏道在《叙陈正甫会心集》和《冯秀才其盛》中对世俗社会和程朱理学扼杀、扭曲人性的罪行进行了深刻的揭露："迨夫年渐长，官渐高，品渐大，有身如梏，有心如棘，毛孔骨节俱为闻见知识所缚，入理愈深，然其去趣愈远矣。"②"夫鹦鹉不爱金笼而爱陇山者，桎其体也；雕鸠之鸟，不死于野草而死于稻粱者，违其性也，异类犹知自适，可以人而桎梏于衣冠，豢养于禄食邪？则亦可嗤之甚矣！"③ 只有"率心而行，无所忌惮"，勇敢地冲破世俗社会和封建道德对人性的束缚，才能"无拘无缚，得自在度日，故虽不求趣而趣之"，在伦理实践中实现自然人性的回归。

作为自然人性在伦理实践中的另一突出体现，袁宏道在人生价值上，大胆肯定了人的生活欲望。在《为寒灰书册寄郧阳陈玄朗》一文中，袁宏道勇敢地提出了自己的人生观：

---

① 袁宏道：《识张幼于箴铭后》，《锦帆集》之二，袁宏道著，钱伯城笺校《袁宏道集笺校》卷4，上海古籍出版社1981年版，第193页。

② 袁宏道：《叙陈正甫会心集》，《解脱集》之三，袁宏道著，钱伯城笺校《袁宏道集笺校》卷10，上海古籍出版社1981年版，第463页。

③ 袁宏道：《冯秀才其盛》，《解脱集》之四，袁宏道著，钱伯城笺校《袁宏道集笺校》卷11，上海古籍出版社1981年版，第480页。

佛氏以生死作为一大事,而先师云"朝闻道,夕死可也",是亦一大事之旨也。今儒者溺于章句,纵有杰出者,不过谓士生斯世,第能孝能忠廉信节,即此是道。然则使一世之人,朝闻孝悌之说,而夕焉盖棺可乎?……迨程、朱氏出,的知有孝悌外源本矣,而又不知生死事大。夫闻道而无益于死,则又不若不闻道者之直捷也。何也?死而等为灰尘,何若贪荣竞利,作世间酒色场中大快活人乎?又何必局局然以有尽之生。事此冷淡不近人情之事也?是有宋诸贤,又未尽畅"朝闻夕死"之旨也。①

这些充满调侃意味的文字,尽管体现了明中叶以后士大夫阶层的享乐主义人生思想,却具有强烈的离经叛道精神。在正统儒学和程朱理学那里,对"道"的领悟和奉行中才能得以体现。所谓"朝闻夕死""饿死事小,失节事大"这类充满宗教意味的道德箴言,正是理学思想在人的价值观念上的集中体现。针对程朱理学僧侣主义的价值观念,袁宏道鲜明地提出了"生死事大",尖锐地嘲笑了"朝闻夕死""以有尽之生,事此冷淡不近人情之事"的扼杀人性的禁欲主义说教,高度肯定了尘世生活和人的精神物质欲望,从而把人生价值从"天理"的殿堂拉回人间。这无疑是对程朱理学禁欲主义的勇敢反叛,意味着人的价值观念的根本变革。在此基础上,袁宏道在《徐汉明》一信中对那些以殉道者自居的封建卫道士进行了猛烈的抨击:"有种浮泛不切,依凭古人之式样,取润贤圣之余沫,妄自尊大,欺己欺人,弟以为此乃孔门之优孟,衣冠之盗贼!"②并以极大的热情推崇"适世"的人生:"独有适世一种其人,其人甚奇,然亦甚可恨。以为禅也,戒行不足;以为儒,口不能道尧、舜、周、孔之学,身不行羞恶辞让之事,于业不擅一能,于世不堪一务,最天下不紧要人。虽于世无所忤逆,而贤人君子则斥之惟恐不远矣。弟最喜此一种人,以为自适之极,心窃慕之。"③ 这种"适世"的人生观,正是自然人性在人的价值

---

① 袁宏道:《为寒灰书册寄郧阳陈玄朗》,《潇碧堂集》之十七,袁宏道著,钱伯城笺校《袁宏道集笺校》卷41,上海古籍出版社1981年版,第1225页。

② 袁宏道:《徐汉明》,《锦帆集》之三,袁宏道著,钱伯城笺校《袁宏道集笺校》卷5,上海古籍出版社1981年版,第217页。

③ 同上书,第218页。

观念上的体现，对理学人生观具有强烈的反叛意义。而从后来《红楼梦》中的贾宝玉身上，我们不难看出"最天下不紧要人"的叛逆精神的深远影响。

马克思在《摘自〈德法年鉴〉的书信》中指出，专制制度的唯一原则就是轻视人，使人不成其为人。① 在中国封建社会，封建制度和封建礼法是束缚人性的两大绳索。在这两大绳索的束缚下，礼法的人格取代了自然的人格，理学的人性取代了自然人性，合理的欲望不能披露，正常的人性受到扭曲。在《广庄·逍遥游》中，袁宏道以极大的义愤，控诉了建构于封建制度基础之上的封建礼法束缚人性，"以理杀人"的罪恶："拘儒小士，乃欲以所常见常闻，辟天地之未曾见未曾闻者，以定法缚己，又以定法缚天下后世之人。勒而为书，文而成理，天下后世沉魅于五尺之中，炎炎寒寒，略无半蠡可出头处。一丘之貉，又恶足道！"② 并在《寿存斋张公七十序》中，发出了"去理存韵"的强烈呼声："大都士之有韵者，理必入微，而理又不可以得韵。故叫跳反掷者，稚子之韵也；嬉笑怒骂者，醉人之韵也。醉者无心，稚子亦无心，无心故理无所托，而自然之韵出焉。由斯以观，理者是非之窟宅，而韵者大解脱之场也。"③ 只有"去理存韵"，超越理学的束缚，才能实现自然人性的回归和个性的解放。而袁宏道的自然人性学说，以及建构在这一学说基础之上，强调"率性而行"肯定人的欲望进步主张的反封建、反理学的积极意义，也正是在这里得到了充分的显示。

三

正是在上述的认识论和人性论的哲学基础之上，袁宏道建构起了以"性灵说"为核心的美学思想体系。

在哲学上对主观意识的弘扬，体现在美学思想上，形成了袁宏道对创作主体能动作用的强调。注重创作主观情感的抒发，正是"性灵说"的

---

① 参见［德］马克思《摘自〈德法年鉴〉的书信》，《马克思恩格斯全集》第1卷，人民出版社1956年版，第411页。

② 袁宏道：《广庄》，袁宏道著，钱伯城笺校《袁宏道集笺校》卷23，上海古籍出版社1981年版，第796页。

③ 袁宏道：《寿存斋张公七十序》，《未编稿》之二，袁宏道著，钱伯城笺校《袁宏道集笺校》卷54，上海古籍出版社1981年版，第1542页。

一个突出内容。"独抒性灵,不拘格套",实质上是对艺术创作超越封建礼法束缚,真实自然地抒发个体情感的高声倡导。在《敝箧集序》中,江盈科转述了袁宏道的这一思想:

> 出于性灵者为真尔。……流自性灵者,不期新而新;出自模拟者,力求脱旧而转得旧。由斯观之,诗期于自性灵出尔,又何必唐,何必初与盛之为沾沾哉![1]

在创作过程中对创作主体主观情感的高标,导致了审美对象以"真"为核心的审美特征的强调。因为"情至之语,自能感人,是谓真诗"。只有大胆地抒发主观情感,才能达到"真诗"的艺术境界。袁宏道无不自豪地宣称,自己的作品"大都以审单家之笔,发以真切不浮之意","无一字不真"[2],并且以为:"大抵物真则贵,真则我面不同君面。"[3] 从"真"出发,抨击了"文必秦汉,诗必盛唐""剽窃成风,万口一响"的复古主义时俗。以"至于今天下之慧人才士,始知心灵无涯,搜之愈出,相与各呈其奇,而互穷其变,然后人人有一段真面目溢露于楮墨之间"[4]。

而事实上,袁宏道虽然注重创作主体的主观能动性,但并非像他的模仿者那样,只"知心灵而无涯,搜之愈出",把主观精神当成创作的唯一源泉,他并没有忽略创作主体对客体的依赖性。在《叙小修诗》中,他谈到袁中道的创作时说:

> 泛舟西陵,走马塞上,穷览燕、赵、齐、鲁、吴、越之地,足迹所至,几半天下,而诗文亦因之以日进。大都独抒性灵,不拘格套,非从自己胸臆流出,不肯下笔。有时情与境会,顷刻千言,如水东

---

[1] 江盈科:《敝箧集序》,袁宏道著,钱伯城笺校《袁宏道集笺校》附录三,上海古籍出版社1981年版,第1685页。

[2] 袁宏道:《江进之》,《解脱集》之四,袁宏道著,钱伯城笺校《袁宏道集笺校》卷11,上海古籍出版社1981年版,第510—511页。

[3] 袁宏道:《丘长孺》,《锦帆集》之四,袁宏道著,钱伯城笺校《袁宏道集笺校》卷6,上海古籍出版社1981年版,第284页。

[4] 袁中道:《袁中郎先生全集序》,袁宏道著,钱伯城笺校《袁宏道集笺校》附录三,上海古籍出版社1981年版,第1712页。

注，令人夺魄。①

作为公安派的创作口号，"独抒性灵，不拘格套"并不是一味宣扬主观精神，主张在心灵深处虚构空中楼阁，而是要求创作主体在丰富的生活基础之上，抒发自己真实独特的思想情感。小修的创作之所以能"独抒性灵"，是与他丰富的生活经历分不开的。因而，袁宏道主张师法自然："故善画着，师物不师人；善学者，师心不师道；善为诗者，师森罗万象，不师先辈。"②并在谈到"情"与"境"的关系时，发挥了这一思想：

> 夫性灵窍于心，寓于境。境所偶触，心能摄之；心所欲吐。腕能运之。……以心摄境，以腕运心，则性灵无不毕达，是之谓真诗。③

这里的性灵，是心境与物境的交融，是主体与客体的统一。只有在"境所偶触"的客观物质基础之上，发挥创作主体的能动作用，才能创作自如，达到"真诗"的艺术境界。江进之在《解脱集序》中说，袁宏道的创作"盖其情真而境实"，"自真情实境流出"，正好道出了袁宏道这一创作原则。不难看出，袁宏道的美学思想在继承了他的主观唯心主义哲学中注重人的价值和主观精神的同时，又在创作和理论的实践中发展了他哲学思想中的唯物主义因素，强调了主体之于客体的依赖，主张主观意识和客观世界的结合，从而使其哲学思想在美学思想中得到进一步的发展和完善。

在人性学说上对自然人性的高标和在行为学说上对"率性而行"的强调，体现在美学思想上，就形成了袁宏道对"任性而为"创作思想的倡导。"独抒性灵，不拘格套"的文学口号，不仅包蕴着对创作主体的主观情感的自然抒发，还意味着在抒发这种情感时对一切传统束缚的大胆超

---

① 袁宏道：《叙小修诗》，《锦帆集》之二，袁宏道著，钱伯城笺校《袁宏道集笺校》卷4，上海古籍出版社1981年版，第187页。

② 袁宏道：《叙竹林集》，《瓶花斋集》之十，袁宏道著，钱伯城笺校《袁宏道集笺校》卷18，上海古籍出版社1981年版，第700页。

③ 江盈科：《敝箧集序》，袁宏道著，钱伯城笺校《袁宏道集笺校》附录三，上海古籍出版社1981年版，第1685页。

脱。这一创作思想在《叙小修诗》中得到了充分的说明：

> 吾谓今之诗文不传矣。其万一传者，或今闾阎妇人孺子所唱《擘破玉》《打草竿》之类，犹是无闻无识真人所作，故多真声，不效颦于汉、魏。不学步于盛唐，任性而发，尚能通于人之喜怒哀乐嗜好情欲，是可喜也。①

袁宏道高度评价并极力推崇民歌的重要契因，就在于民歌在表现"真人""真声"的自然人性内容的创作过程中，能够打破传统的束缚，"任性而发"。

那么怎样才能实现创作过程中的"任性而发"呢？

实现创作过程中的"任性而发"，首先要求创作主体在内容上冲破封建礼法对创作的束缚。袁宏道认为，真正的艺术作品在内容上是"其人之注脚"②"性命的影子"③，是自然人性的艺术再现。作为"率性而行""去理存韵"④ 的行为学说在美学思想上的伸延，袁宏道提出"夫诗以趣为主，致多则理诎"⑤ 的创作思想，通过对"趣"的倡导，揭发"理"对创作的束缚。基于这一思想，袁宏道对苏轼的创作给予了高度的评价，认为"坡公诗文卓绝无伦"，"无一字不佳"⑥，"东坡诸作，圆活精妙，千古无匹"⑦。同时又指责苏轼的某些作品"惟说道理，评人物，脱不得

---

① 袁宏道：《叙小修诗》，《锦帆集》之二，袁宏道著，钱伯城笺校《袁宏道集笺校》卷4，上海古籍出版社1981年版，第188页。
② 袁宏道：《刘元定诗序》，《未编稿》之二，袁宏道著，钱伯城笺校《袁宏道集笺校》卷54，上海古籍出版社1981年版，第1529页。
③ 袁宏道：《张幼于》，《解脱集》之四，袁宏道著，钱伯城笺校《袁宏道集笺校》卷11，上海古籍出版社1981年版，第503页。
④ 袁宏道：《识张幼于箴铭后》，《锦帆集》之二，袁宏道著，钱伯城笺校《袁宏道集笺校》卷4，上海古籍出版社1981年版，第193页。
⑤ 袁宏道：《西京稿序》，《华嵩游草》之二，袁宏道著，钱伯城笺校《袁宏道集笺校》卷51，上海古籍出版社1981年版，第1458页。
⑥ 袁宏道：《答梅客生开府》，《瓶花斋集》之九，袁宏道著，钱伯城笺校《袁宏道集笺校》卷21，上海古籍出版社1981年版，第733页。
⑦ 袁宏道：《德山尘谭》，《潇碧堂集》之二十，袁宏道著，钱伯城笺校《袁宏道集笺校》卷44，上海古籍出版社1981年版，第1290页。

宋人气味"。① 其《前赤壁赋》"为禅法道理所障，如老学究着深衣，通体是板"。② 袁宏道对苏轼的评价未必完全妥当，但也正是从这些未尽妥当的评论中，体现了他要求冲破封建礼法束缚的创作思想，因为，只有在创作中超越礼法的束缚，才能实现创作自由，达到"任性而发"的境地。而正是在这里，显示了袁宏道对理学文艺观的反叛。

实现创作过程中的"任性而发"，还要求创作主体在形式上冲破清规戒律的樊篱。内容上的变革要求形式上的创新。"夫迫而呼声不择声，非不择也，郁与口相触，卒然而声，有加于择者也。"③ 在内容上对创作主体自然人性的真实披露和主观情感的大胆抒发必然要求适合表现这种内容的艺术手法。因而，袁宏道认为："文章新奇，无定格式，只要发人所不能发，句法字法调法——从自己心中流出，此真新奇也。"④ 文学艺术并没有一成不变的表现形式，只要大胆真实地抒发自己的情感，就能达到艺术表现上的创新和成功。要在创作中"独抒性灵"，"独抒己见"，就必须"不拘格套"，"信心而言"⑤，"信腕直寄"⑥，在形式上实现"任性而发"。

实现创作过程中的"任性而发"，更要求创作主体在继承与革新的关系上冲破因循守旧、剽窃模拟的复古主义时俗。袁宏道所处的时代，正是一个"剽窃成风，万口一响，诗道寝弱"，复古之风猖獗的时代。在《雪涛阁集序》中，袁宏道对复古派机械地取法古人的模拟之风进行了猛烈的抨击：

---

① 袁宏道：《德山尘谭》，《潇碧堂集》之二十，袁宏道著，钱伯城笺校《袁宏道集笺校》卷44，上海古籍出版社1981年版，第1290页。

② 袁宏道：《识雪照澄》卷末，《潇碧堂集》之十七，袁宏道著，钱伯城笺校《袁宏道集笺校》卷41，上海古籍出版社1981年版，第1220页。

③ 袁宏道：《陶孝若枕中呓引》，《潇碧堂集》之十一，袁宏道著，钱伯城笺校《袁宏道集笺校》卷35，上海古籍出版社1981年版，第1114页。

④ 袁宏道：《答李元善》，《瓶花斋集》之十，袁宏道著，钱伯城笺校《袁宏道集笺校》卷22，上海古籍出版社1981年版，第787页。

⑤ 袁宏道：《叙梅子马王程稿》，《瓶花斋集》之六，袁宏道著，钱伯城笺校《袁宏道集笺校》卷18，上海古籍出版社1981年版，第699页。

⑥ 袁宏道：《叙曾太史集》，《潇碧堂集》之十一，袁宏道著，钱伯城笺校《袁宏道集笺校》卷35，上海古籍出版社1981年版，第1106页。

> 夫复古是已，然至以剿袭为复古，句比字拟，务为牵合，弃目前之景，摭腐滥之辞；有才者诎于法，而不敢自伸其才，无之者，拾一二浮泛之语，帮凑成诗。[①]

创作上的伪饰模拟，取代了自然人性的真实披露，对古人的模拟抄袭，取代了主观情感的大胆抒发。针对这一复古主义时俗，袁宏道在《答张东阿》中提出了"无法而法"的创作主张："仆窃谓王、李固不足法，法李唐，犹王、李也。唐人妙处，正在无法耳。如六朝、汉、魏者，唐人既以为不必法，沈、宋、李、杜者，唐之人虽慕之，亦决不肯法，此李唐所以度越千古也。"[②]"法李唐者，岂谓其机格字句哉？法其不为汉，不为魏，不为六朝之心而已。是真法也。"[③] 取法唐人，不在于模拟唐人的"机格字句"，而在于学习唐人不依傍古人、敢于创新的精神。如果机械地模拟古人，势必会使"一段精光不得披露"，阻碍主观情感的自由抒发。因而，只有冲破复古主义习俗，"以意役法，不以法役意，才能一洗应酬格套之习，而诗文之精光始出"[④]，实现创作中的"任性而发"。

文学观念的发展取决于哲学观念的变革。从注重主体意识的宇宙观和认识论出发，袁宏道在文学上提出了"独抒性灵"的口号，重视创作主体主观情感的自然抒发和自然人性的大胆披露；立足于自然人性和"率性而为"的人性、行为学说，袁宏道提出了"不拘格套""任性而发"的创作主张。正是在反理学的哲学思想的基础之上，袁宏道才建构起以"性灵说"为核心的美学思想体系，开创了明代文学的新纪元。

（原载《湖北作家论丛》第3辑，长江文艺出版社1990年版）

[①] 袁宏道：《雪涛阁集序》，《瓶花斋集》之六，袁宏道著，钱伯城笺校《袁宏道集笺校》卷18，上海古籍出版社1981年版，第710页。

[②] 袁宏道：《答张东阿》，《瓶花斋集》之九，袁宏道著，钱伯城笺校《袁宏道集笺校》卷21，上海古籍出版社1981年版，第753页。

[③] 袁宏道：《叙竹林集》，《瓶花斋集》之十，袁宏道著，钱伯城笺校《袁宏道集笺校》卷18，上海古籍出版社1981年版，第760页。

[④] 袁中道：《袁中郎先生全集序》，袁宏道著，钱伯城笺校《袁宏道集笺校》附录二，上海古籍出版社1981年版，第1712页。

从理想的人格到理想的文格
——论袁宏道对人生价值观念和文学观念的变革

人生价值是人们对自身理想存在状态的确认,是人们基于自身需要对自我所发生的态度和要求。而文学即人学。探讨袁宏道的人生价值观念,对于把握他的文学思想,理解他的文学创作,无疑是一个必不可少的重要环节。

一

在古代中国,作为人们所追求的理想人格,人生价值观念是以各自的人性学说作为相应的哲学基础的。不同的思想家,都在不同的人性学说的基础上,建构自己的人生价值体系。探讨袁宏道的人生价值观念,自然也就不能不涉及他对人性的基本看法。在《叙陈正甫会心集》中,袁宏道鲜明地提出了自己的人性思想:

> 世人所难得者唯趣。趣如山上之色,水中之味,花中之光,女中之态,虽善说者不能下一语,唯会心者知之。……夫趣得之自然者深,得之学问者浅。当其为童子也,不知有趣,然无往而非趣也。面无端容,目无定睛,口喃喃而欲语,足跳跃而不定,人生之至乐,真无逾于此时者。孟子所谓不失赤子,老子所谓能婴儿,盖指此也,趣之正等正觉最上乘也。[①]

陆云龙在评价这篇叙文时说:"自然二字,趣之根荄。"[②] 这里,"得之自然者深,得之学问者浅"的"趣",其实是指未受以儒家学说为主体的正统封建思想侵蚀的自然人性。值得指出的是,袁宏道所说的"趣",既不同于孟子的性善论和王阳明的"良知说",也不同于荀子的性恶论和扬雄的"善恶混",而是超脱于儒学善恶观念之外而"非出于矫强"的自然人

[①] 袁宏道:《叙陈正甫会心集》,《解脱集》之三,袁宏道著,钱伯城笺校《袁宏道集笺校》卷10,上海古籍出版社1981年版,第463页。
[②] 同上书,第465页。

性。在《德山尘谭》中,袁宏道阐明了这一观点:"孟子说性善,亦只说得情一边,性安得有善之可名?且如以恻隐为仁之端,而举乍见孺子入井以验之。然今人乍见美色而心荡,乍见金银而心动,此亦非出于矫强。"①在人性具体内容上对儒学善恶观念的超越,为袁宏道反对封建人生价值观念提供了进步的哲学基础。

作为人性学说在人格理想上的体现,袁宏道的人生价值观念首先表现为对主体个性意识的高度强调。

个性意识构基于独立的人格,只有达到人格的自立,才能实现个性的解放。正是在自然人性的基础上,袁宏道提出了"理在情内","率性而行"的进步主张:

> 孔子所言絜矩,正是因,正是自然。后儒将矩字看作理字,便不因,不自然。夫民之所好好之,民之所恶恶之,是以民之情为矩,安得不平?今人只从理上絜去,必至内欺己心,外拂人情,如何得平?夫非为理之为害也,不知理在情内,而欲拂情以为理,故去治弥远。②

在程朱理学那里,作为宇宙本原的"理"体现在人身上,就是"性"。"性即理也,在心唤做性,在事唤做理。"③ 而"格物穷理"的重要目的,就在于"存天理,灭人欲"。随之而来的是,人性为天理所取代,个性为天理所扼杀,自然人性失去了合理存在的天地。与程朱理学针锋相对,袁宏道认为"孔孟教人,亦依人所常行,略加节文,便叫做理"。④ 所谓"理",只不过是对自然人性的理性概括而已,使"天理"由人性的主宰一降而为人性的附庸。基于"理在情内"这一深刻认识,袁宏道提出了

---

① 袁宏道:《德山尘谭》,《潇碧堂集》之二十,袁宏道著,钱伯城笺校《袁宏道集笺校》卷44,上海古籍出版社1981年版,第1284页。
② 同上书,第1290页。
③ 黎靖德辑,郑明等校点:《朱子语类》卷5,上海古籍出版社、安徽教育出版社2000年版,第216页。
④ 袁宏道:《德山尘谭》,《潇碧堂集》之二十,袁宏道著,钱伯城笺校《袁宏道集笺校》卷44,上海古籍出版社1981年版,第1293页。

"顺人情可久，逆人情难久"①的进步主张，要求打破"天理"对人性的桎梏，以实现个性的解放。他在《识张幼于箴铭后》中指出："性之所安，殆不可强，率性而行，是谓真人。"②通过"真人"的强调和"率性而行"的倡导，对"内欺己心，外拂人情"的程朱理学进行了猛烈的批判，发出了"不执定道理以律人"③的强烈呼声。于是，自然人性得到了充分的肯定，个性意识得到了广泛的发展。

作为人性学说在人格理想上的另一体现，袁宏道的人生价值观念还表现为对主体感性欲求的大胆肯定。

随着明代中叶左派王学的出现和个性解放思潮的兴起，人的世俗生活和感性欲求得到了新的审视。何心隐就曾在《寡欲》中指出："性而味，性而色，性而声，性而安逸，性也。"④李贽在《答邓石阳》中更明白地指出："穿衣吃饭，即是人伦物理。"⑤ "存天理，灭人欲"的道德箴言遭到漠视，传统的价值观念受到挑战。同样是基于对自然人性的强调，袁宏道在《龚惟长先生》一书中勇敢地表明了自己的人生观：

真乐有五，不可不知。目极世间之色，耳极世间之声，身极世间之鲜，口极世间之谈，一快活也。堂前列鼎，堂后度曲，宾客满席，男女交拐，烛气薰天，珠翠委地，金钱不足，继以田土，二快活也。箧中藏万卷书，书皆珍异。宅畔置一馆，馆中约真正同心友十余人，人中立一识见极高，如司马迁、罗贯中、关汉卿者为主，分曹部署，各成一书，远文唐宋酸儒之陋，近完一代未竟之篇，三快活也。千金买一舟，舟中置鼓吹一部，妓妾数人，游闲数人，泛家浮宅，不知老之将至，四快活也。然人生受用至此，不及十年，家资田地荡尽矣。然后一身狼狈，朝不谋夕，托钵歌妓之院，分餐孤老之盘，往来乡

---

① 袁宏道：《德山尘谭》，《潇碧堂集》之二十，袁宏道著，钱伯城笺校《袁宏道集笺校》卷44，上海古籍出版社1981年版，第1290页。
② 袁宏道：《识张幼于箴铭后》，《锦帆集》之二，袁宏道著，钱伯城笺校《袁宏道集笺校》卷4，上海古籍出版社1981年版，第193页。
③ 袁宏道：《德山尘谭》，《潇碧堂集》之二十，袁宏道著，钱伯城笺校《袁宏道集笺校》卷44，上海古籍出版社1981年版，第1285页。
④ 何心隐：《寡欲》，容肇祖整理《何心隐集》，中华书局1960年版，第40页。
⑤ 李贽：《答邓石阳》，刘幼生整理《焚书》卷1，社会科学文献出版社2000年版，第4页。

亲，恬不知耻，五快活也。士有此一者，生可无愧，死可不朽矣。①

这些充满调侃、夸张意味的文字，尽管体现了明代中叶以后流行于士大夫阶层的享乐主义人生思想，却具有强烈的离经叛道精神。因为，按照马克思所说，人的享受的感觉，即确证自己是人的本质力量的感觉。②对精神、物质欲望的高度肯定，无疑是对程朱理学禁欲主义的勇敢反叛，意味着人的价值观念的变革。

在中国封建社会，封建制度与以维护这个制度为旨归的封建礼法是束缚人性的两大绳索。在这两大绳索的束缚下，合理的欲望不能披露，正常的人性遭到扭曲，个性意识和感性欲求受到无理的压抑。而袁宏道对自然人性的高声标榜，以及对建构于自然人性基础之上的主体的个性意识和感性欲求的大胆提倡，从而使人挣脱了两大绳索的束缚，意味着近代意义上的个性解放。袁宏道在人生价值观念上的反封建、反理学思想，也在这里得到了集中的体现。

二

作为袁宏道人生价值观念的核心内容，在自然人性基础上对个性意识的强调和感性欲求的肯定必然导致对以儒学为主体的传统人生价值观念的反拨，从而形成袁宏道在人生价值判断上强烈的批判意识。这种具有浓郁的人道主义色彩的批判意识的强化，又显示出袁宏道在人生道路上的叛逆精神。

袁宏道的批判意识首先体现为对传统儒学为主体的伦理价值观念的反叛。

在传统儒学那里，认识和实践是以伦理观念为终极目的的。人的认识是对伦理的体认，人的实践是对道德的躬行，人生的最高价值和理想境界就在于道德的领悟和实施。结果，伦理的人性取代了自然的人性，礼法的人格取代了独立的人格，道德的最后完善实质上意味着自然人性和独立人

---

① 袁宏道：《龚惟长先生》，《锦帆集》之三，袁宏道著，钱伯城笺校《袁宏道集笺校》卷5，上海古籍出版社1981年版，第205—206页。

② 参见［德］马克思《1844年经济学哲学手稿》，《马克思恩格斯全集》第42卷，人民出版社1979年版，第126页。

格的全部失落。针对传统儒学的伦理价值观念,袁宏道在《徐汉明》一信中坚定地表明了自己"适世"的人生观:

> 世间学道有四种人:有玩世,有出世,有谐世,有适世。玩世者,子桑、伯子、原壤、庄周、列御寇、阮籍之徒是也。上下几千载,数人而已,已矣,不可复得矣。出世者,达磨、马祖、临济、德山之属皆是。其人一瞻一视,皆具锋刃,以狠毒之心,而行慈悲之事,行虽孤寂,志亦可取。谐世者,司寇以后一派措大,立定脚跟,讲道德仁义者是也。学问亦切近人情,但粘带处多,不能迥脱蹊径之外,所以用世有余,超乘不足。独有适世一种其人,其人甚奇,然亦甚可恨。以为禅也,戒行不足;以为儒也,口不道尧、舜、周、孔之学,身不行羞恶辞让之事,于业不擅一能,于世不堪一务,最天下不紧要人。虽于世无所许违,而贤人君子则斥之惟恐不远矣。弟最喜此一种人,以为自适之极,心窃慕之。①

这种"适世"的人生观,正是以自然人性为基点的个性意识和感性欲求在人生价值判断上的抉择。而对"适世"的肯定和"谐世"的否定,无疑意味着对传统儒学价值观念的批判。因而,袁宏道在《为寒灰书册寄郧阳陈玄朗》中指出:"佛氏以生死为一大事,而先师云'朝闻道,夕死可',是亦一大事之旨也。今儒溺于章句,纵有杰出者,不过谓士生斯世,第能孝能忠廉信节,即此是道。然则使一世之人,朝闻孝悌之说,而夕焉盖棺可乎?……迨程、朱氏出,得知有孝悌外源本矣,而又不知生死事大。夫闻道而无益于死,则又不若不闻道者之直捷。何也?死而等为灰尘,何若贪荣竞利,作世间酒色场中大快活人乎?又何必局局然以有尽之生,事此冷淡不近人情之事也。是有宋诸贤,又未尽畅'朝闻夕死'之旨也。"② 在传统儒学和程朱理学那里,人生价值只有在以伦理观念为主要内容的"道"的领悟和奉行中才能得以体现。所谓"朝闻夕死""饿死

---

① 袁宏道:《徐汉明》,《锦帆集》之三,袁宏道著,钱伯城笺校《袁宏道集笺校》卷5,上海古籍出版社1981年版,第217—218页。

② 袁宏道:《为寒灰书册寄郧阳陈玄朗》,《潇碧堂集》之十七,袁宏道著,钱伯城笺校《袁宏道集笺校》卷41,上海古籍出版社1981年版,第1225页。

事小，失节事大"这类充斥着宗教意味的道德箴言，就是理学思想在人生价值观念上的集中体现。针对这种僧侣主义的人生价值观念，袁宏道鲜明地提出"生死事大"，尖锐地嘲笑了"朝闻夕死"和"以有尽之生，事此冷淡不近人情之事"的扼杀人性的禁欲主义说教，高度肯定了人的生命价值、尘世生活和精神物质欲望，从而把人生价位从"道"的殿堂拉回人间。

袁宏道的批判意识还表现为对传统儒学为主体的功名价值观念的否定。

传统儒学的伦理观念和入世思想体现在个人与国家的关系上，就形成了功名价值观念。"达则兼济天下，穷则独善其身"，就是儒学伦理价值观念和功名价值观念的典型体现。个人存在的价值一方面在道德的"知行"中得到显示，同时还可以在"兼济天下"的事业中得到社会的承认。因而"修身、齐家、治国、平天下""学而优则仕"就构成了传统儒学现实理想的重要价值取向。特别是唐宋以降，通过科举入仕为官，实现功名理想更是封建时代知识分子向往的人生。尽管这种功名价值观念体现了传统儒学的积极用世精神，但又时常夹杂着功名利禄、荣亲耀祖之类的庸俗思想，并在巩固封建统治的过程中束缚了自然人性的发展。当然，和当时的知识分子一样，袁宏道并没有脱离科举入仕的生活道路。在吴县县令任上，他勤政爱民，治绩卓著，致使当时宰相申时行有"二百年来，无此令矣"[1]之叹。任职吏部时，他不畏权势，严惩猾吏，使吏部吏治为之一清。在他的诗文创作中，关心国家命运，同情民生疾苦的作品更是不胜枚举。然而，袁宏道所追求的理想人生并不是在修齐治平的道路上建功立业，而是一种适心任性的闲适生活。正如他在《识伯修遗墨后》中所说："世间便宜事，真无过闲适者。"[2] 当这种闲适生活和仕途功名发生矛盾的时候，他便果决地选择了前者。"欲官之心，不胜其好适之心"[3]，就是这种情形的写照。这一点，可以从袁宏道辞官吴令得到证实。从《去吴七

---

[1] 袁中道：《吏部验封司郎中郎先生行状》，袁宏道著，钱伯城笺校《袁宏道集笺校》附录二，上海古籍出版社1981年版，第1652页。

[2] 袁宏道：《识伯修遗墨后》，《潇碧堂集》之十一，袁宏道著，钱伯城笺校《袁宏道集笺校》卷35，上海古籍出版社1981年版，第1111页。

[3] 袁宏道：《汤义仍》，《锦帆集》之三，袁宏道著，钱伯城笺校《袁宏道集笺校》卷5，上海古籍出版社1981年版，第215页。

牍》看，袁宏道辞官吴令的表面原因是庶祖母詹氏病危，自己"沉病日积"，实际上包含着人生价值的深层内蕴。据袁中道《中郎先生行状》，袁宏道"好山水，喜谈谑"①。袁宏道自己在《游惠山记》中声称："余性疏脱，不耐羁锁"②，"弟性亢藏，不合于世"③，并一向认为"山居只索任天真，无作无营自在身"④。因为"山林之人，无拘无缚，得自在度日，故虽不求趣而趣近之"⑤，向往在自然中达到自然人性的发展和人格理想的实现。而明代的官场，则是一个"吏情物态，日巧一日；文网机牢日深一日；波光电影，日幻一日"⑥的污浊之地。县令的生活，"直牛马不若矣；何也？上官如云，过客如雨，簿书如山，钱谷如海"⑦，"大约遇上官则奴，候过客则妓，治钱谷则仓老人"⑧。险恶的官场环境和形形色色的差使周旋深刻地制约了袁宏道自然人性的发展、人格理想的实现和文学创作的自由。因而，他一再抱怨，"俗吏之缚束人甚矣"⑨，"中郎一行作令，文雅都尽"⑩，"吏网缚人，遂令三寸之管，截为刀笔；骚律之学，饰为爰书"⑪。于是，连上七牍，要求"割尘网"，"出宦牢"，"割断

---

① 袁中道：《吏部验封司郎中中郎先生行状》，袁宏道著，钱伯城笺校《袁宏道集笺校》附录二，上海古籍出版社1981年版，第1657页。
② 袁宏道：《游惠山记》，《锦帆集》之三，袁宏道著，钱伯城笺校《袁宏道集笺校》卷10，上海古籍出版社1981年版，第219页。
③ 袁宏道：《孙心易》，《锦帆集》之四，袁宏道著，钱伯城笺校《袁宏道集笺校》卷6，上海古籍出版社1981年版，第293页。
④ 袁宏道：《山居》，《潇碧堂集》之四，袁宏道著，钱伯城笺校《袁宏道集笺校》卷28，上海古籍出版社1981年版，第929页。
⑤ 袁宏道：《叙陈正甫会心集》，《解脱集》之三，袁宏道著，钱伯城笺校《袁宏道集笺校》卷10，上海古籍出版社1981年版，第463页。
⑥ 袁宏道：《何湘潭》，《锦帆集》之四，袁宏道著，钱伯城笺校《袁宏道集笺校》卷6，上海古籍出版社1981年版，第272—273页。
⑦ 袁宏道：《沈广乘》，《锦帆集》之三，袁宏道著，钱伯城笺校《袁宏道集笺校》卷5，上海古籍出版社1981年版，第242页。
⑧ 袁宏道：《丘长孺》，《锦帆集》之三，袁宏道著，钱伯城笺校《袁宏道集笺校》卷5，上海古籍出版社1981年版，第208页。
⑨ 袁宏道：《屠长卿》，《锦帆集》之三，袁宏道著，钱伯城笺校《袁宏道集笺校》卷5，上海古籍出版社1981年版，第225页。
⑩ 袁宏道：《杨安福》，《锦帆集》之三，袁宏道著，钱伯城笺校《袁宏道集笺校》卷5，上海古籍出版社1981年版，第213页。
⑪ 袁宏道：《范长白》，《锦帆集》之四，袁宏道著，钱伯城笺校《袁宏道集笺校》卷6，上海古籍出版社1981年版，第305页。

藕丝，做世间大自在人"。① 以实现其人性"解脱"和人格理想。当袁宏道的辞官要求获准之后，其欢愉之情，真是溢于言表。正如他在《聂化南》一信中所披露的："投冠数日，愈觉无官之妙。""败却铁网，打破铜枷，走出刀山剑树，跳入清凉佛土，快活不可言，不可言!"② 为了纪念这一人生事件，袁宏道把这一时期所创作的诗文命名为《解脱集》。不难看出，袁宏道辞官吴令实质上是人生价值观念在人生道路上的抉择。尽管这种抉择对现实社会缺乏更为积极的态度，但毕竟意味着对传统功名价值观念的否定。

明代中叶，随着商业、手工业的发展和市民队伍的壮大，要求个性解放，追求自在人生，作为一种新的社会思潮向传统的意识形态发出了强有力的冲击。而袁宏道的人生价值观念正是这种新的社会思潮在人格理想上的集中体现。强调个性意识，肯定感性欲求作为一种新的人生价值观念对以传统儒学为主体的伦理价值观念和功名价值观念的取代，无疑标志着古代人生价值观念的一次重要变革，而袁宏道的人生价值观在思想史上的意义也在这里得到充分的显示。

三

如果说，哲学的目的是认识人，那么，文学的目的则是表现人。对人的认识和把握，必然影响到对人的表现。而哲学上人生价值观念的变革必然导致美学上文学价值观念的变革。袁宏道在创作主体上对自然人性的强调，体现在审美对象的美学特征上就是对"真"的倡导。关于"真"，江盈科在《敝箧集序》中转引袁宏道的话解释说："出自性灵者为真诗尔。夫性灵窍于心，寓于境。……以心摄境，以腕运心，则性灵无不毕达，是之谓真诗。"③ 因而"真"，作为"性灵说"的核心内容，是创作主体个性情感在审美对象上如实自然的表现。在袁宏道看来，真正的艺术作品应

---

① 袁宏道：《龚惟长先生》，《锦帆集》之三，袁宏道著，钱伯城笺校《袁宏道集笺校》卷5，上海古籍出版社1981年版，第222页。

② 袁宏道：《聂化南》，《锦帆集》之四，袁宏道著，钱伯城笺校《袁宏道集笺校》卷6，上海古籍出版社1981年版，第311页。

③ 江盈科：《敝箧集序》，袁宏道著，钱伯城笺校《袁宏道集笺校》附录三，上海古籍出版社1981年版，第1685页。

该是"其人之注脚"①,"性命的影子"②,是创作主体自然人性的真切表现。在《江进之》中,他不无自豪地宣称,自己的作品"无一字不真","大都以审单家书之笔,发以真切不浮之意"。③ 主张创作主体通过个性情感的真实抒发,体现自己的自然人性。在真、善、美之间,如果说以儒学为主体的传统美学是以善为美,那么,以真为美则构成了袁宏道美学思想的突出特点。作为自然人性的艺术再现,袁宏道对"真"的强调,必然在思想内容、审美特征、表现手法上引起文学价值观念的变革。

"独抒性灵,不拘格套"——在思想内容上由"宗经""原道"到表现个性。

在文学价值的认识和把握上,强调文学的政治伦理教化功能,是以传统儒学为主体的道学文艺观的本质特征。从孟轲、荀况到扬雄、刘勰,直到韩、柳、欧、苏乃至于稍早于公安派的唐宋派,都把"道"看作文学的本源,高度肯定文学的政治伦理教化的实用价值。所谓"原道""宗经""文以载道"就是这种道学文艺观在文学价值观上的集中体现。这种文学观固然在不同的历史时期反对各种形式主义文风中起过重要作用,但把文学仅仅看作"道"的载体,无疑会否定文学自身的美学价值,取消作家在创作中的主体作用,使文学最终成为儒学的附庸。针对这种道学文艺观,袁宏道在《西京稿序》中提出了"夫诗以趣为主,致多则理诎"④的文学思想,要求文学超脱于"理"的制约,大胆地表现创作主体的自然人性和真情实感。基于这一思想,袁宏道在《李子髯》一信中提出了自己的文学价值观念:

> 髯公近日作诗否?若不作诗,何以过活这寂寞日子也?人情必有所寄,然后能乐。故有以弈为寄,有以色为寄,有以技为寄,有以文

---

① 袁宏道:《刘元定诗序》,《未编稿》之二,袁宏道著,钱伯城笺校《袁宏道集笺校》卷54,上海古籍出版社1981年版,第1529页。

② 袁宏道:《张幼于》,《解脱集》之四,袁宏道著,钱伯城笺校《袁宏道集笺校》卷11,上海古籍出版社1981年版,第503页。

③ 袁宏道:《江进之》,《解脱集》之四,袁宏道著,钱伯城笺校《袁宏道集笺校》卷11,上海古籍出版社1981年版,第510—511页。

④ 袁宏道:《西京稿序》,《华嵩游草》之二,袁宏道著,钱伯城笺校《袁宏道集笺校》卷51,上海古籍出版社1981年版,第1458页。

为寄。古之达人，高人一层，只是他情有所寄。①

在《叙小修诗》中，袁宏道高度肯定小修的创作是"独抒性灵，不拘格套，非从自己胸臆流出，不肯下笔"。②在袁宏道看来，文学是寄托"人情"和"性灵"的载体，是"畅幽怀而发奥心"③的手段。文学存在的价值，就在于表现作家的个性情感和自然人性。袁宏道对文学价值的重新认定，使文学从"宗经""原道"的樊篱中挣脱出来，呈现出文学作为人学的本来面目。而作家主体性的作用和文学独立存在的价值也因之得到充分的肯定和应有的正视。

"字逐情生，唯恐不达"——在审美特征上由中和之美到自然之美。

在审美特征上，强调文学的中和之美是以传统儒学为主体的中庸艺术观在文学艺术风格论上的突出特征。传统美学在思想内容上的"宗经""原道"，体现在创作论上就是"发乎情，止乎礼义"，在主张有节制地表现创作主体情感的同时，又要求这种情感接受礼义的匡正，从而把这种情感纳入儒学伦理规范之中。所谓"怨而不怒""乐而不淫""哀而不伤""温柔敦厚"就是儒学中庸艺术观在审美特征上的突出体现，这种艺术观固然对艺术作品含蓄意境的创造不无指导意义，却束缚了个性情感的充分表现和对封建社会的深刻揭露。在《叙小修诗》中，袁宏道对这种中庸艺术观进行了直接而猛烈的抨击：

> 《离骚》一经，忿怼之极，党人偷乐，众女谣诼，不揆中情，信谗赍怒，皆明示唾骂，安在所谓怨而不伤者乎？穷愁之时，痛哭流涕，颠倒反覆，不暇择音，怨矣，宁有不伤者？④

---

① 袁宏道：《李子髯》，《锦帆集》之三，袁宏道著，钱伯城笺校《袁宏道集笺校》卷5，上海古籍出版社1981年版，第241页。
② 袁宏道：《叙小修诗》，《锦帆集》之二，袁宏道著，钱伯城笺校《袁宏道集笺校》卷4，上海古籍出版社1981年版，第187页。
③ 袁宏道：《答刘光州》，《瓶花斋集》之十，袁宏道著，钱伯城笺校《袁宏道集笺校》卷22，上海古籍出版社1981年版，第780页。
④ 袁宏道：《叙小修诗》，《锦帆集》之二，袁宏道著，钱伯城笺校《袁宏道集笺校》卷4，上海古籍出版社1981年版，第188页。

个性情感的大胆抒发和自然人性的真实披露,必然要冲决"怨而不怒""哀而不伤"的艺术观的束缚,打破"温柔敦厚"诗教的樊篱,以导致对儒学中庸美学思想的批判。因而,袁宏道提出了"达"的主张。在《叙小修诗》中,针对时俗以小修诗为太露的看法,袁宏道尖锐指出:"大概情至之语,自能感人,是谓真诗,可传也。而或犹以太露病之,曾不知情随境变,字逐情生,但恐不达,何露之有?"① 这里的所谓"达",作为袁宏道所倡导的审美特征,就是构基于个性情感和自然人性之上的充分自然的艺术风格。如果说,孔子的"辞达而已"表现的是重道轻文的倾向,那么,袁宏道对"达"的倡导,强调的则是创作主体对儒学诗教的超脱,意味着对传统审美价值观念的根本突破。

"古不可优,后不可劣"——在表现手法上由宗法古人到取法民歌。

袁宏道所生活的时代,正是一个"物不古不灵,人不古不名,文不古不行,诗不古不成"②,复古之风盛行的时代。在"文必秦汉,诗必盛唐"的复古主义口号背后,古人的创作成了衡量当代文学的唯一价值标准。随之而来的是"处富有而言穷愁,遇承平而言干戈,不老曰老,不病曰病"。③ 创作上的伪饰造作,取代了个性情感的真实抒发,对古人的模拟抄袭,取代了自然人性的大胆披露。针对复古主义"剽窃成风,万口一响"④ 的创作格局,袁宏道把创作视野投向民间,在民歌中找到了繁荣明代诗文的参照系:

> 今之诗文不传矣。其万一传者,或令闾阎妇人孺子所唱《擘破玉》《打草竿》之类,犹是无闻无识真人所作,故多真声,不效颦于汉魏,不学步于盛唐,任性而发,尚能通于人之喜怒哀乐,嗜好情

---

① 袁宏道:《叙小修诗》,《锦帆集》之二,袁宏道著,钱伯城笺校《袁宏道集笺校》卷4,上海古籍出版社1981年版,第188页。

② 李开先:《昆仑张诗人传》,《闲居集》之十,李开先著,路工辑校《李开先集》,中华书局1959年版,第580页。

③ 谢榛:《诗家直说》,朱其铠等校点《谢榛全集》卷22,齐鲁书社2000年版,第736页。

④ 袁宏道:《叙姜陆二公同适稿》,《瓶花斋集》之六,袁宏道著,钱伯城笺校《袁宏道集笺校》卷18,上海古籍出版社1981年版,第695页。

欲，是可喜也。①

袁宏道高度肯定并极力推崇民歌的重要原因，就在于民歌能冲破传统表现手法的束缚，大胆自然地抒发真率朴实的个性情感。对民歌"真人""真声""任性而发"的表现手法的深刻认识，启迪着袁宏道在诗文创作上对"真"的极力倡导："大抵物真则贵，真则我面不能同君面，而况古人之面貌乎？"② 由于不同的创作主体具有不同的个性情感，体现在表现手法和艺术风格上，就形成了不同的个性色彩和审美特征。不难看出，正是基于对民歌的高度评价，袁宏道彻底批判了复古模拟之风，从而完成了明代诗文主张由取法古人到取法民歌的重要变革。

（原载《湖北大学学报》1991 年第 3 期）

论袁宏道的通俗文学观

明代是通俗文学空前繁荣的黄金时代，《三国演义》《水浒传》《金瓶梅》《牡丹亭》的出现把以戏曲小说为主体的通俗文学发展推向了一个新的高峰。通俗文学以其巨大的声势猛烈冲击着历来属于文学正宗地位的诗文艺术，而跃居为一代之文学。在这股文学潮流的冲击之下，有不少以诗文名世的作家和理论家把他们的创作视野投向以往被正统文人目为不登大雅之堂的通俗文学，对通俗文学的杰出成就和历史地位做出了崇高的评价。李贽、汤显祖、袁宏道就是这样的人。在这篇文章中，笔者打算把袁宏道的通俗文学观放在他的整个文学体系之内，来探讨、评价他对通俗文学的认识及其在文艺思想史上的意义。

一

袁宏道通俗文学观的形成有着深刻的思想背景和文学渊源。

---

① 袁宏道：《叙小修诗》，《锦帆集》之二，袁宏道著，钱伯城笺校《袁宏道集笺校》卷4，上海古籍出版社 1981 年版，第 188 页。
② 袁宏道：《丘长孺》，《锦帆集》之四，袁宏道著，钱伯城笺校《袁宏道集笺校》卷6，上海古籍出版社 1981 年版，第 284—285 页。

明代中叶，资本主义因素在封建社会的母体中已经开始萌生。随着商业、手工业的发展和资本主义生产方式的出现，封建式的生产方式以及建构在这种生产方式基础之上的意识形态受到了冲击，要求个性解放，主张人格平等，重视人的价值，作为一种新的意识形态和社会思潮向传统的哲学思想和人性等级观念发出了强有力的挑战。在这场挑战中所涌现出来的左派王学正是当时新的社会思潮在哲学领域的集中反映。在左派王学的发展者李贽那里，"穿衣吃饭即是人伦物理"①，传统的哲学从先圣们的神圣殿堂中解放出来，下放到"愚夫愚妇"们中间，不可动摇的"圣人之道"受到了世俗化的解释。"尧舜与途人一，圣人与凡人一"②，"愚夫愚妇"们的人格地位得到了空前的提高，一跃而与先圣先贤们平起平坐，封建的人性等级观念遭到了极大的漠视。哲学世俗化，导致了文学观念的世俗化，"愚夫愚妇"们人格的提高，导致了通俗文学地位的提高。在那篇著名的《童心说》中，历来的正统文人不屑一顾的通俗文学的地位得到了前所未有的崇高评价："诗何必古《选》，文何必先秦。降而为六朝，变而为近体，又变而为传奇，变而为院本，为杂剧，为《西厢曲》，为《水浒传》……更说什么六经，更说什么《语》《孟》乎？"③ 在这里，作为"万世之至论"的经典和圣道的六经，《语》《孟》成了"道学之口实，假人之渊薮"，而为"愚夫愚妇"们所喜闻乐见的《西厢记》《水浒传》则成了"天下之至文"。袁宏道对李贽的进步思想给予了高度的评价，认为"《焚书》一部，愁可以破颜，病可以健脾，昏可以醒眼，甚得力"。④ 并继承了李贽的通俗文学观，对通俗文学的历史地位做了充分的肯定："诗余则柳舍人、辛稼轩等，乐府则董解元、王实甫、马东篱、高则成等，传奇则《水浒传》《金瓶梅》等为逸典。"⑤ 在《龚惟长先生》中，袁

---

① 李贽：《答邓石阳》，刘幼生整理《焚书》卷1，社会科学文献出版社2000年版，第4页。

② 李贽：《道古录》卷上，张建业整理《李贽文集》卷7，社会科学文献出版社2000年版，第361页。

③ 李贽：《童心说》，刘幼生整理《焚书》卷3，社会科学文献出版社2000年版，第92—93页。

④ 袁宏道：《李宏甫》，《锦帆集》之三，袁宏道著，钱伯城笺校《袁宏道集笺校》卷5，上海古籍出版社1981年版，第221页。

⑤ 袁宏道：《觞政》，袁宏道著，钱伯城笺校《袁宏道集笺校》卷48，上海古籍出版社1981年版，第1419页。

宏道还把正统文人所不齿的罗贯中、关汉卿称为"见识极高",并把他们和司马迁相提并论。从这里,我们不难看到李贽的通俗文学观对袁宏道的深刻影响。也正是在这个意义上,我们认为,袁宏道的通俗文学观是当时历史条件和社会思潮的文学产儿。

尽管袁宏道的通俗文学观的形成与当时的历史条件和社会思潮有着密不可分的关系,然而,正像文学离不开社会一样,袁宏道的通俗文学观还与明代文学的发展具有必然的联系。有明一代,对诗人创作和发展来说,是一个极其苦闷的时代。明代的诗文创作,一方面面临着唐宋以前高度发展的诗文艺术的挑战,同时也面临着唐宋以后高度发展的诗文艺术的挑战,繁荣明代诗文创作的出路在哪里,这是明代每一个有远见卓识的作家无不在苦苦探索的课题。尽管明代各文学流派在理论上各树一帜,互相驳难,但他们的目的只有一个,那就是怎样繁荣明代的诗文创作。也正是在这样一个基点之上,明代各文学派别在互相争鸣的同时,在理论上也有互相借鉴、互为补充的一面。针对"台阁体"雍容典雅,贫乏萎弱的文风,前后七子提出了"文必秦汉,诗必盛唐"的口号,希望通过复古的途径繁荣明代的诗文创作。尽管"台阁体"之风为之一扫,然而随之而来的则是"处富有而言穷愁,遇承平而言干戈,不老曰老,无病曰病"①,伪饰模拟,矫揉造作的创作格局。古人那里并没有繁荣明代的灵丹妙药,苦闷和迷惘仍然弥漫着明代文坛。带着忏悔和困惑,晚年的李梦阳接受了王叔武"真诗在民间"的意见,并为自己的创作做出了痛苦的总结:"予之诗非真也,王子所谓文人学子韵言耳,出之情寡而工之词多者也。"② 何景明也认识到"出诸里巷妇女之口者,情词婉曲,自非后世诗人墨客操觚染翰,刻骨流血所能及者,以其真也"。③ 在痛苦的总结和深沉的忏悔中,开始把诗文的创作视野投向民间。尽管复古派中的有识之士对通俗文学的认识还处于朦胧状态之中,也不可能通过对通俗文学的推崇实行对复古主张自身的彻底批评。然而,通过对通俗文学的借鉴以繁荣明代诗文创作的朦胧动机,多少还是为诗文的发展展示了一线新的希望。而袁宏道的

---

① 谢榛:《诗家直说》,朱其铠等校点《谢榛全集》卷22,齐鲁书社2000年版,第736页。
② 李梦阳:《诗集自序》,黄宗羲编《明文海》卷262,文渊阁《四库全书》本。
③ 李开先:《词谑》,李开先著,路工辑校《李开先集》,中华书局1959年版,第945页。

通俗文学观正是在探索繁荣诗文创作途径的过程中逐步形成的。在《答李子髯》诗中，袁宏道指出："当代文字，间巷有真诗，却沽一壶酒，携君听《竹枝》。"① 通过对通俗文学的高度评价，彻底批判了复古模拟之风，从而在理论上完成了明代诗文创作由取法古人到取法民歌的重要变革。正是在这个意义上，我们认为，袁宏道的通俗文学观也是明代诗文发展的必然产物。

一方面，明中叶以后的社会思潮为袁宏道通俗文学观的形成提供了历史的可能，同时，有明一代诗文的发展又包蕴着袁宏道通俗文学观形成的道德历史必然。因而，明代社会思潮和文学背景在为袁宏道通俗文学观的形成提供了社会历史条件的同时，又直接决定着作为一个诗文作家和理论家的通俗文学观的主要内容与全部特点。

二

袁宏道所处的时代，对诗文的创作来说正是一个"物不古不灵，人不古不名，文不古不行，诗不古不成"② 的时代。对古人的模拟抄袭，取代了文学的发展创新；创作上的伪饰雕凿，取代了真情实感的自然抒发。然而，也正在这个"剽窃成风，万口一响，诗道寝弱"③ 的文学"黑暗王国"中，通俗文学以其强大的生命力和杰出成就，为那个苦闷困惑的文学时代展示了"一线光明"。而袁宏道在给予这"一线光明"高度重视和评价的同时，又敏锐地从中看到了诗文发展的美妙前景。这在最能体现袁宏道美学主张的文学创作论和文学发展观上得到了充分的体现。

艺术的生命在于真实。就创作主体和审美对象的关系而论，文学作品是作者内心情感的体现，自然真率的情感是构成艺术珍璧的基质。袁宏道对通俗文学的高度肯定和极力推崇，首先就在于民歌能大胆自然地抒发真率朴实的个体情感：

---

① 袁宏道：《答李子髯》（其二），《敝箧集》之二，袁宏道著，钱伯城笺校《袁宏道集笺校》卷2，上海古籍出版社1981年版，第81页。

② 李开先：《昆仑张诗人传》，《闲居集》之十，李开先著，路工辑校《李开先集》，中华书局1959年版，第580页。

③ 袁宏道：《叙姜陆二公同适稿》，《瓶花斋集》之六，袁宏道著，钱伯城笺校《袁宏道集笺校》卷18，上海古籍出版社1981年版，第284页。

今之诗文不传矣。其万一传者，或今间阎妇人孺子所唱《擘破玉》《打草竿》之类，犹是无闻无识真人所作，故多真声，不效颦于汉、魏。不学步于盛唐，任性而发，尚能通于人之喜怒哀乐嗜好情欲，是可喜也。①

关于"真"，江盈科在《敝箧集序》中解释说："出自性灵者为真诗尔。……流自性灵者，不期新而新；出自模拟者，力求脱旧而转得旧。"② 所谓"真"，作为袁宏道推崇民歌的重要契因和性灵说的核心内容，是创作主体的个体情感在审美对象上自然如实的表现。对民歌"任性而发""真人""真声"艺术特征的深刻认识和高度评价，启迪着袁宏道在诗文创作上对"真"的极力倡导："大概情至之语，自能感人，是谓真诗。"③ 由于不同的创作主体具有不同的个体情感，体现在审美对象上，就形成了不同的艺术风格和个性特征。也正是从这一基点出发，袁宏道猛烈抨击了模拟主义创作论和"剽窃成风，万口一响"的复古习俗："大抵物真则贵，真则我面不同君面，而况古人之面貌乎？唐自有诗也，不必选体也；初、盛、中、晚自有诗也，不必初、盛也。……今之君子，乃欲概天下而唐之，又且以不唐病宋。夫既以不唐病宋矣，何不以不《选》病唐，不汉、魏病《选》，不《三百篇》病汉，不结绳鸟迹病《三百篇》耶？"④

有明一代，对通俗文学予以高度评价的理论家不乏其人，然而，他们对通俗文学的推崇往往是从儒家美学的功利论出发，强调通俗文学的伦理教化功能。如几乎和袁宏道同时的杰出戏曲理论家王骥德在《曲律》中就说："吾取古事，丽今声，华哀其贤者，粉墨其慝者，奏之场上，令观者藉为劝惩兴起，甚或扼腕裂眦，涕泗交下，而不能已，此方为有关世教

---

① 袁宏道：《叙小修诗》，《锦帆集》之二，袁宏道著，钱伯城笺校《袁宏道集笺校》卷4，上海古籍出版社1981年版，第188页。
② 江盈科：《敝箧集序》，袁宏道著，钱伯城笺校《袁宏道集笺校》附录三，上海古籍出版社1981年版，第1685页。
③ 袁宏道：《叙小修诗》，《锦帆集》之二，袁宏道著，钱伯城笺校《袁宏道集笺校》卷4，上海古籍出版社1981年版，第188页。
④ 袁宏道：《丘长孺》，《锦帆集》之四，袁宏道著，钱伯城笺校《袁宏道集笺校》卷6，上海古籍出版社1981年版，第284页。

文字……故不关风化，纵好徒然。"①把通俗文学作为封建政治的附庸和伦理教化的工具。而袁宏道对通俗文学"真人""真声""任性而发"艺术特征的推崇，实质上是要求文学创作中冲破封建礼法的束缚，发挥自己的创作个性，自由抒发自然真实的个体情感。这无疑是对儒家美学创作论和功利论的反叛！而从这样的角度去高度评价通俗文学的创作，在当时不能说不是进步的通俗文学观的体现。

文学是创作主体所表现的社会生活，作为表现对象的社会生活和创作主体的审美意识的变化导致了文学的发展。在这个意义上，文学是时代的产物。在不同的时代，文学都以它不同的面目展示其时代生活的风貌，而时代的伸延又促使文学的不断发展和变革。袁宏道对通俗文学大力推崇的另一个重要原因，就在于通俗文学是当时的时代产物，体现了鲜明的时代生活风貌：

> 古之不能为今者，势也。……譬如《周书》、《大诰》、《多方》等篇，古之告示也，今尚可作告示不？《毛诗》、《郑》、《卫》等风，古之淫词媟语也，今人所唱《银针丝》、《挂卜鍼儿》之类，可一字相袭不？世道既变，文亦因之，今之不必摹古者也，亦势也。②

从"古之不能为今者，势也"的历史发展观出发，袁宏道从时代文学的高度肯定了民歌的历史地位，并把它和《诗经》相提并论，这不能不说不是石破天惊之语！也正是从"俗谣俚曲"的创作实践上，袁宏道看到了"世道既变，文亦因之"的文学发展趋势，从而形成了自己的文学发展观。"若使今日执笔，机轴尤为不同，何也？人事物态，有时而更，乡语方言，有时而易，事今日之事，则亦文今日之文而已矣。"③基于文学随时代的变化而发展，应该反映当代的社会生活这一认识，袁宏道猛烈抨击了复古派是古非今的文学退化论："秦、汉而学六经，岂复有秦、汉之文？盛唐而学汉、魏，岂复有盛唐之诗？唯夫代有升降，而法不相沿，各

---

① 王骥德：《曲律》，《中国古典名著论著集成》第4册，中国戏剧出版社1959年版，第160页。

② 袁宏道：《江进之》，《解脱集》之四，袁宏道著，钱伯城笺校《袁宏道集笺校》卷11，上海古籍出版社1981年版，第515页。

③ 同上书，第515—516页。

极其变，各穷其趣，所以可贵，原不可以优劣论也。"① 正是因为把通俗文学的历史地位提到时代文学的高度，袁宏道才自豪地提出"古不可优，后不可劣"②的命题，并以此为武器完成了对复古派文学退化论的批判。

诚然，复古派中的一些人物也从"真"的角度高度肯定了民歌的艺术价值，也看到了文学在不同时代所发生的变革。如胡应麟在《诗薮》中就说："诗至于唐而格备，至于绝而体穷，故宋人不得不变而之词，元人不得不变而之曲。"③ 但由于他们没有从社会生活和文学创作的关系上去把握文学的发展和变革，更没有从时代文学的高度去肯定通俗文学历史地位的气魄和勇气，因而只能得出"诗之格以代降"的文学退化论。而袁宏道正是从时代生活和文学创作的关系出发，正视了为士大夫所不齿的通俗文学所取得的辉煌成就，并对其历史地位予以高度的肯定，才有可能得出"古不可优，后不可劣"的进步结论。也正是在这里，袁宏道通俗文学观的积极意义得到了充分的显示。

郭绍虞先生曾经在《中国文学批评史》中指出："真与变，是中郎文论的核心。"④ 而这一核心，是以通俗文学的创作实践为其立论依据的。正是基于对通俗文学"任性而发""真人""真声"艺术特征的深刻认识，才启迪了袁宏道在诗文创作上对"真"的倡导；也正是基于对通俗文学历史地位的高度评价，才促使袁宏道文学发展观的形成。从这里我们不难看到，袁宏道的通俗文学观是他整个文学体系的思想基础。

三

审美标准是审美意识在艺术批评中的推测。审美意识的变革要求艺术批评中的审美标准随之发生变化。文学创作论和发展观上对通俗文学的注重，必然导致在表现形式上对通俗文学的推崇。袁宏道敏锐地正视和高度评价了通俗文学在艺术上取得的突出成就，同时，对通俗文学艺术成就的深刻认识，又在一定程度上启迪着袁宏道艺术批评标准和文学表现观的形

---

① 袁宏道：《叙小修诗》，《锦帆集》之二，袁宏道著，钱伯城笺校《袁宏道集笺校》卷4，上海古籍出版社1981年版，第188页。

② 袁宏道：《江进之》，《解脱集》之四，袁宏道著，钱伯城笺校《袁宏道集笺校》卷11，上海古籍出版社1981年版，第515页。

③ 胡应麟：《诗薮》，上海古籍出版社1979年版，第1页。

④ 郭绍虞：《中国文学批评史》，上海古籍出版社1979年版，第423页。

成。在《董思白》中，袁宏道高度肯定了《金瓶梅》的艺术成就，认为这部被道学家目为淫书的小说"云霞满纸，胜于枚生《七发》多矣"。①在那首著名的《听朱生说〈水浒传〉》诗中，袁宏道对《水浒传》的艺术价值评价更是惊人："少年工诙谐，颇溺《滑稽传》，后来读《水浒》，文字益奇变。六经非至文，马迁失组练。一雨快西风，听君酣舌战。"②居然认为《水浒传》的艺术价值超过了作为儒家经典的六经和史家楷模的《史记》，这在当时不能不是惊世骇俗之见！基于对通俗文学艺术成就的公正认识和高度评价，袁宏道在诗文理论和诗文创作中对通俗文学的艺术成就做了充分的借鉴。

创作主体的情感特质决定着文学创作表现手法的特点，真率朴实个体情感的大胆抒发有赖于自然朴素的艺术手段。而对通俗文学自然朴素的表现手法的推崇则正是袁宏道通俗文学观在艺术形式上的突出内容。在《陶孝若枕中呓引》中，袁宏道指出：

> 夫迫而呼者不振声，非不择也，郁与口相触，卒然而声，有加于择者也。古之为风者，多出于劳人思妇，夫非劳人思妇为藻于学士大夫，郁不至而文胜焉，故吐之者不诚，听之者不跃也。③

在袁宏道看来，"劳人思妇，有时愈于学士大夫，而呻吟所得，往往快于平时"④ 的一个重要原因，就在于他们的创作是用自然朴素的手法去表现真率朴实的情感。而学士大夫之所以"听之者不跃"，缺乏感人的艺术魅力，就因为他们的创作"郁不至而文胜焉"，用雕凿的手段掩饰情感的贫乏。因而，袁宏道提出了"情真而语直"的艺术思想，要求用自然朴素的艺术手段表现真率朴实的情感。并在《答李元善》中进一步发挥了这一思想："文章新奇，无定格式，只要发人所不能发，句法字法调法，一

---

① 袁宏道：《董思白》，《锦帆集》之四，袁宏道著，钱伯城笺校《袁宏道集笺校》卷6，上海古籍出版社1981年版，第289页。

② 袁宏道：《听朱生说〈水浒传〉》，《解脱集》之三，袁宏道著，钱伯城笺校《袁宏道集笺校》卷10，上海古籍出版社1981年版，第418页。

③ 袁宏道：《陶孝若枕中呓引》，《潇碧堂集》之十一，袁宏道著，钱伯城笺校《袁宏道集笺校》卷35，上海古籍出版社1981年版，第1114页。

④ 同上。

一从自己胸中流出，此真新奇也。"① 在通俗文学自然朴素艺术手法的启迪下，袁宏道在诗文创作上提出了"无法为法"的文学主张，并在《雪涛阁集序》中，对复古派所津津乐道的法式论和格调说进行了尖锐的批判："夫复古是已，然至以剿袭为复古，句比字拟，务为牵合，弃目前之景，摭腐滥之辞；有才者诎于法，而不敢自伸其才，无之者，拾一二浮泛之语，帮凑成诗。"②

通过对通俗文学自然朴素表现形式的极力倡导，高声讨伐了复古派机械地取法古人的模拟之风。

从文学发展观出发，袁宏道从时代文学的高度充分肯定了通俗文学的历史地位。而通俗文学作为时代文学最突出的特点，就在于它的"通俗性"。对通俗文学"通俗性"的高度评价，是袁宏道通俗文学观在艺术形式上的又一突出内容。在《东西两汉通俗演义序》中，袁宏道指出："《两汉演义》之所为继《水浒》而刻也，文不能通而俗可通，则又通俗演义之所由名也。"③ 这里的"俗"实际上是指积淀着时代意识的审美趣味。而所谓"通俗"，就其审美意义而言，就是审美趣味和审美对象在时代意识制约下的和谐统一。从"通俗性"出发，袁宏道高度评价了《两汉通俗演义》的艺术成就：

> 汉家四百余年天下，其间主之圣愚，臣之贤奸，载在正史及杂见于稗官小说者详矣，兹演义一书胡为而刻？又胡为而评？中郎氏曰："是未明于通俗之义者也。……今天下自衣冠以至村哥里妇，自七十老翁以至三尺童子，谈及刘季起丰、沛，项羽不渡乌江，王莽篡位，光武中兴等事，无不能悉数颠末，详其姓氏里居，自朝至暮，自昏彻旦，几忘食忘寝，聚讼言之不倦，及举《汉书》《汉史》示人，毋论不能解，即解亦多不能宽，几使听者垂头，见者却步。噫！今古茫

---

① 袁宏道：《答李元善》，《瓶花斋集》之十，袁宏道著，钱伯城笺校《袁宏道集笺校》卷22，上海古籍出版社1981年版，第785—786页。
② 袁宏道：《雪涛阁集序》，《瓶花斋集》之六，袁宏道著，钱伯城笺校《袁宏道集笺校》卷18，上海古籍出版社1981年版，第710页。
③ 袁宏道：《东西两汉通俗演义序》，袁宏道著，钱伯城笺校《袁宏道集笺校》附录一，上海古籍出版社1981年版，第1636页。

茫，大率尔尔，真可怪也！①

审美趣味随着时代的发展而不断演变。通俗文学之所以能产生强烈的艺术效果，就在于它在艺术上"明白晓畅，语语家常"，符合一定时代的审美趣味。基于这一认识，袁宏道在诗文创作上提出了"宁今宁俗"的艺术主张，并在《雪涛阁集序》中指出："夫古有古之时，今有今之时，袭古人语言之迹，而冒以为古，是处严冬而袭夏之葛也。"② 要求诗文创作在艺术上体现鲜明的时代感，批判了复古派"用聱牙之语，艰深之辞"的拟古主义习俗。

作家的创作活动往往是他的文学主张在实践中的体现。对通俗文学艺术成就的高度评价，一方面启迪着袁宏道提出自己的诗文理论，同时也影响着他的诗文创作。出于对通俗文学自然朴素表现手法的大力推崇，袁宏道在实践中坚持"信心而言，寄口于腕"③ 的创作道路，并旗帜鲜明地宣称"不肖诗文，多信腕信口"④，"以《打草竿》《擘破玉》为诗"⑤，"大都以审单家书之笔，发以真切不浮之意"⑥。通过对通俗文学的学习丰富自己的创作。出于对通俗文学"通俗性"的高度评价，袁宏道在创作中还坚持"宁今宁俗"的主张，并在《答钱云门邑侯》中说："不肖诗文质率，如田父老语农桑，土音而已。"⑦ 把对通俗文学艺术成就的深刻认识运用于自己的创作实践。从"打脸坐黄堂，要把奸顽扫""世人眼如豆，

---

① 袁宏道：《东西两汉通俗演义序》，袁宏道著，钱伯城笺校《袁宏道集笺校》附录一，上海古籍出版社 1981 年版，第 1635—1636 页。

② 袁宏道：《雪涛阁集序》，《瓶花斋集》之六，袁宏道著，钱伯城笺校《袁宏道集笺校》卷 18，上海古籍出版社 1981 年版，第 709 页。

③ 袁宏道：《叙梅子马王程稿》，《瓶花斋集》之六，袁宏道著，钱伯城笺校《袁宏道集笺校》卷 18，上海古籍出版社 1981 年版，第 699 页。

④ 袁宏道：《袁无涯》，《潇碧堂集》之十八，袁宏道著，钱伯城笺校《袁宏道集笺校》卷 42，上海古籍出版社 1981 年版，第 1251 页。

⑤ 袁宏道：《伯修》，《解脱集》之四，袁宏道著，钱伯城笺校《袁宏道集笺校》卷 11，上海古籍出版社 1981 年版，第 492 页。

⑥ 袁宏道：《江进之》，《解脱集》之四，袁宏道著，钱伯城笺校《袁宏道集笺校》卷 11，上海古籍出版社 1981 年版，第 511 页。

⑦ 袁宏道：《答钱云门邑侯》，《潇碧堂集》之十九，袁宏道著，钱伯城笺校《袁宏道集笺校》卷 43，上海古籍出版社 1981 年版，第 1275 页。

便道太爷好"①之类为时俗斥为"近平近俚近俳"的诗句中,我们不难看到袁宏道刻意取法民歌的创作倾向。诚然,作为封建时代的诗文作家,袁宏道还很难具备当时劳人思妇的思想情感,他对民歌的学习,也只是停留于字里行间的仿效。然而,在那个复古之风猖獗,模拟之习日盛的苦闷时代,袁宏道"近平近俚近俳"的创作无疑为当时"剽窃成风,万口一响"的诗文发展探索出一条新路。尽管这条新路走得很不彻底,尽管这条新路不止一次地遭到后世文人"迁流愈下,几同谐谑"②"破律而坏度"③之类的非议,然而,它毕竟是一条新路!"五四"时期白话文学运动的成功,不正好说明 300 年前袁宏道这种探索的可贵么!

从对通俗文学突出成就的正确认识出发,袁宏道在文学创作论、发展观和表现形式几个方面对通俗文学的历史地位做出了肯定和高度评价,并以此为基础建立起自己的文学思想体系,丰富了自己的诗文创作。这对于提高通俗文学的历史地位,推动明代诗文的发展、反对封建理学文艺观,都具有极为重要的意义。在明代通俗文学思想史上,如果说李贽是以思想家的敏锐眼光对通俗文学予以充分的重视,冯梦龙是以通俗文学家的巨大热情对通俗文学予以大力推崇,那么,袁宏道则是以诗文作家和理论家的身份对通俗文学予以高度评价。在对通俗文学的态度上,尽管袁宏道还缺乏李贽那种强烈的叛逆精神,也比不上冯梦龙那种把毕生精力贡献给通俗文学事业的巨大热情,但是,他在继承了李贽进步通俗文学观的同时,又从诗文发展的角度建构起自己的通俗文学理想,并对冯梦龙的通俗文学观产生了巨大而又深刻的影响。也正是在这里,袁宏道通俗文学观的鲜明特点和历史地位得到了充分的显示。

(原载《晚明文学革新派公安三袁研究》,华中师范大学出版社 1987 年版)

---

① 袁宏道:《徽谣戏柬陈正甫》,《解脱集》之二,袁宏道著,钱伯城笺校《袁宏道集笺校》卷 9,上海古籍出版社 1981 年版,第 383 页。

② 李慈铭:《越缦堂读书记》,袁宏道著,钱伯城笺校《袁宏道集笺校》附录二,上海古籍出版社 1981 年版,第 1679 页。

③ 永瑢等:《四库全书总目》卷 179,中华书局 1965 年版,第 1618 页。

下 篇
古代戏曲考论

第八章　诸宫调及戏曲考论

诸官调体制源流考辨

一　问题的提出

1912 年，王国维先生在《宋元戏曲考》中首次提出《董解元西厢记》的体制是诸宫调，并以下面三条理由对这一发现进行了论证：

> 此编（指《董西厢》）之为诸宫调有三证：本书卷一〔太平赚〕词云："俺平生情性好疏狂，疏狂的情性难拘束，一回家想么，诗魔多爱选多情曲。比前贤乐府不中听，在诸宫调里却著数。"此开卷自叙作词缘起，而自云"在诸宫调里"；其证一也。元凌云翰《柘轩词》有〔定风波〕词赋《崔莺莺传》云"翻残金旧日诸宫调本，才入时人听"，则金人所赋《西厢》词，自为诸宫调；其证二也。此书体例，求之古曲。无一相似。独元王伯成《天宝遗事》，见于《雍熙乐府》《九宫大成》所选者，大致相同。而元钟嗣成《录鬼簿》于王伯成条下注云："有《天宝遗事》诸宫调行于世。"王词既为诸宫调，则董词之为诸宫调无疑；其证三也。①

自此之后，王国维的发现为治诸宫调者普遍接受，无人置一词之疑。其实，王氏的论断并非没有漏洞，其中，难以解释之处有三。

其一，南戏《张协状元》的"副末开场"也自名为诸宫调。在《张协状元》的开端，由"末"叙述张协辞别父母，上京赴试，于五鸡山为

---

① 王国维：《宋元戏曲考》，《王国维戏曲论文集》，中国戏剧出版社 1984 年版，第 36—37 页。

强人所劫的故事。在叙述这个故事之前,"末"宣称:"这番书会,要夺魁名。占断东瓯盛事,诸宫调唱出来因。"① 叙完故事之后,"末"又强调:"似恁唱说诸宫调,何如把此话文敷演?后行脚色,力齐鼓儿,饶过撺掇,末泥色饶个踏场。"② 如果可以依据《董西厢》"自云'在诸宫调里'"而定其体制,我们同样可以依据"末"的自谓把《张协状元》"副末开场"定为诸宫调。但是,《张协状元》"副末开场"在体制上与《董西厢》完全不同,前者以说为主,后者以唱为主;前者以词歌唱,后者以套数歌唱。这种现象应该怎样解释?

其二,王伯成《天宝遗事》的体制与《董西厢》并不完全相同。王伯成《天宝遗事》已非全璧,只有50多套残存于《雍熙乐府》《九宫大成》《太和正音谱》等书中,有曲无白,难窥其体制全貌。但从这50余套曲子中,我们还是可以看出《天宝遗事》音乐体制特征的某些方面。较之于《董西厢》,《天宝遗事》在宫调的运用上几乎与元曲完全相同,而《董西厢》所用宫调则与宋教坊所用宫调相接近;在曲调上,《天宝遗事》所用曲调与元曲相同,而《董西厢》所用曲调接近宋词;在联套上,《天宝遗事》更为宏富,而《董西厢》则相对简单。因而,冯沅君先生在《天宝遗事辑本题记》一文中比较了《天宝遗事》与《董西厢》的上述区别后指出:《天宝遗事》的"宫调、曲调、联套处处与元杂剧、散曲相似"。③ 郑振铎先生在探讨诸宫调体制时也"没有将王伯成的《天宝遗事》诸宫调加入作为研究的对象,其原因是:《天宝遗事》为元人所作,其所用的曲调已受元杂剧的影响"。④ 事实也正是如此,由于《天宝遗事》在体制上与元曲相同,以至于有的学者将以"天宝遗事"为题材的杂剧或散曲误收入王伯成的《天宝遗事》辑本。如《雍熙乐府》中的〔南吕·一枝花〕《禄山谋反》套,就被郑振铎先生收入王伯成的《天宝遗事》,其实,这套曲子为散曲,出于孔文卿之手,《北宫词纪》卷六注云:"元孔文卿《禄山谋反》。"又如《雍熙乐府》中〔中吕·哨遍〕《杨妃肚腰》套,也为郑先生收入王伯成的《天宝遗事》,而《太平乐府》也收录

---

① 无名氏:《张协状元》,钱南扬校注《永乐大典戏文三种校注》,中华书局1979年版,第2页。
② 同上书,第4页。
③ 冯沅君:《天宝遗事辑本题记》,《古剧说汇》,作家出版社1956年版,第273页。
④ 郑振铎:《宋金元诸宫调考》,《中国文学研究》,作家出版社1957年版,第866页。

此套，并明题曾瑞所撰。《董西厢》和《天宝遗事》的关系，有如诸宫调和元曲的关系；正像不能用元曲证明诸宫调的体制一样，以王伯成《天宝遗事》的体制论证《董西厢》是诸宫调，同样是缺乏说服力的。

其三，元明清人，特别是大多数元人，并不理解《董西厢》的体制。王国维之前，人们对《董西厢》的称谓可谓五花八门。钟嗣成《录鬼簿》称之为"乐府"，朱权《太和正音谱》称之为"北曲"，徐渭《北本西厢记题记》称之为"弹唱词"，胡应麟《少室山房笔丛》称之为"传奇"，王骥德《新校注古本西厢记自序》称之为"北词"，沈德符《顾曲杂言》称之为"院本"，毛奇龄《西河词活》称之为"弹词"，梁廷枏《曲话》称之为"弦索"。王国维先生所引证的元人凌云翰的〔定风波〕，无疑是证明《董西厢》的体制为诸宫调的力证。但除了这首〔定风波〕外，在现存提及《董西厢》的文献中，没有一种明确的称之为诸宫调；而在提及诸宫调的文献中，又偏偏不能和《董西厢》挂上钩。如果说在明清时代，由于诸宫调已经失去了说唱的生命，人们对诸宫调的体制非常陌生，以致引起对《董西厢》称谓的混乱，那么，元代的人们对诸宫调这种艺术样式还是非常熟悉的。据《青楼集》，当时说唱诸宫调的演员不乏其人，"秦玉莲、秦小莲，善唱诸宫调。艺绝一时，后无继之者"。[①] "赵真真、杨玉娥，善唱诸宫调。杨立斋见其讴张五牛、商正叔所编《双渐小卿》，恕因作〔鹧鸪天〕、〔哨遍〕、〔耍孩儿〕、〔煞〕以咏之。"[②] 在创作上，王伯成"有《天宝遗事》诸宫调行于世"[③]，《诸宫调风月紫云亭》杂剧所载流行于当时的诸宫调作品有《三国志》《五代史》《双渐赶苏卿》《七国志》等。然而，也正是在这个诸宫调十分盛行的时代，人们对《董西厢》则比较生疏。陶宗仪《南村辍耕录》曾云："金章宗时董解元所编《西厢记》，世代未远，罕有人能解之者。"[④] 正因为如此，在《录鬼簿》中，深谙曲学的钟嗣成才含糊地把《董西厢》称为"乐府"，并误把董解元作为元曲的创始人列诸元曲作家之首；胡正臣由于"《董解元西

---

① 夏庭芝：《青楼集》，中国戏曲研究院编《中国古典戏曲论著集成·二》，中国戏剧出版社1959年版，第23页。

② 同上书，第19页。

③ 钟嗣成：《录鬼簿》，中国戏曲研究院编《中国古典戏曲论著集成·二》，中国戏剧出版社1959年版，第114页。

④ 陶宗仪：《南村辍耕录》卷27，中华书局1959年版，第332页。

厢记》自'吾皇德化',至于终篇,悉能歌之"[1],才被钟嗣成视为绝唱加以夸耀。我们知道,西厢故事是文学史上具有很大影响的传统题材,在元代更是家喻户晓。但也正是诸宫调非常盛行的元代,除了凌云翰、胡正臣等个别人外,大多数人竟然不能理解《董西厢》的体制为何物,这个问题应该怎样解释?

当然,笔者无意从根本上否定王国维的论点并进而否定《董西厢》是诸宫调这一事实。因为董解元自己说得清清楚楚:他的《西厢记》"在诸宫调里却著数",凌云翰的〔定风波〕更是力证,《董西厢》确实是诸宫调。但同样需要指出的是:当王国维撰写《宋元戏曲考》之际,《永乐大典戏文三种》和《刘知远》这些研究诸宫调的重要资料尚未公之于世。由于资料的限制,王国维只能仅以《董西厢》作为研究对象,而不可能把诸宫调作为一种不断发生变化的艺术样式加以考查。这样,治学严谨的王国维在他关于《董西厢》体制的论证中存在着顾此失彼的缺陷也就在所难免了。事实上,诸宫调的体制一直都处于发展变化的过程之中。我们只有把诸宫调作为一种不断发展变化的艺术样式加以研究,才有可能解释笔者上面所提出的问题。《张协状元》"副末开场"和《董西厢》体制有别而同样自称为诸宫调,那是由于前者是诸宫调的早期形式,而后者则是金代诸宫调的流行形式。大多数元人不理解《董西厢》的体制,也是由于他们以《天宝遗事》的体制为诸宫调的模式观照《董西厢》,而《天宝遗事》在体制上又确实和《董西厢》有很大的区别。元人凌云翰《董西厢》为"旧日诸宫调",便无疑说明了金代的诸宫调在体制上不同于元代的诸宫调。因而,研究诸宫调的体制,有必要把诸宫调作为一种不断发展变化的艺术样式加以考查。这也是笔者力图更完满回答上述问题的初衷。

二 早期诸宫调的体制

这里的所谓"早期诸宫调",是指《刘知远》《董西厢》之前,流行于宋代的诸宫调。由于资料的限制,探讨早期诸宫调的体制无疑存在着很大的困难。但是,如果我们以《张协状元》"副末开场"及宋人有关诸宫调的记载为依据,并参照《刘知远》《董西厢》中残存下来的早期诸宫调

---

[1] 钟嗣成:《录鬼簿》,中国戏曲研究院编《中国古典戏曲论著集成·二》,中国戏剧出版社1959年版,第129页。

遗迹，加以仔细研究，仍然可以发现早期诸宫调体制的某些特点。当然，在着手这项研究之前，有必要加以说明的一个问题是：《张协状元》"副末开场"能否代表诸宫调的早期面貌。冯沅君先生在《天宝遗事辑本题记》注文中指出：《张协状元》"副末开场""所用的曲调是南曲，和《刘》《董》《天宝遗事》纯用北曲的绝异；同时，它附在他剧之首，显然不是一种独立的作品。因此，我们计算诸宫调，尤其是用北曲来写的诸宫调的遗产时特地将它除开了"。① 冯先生不愿把它当作诸宫调加以研究，而愚意以为，《张协状元》"副末开场""所用的曲调是南曲"并不影响我们把它作为诸宫调加以研究，尽管诸宫调是否存在南北之分至今尚是个悬而未决的问题。至于说《张协状元》"副末开场""不是一种独立的作品"，也不能说它不能代表诸宫调的早期面貌。在"副末开场"中，"末"着重宣称"似恁唱说诸宫调"，就明白地表示张协的故事是按照诸宫调的说唱方式加以叙述的。虽然"它附在他剧之首，"但至少是诸宫调在戏文作品中的残存形式。因而，郑振铎、钱南扬、叶德均等曲学大家都肯定《张协状元》"副末开场"是诸宫调，我们自然也应该把它当作早期诸宫调的研究对象。

作为一种说唱艺术，在形式上，诸宫调由"散文"和"曲调"构成，研究诸宫调的体制，自当从"说"和"唱"两个方面入手。

就"说"而论，诸宫调在体制上的显著特征是以说为主。郑振铎先生在《宋金元诸宫调考》中认为："诸宫调虽是说唱的，却以唱最为重要"②，"（说话）与说唱诸宫调的唯一区别，则在：诸宫调以唱为主，而话本则以说为主而已"③。其实，这是郑先生就《刘知远》《董西厢》等后期诸宫调所作的判定，这一判定并不适合于早期诸宫调。在《张协状元》"副末开场"中，用于叙述故事的文字约820个，其中，用于说白的有670字左右，用于歌唱的只有150字，其说白文字占全文的80%强。从这个简要的数字来看，早期诸宫调确实接近于"以说为主"的话本。

为了进一步阐明早期诸宫调以说为主的特征，我们有必要就诸宫调的

---

① 冯沅君：《天宝遗事辑本题记》，《古剧说汇》，作家出版社1956年版，第274页。
② 郑振铎：《宋金元诸宫调考》，《中国文学研究》，作家出版社1957年版，第854页。
③ 同上。

渊源做一番考查。基于"诸宫调以唱为主"这一判定，郑先生在《宋金元诸宫调考》中认为："诸宫调的祖祢是变文。"① 冯沅君先生也持此说，认为诸宫调"上承变文，下开弹词"。② 其实，变文只是诸宫调的远祖，话本才是诸宫调的近亲。这一点，吴自牧《梦粱录》说得非常清楚："说唱诸宫调，昨汴京有孔三传，编成传奇灵怪，入曲说唱。"③ "传奇灵怪"为宋代说话四家数之一，而孔三传所首创的诸宫调，只不过是"入曲说唱"的"传奇灵怪"话本。由于诸宫调和话本的血缘联系，现存的诸宫调作品或多或少地保留着一些话本的痕迹。

第一，自称话、话儿、话文或话本。《张协状元》"副末开场"中"似怎唱说诸宫调，何如把此话文敷演"；《刘知远》中"话中只说应州路"④；《董西厢》中"话儿不提朴刀杆棒，长枪大马"，"唱一本儿倚翠偷期话"⑤。《水浒传》第五十一回《插翅虎枷打白秀英》中，白秀英在说唱诸宫调时宣称："今日秀英招牌上明写着这场话本，是一段风流蕴藉的格范，唤做《豫章城双渐赶苏卿》。"⑥ 唯其如此，有些评论性的文字，也把诸宫调称为"话"。《太平乐府》卷九载杨立斋为杨玉娥所作的〔哨遍〕，就称杨玉娥演唱的《双渐赶苏卿》诸宫调是"一本多愁多绪的情"。⑦ 现存的诸宫调作品无一例外地都自称为"话"或"话本"，无疑说明了诸宫调和话本的血缘关系。

第二，分回的形式。《刘知远》共分为12个部分，每个部分都有一个标目，现存的标目有五：

知远走慕家庄沙佗村第一；

知远别三娘太原投军事第二；

知远充军三娘剪发生少主第三；

知远探三娘与洪义厮打第十一；

君臣弟兄子母夫妇团圆第十二。

---

① 郑振铎：《宋金元诸宫调考》，《中国文学研究》，作家出版社1957年版，第850页。
② 冯沅君：《天宝遗事辑本题记》，《古剧说汇》，作家出版社1956年版，第230页。
③ 吴自牧：《妓乐》，《梦粱录》卷20，中国商业出版社1982年版，第178页。
④ 无名氏：《刘知远》，朱平楚辑录校点《全诸宫调》，甘肃人民出版社1987年版，第4页。
⑤ 凌景埏校注：《董解元西厢记》卷1，人民文学出版社1962年版，第1页。
⑥ 施耐庵：《水浒传》，人民文学出版社1975年版，第710页。
⑦ 杨朝英选，隋树森校订：《朝野新声太平乐府》卷9，中华书局1958年版，第365页。

这种分回的形式,与《五代史平话》《大唐三藏取经诗话》的分回完全相同。如《大唐三藏取经诗话》就分为行程遇猴行者处第二、入大梵天王宫第三、入香山寺第四等17回。当然,正像话本不一定全都分回一样,并不是所有的诸宫调都分回。但《刘知远》的分回形式显然是对平话分回形式的继承,从一个侧面说明了诸宫调和话本的血缘关系。

由于诸宫调脱胎于话本,体现在体制上,必然形成它以说为主的叙述方式。

就"唱"而论,早期诸宫调在体制上的另一显著特征是以词歌唱。这里的"以词歌唱",不仅指以某些词调歌唱,而且还指以唱词的方式歌唱。在宋代,词是入乐歌唱的文学样式。它对诸宫调的影响,不仅仅在于众多的词调为诸宫调所采用,同时在于,唱词的方法还为诸宫调提供了可借鉴的歌唱方式。在《张协状元》"副末开场"中,所用的曲调有〔凤时春〕、〔小重山〕、〔浪淘沙〕、〔犯思园〕、〔绕地游〕五支,除显系犯调的〔犯思园〕外,其他四支均源于词调(〔凤时春〕为〔奉时春〕、〔绕地游〕为〔绕池游〕之误)。更值得注意的是,这五支曲子就歌唱单位而言都是一曲独用,在歌唱方式上全同于唐宋词。较之于《刘知远》《董西厢》《张协状元》"副末开场"在音乐体制上最突出的特征是一曲独用,而不以套数作为歌唱单位。

为了进一步说明早期诸宫调以词歌唱的特征,我们不妨对王灼《碧鸡漫志》中关于"孔三传者,首创诸宫调"的记载做一个全面的引证和新的解释:

> 长短句中作滑稽无赖语,起于至和、嘉祐之前,犹未盛也。熙丰、元祐间,兖州张山人以诙谐独步京师,时出一两解。泽州孔三传者,首创诸宫调古传,士大夫皆能诵之。元祐间王齐叟彦龄,政和曹组元宠,皆能文,每出长短句,脍炙人口。①

在这里,王灼是把孔三传和张山人、王彦龄、曹元宠等词人作为风格相近

---

① 王灼:《碧鸡漫志》,中国戏曲研究院编《中国古典戏曲论著集成·一》,中国戏剧出版社1959年版,第115页。

的作家相提并论，加以评介的。孔三传所首创的诸宫调古传，是在"长短句中作滑稽无赖语"，用通俗诙谐的词的形式，"编成传奇灵怪，入曲说唱"。以此推论，早期诸宫调在音乐体制上，不可能是以套数作为歌唱单位，而只可能是一曲独用。其实，早期诸宫调一曲独用的特点，在后来的《刘知远》《董西厢》中仍然残存着不少痕迹。在《刘知远》80个歌唱单位中，一曲独用的有12种，《董西厢》193个歌唱单位中，一曲独用的有53种。《刘知远》和《董西厢》中残存的一曲独用，无疑是早期诸宫调以词歌唱的音乐体制遗留的产物。

剩下的问题是对"诸宫调"这一称谓做出新的解释。启迪王国维认定《董西厢》是诸宫调的一个重要原因是："其所以名诸宫调者"[①]，"惟此编每一宫调，多或十余曲，少或一二曲，即易他宫调，合若干宫调以咏一事，故谓之诸宫调"[②]。在笔者看来，所谓"诸宫调"，在字面上只不过是相对于某一个单一的宫调而言，指"各种宫调"。并不一定是指各种宫调的套数，也不一定要求"每一宫调，多或十余曲，少或一二曲"。在早期诸宫调中，"诸宫调"则具体指"各种宫调的只曲"。如《张协状元》"副末开场"中的〔凤时春〕属〔仙吕宫〕，〔小重山〕属〔双调〕，〔浪淘沙〕属〔越调〕，这些不同宫调的只曲排列在一起，间以说白，以说唱故事，即称为诸宫调。笔者在前面说过，诸宫调本源于话本，在《刎颈鸳鸯会》话本中，是用同属于商调的20支〔醋葫芦〕说唱一个故事。孔三传发展了这种形式，用属于不同宫调的若干只曲说唱一个故事。于是，诸宫调这种艺术样式就算诞生了。

三　诸宫调体制的流变

诸宫调体制发生重要变革的标志，是以套数作为歌唱单位。冯沅君先生在《天宝遗事辑本题记》中指出："《刘知远》和《董西厢》联套的格式约有三种：（一）一曲独用，（二）一曲一尾，（三）二曲（或二曲以上）加尾。"[③] 关于套数，郑振铎先生在《宋金元诸宫调考》中解释说："集合同一宫调的曲调若干支，组合成一个歌唱单位，有引有尾，那便是

---

① 王国维：《宋元戏曲考》，《王国维戏曲论文集》，中国戏剧出版社1984年版，第37页。
② 同上。
③ 冯沅君：《天宝遗事辑本题记》，《古剧说汇》，作家出版社1956年版，第254页。

所谓套数。"① 以此而论，一曲独用不能算套数。因而，我们讨论套数就只能把一曲一尾和多曲一尾作为研究对象。

对诸宫调体制的变革产生重大影响的文体是缠令。缠令的作品今虽无一存者，但从灌圃耐得翁《都城纪胜》中，我们仍然可以窥见其体制的大致轮廓：

> 唱赚在京师日，有缠令、缠达：有引子、尾声为缠令；引子后只有以两腔互迎，循环间用者为缠达。中兴后，张五牛大夫因听动鼓板中，又有四片〔太平令〕，或赚鼓板，即今拍板大筛扬处是也，遂撰为〔赚〕。……凡赚最难，以其兼慢曲、曲破、大曲、嘌唱、耍令、番曲、叫声诸家腔谱也。②

以此看来，唱赚和缠令是两种既有联系，又有区别的文体。它们虽然都以套数的形式出现，但缠令产生于北宋，唱赚在缠令的基础上形成于南宋。两者最显著的区别在于，唱赚必须有以"赚"为字样的曲牌。郑振铎先生在《宋金元诸宫调考》中认为，诸宫调的套数主要受到了唱赚及宋杂剧词、唐宋大曲的影响。这一论断有重新讨论的必要。首先，南宋中兴之前诸宫词的套数不可能受到唱赚的影响。唱赚为南宋张五牛首创，而诸宫调则产生于北宋，唱赚的联套方式自然没有影响南宋中兴之前诸宫调套数的可能。遍查《刘知远》，找不到关于"赚"的字样，而"缠令"的字样则屡见不鲜。显然，启迪着诸宫调套数产生的文体不可能是唱赚而只可能是缠令。其次，诸宫调的套数没有直接受到宋杂剧词和唐宋大曲的影响。张五牛在缠令的基础上所创立的唱赚无疑丰富了《刘知远》以后的诸宫调套数，但由于唱赚这种歌唱形式本身已经兼容了"曲破、大曲"等"诸家腔谱"，吸收了宋杂剧词和唐宋大曲的某些音乐体制。故而，《董西厢》的套数中有关"断送""实催"等标志宋杂剧词和唐宋大曲的字样，并不能说明宋杂剧词和唐宋大曲对诸宫调套数的直接影响。很可能宋杂剧词和唐宋大曲是通过缠令，以及在此基础上形成的唱赚才对诸宫调的套数产生间接影响的。而且，看来这种间接影响只发生于《刘知远》

---

① 郑振铎：《宋金元诸宫调考》，《中国文学研究》，作家出版社 1957 年版，第 870 页。
② 灌圃耐得翁：《瓦舍众伎》，《都城纪胜》，中国商业出版社 1982 年版，第 10 页。

以后的诸宫调中，因为，在《刘知远》中，还看不到"断送""实催"之类字样的蛛丝马迹。因而，对诸宫调套数产生最根本影响的文体不是唱赚、宋杂剧词和唐宋大曲，而是缠令。

那么，缠令是怎样对诸宫调的套数产生影响的呢？

先看缠令对诸宫调一曲一尾套数的影响。在《刘知远》现存的 80 个歌唱单位中，一曲一尾的套数有 65 个，占所有歌唱单位的 81% 强；在《董西厢》的 193 个歌唱单位中，一曲一尾的套数有 94 个，几乎占所有歌唱单位的 49%。这个简要的统计至少可以说明这样两个问题：其一，一曲一尾的套数在诸宫调中运用得极为频繁。在《刘知远》和《董西厢》所有的 273 个歌唱单位中，一曲一尾的套数共有 159 个，占这两部作品全部歌唱单位的 58% 强。其二，一曲一尾套数是《刘知远》歌唱单位的主要形式。在《刘知远》中，一曲一尾套数的比例明显大于《董西厢》。这说明诸宫调最初的套数主要是一曲一尾，后来，随着套数的不断丰富，一曲一尾的形式才相应减少。一曲一尾的形式在诸宫调中是这样的引人注目，那么，这种形式究竟从何而来？有人曾不无困惑地说："一曲一尾的来历对我们却像个谜。"① 愚意认为，一曲一尾的形式来源于缠令，主要理由有二。

第一，一曲一尾符合《都城纪胜》关于缠令的记载。《都城纪胜》说："有引子、尾声为缠令。"那么，引子和尾声之间究竟是什么呢？以笔者之见，引子和尾声之间可以有过曲，也可以没有过曲。也就是说，引子和尾声是缠令所必须具备的条件，而一曲一尾正好具备了缠令的这个起码的要求。试看《刘知远》第一套曲子的结构〔商调〕〔回戈乐引子〕→〔尾〕。这套〔商调·回戈乐〕"有引子、尾声"，显然是来源于缠令。

第二，尾声的形式首见于缠令。根据现存资料，在缠令出现之前，曲中没有尾声的形式。在宋代大曲中，虽然有"煞衮"的形式，但它不过是同一曲调的最后一遍，其格式根据相应曲调而定，与诸宫调中格律固定为七言三句的尾声毫无关系。既然尾声的形式首见于缠令，那么，诸宫调中一曲一尾的形式无疑也来源于缠令了。

值得注意的是，缠令和词的关系极为密切。张炎《词源》说："簸风

---

① 翁敏华：《试论诸宫调的音乐体制》，《文学遗产》1982 年第 4 期。

弄月，陶写性情，词婉于诗。盖声出于莺吭燕舌之间，稍近乎情可也，若邻乎郑卫，与缠令何异也？"① 沈义父《乐府指迷》也说："词之作难于侍，盖音律欲其协，不协则成长短句之诗，下字欲其雅，不雅则近乎纯令之体。"② 在这里，张炎和沈义父把缠令看作艳情俚俗之词。因而，冯沅君先生在《说赚词》中推测：缠令"似乎是由词转变来的"。③ 我们知道，一曲一尾套数中的"曲"多来源于词调，而尾声的形式又固定为七言三句，且不受宫调的限制。以此看来，一曲一尾，只不过是隶属于某一宫调的某一词调加上七言三句而已。从这里，我们不难看出，诸宫调在音乐体制上由以词歌唱过渡到一曲一尾套数的演进轨迹。

再看缠令对诸宫调多曲一尾套数的影响。在《刘知远》和《董西厢》中，有一个值得重视的现象，那就是只要带有"缠令"字样的曲组无一例外都是多曲一尾的套数。在《刘知远》中，多曲一尾的套数仅存三例，即〔正宫·应天长缠令〕、〔中吕调·安公子缠令〕、〔仙吕调·恋香衾缠令〕，均带有"缠令"字样。在《董西厢》中，多曲一尾的套数共 46 套，其中，带有"缠令""缠"字样的套数多达 33 套，几乎占全部多曲一尾套数的 72%。其他 13 套不带"缠令"字样的多曲一尾套数中，名为"断送"者 2 套，名为"赚"者 1 套，名为"实催"者 1 套，只举曲牌，不标文体者 9 套。这 13 套多曲一尾的套数显然不带"缠令"字样，但仍然和缠令有着不同程度的关系。

《董西厢》13 套不带"缠令"字样的多曲一尾套数，大致可分为下面三种类型。第一类，属唱赚者凡 3 套：

〔般涉调〕〔哨遍〕（断送引辞）→〔耍孩儿〕→〔太平赚〕→〔柘枝令〕→〔墙头花〕→〔尾〕（卷一）
〔正宫〕〔梁州令断送〕→〔应天长〕→〔赚〕→〔甘草子〕→〔脱布衫〕→〔梁州三台〕→〔尾〕（卷七）
〔中吕调〕〔安公子赚〕→〔赚〕→〔渠神令〕→〔尾〕（卷八）

---

① 张炎著，夏承焘校注：《词源注》，人民文学出版社 1981 年版，第 23 页。
② 沈义父著，蔡嵩云笺释：《乐府指迷笺释》，人民文学出版社 1981 年版，第 43 页。
③ 冯沅君：《说赚词》，《古剧说汇》，作家出版社 1956 年版，第 122 页。

在这三套曲子中，〔中吕调·安公子〕属于典型的唱赚。〔般涉调·哨遍〕、〔正宫·梁州令〕虽然带有宋杂剧音乐标记的"断送"，但曲中又均有以"赚"为曲牌的曲调，实质上也是唱赚。而唱赚是在缠令的基础上发展起来的文体。

第二类，属缠达者凡2套：

〔仙吕调〕〔六幺实催〕→〔六幺遍〕→〔哈哈令〕→〔瑞莲儿〕→〔哈哈令〕→〔尾〕（卷五）

〔黄钟宫〕〔间花啄木儿第一〕→〔整乾坤〕→〔第二〕→〔双声叠韵〕→〔第三〕→〔刮地风〕→〔第四〕→〔柳叶儿〕→〔第五〕→〔赛儿令〕→〔第六〕→〔神仗儿〕→〔第七〕→〔四门子〕→〔第八〕→〔尾〕（卷八）

〔仙吕调·六幺〕中，"实催"本来是宋代大曲中某一遍的称谓，〔哈哈令〕和〔哈哈令〕实为一物。〔黄钟宫·啄木儿〕套中，〔第二〕、〔第三〕……〔第八〕，是〔啄木儿第二〕、〔啄木儿第三〕……〔啄木儿第八〕的简称，其联套方式也源于大曲。但与大曲不同的是，这两套曲子都是"引子后只以两腔互迎循环间用"，实质上仍然是吸取了大曲称谓或联套方式的缠达。而缠达通常也称为缠令。如《刘知远》中〔中吕调·安公子〕套：

〔中吕调〕〔安公子缠令〕→〔柳青娘〕→〔酥枣儿〕→〔柳青娘〕→〔尾〕

虽然也是"引子后只以两腔互迎循环间用"，但仍然称之为"缠令"。

第三类，属缠令衍化物者8套。

在《董西厢》13个不带"缠令"字样的多曲一尾套数中，不带任何文体标记的有9套，除上面〔黄钟宫·啄木儿〕外，其他8套实际上和缠令没有什么本质性的区别。如：

〔仙吕调〕〔点绛唇〕→〔哈哈令〕→〔风吹荷叶〕→〔醉奚婆〕→〔尾〕（卷二）

〔仙吕调〕〔点绛唇缠令〕→〔风吹荷叶〕→〔醉奚婆〕→〔尾〕(卷五)

〔点绛唇〕套除了比〔点绛唇缠令〕套多了一支并无实质性关系的〔哈哈令〕外,其他格式完全相同,只不过省略了作为文体标记的"缠令"二字而已。因此,我们有理由把这八套曲子看作缠令的衍化物。

由此可见,《董西厢》中13套多曲一尾的套数尽管不带"缠令"的字样,但它们仍然是在缠令的基础上吸取了宋代其他艺术样式音乐体制而加以发展的产物。

与此同时,《董西厢》中带有"缠令"字样的多曲一尾的套数本身,也兼容了宋代其他某些艺术样式的音乐体制。如:

〔大石调〕〔伊州衮缠令〕→〔红罗袄〕→〔尾〕(卷二)
〔黄钟宫〕〔降黄龙衮缠令〕→〔双声叠韵〕→〔刮地风〕→〔尾〕(卷五)
〔般涉调〕〔哨遍缠令〕→〔长寿仙衮〕→〔急曲子〕→〔尾〕(卷八)
〔越调〕〔上平西缠令〕→〔斗鹌鹑〕→〔雪里梅〕→〔错煞〕(卷六)
〔道宫〕〔凭栏人缠令〕→〔赚〕→〔美中美〕→〔大圣乐〕→〔尾〕(卷七)

前三个套数中的"衮"来源于宋代大曲中的某一遍。〔越调·上平西〕套中的"煞"来源于宋代大曲中的最后一遍。〔道宫·凭栏人〕套中的"赚"显然来源于唱赚。这些多曲一尾的套数虽然都带有"缠令"的字样,但也同样吸取了大曲、唱赚的音乐体制。

在探讨诸宫调多曲一尾套数和缠令关系的基础上,我们再把《刘知远》和《董西厢》中多曲一尾的套数加以比较,从中可以看出诸宫调音乐体制的三点重要变化:第一,多曲一尾套数逐渐增多。在《刘知远》中,多曲一尾的套数仅存3套,占所有歌唱单位的3.75%;而在《董西厢》中,多曲一尾的套数有43套,占所有歌唱单位的22.28%。这个比例虽然并不算大,却显示了诸宫调的歌唱单位由简向繁的进化趋势。第二，多曲一尾套数不断丰富。在《刘知远》中，多曲一尾的套数仅仅来源于缠令，没有唱赚、宋代大曲和宋杂剧词音乐体制的痕迹，而在《董西厢》中，多曲一尾的套数则在缠令的基础上兼容了唱赚、宋代大曲和宋杂剧词的音乐体制，使诸宫调的音乐体制更为复杂。第三，多曲一尾套数日益庞大。在《刘知远》中，最长的套数〔中吕调·安公子〕不过才四曲一尾，而在《董西厢》中，四曲一尾以上的套数有13个，其中，最长的套数〔黄钟宫·间花啄木儿〕多达十五曲一尾。多曲一尾套数的上述三点变化，显示诸宫调的音乐体制由一曲一尾到多曲一尾，由简单的多曲一尾向丰富的多曲一尾演进的轨迹。

综上所述，《张协状元》"副末开场"、《刘知远》和《董西厢》分别代表着元代以前诸宫调体制发展的三个阶段。第一阶段的诸宫调来源于话本，体制上的突出特点是以说为主，以词歌唱。第二阶段中，诸宫调的歌唱单位运用了缠令的形式，音乐体制在以词歌唱的基础上发展成为一曲一尾（实质上是一词加尾）的套数，并出现了少数多曲一尾的套数。由于套数的出现，歌唱的比重得以增加，在叙述方式上，诸宫调由以说为主转向以唱为主。在第三阶段中，诸宫调的歌唱单位在缠令的基础上兼容了唱赚、宋代大曲和宋杂剧词的某些音乐体制，多曲一尾的套数更为丰富并得以更广泛的运用。这就是元代以前诸宫调体制流变的概况。至于到了元代，诸宫调体制受到元曲影响，其体制之流变，冯沅君先生早有精辟辨析，笔者自然毋庸置喙。

（原载《文学遗产》1989年第6期）

从《张协状元》和宋代曲体的关系看戏文的起源

据明人祝允明《猥谈》、徐渭《南词叙录》的记载可知，戏文滥觞于北宋宣和年间（1119—1125），形成于南渡之际（1126），地点在温州。但戏文形成的渊源，自王静安先生推翻了明、清人"传奇源于杂剧"的说法之后，却一直是众说纷纭：有人认为戏文由印度输入中国[1]；有人认

---

[1] 参见郑振铎《插图本中国文学史》，人民文学出版社1957年版，第567页。

为戏文源出于北宋杂剧[①];有人则认为戏文脱胎于傀儡戏[②];还有人认为戏文源出于诸宫调[③]。在这篇文章中,笔者拟通过对《张协状元》和宋代各种曲体关系的探讨,以考察戏文的起源。

在艺术史上,任何一种艺术样式的产生、形成都不是孤立的,它除了受一定社会的政治、经济条件的制约之外,还和其他艺术样式有着极为密切的继承关系。如诸宫调是在"变文和教坊大曲、杂曲的基础上,错综变化,从而发展起来的"[④]。如果离开了对变文、教坊大曲和杂曲的继承,诸宫调的产生是难以想象的。而作为一种综合艺术,戏文的产生不可能不受宋代其他艺术样式的影响。那么,戏文所赖以形成的艺术渊源是什么呢?这是本文力图解决的问题。

钱南扬先生在《永乐大典戏文三种校注前言》中称:"《张协状元》时代最早,盖是戏文初期的作品。"[⑤] 作为目前现存最早的戏文作品,《张协状元》能代表戏文草创时期的面貌。在这部作品中,仍然保存着一些没有来得及消化的宋代曲体的残迹,通过对这些残迹溯流探源的考察,笔者认为,戏文是在温州"里巷歌谣"的基础上,受到宋词、赚词、大曲、宋杂剧、诸宫调等多种曲体的影响,逐渐形成的产物。

一 戏文中的里巷歌谣

关于戏文的最初起源,徐渭《南词叙录》曾有明确的记载:

> 永嘉杂剧兴,则又即村坊小曲为之。本无宫调,亦罕节奏,徒取其畸农、市女顺口可歌而已,谚所谓"随心令"者,即其技欤?[⑥]
> 夫南曲本市里之谈。[⑦]
> 其(按:指戏文)曲,则宋人词而益以里巷歌谣,不叶宫调,

---

① 参见 [日] 青木正儿《中国近世戏曲史》,王古鲁译,商务印书馆1936年版,第46页。
② 参见孙楷第《傀儡戏考原》,上杂出版社1952年版,第79页。
③ 参见杨绍萱《中国戏曲史上的南北曲问题》,《人民戏剧》1950年第2卷第2、3期。
④ 龙榆生:《词曲概论》,上海古籍出版社1980年版,第54页。
⑤ 钱南扬:《永乐大典戏文三种校注前言》,钱南扬校注《永乐大典戏文三种校注》,中华书局1979年版,第1页。
⑥ 徐渭:《南词叙录》,中国戏曲研究院编《中国古典戏曲论著集成·三》,中国戏剧出版社1959年版,第240页。
⑦ 同上书,第241页。

故士大夫罕有留意者。①

据徐渭的记载可知,"里巷歌谣""村坊小曲"是戏文最初的歌唱形式。但由于封建时代正统文人对戏文的轻视,"士大夫罕有留意者",使得戏文中"里巷歌谣"和"村坊小曲"的本来面目,已不能全窥。但从《张协状元》中,我们还是可以找到一些"里巷歌谣"和"村坊小曲"的蛛丝马迹。如仅见于《张协状元》一剧而不见于其他词谱、曲谱的曲牌有:

〔犯思园〕、〔犯樱桃花〕、〔复襄阳〕、〔福州歌〕、〔贺筵开〕、〔金钱子〕、〔添字令尹〕、〔添字赛红娘〕、〔绛罗裙〕、〔麻郎〕、〔台州歌〕、〔五方神〕、〔上堂水陆〕、〔金牌郎〕、〔林里鸡〕、〔太子游四门〕、〔引番子〕凡十七支。

这些曲牌,有的出于地名,如〔福州歌〕;有的出于广为流传的故事,如〔赛红娘〕;有的出于佛曲,如〔上堂水陆〕;有的出于乡村风物,如〔林里鸡〕。而且风格淳朴,语言通俗,具有浓郁的民歌气息。以〔台州歌〕为例:

亚奴,是人道相公女子好做妇,弗比小人女子穷合穷。我个胜花娘子生得白蓬蓬,一个头髻长长似盘龙。巧小身材子,常着个好千红。东华门外傍在小楼东,当初只道个状元似鬼头风。日日吵得亚爹耳朵聋,两三日饭也不吃一口,谁知你今日死了一场空。②

语言接近"市里之谈",修辞手法朴质无华,风格泼辣,具有乡土气息。《张协状元》中这类不见于词谱、曲谱的曲牌,显然是"畸农、市女顺口可歌"的"村坊小曲",而非士大夫的手笔。当然,这些"里巷歌谣""村坊小曲"中,还有相当一部分曲牌后来被收入曲谱,如〔吴小四〕、

---

① 徐渭:《南词叙录》,中国戏曲研究院编《中国古典戏曲论著集成·三》,中国戏剧出版社1959年版,第239页。

② 无名氏:《张协状元》,钱南扬校注《永乐大典戏文三种校注》,中华书局1979年版,第153页。

〔赵皮鞋〕之类。但由于资料所限,这些收入曲谱中的曲牌尚不可全考。但是,戏文是在"里巷歌谣""村坊小曲"的基础上发展而来的这一事实,则是毋庸置疑的。

二 词与戏文

宋代,是词空前繁荣的时代。词对当时的各种歌唱艺术样式都产生过影响。作为以歌唱为主的综合艺术样式,戏文的产生自然不可能不受词的影响。据前引徐渭《南词叙录》,戏文的曲调是"宋人词而益以里巷歌谣",说明词与戏文的形成具有极为密切的渊源关系。就《张协状元》而论,词对戏文的影响主要表现在曲调和宾白两个方面。

第一,词是戏文曲调的一个重要来源。在戏文中,有不少曲牌来源于词调。查《张协状元》所用曲牌共 159 种,其中源于词牌者达 53 种之多,占全剧曲牌的 1/3。兹录《张协状元》所用曲牌且见于万树《词律》者如下:

〔水调歌头〕、〔满庭芳〕、〔小重山〕、〔浪淘沙〕、〔烛影摇红〕、〔粉蝶儿〕、〔千秋岁〕、〔大圣乐〕、〔西地锦〕、〔行香子〕、〔武陵春〕、〔惜黄花〕、〔望远行〕、〔生查子〕、〔七娘子〕、〔胡捣练〕、〔临江仙〕、〔糖多令〕、〔捣练子〕、〔豆叶黄〕、〔酷相思〕、〔字字双〕、〔夏云峰〕、〔薄媚令〕、〔醉太平〕、〔女冠子〕、〔冲天鹤〕、〔剔银灯〕、〔风入松〕、〔祝英台近〕、〔醉落魄〕、〔四换头〕、〔驻马听〕、〔虞美人〕、〔探春令〕、〔黄莺儿〕、〔卜算子〕、〔金蕉叶〕、〔似娘儿〕、〔乌夜啼〕、〔青玉案〕、〔喜迁莺〕、〔一枝花〕、〔满江红〕、〔忆秦娥〕、〔河传〕、〔望梅花〕、〔天下乐〕、〔薄幸〕、〔锦缠道〕、〔三台令〕、〔川拨棹〕、〔金莲花〕凡五十三支。

不难看出,词对戏文的曲调产生过重要的影响。

第二,词还是戏文宾白的组成部分。在戏文中,词还常常作为宾白,用于表达角色的思想感情、交代故事情节等,加强了戏文的表现力。如《张协状元》第二十二出中用于张协所白的〔水调歌头〕:

一心离故里,只影欲朝天。半途遭难,岂期贫女又留连。长记彩衣堂上,临别双亲嘱咐,细想是良言。教逢桥须下马,遇夜莫行船。近日来,离古庙,意悬悬。爹娘又虑,料它贫女泪涟涟。是事一齐瞥样,挑取被包雨具,度岭涉长川。正是雁飞不到处,人被利名牵。[1]

这首词主要用于张协回忆自己的遭遇,抒发漂泊之感,比散白更富有表现力。

三 赚词与戏文

赚词是宋代的一种说唱艺术脚本,相传为宋代张五牛所创。据南宋吴自牧《梦粱录》卷20:

> 绍兴年间,有张五牛大夫,因听动鼓板有《太平令》,或赚鼓板,即今大节抑扬处是也,遂撰为赚。[2]

任何一种艺术样式的形成,都有一个发展的过程。此处虽云赚词为张五牛所创,但陈元靓《事林广记》则云:

> 夫唱赚一家,古谓之道赚。[3]

陈元靓为宋末元初人,这里的"古",当在绍兴之前,"道赚"是较之张五牛所创赚词更早的赚词,张五牛的赚词是在"道赚"的基础上再创造而成的。所以,在绍兴以前,赚词就已经在民间流传了。而这时,戏文也正处于形成的过程中。这样,赚词对戏文发生影响,是很自然的事情。

赚词作品今仅存《圆社市语·圆里圆》一种,载《事林广记》戊集卷二,其主要结构如下:

〔中吕宫·紫苏丸〕……〔缕缕金〕……〔好女儿〕……〔大

---

[1] 无名氏:《张协状元》,钱南扬校注《永乐大典戏文三种校注》,中华书局1979年版,第118页。
[2] 吴自牧:《妓乐》,《梦粱录》卷20,中国商业出版社1982年版,第178页。
[3] 陈元靓:《事林广记》,转引自王国维《宋元戏曲考》,《王国维戏曲论文集》,中国戏剧出版社1984年版,第38页。

夫娘〕……〔好孩儿〕……〔赚〕……〔越恁好〕……〔鹘打兔〕……〔尾声〕……

根据这套《圆里圆》赚词，我们可以看到赚词的结构特征为：集合若干支曲子为一套，前面有引子，后面有尾声，中间有以〔赚〕为名的曲牌。据此考之，《张协状元》中用赚词的戏有两出，即第十四出和第二十出。现举第十四出所用赚词为例：

〔薄媚令〕……〔红衫儿〕……〔同前换头〕……〔同前换头〕……〔同前换头〕……〔赚〕……〔同前〕……〔金莲子〕……〔同前换头〕……〔醉太平〕……〔尾声〕……

这套曲子，引子、〔赚〕、尾声俱全，是一套完整的赚词。

同时，《梦粱录》《事林广记》均记临安旧事，与戏文产生地温州相去不远。且《圆里圆》赚词中所用的〔缕缕金〕、〔好孩儿〕、〔越恁好〕、〔紫苏丸〕、〔鹘打兔〕都是南曲，前四者皆为《张协状元》所用，这就更能说明戏文在曲调上对赚词的继承关系了。

四 大曲与戏文

大曲是唐、宋时期流行的一种大型歌舞乐曲。它由同一宫调的若干"遍"组成，每"遍"各有专名。据宋代王灼《碧鸡漫志》卷三："凡大曲，有散序、靸，排遍、攧、正攧，入破、虚催、实催、衮遍、歇拍、杀衮，始成一曲。此谓大遍。"[1] 所谓"大遍"是指一套完整的大曲，包括"散序""排遍""入破"三个部分。然在宋代，由于"大曲制词者，类从简省，而管弦家又不肯从首至尾吹弹"[2]，致使"今之大曲，皆是裁用，悉非大遍也"，"裁截用之，谓之'摘遍'"。[3] 故只有所谓"摘遍"。兹举董颖〔道宫·薄媚〕《西子词》"入破"各"遍"名目如下：

---

[1] 王灼《碧鸡漫志》，中国戏曲研究院编《中国古典戏曲论著集成·一》，中国戏剧出版社1959年版，第131页。

[2] 同上。

[3] 沈括：《梦溪笔谈》卷5，文物出版社1975年影印本。

〔入破第一〕……〔第二虚催〕……〔第三衮遍〕……〔第四催拍〕……〔第五衮〕……〔第六歇拍〕……〔第七煞衮〕……

以上所举《西子词》是大曲的第三部分即"入破"。当"入破"单独演出时，则称之"曲破"。把大曲和《张协状元》加以比较可以看出，大曲之于戏文的影响主要有二：

第一，大曲的套数是戏文套数的一个重要来源。在《张协状元》第十六出中，有〔菊花新曲破〕一套，其结构为：

〔菊花新〕……〔后衮〕……〔歇拍〕……〔终衮〕……

这套〔菊花新曲破〕省略了〔第二虚催〕、〔第三衮遍〕、〔第四催拍〕，故只有四曲。〔菊花新〕一曲虽不见于崔令钦《教坊记》和脱脱《宋史·乐志》所载大曲曲牌，但周密《齐东野语》卷十六中有〔菊花新曲破〕一条。可知《张协状元》中的〔菊花新曲破〕确系大曲无疑。

第二，戏文的某些曲牌来源于大曲。考《张协状元》的曲牌源于大曲，且见于崔令钦《教坊记》、脱脱《宋史·乐志》所载大曲曲调者有四：

〔大圣乐〕、〔普天乐〕、〔薄媚令〕、〔迎仙客〕。

由此看来，大曲对戏文的套数和曲牌都产生过影响。

五　宋代杂剧与戏文

宋代杂剧是两宋时期盛行的歌舞戏曲形式。《武林旧事》载宋代官本杂剧段数达280种之多，然今无一存者。但我们通过前人的记载，仍然可以窥出宋代杂剧演出的大致情况。据灌圃耐得翁《都城纪胜·瓦舍众伎》：

杂剧中，末泥为长，每四人或五人为一场，先做寻常熟事一段，名曰艳段；次做正杂剧，通名为两段。末泥色主张，引戏色分付，副净色发乔，副末色打诨，又或添一人装孤。其吹曲破断送者，谓之把色。大抵全以故事世务为滑稽,本是鉴戒,或隐为谏诤也,故从便跣露,谓之无过虫。①

基于《都城纪胜》对宋杂剧演出情况的记载,我们再看看《张协状元》第二出生扮张协上场时的情景:

（生上白）讹未。（众诺）（生）劳得谢送道呵！（众）相烦那子弟！（生）后行子弟,饶个〔烛影摇红〕断送。（众动乐器）（生踏场数调）（白）〔望江南〕……适来听得一派乐声,不知谁家调弄？（众）〔烛影摇红〕。（生）暂籍轧（按："轧"当为"把"字之误）色。（众）有。（生）罢！学个张状元似像。（众）谢了！（生）画堂悄最堪宴乐,绣帘垂隔断春风。波艳艳杯行泛绿,夜深深烛影摇红。（众应）（生唱）〔烛影摇红〕……张协夜来一梦不详,试寻几个朋友扣它则个（末净呾出）……②

于是开始种种滑稽表演。

把《都城纪胜》中关于宋杂剧演出情况的记载和《张协状元》第二出生上场后的演出情况加以对比,我们不难发现宋杂剧和戏文之间的相似之处。

第一,宋杂剧和戏文主要角色的性质和作用完全相同。宋杂剧中,"末泥为长","末泥色主张",可见"末泥色"在宋杂剧中居主导、支配地位。而在戏文中,"生"的作用和性质相当于宋杂剧中的"末泥色"。《张协状元》"副末开场"中,"末"吩咐"后行脚色,力齐鼓儿,饶个撺掇,末泥色饶个踏场"。③ 这里的"末泥"指的就是扮演张协的"生"。"生"在《张协状元》中也居主导、支配地位。如"生"吩咐:"后行子弟,饶个〔烛影摇红〕断送","众"便"动乐器";生说:"暂籍把色","众"也回答:"有"。可见"生"在戏文中也是"为长",也可以"主

---

① 灌圃耐得翁：《瓦舍众伎》,《都城纪胜》,中国商业出版社1982年版,第9页。
② 无名氏：《张协状元》,钱南扬校注《永乐大典戏文三种校注》,中华书局1979年版,第13页。
③ 同上书,第4页。

张"，其作用和性质与宋杂剧中的"末泥色"完全一样。

第二，宋杂剧和戏文的表演程序也有相似之处。宋杂剧在正杂剧演出之前，"先做寻常熟事一段，名曰艳段"，"以故事世务为滑稽"。《张协状元》在张协辞别父母，正式敷演故事之前，由末、净上场，说种种与故事情节不相干的滑稽道白，做一些滑稽动作，以为乐笑，当即"以故事世务为滑稽"的"寻常熟事"，是宋杂剧中的"艳段"对戏文表演程序影响的产物。

第三，宋杂剧和戏文都具有"吹曲破断送"的音乐特征。在音乐上，宋杂剧"吹曲破断送者，谓之把色"的特点也为戏文所吸取。如"生"要求"暂籍把色"，"饶个〔烛影摇红〕断送"，无疑是对宋杂剧这一音乐特征的继承。虽然《张协状元》中演奏的〔烛影摇红〕系词调，而不是曲破中的曲牌。但这种情况在宋杂剧中也是常见的。如《武林旧事》卷一：

> 杂剧吴师贤已下，做《君臣贤戁》，断送〔万岁声〕。……杂剧周朝清已下，做《三京下书》，断送〔绕池游〕。……杂剧何晏喜已下做《杨饭》，断送〔四时欢〕。①

这里的〔万岁声〕、〔绕池游〕、〔四时欢〕皆系词调，而非曲破中的曲牌。

由上可见，宋杂剧在主要角色、表演程序、音乐特征等方面对戏文都产生过某种程度的影响。

六 诸宫调与戏文

诸宫调是产生于北宋时期的一种说唱艺术形式。据南宋王灼《碧鸡漫志》卷二："熙、丰、元祐间……泽州孔三传者，首创诸宫调古传，士大夫皆能诵之。"② 可知诸宫调在两宋时期颇为流行。作为当时颇流行的说唱艺术形式，诸宫调对戏文的影响主要体现在曲调方面。在《张协状

---

① 周密：《圣节》，《武林旧事》卷1，中国商业出版社1982年版，第19—20页。
② 王灼：《碧鸡漫志》，中国戏曲研究院编《中国古典戏曲论著集成·一》，中国戏剧出版社1959年版，第115页。

元》的"副末开场"中,"末"述张协辞别父母赴试路上于五鸡山为强人所劫的故事梗概,所用的曲调有〔水调歌头〕、〔凤时春〕、〔小重山〕、〔浪淘沙〕、〔犯思园〕、〔绕池游〕凡六支。根据"末"的交代:"诸宫调唱出来因"①,"似恁般唱说诸宫调。何如把此话文敷演"②云云,"副末开场"所用的曲调系诸宫调无疑。可见戏文在曲调上和诸宫调有一定的渊源关系。现存的诸宫调作品《刘知远》残本,《董西厢》全本均产生于《张协状元》之后,故《张协状元》中还有哪些曲调来源于诸宫调,尚不可考。但是,戏文的曲调受到过诸宫调的影响,则是毋庸置疑的。

综上所叙,在戏文形成之际,宋代各种曲体综合起来已经具备了作为中国戏曲所必须具备的"曲""科""白"三种要素,其中词、赚词、大曲、诸宫调是戏文曲调的重要来源;宋杂剧在科介、表演、角色等方面为戏文提供了借鉴的依据;词、宋杂剧对戏文的宾白也有明显的影响。戏文正是在这样的条件下,在温州"里巷歌谣""村坊小曲"的基础上,吸取了宋代上述曲体中的戏曲因素而逐渐形成的。

(原载《文献》2000 年第 1 期)

中西古典悲剧人物探异

笔者曾在《中西古典悲剧伦理目的异同论》一文中指出:中国古典悲剧和古代希腊悲剧都强调悲剧的伦理功能,都要求悲剧作品唤起审美主体的悲剧情感。但在实现伦理功能的方式和悲剧情感的内容上,古希腊悲剧是要引起审美主体的怜悯和恐惧,而达到净化的作用,而中国悲剧则是激发审美主体的同情和崇敬以实现劝导的效果。③那么,中西古典悲剧怎样才能达到各自相应的功能?对中西古典悲剧人物差异的探讨,也许能够回答这个问题。

就审美特征而论,悲剧区别于其他艺术范畴的特殊功能,就在于唤起

---

① 无名氏:《张协状元》,钱南扬校注《永乐大典戏文三种校注》,中华书局1979年版,第2页。

② 同上书,第4页。

③ 参见宋克夫《中西古典悲剧伦理目的异同论》,北京大学文艺美学研究会编《文艺美学》第2辑,内蒙古人民出版社1987年版,第233页。

审美主体的悲剧情感。而悲剧情感的产生，则取决于悲剧人物。亚里士多德在《诗学》中说："怜悯是由一个人遭受不应遭受的厄运而引起的。"①这里，亚里士多德概括了悲剧人物必须具备的两个基本特征：第一，悲剧人物必须是"不应遭受""厄运"的人。"悲剧总是摹仿比我们今天的人好的人"②，悲剧人物的"性格必须善良"③，必须具备这样或那样的正面素质。否则，就没有资格出任悲剧主角。第二，悲剧人物必须"遭受""厄运"，如痛苦或死亡。否则，就不能引起审美主体的同情和怜悯。亚里士多德对悲剧人物的两个基本特征的概定，不但准确地概括了古希腊悲剧人物的特点，而且还具有普遍意义。无论是古希腊悲剧中的普罗米修斯、俄狄浦斯，还是中国古典悲剧中的窦娥、李香君，无不符合亚里士多德根据文艺实践所概括出来的关于悲剧人物的两个基本特征，显示出中西古典悲剧人物的共同之处。

尽管中西古典悲剧在悲剧人物的两个基本特征上都体现了作为悲剧艺术所必须遵循的一般规律，但作为东西两个半球上不同民族的艺术，中西古典悲剧在悲剧人物上又具有各自的民族特点，存在着重大的差异。而决定这种差异的根本原因在于两个民族不同的审美趣味，其中特别是对悲剧与崇高的不同理解。当然，崇高这一概念，在罗马时代朗吉努斯的《论崇高》中才作为一个美学范畴正式跨入美学的殿堂，古代的中国和希腊的美学中没有崇高的概念。但正像中国古代没有悲剧的概念并不意味着中国古代没有悲剧一样，早在崇高这一概念产生之前，人们就已经运用与之内涵相同或相近的观念解释艺术现象了。如前面所提到的"崇敬""恐惧"，都体现了崇高这一概念所包蕴的美学内容。

一

悲剧和崇高是一对形影不离的孪生兄弟。探讨中西古典悲剧人物的差异，有必要对中西崇高观在心理内容上的特点做一番简要的考察。从经验主义观念出发，伯克在《关于我们崇高与美两种观念之根源的哲学探讨》中认为："凡是能够以某种方式激发我们的痛苦和危险的东西，也就是

---

① ［古希腊］亚里士多德：《诗学》，罗念生译，人民文学出版社1982年版，第38页。
② 同上书，第9页。
③ 同上书，第47页。

说，那些以某种令人恐惧的，或者那些与恐怖的事物相关的，又或者以类似恐怖的方式发挥作用的事物，都是崇高的来源。"① 并进而断定："惊惧是崇高的最高效果，次级的效果是欣羡、敬畏和崇敬。"② 在伯克看来，崇高在心理内容上的突出特征是恐惧，其次才是崇敬。伯克对崇高心理内容的分析在西方美学史上有着深远的影响。继伯克之后，康德、车尔尼雪夫斯基等西方美学家都把崇高的心理内容归结为这样两个方面：恐惧与崇敬。较之于西方的崇高观，中国古代美学在崇高的心理内容上，强调的是崇敬，而没有恐惧。如《论语·泰伯》："大哉，尧之为君也！巍巍乎！唯天为大，唯尧则之。荡荡乎！民无能名焉。巍巍乎！其有成功也。焕乎！其有文章。"③ 如果说，这里的"大"在内涵上相当于美学范畴的崇高的话，那么，孔子对作为崇高对象的尧的赞许，表现出来的是一种强烈的崇敬。因而，我们有理由认定：在崇高的心理内容上，西方崇高观偏重的是恐惧，而中国崇高观则只有崇敬。

实际上，恐惧和崇敬是崇高的对象在审美主体心理上的反映。如果说，恐惧是以巨大有力的形式所表现出来的丑与恶在审美主体心理上的反映，那么，崇敬则是以巨大有力的形式所表现出来的美与善在审美主体心理上的反映。在西方美学史上，恐惧和崇敬作为崇高的心理内容是混为一谈的；而在中国美学史上，由于善恶分明的儒家学说的影响，崇高的心理内容和美与善的事物有必然的联系。中西美学在崇高心理内容上的不同特点决定着中西古典悲剧人物在品质上的差异。在悲剧情感的具体内容上，希腊悲剧强调唤起审美主体的恐惧，而中国悲剧则力图引起审美主体的崇敬。这就要求作为审美对象的悲剧人物具有实现相应悲剧情感的不同特点。

既然恐惧是希腊悲剧情感的心理内容，那么，这种情感是怎样产生的呢？亚里士多德回答说："恐惧是由这个这样遭受厄运的人与我们相似而引起的。"④ 这里，所谓"与我们相似"的人，不是指至善至美的人，也不是指极丑极恶的人。在亚里士多德看来，悲剧"不应写好人由顺境转

---

① ［英］埃德蒙·伯克：《关于我们崇高与美两种观念之根源的哲学探讨》，郭飞译，大象出版社2010年版，第36页。
② 同上书，第50页。
③ 《论语》，朱熹《四书章句集注》，中华书局1983年版，第107页。
④ ［古希腊］亚里士多德：《诗学》，罗念生译，人民文学出版社1982年版，第38页。

入逆境,因为这只能使人厌恶,不能引起恐惧或怜悯之情"。① 也"不应写极恶的人由顺境转入逆境,因为这种布局虽能打动慈善之心,但不能引起怜悯或恐惧之情"。② 而应该写"介于这两种人之间的人,这样的人不十分善良,也不十分公正,而他们之所以陷入厄运,不是由于他为非作恶,而是由于他犯了错误"。③ 如俄狄浦斯、阿伽门农、美狄亚等,就是这样的人物。也应该指出,亚里士多德对悲剧人物品质的规定,并不是对古希腊悲剧人物共同特征的全面概括,而只是对作为理想的悲剧人物基本特征的总结。因而,亚里士多德关于理想悲剧人物品质的模式并不能涵盖希腊悲剧创作的全部实际。如普罗米修斯,这个埃斯库罗斯笔下最崇高的圣者兼殉道者,决不因为他超越亚里士多德对理想悲剧人物品质的规定而被人们驱出悲剧典型的画廊。尽管如此,作为"第一个以独立体系阐明美学概念的人"④,亚里士多德对理想的悲剧人物品质的规定仍然对后世悲剧理论和创作产生了巨大的影响,乃至于成为西方悲剧人物在性格上的重要特点。直到19世纪,俄国革命民主主义者车尔尼雪夫斯基在论及悲剧人物时仍然认为:"一个人所遭受毁灭或者痛苦是因为他犯了罪,或者犯了错误。"⑤ 从这类议论中,我们可以看到亚里士多德关于悲剧人物品质的规定的影响有多么深远。

有别于西方古典悲剧观,在悲剧情感上,中国古典悲剧是要唤起审美主体的崇敬,而不是恐惧。这种悲剧情感的特定内容决定着中国古典悲剧人物在品质上不同于西方古典悲剧人物的特点:如果说,西方古典悲剧人物在品质上有这样或那样的缺陷,他们的悲剧结局是由于他们"犯了错误",那么,中国古典悲剧人物在品质上则往往是尽善尽美的,他们的悲剧结局不是由于他们品质上的缺陷,而是由于客观环境所导致。为亚里士多德所反对的"好人由顺境转入逆境"的悲剧方式,正是中国古典悲剧必须遵循的原则。正如清人余治在《庶几堂今乐自序》中所言:

---

① [古希腊]亚里士多德:《诗学》,罗念生译,人民文学出版社1982年版,第37页。
② 同上书,第38页。
③ 同上。
④ [俄]车尔尼雪夫斯基:《论亚里斯多德"诗学"》,车尔尼雪夫斯基著,缪灵珠译《美学论文选》,人民文学出版社1957年版,第129页。
⑤ [俄]车尔尼雪夫斯基:《论崇高与滑稽》,辛未艾译《车尔尼雪夫斯基论文学》中卷,上海译文出版社1979年版,第59页。

古乐衰而梨园之曲兴，原以传忠孝节义之奇，使人观感激发于不自觉，善以劝，恶以惩。①

为了激发人们的崇敬以达到劝善惩恶的目的，悲剧作品必须"传忠孝节义之奇"，塑造至善至美的人物。在中国古典悲剧中，善良坚韧的窦娥、侠义刚强的程婴、忍辱负重的赵五娘、执着坚毅的白素贞、忠心贯日的岳武穆、刚直耿介的周顺昌……这些人物无不是美与善的化身，在品质上都是完美无缺的。他们的痛苦和死亡，在审美主体心中激发的不是恐惧，而是同情和崇敬。在这里，值得提出来分析的是《长生殿》中杨玉环这一形象。有的同志认为："杨太真更不敢充当什么英雄的角色"，是"无可再坏的坏蛋"② 事实上，洪昇在杨玉环形象的塑造过程中，本着"凡史家秽语，概削不书"③ 的创作原则，把历代正统文人泼洒在杨玉环身上的污泥浊水一洗殆尽，对这一形象进行了美化性的再创造，从而把杨玉环塑造成一个生死不渝地追求真挚爱情的悲剧典型。洪昇对杨玉环的塑造过程，正好说明中国古典悲剧作者对至善至美的悲剧形象以及由这些形象所激发的崇敬这一悲剧效果的努力追求。

二

中西古典悲剧人物的另一个差异还表现在人物的地位上：古希腊悲剧中，不是王公贵族没有资格出任悲剧主角，而中国古典悲剧在人物的地位和身份上则没有任何限制。在中国古典悲剧特点的研究中，有的学者已经注意到中西古典悲剧人物的这一差异，但对这种文艺现象予以说明时，却忽略了悲剧的美学规律，而难尽人意地用庸俗社会学的观点做了和希腊悲剧观念以及创作实际风马牛不相及的解释。事实上，对中西古典悲剧人物这一差异起着重要决定作用的，是中西美学对崇高在内容和形式之间关系的不同理解。

---

① 余治：《庶几堂今乐自序》，郭绍虞主编《中国历代文论选》第 4 册，上海古籍出版社 1980 年版，第 101 页。

② 刘季星：《悲剧随想》，《文汇报》1979 年 11 月 28 日。

③ 洪昇：《长生殿自序》，洪昇著，徐朔方校注《长生殿》，人民文学出版社 1958 年版，第 1 页。

在西方美学史上，美学家们虽然并不排斥崇高的内容因素，但在讨论崇高性质的时候，则往往偏重从形式上把握崇高的本质特征。伯克认为，崇高的性质主要表现在巨大、晦暗、力量、空无、无限、壮丽、突然性等形式因素方面。在崇高理论上深受伯克影响的康德在《判断力批判》中也说："它们（按：指自然里的崇高现象）却更多地是在它们的大混战或极狂野，极不规则的无秩序和荒芜里激起崇高的观念，只要它们同时让我们见到伟大和力量。"① 主要从"体积和力量"等形式因素上把握崇高的本质特征。车尔尼雪夫斯基在《生活与美学》中界定崇高的内涵时也认为："一件东西在量上大大超过我们拿来和它相比的东西，那便是崇高的东西；一种现象较之我们拿来和它相比的其他现象都强有力得多，那便是崇高的现象。"② 仍然是从"规模"和"力量"等形式因素上规定崇高的本质。因而，从体积的巨大和力量的强烈这些形式因素把握崇高的本质特征，是西方崇高观的一个重要特点。与此相较，中国古典美学在不忽视崇高形式因素的同时，更着重从内容上把握崇高的本质特征。这一论题的提出，很容易使人联想到《孟子·尽心下》中"充实之谓美"那段著名的命题：

> 浩生不害问曰："乐正子何人也？"孟子曰："善人也，信人也。""何谓善？何谓信？"曰："可欲之谓善，有诸己之谓信，充实之谓美，充实而有光辉之谓大，大而化之之谓圣，圣而不可知之之谓神。乐正子，二之中，四之下也。"③

作为具有中国民族特色的崇高，这里的"大"是指以充实而丰富的形式所表现出的美与善。作为形式因素，"充实而有光辉"是在程度和范围上对"善""信"这些内容的说明，而决定着崇高本质的因素，仍然是"善""信"这些伦理内容。

中西美学在崇高本质把握上的各自特点，直接关系到中西古典悲剧人物在地位和身份上的差异。由于西方美学偏重从形式上把握崇高的本质特

---

① ［德］康德：《判断力批判》，宗白华译，商务印书馆1964年版，第85页。
② ［俄］车尔尼雪夫斯基：《生活与美学》，周扬译，人民文学出版社1957年版，第18页。
③ 《孟子》，朱熹《四书章句集注》，中华书局1983年版，第370页。

征,因而,希腊悲剧在实现恐惧这一崇高心理内容的过程中,非常注重悲剧人物在形式上的特点。在《诗学》中,亚里士多德不止一次地强调悲剧人物在地位和身份上的特征:"这种人名声显赫,生活幸福,例如俄狄浦斯、堤厄斯忒斯以及出身他们这样的家族的著名人物。"① 并认为:"最完美的悲剧都取材于少数家族的故事,例如阿尔斯武斯、俄狄浦斯、俄瑞斯忒斯、墨勒阿格洛斯、堤厄斯忒斯、戒勒福斯以及其他的人的故事。"② 在亚里士多德看来,只有出身高贵、地位显赫的人物的痛苦或毁灭,才更容易唤起审美主体的悲剧情感,更能实现惊心动魄的悲剧效果。亚里士多德对悲剧人物地位和身份的规定,在西方美学史上的影响极其深远。"喜剧摹仿卑微小民的行动,悲剧摹仿帝王贵人的行动"③,不但是区别悲剧与喜剧的重要标准,而且是悲剧创作必须遵守的准则。直到启蒙主义时期的18世纪,作为第三等级的市民阶层,才得到出任悲剧主角的许可证。

由于中国古代美学更强调崇高的内容因素,较之于希腊悲剧,中国古典悲剧在唤起审美主体崇高悲剧情感的过程中,不是依靠悲剧人物显赫的地位和高贵的身份,而是凭借悲剧人物身上所体现出来的具有丰富而充实的伦理内容的美与善。正如孔尚任在《桃花扇小识》中公开宣称的:

> 桃花扇何奇乎?妓女之扇也,荡子之题也,游客之画也,皆事之鄙焉者也。为悦己容,甘劈面以誓志,亦事之细焉者也,伊其相谑,借血点而染花,亦事之轻焉者也,私物表情,密缄寄信,又事之猥亵而不足道者也。④

《桃花扇》的悲剧主角李香君是妓女,并不具备显赫的地位和高贵的身份。但这个生活在社会最底层的女性的悲剧同样能激起人们崇敬的悲剧情感,其根本原因就在于李香君身上体现出"守贞待字,碎首淋漓不肯辱

---

① [古希腊]亚里士多德:《诗学》,罗念生译,人民文学出版社1982年版,第38页。
② 同上书,第40页。
③ [西]洛贝·台·维加:《新写喜剧的新艺术》,古典文艺理论论丛编辑委员会编《古典文艺理论译丛》第11册,人民文学出版社1966年版,第165页。
④ 孔尚任:《桃花扇小识》,孔尚任著,王季思、苏寰中、杨德平合注《桃花扇》,人民文学出版社1982年版,第3页。

于权奸"① 的崇高美德。《窦娥冤》中的窦娥、《赵氏孤儿》中的程婴、《琵琶记》中的赵五娘、《娇红记》中的王娇娘、《雷峰塔》中的白素贞无不如此。当然，由身份高贵、地位显赫的英雄人物担任悲剧主角的现象在中国古典悲剧中也不乏其例，如《精忠旗》中的岳飞、《清忠谱》中的周顺昌，但激起审美主体崇高悲剧情感的根本原因不是他们的地位和身份，而是他们在同邪恶势力的斗争中所体现出来的崇高品德。

三

在上面的文字中，笔者分析了中西古典悲剧人物的差异，并从中西美学崇高观的不同特点出发对这种艺术现象予以说明。事实上，任何一种艺术现象的产生和形成都有着极为复杂的根源。这里，笔者还想进一步探索中西古典悲剧人物差异的美学和文学渊源。

影响着中西古典悲剧人物差异的美学渊源首先在于中西古典美学对真、善、美关系的不同理解。从真、善、美关系规定美的本质是中西美学的一般特征。然而，在三者关系的比重上，中西美学则显示出各自不同的特点。中国古代美学往往并不注重真与美的关系而十分强调善与美的统一。在儒家美学奠基之作的《论语》中，孔子非常注重美与善的联系："君子成人之美，不成人之恶"，"里仁为美"，"尊五美，屏四恶，斯可以从政矣"，"《韶》尽美矣，又尽善也"。这里的"美"无不包括善的内容，强调美与善的统一。至于朱熹在《论语集注》中所说的"美者，声容之盛，善者，美之实也"②，更是把善作为美所必须具备的基本内容。美学思想和伦理思想、美与善从降临到人世起，就似乎有一种先天的血缘联系。较之于中国古代美学"以善为美"的特点，古希腊美学在不忽视美与善的关系的同时，却更强调美与真的联系。在研究文艺起源，解释文艺与现实的关系方面，"模仿说"在希腊美学中占有突出地位。在真的基础上把握美的本质，强调美与真的统一是希腊美学的一个重要特点。在《诗学》中，亚里士多德认为："我们看见那些图像所以感到快感，就因为我们一面在看，一面在求知，断定每事物是某一事物，比方说：'这就

---

① 孔尚任：《桃花扇小识》，孔尚任著，王季思、苏寰中、杨德平合注《桃花扇》，人民文学出版社1982年版，第3页。

② 朱熹：《论语集注》，《四书章句集注》，中华书局1983年版，第68页。

是那个事物'"。① 艺术之所以能引起人们的美感，其基本原因就在于真。真固然不等于美，但美却离不开真。中西古代美学对真、善、美关系的不同把握，对中西古典悲剧人物各自的特点有着深刻的影响。由于中国古代美学强调美与善的统一，体现在悲剧美学上，往往以悲剧人物完美无缺展示其崇高美，把尽善尽美的悲剧性格作为悲剧创作追求的重要目标。王骥德所说的"华衮其贤者"②，李渔所说的"加生旦以美名"③，无不是要求以美与善统一的原则，塑造完美无缺的悲剧人物。而古希腊美学强调美与真的统一，体现在悲剧美学上，要求悲剧人物"比原来的人更美"的同时，又要按照"求其相似"的原则，如实地再现悲剧人物的"错误"或"过失"。

影响着中西古典悲剧人物差异的另一个原因是两个民族的悲剧具有不同的题材渊源。古希腊悲剧的题材绝大多数来源于希腊神话。在那个神话的世界中，神和英雄们，除了像普罗米修斯那样的极个别的人物之外，一般都有着这样或那样的缺陷。正如马克思在《摩尔根〈古代社会〉一书摘要》中所指出的那样："希腊人中，自始至终流行着极端自私自利"④，"淫荡——文明繁昌时期在希腊和罗马城市是如此骇人听闻……它是从野蛮期流传下来的社会恶习"⑤。诚然，在希腊神话中，也不乏一些清除怪物、驱赶强盗、造福人类的英雄，如伊阿宋、赫剌克勒斯、忒修斯等，但是，他们行动的动机一般不是为了人类的公益，而是为了满足某种个人的私欲。至于那班高居在奥林匹斯山上，以戏谑作弄人类，追求个人物质、肉体和精神享受为乐的众神，更是如此。马克思曾经在《〈政治经济学批判〉导言》中说过："希腊神话不只是希腊艺术的武库，而且是它的土壤。"⑥ 在这片土壤中成长起来的悲剧艺术，与生俱来地保留着希腊神话的痕迹。希腊悲剧人物在具备了神和英雄们那种高贵的身份和显赫的地位

---

① [古希腊]亚里士多德：《诗学》，罗念生译，人民文学出版社1982年版，第11页。
② 王骥德：《王骥德曲律》4卷，陈多、叶长海注释，湖南人民出版社1983年版，第213页。
③ 李渔：《闲情偶寄》卷1，单锦珩校点，浙江古籍出版社1985年版，第6页。
④ [德]马克思：《摩尔根〈古代社会〉一书摘要》，中国科学院历史研究所翻译组译，人民出版社1965年版，第39页。
⑤ 同上书，第40页。
⑥ [德]马克思：《〈政治经济学批判〉导言》，《政治经济学批判》，人民出版社1976年版，第220页。

的同时，也自然而然地具备着希腊神话中神和英雄们所固有的缺陷。较之于古希腊悲剧单一的取材，中国古典悲剧题材的来源要广泛得多。这一点，诚如李渔在《闲情偶寄》中所言：

> 传奇所用之事，或古，或今，有虚，有实，随人拈取。古者，书籍所载，古人现成之事也；今者，耳目传闻，当时仅见之事也；实者，就事敷陈，不假造作，有根有据之谓也。虚者，空中楼阁，随意构成，无影无形之谓也。……欲劝人为孝，则举一孝子出名，但有一事可纪，则不必尽有其事。凡属孝亲所应有者，悉取而加之，亦犹封之不善不如是之甚也。一居下流，天下之恶皆归焉。其余表忠，表节，与种种劝人为善之剧，率同于此。①

李渔的论述较为准确地概括出中国古典悲剧取材的基本特点。虽然中国古典悲剧的题材来源非常广泛，但决定着悲剧题材运用的基本准则是悲剧的伦理功能。为了达到"劝人为善"的社会效果，悲剧作家在塑造一个孝子的时候，可以"凡属孝亲所应有者，悉取而加之"。悲剧人物的创造过程，实质上是按照美与善高度统一的原则进行典型化的过程。因而，中国古典悲剧人物在性格和品质上往往是至善至美、完美无缺的。

中西古典悲剧在悲剧人物的基本特征上虽然都体现出悲剧的一般规律，但由于中西古代美学对美的本质的把握，崇高的内容与形式的理解以及悲剧题材的来源不同，中西古典悲剧人物在地位和品质上又存在着重大的差异。这些差异显示了中西古典悲剧各自的民族特点，是生活在东西两个半球上不同民族独特的审美趣味积淀的产物。

（原载《湖北大学学报》1990 年第 5 期，
人大复印报刊资料《中国古代、近代文学研究》1991 年第 3 期转载）

---

① 李渔：《闲情偶寄》卷 1，单锦珩校点，浙江古籍出版社 1985 年版，第 14 页。

第九章 《精忠旗》论析

试论《精忠旗》的悲剧冲突和主题

戏剧冲突决定着戏剧作品的性质，作为一部悲剧，悲剧性的冲突不但对作品的属性有着质的规定性，而且还蕴藏着悲剧结局的必然性。悲剧作品的主题思想及其美学意义，主要是通过悲剧冲突的展开和悲剧结局必然性的昭示而得以体现的。在这篇文章中，笔者打算把李梅实草创、冯梦龙详定的悲剧杰作《精忠旗》放在明末这个特定的历史环境中，从岳飞戏发展的角度，来探讨这部作品悲剧冲突的特点及主题思想，以期说明《精忠旗》悲剧特征的一个方面。

一

在评价历史悲剧《济金根》时，恩格斯指出，悲剧是历史的必然要求和这个要求的实际上不可能实现之间的悲剧性的冲突。[①] 恩格斯第一次用历史唯物主义观点科学地阐释了悲剧冲突的基本规律，具有普遍意义。虽然，中国古典悲剧有其鲜明的民族特点，但在悲剧冲突的基本规律上，和西方悲剧却有相同之处，都体现着恩格斯根据文艺实践所概括出来的这一经典性的论断。而《精忠旗》正是在悲剧冲突上体现出它鲜明的悲剧特征。

《精忠旗》全剧的悲剧冲突，是在岳飞和秦桧，坚持抗金和"力主通和"之间展开的。如果按照一般传奇作家的写法，很容易把这个戏写成忠臣和奸臣个人之间斗争的平庸作品，把作品的悲剧冲突拘泥于一个极小

---

① 参见［德］恩格斯《致斐·拉萨尔》，《马克思恩格斯选集》第4卷，人民出版社1972年版，第346页。

的范围之内。作者不同凡响之处在于：从各种错综复杂的社会关系中揭示悲剧冲突的社会基础，从而赋予作品以广泛、深厚的社会内容。

《精忠旗》首先揭示了坚持抗金和维护人民利益的必然联系。1127年，金兵的铁蹄踏破了古老的汴京城垣，给世代生活在中原大地上的汉族人民带来了一场前所未有的民族灾难。较之于《精忠记》等岳飞戏，《精忠旗》增写了第三折《若水效节》，"借李侍郎效节，备写一时流离之惨"。① 把一幅"苍生直愍苦流离，被驱来无异犬和鸡"② 的残酷画面展现在我们面前。从而用生动的形象说明："只这度是乾坤大覆翻，好男儿到此也难迴避！"③ 正是由于抗击女真统治者的掠夺和压迫与维护汉族人民生存权利有着必然联系，下层人民才有可能自觉地和统治阶级内部的爱国志士结成广泛的统一战线，一同投入反抗金兵，反对投降的斗争。第十五折《金牌伪召》，描写了河北父老反抗投降派召令岳飞班师的群众斗争场面，让河北父老说："也管不得什么金牌，朝廷也是主上，二帝也是主上！"④ 表达了下层人民的抗金要求和对投降派的强烈抗议，并把斗争的锋芒直指赵构。第十六折《北朝复地》，作者又让沦陷区百姓控诉了秦桧卖国投降路线给中原人民带来的惨痛悲剧。值得注意的是，《精忠旗》以前，反映忠奸斗争的历史悲剧和岳飞戏往往看不到人民群众在斗争中的作用。明中叶以后，随着资本主义萌芽，市民队伍不断发展壮大，在政治舞台上显示出强大的力量。明代末年，在东林党与阉党的斗争中，市民阶层曾起过重大的历史作用。生活在这个时期的冯梦龙，目睹了天启六年（1626）苏州市民为救援周顺昌而爆发的"开读之变"，深切了解市民阶层的重大政治力量。因而，在改编《精忠旗》时，重视和表现下层人民在斗争中的作用，是很自然的事情。在反映忠奸斗争的历史悲剧中，描写群众斗争的场面，并把统治阶级内部的斗争和下层人民的斗争在共同的利益基础上有机地结合起来，我们不难看到《精忠旗》对《清忠谱》等作品的影响。

---

① 冯梦龙：《精忠旗》第三折《若水效节》眉批，《墨憨斋定本传奇》上册，中国戏剧出版社 1960 年版。

② 冯梦龙：《精忠旗》，王季思主编《中国十大古典悲剧集》，上海文艺出版社 1982 年版，第 248 页。

③ 同上书，第 248 页。

④ 同上书，第 277 页。

在表现下层人民反抗斗争的同时，作品还以丰富的色调，多侧面地展示了统治阶级内部爱国志士要求抗金，反对投降的斗争，充实了作品的社会内容。在《精忠旗》中，我们可以看到：骂贼效节，焕发着凛然民族正义的李若水；仗义诘奸，敢于和秦桧面对面斗争的韩世忠；"宁为蹈东海，不处小朝廷"①，与投降派势不两立的布衣刘允升；"不曾讲过忠君爱国的套数"②，愤刺秦桧而慷慨就义的殿司小校施全……在他们身上无不体现出抗恶除暴的强烈义愤。

作品通过上述描写表明："尽扫胡尘，把金瓯既重补"③ 的口号，代表着除卖国投降分子以外的广大人民群众的利益，具有广泛、深厚的社会基础。因而，岳飞的悲剧，不仅仅是个人的悲剧，而且是时代的悲剧。

岳飞的抗金主张，作为"历史的必然要求"，为什么在"实际上不可能实现"？对这个问题的回答，其实就是对悲剧成因的探讨。《精忠旗》的作者并没有像以前的岳飞戏那样，把岳飞的悲剧归结为悲剧人物主观上的原因，也没有把岳飞的悲剧写成由于某一个人的迫害，更没有像某些小说那样，把岳飞的悲剧解释成前世恩怨，写成命运悲剧，而是把探索悲剧成因的视野扩展到整个社会，从当时错综复杂的宋金关系，统治阶级内部主战派与投降派之间的关系中去寻求悲剧的社会根源。

和岳飞抗金主张根本对立，"和议"路线首先体现着女真统治者的利益要求。靖康之乱之后，"他（按：指宋朝）举族虽催北辕之惨，敷天尚同左袒之心。"④ 在汉族人民同仇敌忾，决心捍卫自己生存权利而坚决抗御女真统治者的条件下，仅用血和剑的手段征服中原，是困难的。因而，女真统治者在"一面鞠旅陈师"的同时，又"一面通和讲好"，以便"将他金帛年输岁运"⑤，"使他君臣宴息偷安"⑥，从而趁虚而入，"并吞宋室"。于是，兀术决定"使间谍阴逃遁"，纵秦桧南归，令他"力主通和"，"暗中行事"。因此，"和议"实质上是女真统治者"并吞宋室"的

---

① 冯梦龙：《精忠旗》，王季思主编《中国十大古典悲剧集》，上海文艺出版社1982年版，第308页。
② 同上书，第315页。
③ 同上书，第243页。
④ 同上书，第250页。
⑤ 同上。
⑥ 同上。

一种手段。这样,抗金与"和议"之间的矛盾,就不像有的同志说的那样,仅仅是"南宋政权内部出现的两派截然相反的主张",而含有宋和金斗争的内容。归纳全剧的矛盾冲突,不应忽视女真统治者这一方面。

那么,作品是怎样把女真统治者的利益和宋朝内部投降派的利益在客观上统一起来的呢?要回答这个问题,关键的一点,是对秦桧这个形象的认识。笔者认为,作品中的秦桧,实际上是一个内奸加权奸的双料货。

在金邦,秦桧就因"力主通和"而得到女真统治者的青睐和赏识。秦桧南归,是作为一个"间谍"潜入南宋内部主持"和议"的。因而,他"力主通和",首先是代女真统治者建言。有的同志认为:作品写秦桧卖国以报金人之恩,不合人物品性。不错,对身为大地主阶级代表人物,品性恶劣的秦桧来说,卖国当然不仅仅是为了报金人之恩,而且重在获利。作者并没有忽略这一点。在《东窗画柑》中,通过秦桧自己的口供认:"这条计(按:指和议),不但使宋朝倚重,尤能使金主衔恩。上可望石敬瑭,次可效张邦昌,最下亦可常保相位。"①"力主通和",乃是为了从中获利,这就是这个卖国贼的如意算盘!当然,秦桧这个形象是复杂的。他有着效法石敬瑭、张邦昌的奢望,但这种奢望不曾实现之前,他还有"常保相位"和功名富贵的要求。为了达到这一目的,这个内奸在南宋统治集团内部,便以权奸的面目出现在我们的面前。这不仅在于秦桧身上有着专权弄柄、迫害忠良、凶残狠毒、阴险狡诈这些明清传奇中权奸所具有的共同特征,更重要的是,他玩弄手腕,顽固推行的"和议"路线,还在客观上体现着南宋王朝最高统治者赵构和统治集团内部其他投降分子的利益。

在作品中,赵构并没有出场,但从剧中人物的对话和交代中,我们仍然可以朦胧地窥出这个幕后人物的面容轮廓。作为宋朝的最高统治者,他与女真统治者当然有矛盾。为了维护自己的统治,赵构的确曾为支持抗金做过一些表示,但他从来都不是真正的主战派,就是在"钦召御敌"的同时,还"听信"秦桧"力倡和议",并"宠以相位"。随着抗金力量的日益壮大,抗金战争的节节胜利,赵构又有了自己的考虑:一是怕迎回二帝,自己皇位难保;二是怕岳飞力量强大,重演陈桥兵变故事。在《东

---

① 冯梦龙:《精忠旗》,王季思主编《中国十大古典悲剧集》,上海文艺出版社1982年版,第301页。

窗画柑》中，作者借秦桧之口道出了赵构的这一隐衷："我说他（按：指岳飞）曾说自己与太祖俱三十岁除节度使，他肚里便想黄袍加身了，那时陛下求为匹夫且不可得，怎能够像今日罢战休兵，安闲自在？皇上当时嘿然不言，颇颇相信。"① 封建最高统治者的一己之私和多疑善忌，终于把岳飞推向了悲剧的绝境。秦桧之所以能顺利地推行"和议"路线，肆意虐杀忠良，与赵构的支持和默认是分不开的。

在探索悲剧成因的时候，作者还以洗练的笔墨描绘了一幅趋炎附势的群丑图。为了各自的私利，他们甚至置国家利益于不顾，趋奉"和议"，陷害岳飞。在这群丑类中，表现得尤为出色的是张俊。他为了报私恨，取媚秦桧，夺取兵权，竟然勾结王俊，诬陷岳飞，充当秦桧陷害岳飞的带头羊。还值得一提的是万俟卨。据《宋史》本传："岳飞宣抚荆湖，遇卨不以礼，卨憾之。"② 因而借理狱之机以泄私愤。在《精忠旗》中，万俟卨与岳飞并无私恨，他诬陷岳飞，是要"借将他执拗蠢残生，做我权门薄敬"。③ 为了自己直上青云，竟不惜用最卑鄙的手段，"造招""替押"。这就有力地突出了他杀人媚人、趋炎附势的卑劣人格。作品通过对这些丑类的刻画，说明了岳飞的悲剧，也是大地主阶级各自利益要求的必然产物。

二

那么，作为一部悲剧，作品是怎样通过悲剧冲突的发展，把各种复杂的社会势力结合在一起的呢？

"江山满目事成非，好中原陡然间零碎。"④ 汴京失陷，二帝被掳，女真统治者的金戈铁马结束了北宋王朝 167 年的统治。在尖锐激烈的矛盾中，作品的悲剧冲突拉开了序幕。

展现在我们面前的，首先是宋朝内部的腐败图景。军事上，手握兵权的赵野、范讷、曾懋诸道总管，面对女真统治者的屠刀，按兵不动。政治

---

① 冯梦龙：《精忠旗》，王季思主编《中国十大古典悲剧集》，上海文艺出版社 1982 年版，第 301 页。
② 脱脱等：《宋史》卷 474，中华书局 1997 年版，第 13769 页。
③ 冯梦龙：《精忠旗》，王季思主编《中国十大古典悲剧集》，上海文艺出版社 1982 年版，第 291 页。
④ 同上书，第 247 页。

上,"文臣爱钱,武臣惜死"。① 满朝奸佞,"面前媚主,背后忘君"。② 在黑暗的现实之中,有志于拯救民族危亡的爱国志士备受压抑,"眼睁睁吐不得中原气"。在这样的历史环境之下,岳飞挺身而出,刻背明志,决心"尽扫胡尘,把金瓯重补"。③ 接着,作者笔势一荡,把我们的视线引向紧张备战,鞠旅陈师的金营。女真统治者派秦桧南归的同时,以"疾风扫叶"之势驱兵南下,"捣彼中原"。宋金双方,一边是腐朽不堪,气息奄奄;一边是兵强马壮,气势逼人。双方矛盾的尖锐对立,构成一种"黑云压城城欲摧"的紧张局势。

我们知道,岳飞是死在风波亭中,而不是抗金斗争的战场上。离开了统治阶级内部斗争这条线索,单纯以军事斗争形式出现的宋金矛盾,还不足以构成岳飞的悲剧结局。但是,宋金矛盾在整个悲剧冲突中仍然占有举足轻重的地位:宋金矛盾的激化,推动了统治阶级内部斗争的发展,左右着悲剧冲突的进程。第五折《钦召御敌》,岳飞开赴抗金前线,宋金矛盾由剑拔弩张的局势一变而为军事上的短兵相接。第六折《奸党商和》,秦桧南归后窃据相位,勾结万俟卨、罗汝楫、何铸,商讨"和议"措施。随着岳飞出征,秦桧也明显意识到:"此人若在,和议必不可成。"④ 一方面是坚持抗金,一方面是"力主通和",统治阶级内部的政治斗争不可避免地发生了,作品的悲剧冲突也显露出端倪。

随着岳飞在抗金战场上的节节胜利,秦桧在朝廷中的投降活动也不断加剧。一边是"孤军挫敌",一边是"奸相忿捷";一边是"岳侯挫寇",一边是"奸相定谋"。宋金矛盾和统治阶级内部的矛盾,战场上的军事斗争和朝廷中的政治斗争交错进行,推动着悲剧冲突滚滚向前。常州之役,"岳飞四战皆捷";设伏牛头山,又打得兀术丢盔弃甲,望风而逃。岳飞挥师北指,直逼郾城。对岳家军的胜利,秦桧夫妇极为愤怒,"恨乔才恁能,把北兵轻破"⑤,"怕金家有失","空把议来和"。抗金战场的胜利,妨

---

① 冯梦龙:《精忠旗》,王季思主编《中国十大古典悲剧集》,上海文艺出版社 1982 年版,第 245 页。
② 同上。
③ 同上书,第 243 页。
④ 同上书,第 258 页。
⑤ 同上书,第 268 页。

碍了秦桧投降路线的推行。要坚持"和议","除非杀却那无知歪货"。① 和战之间悲剧性的冲突,已经发展到不可调和的地步。

宋金双方军事形势的转化,加速了悲剧冲突发展的进程。在抗金战场上,岳飞凭着他杰出的军事才能和炽热的爱国热情,扭转了军事上的被动局面,掌握了战争的主动权。但是,在南宋统治集团内部的政治斗争中,岳飞则一步步陷入了被迫害的被动境地。一方面,抗金战场的胜利,引起了朝廷中把持大权的投降卖国分子的仇视,加速了对岳飞的迫害步伐。另一方面,岳家军的顽强抵御,使女真统治者在军事上由优势逐渐趋于劣势,为了在"和议"席上得到在战场上难以得到的东西,他们加紧了和南宋统治集团内部投降分子之间的相互勾结,对岳飞进行疯狂的围剿。郾城之战,岳飞大破兀术赖以取胜的铁浮图拐子马,杀得金兵"望风瓦解,认帜魂消"②,几乎就要到"把葫茄调入思归早"③ 的境地了。兀术因此认识到:要"并吞宋室",就必须拔掉岳飞这个眼中钉。于是又打出了"和议"的幌子,嘱书秦桧:"那岳飞呵,祸根苗,定难饶,及早图他方恨消。"④ 秦桧立即表示:"我如今连发金牌一十二道,便著他班师,他若再去进兵,便以抗旨论罪了。"⑤ 作品的悲剧冲突已经发展到白热化程度。

在《金牌伪召》之前,作品并没有正面描写岳飞和投降分子之间的斗争,而是通过战场上和朝廷中前后场景的描写,通过军事形势的转化对统治阶级内部政治斗争的激化,来揭示悲剧冲突以潜在的形式长期酝酿和逐步发展的过程。直到《金牌伪召》,岳飞和秦桧之间才从正面展开第一次交锋,作品的悲剧冲突也随之发展到高潮。正当岳家军驻扎朱仙镇,准备进兵汴京之际,十二道金牌连连飞来,岳飞在军事上取得绝对优势的情况下,终于被迫班师。在悲剧冲突的发展过程中,作品也一步步写出了统治阶级内部的斗争和宋金斗争的必然联系。

岳飞被迫班师,意味着抗金斗争的失败,却不是悲剧冲突的终结。作品虽然明确显示出悲剧结局的必然趋势,但是,班师离被害还有一段不小

---

① 冯梦龙:《精忠旗》,王季思主编《中国十大古典悲剧集》,上海文艺出版社1982年版,第268页。
② 同上书,第281页。
③ 同上书,第269页。
④ 同上书,第271页。
⑤ 同上书,第274页。

的距离。在这段距离中，作品昭示了秦桧为了继续推行"和议"路线，勾结南宋统治集团内部的投降分子对岳飞及其家属和其他爱国志士的迫害，以及岳飞等的反迫害斗争。由于反动势力的强大，悲剧冲突逐渐转入悲剧结局。秦桧明白，只要岳飞还在，"和议"是难以推行的。只有"杀却那畜生，方保和议永久"。① 于是，着手了谋害岳飞的三部曲。第一步，勾结张俊，利用王俊，诬陷岳飞谋反，酿成了《忠臣被逮》。第二步，指使万俟卨，"造招""替押"，伪造罪状。张俊、万俟卨的介入，使悲剧冲突急剧向悲剧结局发展。剩下最后一步就是谋杀岳飞了。然而，要杀害岳飞这样一位威震华夏的名将，即使是独断专横的秦桧，也不能不有所顾虑。作者在《东窗画柑》中，真实地描绘了他这种犹豫不决的心理。但是，这个罪恶的计划却得到了赵构的默认和首肯。《岳侯死狱》的悲剧终于不可避免地发生了。在绝望和悲痛中，我们终于彻底看清了那个幕后人物的本来面目。作品进一步在悲剧冲突的发展过程中，完成了对南宋统治集团内部形形色色的投降分子，互相勾结，陷害岳飞罪行的揭露。

综上所述，《精忠旗》通过岳飞与秦桧，抗金与"和议"之间展开的悲剧冲突，写出了各种社会势力出于各自的利益要求，在和战问题上的不同态度和表现，从而把下层人民的斗争，统治阶级内部的斗争以及宋金矛盾的斗争有机地结合在一起，反映出当时各种尖锐复杂的社会关系，赋予作品悲剧冲突广泛而深厚的社会内容。

较之于其他反映忠奸斗争的历史悲剧和《精忠旗》以前的岳飞戏，作品的悲剧冲突有其鲜明的特点。

一般说来，反映忠奸斗争的历史悲剧描写的是统治阶级内部进步势力和反动势力的斗争，作品通过对前者的褒扬和对后者的批判，在思想上显示了不容否认的积极意义。但就悲剧冲突的广度和深度而论，在中国古典悲剧中，似乎还没有一部作品能像《精忠旗》这样，如此广泛地从各种复杂的社会关系中探索悲剧根源，赋予悲剧冲突如此深厚的社会基础。从岳飞戏的角度来看，杂剧《东窗事犯》和《岳飞精忠》都涉及岳飞和秦桧之间的斗争，这对后来岳飞戏的戏剧冲突是有影响的。但是，《东窗事犯》的重点是写岳飞班师后被害的冤案以及复仇，没有把岳飞和秦桧之

---

① 冯梦龙:《精忠旗》，王季思主编《中国十大古典悲剧集》，上海文艺出版社1982年版，第283页。

间的悲剧冲突贯穿全剧。《岳飞精忠》虽然在第一折中描写了主战派和秦桧之间的斗争，但整个剧本表现的乃是主战派的抗金活动及其胜利，第一折中主战派和秦桧的斗争也不是作为悲剧性的冲突加以处理的。传奇《东窗记》和《精忠记》，故事梗概和思想倾向完全相同。在这两部作品中，秦桧是作为女真统治者的"细作"加以处理的。作品在反映统治阶级内部斗争的同时，也反映了宋金矛盾，这对《精忠旗》的悲剧冲突有很大影响。但是，这两部作品没有充分揭示"和议"路线和女真统治者利益之间的联系。同时，秦桧出场是在岳飞驻兵朱仙镇之后，统治阶级内部斗争展开较晚。较之于《精忠旗》，还少了《逆桧南归》《奸党商和》《群奸构诬》等深刻揭露秦桧和女真统治者以及其他投降分子相互勾结的重要关目，使得作品所反映的统治阶级内部矛盾和宋金矛盾缺乏严密而必要的逻辑联系。另外，这两部作品没有着力表现下层人民的反抗斗争，而且还把赵构打扮成主战派，这就在很大程度上削弱了悲剧冲突的社会内容。因而，在探索悲剧根源的广度，各种社会矛盾联系的密度，悲剧冲突的强度，反映社会生活的深度上，《东窗记》《精忠记》尚难以和《精忠旗》比肩齐观。

三

如果说《精忠旗》的主题，仅仅是歌颂岳飞的抗金爱国，批判秦桧的投降卖国，那么，这个思想对于我们来说并不新鲜。因为自从岳飞故事的历史题材产生以来，古今作家笔下的文学作品，以及这个历史题材本身，无不包含了这个内容。我们的兴趣在于：探索《精忠旗》的作者除了继承这个传统的进步思想之外，较之于他们的前辈，还给这个家喻户晓的历史故事，提供了什么新的东西。

作为一部悲剧，《精忠旗》不但表现和歌颂了美，更重要的是，表现出美的毁灭及其过程。围绕着岳飞和秦桧，主战和"和议"之间的悲剧冲突，《精忠旗》着重描写的是：岳飞和其他爱国志士为了坚持正义事业如何受迫害，以及女真统治者和宋朝内部各种投降卖国分子怎样对岳飞和其他爱国志士残加迫害。在作品中，岳飞始终处于被迫害的地位。《金牌伪召》之前，岳飞在军事斗争中虽然取得了一连串胜利，但在政治斗争中，则一直处于被迫害地位。《金牌伪召》之后，岳飞和其他爱国志士虽然对投降分子的迫害进行了一系列坚贞不屈的反抗斗争，但是，悲剧结局的必然趋势并没有因为他们的反抗而改变发展方向，岳飞等仍然处于被迫害的被动地位。这样，抗金，迫害，反迫害，被迫害直至悲剧结局，构成了作品悲剧冲突发展的基本线索。作者以浓墨重彩热情歌颂了以岳飞为首的主战派和下层人民坚决抵御金朝压迫，反对投降卖国行径的爱国主义斗争的同时，还着力揭示了爱国志士受压抑、英雄遭迫害、正义势力被毁灭这样一个残酷的现实，从而把批判的矛头对准了女真统治者和宋朝内部形形色色的投降卖国分子，寄寓了作者对明末黑暗现实的极大愤懑。

　　作为作者对社会生活认识和评价的结果，文学作品的主题，不可能不受作者所生活的历史时代的影响。《精忠旗》以前的作者，在以岳飞故事为题材的戏曲创作中，虽然都歌颂了岳飞抗金卫国，批判秦桧投降卖国，但在不同的时代，又分别用时代的色彩，去点染自己作品的主题。元代社会，是一个民族矛盾空前尖锐的时代，产生在这个时期的《东窗事犯》和《岳飞精忠》，都在不同程度上反映了汉族人民的民族感情。所不同的是，前者通过风波亭冤狱的再现和对秦桧投降罪行的揭露，在惋惜和批判中，表达了生活在压迫之下的汉族人民的"亡国之恨"和对英雄的缅怀，以激发人们的感情。而后者则是通过岳飞等冲破投降派的阻挠，取得抗金胜利的事实，在歌颂和鞭挞中，寄托着深受外族奴役的人民群众，推翻统治者的压迫，向往斗争胜利的理想，以获得感情上的慰藉。入明之后，随着统治阶级对程朱理学的大力提倡，戏曲史上也出现了一股"以时文为南曲"的逆流。《香囊记》《五伦全备记》的出现，把这股逆流推上了顶峰。在这股逆流冲击下而产生的《东窗记》《精忠记》，在沿袭了歌颂爱国，批判投降这个与生俱来的思想的同时，又把宣扬子孝臣忠，强调到了过分的地步。较之于上述岳飞戏，《精忠旗》的作者为作品注入了一剂新鲜的血液，使作品的主题具有鲜明的时代特征，散发出浓郁的时代气息。

　　作者所生活的晚明，正是一个血雨腥风、黑色恐怖的时代，魏忠贤的阉党专政，把明代的黑暗政治推上了顶峰。权奸执柄，忠良被害，群小逞凶，清流罹难，是明末黑暗现实的一个突出表现。

　　悲剧时代造就了悲剧作品。历史剧既是历史生活的写照，也是现实生活的折光反映。《精忠旗》的出现，与明代末年统治阶级内部的斗争有着极为密切的关系。生活在明末的冯梦龙，和熊廷弼以及文震孟、姚希孟等东林党人有着密切的交往和深厚的友谊，在东林党和阉党的斗争中，毫不犹豫地站到了东林党的一边，表现出鲜明的政治态度和坚定的政治立场。在《代人赠陈吴县入觐序》一文中，冯梦龙较为详细地记载了天启六年（1626）苏州"开读之变"前后东林党人受迫害的事实，对周顺昌刚直耿介的士大夫气节和嫉恶如仇的斗争精神予以高度的评价和热情的颂扬，对"逆珰权焰，如汉黄雾四塞天下……士大夫饮食言笑，将催、罪案"① 的黑暗政治表现出极大的愤慨。目睹了东林党人惨遭屠戮，正义势力被摧残的惨痛事实，作者在第一折《家门大意》中高声疾呼："不忍精忠冤到底"②，"为他聊出英雄气"③。第十七折《群奸构诬》，冯梦龙在眉批中说："小人见君子义合，只说趋奉。犹今排挤正人，便说朋党。"④ 借题发挥，把批判的矛头直指阉党。第三十七折《尾声》，作者公开宣称："贤奸今古芳臭同，愤慈心头借笔头，好教千古忠臣开笑口。"⑤《精忠旗》的创作意图，在于"借他人之酒杯，浇自己之块垒"，运用历史上这个人所共知的题材，折光地反映明末的黑暗现实，在歌颂和挞伐中，寄托作者对当时腐朽政治的愤懑之气。

"缘何忠义难伸志，伸得志偏生忠义无！"⑥《精忠旗》反映的就是这样一个邪恶逞凶肆虐，正义备受压抑的悲剧时代。在这卷时代的画幅中，我们从"尽忠报国"，坚贞不屈而又郁郁不得其志的岳飞身上，可以看到明末爱国志士和东林党人的英姿，从下层人民要求坚持抗金，反对投降卖国那慷慨激越的抗议声中，我们似乎领略到"开读之变"中市民斗争的风潮；从秦桧凶残暴虐，独断专横的言行中，我们可以看到魏忠贤恐怖的幽灵，从趋炎附势，杀人媚人的势利小人万俟卨、张俊身上，我们还可以看到"五虎""五彪""十狗""十孩儿""四十孙"们的阴魂……杰出的史剧作家也是时代的画师，优秀的史剧作品总是时代的镜

---

① 冯梦龙：《代人赠陈吴县入觐序》，冯梦龙著，橘君辑注《冯梦龙诗文初编》，海峡文艺出版社 1985 年版，第 162 页。

② 冯梦龙：《精忠旗》，王季思主编《中国十大古典悲剧集》，上海文艺出版社 1982 年版，第 243 页。

③ 同上。

④ 冯梦龙：《精忠旗》第十七折《群奸构诬》眉批，《墨憨斋定本传奇》上册，中国戏剧出版社 1960 年版。

⑤ 冯梦龙：《精忠旗》，王季思主编《中国十大古典悲剧集》，上海文艺出版社 1982 年版，第 338 页。

⑥ 同上书，第 247 页。

子。《精忠旗》不仅真实地反映了历史生活，同时又赋予它的主题以新的生命和现实意义。

《精忠旗》的主题奠定了它在中国戏曲史上的地位。明末清初的戏曲舞台，形式主义之风大盛。以"追欢买笑"为目的的才子佳人戏大量涌现。不少传奇作品，情节上片面追求离奇巧合，语言上过分讲究典雅华丽，内容上则空乏贫瘠。《精忠旗》的出现，在一片"燕子""春灯"的靡靡之音中奏响了一曲高亢雄壮的悲歌，和稍稍晚出的《清忠谱》，在明末的戏曲舞台上交相辉映，各呈异彩，给日趋衰落的传奇舞台带来一片新的生机，并直接影响到《桃花扇》的出现。

（原载《湖北大学学报》1987年第2期，
人大复印报刊资料《中国古代、近代文学研究》1987年第6期转载）

试论岳飞的悲剧性格
——《精忠旗》悲剧特征研究之二

作为一部优秀的历史悲剧，《精忠旗》的出现，有着深刻的历史根源和文学根源。从岳飞戏发展的历史来看，《精忠旗》之前，元代杂剧有《东窗事犯》《岳飞精忠》，明代传奇有《东窗记》《精忠记》。就反映忠奸斗争的历史悲剧而论，明代传奇主要有《八义记》《鸣凤记》，清代传奇有《清忠谱》《桃花扇》等作品。在这篇文章中，笔者打算把《精忠旗》置于明末这个特定的历史环境中，在岳飞戏和反映忠奸斗争的历史悲剧的范围内，来探讨岳飞的悲剧性格，以期说明这部作品悲剧特征的某些方面。

一

悲剧之所以能唤起人们悲剧性的审美情感，悲剧人物的痛苦或毁灭之所以能引起人们的悲哀和同情而产生悲剧效果，其基本原因在于：悲剧人物具有这样或那样的正面素质。在英雄悲剧中，作为悲剧人物正面素质的一个方面，崇高和悲剧是一对形影不离的孪生姐妹。鲁迅先生说："悲剧将人生的有价值的东西毁灭给人看。"① 车尔尼雪夫斯基也说:"悲剧是人的伟大的痛苦,或者伟大人物的灭亡。"② 这里,"人生的有价值的东西"和"人的伟大"等悲剧人物必须具备的正面素质,无不包含着崇高的内容。关于崇高的内容,车尔尼雪夫斯基曾经概括地说:"要是一个人的全部人格,全部生活都奉献给一种道德追求,要是他拥有这样的力量……那我们在这个人的身上就看到崇高的善。"③ 依据我们的理解,所谓崇高,就是以有力的形式所表现出来的、具有丰富而充实内容的美和善。《精忠旗》中的岳飞正是这样一位具有崇高美德的悲剧英雄。他把他的全部人格和全部生活都无私地奉献给反抗外来压迫,捍卫自身生存权力,反对投降卖国,维护民族尊严的正义事业。作为一部悲剧,《精忠旗》的一个突出成就,是把岳飞置于广阔的历史环境和复杂的社会关系中,通过尖锐激烈的矛盾冲突,有力地突出了他的爱国主义崇高美。

首先,作品通过岳飞和险恶的历史环境之间的冲突,突出地表现了岳飞"只想匡扶社稷,不思明哲保身"④,在黑暗现实面前,敢于向命运挑战的崇高品质。岳飞出场,是在一个"泼天云雾,密匝的围断英雄生路"⑤ 的悲剧时代。汴京失守,强敌凭凌,国家正处在一个生死存亡的紧急关头。而宋朝内部则是权奸执柄,正义难伸,"满朝奸佞,谁容你尽力驱驰?"⑥ 在这样一个险恶的历史环境之中,岳飞"捐躯边野",抗金卫国,本身就显示出"多败少成"的必然趋势。但是,真正的悲剧英雄总是"明知山有虎,偏向虎山行"。为了正义的事业,决不因为自己的行动将导致自己陷入不利处境而在命运面前就此却步。岳飞爱国主义的崇高美正表现在这里。他明明知道"成和败他年未卜",还是要"尽了人谋方可言天数"。为了匡扶社稷,挽救颠危,在险恶的历史环境面前,不顾个人安危,叫张宪在背上深深刻下了"尽忠报国"四个大字,并坚定表示:

---

① 鲁迅:《再论雷峰塔的倒掉》,《鲁迅全集》第 1 卷,人民文学出版社 1981 年版,第 192—193 页。

② 车尔尼雪夫斯基:《论崇高与滑稽》,辛未艾译《车尔尼雪夫斯基论文学》中卷,上海译文出版社 1979 年版,第 86 页。

③ 同上书,第 56—57 页。

④ 冯梦龙:《精忠旗》,王季思主编《中国十大古典悲剧集》,上海文艺出版社 1982 年版,第 246 页。

⑤ 同上书,第 243 页。

⑥ 同上书,第 246 页。

"如今金人攻陷京师,二帝都被他拘留,难道我与他干休不成!"① 在历史上,岳母刺字主要强调的是岳母教子以忠,作品把岳母刺字改成"岳侯涅背",就有力地突出了岳飞捐躯边野,收复国土,迎回二帝的宏图大志和对"为臣子者,都则面前媚主,背后忘君"② 的腐朽政治的强烈抗议。

其次,在和秦桧为首的投降卖国分子的斗争中,岳飞不计个人和家庭得失,以国家利益为重的崇高美德也得到充分表现。秦桧南归之后,"力倡和议",因而得到赵构的信任,"宠以相位"。岳飞清醒地认识到"眼见得大功不遂",但是,对国家的强烈责任感又使他"壮志难灰"。为了国家的利益,岳飞没有屈从于黑暗势力,决心和投降派斗争到底:"将倾之厦,虽非独木能撑;已落之晖,尚有一戈可挽。……[恨介]我岳飞一息尚在,决不与此贼共戴天!"③ 知其不可为而为之,为了挽救国家命运,宁可做一根撑起将倾之厦的独木,而决不愿意选择一条保全自己的妥协道路!即使在"忠臣被逮",和家人生离死别之际,面临着妻子和女儿牵衣痛哭,"家俱破,人已危"的悲惨情景,岳飞想到的仅仅是"怕只怕国事从今不可为"。④ 岳夫人要他"分付家人辈,倩谁搭救伊?"反而遭到岳飞的责备:"那见男儿和你一般见识。"⑤ 这似乎不近人情的责备,正好体现了悲剧英雄念在社稷、无私无畏、临危不惧的英雄气概。冯梦龙在《墨憨斋定本传奇·精忠旗》的这一情节边情不自禁地批点道:"到底只以国事为念"⑥,是抓住了岳飞性格特征的。

念在社稷,忧在民生,无私无畏,是岳飞和其他岳飞忠奸斗争历史悲剧中悲剧英雄的共同特征。所不同的是,岳飞的爱国行动,突破了封建名利观的支配,这是岳飞爱国主义崇高美的一个显著特点。在以封建性的生产方式为基础的封建社会,私有制观念往往制约着人们的行动。中国古代,不少进步官吏在反对外族统治者侵略,反对封建集团内部落后势力的

---

① 冯梦龙:《精忠旗》,王季思主编《中国十大古典悲剧集》,上海文艺出版社1982年版,第245页。

② 同上。
③ 同上书,第253页。
④ 同上书,第288页。
⑤ 同上。
⑥ 冯梦龙:《精忠旗》第十八折《忠臣被逮》眉批,《墨憨斋定本传奇》上册,中国戏剧出版社1960年版。

斗争中起到了不容低估的进步作用。但是，他们的行动，又常常和封建名利观有着密切的联系，"名标青史""形图麟阁""封侯受职"，往往是他们进步行动的动因之一。虽然这种名利观在客观上激励着一些进步人士做了不少利国利民的事，在历史上起过一些进步作用。但它毕竟是封建私有制生产方式的产物，通常是封建帝王为维护和巩固自己的统治而用以笼络臣僚的工具。作为生活体现的明清传奇，反映忠奸斗争历史悲剧中的悲剧英雄们，也往往摆脱不了这种名利观的支配。《八义记》中的公孙杵臼，"拼死一命"，以救赵孤，是为了"万古留名"。《鸣凤记》中杨继盛挑灯写本，也是"本待要名标青史"。《清忠谱》中的周顺昌反对魏阉的动因之一，也在于"但博个李杜齐名，我志始成"。[①] 在《精忠记》中，作者虽然高度肯定并热情歌颂了岳飞的抗金卫国行动，但又把"指望封侯受显职"，"列土封侯，受君恩贶，图象麒麟万古扬"[②]，作为岳飞抗金卫国的动因之一，在很大程度上降低了岳飞爱国主义崇高美的价值，削弱了作品的悲剧效果。"斩除顽恶还车驾，不问登坛万户侯。"[③] 较之于其他悲剧英雄，《精忠旗》中的岳飞抗金卫国，不是为了猎取功名富贵，而是为了维护国家利益和尊严。正如岳飞在《狱中哭帝》中所说："我岳飞自主辱国蹙以来，只要向前厮杀，岂图貌画麒麟？"[④] 作者通过这些描写，赋予岳飞爱国主义崇高美更高的美学价值，在舞台上为人们树立起一个较之于其他悲剧英雄更高大完美的艺术形象。因而，岳飞的悲剧，更能唤起人们的悲哀和同情，产生更强烈的悲剧效果。

二

爱国主义作为一种道德观念是一定社会经济基础的反映，在不同的时代有不同的内容。既然岳飞悲剧性格的突出特点在于爱国主义崇高美，那么，岳飞爱国主义的内容如何？作者怎样处理忠君和爱国之间的关系？这是评价岳飞形象难以回避的问题。《精忠旗》在岳飞形象塑造上的另一个

---

① 李玉：《清忠谱》，王季思主编《中国十大古典悲剧集》，上海文艺出版社1982年版，第530页。
② 无名氏：《精忠记》，毛晋编《六十种曲》第2册，中华书局1958年版，第37页。
③ 冯梦龙：《精忠旗》，王季思主编《中国十大古典悲剧集》，上海文艺出版社1982年版，第260页。
④ 同上书，第299页。

成功之处，是通过岳飞内心世界忠君与爱民、忠君与爱国之间矛盾的描写，根据人物性格逻辑，在情节发展的过程中，突出了岳飞爱民、爱国的一面，削弱了他身上的忠君思想。

当金兵再度南侵之际，为了保住皇位，赵构一度倾向抗金。岳飞常州"四战皆捷"，赵构也曾赐精忠旗，表彰他"义勇可嘉"。对于赵构的鼓励，岳飞的确有些感恩："英雄千丈空高，精忠两字何由效。"① 在赵构支持抗金的前提下，忠君和爱国的关系在一定程度上能够统一。因为赵构的抗金要求在体现了自身利益的同时，在客观上也体现了国家利益。但是，当抗金取得初步胜利，保住皇位的目的暂时达到之后，赵构由倾向抗金转而支持"和议"。这样，忠君和爱国之间的矛盾就不可避免地发生了。如果要忠君，就必须无条件地服从赵构的投降路线；如果要爱国，就得和投降路线针锋相对，坚持抗金。第十五折《金牌伪召》，围绕着班师还是抗金，作者以细腻的笔调，描写了岳飞内心世界忠君与爱民、忠君与爱国之间的矛盾。

首先，作品揭示了忠君与爱国之间的矛盾。人民利益和投降路线之间存在着根本的对立。如果遵旨班师，就势必会置百姓于不顾，这种情况下，岳飞心中的矛盾斗争非常激烈："这壁厢呵，痛苦人民泪；那壁呵，飞来诏旨忙。"② 虽然，岳飞还不能完全摆脱忠君观念的支配，但在思想感情上，却更倾向于爱民。直到被迫班师，岳飞想到的仍然是人民的痛苦和安危："我的此身何足恤？任穹苍！只你每呵，怎下得赤子肉，填虎狼！"③ 为了使老百姓免遭毒手，下令延期五天班师，"等父老妇女束装随随去，庶免陷入贼手"。④ 表现出对人民强烈的责任感。作者在这里不但深刻揭示了忠君和爱民的根本对立，而且高度肯定了岳飞爱民的一面，赋予岳飞爱国主义崇高美以积极的内容，为了这个悲剧英雄添上了大放异彩的一笔。

其次，作品还揭示了忠于赵构和"迎回二圣"之间的矛盾。在《精忠旗》以前的岳飞戏中，作者强调的是岳飞对赵构的忠。与以往的岳飞

---

① 冯梦龙：《精忠旗》，王季思主编《中国十大古典悲剧集》，上海文艺出版社1982年版，第266页。
② 同上书，第280页。
③ 同上书，第278页。
④ 同上书，第279页。

戏不同，《精忠旗》的作者在用以概括全剧内容的第一折下场诗中说："岳少保赤心迎二圣"①，强调的是岳飞对二帝的忠。这样，"迎回二圣"，就必须抵制班师诏令，坚持抗金。朝廷发下第一道金牌，岳飞断然表示："愁绝纶音忽降，凭义胆，报君王，将热血，洒疆场！"② 抗金决心非常坚定。三、四道金牌下来时，岳飞也表示："我亦不愿回朝，要在此杀贼，无奈朝廷金牌下来。"③ 虽然对朝命有些无可奈何，但在赵构和二帝之间，仍然站在二帝一边。在《金牌伪召》以后的情节，如《狱中哭帝》《岳侯死狱》中，岳飞的忠君思想，主要表现为对二帝的忠。

笔者认为，较之于对赵构的忠，岳飞"迎回二圣"的要求，有着更为积极的内容。第一"迎回二圣"和维护国家尊严是一致的。在中央集权制的封建社会，作为最高统治者的国君，是封建国家尊严的最高象征。在以汉族为主体的宋朝，一国之君被掳，对于国家来说，毕竟是一种耻辱。因而，"迎回二圣"和"纾国耻"是联系在一起的。它除了忠君思想之外，还包含着维护宋朝尊严的积极内容。第二，"迎回二圣"和坚持抗金、收复失地是一致的。只有坚持抗金，打败女真统治者，"恢复旧神州"，"迎回二圣"的夙愿才有可能成为现实。第三，"迎回二圣"和反对投降是一致的。中国历史上往往有这样的情况：臣子通过对前代皇帝的哀悼和缅怀，以寄托对当朝皇帝的不满。在《金牌伪召》中，岳飞大哭二帝，作者借使臣之口说："老先儿开口就说二帝。……只怕圣怒不测，悔之晚矣。"④ "开口就说二帝"，会导致"圣怒不测"。因为对二帝的缅怀，其结果，必然是对赵构的投降路线的否定。"迎回二圣"的口号，实际上是岳飞反对投降路线的有力武器。因而，岳飞"迎回二圣"的要求，虽然也是忠于二帝的体现，但在很大程度上，则是用忠君的消极形式，表现了爱国主义的积极内容。

作品的意义并不仅仅在于真实地描写出忠君和爱国之间的矛盾。难能可贵的是，作者在处理忠君和爱国关系的时候，让岳飞把人民、二帝利益置于赵构的利益之上，把爱国先于忠君。正因为在人民、二帝和赵构之

---

① 冯梦龙：《精忠旗》，王季思主编《中国十大古典悲剧集》，上海文艺出版社1982年版，第243页。
② 同上书，第276页。
③ 同上书，第277页。
④ 同上书，第278—279页。

间，岳飞选择了前二者，所以，在《金牌伪召》中，才敢屡屡"违旨"，坚持抗金。第一道金牌召令岳飞："即日班师"。岳飞质问使臣："请问天使大人，贼势方张，下官连战俱胜，飞报朝廷去了。汴京计日可复，使当奉迎二帝还朝，如何忽有班师之说？"① 为了收复汴京，迎回二帝，竟敢对圣旨提出大胆质疑。当三、四道金牌下来之际，正遇"兀术领残兵复来交战"，岳飞对使臣说："非是下官有违圣旨，只是贼势逼近。"② 不顾使臣阻拦，毅然出战：为了抗金卫国，竟然"有违圣旨"！当然，岳飞毕竟还是班师了。但是，岳飞班师并不是心甘情愿地服从圣旨，而是迫于失去继续抗金的军事条件。"韩世忠、刘奇等俱已班师"③，使岳飞在军事上处于"孤掌难鸣"的被动局面。如果继续北伐，势必造成孤军深入的危境，其后果是可想而知的。为了保存抗金力量，岳飞才不得不回军，以使"待回朝面圣疏君王"④，"另图再举"。在《金牌伪召》中，作者极力而细致地描写了岳飞班师的迫不得已，削弱了岳飞身上的忠君思想，突出了爱国主义的崇高美。

　　从奉旨出征，违旨出战，直到被迫班师，作品有力地突出了岳飞爱国主义先于忠君的进步思想，这在文学史上有着不应低估的意义。明清时代，封建统治者为了维护其摇摇欲坠的统治地位，在君臣关系上提出了"君要臣死，臣不死不忠"的道德箴言，要求臣子无条件地服从国君。这给戏曲创作造成了不良影响。在反映忠奸斗争的历史悲剧中，有相当数量的作品在歌颂悲剧英雄忧国忧民、抗恶除暴等优秀品质的同时，又在他们头上套上了五彩斑斓的愚忠光环。如《精忠记》中的岳飞，在抗金卫国，反对投降方面，体现了积极倾向。但在《班师》一出中，朝廷金牌一下，岳飞立即要"收拾人马回京"。⑤ 岳云、张宪一再要求"收复汴京，迎二圣还朝"。⑥ 岳飞却说："朝廷之命，岂容迟得。"⑦ 把岳飞写成一个头脑

---

　　① 冯梦龙：《精忠旗》，王季思主编《中国十大古典悲剧集》，上海文艺出版社1982年版，第276页。
　　② 同上书，第276页。
　　③ 同上书，第278页。
　　④ 同上书，第281页。
　　⑤ 无名氏：《精忠记》，毛晋编《六十种曲》第2册，中华书局1958年版，第27页。
　　⑥ 无名氏：《精忠记》，毛晋编《六十种曲》第2册，中华书局1958年版，第28页。
　　⑦ 同上。

简单，唯朝命是从的愚忠典型。《清忠谱》中的周顺昌无疑是一个成功的士大夫典型，但也不能摆脱愚忠思想的支配。明明知道魏忠贤假传圣旨，加害于他，还是高唱着"但闻呼即赴，君命难违"的迂阔教条，任人宰割。《精忠旗》的作者在塑造岳飞形象时，正确处理了忠君和爱国的关系，把以往岳飞戏和统治者涂抹在岳飞脸上的愚忠油彩一洗殆尽，打破了"君要臣死，臣不死不忠"的愚忠教条，这在当时不能不是一种惊世骇俗之举！正因为如此，岳飞的形象，较之于其他悲剧英雄，显得更加丰富饱满，光彩夺目，其崇高美具有更加积极的内容。

三

崇高是悲剧英雄必须具备的正面素质，但是，具备了这种素质的人物却并不一定都是悲剧英雄。只有崇高构成了正面人物的痛苦或毁灭时，才能成为悲剧性格。一方面，岳飞身上展现着强烈的爱国主义崇高美，同时，封建社会的黑暗现实又完全剥夺了这种美存在的有限空间。这样，爱国主义的崇高美和决不容许这种美丝毫存在的黑暗现实之间不可调和的矛盾，决定着岳飞的悲剧结局，使岳飞的性格呈现出时代压抑性的悲剧特征。正像主人公出场劈头一句所唱的那样："泼天云雾，密匝的围断英雄生路。"[①] 岳飞是一个英雄，但更重要的是，"围断英雄生路"的历史环境在他身上染上了一层悲剧色彩，决定着他只可能是一个悲剧式的英雄。

在险恶的历史环境之中，英雄不得其志，正义难以伸张，是岳飞身上时代压抑性的突出表现。《精忠旗》中的岳飞，"素负左氏传癖""好谈孙武兵符"，是一位"素晓韬铃"、深明大义的文武全才。他有着"捐躯边野""尽扫胡房"的雄心大志。按理说，在国家多事之秋，像岳飞这样一位文武全才，是可以施展抱负而大有作为的。但是，他"气节逼人"，"不合时宜"，刚直耿介的性格和凛然正气的节操为险恶的环境所不容。在黑暗的现实面前，这位英雄"身肮脏，志飘零"。刚出场时，只在宗泽部下做一名小小的秉义郎，沉郁下僚，郁郁不得其志。尽管如此，岳飞仍

[①] 冯梦龙：《精忠旗》，王季思主编《中国十大古典悲剧集》，上海文艺出版社 1982 年版，第 243 页。

然希望有朝一日能"会当水击三千里,背负青天看怒鹏"。① 汴京失陷之后,他矢志报国,积极请战,准备辅佐宗泽,兴兵抗敌。但是,正当这只怒鹏打算振翅高飞,杀向抗金战场的时候,黑暗的现实却紧紧地缚住了他的翅膀。由于落后势力的层层阻挠,宗泽无人相助,难以进兵。任凭女真统治者的铁骑践踏中原沃土,中原百姓流离道途,"眼睁睁吐不得中原气"。② 满腔爱国热情不为人理解,强烈的抗金志向不能得以施展。面对黑暗现实,悲剧英雄只能慷慨悲歌,质问苍穹:"缘何忠义难伸志,伸得志的偏生忠义无!"③ 从这沉郁愤激的质问中,我们不难看到,英雄不得志,正义难以伸张的压抑又是多么重深!"无权有志苦难伸",正是这个时期岳飞悲剧性格的写照。

《武穆精忠传》以及后来小说中的岳飞,其结局虽然也是悲剧性的,但就其性格的主要基调而论,基本上还是一个传奇式的英雄。他卓越的军事才能和高强精湛的武艺,曾经引起我们由衷的赞叹和浓厚的兴趣;"潜避铁浮陀""大闹朱仙镇"等富有传奇色彩的情节,给我们留下了难以忘怀的印象;抗金斗争的暂时胜利,给我们带来过慰藉和喜悦。《精忠旗》中的岳飞则完全是一个悲剧式的英雄。作者虽然也描写了他在战场上的军事斗争,但着力表现的,并不是岳飞的军事才能和高强武艺,而是岳飞强烈的抗金卫国愿望,以及在各种黑暗势力的阻挠下,这个愿望不能实现给岳飞内心世界造成的沉重压抑。赵构即位之后,岳飞"有佐命之勋,累拜武胜定国军节度使。开府仪同三司、充河北两路宣抚使,武昌郡开国公"。④ 但是,加官晋爵,并没有给岳飞带来丝毫的欣慰,反而增强了他对国家的责任感。"社稷倾危""胡虏纵横",内忧外患的恶劣现实,仍然使悲剧英雄忧心忡忡。即使在取得抗战暂时胜利的情况下,岳飞性格的压抑性也非常深重。在战场上,岳飞身先士卒,浴血奋战,取得了一连串的军事胜利,但换来的不是成功的喜悦和朝廷的支持,而是女真统治者的仇恨、投降分子的愤恨和赵构的猜忌。岳飞在军事上取得的胜利越大,遭受的迫害反而越重。"寒烟一缕随线长,对陵京转添惆怅。虽然暂喜边尘

---

① 冯梦龙:《精忠旗》,王季思主编《中国十大古典悲剧集》,上海文艺出版社1982年版,第243页。

② 同上书,第248页。

③ 同上书,第247页。

④ 同上书,第253页。

荡，只是二帝呵未还京，望燕云尚有千重障。"① 由于反动势力的内外高压，收复国土、迎回二帝困难重重，边塞诗人笔下雄奇壮丽的疆场风物在悲剧英雄眼中却显得那样惆怅悲怆。《金牌伪召》，岳飞性格的压抑性发展到高峰。十二道金牌，像十二股恶浪，一浪高过一浪，一浪凶似一浪，岳飞终于被迫班师。"大丈夫一片忠肠，奈中朝秦头掩光。按吴钩尚吐芒，忆遥天一雁翔。"② 一片忠肠，不能报效国家；吴钩吐芒，不得厮杀疆场；眼看"十年之功，废于一旦"。这对一个叱咤风云、勇往直前的英雄人物来说，不能不是一种悲剧。

"悲剧是人的伟大的痛苦"。岳飞身上的压抑性，是爱国主义崇高美遭到黑暗现实扼杀的产物。从这种以压抑的形式所表现出来的痛苦中，我们进一步看到了岳飞身上的美以及各种黑暗势力对这种美的残酷摧残。爱国主义的崇高美和深沉的时代压抑性，构成了岳飞性格慷慨惆怅的悲壮基调。岳飞形象的悲剧美学意义也在这里得到充分的体现。在《精忠记》中，在秦桧出场在岳飞"胜敌"之后的第九出，在这之前，作品没有着力描写历史环境的险恶性以及岳飞和黑暗现实之间的冲突，从第二出《赏春》到第八出《胜敌》，岳飞一直处于顺境之中，岳飞出场时，作者笔下的历史环境是"家国安宁，开筵正好欢会"③ 的雍熙升平景象。岳飞大破金兀术，"扎住朱仙镇"，作品点缀的也是"笑吟吟齐唱凯歌回"④的喜庆气氛。在岳飞身上，我们看不出有什么压抑性。第十二出《班师》，圣旨一下，岳飞稍作稽迟，就"分付掌号。班师便了"。⑤ 其压抑性表现得也不明显。因而，较之于《精忠记》，《精忠旗》把岳飞的悲剧形象升华到一个更高的艺术境界，具有更丰富的美学内容。

四

真正的悲剧英雄绝不是逆来顺受，屈从于命运摆布的羔羊。在黑暗的现实和强大的反动势力面前，他们不是就此却步，畏缩不前，而是临危不

---

① 冯梦龙：《精忠旗》，王季思主编《中国十大古典悲剧集》，上海文艺出版社1982年版，第275页。
② 同上书，第280页。
③ 无名氏：《精忠记》，毛晋编《六十种曲》第2册，中华书局1958年版，第3页。
④ 同上书，第18页。
⑤ 同上书，第28页。

惧，宁死不屈，奋起抗争，直到流尽最后一滴鲜血。作为一个悲剧英雄，岳飞性格还表现在他为国家利益，在对各种黑暗势力的反迫害斗争中所体现出来的崇高的气节和强烈的反抗精神。因而，反抗性是岳飞悲剧性格的又一明显特征。

如果说，《金牌伪召》之前，岳飞的反抗精神主要体现在金戈铁马的战场上。那么，《金牌伪召》之后，岳飞的反抗精神则表现为入狱后对各种投降势力的反迫害斗争中，在《万俟造招》《狱中哭帝》《岳侯死狱》乃至于《湖中遇鬼》《阴府讯奸》中，岳飞的反抗精神都得到充分的体现。

在《精忠记》中，作者虽然也描写了岳飞的抗金及其和投降派的斗争。但是《班师》之后的《严刑》《赴难》《同尽》等出戏中，突出了岳飞的愚忠思想，在很大程度上削弱了岳飞的反抗性。《严刑》中，为了保全"父子忠孝名节"，岳飞不但自己愿意屈招，而且还写信回招领兵驻扎在朱仙镇上的岳云、张宪，"一同受罪"。《同尽》中，岳飞直到临刑之际，还担心"两个孩儿知道，犹恐有变"①，竟然哄骗岳云、张宪首先就缚，训之以"自古忠臣不怕死，怕死不忠臣"的愚忠教条，同尽于风波亭上。把岳飞写成一个逆来顺受的愚忠标本。显然，刚直耿介、宁折不弯的岳飞不可能是这样一个任人宰割的懦夫。坚持正义，疾恶如仇的精神决定着他对投降分子的迫害要做顽强的抗争。根据人物性格发展的逻辑，《精忠旗》摒弃了《精忠记》中表现岳飞逆来顺受的情节和细节，突出了岳飞的反抗精神。

岳飞的反抗性，首先表现为对投降分子的迫害进行了不屈的反迫害斗争。《万俟造招》中，对万俟卨的诬陷，岳飞予以严正的驳斥："我身上只有尽忠报国四字，不忠的事，怎么肯做？"② 并进一步揭露了投降分子诬陷他的阴谋："要把妖氛尽扫，是我真罪名。"③ 其次，岳飞的反抗性还表现为对"和议"路线的尖锐批判。《狱中哭帝》中，岳飞念念不忘国仇君耻，揭露了"和议"带来的恶果："当日举朝力主割地请和之议，只道

---

① 无名氏：《精忠记》，毛晋编《六十种曲》第2册，中华书局1958年版，第59页。
② 冯梦龙：《精忠旗》，王季思主编《中国十大古典悲剧集》，上海文艺出版社1982年版，第292页。
③ 同上。

和议一成，遂无他患。不想谩言都是假，敌情多谎诈。便做道江左愿偏安，那亲仇怎罢？"① 对投降分子苟且偷安，醉生梦死，而置国家利益于不顾的罪行予以强烈控诉。就是在生命的最后一息，岳飞还对赵构进行了直接的批评："叹你马角未生，良栋先催。主上呵，终是陆沉神州。"② 这深沉的哀怨、沉痛的叹息，仍然包含着岳飞对赵构支持"和议"，自毁长城行为的怨恨。

在《湖中遇鬼》《阴府讯奸》中，作品用浪漫主义手法，继续描写了岳飞在冥世中的反抗斗争。这种艺术处理在戏曲史上是有积极意义的。悲剧人物被害后，把复仇的希望寄托在皇帝和清官身上，是古典悲剧中常见的现象。《清忠谱》虽然歌颂了周顺昌生前的反抗精神，但在《魂遇》一折中，又让冥中的周顺昌挡住了前往北京复仇的颜佩伟等的鬼魂，把报冤的希望寄托在皇帝身上，磨去了悲剧英雄斗争的锋芒。更有甚者，《精忠记》竟然由韩世忠上书，赵构主持平反岳飞冤狱。为了美化赵构，竟不惜歪曲历史事实。《东窗事犯》是岳飞戏中一个较为成功的剧本，但在复仇关目的处理上，仍然显得软弱无力。第三折写岳飞的鬼魂"求陛下索趁逐，替微臣报冤仇"③，在赵构面前显得有些俯首帖耳，战战兢兢："躬身叉手紧低头，又不敢把龙床扣。拜舞山呼痛僝僽……灯影下诚惶顿首。"④ 不适当地表现了岳飞身上不应有的奴性，削弱了岳飞的反抗精神。由于历史题材和传说的限制，在复仇关目的处理上，《精忠旗》最后还是让孝宗和玉帝主持平反，没有从根本上打破皇帝主持复仇的俗套。但从岳飞形象本身而论，他并没有把复仇的希望寄托在天上人间的最高统治者身上。在《湖中遇鬼》中，岳飞带领岳云、张宪、施全等的鬼魂出场，当着秦桧"大骂奸贼，绕场三转"。⑤《阴府讯奸》中，作者又让岳飞亲自痛斥秦桧："不教人介马称戈图雪社稷仇，只要去请盟纳币代你报私恩"，

---

① 冯梦龙：《精忠旗》，王季思主编《中国十大古典悲剧集》，上海文艺出版社1982年版，第299页。
② 同上书，第304页。
③ 孔文卿：《东窗事犯》，宁希元校点《元刊杂剧三十种新校》下册，兰州大学出版社1988年版，第88页。
④ 同上书，第87页。
⑤ 冯梦龙：《精忠旗》，王季思主编《中国十大古典悲剧集》，上海文艺出版社1982年版，第319页。

"把山河去半边"。"鲲鹏铩羽索图南,你偏生生扭断他图南翅!"① 对秦桧的投降卖国罪孽一一数落,痛加挞伐。作者让岳飞等亲自登场复仇,一方面表明岳飞对赵构投降派的本来面目有了清醒的认识,一方面透露出作者对赵构的批判态度。作品通过冥中复仇的虚幻形式,把岳飞的反抗性格和至死不屈的斗争精神,升华到了一个新的高度。这一点,颇有点像徐渭的《狂鼓史渔阳三弄》,不应该简单以"鬼神迷信,因果报应"的"败笔"目之。

由上可见,岳飞的形象是戏曲史上最为崇高完美的悲剧英雄。如前所述,较之于反映忠奸斗争历史悲剧中的其他悲剧英雄,岳飞摆脱了愚忠思想和封建名利观的支配,打破了其他悲剧英雄身上常见的局限,并具有更强烈的反抗精神和更崇高的美学价值。因而,在古代戏曲史上,作为一个崇高完美的悲剧英雄,还没有一个形象能与之相媲美。其次,岳飞形象在戏曲史上的地位还取决于这个形象在戏曲史上的影响。不论是忧在社稷,念在民生的崇高美德;疾恶如仇、刚直耿介的某些方面虽然也是对历史上和《精忠旗》以前的戏曲中悲剧英雄基本特征的概括、继承和发展,但是,我们从清忠耿介的周顺昌、沉江报国的史可法以及《精忠旗》以后的悲剧英雄身上,仍然不难发现《精忠旗》对《清忠谱》《桃花扇》等悲剧作品的影响。

(原载《文学与语言论集》,中国社会科学出版社1991年版)

试论《精忠旗》的悲剧艺术
——《精忠旗》悲剧特征研究之三

在中国历史上,作为一个英雄,岳飞的名字早已是家喻户晓、妇孺皆知。但是,明末李梅实"草创"、冯梦龙"详定",反映这位英雄抗金事迹的悲剧杰作《精忠旗》,虽然在思想和艺术上取得了很大的成功,却没有得到人们应有的重视。在这篇文章中,笔者打算通过对《精忠旗》悲剧艺术的探讨,以期说明这部作品的悲剧特征及杰出成就的一个方面。

---

① 冯梦龙:《精忠旗》,王季思主编《中国十大古典悲剧集》,上海文艺出版社1982年版,第330—333页。

岳飞的故事传播甚早甚广。在南宋，就有王六大夫以说《中兴名将传》擅名临安。元明两代，又相继出现了《东窗事犯》《岳飞精忠》《东窗记》《精忠记》《武穆精忠传》等这样一些在文学史上颇有影响的戏曲、小说作品。故而，《精忠旗》很难像当时流行的传奇作品那样，以新奇脱套的故事、离奇曲折的情节、不能预拟的局面吸引观众和读者了。运用怎样的艺术手段，才能使这个众所周知的故事在艺术上焕发出新的光辉，这是作者在《精忠旗》的创作中亟须解决的课题。《精忠旗》突出的悲剧艺术成就和成功的奥秘主要在于：以尖锐激烈的悲剧冲突，感人肺腑的悲剧效果，激动人心的悲剧形象，慷慨悲歌的悲剧语言吸引观众，征服读者。

一

戏剧结构是艺术家安排情节，展示冲突的手段。作为一部悲剧，作品的结构必须反映悲剧冲突的发生、发展、直到结局的整个过程。整个结构的演进，是悲剧冲突发展的必然产物。因而，作家必须根据悲剧冲突的发展组织情节，安排布局。在结构上，《精忠旗》情节的展开，不是借助于当时戏曲舞台上盛行的误会、巧合等偶然因素，也不借助于传奇色彩的渲染，而是通过悲剧冲突的激化来推动情节的发展。作品把全剧的各种矛盾统一于抗金和"和议"斗争的焦点之上。这种集中、突出的悲剧冲突，决定着《精忠旗》在情节安排上主干突出、结构单纯的艺术特点。

在理论上，冯梦龙要求传奇作品结构单纯，主线突出。"凡传奇最忌支离"，认为《牡丹亭》"一贴一旦而又翻小姑姑，不赘甚乎？今改春香出家以代小姑姑，且为认容张本，省却葛藤几许。又，李全原非正戏，借作线索，又添金主，不更赘乎？去之良是"。[①] 经过他改编的《风流梦》，精简了原作主线之外的次要人物和情节，从而突出了作品的主线。在详定《精忠旗》时，同样体现了冯梦龙的这一主张。

在《精忠旗》以前的岳飞戏中，《东窗事犯》和《岳飞精忠》都不是把抗金和"和议"之间的冲突作为贯穿全剧的主线处理的。《东窗记》和《精忠记》虽然是把抗金和"和议"之间的斗争作为贯穿全剧的悲剧冲突加以处理，但其中又夹杂着一些与悲剧冲突无关的情节，妨碍了悲剧冲突的正常展开，全剧的结构因之显得支离破碎，臃肿散乱，松弛无力。

---

① 冯梦龙：《风流梦总评》，《墨憨斋定本传奇》上册，中国戏剧出版社1960年版。

诚如祁彪佳在《远山堂曲品》中所言："闲浑过繁，末以冥鬼结局。前既枝蔓，后遂寂寥。"① 作者在《精忠旗》的创作过程中，完全摒弃了《精忠记》中《争裁》《兆梦》《省母》《辞母》《怜主》《应真》《诛心》等与悲剧冲突无关或关系不大的情节。把《调勘》《严刑》缩写成《万俟造招》，《告奠》《行刺》合并为《施全愤刺》，《闻讣》《毕命》压缩成《银瓶坠井》。使作品主线更为突出，结构更为单纯，避免了明清传奇表现重大历史题材时头绪纷繁，情节枝蔓，关目庞杂，令人应接不暇的毛病。《精忠旗》的第二折《岳侯涅背》至第四折《逆桧南归》，岳飞请战，金兵南下，秦桧南归，这是悲剧冲突的发端。第五折《钦召御敌》到第十五折《金牌伪召》，战场上的军事斗争和朝廷中的政治斗争交错进行，推动着悲剧冲突层层发展。第十六折《北朝复地》到第三十一折《施全愤刺》，写秦桧为首的投降分子对岳飞等的迫害以及后者的反迫害，悲剧冲突逐渐转入悲剧结局。由于《精忠旗》的悲剧冲突集中深刻，尖锐激烈，使得作品情节的展开极为紧张急促，紧凑单纯。悲剧冲突的激烈演进推动着作品情节的快速发展，造成万里长江，直泻东海的磅礴气势，从而使全剧扣人心弦，引人入胜，具有强烈的艺术魅力。

当然，冯梦龙提出"凡传奇最忌支离"的主张，只是要求"剔除一切多余的东西"②，并不是要把作品搞得内容贫乏，情节单调。因而，在要求情节凝练，结构单纯，主线突出的同时，又提出"要紧关目必须表白"③、"情节大关系处，必不可少"④ 的主张。在修订《永团圆》时，认为"王晋拜母及蔡生辞亲赴试，俱是通记大关节，必不可缺"⑤，并增补了《登堂劝驾》一折，使剧情的发展更加自然，内容更为充实。

删减或压缩了与主线无关或关系不大的情节，作者的笔触就能围绕着

---

① 祁彪佳：《远山堂曲品》，中国戏曲研究院编《中国古典戏曲论著集成·六》，中国戏剧出版社1959年版，第26页。
② ［德］莱辛：《汉堡剧评》，张黎译，上海译文出版社1981年版，第241页。
③ 冯梦龙：《人兽关》第一折《家门大意》眉批，《墨憨斋定本传奇》下册，中国戏剧出版社1960年版。
④ 冯梦龙：《酒家佣》第二十六折《酒馆哭奠》眉批，《墨憨斋定本传奇》上册，中国戏剧出版社1960年版。
⑤ 冯梦龙：《永团圆》第十九折《登堂劝驾》眉批，《墨憨斋定本传奇》下册，中国戏剧出版社1960年版。

悲剧冲突的发展扩大和加深作品反映生活的广度和深度，以强化悲剧冲突，渲染悲剧气氛，丰富作品内容。较之于《精忠记》，《精忠旗》增写了《若水效节》《奸党商和》《银瓶绣袍》《北朝复地》《群奸构诬》《看监被阻》《世忠诘奸》《隗顺埋环》《北庭相庆》等折，丰富了作品的内容。把《临湖》扩充成《逆桧南归》《奸相忿捷》，《蜡书》增写成《蜡丸密询》《奸相定谋》，更为详细地揭示了秦桧的投降卖国活动，强化了作品的悲剧冲突，把《同尽》扩充为《岳侯死狱》《冤狱宪云》，加强了悲剧气氛的渲染。作者在突出主线的前提之下，又紧紧地围绕着主线的推进，安排情节，敷衍故事，形成了作品主线突出，以线带点，纵横交错的结构方式。如《北朝复地》，写的是岳飞班师之后，女真统治者重新占领岳飞收复的州县。《精忠记》没有写这折戏，岳飞班师之后，女真统治者这条线索如何，没有得到应有的交代，造成结构不严之弊。《精忠旗》增加了这折戏，从纵的方面来看，它是《金牌伪召》之后悲剧冲突发展的必然产物；从横的方面来看，则控诉了"和议"路线给中原人民带来的惨痛灾难，进一步写出了"和议"路线和女真统治者利益的必然联系。从而增加了作品的悲剧气氛和社会内容，使作品在结构上首尾呼应，完整严谨。另外，《若水效节》描写了广阔的历史背景，为悲剧冲突提供了社会环境。《奸党商和》《群奸构诬》则揭露了投降分子相互勾结，从事卖国活动的罪行，充实了悲剧冲突的社会内容。《银瓶绣袍》通过银瓶之口，从侧面展示了岳飞"报国心坚，不念家为"的崇高美德。《世忠诘奸》《隗顺埋环》说明岳飞的斗争并不是孤立的，而具有广泛的社会基础。因而，随着抗金和"和议"之间主线的演进与展开，《精忠旗》深刻而广泛地反映了当时社会生活的各个方面，使得作品的结构单纯而不单调，内容充实而不失于庞杂。

二

作为一部历史悲剧，《精忠旗》要产生强烈的悲剧效果，还有必要正确处理运用史料和安排布局之间的关系，在理论上，冯梦龙批评"《精忠记》俚而失实"，声称《精忠旗》的创作是"据宋史分回析出"，"从正史本传，参以汤阴庙记事实"①，"更编纪实精忠记"②。旨在强调"纪实"，反对"浪演"和"杜撰不根者"。但是，历史剧的创作毕竟不等于照搬历史。因而，在强调"纪实"的同时，冯梦龙又主张历史剧在尊重历史的基础上，可以"微有妆点""点缀生情"，以达到历史真实和艺术真实的统一。这种进步的史剧观为作者正确处理《精忠旗》运用史料和安排布局的关系提供了理论基础。

同样是以岳飞故事为题材的历史悲剧，既可以写成结构冗长枝蔓的《精忠记》，也可以写成精练单纯的《精忠旗》，关键的一点是，作者对历史生活的认识能力、概括能力，以及处理史料和虚构情节的审美思想有高下之分。在情节结构方面，《精忠旗》的另一个成就是：作者善于采撷具有悲剧意义的史料并虚构具有悲剧性的情节，构成悲剧冲突，加强悲剧效果。作品的主要情节基本上取材于历史。同时，作者又没有机械地按照历史顺序排列史实，而是根据悲剧冲突的展开和需要取舍、处理史料，安排情节。据史载，岳飞朱仙镇奉诏班师之后，并没有立即就逮下狱，在绍兴十一年（1141）还增援了淮西战役。怎样处理这一历史事实呢？如果按历史顺序排列史实，势必会割裂《金牌伪召》和《忠臣被逮》两折戏之间的有机联系，中断直贯而下的悲剧冲突，冲淡悲剧气氛，造成结构冗散。如果对这一史实置而不书，又影响作品的历史真实，造成关目照应不周。因为"奉旨援淮西，你至舒蕲，逗留不进"③是投降分子诬陷岳飞的罪名之一。作者在处理这条史料的时候，采取了避实就虚的方法。没有正面描写岳飞支援淮西，而是通过万俟卨、秦桧之口加以转述。这样，既尊重了历史的真实，又没有破坏悲剧冲突的连贯性，保证了结构的完整和严谨。在处理史料的时候，作者还常在尊重历史的前提之下，做一些细节上的虚构，以加强作品的悲剧效果。据史，"布衣刘允升上书讼飞冤，下棘寺以死"。④在《精忠旗》中，作者并没有让刘允升默默无闻地死在幕后的监狱中，而在《冤狱宪云》一折中，让刘允升上书后到法场上抚尸痛哭岳云、张宪，在舞台上骂贼"撞死"，浓化了作品的悲剧气氛。难怪冯

---

① 《精忠旗提要》，《曲海总目提要》卷9，人民文学出版社1959年版，第399页。

② 冯梦龙：《精忠旗》，王季思主编《中国十大古典悲剧集》，上海文艺出版社1982年版，第243页。

③ 同上书，第292页。

④ 陈邦瞻：《岳飞规复中原》，《宋史纪事本末》卷70，中华书局1977年版，第725页。

梦龙在眉批中不无自豪地说:"更快,更烈,宁谓南国无人!"①

通过悲剧气氛的渲染以唤起观众或读者的悲剧审美感情,是实现悲剧效果的一条重要途径。在一些场次中,作者非常注意悲剧气氛的渲染。这方面,《看监被阻》是颇为动人的一折戏。作者在处理这场戏的时候,并没有让银瓶小姐与岳飞相见,父女抱头大哭一场,这样处理虽然也能产生悲剧效果,但很容易流于平淡,缺乏戏味;也没有简单地让银瓶小姐不见,怏怏而归,这样写则很难产生悲剧效果。而是这样处理的:见父心切的银瓶小姐"心急步趑趄"地来到狱中,父女即将团聚,幕后突然传来万俟卨的吩咐:"只有岳少保家属不许放入。"② 这样,眼看就要相会的父女又活生生地被扯开了。望着父亲离去的背影,银瓶欲语不能,欲去不忍,只有大声哭喊:"爹爹,孩儿在此,爹爹!""嗟吁,待呼天更从何处呼,盈盈怎生通半语?"③ 同时,又让岳飞在狱内徘徊低吟:"男儿死无时,骨肉恩岂断。囹圄望妻孥,展转不可见。"④ 舞台上,一边是其他囚犯与亲属相聚,"家属说话,喂饭,揉棒疮"⑤,一边是岳飞父女隔墙相望,孑然独立,低声哭叹,就在这生离死别之际,也不能相会一语。再加上隗顺"妻兮莫望,不须望夫;女兮莫望,不须望父"⑥那催人肠断的伴唱,把悲剧气氛渲染得淋漓尽致。作品通过这个情节,一方面揭露了投降分子毫无人性的残忍,一方面也造成了惨绝人寰的悲剧境界。正像冯梦龙在眉批中说的:"惨绝!"

如果说,《看监被阻》是通过悲剧性的情节和人物动作,巧妙地利用舞台空间来达到悲剧效果。那么,《狱中哭帝》则是运用想象和梦境,以抒情的手段酿造悲剧气氛。在阴森幽凉的牢狱中,岳飞孤身一人,闭目遐想,仿佛看到"远戍埋云,惨惨昏昏","猛听得孤鸿叫月,凄凄楚楚"。⑦ "寒林乱鸦",孤鸿哀鸣,冷月当空,远戍埋云。作者通过岳飞的

---

① 冯梦龙:《精忠旗》第二十折《冤斩宪云》眉批,《墨憨斋定本传奇》下册,中国戏剧出版社1960年版。
② 冯梦龙:《精忠旗》,王季思主编《中国十大古典悲剧集》,上海文艺出版社1982年版,第295页。
③ 同上书,第295—296页。
④ 同上书,第295页。
⑤ 同上。
⑥ 同上书,第296页。
⑦ 同上书,第299页。

遐想和幻听，描绘了一幅幅凄楚昏惨的苍凉图景。在这悲凉境界中，悲剧英雄忠君无路，报国无门，"郁郁愁怀"，"长歌盈把"，只能在梦中体味"风高杂鼓挝，雪暗雕旗画，一手剑闪星文，怒把单于打"① 的胜利喜悦，但"醒来时满眼断垣残瓦"。② 作品用抒情的手法，通过凄凉环境和悲剧英雄报国壮志的对照描写，造成了慷慨悲凉的悲剧氛围。此外，在《冤斩宪云》《银瓶坠井》《忠裔道毙》等折戏中，悲剧气氛也渲染得十分浓郁。

三

悲喜交集，苦乐相错是中国古典戏曲常用的表现手法。但是，由于作者所追求的艺术效果不同，在使用这个手法时，也采取了不同的处理方式：在喜剧中，通常是以悲写喜；而在悲剧中，则往往是以喜衬悲。《精忠旗》在艺术上取得成功的另一个重要原因，是作者善于用喜剧手法增强悲剧效果。悲与喜作为一个美学范畴，是相互对立而又相互依存，相互转化的，辩证地处理好两者之间的关系，可以产生一种新的悲剧力量，取得相反相成的艺术效果。

在一些关目中，作者通过对反面人物阴谋的得逞和丧心病狂得意状态的描写，从反面烘托悲剧气氛。"北军自欢南自伤"，就是这种艺术辩证法的体现。岳飞父子被害之后，作者并没有立即从正面直接渲染悲剧气氛，而在《北庭相庆》中用浓墨重彩描绘了金营上下幸灾乐祸的狂欢景象。从兀术"好快活，好快活"的狂笑之中，从羊炙饫酪、觥称杯举的宴席上；从琵琶觱篥、余音缭绕的欢歌中，从鹰飞犬忙、哄哄嚷嚷的打围场上，作品在人们心中唤起的不是喜剧性的快感，而是催人泪下的辛酸和悲哀。因为金人之喜，只能从反面衬托岳飞之死的悲。在《北庭相庆》中，作品是以喜衬正悲。而在《存殁恩光》中，则是以后喜衬前悲。中国古典戏曲，一向讲究"团圆之趣"。《精忠旗》的"团圆之趣"，就在以"团圆"的形式，反映了悲剧的内容。岳飞冤狱昭雪，秦桧"追加削夺"，是有历史根据的。但作者对历史上昭雪岳飞冤案并不满足，在

---

① 冯梦龙：《精忠旗》，王季思主编《中国十大古典悲剧集》，上海文艺出版社1982年版，第300页。
② 同上。

《家门大意》中宣称:"毕竟含冤难尽洗,为他聊出英雄气。"①《精忠旗》的创作意图,不仅仅是为岳飞"洗冤",更重要的是为悲剧英雄"出气"。在处理作品的结尾时,作者尽管写出了"都城喜气连童叟"的喜庆气氛,但是,揭开这层喜剧性的薄纱,作品仍然充满了一股悲怆愤懑之气。当"圣旨"复述岳飞等抗金卫国的英雄业绩和"父子两冤,英雄堕泪"的悲苦遭遇以及投降派的卖国罪行时,人们很自然地联想到《岳侯死狱》《冤斩宪云》等悲苦情景。因而,剧本一再提示:"内哭嚷介","又哭介","丑扮老妇哭上"。剧中人物的喜,是含泪的喜。在"却喜忠臣有贤孙"的同时又"中肠泪垂原非谬"。在抚今追昔,前后对比的情况下,作品越是表现出胜利的喜,就越能勾起人们伤心的回忆,以反衬业已发生的惨剧的悲。特别是作者借岳珂之口,回述"岳飞合家冤苦情节","只落得父和男齐命休,母共儿相凑首,使个掩耳瞒天害尽全家也,笑吟吟报寇仇"。②把对投降分子的控诉和岳飞一家的哀悼写得激昂惆怅、声声悲壮,与其说是对岳飞冤狱昭雪的欢庆,还不如说是对悲剧英雄的凭吊。在人们心中所唤起的,仍然主要是悲剧性的审美感情。

如果说,崇高是以巨大有力的形式表现出来的美和善,那么,恐怖则是以巨大有力的形式表现出来的丑与恶。只有当恐怖势力压倒崇高势力时,才能构成悲剧的方式。一般说来,悲剧中的恐怖和悲剧效果是成正比的,作品越是显示出恐怖的无法抗拒,悲剧冲突越尖锐,悲剧效果就越强烈。因而,悲剧作品在人物塑造上的重要任务,除了充分突出正面人物的美与善之外,还要尽可能地揭示反面人物的丑与恶。《精忠旗》用喜剧手法增强悲剧效果的另一成就,就在于运用讽刺艺术,深刻地揭露反面人物的恶劣行径和丑恶灵魂,以深化和丰富作品的悲剧内容。

在讽刺艺术的运用方面,作品首先继承了我国古典戏曲科诨艺术的传统,让反面人物的自嘲来暴露其本来面目。如《奸党商和》中秦桧自报家门:"自家秦桧……两只手生姜煮过,舒来拿住权纲;一条肠砒霜制成,用著摧残侪背。……我看温、懿、莽、操忒忠厚,枉得虚名;人言天

---

① 冯梦龙:《精忠旗》,王季思主编《中国十大古典悲剧集》,上海文艺出版社1982年版,第243页。
② 同上书,第335页。

地鬼神不可欺，却是混语。呸！成则为帝败则为寇，从来有甚是非？"① 通过秦桧的自我表白，把一个心狠手辣、权倾四海、倒行逆施、厚颜无耻的权奸形象活生生地呈现在我们面前，加强了作品的恐怖感和悲剧气氛，从而暗示出岳飞悲剧结局的必然趋势。

通过反面人物对自己恶行颠倒黑白的自我欣赏，以揭示其非理性而达到讽刺效果，是作品讽刺艺术的另一特点。第十折《奸相忿捷》，正是前线吃紧，战情火急的时刻，秦桧却偕夫人"西湖上慢摇轻舸"。这时，幕后传来一阵吴歌："山外青山楼外楼，西湖歌舞几时休？暖风熏得游人醉，错把杭州作汴州。"② 林升的《题临安邸》放在这里恰到好处地嘲讽了投降分子偷安江左，醉生梦死的荒淫生活。而秦桧却自我欣赏地说："听游人笑歌，夫人，我今日也算做与民同乐了。一方泰和，休道偏安江左。"③ 明明是辛辣的嘲讽，还说是"游人笑歌"；明明是战火连天，硬说是"一方泰和"；明明是游山玩水、花天酒地的奢侈生活，还说什么"与民同乐"。在讽刺和揶揄中，揭露了秦桧的卑劣行径。较之于在战场上浴血奋战的岳飞，崇高和丑恶判若泾渭，两相对比，只能引起人们对悲剧制造者的鄙视和愤恨，以及对悲剧英雄的敬仰和同情，从而达到惩恶扬善的悲剧效果。

作品讽刺艺术的第三个特点，是对反面人物丑恶心理和行为予以入木三分的揭示，以达到嘲讽效果。《万俟造招》中，万俟卨伪造招状，诬陷张宪行贿。但写到这里，万俟卨又"停笔沉吟"，暗自想到："行贿赂？〔放笔介〕这三个字不妥。秦太师独掌朝纲，行贿赂，少不得行在他身上去了。"④ 于是灵机一动在"行贿赂"后面加上"全不想当朝宰辅清"，并自鸣得意地说："妙、妙、妙！只这一字就捧得他勾了。如今称讼他功德的尽有，却没有说及'清'字，岂不新鲜脱套也乎哉！"⑤ 既要杀人，又要媚人。作品通过对万俟卨"造招"行为和心理淋漓尽致的描写，把这个势利小人善于逢迎的丑恶面目刻画得活灵活现。这种讽刺手法，入木三

---

① 冯梦龙：《精忠旗》，王季思主编《中国十大古典悲剧集》，上海文艺出版社1982年版，第256页。
② 同上书，第267页。
③ 同上。
④ 同上书，第293页。
⑤ 同上书，第294页。

分地揭示出杀人媚人的悲剧内容。

最后，让反面人物一本正经地相互吹捧，暴露、嘲讽他们投降卖国的罪恶行径。岳飞被害，"和议"已成之后，秦桧、万俟卨、张俊等游湖庆贺，互相吹捧：

> ［小净（张俊）、丑（万俟卨）］边息惊烽，皆师相和羹之赐。［净（秦桧）］朝无异喙，尽诸公折狱之能。［小净、丑］若非师相主持于上，某等虽有鹰鹯之志，狱情何由效忠？［净］不得诸公左右其间，老夫纵居鼎鼐之司，和议安能结局？①

这几个反面人物扬扬自得、阿谀奉承的丑态，正好暴露出他们相互勾结，陷害岳飞，投降卖国的滔天罪行。作品通过这个情节，进一步揭示出岳飞之死的悲剧实质和社会根源。

四

高尔基曾经说过："剧中人物之被创造出来，仅仅是依靠他们的台词，即纯粹的口语，而不是叙述的语言。"② 中国古典戏曲语言，是塑造人物形象，表现戏剧冲突，描摹舞台环境的重要手段。一部戏曲作品成败与否，关键之一，就在于它的语言。事实上，中国观众对一部早已了解故事情节的优秀戏曲之所以百看不厌，一个重要的原因，就是戏曲语言有着强烈的艺术魅力。在强化悲剧风格、渲染悲剧气氛、表现人物性格等方面，《精忠旗》的语言都取得了可喜的成就。

戏曲风格决定着戏曲语言的基本色调，而戏曲语言，又是构成戏曲风格的重要因素和表现戏曲风格的有力手段。因而，戏曲语言的基本色调要和戏曲风格保持一致。冯梦龙在《梦磊记》第二十六折《观梅感梦》的眉批中说："传奇中□游俱以富丽为主，此独以清雅脱套。"③ 冯梦龙之所

---

① 冯梦龙：《精忠旗》，王季思主编《中国十大古典悲剧集》，上海文艺出版社1982年版，第318页。

② 高尔基：《论剧本》，高尔基著，孟昌、曹葆华、戈宝权译《论文学》，人民文学出版社1978年版，第57—58页。

③ 冯梦龙：《梦磊记》第二十六折《观梅感梦》的眉批，《墨憨斋定本传奇》下册，中国戏剧出版社1960年版。

以对这折戏的语言倍加赞赏,除了清丽脱套之外,还因为这折戏的语言符合剧情风格。可见冯梦龙已经注意到语言色调和作品风格之间的关系。作为一部悲剧作品,《精忠旗》的风格不同于《窦娥冤》式的悲愤,也不同于《琵琶记》式的悲惨。它那崇高完美的悲剧形象,尖锐激烈的悲剧冲突,奔腾直下的悲剧结构,使这部作品在风格上呈现出慷慨惆怅的悲壮基调。体现在语言上,尽管作品的某些场次中也不乏凄凉婉转、缠绵悱恻的哀怨之句,但从总的倾向来看,激越抑塞、慷慨悲壮,仍然构成了作品悲剧语言的基本色调。这首先在于,作品的写景语言,色彩强烈,悲愁苍凉,具有浓郁的悲剧风韵。如"血溅征袍,染破五湖烟景"①、"风景愁人,江湖惊眼,雄心空慕骠姚"②,"悲风吹暮笳,寒林乱鸦,黄尘万里浮落霞"③ 等,无不是写景状物,造成雄浑而悲怆的艺术境界,以表达悲剧英雄焦愁抑塞,沉郁不展的苦闷心境。其次,作品的抒情语言,感情激越,抑塞悲壮,具有强烈的艺术感染力。如"发指豪呼如海沸,舞罢龙泉洒尽伤心泪!""缘何忠义难伸志,伸得志偏生忠义无!"④ 都是直抒胸臆,有力地强化了作品的悲壮风格,使我们从沉郁愤懑的慷慨悲歌中和悲剧英雄产生强烈的共鸣,从而收到良好的悲剧效果。

决定《精忠旗》语言悲壮色调的另一个重要因素,是岳飞的悲剧性格。戏曲语言是表现人物性格的重要手段。"每个剧中人物用自己的语言和行动来表现自己的特征。"⑤ 人物语言的个性化,是古今中外语言要求的普遍原则。在评点《女丈夫》第十九折《女侠劝驾》时,冯梦龙对原作语言脱离人物性格的俗套极为不满:"原本叙别,使用寻常情语,全失英雄本色。"⑥ 要求语言符合人物的个性特征。高度的语言个性化,是《精忠旗》语言运用的另一个突出成就。为了成功地表现岳飞的崇高美德、压抑性格和反抗精神,作品在语言色调上,也呈现出激越抑塞,慷慨

---

① 冯梦龙:《精忠旗》,王季思主编《中国十大古典悲剧集》,上海文艺出版社 1982 年版,第 259 页。

② 同上书,第 265 页。

③ 同上书,第 299 页。

④ 同上书,第 247 页。

⑤ 高尔基:《论剧本》,高尔基著,孟昌、曹葆华、戈宝权译《论文学》,人民文学出版社 1978 年版,第 57—58 页。

⑥ 冯梦龙:《女丈夫》第十九折《女侠劝驾》眉批,《墨憨斋定本传奇》上册,中国戏剧出版社 1960 年版。

悲壮的悲剧风韵。如岳飞临刑时所唱的［越调·祝英台］：

> 指望出樊笼，抒国耻，不肯死前休。……我一息尚存，还望中原，却怪壮心难收。何忧？便终教名遂功成，少什么藏弓烹狗！怎教我，便等不到当烹时候！①

和其他悲剧英雄一样，岳飞并不怕死。但是，他却没有像《精忠记》的岳飞那样，高唱着"自古忠臣不怕死，怕死不忠臣"②的迂阔教条，雄赳赳、气昂昂地走向刑场。因为国耻未雪，中原未复，"壮心难收"，"不肯死前休"。他遗憾的不是"藏弓烹狗"，而是这个时刻来得太早，太不是时候！这支曲子以沉郁惆怅的格调，真实而充分地抒发了悲剧英雄长期郁积在胸中的沉悲积愤和壮心不已的爱国热情，有力地强化了作品慷慨惆怅的悲壮风格。

明末清初的戏曲舞台，形式主义之风大盛。以"追欢买笑"为目的的才子佳人戏大量涌现。不少传奇作品，情节上片面追求离奇巧合，语言上过分讲究典雅华丽，内容则空乏贫瘠。《精忠旗》则以它单纯丰富的悲剧结构，悲壮动人的悲剧情节，激越抑塞的悲剧语言，感人肺腑的悲剧效果，在一片"春灯""燕子"的靡靡之音中奏响了一曲高亢雄壮的慷慨悲歌，给当时日趋衰落的传奇舞台带来了一种新的生机。

（原载《文学与语言论丛》，湖北人民出版社1989年版）

---

① 冯梦龙：《精忠旗》，王季思主编《中国十大古典悲剧集》，上海文艺出版社1958年版，第304页。

② 无名氏：《精忠记》，毛晋编《六十种曲》第2册，中华书局1958年版，第60页。

后　记

　　这本自选集选录了我自 1983 年至 2013 年 30 年间在国内公开发表的学术论文计 39 篇，由于有些论文发表时间较早，没有电子文档，其抄录与整理也是一个不小的工程，前后耗时一年。选录的论文尽可能保持发表时的原貌，同时又按照出版社的出版要求与体例规范，对引用文献及原文进行了校对，并对引文重新注明出处。其间，我的研究生李琼瑶、黄常君、张春凤、陈婷为抄录原作、校对引文、注明出处做了大量的工作。

　　自选集的整理与出版得到湖北大学文学院刘川鄂、郭康松、黄晓华等教授的帮助与支持，并受到湖北省省级重点学科湖北大学中国语言文学学科建设经费资助。中国社会科学出版社编校人员也为自选集的出版付出了辛勤的劳动，在此一并致谢！

宋克夫记于湖北大学教师公寓
2015 年 5 月 24 日